달빛조각사

달빛 조각사 7

ⓒ 남희성, 2007

발행일 2024년 12월 10일 초판 2쇄 | **발행인** 김명국 | **발행처** 주식회사 인타임 출판 등록 107-88-06434 (2013년 11월 11일) **주소** 서울시 구로구 디지털로31길 38-21 이앤씨벤처드림타워 3차 507호 **전화** 070-7732-2790 **팩스** 02-855-4572 **이메일** in-time@nate.com | **ISBN** 979-11-03-33044-6 (04810) 979-11-03-32686-9 (세트) | 이 책은 주식회사 인타임이 저작권자와의 계약에 따라 발행한 것이므로 내용의 전부 또는 일부를 사용하려면 반드시 양측의 동의를 받으셔야 합니다. 잘못된 책은 구매처에서 바꿔 드립니다.

달빛조각사 7

남희성 게임 판타지 소설

The Legendary Moonlight Sculptor

INTIME

contents

순백의 미녀 ································· 7

노예 데이트 ································· 26

스미스의 궁금증 ···························· 49

니플하임 제국의 재건 ························ 70

지옥의 조각사 ······························ 94

황소를 탄 조각사 ··························· 120

통곡의 강에 세워진 조각품 ·················· 139

수배령 ···································· 165

인도자들의 동맹 ··························· 201

인도자의 권능 ····························· 236

무적의 병법서 ····························· 263

제갈공명의 계략 ··························· 285

블랙 드래곤 ······························· 314

위드의 이상형 ·· **340**

전장의 사령관 ·· **366**

폭군의 귀환 ··· **388**

위드의 악명 ··· **417**

마법 검의 대장장이 ·· **442**

모라타의 영주 ·· **468**

1쿠퍼의 감동 ··· **494**

서윤의 집 방문 ··· **511**

아이의 조각품 ·· **539**

여자아이의 일생 ··· **563**

다인과의 조우 ·· **584**

고독한 방랑자 ·· **628**

순백의 미녀

던전 크라마도.

크라마노임이라는 중급 몬스터들이 1, 2층에서 등장했다.

이만하면 초보자 던전은 넘는, 중수들의 사냥터. 하지만 3층 부터는 위험천만한 함정과 300대 후반의 몬스터까지 나왔다.

정상적인 경로를 택했다면 엘핀 퀸 스파이더는 만나지 않았 겠지만, 그럼에도 숨이 막힐 정도로 위협적인 던전이었다.

헤겔 들만이었다면 돌아 나가는 방법을 택해야 할 상황!

"헥헥."

"천천히 좀 가요!"

하지만 지금은 던전의 깊은 곳으로 구르듯이 뛰어가야 했다.

물론 그들의 앞은 위드에 의해서 완벽하게 청소가 된 상태 다. 자잘한 거미 새끼 1마리 남겨 놓지 않고 멸망이었다.

몬스터라고는 구경조차 할 수 없었으며, 함정은 철저하게 파 괴되어 있다.

위드가 나이드에게는 따로 임무를 주었던 탓이다.

"나이드."

"예, 형!"

"앞서 가면서 함정을 해체해라."

"그럼 전투는요?"

"내가 알아서 할게. 무조건 앞으로 가면서 함정만 부숴. 몬스터들은 그냥 내버려두고."

"예, 형. 저한테 맡겨 주세요."

던전과 미궁 탐험을 전문적으로 하는 도둑 나이드에게 함정 해체 따위는 우스운 일!

엘핀 퀸 스파이더에게 죽을 위기도 겪었지만 그것은 도둑의 특성으로 인해 전투력이 낮기 때문이다. 장애물에 몸을 숨긴 채 기습이나 암습 따위로만 싸웠다면 이기지는 못하더라도 지지도 않는다.

바위가 굴러올 때에도 동료들만 없었더라면 좁은 벽의 틈새로 어떻게든 탈출해서 함정에 빠져들 일도 없었겠지만.

도둑 나이드는 자신의 특성에 적합한 임무를 맡아서 함정들을 작동 불능, 혹은 파괴시켜 놓고 지나쳤다.

그 후에 남은 몬스터는 위드의 몫이었다.

—위드 형, 레벨 300대의 모론 추격자들이 앞에 상당히 있는데요.

나이드는 정찰의 임무도 해 주었다.

—몇 마리나 되는데?

―65마리 정도요. 이런 규모의 몬스터라면 상당히 위험할 것으로…….

―3분.

―네?

―3분 안에 마무리 지을 테니 다른 몬스터 무리를 찾아 줘.

―알겠습니다.

용건만 간단히!

전화할 때도 본론만 간략하게 하니, 전투 시에는 그보다 훨씬 간결했다.

달려가고, 싸우고, 잡아 죽이고, 아이템 수거!

식당에서 고기를 구워 먹다가 중간에 고기가 끊기면 그처럼 짜증 나는 일이 없다.

위드에게는 전투를 하는데 몬스터가 부족한 게 가장 스트레스였다.

다른 전장에서는 이 던전처럼 몬스터가 많이 나오지 않았다.

아껴 가면서 싸울 필요가 없으니 환영할 만한 일!

던전이 발견된 지 아직 일주일이 지나지 않아서 아이템 드랍율, 경험치도 2배가 적용되고 있다.

최초의 발견자들은 발견 명성, 몬스터로부터 가장 좋은 아이템들을 얻게 된다. 그러나 일주일 안에만 들어오면 경험치와 아이템 드랍율은 모두에게 적용이 되는 혜택이었다.

던전 안에서 등 따숩고 배부르게 자란 몬스터들이 외부인에게 주는 선물이라고 할 수 있다.

"65마리라……."

위드라도 크라마노임들처럼 가볍게 해치울 수는 없었다.

규모가 제법 되기 때문에 일일이 다 베어 버리려면 시간도 걸릴 것이다.

"흙꾼이, 화돌이 소환!"

위드는 직접 만든 정령들을 소환했다.

친밀도는 최상이기에, 마나의 한도만 된다면 무제한으로 정령들을 부릴 수 있다.

정령을 창조한 자만이 가질 수 있는 특권!

흙꾼이들은 주로 하급 정령이, 화돌이는 중급 정령들도 다수 일어났다.

천장의 일부가 무너지고, 던전이 불바다가 되었다.

아수라장!

흙꾼이들은 모론 추격자들의 등에 업혔다.

"떨어져라!"

모론 추격자들이 창을 휘둘러도 꿈쩍도 안 했다. 대지의 정령들답게 거의 무한에 가까운 생명을 가졌기 때문이다.

그들은 무거운 무게로 짓눌러 모론 추격자들을 둔하게 만들었다.

화돌이들은 모론 추격자들의 입으로 들어갔다.

입을 벌릴 때마다 활활 뿜어지는 불길!

위드가 달려갈 때마다 그 주변의 불길만 멀찌감치 물러났다.

위드는 불에 휩싸여 있는 모론 추격자들을 일체의 스킬 사용 없이 기본 검술로만 베었다.

마나는 모아서 정령들을 불러 대규모 싸움을 하는 데 써야 했던 것이다.

인간보다 빠른 드워프의 신체 치유력, 체력 회복 속도로 인해서 기본 검술과 간간이 사용해 주는 조각 검술로도 싸울 수 있었다.

모론 추격자 무리를 해치울 때 헤겔과 셀시아, 르미, 벨라, 트위터가 근처까지 달려왔다. 쉬지 않고 온 덕분에 거리가 좁혀진 것이다.

위드가 한 파티에 속한 덕분에 그들도 경험치를 받았다.

> 레벨이 올랐습니다.

> 모론 추격자들을 일격에 사냥한 동료와 함께함으로써 명성이 1 오릅니다.

> 레벨이 올랐습니다.

> 레벨이 올랐습니다.

> 준보스급 몬스터, 모론 대장이 동료에 의해 참살당했습니다.

정보 창을 확인하는 게 두려울 정도로 빠른 경험치의 증가.

헤겔을 제외한 레벨 200대들에게는 짜릿하면서도 꿈인지 생시인지 믿기지 않았다.

위드는 그들이 다가올 무렵에는 다시 뛰고 있었다.

붕대 감으며 뛰기, 명상을 위해 눈 감고 뛰기, 전투 중에도 생명력을 아끼기 위해 사용하는 방어 스킬 눈 질끈 감기!

맹인이 아닌 이상, 잠을 잘 때가 아니라면 눈은 항상 뜨는 게 정상.

눈을 수시로 감으면서 전투의 효율성을 올리고 있으니 기가 찰 노릇이었다.

실제로 그런 전투법을 보고 있으면서도, 웬만큼 인간처럼 느껴져야 따라 할 것이 아닌가!

"쉬지를 않아."

"사람이 아닐 거야."

"드워프잖아."

르미에 벨라, 트위터의 감탄을 들으며 헤겔은 화가 났다.

"진짜 미칠 노릇이네."

어째서 상황이 이렇게 되었는지 도저히 납득이 안 갔다.

상식!

어릴 때부터 개념 없다는 소리는 자주 들으면서 자랐지만, 그래도 최소한의 상식은 있다.

그의 상식에 따르면 머릿속만 혼란스러워졌다.

"직업이 조각사라면서……."

헤겔은 불과 8시간 전에 흑사자 길드원들에게 했던 말들이 떠올랐다.

흑사자 길드의 채팅 채널!

헤겔은 1층의 크라마노임을 사냥한 후에 쉬는 동안 아는 사람들과 잡담을 나누고 있었다.

프로방스: 헤겔, 너 지금 어디냐?
헤겔: 아, 예. 전에 말씀드렸잖아요. 저는 학교 친구들과 던전을 탐험해야 된
다고…….
프로방스: 아, 그게 오늘이었어?
헤겔: 예. 데일 왕국의 프레인 영지에 있는 던전에 와 있어요. 놀라지 마세
요, 형님들. 미발견 던전을 제가 최초로 찾아냈습니다.
프로방스: 정말이냐?
제크트: 좀 놀라운데, 헤겔.
시엔: 네가 벌써 이렇게 컸나?

흑사자 길드는 대규모인 만큼 헤겔에게 알은척을 하는 사람
도 많았다. 미발견 던전을 찾아내는 것은 드문 일이고 또 영광
스러운 일이었다.

시엔: 어느 정도 수준인 던전인데?
헤겔: 저렙들 던전이에요. 기대했는데 말이죠. 레벨 200대들이 와서 놀면
딱 좋을 정도네요, 뭐.

헤겔은 근처에 있는 동료들이 듣지 못하도록 작게 속삭이고
있었다.

제크트: 저렙들 무시하지 마라. 저렙들 금방 큰다. 너도 얼마 전까지는 레벨
200대였잖아.
헤겔: 무시 안 해요. 그냥… 저렙들이 노는 던전이란 거죠.
프로방스: 미발견 던전을 탐험하는 맛이 쏠쏠하겠군. 뭐가 나올지 몰라 긴장
도 되고…….
헤겔: 아, 귀찮아요. 어차피 저렙 던전인데 뭐라도 있겠어요? 빨리 던전 탐
험 끝내고 저도 길드 사냥터로 돌아가고 싶어요.

이렇게 불평을 하고 있을 때, 아무렇지도 않게 훅 끼어드는 사람이 있었다.

> 빈델: 네 친구들은 강하냐?

흑사자 길드의 서열 3위 안에 드는 드워프 전사 빈델이었다.

> 헤겔: 아니요. 약하죠. 저보다 레벨이 높은 도둑이 1명 있긴 한데, 그 녀석 빼면 별로 볼 것 없어요.
> 빈델: 네 레벨이 지금 300이 넘지? 레벨 300이 넘는 도둑이라⋯ 굉장한데.

도둑은 성장시키기가 만만치 않은 직업이다.

파티에 참여하면 근접 전투를 해야 되는데 취약한 방어력으로 인해 자주 죽었다. 혼자서 탐험을 할 때의 위험성은 파티 사냥과도 비할 바가 아니었다.

> 빈델: 어떻게 성장시킨 도둑인데? 그리고 레벨은 얼마나 되지?
> 헤겔: 300을 조금 넘는 정도? 성장은 그냥⋯ 파티 사냥을 위주로 했겠죠.

헤겔은 나이드를 치켜세워 주고 싶지 않아서 대충 얼버무리고 말았다.

전장의 꽃으로 일컬어지는 검사.

다른 직업에 대한 멸시가 어느 정도 있었고, 본인도 나이드가 보통이 아니라는 것은 알고 있었으므로 인정하고 싶지 않았던 것이다.

> 빈델: 도둑이 있다면 던전 탐험은 그나마 쉽겠군. 성직자가 없다고 앓는 소

리를 하더니.

헤겔: 그냥 그렇죠, 뭐. 전투는 거의 제가 도맡아서 하고 있으니까요. 그리고 아직 안 온 드워프가 1명 있어요.

빈델: 호오, 드워프라.

빈델도 드워프였으므로 상당한 관심이 있는 기색이었다.

빈델: 전사냐, 아니면 워리어냐?

헤겔: 아니요. 조각사예요.

빈델: 조각사?

헤겔: 네. 아는 형인데 하필이면 조각사라서……. 던전 탐험에는 그리 도움이 안 되겠지만 학교 과제를 위해서 끼워 주긴 해야겠죠. 발목이나 적당히 잡았으면 좋겠는데 말이죠. 여기 일 대충 끝내고 어서 길드 형들이랑 사냥 가고 싶네요.

빈델: 그 조각사의 레벨은 높냐?

헤겔: 몰라요. 물어본 적이 없네요. 관심이 없어서요. 근데 왜 물어보세요?

빈델: 얼마 전에 대단한 드워프 조각사와 함께한 적이 있거든.

헤겔: 조각품을 기똥차게 만들었나 보죠?

빈델: 그것도 그렇지만… 부대를 지휘하는 능력과 카리스마가 보통이 아닌 조각사였지. 나도 그의 지휘를 정신없이 따르다 보니 던전을 순식간에 뚫었더구나. 나뿐만 아니라 수십의 드워프들이 그의 통제력에 함께 이끌렸잖아

헤겔: 그런 조각사가 있다니 놀라운데요.

빈델: 어디 그분이겠냐. 요리 실력도 뛰어나서, 그가 만들어 준 요리를 먹기만 하면 전투가 우스워질 정도였다. 잡다한 재료들이 그의 손을 거치면 힘이 솟아나는 걸 느낄 수 있을 정도의 보양 요리가 되었으니까.

헤겔: 조각사가 그 정도의 요리라니…….

빈델: 무기나 방어구가 상했을 때는 수리도 해 주니까 정말 편했지. 그 드워프가 수리해 주면 손상된 내구력 한계도 회복되었거든.

헤겔: 뭐요? 한계 내구력이 회복돼요? 그게 무슨 소리인데요. 그런 것도 있어요?

헤겔은 내구력의 한계까지 회복시킬 수 있다는 사실은 전혀
몰랐다.

> 프로방스: 빈델 형님, 내구력 한계에서 벗어날 수가 있단 말입니까?
> 제크트: 다 상한 무기나 방어구도 멀쩡한 상태로 되돌릴 수 있다고요?

흑사자 길드원들도 모르는 사람들이 태반이었다.

명문 길드답게 흑사자 길드에도 고레벨 유저들이 상당수였
지만, 한계 내구력을 수리하는 것에 대해서는 잘 알지 못했다.

애초에 무기나 방어구 들의 한계 내구력이 크게 줄어들 정도
로 사냥을 하는 경우가 거의 없었다.

게다가 한계 내구력을 수리해 준다는 대장장이를 만나 본 적
도 없다. 한계 내구력을 수리하기 위해서는 최소한 중급 이상
의 경지에 올라야 한다. 그 정도의 실력을 갖춘 장인이라면 무
기나 방어구를 만들어서 판매하는 것만으로도 상당한 돈을 벌
수 있다.

돈벌이에 크게 도움도 되지 않고 번거롭기만 한 한계 내구력
수리를 해 주기 위해 나서는 경우는 없었던 것이다.

> 빈델: 아무튼 그런 드워프 조각사도 있었다.
> 헤겔: 에이, 형님! 베르사 대륙은 넓으니까 그런 드워프가 하나쯤 있을 수도
>   있겠죠. 하지만 내가 아는 형은 그 드워프는 아닐 거예요.

이렇게 길드원에게 호언장담했던 게 불과 8시간 전!

헤겔은 망연자실했다.

"이건 빈델 형이 말한 경우보다 훨씬 더하잖아!"

이런 일이 왜 하필 자신에게 벌어지는지 그저 원망스러울 뿐이었다.

⚜

넓은 지하 3층의 미로를 헤매면서 다양한 몬스터들을 사냥했다.

던전 내로 들어가서는 위험한 함정들이 있었는데, 그런 장소마다 보스급 몬스터들이 움츠리고 있었던 것이다.

위드와 나이드는 일부러 그런 함정들에 빠져서 보스급 몬스터들을 도륙했다.

몬스터의 씨를 말려 버리는 사냥 방식.

몬스터가 1마리라도 남아 있으면 뭔가 찜찜하고, 답답하고, 세수를 하면서도 이마를 안 씻은 것처럼 개운하지 못하다.

더구나 현재는 경험치가 2배로 적용되는 시점이 아닌가!

보스급 몬스터들은 위드에게도 매우 짭짤한 경험치 덩어리였고, 아이템도 쏟아졌다.

나이드는 함정들을 파괴하고, 던전을 안전하게 청소하면서 추가적인 명성과 스킬, 경험치 들을 얻었다.

따라오는 이들도 경험치와 명성 그리고 다 줍지 못한 잡템들을 얻을 수 있었다.

그러면서 도둑 나이드는 던전 3층의 지도를 완성했다.

> 던전 크라마도 지하 3층의 지도를 최초로 작성하였습니다.

명성이 75 오릅니다. 지도 제작 스킬의 숙련도가 향상됩니다. 경험치가 증가합니다.

이어진 길의 모든 종점까지 확인했다는 뜻.

던전 크라마도의 완벽한 점령이 끝난 셈이다.

"헥헥."

"이, 이 탐험이 이제야 끝이 났구나!"

헤겔이 땅바닥에 주저앉았다.

닷새에 걸친 던전 탐험!

현실과 4배나 되는 시간 차이를 고려하더라도, 정오쯤에 캡슐방에 들어와서 거의 하루가 꼬박 지났다.

현재 밖은 해가 중천에 떠오른 한낮이리라.

"정말 기나긴 하루였어."

나이드의 말에 모두 공감할 수 있었다.

사냥이 이렇게 무섭고 처절하게 느껴졌던 적이 없다. 스스로에 대한 믿음과 자신감도 생겼다.

항상 그렇듯 안전하게, 생명력을 가득 채워서 하는 게 아니라 꼬리에 불붙은 듯이 몬스터들을 찾아다닌다.

대부분의 전투는 위드가 도맡아서 했지만 다른 이들도 마나와 체력이 받쳐 줄 때마다 싸움에 참여했던 것이다.

'사냥이 재밌어.'

'이런 사냥을 또다시 해 볼 수 있을까.'

무서우면서도, 살 떨리는 쾌감이 있음을 부인할 수 없다.

헤겔이 다리를 두들겼다.

"모두 수고했어."

트위터가 보조개를 보이며 생긋 웃었다.

"응, 너도. 던전 탐험도 끝났으니 집에 가서 푹 쉬어야겠어."

밀린 잠부터 자려고 했다. 하지만 위드는 묵묵히 검을 들고 어딘가로 걸어가고 있었다.

"오빠, 어디 가요?"

"사냥해야지."

"더, 던전 탐험은 끝났어요."

"경험치 2배의 시간이 아직 끝나지 않았어."

"하지만 대낮인데요."

"학교에 안 가는 토요일이야."

"……"

묘하게 흐르는 분위기에 벨라가 참견했다.

"하지만 오빠, 이런 식으로 하면 몸이 상해요."

"몸?"

"날밤 새웠으니 집에 가서 늦잠이라도 자 줘야 되잖아요. 밥도 먹어야 하고요."

"밥은 아까 먹었어. 잠도 잤고."

"언제요?"

"새벽에. 집에 가서 동생한테 밥 차려 주고 2시간이나 자고 왔어."

"……"

던전 탐험을 하던 도중에 일행이 휴식 시간을 갖고 쉬고 있을 때 위드는 밥 먹고, 잠도 자고 왔다는 뜻!

〈로열 로드〉를 장기간 하기 위해서 몸 관리는 필수였다.

※ ⁂ ※

"법학과가 주최하는 가면무도회에 오세요! 신입생들은 30% 할인된 가격에 모셔요."

"예쁜 누나들이 많은 미생물학과에서 노예팅합니다. 누나들보다 어린 동생들만 참여 가능해요."

"사회체육학과 레크리에이션 동호회 크루에서 차력 쇼를 보입니다."

"자! 날이면 날마다 오는 기회! 축제 기간 동안만 할 수 있는 맨손으로 물고기 잡기!"

한국 대학교의 축제 날이 되었다.

이현에게는 그렇게 싫은 순간이 아닐 수 없었다.

'결국 이날이 오고야 말았군.'

평소에는 학교 수업을 마치면 바로 자유 시간이다. 얼마든지 〈로열 로드〉를 할 수 있다.

잠을 조절하면서, 하루에 12시간 정도를 〈로열 로드〉에 투자했다. 다른 다크 게이머들보다는 적은 시간을 할 수밖에 없기에 더욱 치열하게 시간을 아껴서 써야 했다.

레벨도 358까지 올려놓을 수 있었다.

하지만 축제 기간에는 꼼짝도 할 수 없이 학교에 있어야만 하다니!

이현에게는 감옥처럼 느껴졌다.

"입시 지옥이 별게 아니야. 정말 인간이란 끊임없이 구속받으며 살 수밖에 없는 존재란 말인가?"

존재에 대한 의문!

이현이 일생에서 최초로 해 보는 철학적인 사고였다.

다른 꼬마 아이들은 동네 강아지들과 함께 놀면서 감성을 키운다. 낮잠 자는 개들을 보며 동물들의 일상에 대하여 사색에 잠겨 보기도 한다.

하지만 이현은 그런 삶을 살아오지 않았다.

약육강식!

만만한 개를 보면 된장부터 떠올린다.

개와 된장. 라면과 계란의 관계처럼 자연스럽게 이어지는 연상의 과정.

뼈다귀 몇 개를 던져 주면 꼬리 치며 다가오는 개들을 흐뭇하게 바라보던 열 살의 이현!

'저 멍멍이는 육수가 잘 우러나오겠군.'

모두가 즐거워하는 축제지만, 이현은 어서 끝나기만 바랄 뿐이었다.

"설거지 부대, 출동!"

이현은 주점을 총괄하는 자리에 올랐다.

동기들보다 나이도 있고, 주점을 준비할 때부터 능력을 발휘한 탓에 영향력이 커진 탓.

"알았어요!"

고무장갑을 낀 학생들이 컵과 그릇 들을 닦았다.

그릇 가게에서 임대해 온 물건들이라서 사용하기 전에 철저한 설거지는 기본.

"손님들은 언제부터 받을까요?"

"여학생들이 준비되는 10분 후부터!"

서빙을 맡은 여학생들이 오면 바로 영업 개시였다.

안주들을 만드는 사이에도 밖에서는 음악 소리, 폭죽 소리들이 들렸다.

천막 주점의 외부에는 다수의 사람들이 오가고 있었다. 타학교 학생들, 외부인들이 본교 학생들보다도 훨씬 더 많았다.

이윽고, 탈의실에서 옷을 갈아입고 가볍게 화장을 한 여학생들이 나타났다.

흰 면사포를 쓰고, 웨딩드레스를 입은 채 나타난 여대생들!

여대생들은 각자 친한 사람들을 향해 걸어갔다.

"멍하니 있지 말고 내 면사포 벗겨 줘!"

남학생들은 면사포를 벗겨 주면서 왠지 설레었다.

여대생들이 미리 일러두었다.

"별 의미는 없는 거야. 근데 원래 남자가 벗겨 줘야 느낌이 나잖아."

"알아!"

남학생들은 면사포를 뒤로 젖혔다.

"이렇게 보니까 달라 보인다."

"선머슴, 이렇게 보니까 우아해 보이는데."

"죽을래?"

동기들끼리 격의 없이 농담을 나누기도 했다.

여학생들의 웨딩드레스는 직접 만들어서, 그리 예쁘거나 디자인이 썩 훌륭하지는 않았다. 그럼에도 비슷하게 흉내는 내서, 어린 신부의 느낌이 조금은 나왔다.

여학생들이 모두 나오고, 마지막에 들어간 서윤만이 나오지 않았다.

"……."

주점에 대화가 끊겼다.

주방에서 안주를 준비하던 학생들도, 테이블을 걸레로 닦고 있던 학생들도 말이 없어졌다.

무언가를 기다리면서 탈의실로 시선이 잔뜩 몰려 있었던 탓이다.

딸깍.

탈의실의 문이 조심스럽게 열리고, 서윤이 걸어 나왔다.

그 순간 남자들은 넋을 놓았다.

꿈속에서나 그리던 여인이 이곳에 있었다.

이슬만, 그것도 8중 필터로 거르고 걸러서 마셔야만 유지될 것처럼 고운 피부!

서윤은 얼굴에 살짝 화장도 했다.

남자들이 흔히 하는 착각이, 화장이 성형 수술인 줄 안다는 것이다.

화장은 얼굴과 표정에 색을 더해 준다.

서윤이 가볍게 한 화장은 그녀만의 아름다움이 더욱 느껴지게 만들었다.

평소의 꾸미지 않은 상태에서도 극도로 예쁜 얼굴이, 지금은 오랫동안 쳐다보기도 힘들었다.

눈도, 코도, 입술도 너무나도 예쁜데, 그것들이 전체적으로 어우러져서 보여 주는 조화미.

자연 발광의 절정이 어떤 것인지 느껴지게 만들 정도의 미모가 여기에 있었다. 숨이 멎고, 이대로 죽어도 여한이 없을 듯한 기분을 단지 얼굴만 보고도 느낄 수 있다.

그리고 웨딩드레스의 얇은 원단은 몸매의 라인을 환상적인 자태로 자아냈다.

서윤이 걸어올 때마다 꿈결처럼 느껴졌다.

수수하게 다녀도 예쁘다는 걸 알고 있었음에도, 꾸민 후의 미모란 정신을 놓게 만들 지경이었던 것.

남자들은 입안이 바짝 말랐다.

수십 년을 물을 마시지 않은 사람이 물, 그것도 꿀물을 발견한 것 같은 감동!

세기의 신비가 여기에 있었다.

얇은 원단이 슬쩍슬쩍 비쳐 주는 다리에서부터 허리, 가슴, 쇄골로 이어지는 드레스의 라인이 완벽했다.

서윤이 가지고 있는 마력 같은 아름다움.

팔뚝조차도 야할 수 있는 그녀!

면사포를 쓰고 있는 더없이 아름다운 얼굴이 수줍음으로 붉게 물들어 있었다.

서윤이 걸어올 때마다 드레스가 사륵사륵하는 소리를 냈다.

그녀는 이현을 향해 고개를 숙인 채로 걸어왔다.

"여신이다."

"여신이야."

주위에서 찬탄하는 소리들이 나왔다.

여학생들이 부러움에 중얼거렸다.

"저 드레스, 세계적인 디자이너 마리 끌로앙의 작품이래."

"우… 진짜 너무 예쁜 드레스다."

남학생들은 진심으로 공감했다.

"과연 세계적인 디자이너!"

"훌륭해. 훌륭해!"

디자이너에 대한 무한한 존경심이 생겨나는 순간!

서윤은 이현에게 가서 고개를 살짝 들었다. 맑은 그녀의 눈빛이 보인다.

면사포를 벗겨 달라는 의미인 것을 그 누구라도 알 수 있으리라.

노예 데이트

이현이 면사포를 벗겨 주자마자, 천막 주점에는 손님들이 들이닥쳤다.

"영업 시작할 시간이죠?"

"주점 열었죠?"

미리부터 줄을 서서 기다리던 손님들에게 10분만 기다려 달라고 했다. 15분을 기다려도 소식이 없으니 손님들이 밀고 들어온 것이다.

"헉!"

"서, 서윤이다."

서윤은 한국 대학교에서 모르는 사람이 없는 유명인.

"주문요."

서빙을 맡은 여학생들이 드레스를 입고 뛰어다녔다.

"손님, 주문해 주세요!"

"주문 안 하실 거예요?"

손님들은 음식을 시키라는 재촉에도 서윤만 넋을 잃고 바라볼 뿐이었다.

아름다움이 주는 시각적인 충격!

주문을 하라는 여학생들의 재촉에 메뉴판을 보고 다시금 놀랐다.

"산 곰장어, 자연산 우럭, 대게찜, 장어구이, 해물 자장면… 이거 전부 다 진짜 메뉴예요? 우럭을 시키면 매운탕도 따라온다니……."

"네. 오늘은 주로 해산물 위주고요, 축제 기간 내에 메인 메뉴는 매일 바뀌어요. 과일 안주나 계란말이, 파전 같은 메뉴는 늘 주문 가능하고요."

"일단 산 곰장어 3인분 주세요."

"여기 산곰 3인분!"

손님들의 테이블에 버너와 불판이 척척 놓였다. 그러고는 곰장어들이 살아 있는 채로 양념과 함께 요리가 되는 것.

곰장어가 꿈틀거릴 때마다 양념과 뒤섞였다. 요리가 다 된 후에는 영양가 만점의 곰장어를 토막 내어 먹는다.

이현은 기왕 주점을 할 것이라면 수익도 내고, 음식의 질도 끌어 올리고 싶었다.

"아무리 축제 주점이라고 해도 대충대충은 있을 수 없지!"

손님들이 돈을 내고 사 먹는 음식이다.

어수룩하게 만들어서는 안 된다. 맛도 영양도 확실하게 책임져야 할 일.

우럭 등의 회를 뜨는 것은 이현이 아니고서는 할 수 없는 일이기에 가장 바빴다.

도마에서 예술적으로 움직이는 칼질!

살점을 발라낸 우럭이 살아서 눈을 끔벅였다.

신경들을 교묘하게 피해 가면서 이루어질 칼질이었기 때문이다.

오늘 우럭이나 대게, 곰장어 들은 평소 친분이 있던 시장 상인들이 납품을 해 주었다. 재료의 신선함은 물론이고, 믿을 수 있는 제품들을 염가에 받을 수 있었다.

"정말 대학생이었어?"

"아무튼 학생들에게 많이 홍보해 줘. 시장 상품 사 달라고 말이야."

넉넉한 인심 덕에 좋은 재료들을 쓸 수 있었지만, 장소가 학교 주점이다 보니 가격이 비쌀 수가 없다.

〈로열 로드〉에서야 사냥을 통해 너 나 할 것 없이 돈을 벌 수 있으니 바가지를 씌워도 부담이 적다. 하지만 학생들에게 비싼 가격을 받는 건 양심의 문제였다.

결국 적당히 양을 줄이고 가격을 높지 않게 조절했다.

그럼에도 손님들은 만족했다.

"여기요."

"9번 테이블에도 주문 받아 주세요."

서윤도 드레스를 입은 채로 주문을 받으러 돌아다녔다.

단지 걸어만 다닐 뿐인데도 뿜어 나오는 여신의 포스!

멍하니 쳐다보다가 손님들이 음식을 흘리는 경우가 많았다. 술을 먹다가 몇십 분씩 서윤만 바라보는 일은 다반사였다.

서윤이 걸어 다닐 때마다 달콤한 레몬 향도 났다.

화장품은 가벼운 스킨이나 로션만을 바른다. 맨 얼굴로도 압도하는 그녀였지만 오늘은 특별히 향수를 뿌린 날이다.

서윤이 손님들에게 메뉴판을 내밀었다.

"……."

주문을 바라면서 가만히 서서 기다렸다.

주위 손님들의 눈길에, 부끄럽지만 참아 내고 있었다.

"과일 안주 주세요."

서윤은 가볍게 고개를 끄덕여 보이고 돌아섰다.

테이블에 안주가 상당히 남아 있던 손님들도, 앞다투어 새로운 주문들을 했다. 순전히 서윤에게 말 한마디라도 해 보기 위한 욕심에서였다.

"손님들이 30분이나 기다리고 있어요."

"주방장, 대게찜 언제 나와요?"

"금방 나가!"

이현만 초주검이었다.

요리 속도가 느린 다른 학생들 때문에 2배, 3배 일해야 했던 것이다.

축제의 첫째 날에는 폭죽도, 학생들의 노래도 구경하지 못하고 아예 주방을 떠나지도 못했다.

꽃

다음 날 주점에는 더욱 많은 손님들이 일찍부터 밀려들었다.

"주문 받아 주세요!"

"여기 주문요!"

주방과 테이블 모두 분주했지만, 첫날보다는 한결 여유가 엿보였다.

요리들은 미리 손질을 마쳤고, 밑반찬도 충분히 준비를 해 놓았다. 술도 박스째로 쌓아 놓았으며 천막도 확장했다.

과에서 10명이나 되는 지원군도 보내 줘서 설거지와 테이블 청소 등 잡일을 해 주었으니 일이 줄어든 탓이다.

돈을 버는 재미로 이현은 일을 하는 보람을 느꼈다.

'첫날 마진이 70만 원. 그릇 등의 닷새간 대여료를 다 포함하고도 이만큼이나 남았어.'

지금의 장사는 다 훗날의 경험!

손님을 상대하는 법이나 요리법은 아르바이트 경력 등을 통해서 이미 충분히 안다. 그럼에도 자영업이란 만만하게 봐서는 안 될 일.

'이런 특수에 대박을 치지 못한다면 앞으로 장사 쪽으로는 눈길도 돌려서는 안 돼!'

남들이 즐기고 노는 축제의 날 비장한 각오로 주방을 책임졌다. 둘째 날도 큰 규모의 수익을 내고, 셋째 날부터는 테이블에 자리가 비는 시간이 없게 되었다.

축제의 나흘째가 되었을 때도 이현은 축제 구경은 일절 불가능했다.

그 모습이 안쓰러웠던지 선배들이 대신 부엌칼을 잡았다.

"이현아, 여긴 우리가 알아서 할 테니 너도 가서 놀고 와."

"제가 맡은 장소는 여기인데요."

"지금이 무슨 신라 시대냐, 임전무퇴의 정신을 발휘하게? 축제가 무슨 전쟁터도 아니고, 가서 놀다 와. 다른 애들도 눈치껏 빠져서 놀기도 하고 그러는데, 너도 축제를 즐겨야지."

이현은 앞치마를 벗어 놓고 허리를 폈다.

'축제라……. 다른 과들은 무슨 장사를 하는지 볼 필요성은 있겠군. 식당에서도 여러 노하우들이 필요한데. 정보란 다양할수록 좋지.'

"그럼 잠시만 나갔다 오겠습니다."

"오늘은 그냥 푹 쉬어. 벌써 저녁 6시다. 주점은 10시까지만 하기로 되어 있으니까 나머지는 우리가 알아서 해 볼게."

축제 열기가 과열되지 않도록, 주점은 10시면 문을 닫았다.

"예."

이현이 천막 주점을 둘러보았다.

테이블이 손님들로 가득 차 있고, 학생들은 주문을 받느라 정신이 없었다.

지난 사흘간 서윤의 인기는 단연 최고였다.

모든 손님들이 그녀에게 주문을 하기를 원했다. 덕분에 고생하던 서윤은 오늘은 휴가를 받아 주점에 나오지 않았다.

"내가 없어도 알아서 잘 돌아갈 테지."

이현은 천막 주점을 나오자마자 축제의 인파에 휩쓸렸다.

가족 단위로 나온 사람들, 타 학교 학생들, 분장을 하고 돌아다니는 한국 대학교 학생들.

조용하던 교정이 시끌벅적했다.

젊음의 열기가 느껴지는 공간!

이현은 그 열기를 들이마시기라도 하듯이 크게 숨을 쉬었다.

"아, 좋다. 돈 냄새가 물씬 풍기는구나!"

항상 도시락을 까먹던 잔디 광장에는 무대가 만들어져서 밴드들이 연주를 했다.

가상현실학과에서는 체육대회와 가요제, 연극에 몇 팀씩 참여했다.

결과는 모두 참패!

체육대회는 예선 탈락, 가요제는 라이브 도중에 고음 불가 사태, 연극에는 초등학생 관객들만 몇 명 찾아왔다고 한다.

"저 누나들 연습 안 했나 봐."

안경을 쓴 예리한 눈빛의 초등학생은 이런 말도 했다.

"허술해."

초등학생들에게도 비판받는 연극!

가상현실학과의 모든 지원이 주점으로 향하게 된 결정적인 계기였다.

다른 과들은 미리부터 많은 준비를 한 듯 다양한 행사들을 개최하고 있었다.

과의 특성을 살려서 수의학과는 소고기를 판매했다.

사회복지학과는 장애인들과 노약자들의 휠체어를 밀어 주며 안내를 해 주고 있었다. 인근 호텔이나 본인의 집 등에서 숙박을 시켜 주면서 직접 목욕도 시켜 주고 선물도 주는 뜻깊은 행사를 한다고 한다.

의상디자인학과는 직접 만든 옷들을 염가에 판매했다.

음대생들은 항상 인기가 좋은 편이었다. 미모의 여대생들이 연주를 하니 남자 관객들이 바글바글해 흥행 몰이를 했다.

무대들이 이곳저곳에 세워져 있고, 소규모 행사들도 끊이지 않는다.

쓰지 않는 물건들을 처분하는 벼룩시장도 활발했다.

이현의 발길이 메인 무대의 뒤에 있는 벼룩시장 쪽으로 향할 때였다. 그의 팔을 옆에서 누군가가 잡아끌었다.

"자, 여기 또 1명의 지원자가 나온 것 같습니다."

무대에서는 사회자가 노예팅을 진행 중이었다.

진행 요원들이 관중 중에서 노예팅 참여자를 선정하고 있었는데, 관중을 제치고 이현이 불쑥 튀어나왔던 것이다.

※ ❊⠶❊⠶❊ ※

노예팅에 참가한 남학생들은 총 30명!

사회자가 마이크를 가까이 대고 외쳤다.

"각자 갈고닦은 장기 자랑을 보여 줄 시간입니다. 얼마나 멋진 장기들을 보여 주느냐에 따라서 주인님이 달라질 수 있으니 노예 여러분이 최선을 다해야겠죠! 그럼 1번 참가자부터 시작입니다."

이현은 23번의 번호를 받았다.

무대에 올라서지 않고 버티려고 했지만, 관중의 야유로 인해서 부득이하게 올라왔다.

'장기 자랑이라니, 오늘의 운수는 최악이구나.'

잘하는 게 대체 뭐가 있는가!

그게, 할 줄 아는 것이라고는 무술뿐이다.

다른 참가자들이 노래와 춤, 악기 연주, 마술, 개그 쇼 들을 보여 줄 때마다 이현의 얼굴은 점점 굳어졌다.

관중의 싸늘한 눈초리에 겁이 났던 탓!

나서는 성격도 아니고, 개인기가 있지도 않았으니 긴장이 더해졌다.

무대 공포증. 같은 학교 학생들이 보고 있으니 더욱 끔찍했다.

'춤을 추자. 국민 체조라도 할까?'

6번 참가자가 먼저 국민 체조를 했다.

"우우우!"

"지겹다. 때려쳐!"

이현은 안도했다.

'다행이야. 국민 체조는 안 해서. 그럼 노래를 부를까? 명곡인 〈끝까지 사랑해요〉가 좋겠군.'

14번 참가자가 먼저 그 곡을 불렀다.

웃을 수도 없어요

매번 당신의 웃음이 기억나서 울지도 못하죠

내가 슬퍼하면 당신이 아파할지도 몰라서

이현이 듣기에는 기가 막힌 가창력을 가지고 있는데도 높은 점수는 못 받았다.

이제 점수를 잘 받는 게 문제가 아니었다. 어떻게든 이 상황을 넘겨야만 한다.

"23번 참가자의 장기 자랑을 보겠습니다."

어느새 순서는 이현의 차례로 넘어왔다. 짧게 보여 주는 장기 자랑이었기에 느긋하게 생각할 여유조차 없었다.

"칼을 좀……."

"네?"

"사과 깎기를 보여 드리겠습니다."

"사과요. 사과 준비되겠습니까? 네, 금방 과도와 함께 준비된다고 합니다. 23번 참가자의 장기 자랑은 사과 깎기. 모두 한번 감상해 보시죠."

진행 요원들로부터 넘어온 잘 익은 사과와 과일칼!

이현은 사과를 빙글빙글 돌리며 어루만졌다. 그리고 한순간.

사사사사사삭.

한 호흡에 과도가 사과의 껍질을 깎으며 미끄러졌다.

칼날이 스칠 때 허물 벗듯이 벗겨져 나가는 사과 껍질. 중간에 끊어짐이나 잔여물도 남아 있지 않았다.

"벌써 다 깎으신 건가요?"

"예."

"정말 빨리 사과 껍질을 깎았네요. 어쨌든 좋은 묘기를 보았습니다!"

사회자가 흥을 돋우기 위해서 치켜세워 줬다. 노래나 춤 등의 흔한 장기 자랑만 보다가 새로운 묘기를 보았다는 생각에서였다.

관중도 적당히 박수를 쳐 주었다.

'휴. 겨우 넘어갈 수 있었군.'

이현의 뒤에도 7명이 장기 자랑을 하고, 이제 노예들의 가격을 매길 시간이 되었다.

사회자가 노예들을 줄지어서 세웠다.

"잘생긴 분들은 뒤쪽에! 본인이 평범하다 싶은 분들은 앞쪽에 서 주시기 바랍니다!"

이현은 사회자의 말대로 앞에 서려고 했다.

'매도 먼저 맞는 게 낫지.'

그런데 다른 노예들이 먼저 튀어나가서 앞쪽을 차지했다.

관중 중에 노예를 구입할 의사를 가진 사람은 일부일 뿐!

구입해 줄 친분 있는 사람들을 미리 섭외해 놓은 마당이었으니 앞에 서려고 했다.

무대책으로 나온 사람은 이현과 몇 명뿐이었다.

"3만 원에 팔렸습니다."

"15,000원에 팔렸습니다."

"이번 노예는 꽤나 고가로군요. 48,000원! 구매하실 분의 말씀으로는 오늘 하루 제대로 부려 먹어서 본전을 뽑을 생각이랍니다!"

이현의 차례도 돌아왔다.

사회자는 이현을 살피더니 크게 낙담한 듯이 한숨을 쉬었다. 그리고 마이크에 대고 말했다.

"이번 노예에 대해 말씀드릴 것 같으면… 힘은 좋아 보입니다. 가격 포기합니다. 10원부터 시작합니다."

노예의 가격 10원!

다른 노예들은 최소 몇백 원, 혹은 1,000원에서 시작했는데……. 장난인 줄 알면서도 이현은 비참함을 느꼈다.

그런데 10원에도 손을 드는 사람이 없는 것이었다.

"여기요. 20원!"

관중 중에서 아이를 업고 있는 아줌마가, 딱해 보였는지 손을 들었다.

그러자 다른 쪽에서도 손을 들었다.

"20원 받고 10원 더!"

소리친 곳을 쳐다보니 여동생 이혜연이 있었다.

30원까지 불러 주는 감격적인 가족의 정!

사회자가 소리쳤다.

"자, 30원까지 나왔습니다. 40원 부르실 분 없습니까?"

"40원!"

"55원!"

"80원!"

어차피 싼 가격이다 보니 마구 부르는 사람들이 나왔다.

"175원."

"199원!"

"390원!"

"390원! 390원을 끝으로 더 이상 부르는 사람이 없으면 이대로 낙찰됩니다. 열을 세겠습니다. 열, 아홉… 일곱……."

비참한 가격 390원!

더 이상 높은 가격을 부르는 사람이 등장하지 않자 사회자는 낙찰을 시키려고 했다.

숫자를 둘까지 세었을 때였다.

청바지에 야구 점퍼, 모자를 깊숙이 눌러쓰고 있는 여자가 손을 들었다.

"200만 원!"

"200만 원! 200만 원 나왔습니다. 정말 200만 원을 부르셨습니까?"

사회자가 흥분해서 소리쳤다.

관중의 시선도 일제히 그 여자에게로 향했다. 너무나도 당연히 장난일 줄로 안 것이다.

하지만 그 여자가 야구 점퍼와 선글라스를 벗자 찬탄의 소리들이 나왔다.

"정효린이다!"

"정효린이 우리 학교 축제에 왔다."

세계적인 무대 위의 노래하는 요정이라는 정효린이 노예팅에서 200만 원을 부른 것이다.

이현은 그렇게 정효린에게 낙찰되었다.

❧ ⚘⚘⚘ ❧

"노예, 팔짱!"

"넷."

이현은 서둘러서 정효린과 팔짱을 끼었다.

고혹적인 향기가 맡아질 정도로 밀착된 거리. 팔짱을 끼고 사람들을 헤치며 다른 장소로 향했다.

정효린을 구경하려는 사람들이 끊이지 않았고, 이목이 집중되어 있었다.

정효린이 생글생글 웃었다.

"저, 축제 구경시켜 줄 거죠?"

"나도 잘 모르는데……."

"괜찮아요. 같이 돌아다니면서 이것저것 해 보는 게 재밌는 거잖아요. 저도 대학생이기는 해도 학교에는 거의 못 가 봤거든요. 축제 구경도 처음이에요. 축제에서 노래를 부른 적은 많아도요."

"그냥 다른 사람이랑 돌아다니시죠. 전 바쁜 몸이라서……."

"노예, 반품한다?"

"……."

노골적인 반품의 협박!

노예에게는 선택의 여지가 없었다.

다시 무대에 오르거나, 혹은 2백만 원을 물어 줄 수도 없다.

"축제를 안내해 드리죠."

"진작 그러시지."

정효린은 이현을 잘 파악하고 다루는 법에 익숙해졌다.

'협박이 가장 잘 먹혀!'

정효린은 이현의 팔을 꼭 끌어안았다.

이현은 걸을 때마다 그녀의 몸을 느낄 수 있었다. 군살 한 점 없는 몸매와 포근한 가슴이 팔에 자꾸 부딪쳤다.

"저기, 주인님. 연예인이 이래도 됩니까?"

"뭘요?"

"팔짱 끼고 돌아다니면 오해를 살 수가 있지요."

"어떤 오해를 사는데요?"

"무릇 남자와 여자가 이렇게 붙어 있다 보면……."

사람들이 하는 말소리가 들렸다.

"정효린 씨, 진짜 착해."

"불우이웃돕기 노예팅에 2백만 원도 기부했다잖아."

노예팅의 수익금은 전액 불우이웃돕기 성금으로 쓰이게 되어 있었다.

"팔짱 낀 것 좀 봐."

"쉿! 팬 관리야, 팬 관리."

"역시 착한 정효린이라서 저런 남자에게도 애인처럼 잘해 주는구나."

"팔리지도 않던 노예 주제에 완전 행운을 잡은 거지, 뭘."

한국 대학교 축제에는 기자들도 있었지만, 가볍게 스쳐 지나갔다.

"첫 앨범부터 떠서 데뷔 초반 이후로는 대학교 축제와는 담쌓고 지낸 줄 알았는데 정효린 씨가 이런 곳에 오다니… 의외인걸."

"세계적인 요정답지 않게 정말 착해."

화사한 매력을 한껏 발산하고 있는 그녀였다.

주점에서 일하다가 나온 이현과는 안 어울려도 너무 안 어울린다. 할리우드의 유명 남자 배우들의 고백까지도 무시해 버린 전력이 있었기에 더욱 다른 생각을 하지 못했다. 스캔들이나 남자관계에 대해서는 너무나도 깨끗했던 정효린이었다.

노래만을 사랑한 그녀였던 것이다.

"남자랑 팔짱 껴 보니까 살짝 설레네. 다들 이런 기분으로 팔짱을 낄까."

"예?"

"그냥 혼잣말이에요."

이현은 그녀가 한 말을 들었다.

'나도 여자와 팔짱을 끼어 본 건 처음인데…….'

스물두 살이 넘도록 여성과의 접촉은 거의 여동생이 유일했다. 어린애일 때 업고 다니고, 기저귀를 갈아 주고, 목욕을 시켜 주던 아득한 시절의 접촉이 전부였던 인생!

"우리 인간 두더지 잡을래요?"

"싫은데……."

"2,000원이래요."

"……."

이현의 호주머니에서 꼬깃꼬깃한 지폐 두 장이 나왔다.

'역시 여자와의 데이트에는 돈이 드는구나.'

2,000원이나 쓰다니, 평생 잊을 수 없는 날이 될 것 같았다.

늙어 죽는 순간에도 떠오르게 될지 모를 일.

정효린은 팔짱을 풀지 않은 채로 왼손으로 뿅망치를 들었다.

"얏! 얍!"

이현은 방관하려고 했지만 자꾸만 빗나가는 그녀의 뿅망치를 보면서 집중이 되는 자신을 어쩌지 못했다.

"좀 더 왼쪽!"

"알았어요."

"오른쪽에 지금 나오려고 해!"

"봤어요!"

"위쪽에서 두 번째! 지금 안 들어가고 있다. 빨리 잡아!"

"내가 알아서 할 거라니까요!"

두 남녀의 승부욕이 불타올랐다.

"우씨, 12마리나 놓쳤어."

"더 빨리 움직였어야지."

"옆에서 자꾸 말 시켜서 그렇다니까요. 말만 안 시켰어도 안 놓쳤어요."

"다시 해 봐."

"진짜 다 잡을 거예요."

정효린은 아까보다 과격하게 뿅망치를 휘두르면서도 팔짱을 풀지 않았다.

불편하겠다는 생각에 슬며시 팔을 풀려고 하다가, 이현의 손이 그녀의 손을 살짝 스쳤다.

그러자 정효린이 이현의 손을 꼭 붙잡는 것이었다. 너무도 자연스럽게 그리고 친밀하게 이루어져 버린 일이었다.

"쳇! 3마리 놓쳤네."

"그래도 잘한 편이야."

"다음엔 뭘 하고 놀까요?"

두더지를 잡으면서 친해진 남녀!

이현도 편안함을 느낀 탓인지 말을 놓았다.

"비비탄 권총 쏴서 인형 뽑기 할래?"

"좋아요."

한 발에 300원!

이현은 가격대를 보고 나름 저렴한 놀이를 골랐다.

"아저씨, 각자 열 발씩 총알 장전해 주세요."

정효린은 이번에는 자신이 지갑을 꺼내 계산했다. 이현에게 큰 감동을 주는 행위였다.

'좋은 여자구나……'

정효린이 한 손으로 권총을 들었다.

"제가 먼저 쏠게요."

"응."

정효린이 쏘는 총알들은 절묘하게 인형들을 빗나갔다. 어쩌다가 인형이 맞더라도 쓰러지지 않았다.

원래 이 바닥이 다 그렇다.

함부로 인형을 넘보려고 하는 손님들과 주인 간의 전쟁!

정효린의 실패 후에, 이현은 큰 인형은 노리지 않았다.

'중형 인형 무게 대략 780그램. 인형 눈을 붙일 때에 수없이 느껴 봤다. 비비탄으로는 정확히 쓰러뜨리기 쉽지 않아.'

인형의 중심을 맞히더라도 타격력이 크지 않다.

연발로 쏴야만 가능하리라.

한 발에 300원씩 내던지는 셈이라서 이현은 작은 참새 인형만을 신중히 노려서 떨어뜨렸다.

'성공이다.'

이현은 참새 인형을 여동생에게 줄 작정이었다.

'올해 생일 선물은 이걸로 때우면 되겠군.'

그런데 정효린이 인형을 가로챘다.

"이거 저 주는 거예요?"

눈을 반짝이며 달라고 하는 예쁜 표정에, 차마 거부할 수가 없다.

"가, 가져도 돼."

"고마워요."

정효린은 소중한 듯이 인형을 품에 안았다.

둘은 회전목마도 타고, 대학생들의 연극도 관람했다.

한국 대학교의 본관 옥상에서 축제와 도시의 야경을 보는 기회도 가졌다.

폭죽이 하늘을 수놓고 있을 때에도 정효린은 이현의 손을 놓지 않았다. 좋아하는 감정을 고백하지 않고, 느낄 수 있도록 전하는 그녀의 방식이었다.

이현은 생각했다.

'손잡는 거 참 좋아하는구나.'

호숫가의 작은 무대에 정효린이 올랐다.

청중도 몇 명 되지 않는 초라한 무대. 악기로는 피아노 한 대가 있을 뿐이었다.

"우리 노래 부를래요?"

정효린이 피아노 의자에 앉아서 물었다.

여전히 손을 잡은 채라서 이현도 옆에 앉아 있었다.

"어떤 노래?"

"아무 노래라도… 원하는 곡을 말씀해 보세요. 어떤 노래라도 좋지만 행복한 곡이었으면 좋겠어요. 지금이 너무 행복하고, 기분이 좋아요."

정효린은 콘서트를 위해 세계 각국을 돌아다녀야 했다.

마력적인 음성으로 콘서트에서 6만 명을 열광시키고, 어느 사회주의국가는 광장에서 수십만 명의 청중에게 음악의 자유로움을 만끽하게 했다.

노래를 부르면서 더없이 빛이 나던 매력적인 그녀였지만, 무대를 마치고 나면 외로운 호텔 방에서 혼자 잠이 들었다.

음악만이 유일한 벗이었고, 허전함과 고독을 달래 주는 수단이었다.

행복을 노래하지만, 정작 노래를 부른 후의 그녀는 너무도 외로웠다.

이현과 함께 있으면 진심으로 행복한 노래를 부를 수 있을 것 같은 기분.

"〈눈빛 대화〉를 들려줄래?"

정효린의 데뷔 곡 〈눈빛 대화〉.

이현의 여동생이 가장 좋아하는 곡이기도 하다.

정효린이 열여섯 살 고등학생일 때 발표한 것으로, 이 곡이 전 세계적인 히트를 치면서 그녀는 스타가 되었다.

후속 곡들이 대중의 더 큰 사랑을 받았지만, 앳된 소녀가 부르던 〈눈빛 대화〉를 잊지 못하는 사람이 많았다.

"불러 줄게요. 대신… 한 손으로만 연주할게요."

이유는 손을 놓고 싶지 않아서였다.

이 세상에 언어는 없어요
단지 우리는 의미 없는 웅얼거림을 반복하고 있을 뿐이죠

그대가 하고 싶은 말을 하세요
저는 듣지 못하니

정효린의 목소리는 마법처럼 퍼졌다.
한 손으로 연주하는, 약간 부족한 피아노의 멜로디를 감싸
안기에 충분할 만큼 곱고 아름답다.

어떤 몸짓도 허용되지 않아요
대화는 존재하지도 않아요
오로지 할 수 있는 것은 눈빛뿐
당신의 눈빛을 내게 보여 주세요
간절함, 안타까움, 애절함, 분노, 실망, 염원, 친근함, 사랑
이 모든 감정을 눈빛으로 표현해 주세요

음악에 이끌린 청중이 무대로 걸어오고 있었다.
조그마한 소란이라도 일으키지 않도록 조용히 좌석을 찾아
앉았다.
그리고 휴대폰을 꺼내 친구들에게 문자를 보냈다.
호수 공연 무대에서 정효린 노래 중. 빨리 와!

밥을 먹을 때에는 무엇을 고를지, 맛있게 먹었는지, 그다음에는
어디로 가야 하는지도 모두 눈빛으로 말해 주세요
서로의 눈을 마주 보며 마음을 읽어 나가죠
어떤 오해와 왜곡도 없는 세상

달빛 조각사

그대의 눈빛을 보다 잘 이해할 수 있도록, 마음을 볼 수 있도록 노력을 해야 해요

그래도 우린 서로의 마음을 완전히 알 수는 없죠

당신이 이해할 수 없는 행동을 보이더라도 저는 받아들일 수 있어요

저 또한 그럴지도 모르니까요

눈빛을 본다는 건 정확하지 않은 모호함

감동 없는 말이 아니라, 행복을 비춰 주세요

그대의 눈동자에 내가 보이도록

잠시라도 내 얼굴에서 눈을 떼지 말아요

눈빛 한 번에, 마음 한 번

그렇게 마음을 비춰 주세요

당신의 빛나는 눈동자가 가깝다면 더욱 좋겠네요

여전히 신비로운 목소리.

앳된 고등학생이던 그녀는 없지만, 이제 막 사랑을 알아 가는 여인이 있었다.

신비로운 목소리로, 슬픔과 비통함이 아니라 사랑을 가르쳐 달라고 흐느끼고 있다.

딱딱한 말이 가슴을 두근거리게 하지 못한다면,

그대 저는 눈빛으로 말하고 싶어요

눈빛이야말로, 고막을 통해 들리는 음성보다도

훨씬 당신의 가슴에 깊이 파고 들어갈 테니까요

말로는 전하지 못하는 무엇을 전할 수 있을 거예요

눈빛으로 말하기
저는 당신의 눈빛을 보고 싶네요

정효린은 피아노를 보지 않았다.
바로 옆에 앉아 있는 이현을 보면서, 흑요석 같은 눈동자를
반짝이며 노래했다.

스미스의 궁금증

위드는 누렇게 뜬 얼굴로 네칸 성으로 귀환했다.

던전 크라마도에서의 쉴 새 없는 사냥!

레벨과 아이템은 상당수 얻을 수 있었지만 그 대신 과로에 걸려서 죽을 위기에 빠진 것이다. 현재의 체력과 스탯 들은 정상이었을 때의 3할에도 미치지 못했다.

위드는 한 보따리의 땅콩과 마늘과 양파를 구입한 후에 선술집에 들어갔다.

"여기 흑맥주 한 잔!"

맥주를 주문해서 들이켰다.

체력이 소량 회복됩니다.
중증 과로에 빠져 있습니다.

이제 조금이나마 살 것 같았다.

'사냥뿐만 아니라 축제도 지긋지긋했지.'

대학 시절에 처음 맞이하는 청춘의 축제가 그에게는 지겨운 일이었다!

　'돈을 벌어야 될 시간에 남들처럼 여유를 부릴 수는 없지. 남들처럼 먹고 싶은 거 다 먹고, 놀고 싶은 거 다 놀고, 하고 싶은 일만 하면서 언제 돈을 모을 수 있겠어?'

　요즘은 시대가, 꼬마 아이들도 빈부 격차에 대해서 알 정도였다. 위드의 시각에 따르면 부모가 운전하는 외제 차를 타고 유치원에 온 아이는 자신감에 차 있고 당당하다. 하지만 통학 버스를 타고 온 아이는 어딘가 위축되어 있다.

　"너……."

　"응?"

　"모나미 볼펜 쓰는구나."

　"우리 엄마가 실직을 해서……. 다음 달에는 일제 볼펜으로 바꿀게."

　위드의 꿈에 나왔던 유치원생들의 대화였다.

　실제로 돈의 유무는 사소한 구석에서도 차이가 났다.

　식판에 있는 음식을 먹을 때, 잘사는 집 아이는 소시지부터 케첩에 찍어 먹는다. 하지만 못사는 집 아이들은 콩나물이나 나물부터 먹는다.

　소시지는 아껴 두어야 한다는 강박관념.

　이현은 본인에게 자격지심이 있음을 인정했다.

　'흰 우유만 마시고 자란 아이와, 딸기 우유를 마시고 자란 애

들이 서로 같을 수는 없지.'

심금을 울리는 딸기 우유 이론!

위드는 맥주를 마시며 축제에서 있었던 일들을 떠올렸다.

정효린의 라이브 무대는 새벽까지 이어졌다.

앙코르가 계속되고, 이현은 손을 잡고 함께 있어야만 했다.

'어디 그것뿐이야?'

그 정도에서 멈췄다면 체력이 이처럼 심하게 고갈될 일은 없었을 것이다.

축제의 마지막 날. 선배들은 서윤에게 말했다.

"서윤아, 너도 축제를 즐겨야지. 여기서 일만 할 거니?"

주점 손님들의 90%는 서윤을 보기 위해서 온 것이지만, 선배들은 그녀에게도 자유를 주었다.

"나가서 구경이라도 하고 와. 축제는 다 같이 참여해야지. 혹시 누구 같이 나가서 놀고 싶은 사람이라도 있니?"

선배들의 호의에 서윤은 반사적으로 이현을 쳐다보았다.

이현은 곧바로 환한 웃음을 지어 주었다.

"그래. 주점은 걱정하지 말고 축제 구경 잘하고 와."

주점은 성공적이었고, 주문을 잘해서 요리 재료도 거의 남지 않을 것 같았다. 저녁 8시 정도에 조기 마감을 한다면 집에 가서 〈로열 로드〉에 접속할 수 있다. 2시간의 여유라면 서윤과의 데이트도 거절해 버리는 게 이현이었다.

"이현아."

군대까지 다녀온 예비역들은 그런 미묘한 부분을 놓치지 않았다.

"예, 선배."

"믿기진 않는다만 서윤이가 너를 원하나 보다. 네가 축제를 안내해 줘라."

예비역 선배들의 말까지 거부할 수 없어서 이현은 부득이하게 축제를 안내시켜 주는 역할을 맡아야 했다.

"크으, 부럽다."

"아, 나도 잘 안내해 줄 수 있는데…….."

선배들과 손님들의 부러움 속에서, 이현은 서윤과 함께 주점을 나섰다.

서윤은 웨딩드레스를 가벼운 옷으로 갈아입은 후였지만, 축제를 구경 온 남자들의 눈이 튀어나오게 만들 정도로 예뻤다. 그들을 지나쳐 간 남자들이, 믿을 수 없다는 표정으로 다시 뒤를 돌아보더니 다른 장소로 떠나지를 않았다.

"갈까?"

이현은 덥석 서윤의 손을 잡았다.

정효린이 손을 잡고 놓지 않을 정도로 좋아했으니 서윤도 별로 싫어하지는 않으리라 믿으면서 먼저 손을 잡은 것이다. 남자로서의 용기가 아니라, 축제의 인파가 워낙 많아서 손이라도 잡지 않으면 놓쳐 버릴 것 같다는 이유도 있었다.

"……."

부드럽고 여린 손. 의외로 따뜻하다.

서윤은 손을 잡히자 몸 전체가 경직된 느낌이었지만, 금방 풀렸다.

"하고 싶은 거 있어?"

이현이 물었을 때에 서윤은 대답을 하지 못했다.

막상 말을 해야 될 때면 말문이 막히기도 했지만 대학 축제를 구경해 본 적이 없기 때문이다.

"그럼 내가 안내할게."

이현은 서윤과 함께 두더지를 잡으러 갔다. 가격도 만만하고, 정효린과 함께했을 때 반응이 상당히 좋았기 때문이다.

이현을 본 두더지 행사장의 학생들은 분개했다.

"크윽……."

"어제 그놈이다."

"선배! 어제 효린 씨와 왔던 그놈이… 오늘은 서윤 양과 함께 왔습니다."

두더지들은 심한 질투를 감추지 못했다. 어제의 정효린으로 모자라서, 오늘은 서윤이다.

더구나 이현의 행동이 무척이나 가증스럽기 짝이 없었다.

'어제는 수줍은 듯이 정효린의 팔짱을 낀 채로 따라오더니… 오늘은 서윤 양의 손을 적극적으로 잡고 있잖아.'

'가식적인 놈.'

'선수 중의 선수구나.'

두더지들은 화가 솟구칠 대로 솟구쳤다.

"이 뽕망치를 잡고 때리면 되는 거야."

이현의 조언 아래 서윤이 뽕망치를 들었다.

뽁 뽁 뽁 뽁 뽁 뽁!

어설프던 정효린과는 굉장히 달랐다.

    이현과의 손을 잡은 채로도 1마리의 두더지도 놓치지 않고 타격하는 재빠름. 숙맥 같은 성격에 비해 운동신경이 보통이 아니다.

    뿅망치에 맞을 때마다 두더지들은 비통함과 서글픔을 동시에 느꼈다.

    '얼굴이 잘생겼거나 돈이 무진장 많은 놈이라면 이토록 억울하진 않을 텐데.'

    '저런 평범한 놈이 무슨 매력이 있어서…….'

    인형을 뽑을 때에도 어제의 경험이 있어서 쉽게 작은 당근과 키위 인형을 쏠 수 있었다.

    "선물."

    이현은 당근 인형을 선물로 주었다.

    "다른 건 내 여동생에게 선물로 줘야 되니까, 1개만 받아."

    "……."

    서윤은 당근 인형을 손에 꼭 쥐었다.

    축제의 마지막 날이라서 밤늦도록 행사들이 이어졌고, 이현은 서윤을 데리고 축제를 구경했다.

    행사장들을 돌아다니면서 눈으로 보는 정도에 불과하였지만, 신기한 일투성이였다.

    서윤은 환한 웃음을 터트리지는 않았지만, 붉게 상기된 얼굴을 했다. 이현이 이끄는 대로 따라다니면서, 복잡한 장소를 지나칠 때에는 손을 꼭 잡기도 했다.

    "춤출래?"

    메인 무대가 있는 잔디 광장에서 조명들이 환하게 켜졌다.

부드러운 연주곡이 흘러나오고, 커플들이 춤을 추고 있었다. 그래서 이현도 서윤에게 춤을 청한 것이다.

서윤은 얼굴을 살짝 붉게 물들인 채로 고개를 끄덕였다.

이현은 그녀의 손을 잡고 가까이 달라붙었다. 음악과 함께 자연스럽게 몸을 움직인다.

과격하지 않은 춤이었지만, 둘은 서툴렀다. 누가 먼저랄 것도 없이 상대의 발을 번갈아 밟고 있었다.

이현은 서윤이 언제 폭발할지 몰라서 조마조마할 뿐이었다.

"지겨운 축제가 끝났어. 이제야 평소의 일상으로 돌아올 수 있겠군."

맥주를 마시니 늘어져라 하품이 나온다.

과로 상태에서는 휴식이 보약이다. 드워프의 몸을 하면 맥주를 마시고 쉬는 편이 효과가 컸다.

'몸이 정상으로 돌아오면 조각 변신술을 해제할 때도 됐군.'

각 종족별로 장단점이 있다.

드워프는 체력과 지구력에서 장점이 있다. 하지만 팔다리가 짧아서 정작 전투에서는 상당히 불리한 편이다. 빨리 적응하지 못한다면 그 자체만으로도 훨씬 어렵게 전투를 해야 한다.

바바리안들은 육체적인 능력은 최고조에 달해 있다. 훨씬 큰 키와 근육질의 몸은 전사로 자라기에 최적이라고 할 수 있다. 그러나 마나를 사용하지 못하고, 주술 등에 잘 현혹되는 부작용을 가졌다.

인간은 딱 중간이라고 할 수 있다. 신성력이나 마법을 사용하기도 좋고, 파티 사냥 시에는 부족한 점을 서로 보완해 준다. 오크나 엘프, 요정처럼 특수 종족도 각광받고는 있지만, 역시 가장 흔히 선택하는 종족은 인간이었다. 중앙 대륙에서 가장 큰 왕국들을 차지하고 영향력을 행사하고 있기도 했다.

"데이몬드가 이끄는 마물의 군대가 오데인에서 연합군 세력과 일진일퇴의 공방전을 벌이고 있다고 하더구만."

"오데인 요새가 위력을 발휘하는 것이겠지?"

"암! 난공불락으로 소문난 요새 아닌가. 암만 거대 마물들이라고 하더라도 오데인 요새의 방어선을 뚫기란 어려울 거야."

베르사 대륙이 혼란에 빠지자, 데이몬드와 마물들을 저지하기 위하여 연합군이 오데인 요새로 모였다.

10만이 넘는 연합군이 한 장소에 모일 수 있고, 또 그 이상의 지원부대가 후방에서 결집 중이다.

마물들이 돌격을 해 올 때마다 오데인 요새에서 시전되는 1만여 개의 공격 마법은 장관 그 자체!

"영웅이여, 오데인 요새로 오라!"

"마법사들의 참전을 환영합니다."

오데인 요새에 있는 제국의변영 길드는 용병들까지 모았다. 오데인 요새가 마물에게 뚫리면 자신들의 터전이 빼앗기기 때문에 필사적이었다.

이름 없는 고레벨 유저들, 용병들이 대거 참여하면서, 베르사 대륙의 이목이 오데인에 집중되었다.

오데인 요새의 성벽을 사이에 두고 매일 벌어지는 압도적인 전투들은 섣불리 승부를 예측하기 힘들 정도였다.

마물들이 성벽 위로 올랐을 때에는 연합군의 패배가 예상되기도 했다. 그러나 용병들, 전사들, 기사들의 기적적인 투혼으로 마물들을 간신히 몰아냈다.

연합군이 부활의 군대를 밀어붙일 때도 있었지만, 곧 추가로 마물들이 가세하면서 다시 오데인 요새 안으로 퇴각해야 했다.

각국의 정규군이 원정대로 파병되어 부활의 군대가 장악한 지역을 탈환하기 위한 전투도 벌였다.

다크 게이머들은 검 한 자루를 차고 오데인 요새로 뛰어들었고, 무기와 방어구, 전투 물자의 시세도 폭등하고 있다.

거의 최초라고 할 수 있는 대규모 전쟁의 여파로 베르사 대륙 전역이 시끌벅적했다.

위드는 품에서 죽음의 상을 꺼냈다.

쿠르소에서 데스핸드를 물리치고 얻은 전리품. 더불어 다른 퀘스트와의 연관 관계가 있으리라고 짐작되는 물건이었다.

"부활의 군대와 관련이 있는 퀘스트는 아니겠지?"

데스핸드를 상대로 승부할 때의 난이도가 상당히 높은 편이었다. 빛의 조각품을 만들지 않고 나무나 바위를 평범하게 조각했더라면 승리를 자신할 수 없었다.

"낫을 들고 있는 마수의 조각품이라……."

조각품의 생김새에 따르면 상당한 의혹이 생겼다.

부활의 군대가 최초로 모습을 드러낸 것은 모라타에서 그리 멀지 않은 장소였다. 탐험가들이 원래 부활의 교단이 있던 장소들을 발견하면서, 그들의 상징물의 형태가 드러났다.

위드가 들고 있는 조각품과 똑같이 생겼다.

부활의 군대와 진짜 연관이 있다면 위드에게는 심각한 일!

10만의 연합군과 싸우고 있는 부활의 군대와 맞서라는 퀘스트일지도 모른다는 생각이 들었다.

"설마 그런 황당한 퀘스트는 아닐 테고……."

위드의 표정이 진지해졌다.

사실 힘들고 황당한 퀘스트를 어디 한두 번 해 본 게 아니었기 때문.

누렇게 얼굴이 뜬 드워프가 진지하게 표정을 굳힌다고 해도 처량함만 더할 뿐이었다.

종업원이 다가왔다.

"손님."

"예?"

"저쪽의 상인 분들이 드시라고 맥주 한 통을 보내셨습니다."

동정심까지 일으키는 청승맞은 태도!

권위와 카리스마, 영웅들이 갖춰야 할 덕목과는 거리가 먼 위드였다.

위드는 손을 흔들어서 고마움에 대한 답례를 한 뒤에 맥주를 마셨다.

> 몸이 노곤해집니다.
> 낮잠을 자면 피로 회복 속도가 더욱 빨라집니다.

과로로 혹사당한 몸은 계속 휴식을 요구하고 있었다.

위드는 심사숙고 끝에 마음의 결정을 내렸다.

"어려운 의뢰라고 해서 다 피해 버린다면 더 크게 성장하지 못해. 따지고 보면 프레야 교단의 의뢰들을 성공시켰기에 지금의 내가 있는 거야."

뱀파이어 로드 토리도, 데스 나이트 반 호크와의 인연이나 리치 샤이어와의 전투, 모라타의 영주가 되었던 인연들도 거슬러 올라가 보면 그가 수행했던 퀘스트들과 관련이 있다.

천공의 도시 라비아스에서 헤레인의 잔을 찾지 못했다면 사냥만 할 줄 아는 그저 그런 다크 게이머가 되었으리라.

그보다도 훨씬 전, 현자 로드리아스의 의뢰를 받지 않았더라면 검사나 기사가 되어서 평범하게 성장하였으리라.

철은 두드릴수록 강해진다.

조각사가 되어 남들보다 빠르게 명성이 늘어난 것이나, 조각술의 비기들을 획득하면서 얻은 힘들도 따지고 보면 소중한 인연이다.

어떤 의뢰도 피하고 싶지 않았다.

'진짜 어려운 일이라도 부딪쳐 보기 전에는 알 수 없다. 피하기만 하다 보면 이도 저도 아니게 되어 버릴 거야.'

위드는 비장한 각오로 스킬을 시전했다.

"감정!"

띠링!

실패하였습니다.
집중력이 저하되어 있으므로 감정을 할 수 없습니다.

"......"

맥이 탁 풀렸다.

과로에 술기운이 올라와 있어서 스킬 사용이 실패한 것이다.

"감정!"

띠링!

실패하였습니다.

"감정!"

띠링!

실패하였습니다.

"감정!"

띠링!

장난감 목상
손때가 많이 묻어 있는 장난감. 적당한 크기에, 가지고 놀기 좋을 것 같다.
예술적 가치: 거론하기 창피하다.
옵션: 우는 아이를 그치게 할 수 있다.

일곱 살쯤 되는 어린아이가 사탕을 입에 물고 담 밑에 장난감을 숨겨 두었다.

"절대 형에게 들키지 않아야 돼. 형이 또 장난감을 뺏어 가면 안 되니까 말이야. 게른 형은 만날 내 장난감을 가지고 가서는 다 망가뜨려 놓아. 정말 나쁜 형이야."

어린 꼬마가 형에 대한 악담을 퍼부으면서 장난감을 숨겨 놓는다.

가족애가 물씬 느껴지는 훈훈한 광경이었다.

목상도 그렇게 해서 담 아래에 있는 가시덤불 사이에 눈에 잘 띄지 않게 숨겨 놓았다.

그리고 지나가던 데스핸드가 장난감을 보고 주워 들었다.

"이건… 쓸 만한 목상이야."

잃어버린 장난감

수르 왕국 하겐 마을의 소년 브레이브가 가지고 놀던 장난감. 브레이브에게 돌려주면 아끼는 사탕을 1개쯤 받을 수 있을 듯하다.

난이도: F

보상: 브레이브의 사탕.

제한: 돌려주지 않고 가지고 놀다가 꼬마 아이들에게 걸리면 엄청난 악명이 쌓이고 호칭 '장난감 강탈자'를 얻게 된다.

"커헉!"

술기운이 확 달아날 정도의 충격이었다.

비장한 각오로 감정한 조각품이 기껏 F급의 난이도라니 이처럼 허탈한 일이 또 있을까.

"하필이면 수르 왕국까지 가야 되다니… 골치 아프군."

사소한 의뢰를 해결하기 위해 찾아가기에는 귀찮았다.

"사탕이라니……."

위드는 한숨을 푹 쉬었다.

귀찮고 흔한 의뢰들은 소문이 나서 알아서 피하는 편이지만, 쿠르소 왕국의 희귀한 의뢰가 난이도 F급의 의뢰일 줄이야.

"그래도 날아가면 빨리 갈 수 있을 테니… 좀 낫겠군."

비행도 과로를 해결해야 가능했다.

과로에 과음을 하고 하늘을 날다가 마나의 흐름이 끊겨서 추락하기라도 한다면 그땐 정말 사망이니까.

위드는 맥주를 마시면서 일단은 푹 쉬기로 했다.

"지금까지 마신 맥주 값이… 커험."

땅콩을 까고, 마늘과 양파를 벗기면서 맥주를 마셨다.

어떻게 해서든 사치와 향락은 있을 수 없다. 선술집에서 맥주를 마시면서도 본전은 뽑기 위함이었다.

제빵으로 유명한 하겐 마을!

마을의 주력 생산물은 사탕수수와 밀가루, 호두, 포도, 옥수수 등이었다.

농작물의 좋은 품질은 요리사들을 모이게 만들었고 현재는 수제 케이크와 쿠키, 달콤한 스위트 와인이 잘 팔렸다.

커플들이 일부러 찾아와서 낭만적인 분위기를 만끽하는 마을이었다.

"오빠, 많이 먹어!"

"자기야, 자기도 많이 먹어야 돼. 내가 먹여 줄까?"

도처에 널려 있는 바퀴벌레 커플들!

위드는 그들을 무시하고 어깨를 펴고 걸었다.

마치 애인이라도 있는 사람처럼, 여자 친구에게 줄 케이크를 사기 위해 온 남자처럼.

"케이크 좀 보고 가세요!"

행상인들이 파는 물건들을 곁눈질하는 행동도 잊지 않았다.

그렇게 돌아다니다가 아주머니들을 만나면 말을 꺼냈다.

"혹시 브레이브란 아이에 대해서 알고 계십니까?"

아저씨들은 동네 아이들의 이름 따위는 모를 수도 있다. 하지만 비슷한 또래의 아이를 가지고 있을 아줌마들에게 물어보면 알 가능성이 높다는 판단에서였다.

"브레이브? 에휴, 걔가 또 무슨 잘못이라도 했수?"

"예?"

"마을에서 지독한 악동에 장난꾸러기라우. 어른들 말은 귓등으로도 듣지 않지. 우리 애가 그 애랑 놀지 말아야 될 텐데……."

"브레이브는 어디서 만날 수 있을까요? 그 애에게 돌려줘야 할 장난감이 있는데요."

"지금이 아직 초저녁이니 집에 가도 만나기 어려울 테고… 뒷골목이나 놀이터에 가면 볼 수 있을 거라오."

작은 마을이었지만 브레이브를 찾기란 쉽지 않았다.

아줌마들이 권하는 장소를 모두 찾아가 봤음에도 불구하고 행적을 찾을 수 없었던 까닭이다.

결국 빵 가게 뒤의 창고에서 브레이브를 찾아냈다. 녀석은 입가에 생크림과 빵가루를 잔뜩 묻혀 가며 빵을 훔쳐 먹고 있던 도중이었다.

'찾았다.'

위드는 반갑게 말했다.

"꼬마야, 이 조각품이 네가 잃어버린 장난감이 맞지?"

"어? 드워프다. 드워프가 말을 하네."

"형이 네 장난감을 찾아왔거든."

"콧수염이 진짜 웃기다. 다리도 나보다 짧은가?"

"이 조각품이 네 거 맞지?"

브레이브는 위드가 내민 조각품을 받았다.

띠링!

잃어버린 장난감 퀘스트 완료

하겐 마을의 소년 브레이브에게 장난감을 찾아 주었다.
보상: 브레이브의 기분이 좋으면 사탕을 1개 받을 수 있을 것이다.

귀찮았던 퀘스트 완료. 위드는 사탕을 받기 위해 기다렸다.

'인건비도 안 나오는 의뢰였지만, 사탕도 상점에 팔면 3쿠퍼 정도는 받을 수 있을 테니까.'

브레이브는 사탕 대신 조각품을 돌려주었다.

"내 거 맞네. 우리 형이 훔쳐 간 줄 알았는데……. 근데 이거 필요 없는데요."

"……."

"난 꼬마가 아니거든. 여덟 살이거든. 장난감 따위 가지고 놀 나이는 지나서 말이죠. 아저씨나 갖고 놀아요."

빠득!

위드의 입에서 이가 갈리는 소리가 들렸다. 하지만 인내, 또 인내했다.

베르사 대륙의 주민들과는 가능한 한 돈독한 관계를 유지할 수록 이득이 크다. 서비스 정신의 기본은 친절과 봉사, 헌신.

화가 나도 참고, 억울한 일이 있어도 드러내어서는 안 된다.

다크 게이머의 서러운 철칙이라고 할 수 있었다.

"그래도 일단 이 장난감은 네가 받아야지. 네 장난감이잖아. 찾아온 내 성의를 생각해서라도 말이야. 그리고 내게 사탕을 줘야 하지 않겠어?"

"안 가지고 논다니까요!"

브레이브는 소리를 버럭 질렀다.

"아저씨, 그렇게 내 사탕이 갖고 싶은 거예요? 내 계피 맛 사탕이 맛있는 건 어떻게 알고…….."

"크흠."

"아무튼 난 사탕 안 줄 거니까, 그 장난감이나 나 대신 갖고 놀아요. 아 참, 그 장난감을 갖고 싶어 하던 주정뱅이 스미스 아저씨한테 줘 보세요."

"스미스 아저씨?"

"별 볼일 없이 나이만 먹은 늙은 아저씨죠. 하기야 뭐, 그래 봤자 아이의 사탕이나 노리는 드워프 아저씨보다야 낫겠지만 말이에요."

띠링!

주정뱅이 노인 스미스가 원하는 장난감
하겐 마을의 주정뱅이 스미스가 필요로 하는 장난감. 주점에서 고주망태가 되도록 술을 마시는 그는 브레이브의 장난감을 가지고 싶어 한다.
난이도: F
보상: 없을지도 모른다.
제한: 포기해도 불이익은 없다.

브레이브가 히죽 웃으며 덧붙였다.

"만날 술값이 밀리는 무능한 늙은 아저씨죠. 가족도 없고요. 난 절대 그렇게 쓸모없이 나이를 먹진 말아야지. 킥킥!"

위드는 한숨을 푹 쉬었다.

난이도 F급의 연계 퀘스트.

주점은 가까운 곳에 있었으니 스미스를 보러 한번은 가 봐야 될 것 같았다.

"알았다, 꼬마야. 그럼 나중에 보자."

"꼬마가 아니라니까. 그리고 더 이상 아저씨를 볼 일은 없을 거예요. 혹시 내가 갖고 싶어 하는 철검을 가져다주면 또 모르지만."

위드는 조용히 조각품을 품속에 넣고 사라졌다.

브레이브는 창고에서 다시 신선한 빵을 훔치기에 여념이 없었다.

그리고 잠시 후, 위드가 사라졌던 곳에서 흉악한 오크가 튀어나왔다.

오크 카리취!

얼굴과 몸매로 흉악범까지도 순한 양으로 만들어 버리는 강력한 존재.

"크에엑, 오크다!"

"취이익! 뒈졌다, 인간 꼬마!"

위드는 여러 말 하지 않았다.

일단 패고 봤다.

어른에 대한 공경심이 뼛속까지 새겨지도록 말이다.

주점의 주정뱅이 스미스에게 조각품을 보여 주었을 때, 그의 게슴츠레한 눈에 총기가 돌았다.

"이 조각품 어디서 구했나?"

"브레이브란 꼬마 애가 가지고 놀던 조각품이었습니다."

"그 아이의 조각품을 내가 가지고 싶어 했는데… 혹시 그 애에게서 자네가 뺏은 건가?"

위드는 고개를 저었다.

오크 카리취로 변신한 이후로, 완전히 조각 변신술을 해제하고 인간으로 돌아온 상태였다.

"아닙니다. 잃어버린 장난감을 어렵게 찾아다 주었더니 더 이상 가지고 놀고 싶지 않다고 하더군요. 브레이브가 어르신이 이 장난감… 아니, 조각품을 가지고 싶어 한다고 해서 가지고 왔습니다."

"그랬었나. 그 조각품을 나에게 좀 줘 보겠나? 브레이브가 가지고 있을 때에 보고 싶었는데 나에게는 아주 잠깐밖에 보여 주지 않았지."

"여기 있습니다. 가지셔도 됩니다."

띠링!

주정뱅이 노인 스미스가 원하는 장난감 퀘스트 완료

주정뱅이 스미스는 원하는 조각품을 손에 얻었다. 아직 한낮이긴 하지만 그에게 부탁한다면 술을 얻어 마실 수도 있을 것이다.

스미스는 조각품을 조심스럽게 매만졌다.

"이 조각품은… 내가 젊어서 여행을 하며 보았던 적이 있어."

"예?"

"조각품이 어디서 난 건지 브레이브가 말해 주지 않던가."

"말하지 않았습니다."

"20년 전 이야기라네. 용병으로 대륙을 떠돌던 시절… 케헴! 그땐 나도 무진장 잘나가던 용병이었다네. 믿지 않을지도 모르지만 용병대도 거느리고 있었지."

물론 위드는 믿지 않았다.

술꾼들은 하나같이 과거에 대상인이나 일급 용병이 아니었던 자들이 없다. 그들의 허풍이 어디 하루 이틀이 아니었으니 그러려니 하고 넘겼다.

"여왕 폐하의 명령을 받아 국왕군과 함께 역적 사보이도 백작을 처단하였지. 그 사보이도 백작의 창고에 이것과 똑같이 생긴 조각품이 있었다네."

"그랬군요."

"아쉽지만 이 조각품이 어떤 물건인지는 나도 잘 모르겠군. 미심쩍은 바가 없는 건 아니지만……. 혹시 이곳의 도서관에 가면 이것에 대한 이야기가 나와 있을까?"

위드는 왠지 퀘스트가 이대로 끝날 것 같지 않다는 느낌이 강하게 들었다.

　"자네가 나를 위해 좀 알아봐 주지 않겠나? 그러면 내가 용병 시절에 있었던 이야기들을 들려주지."

　띠링!

노인 스미스의 궁금증

용병 출신인 스미스는 젊었을 때 봤던 조각품에 대해 의문을 가지고 있다. 조각품에 대한 정보를 모아다 주면, 자신이 알고 있는 이야기를 해 줄 것 같다.

난이도: D

보상: 스미스의 이야기.

제한: 없음.

니플하임 제국의 재건

벌써 3단계로 이어지는 연계 퀘스트.

일이 꼬였다는 생각도 들긴 했지만, 위드는 왕국 도서관으로 갔다.

베르사 대륙 전반에 대한 역사는 상당 부분 가지고 있었지만 개별적인 역사에 대한 정보들은 직접 찾아봐야 했다.

사보이도 백작(수르 제국력 436년~479년)

17세에 기사 서임을 받음.

20세에 기사 수행을 다녀옴.

36세에 영지를 물려받음.

검술과 기마술에 탁월한 재능을 가졌음.

43세에 반란을 일으켜 참수됨.

인물 편에는 간단한 정보밖에는 나와 있지 않았다.

역사 편이나 전쟁 편도 보았지만, 사보이도 백작에 대한 부분들은 누군가 일부러 지우기라도 한 것처럼 누락되었다.

"찾았다."

"어디야?"

"이 근처에 숨겨진 보물이 있대."

도서관에서 책을 읽던 모험가들과 마법사들이 서둘러 일어나서 나갔다.

도서관에는 위드처럼 정보를 얻기 위해 온 유저들이 20명가량 있었던 것이다.

대박도 어딘가에 숨겨져 있지만, 시간을 많이 투자해야 하고 본전을 건지기도 어려운 게 도서관에서 정보 찾기였다. 하물며 이토록 기본적인 정보들이 부족한 상황이라면 말할 것도 없다.

'이대로는 찾기 어렵겠는데.'

위드는 고심에 잠겼다.

경험 많은 모험가들도 서적을 통해 단서를 찾기란 어려운 법인데 조각사인 자신이 정보를 모으기란 정말 쉽지 않을 것 같았던 것.

'내 접근 방법이 잘못되었던 걸까? 그래, 난 조각사니까, 어쩌면 조각서부터 봐야 하는 거였을지도 몰라.'

위드는 예술 계열의 서적들을 뒤적였다.

《기념물의 역사》, 《발굴된 조각물》, 《수르 왕국의 자랑스러운 조각품》…….

여러 권의 책을 읽던 와중에 '고대의 조각품'이란 제목의 책을 보았다. 거기에 이름은 달라도 현재 가지고 있는 조각품에 대하여 나와 있었다.

안식의 상: 종교의 상징물

망자들을 인도해 주는 마탈로스트 신을 따르는 신도들의 상징물이다. 그들은 깃발이나 문양을 사용하지 않고 조각품을 가지고 있는 것으로 유명했다.

마탈로스트 교단의 사제들은 강한 신성력을 가지고 망자들을 인도할 수 있었다.

마탈로스트 교단은 대륙 공용어가 탄생한 이후로 신의 이름을 내세우는 대신 부활의 교단이라고 불리기도 했다. 죽음과 가까이하고 그에 대한 연구를 하기 때문에 세간의 평판은 극히 좋지 않아서, 상징물을 조각품으로 간직하는 건 주로 몰래 보관하기 위한 용도였던 것으로 추정된다.

마탈로스트교 신물들의 일부는 특별한 성물로, 평범한 조각품과는 다르다는 이야기가 있다.

퀘스트에 필요한 모든 정보를 입수하였습니다.

조금 헤매기는 했지만 퀘스트 성공.

위드는 선술집으로 가서 스미스에게 보고했다.

"이 조각품은 마탈로스트교의 상징물이라고 합니다."

"뭐야?"

"고대 종교의 상징물이라고 합니다. 어쩌면 성물일지도 모르고요."

띠링!

의뢰를 완수하면서도 조각술 스킬의 숙련도를 올릴 수 있다
니, 이런 퀘스트도 나쁘지는 않았다.

여기저기 돌아다니라는 말 때문에 시간을 과하게 잡아먹고
는 있었지만 말이다.

"역시 그랬단 말이지. 딸꾹!"

주정뱅이 노인 스미스는 만취해 있었다.

"약속대로 젊으셨을 때 보고 들은 이야기를 들려주시지요."

"암! 나는 말이지이, 정말 착실하고 예의 바른 용, 벼엉이었
어. 돈도 많이 벌었지. 대부분 술과 여자를 사는 데 쓰이긴 했
지만."

스미스는 혀가 풀린 말투로 어떻게 용병단에 들게 되었는지,
자유 용병으로 의뢰들을 수행하며 돌아다녔는지 등을 이야기
했다.

위드는 물론 한 귀로 듣고 한 귀로 흘렸다.

주정뱅이의 말을 일일이 다 들어 주다가는 한도 끝도 없었으

니까.

스미스는 얼마 되지 않아서 본론을 말했다.

"이 조각품 말이지이, 그때 백작은 이 조각품을 가지고 성의 지하실로 도망가려고 했어. 크으, 취한다."

"왜 그랬을까요?"

"나도 모르지. 아무튼 참 정말 이상하다는 생각이 들었어. 딸꾸욱. 술이 입안에 쩍쩍 달라붙는구나. 근데 우리가 무슨 얘기를 하고 있었더라."

스미스는 헷갈려하는 모습을 보이며 엉뚱한 이야기를 한참 쏟아 냈다.

용병 일에 대한 자랑과, 대륙의 온갖 술들에 대한 주정뱅이의 설교!

스미스의 시선이 다시 조각품을 향하더니 정신을 차린 듯이 물었다.

"내 그 이후로 이 조각품을 본 적은 없었는데⋯⋯. 자네 한가하지?"

"한가하진 않습니다만."

"나를 데리고 가서 이 의문을 해결해 줄 수 있을까?"

스미스는 품에서 녹슨 열쇠를 꺼냈다.

"기억이⋯ 아마 그때 이후로 지하실은 봉인이 되어서 이 열쇠가 있어야만 들어갈 수 있을 거야. 이번에 나를 데리고 가서 의문을 해결해 줄 수 있겠나?"

띠링!

니플하임 제국이라면, 그가 영주로 있는 모라타가 있는 북부
에 수십 년 전까지 존재했던 대제국!

어둠의 숲에서 내려온 본 드래곤과 몬스터들로 인해 성과 마
을 들이 불타올랐다. 황제는 세르비안의 구슬을 이용하여 그들
을 봉인하려고 했지만, 북부 전체가 얼어붙는 비운의 결과만을
낳았다. 추위와 몬스터들의 습격, 분열 등으로 인해 제국은 붕
괴했다.

지금 니플하임 제국이 재건된다면, 북부의 안정도 반석 위에
올려진 것과 같으리라.

부활의 교단과 연관된 조각품에서 이런 퀘스트가 나온 게 약
간은 의외였지만 크게 놀랍지는 않았다. 부활의 교단, 마탈로
스트교도 원래는 북부에 있던 교단이었다.

용병 스미스의 의문을 해결한다면 그다음에는 니플하임 제
국의 재건과 관련된 퀘스트를 해결할 수 있는 것이다.

'모라타를 더 비싼 가격에 팔아먹을 수 있겠군.'

위드는 안주로 닭 다리를 뜯어 먹으며 고개를 끄덕였다.

"의문을 해결할 수 있도록 최선을 다하겠습니다."

꽃┅┅꽃

사보이도 백작령은 거대한 사냥터가 되어 있었다. 수르 왕국
에서도 레벨 150에서 200 정도의 몬스터들이 들끓어서, 사냥
중인 파티들도 상당수였다.

"저택 사냥하실 분 모집합니다. 용기 있는 분, 경험자 우대합
니다."

사보이도 백작 저택은 지역의 대표급 던전이었다. 몬스터들
의 최대 레벨은 282.

기사와 병사 들의 유령에서부터 심지어는 하녀의 유령들까
지 나온다.

위드는 주정뱅이 용병 스미스와 함께 저택으로 들어갔다.

"끄억. 속이 쓰려서 죽겠군."

스미스는 투덜대며 따라오고 있었다.

"술 한 병만 주겠나?"

"없습니다."

위드는 단호하게 거절했다.

물론 술은 배낭에 많이 있었다. 산 나무 열매, 밀 등을 볼 때
마다 브랜디나 위스키를 만들었기 때문.

요리 중에 술만큼 잘 팔리고 보관이 용이한 품목도 드물다.

기가 막힌 맛에, 감염 방지, 생명력 회복 속도까지 올려 주니 술은 기호품 중에서 가장 각광을 받았다.

잘 빚어낸 술은 비싼 가격을 받을 수 있으니 현금이나 다름 없는 셈이었다.

위드는 틈틈이 요리 스킬을 발휘해서 술들을 빚어 놓고 있었 지만 최대한 아꼈다. 검치나 다른 사형들이 아니라면 위드에게 술을 달라는 말도 하지 못할 정도였다.

"크음, 입안이 칼칼하군."

스미스가 구시렁대며 따라왔다.

오래된 저택에는 먼지가 두껍게 쌓였고, 가구들은 여기저기 널려 있었다. 벽화는 알아볼 수 없을 정도로 훼손되었고, 샹들 리에는 땅에 떨어져서 부서져 있다.

"파이어 볼!"

"콜드 스트라이트!"

다른 파티들이 많이 보였는데, 유령체의 몬스터들을 사냥하 는 중이었다.

위드는 저택을 조금 둘러보다가 포기했다. 거의 성이라고 해 도 과언이 아닐 정도로 넓은 장소였다.

토둠에서 뱀파이어의 성들을 정말 많이 돌아다녀 봤지만 그 것과는 또 다르다. 상당한 권력가였던 백작의 저택은 방의 개 수만 해도 어마어마했기 때문.

위드가 물었다.

"지하실이 어디에 있죠?"

스미스는 고개를 절레절레 저을 뿐이었다.

"오래된 일이라서 기억이 안 나. 술이라도 한 병 마시면 기억이 날지도 모르겠는데……."

위드는 인상을 썼다.

'아무짝에도 쓸모없는 술꾼, 주정뱅이!'

다른 사냥 파티들도 사보이도 백작 저택에서 사냥을 많이 했다. 그들이 발견하지 못한 지하실이라면 꼼꼼하게 숨겨져 있거나, 아니면 기상천외한 장소여야 한다.

'발견하고도 공개하지 않았을지도 모르지.'

지하실을 찾아냈더라도 열쇠가 없으면 들어가지 못한다.

남 좋은 일은 하고 싶지 않은 건 인간의 본능.

지하실의 입구를 발견했더라도 공개하지 않았을 수도 있다.

그렇다면 위드는 스미스와 함께 찾아봐야 한다는 계산이 나왔다.

위드는 배낭을 열고 맥주를 한 병 꺼냈다.

"그러고 보니 술이 있군요."

"허엇. 나에게 주게!"

"지하실……."

"…기억이 나는군. 아마 계단 아래쪽일 걸세."

스미스가 가리킨 장소는 2층으로 올라가는 계단의 아랫부분이었다.

위드는 나무로 이어진 계단의 뒤로 돌아가 보았다. 아무것도 없이 먼지만 두껍게 쌓여 있었다. 하지만 손으로 만져 보니 미세하게 틈이 벌어진 게 느껴졌다.

'여기로군.'

위드는 먼지를 치우고 작은 열쇠 구멍을 찾아냈다. 그리고 스미스에게서 받은 열쇠를 넣고 돌렸다.

그그그긍!

오래된 문은 힘껏 밀어야 간신히 열렸다.

위드는 스미스와 함께 지하실로 들어가고 나서 문을 닫았다. 열쇠를 빼는 것도 잊지 않았다.

저택에서 사냥하는 다른 파티에게 언제 발견될지 모르니까!

다 된 밥에 코를 빠뜨리는 일은 절대로 하지 않는 위드였다.

사보이도 백작의 지하실을 발견하였습니다.
명성이 50 오릅니다. 모험으로 인해 경험치가 소량 증가합니다.

"꺼억! 여기가 백작의 지하실이로군."

스미스는 어느새 맥주 한 병을 비우고 나서 아쉽다는 듯이 입맛을 쩍쩍 다셨다.

"기왕이면 위스키로 주지 그랬나?"

"위스키는 절대 없습니다."

맥주는 그나마 흔하고 가격도 싸지만, 괜찮은 위스키는 최소한 몇 골드이니 내줄 턱이 없다.

위드는 지하실을 둘러보았다.

아마도 백작이 비밀 서재로 썼던 것 같은 장소에는 책들이 다수 꽂혀 있었다.

《화염계 기본 마법의 정의》
《바람의 정령과의 친화력에 대한 고찰》

《정령사들이 알아 두면 좋을 것 같은 열 가지 아부법》
《베르사 대륙을 걸어서 여행하라》
《돈 버는 기회》
《위치, 책 읽어 주는 마녀》

제목들만 봐도 다양한 책들이 서가를 장식하고 있다.

위드는 책들을 남김없이 배낭에 넣었다.

'골동품점이나 고서점에 팔면 돈이 되겠군.'

퀘스트의 연결 고리가 되기도 했으니 깨끗하게 챙겼다.

백작의 책상도 조사했다.

서랍에는 금화가 300골드가량 들어 있었으며, 조각용 칼도 나왔다. 자하브의 조각칼을 가지고 있는 위드에게는 필요 없는 물건이었다.

'이것도 팔아야지.'

다양한 종류의 아이템 가격을 즉석에서 외우는 위드였다.

대형 마트의 자동 계산 시스템이 고장 나더라도, 만약 위드의 가게였다면 걱정할 까닭이 조금도 없다.

왜냐면 공장으로부터의 매입 가격에서 판매 가격, 부가세, 심지어 마케팅으로 1개를 사면 1개를 더 주는 것까지도 철저하게 기억하고 있을 테니까.

금화 365개 곱하기 금화 12개는 4,380개!

눈 깜짝할 사이에 계산이 이루어질 정도였다. 돈 계산만큼은 수학 영재들을 압도할 지경!

위드는 책상에 펼쳐져 있는 책을 보았다.

《마탈로스트교의 기원과 역사》.

대충 읽어 보기로 했다.

　고대에 마탈로스트교의 교세는 가장 컸다. 그것은 죽음
을 신성시하는 사람들의 의식에서 기인하였다. 죽음을 곧
신의 품으로 돌아가는 것으로 여기는……

　(중략)

　…마탈로스트교는 왕국의 국교로 신봉되었으며, 전사
들은 싸움에 나가기 전 교단에 경의를 표시하였다.

　하지만 세월이 지나면서 마탈로스트교에 대한 인식은
바뀌었다.

　이종족들 간의 전쟁이 줄어들고, 성을 지어 몬스터들의
침입에 대비하면서 평화가 정착되었다. 죽음을 두렵게 여
기면서 마탈로스트교를 기피하게 되었다.

　아르펜 제국의 대륙 통합 전쟁에서도 각 왕국들은 경쟁
적으로 자국의 영토에 위치한 교단들을 우대하였다.

　특별히 전쟁과 관련된 교단들이 존경받고, 마탈로스트
교단은 죽음으로 이끄는 인도자로 불리었다. 패잔병들이
마지막으로 부르짖는 이름이 되어, 세간은 이름을 떠올리
는 것조차도 혐오스러워하였다.

　마탈로스트 교단의 사제 지망생들은 갈수록 줄어들었
고, 그 자리는 다른 교단들이 차지하게 되었다. 번영의 프
레야나 투사들의 신 브레커스의 교단이 많아졌다.

　마탈로스트 교단은 위세를 잃고 각 왕국들의 지원도 끊

어졌다. 음지로 숨어든 그들은 점점 힘에 대한 갈망을 버리지 못했을 것으로 추정된다.

죽음으로 인도하는 힘!

막강한 신성력을 바탕으로 복수를 꿈꾸었으리라.

구체적으로 그들이 어떤 복수를 이루려고 했는지는 알 수 없다.

띠링!

마탈로스트교에 대한 고급 정보를 읽음으로써 지식과 지혜가 5씩 늘었습니다.

부활의 교단에 대한 정보를 습득하였습니다.

위드는 책상에서 다른 물건도 찾아냈다. 부활의 교단 사제들이 입는 로브였다.

마탈로스트 교단. 현재로써는 부활의 교단으로 더 많이 불리고 있으니 아무렇게나 이야기해도 상관이 없으리라.

"사보이도 백작이 부활의 교단의 사제였겠군."

위드가 고개를 끄덕였다.

부활의 교단의 상징물이 되는 죽음의 상을 가지고 있던 것으로 미루어 보아도 짐작할 수 있었다.

"허어, 여기 좀 보게!"

그때 스미스가 넓은 방을 발견해 냈다.

그 방에는 마법진이 그려져 있고, 중앙에 비석처럼 생긴 물체 위에는 무언가를 올려놓을 수 있는 그릇이 있었다.

그 그릇에 죽음의 상이 그려져 있었다.

"아무래도 이것을 올려놓으라는 뜻인가?"

위드는 품에서 조각품을 꺼냈다.

드워프들의 지하 왕국 쿠르소에서 데스핸드와의 결투 끝에 획득한 죽음의 상!

니플하임 제국의 재건과 마탈로스트교의 재림.

베르사 대륙에 어떤 결과를 가져올지는 모르지만, 퀘스트의 내용을 떠올린다면 여기서 끝날 리가 없었던 것이다.

위드가 그릇 위에 조각품을 올려놓았다.

그러자 마치 생명을 부여한 것처럼, 낫을 든 마수가 눈을 번쩍 떴다.

콰르르릉!

저택이 지진이라도 난 것처럼 흔들렸다.

음습한 안개가 지하실을 가득 메우고, 제단 위에 검은색의 소용돌이가 생겨났다. 다른 장소로 향하는 게이트가 열린 것이었다.

스미스는 놀람에 뒤로 주춤주춤 물러섰다.

흑색 게이트.

어디서도 이런 색깔의 게이트는 본 적이 없었을뿐더러, 낫을 든 마수가 그를 노려보고 있었다.

섬뜩하기 짝이 없는 연출.

그러나 위드는 겁먹지 않았다.

비어 있는 통장 잔고만큼 무서운 건 없다. 오죽하면 꿈에서도 마이너스 이자가 붙는 가위에 눌릴까!

> 통곡의 강으로 가는 게이트가 열렸습니다.
> 일반 유저들은 출입이 불가능합니다. 통곡의 강에서 퀘스트가 진행됩니다.
> 퀘스트의 실패 여부에 따라 부활의 군대에 영향을 미치게 됩니다.

베르사 대륙에 있는 모든 유저들에게 메시지 창이 떴다.

위드가 성큼 게이트로 다가가자 흑색의 소용돌이가 잡아먹을 것처럼 출렁였다.

하지만 스미스가 서둘러 손을 저었다.

"이보게."

"예?"

"내 의뢰를 해결하기 위해서는 나도 따라가야 되지 않겠나?"

"물론이죠."

위드는 스미스를 이곳에 버려두고 싶은 마음이 굴뚝같았지만 데려가야만 했다.

"조건이 있네. 저 안으로 들어가면 내게 매일 다섯 병씩의 술을 마시게 해 줘야 돼."

"……."

"술을 마시지 않으면 잠이 오지 않거든."

위드는 고개를 끄덕여서 허락했다.

"알겠습니다."

항상 스미스를 보살펴 줄 수만은 없다. 술을 마셔서라도 재우는 편이 이득일 수도 있으니까.

"그리고 용병을 영입하게."

"네?"

"자네는 허약한 조각사이지 않은가?"

위드가 허약하다면 워리어나 검사 대부분은 걸을 힘도 없어서 땅바닥을 기어 다닐 것이다.

스미스의 말이 이어졌다.

"자네만으로는 안심이 되지 않아. 그리고 저 게이트를 통과하면 어디에 도착할지도 모르는데, 용병 1명을 데려오는 편이 낫지 않겠는가?"

띠링!

> 퀘스트를 함께 진행할 용병을 1명 구할 수 있게 되었습니다.

조각사 한정 퀘스트에, 용병 영입!

실질적인 전투가 필요하다는 뜻도 되었다.

'적어도 난이도 A급의 퀘스트인데……'

니플하임 제국의 재건이나 마탈로스트교의 재림으로 이어지는 연계 퀘스트까지 감안한다면 실질적인 난이도는 훨씬 높아질 수 있다.

연계 퀘스트의 끝이 아니라는 점이 부담이었다. 어디까지든 믿고 함께해 줄 사람을 찾아야 했다.

위드는 곧바로 귓속말을 보냈다.

> ─페일 님.
> ─네.

페일의 대답이 금방 돌아왔다.

> —퀘스트를 진행하는 데 1명의 용병이 필요합니다.
> —그래요? 어디신데요?
> —수르 왕국의 하겐 마을입니다.
> —어떻게 하죠? 북부에서 그곳까지 가려면 최소한 20일은 걸릴 텐데.
> —중앙 대륙에 있는 다른 사람은 없을까요?
> —마판 님은 로자임 왕국 쪽으로 무역을 떠났고요, 다른 분들은 전부 여기
> 에 모여 있어요.

마판은 용병으로 데려오기에는 전투력이 부족하니 조금 가깝다고 해도 애초에 제외였다.

> —지금 저희도 고대 흉갑의 제조 비법이라는 퀘스트를 진행하고 있거든요.
> —어렵겠군요. 알겠습니다.

위드는 깨끗이 포기했다.

페일만 오라고 하면 메이런이 서운해할 터였다.

이리엔은 성직자로서 많은 도움이 되겠지만, 지켜 줘야 할 때도 많다.

로뮤나도 그런 점에서는 비슷한 처지.

수르카는 어리고 심약한 편이라서 어려운 퀘스트의 던전 등에서 단둘이 함께 수십 일을 동고동락하기에는 부담스럽다.

화령의 댄스 스킬은 능력치 상승이나 몬스터를 재우는 데 좋다. 그렇게 활용도는 뛰어나지만 결정적인 공격력이 약해서 위험하다. 일반 사냥에는 좋아도, 어떤 어려움이 기다리고 있을지 모를 전투에 데려오기는 껄끄러운 존재.

제피는 애초에 제외했다.

생명력도 강하고 맷집도 좋으며, 광역 공격 스킬까지도 가지고 있지만 말이다.

"내 여동생과 친하게 지내고 있기 때문은 절대 아니지."

위드는 제피의 존재를 머릿속에서 지워 버렸다.

어떻게 키운 동생인데 바람둥이에게 준단 말인가. 하늘이 무너지더라도 있을 수 없는 일.

"그냥 만나는 거라니까 두고 봐야지. 내 동생이 사람 보는 눈은 있으니까."

여동생의 행동이나 태도에 변화가 없어서 일단은 마음이 놓였다.

딸이 짧은 치마를 입고 남자 친구와 데이트를 나갈 때 아버지의 찢어지는 가슴!

위드도 조금은 느낄 수 있었다.

"남자는 다 늑대고, 도둑놈이야. 남자가 여자한테 죽었으면 무죄야. 왜냐면 분명 죽어도 마땅한 짓을 저질렀거나, 혹은 저지르고 싶어 했을 테니까!"

그렇다고 유린을 데려갈 수도 없는 노릇.

검치에게 귓속말을 보냈다.

—스승님.

—스승님.
—커험! 무슨 일이냐!
—지금 뭘 하고 계세요?
—나, 나는 아무 짓도 하지 않았다. 절대 다크 엘프 아가씨에게 말을 걸고 있

지 않았다, 제자야. 그냥 물어보고 싶은 게 있었던 게야.

—스승님…….

검치의 솔직한 대답이 한참 뒤에 돌아왔다.

—나도 장가는 가야 되지 않겠냐? 어렵지만 늦장가라도 시도해 봐야지.

—다른 사형들도 바쁘죠?

—응. 오크 마을에도 있고, 다크 엘프의 마을에도 많이 있다. 다크 엘프들은 까무잡잡한 피부에 건강해서, 아주 좋아해.

—유로키나 산맥은 어떻습니까?

—몬스터가 아주 많구나. 싸워 볼 만한 몬스터들이 많아서 괜찮아. 오크들과 함께 파티를 맺고 사냥을 해 보는 것도 재미가 있구나.

검치나 다른 사형들도 〈로열 로드〉를 즐기고 있었다. 약한 오크들을 보호해 주며 든든한 남성미를 과시하는 것.

—스승님, 다크 엘프들도 꽃을 좋아합니다.

—오, 그러냐? 알았다. 너도 수고해라. 언제든 도움이 필요하면 부르고.

—예, 스승님!

위드는 검치와도 귓속말을 마쳤다.

'누굴 데려가야 하지?'

황야의여행자 길드!

아르멘 왕국의 소수 정예. 알려지지 않은 고레벨 유저들이 다수 있을 것으로 추정되는 길드.

위드도 속해 있는 길드였지만, 한동안은 길드 채팅 창도 안 보고 있었다.

길드원들끼리 수다를 자주 떨어서 아예 꺼 버린 상태!

황야의여행자 길드원 중에서 1명을 초대하기에는 아직 서로 잘 모르는 사이라는 점이 부담이었다.

그때 페일에게서 귓속말이 왔다.

—위드 님, 용병 1명 구한다고 하셨죠? 혹시 샤먼 1명 데려가실래요?
—어떤 샤먼인데요?
—스킬의 숙련도나 활용도가 기가 막힐 정도인데요, 모라타에서 가장 유명한 샤먼입니다. 같이 파티 사냥을 하는데, 정말 큰 도움이 되고 있어요. 방금 위드 님에 대해 말했더니 본인이 꼭 가 보고 싶다고 하는데요.

위드는 〈로열 로드〉를 한 지 얼마 안 되었던 초보 시절을 떠올렸다.

'천공의 도시 라비아스에서도 샤먼과 파티 사냥을 했지.'

잊을 수 없는 이름, 다인.

딱 이상형의 여자였다. 구체적으로 어떤 부분이 마음에 들었는지 말하기는 어렵지만, 함께 있던 시간이 즐거웠다. 단둘이 던전 사냥을 하며 이야기도 많이 했고, 사냥을 할 때도 손발이 잘 맞았다.

'수술을 한다며 떠났는데… 지금쯤 잘 지내고 있을까?'

연락이 없으니 잘 지내고 있기를 바랄 뿐.

위드는 과거의 상념을 털어 버리고 말했다.

—샤먼이 오기에는 너무 위험한 장소 같습니다.

기본적으로 사제형의 직업은 파티 사냥에 큰 도움이 되지만 스스로를 지키지 못한다.

—같이하지 못해서 미안하다고 전해 주세요.
—아닙니다. 어쩔 수 없죠.

헤겔을 불러올 수도 없다. 그를 불러온다면 흑사자 길드를 통해서 금방 소문이 쫙 퍼지고 말 테니까.

도둑 나이드도 대안이 될 수 없었다.

'도둑은 던전에서나 쓸모가 많은 직업이지.'

도둑이나 어쌔신은 일반적인 정면 승부에 취약하다는 고정 관념!

전투를 도와줄 용병을 구하고 있으니 은신, 암습형의 직업은 적합하지 않다.

'내가 아는 가장 강한 사람이라면 그녀밖에 없는데…….'

위드의 머릿속에 서윤이 떠올랐다.

웬만한 몬스터들은 단칼에 썰어 버리던 그녀! 전투가 지속될수록 강해지는 광전사.

무지막지한 레벨을 가지고 있고, 스킬의 활용도 재빠르다.

광전사 서윤!

그녀가 있다면 가장 든든할 것이다.

하지만 위드는 고개를 저었다.

서윤에 대한 신뢰가 조금은 싹트고 있었지만, 그녀에게 전혀 관련 없는 위험한 퀘스트를 도와 달라고 요청하기는 무리였다.

'더구나 지금 어디에 있는지도 모르고, 여기까지 오려면 시간도 매우 많이 걸릴 거야.'

수르 왕국 주변에서 아는 사람을 구할 수는 없다.

위드의 선택은 내려졌다.

"콜 데스 나이트!"

연기와 함께 데스 나이트 반 호크가 등장했다.

"불렀는가, 주인."

오랫동안 함께해서, 데스 나이트의 흉포한 눈빛마저도 익숙했다.

"일감이 생겼다."

"어떤 놈이든 때려잡겠다."

든든한 데스 나이트의 외침이었다.

위드는 고개를 돌려 스미스를 보았다.

"데스 나이트면 따로 용병이 필요하지 않을 겁니다."

스미스는 데스 나이트가 등장했는데도 별로 놀라지 않았다.

"데스 나이트라면 우리를 지켜 줄 수 있겠군. 그런데 술은?"

위드는 배낭을 잠깐 열어서 맥주를 몇 병 꺼냈다.

맥주만 해도 수십 병에, 위스키와 와인 들이 상당했다. 따로 술을 구입할 필요도 없고, 급하면 언제든 술을 빚으면 되는 것이다.

항상 모험을 떠날 수 있도록 숫돌이나 붕대, 약초 등도 충분히 구비하고 있다.

출발할 준비는 언제라도 끝이 나 있었다.

"가시죠."

"알겠네."

위드가 먼저 앞장을 서고, 스미스가 뒤를 따랐다. 둘의 몸은 흑색 게이트와 함께 감쪽같이 사라졌다.

쿠르르르릉!

게이트가 사라지면서 사보이도 백작의 저택의 진동도 서서히 그쳐 가고 있었다.

⚜

흩어져 있는 몬스터들의 사체!

서윤이 대검을 휘두를 때마다 몬스터들의 파편이 떨어졌다.

땅속에 숨어 암습을 하거나, 나무 위에서 떨어져서 기습을 하는 몬스터들!

서윤은 그저 검을 휘두를 뿐이었다.

검광이 번뜩일 때마다 몬스터들이 회색빛으로 변한다.

과거에는 모든 것을 잊기 위하여 싸웠다. 흠뻑 땀을 흘리면서 싸울 수 있으면 충분했으므로 몬스터 무리를 향해 무작정 덤볐다.

피를 흘릴수록 강해지는 광전사의 운명!

'여기는 너무 약해.'

광전사에게는 적과 몬스터들을 끌어들이는 특성이 있다.

서윤이 있는 장소로 일대의 몬스터들이 몰려들었다. 점점 강한 몬스터들이 있는 장소로 발길이 저절로 이끌린다.

피와 전투를 찾는 광전사의 절대 감각.

광전사가 있는 장소는 절규가 끊이지 않는 전장으로 변해 버린다.

북부에서도 손꼽히는 고레벨 사냥터, 마반의 숲!

서윤이 있는 장소로 몬스터들이 대거 달려오고 있었다.

'누구도 날 사랑하지 않아.'

과거를 떠올리지 않기 위해 전투를 벌이던 그녀였지만, 지금은 그때처럼 마음이 아프지 않았다.

'친구……'

그녀에게 있는 친구를 떠올릴 때마다 가슴 한구석이 따듯해졌다. 〈로열 로드〉에서 함께했던 모험의 시간은 길지 않았지만, 현실에서도 만날 수 있으므로.

'내가 지켜 주고 싶어.'

본 드래곤의 브레스에 금방 죽어 버리던 모습.

연약한 위드를 위해 사냥을 하며 경험치와 스킬 숙련도를 쌓고 있었다.

그녀의 레벨은 422!

서윤은 더 강한 몬스터들이 있는 장소로 들어갔다.

지옥의 조각사

위드와 스미스가 흑색 게이트를 타고 이동한 장소는 나무 한 그루 자라지 않는 시커먼 바위산이었다.

보통의 바위산은 분명히 아닐 것이다.

바위는 칠흑처럼 시커멓고 구멍이 숭숭 뚫려 있었으며, 주변에는 강이 흐르고 있다.

─크에에에.

─우리를 살려 줘. 살려 줘.

─이 고통에서 벗어나게 해 줘.

강이 울었다. 귀신처럼 울부짖고 있는 것이다.

'여기가 통곡의 강인가?'

바위산에는 굉장히 많은 조각품들도 있었다.

흉신 악살, 악귀 들을 떠올릴 정도로 섬뜩한 조각품들!

아이를 품고 있는 어미의 목은 잘려 있었다. 인간이 아닌 오크 모녀였다. 트롤들은 서로를 창으로 찌르고 있고, 인간들은 집단으로 전쟁을 벌이고 있다. 한 마을을 약탈하고 방화하는 장면들도 조각품으로 표현되어 있다.

강이 흐르는 장소를 따라서, 그런 조각품의 무리가 끝을 모르고 이어져 있는 것이다.

"크흠."

위드조차도 눈살을 찌푸릴 정도였다.

어떤 조각품도 긍정적이지 않은, 부정적인 모습들만을 그려 놓았다.

정상인이라면 당연히 거부감을 느낄 수준.

그나마 마음에 들고 이해가 가는 조각품은 얄밉게 상인의 모습을 하고 있었다.

깡마른 아이들을 두고 혼자만 맛있게 스테이크를 썰고 있다. 노예로 보이는 아이들은 기껏 보리빵을 먹고 있는데.

"돈이 없으면 굶어야지! 보리빵이면 얼마나 잘 대우해 주는 것인데……."

위드의 공감을 100% 자아내는 조각품!

아마 악덕 상인에 의해 부림을 받는 걸 다행으로 여겨야 될지도 모른다. 위드였다면 피죽 한 그릇 안 내주었을지도 모르니까!

통곡의 강을 따라서 조각품의 행렬이 끊임없이 이어져 있고, 강물은 하류로 흐를수록 거칠고 탁한 신음 소리를 내었다.

—끄어어어.

—죽여 줘. 죽여 줘.

강물로 다가가서 보니 보통의 물이 아니었다.

강물 깊은 곳에서는 온갖 몬스터나 인간의 원혼들이 그대로 흘러 내려가고 있었던 것이다.

납량 특집, 귀신의 집에서도 보기 어려운 괴로운 표정을 하고 있었다.

스미스가 다가와서 말했다.

"조각품의 영향이 아닐까?"

"예?"

"예술품들 말일세. 예술품들의 기본은 마음을 움직이게 하는 게야. 이 조각품들이 강을 울게 만들고 있어."

위드도 공감할 수 있는 이야기였다.

조각사가 만드는 조각품에는 만든 사람의 감정이 묻어 나온다. 다 똑같은 조각품 같지만 실상은 매우 달랐다.

막 잠에서 일어난 사람이 초췌해 보이는 건 당연한 일이다. 그런데 막 사랑하는 사람에게 고백을 받은 여자에게서 전해지는 느낌이 초췌할 리는 없으리라.

열망과 희망, 애정으로 충만한 느낌!

대상이 같더라도 어떤 느낌으로 조각하느냐에 따라서 완전히 다른 기분을 전해 준다.

시인들이 쓰는 시나 작가들의 글도 느낌에 따라 다르게 전해지는 것처럼 자연스러운 일.

예술품들은 감정을 움직일 수 있다.

우중충한 그림이나 조각품 들이 집 안에 가득하다면 당연히 기분도 위축되고 의욕도 생기지 않을 것이다. 부정적인 조각품 들로 집이 가득하다면, 아침에 일어나기도 싫을 것이다.

일시적인 충동이나 기분일지도 모르지만 그게 몇 년, 몇십 년이 된다면 충분히 사람도 바뀌게 만들 수 있다.

"풍수지리로군요."

"응?"

"한강을 조망할 수 있는 아파트가 더 비싼 것과 비슷한 이치라고 할까."

"무슨 소리야?"

"전망이 좋을수록 아파트값이 비싸다……. 뭐, 그런 게 있습니다."

위드는 알 것 같았다.

예술품이 감정을 전해 준다면, 악념만을 가지고 만들어 낸 조각품들이 강에 좋은 영향을 주었다고 보기는 어렵다.

풍수지리를 만드는 조각품!

위드는 살다 살다 별꼴을 다 경험하고 있었다.

"자고로 아파트 시세만큼 정확한 게 없죠. 그보다 여기가 어딘지 알아봐야겠군요."

그때였다.

띠링!

지옥의 입구. 통곡의 강에 진입하였습니다.
살아 있는 생명이 숨을 쉴 수 있는 대륙의 끝. 마탈로르스트 교단의 인도자들이 죽은 이들을 지옥으로 이끄는 장소입니다.

"오호라."

스미스가 어깨를 으쓱했다.

"여기가 인간 대륙의 끝이로군. 용병질을 하면서도 여기까지 와 보지는 못했는데⋯⋯. 술이나 한 병 주게. 술자리에서 친구 녀석들에게 해 줄 자랑거리가 늘었지 않은가. 껄껄!"

스미스는 술을 먹으며 즐거워했다.

위드는 한숨을 푹 쉬었다.

여기저기 떠돌아다니더니 이제 지옥의 입구까지 오게 되었다. 그것도 주정뱅이와 함께 말이다.

'어쩐지 주위의 모습이 많이 이상하더라니⋯⋯.'

토둠에 막 갔을 때와 약간은 비슷한 으스스한 분위기!

인간의 흔적이라고는 느껴지지 않고, 적막하기 짝이 없고 을씨년스러웠다.

나침반을 꺼내 봤지만 바늘이 핑글핑글 돌면서 고정되지 않았다. 하늘에는 별자리도 관찰되지 않았다.

'이래서는 돌아갈 수도 없을 텐데⋯⋯.'

위드는 스미스와 함께 통곡의 강을 따라서 걸었다.

강가에는 수천 점 이상의 조각품들이 주제별로 모여 있었다.

긍정적인 조각품이라고는 눈을 씻고 찾아봐도 없다. 예쁘고 깜찍한 소녀의 조각품을 보고 의아해서 다가가면 충격적인 장면을 확인할 수 있었다.

그 귀여운 소녀가 침을 뱉고 있는 것!

손에는 개구리를 쥐고 있기도 했다.

이루 말할 수 없는, 정서적인 충격에 빠지게 하는 장면이다.

근육질의 여자들이 축구를 하는 끔찍한 장면도 있었다.

물론 축구공은 오우거의 머리통!

위드는 조각품들의 정보를 확인해 보기 위해 감정했다.

"감정!"

띠링!

오우거들의 수치스러운 조각품

이름이 거의 알려지지 않은 조각사의 작품. 오우거들은 숲과 산의 제왕이다. 영역에 대한 자부심으로 침입자들에 대해 흉포한 태도를 보인다. 하지만 마탈로스트 교단의 제작 의뢰를 받아 일부러 이런 식으로 만들었다. 오우거들이 이 조각품을 본다면 매우 큰 분노와 원한을 갖게 될 것이다.

예술적 가치: 전혀 없음.

옵션: 오우거들의 슬픔을 자극한다.

—끄흐흐흐흐.

통곡의 강의 신음 소리는 갈수록 커져만 갔다.

위드는 이틀째 통곡의 강에 머물면서 유적을 찾아냈다.

마탈로스트 교단의 신전!

대륙에서 완전히 사라진 것으로 알려진 교단의 신전이 여기에 있었다.

대리석으로 지어졌을 것으로 추정되는 건물은 완전히 폐허나 다름이 없었다. 금방이라도 무너질 것처럼 위태롭게 만들어져서, 들어가는 것조차 고민하게 만든다.

"콜 데스 나이트!"

연기와 함께 등장한 데스 나이트가 검을 들었다.

"불렀는가, 주인."

"너, 저기 들어가 봐라. 살아 있는 사람이나 몬스터가 있다면 즉각 나와서 보고해라."

"알겠다."

데스 나이트의 친밀도가 약간은 하락했겠지만, 함께한 시간이 길다 보니 끈끈한 미운 정으로 연결되어 있었다.

데스 나이트는 신전 내부를 샅샅이 뒤지고 밖으로 나왔다.

"안에는 아무도 없다, 주인."

"그래?"

위드도 신전 안으로 들어갔다.

거대한 신전의 입구가 무색하게, 내부에는 신을 모시는 석상들만이 있을 뿐이다.

"신전은 남아 있지만, 사제들은 모두 떠나 버린 후로군."

위드는 금방 마탈로스트교의 신전을 나왔다.

사제실에도 물건 하나 남아 있지 않았기 때문이다. 신전 안에서는 옷에 먼지만 잔뜩 묻었다.

통곡의 강에서 사흘째!

신전과 그리 멀리 떨어지지 않은 장소에서 100명이 넘는 사제들과 암흑 기사들을 발견했다.

"엠비뉴 교단!"

위드의 입에서 신음 같은 소리가 나왔다.

본 드래곤이 있던 지역에서도 엠비뉴 교단의 흔적을 발견했다. 원정대와 서윤, 알베론 등의 도움을 받아서 퇴치하였던 기억이 있다.

위드의 얼굴이 심각하게 굳었다.

"이번에도 엠비뉴 교단이 개입되어 있었나!"

니플하임 제국의 몰락에도 영향을 주었던 엠비뉴 교단인데 여기서도 발견하다니, 심상치 않은 상황이었다.

위드는 일단 몸을 숨겼다.

엠비뉴 교단의 사제와 성기사 들이 있는 부근에는 1,000마리도 넘는 마물들이 몰려 있었던 것이다.

그야말로 막강한 전력!

더구나 그들은 심상치 않은 의식을 펼쳤다.

"크에에에. 떠나지 말지어다. 너희를 이렇게 만든 자들에게 복수를 하라!"

"괴롭고 고통스러운 마음. 절망이 과연 무엇인지를 깨우쳐 주어라."

"다시 되돌아와서 너희의 복수를 하라."

통곡의 강 하류에서 살육의 의식을 벌인다.

어린양이나 사슴 등의 제물을 바칠 때마다 강물이 출렁거렸다. 분수처럼 높이 솟구치기도 하고, 때로는 바로 다가올 것처럼 넘실거렸다.

엠비뉴 교단의 사제들은 그럴 때마다 강물을 피하기 위하여 야단법석이었다.

"원통한 마음, 끊이지 않는 애잔함, 끓어오르는 화를 폭발시켜라!"

신관들이 어린양의 심장을 바쳤을 때였다.

촤아아아아!

강물들이 역류할 것처럼 출렁거렸다. 그리고 10미터는 높이 솟구쳤다.

더럽고 탁한 구정물!

강물에서 원혼들이 잔뜩 일그러진 표정을 지은 채 신음 소리를 냈다.

"뭔가를 하고 있는 것 같은데……. 데스 나이트."

"말하라, 주인."

"이 자리에서 스미스를 지켜라."

"알겠다."

스미스와 데스 나이트를 남겨 놓고 혼자서 잠입해 볼 작정이었다.

스미스가 나섰다.

"헐, 아니야. 내가 도와주지. 자네 같은 풋내기 조각사에게 정찰 임무라니 가당치도 않아."

"……."

"초일급 용병인 나를 남겨 두고 어디를 간단 말인가. 나를 믿어 보게."

위드는 반쯤 남은 위스키를 미련 없이 던져 주었다.

"허억! 고급 위스키! 과연 입안에 쩍쩍 달라붙는구나."

스미스는 술을 마시느라 정찰에 따라나서려는 생각은 깨끗이 지웠다.

위드는 이렇게 짐 덩어리를 해결하고, 혼자 엠비뉴 교단의 지역으로 잠입했다.

말이 거창해서 잠입이었다. 실제로는 바위산을 오르며 야금

야금 접근하는 정도!

조금씩 움직일 때마다 돌 부스러기들이 아래로 떨어진다. 엠비뉴의 사제들이나 암흑 기사들이 눈을 돌리려고 하면 재빨리 엎드려서 숨었다.

바위의 구멍 난 틈으로도 바람이 불어서 으스스한 귀곡성까지 들렸다.

위드는 엠비뉴 교단과 가장 근접한 바위산의 정상에까지 올랐다.

사제들의 행동이나 대화를 엿들을 정도는 아니었지만, 보초를 서고 있는 암흑 기사들이 하는 말 정도는 들을 수 있었다.

"……했는가?"

"오늘은 ……마리를 했다는 보고를… 같군."

"조각품을 활용… 계획은 탁월해."

"베르사 대륙이 도탄에… 우리의 목적."

단편적으로 들리는 말들!

바람 소리 때문에 부분 부분 끊어져서 들렸다.

위드는 대화 내용을 조합해 보았다.

눈치로 먹고산 인생이었다. 사장의 표정만 보아도 월급이 무사히 나올지, 혹은 떼어먹힐지를 간파할 수 있었다.

'마리를 했다. 뭔지는 몰라도 통곡의 강에 있는 원혼들을 어떻게 했다는 것 같은데. …조각품을 활용한다. 통곡의 강에 있는 원혼들에게 나쁜 힘을 작용시키는 데 쓰고 있겠군.'

조각품의 다른 이유란 없어 보였다.

통곡의 강 하류로 갈수록 강물이 탁해지고, 원혼들이 괴로워하고 있다. 조각품이 주는 부정적인 힘이 개입한다고 봐야 했다.

"……시간이 이렇게."

"교체… 휴식을 취해."

"신선한 양의 피를…….."

암흑 기사들의 경계 임무가 교체되었다.

위드는 그다음 암흑 기사들이 보초를 설 때에도 묵묵히 기다렸다.

"바람이 강해."

"날씨가 나쁘… 케르탑들이 출현…….."

1시간에 한두 마디를 할 정도!

그것도 사제들이 펼치는 의식과는 무관한 이야기만 한다.

위드는 일단 스미스와 데스 나이트가 숨어 있는 장소로 철수했다. 그리고 죽음의 상을 꺼내 보니 언제부터인지 마수가 눈물을 흘리고 있었다.

"설마… 감정!"

말을 닮은 마수, 마탈로스트교의 신물이 입을 열었다. 그리고 노인의 목소리가 들렸다.

—들어라. 이것은 죽은 자들을 인도하는 마탈로스트교의 역사이다. 마탈로스트교는 다른 교단의 견제로 인하여 힘을 잃었다. 그리고 복수를 꿈꾸면서 엠비뉴 교단과 손을 잡았다. 엠비뉴 교단은 증오밖에 모르는 악신들을 숭배하는 무리.

너희가 가진 권능을 이용하라. 칼칼!

베르사 대륙이 마탈로스트 교단을 숭배할 수밖에 없도록 만들어라.

우리가 원하는 바는 오로지 파괴일 뿐. 도와주마.

―마탈로스트교는 타락했다. 죽은 자들을 인도하는 임무를 방치한 채로 엠비뉴 교단의 열한 번째 지파가 되었다. 마물들을 양성하여, 베르사 대륙을 짓밟는 악의 군대가 되었다. 그들의 힘의 원천인 통곡의 강을 정화하라. 통곡의 강이 정화되면 마물들도 힘을 잃게 되리라.

띠링!

엠비뉴 교단과의 싸움

대륙을 악으로 물들이려는 엠비뉴 교단의 행위를 저지하라. 엠비뉴 교단의 의식이 진행될수록 베르사 대륙은 혼란에 빠지고 말 것이다. 그들의 의식이 진행되지 못하도록 통곡의 강 유역에 있는 조각품들을 바꾸어 놓아라. 단, 조각품을 파괴하면 암흑 기사들의 추적을 받게 된다.

(연계 퀘스트. 마탈로스트 교단의 포로 구출, 엠비뉴 교단 11지파의 파멸, 마탈로스트 교단의 숙원과 이어짐.)

난이도: 조각사 한정 퀘스트.

보상: 조각술의 대업적으로 기록. 엠비뉴 교단을 제외한 베르사 대륙의 모든 교단과의 선호도 상승. 명예로운 칭호.

제한: 부활의 군대와 엠비뉴 교단이 베르사 연합군에 의해 전멸하면 퀘스트는 자동적으로 취소된다.

위드의 눈이 빛났다.

"이건 또 다른 연계 퀘스트의 시작과도 같군."

조각사 퀘스트!

죽음의 상을 가지고 따라온 의뢰였다.

만약 이 의뢰를 받아들여서 성공시킨다면, 엠비뉴 교단의 의식을 방해하고 파멸시키는 등의 연속 퀘스트와 이어지게 된다.

진짜 퀘스트의 출발점과 같다는 뜻이었다.

위드는 도전을 거부하지 않았다.

"해 보겠습니다."

> 퀘스트를 수락하였습니다.

통곡의 강 유역!

강가를 조금만 벗어나더라도 몬스터와 마물로 넘쳐 났다. 최악의 사냥터라고 해도 과언이 아닐 정도였다.

깡말라서 뼈밖에 남아 있지 않을 정도로 마른 체구, 짙은 암청색의 피부에서 전기를 발산하는 몬스터들!

지옥의 몬스터들이 대거 돌아다니고 있었다.

몬스터와 마물 들이 싸움을 벌이고 있었기에 위드도 안전한 강가를 벗어나지 못했다.

"몬스터들의 레벨이 최소한 300대 후반이라는 이야기일 텐데……."

강 유역의 가장 약한 몬스터들의 레벨이 그 정도였다.

날씨가 칙칙하고, 대기 중에 습기가 차 있으면 놈들이 발사하는 전기의 위력이 가공스러울 정도다.

위드는 실험도 해 보았다.

"데스 나이트, 공격!"

"알았다, 주인!"

데스 나이트가 두셋의 합공에 10분도 버티지 못하고 죽어 버리는 것으로 이미 증명이 되었던 바!

통곡의 강 부근을 벗어나지 못하니 더 움직이면 어떤 몬스터들이 출현할지 짐작조차 불가능했다.

데스 나이트는 죽음의 기사였기에 계속 되살아나지만, 당분간은 심하게 약화되었다.

위드는 얌전히 조각칼을 들었다.

"한 걸음씩 차분히 해야지."

아이를 안고 있는 채로 목이 잘린 어미 오크부터 작업에 들어갔다.

어미 오크의 머리통을 제작하여 정밀하게 붙여 주는 작업!

통곡의 강 유역에 수천 점이나 되는 조각품들을 긍정적으로 바꾸어야 했으니 위드에게도 대역사라고 할 수 있다.

어미 오크가 따사롭게 웃고 있는 머리통을 만들 때였다.

오크의 눈초리는 쭉 찢어졌고, 아이를 내려다보는 눈길에는 식욕이 가득 찼다.

자기 아이까지 잡아먹을 듯한 눈빛!

새끼 오크가 젖을 먹다가 심장마비로 죽어 버릴 것처럼 보이는 머리통이었다.

오크 카리취로 독특한 미적감각이 충분히 증명되었지만, 지금은 잡념까지 가득해서 조각품들이 마음먹은 대로 만들어지지 않았다.

"이대로는 안 되겠다."

위드는 조각칼을 놓았다.

수천 점이나 되는 통곡의 강 유역의 조각품을 바꾸어 놓을 엄두가 나지 않아서가 아니었다.

강물 속의 원혼들이 귀곡성을 터트리고, 안개 낀 강가의 조각품들이 무섭게 보이기 때문도 아니었다.

몬스터들!

엠비뉴 교단의 사제들과 암흑 기사들을 방치해 둔 채로 조각품만 만들 수는 없다. 이건 마치 한창 성장할 초등학생에게 고기반찬은 절대로 먹지 말고 나물만 먹으라고 강요하는 꼴이 아닌가.

경험치와 아이템에 대한 욕구.

위드의 속이 부글부글 끓다가 참을 수 없을 정도가 되었다.

넘쳐 나는 강한 몬스터와 아이템들. 이것들을 내버려두고 오크 머리통이나 만들 수가 없는 것이다.

폭발적으로 일어나는 갈증에 위드는 다시 조각칼을 들었다. 통곡의 강 유역에 있는 조각품을 수정하는 게 아닌, 온전히 새로운 조각품을 만들려는 목적에서였다.

서걱서걱!

흑암을 잘라서 조각품을 만든다.

바위를 이용한 대형 조각품은 익숙한 방식이었다. 의외로 무르고 구멍이 숭숭 뚫린 바위는 조각칼로 쉽게 자를 수 있었다.

"탈것부터 만들어야 해."

위드는 스켈레톤 나이트가 되었던 때를 떠올렸다.

해골 기사 자체로는, 영웅의 탑 관문에서의 전투는 그럭저럭이었다.

역사적인 팔랑카 전투, 대평원에서 말을 타고 보여 주던 폭발적인 가속력!

기사의 질주에 장애물은 없었다.

몬스터들을 가르고 나아가던 돌격. 기사에게 말이 주어지면 그 전력은 3배, 4배 이상이 된다.

"조각사라도 질주는 할 수 있지."

기사처럼 특별한 스킬, 말과 사람이 일체화되는 스킬 등은 없어도, 질주는 가능하다.

용병들도 웬만큼 성장하면 자기 말 정도는 갖기 마련이었다.

"그렇다고 구태여 말을 조각할 필요는 없어."

위드는 나약한 말 따위는 원하지 않았다.

말은 빠르지만 지구력은 그다지 높지 않다. 흉맹한 기세에서도 달린다. 불이나 번개, 귀신 등 무서워하는 것도 많다.

어차피 기사로서 말에 대해 특화된 것도 아닌 마당이었다.

"역시 탈것의 최고라면 바로 그거지."

위드는 대한국민이었다.

수없이 길고 굴곡진 역사 속에서 민족과 함께 아픔을 달래 주었던 가축! 강하고 굳건하며, 가족처럼 친근한 데다 엄청난 근력을 가진 가축이 있는데 말을 조각할 까닭이 없다.

우리 소. 한우!

위드는 암석의 특성상 시커먼 흑우를 조각했다.

다리는 굵고 탄탄했다. 허벅지의 근육은 섬세하기 짝이 없었으며, 몸통도 완전한 근육질이었다.

보통 사료를 먹고 자란 소들이 육질을 위해 지방을 줄줄이 달고 있다면, 지금 조각하고 있는 소는 달랐다.

가히 베르사 대륙 미스터 황소 올림피아에 나가도 될 정도!

육체미를 좋아하는 암소들이 본다면 곧바로 짧은 꼬랑지를 흔들며 엎드리리라.

"무턱대고 근육만 키워서는 안 돼."

위드는 절제의 미덕까지 발휘했다.

근육질의 몸은 순간적으로 내는 힘은 강할지 몰라도 지구력이나 민첩성에는 둔한 약점을 지닌다.

"불필요한 근육들은 최소화하고, 근력과 지구력의 최적화를 이루어야지."

위드는 황소의 조형미까지 신경 썼다.

데스핸드와 조각술 승부를 겨루기 전에, 얕보이기 위해 일부러 실패작 황소를 만들었다. 명성의 손해까지 감수하며 쌓았던 경험이 있다. 황소를 조각하는 데 훨씬 능숙할 수밖에 없는 이유였다.

뿔은 30센티 정도에 끝은 철판도 뚫을 정도로 뾰족하게 만들고, 얼굴은 넓적하게 했다.

근육질의 황소임에도 엉덩이는 질펀했다.

"한우의 얼굴은 넓적해야 돼. 엉덩이는 클수록 좋아. 눈은 동그래야 해."

소에 대한 뿌리 깊은 편견!

위드가 조각품을 완성했다.

만든 조각품의 이름을 정해 주십시오.

"누렁이."

〈누렁이〉가 맞습니까?

지금은 검은색 소지만 차후 누런색으로 염색을 할 계획을 가지고 있었다.

위압감과 공포감까지 느껴질 정도의 5미터 거구의 흑우를 보며 위드는 고개를 끄덕였다.

"역시 소는 누렁이가 딱이지."

띠링!

역사적인 조각품, 황소의 전설 〈누렁이〉를 완성하였습니다!
조각술계의 전설! 그가 조각한 모든 것들은 베르사 대륙의 역사가 된다. 고귀한 재능과 풍부한 예술성, 누구도 따라올 수 없는 섬세한 재주로 다시금 경탄할 수밖에 없는 작품을 창조했다. 소의 근엄한 매력과 역동성이 느껴지는 작품. 색다른 해석과 관점으로 가축계의 전설적인 조각품이 될 것이다.
예술적 가치: 거장 조각사 위드의 작품. 6,214
옵션: 〈누렁이〉를 본 이들은 생명력과 마나 회복 속도가 하루 동안 15% 증가하고, 사냥 시 고기 계열 식료품을 획득할 확률이 49% 증가한다. 힘 80 상승. 인내력 25% 증가. 생산 계열 작업 능률 5% 향상. 암컷 소들의 번식 능력 38% 증가. 소들의 체중 증가가 빨라진다. 일대에서 소들을 위협하는 몬스터들의 활동 억제. 다른 조각품과 중복해서 적용되지 않는다.
지금까지 완성한 역사적인 조각품의 숫자: 1

조각술 스킬의 숙련도가 향상되었습니다.

손재주 스킬의 숙련도가 향상되었습니다.

명성이 412 올랐습니다.

예술 스탯이 70 상승하였습니다.

힘이 3 상승하였습니다.

인내력이 10 상승하였습니다.

소에 대한 역사적인 조각품을 만들었습니다.
소에 대한 친밀도가 높아지고, 넓은 초지를 소유하고 있다면 소들이 저절로 모여들게 됩니다. 재능 있는 조각사들이 이 조각품을 본다면 조각술을 수련하는 데에 상당한 도움이 될 것입니다.

역사적인 조각품을 만든 대가로 전 스탯이 2씩 추가로 상승합니다.

위드는 역시 만족했다.

"소만큼 우리 민족을 잘 이해하고 보답해 주는 가축도 없어."

소에 대한 고마움!

과거에 소가 존재하지 않았다면 농사를 짓기도 어려웠을 테고, 많은 이들이 기아에 허덕여야 했을지도 모른다.

농기계가 발달하기 전까지 한국인들의 식량 산업에 무궁한 도움을 주었던 소.

위드는 곧바로 보은을 내리기로 했다.

이토록 훌륭한 조각품을 단지 감상만 하기에는 아까웠다.

게다가 여기는 일반인들이 올 수도 없는 장소이지 않은가!

"조각품에 생명 부여!"

조각품에 생명을 부여하였습니다.

조각품의 능력은 현재 설정된 예술 스탯 1,316에 따라 레벨에 맞춰 422로 변환됩니다. 역사적인 조각품의 효과로 15%의 레벨이 추가되어 485로 늘어납니다. 바위의 재질이 약하여, 20%의 레벨이 페널티로 줄어듭니다.

생명체에 세 가지의 속성이 부여됩니다. 조각품의 모양과 수준에 따라 부여되는 속성의 수준과 능력치가 다릅니다. 인내의 속성(100%), 땅의 속성(100%), 충직함의 속성(100%).

*인내는 어떠한 일에도 참을성을 키워 줍니다. 방어력이 증대하며, 독이나 마법 공격에도 쉽게 쓰러지지 않습니다.

*땅의 속성은 약간의 방어력과 무거움을 더해 줍니다. 대지와의 친밀도로 인하여 특별한 도움을 얻을 수 있습니다.

*충직함은 주인의 말을 잘 따르게 합니다. 쉽게 주인을 택하지는 않지만, 주인에 대한 인식이 생기면 죽는 순간까지 충심을 바칠 것입니다.

역사적인 조각품이기에 특수한 능력이 부여됩니다. 소들에 대한 지배력을 갖습니다. 누렁이를 본 수소들은 머리를 숙이고 복종할 것이며, 암소들은 안도하며 새끼를 낳을 것입니다.

광란의 폭동: 누렁이는 온순하며 충직한 성품을 가지고 있습니다. 여간해서는 화를 내지 않지만, 굴욕당하거나 어린 소에 대한 학대, 주인의 죽음을 목격하면 미쳐 날뛸 수 있습니다.

마나가 5,000 사용되었습니다.

스킬의 효율이 높아져 생명을 부여할 때 소모되는 레벨과 스탯의 양이 20% 감소합니다. 예술 스탯이 6 영구적으로 줄어듭니다. 줄어든 스탯은 조각품이나 다른 예술과 관련된 활동을 통해 보충할 수 있습니다.

레벨이 1 하락합니다. 레벨 하락에 따라서 보유하고 있는 스탯이 5 줄어듭니다. 줄어든 스탯은 레벨을 올리면 다시 부여할 수 있습니다.

생명이 부여된 조각품을 소중히 다루어 주십시오. 목숨을 잃으면 다시 생명을 부여해야 합니다. 완전히 파괴되었을 경우에는 되살릴 수 없습니다.

누렁이!

시커먼 눈동자에 빛이 어렸다.

뒷발로 땅을 긁으며 머리를 쳐든다.

음머어어어!

누렁이의 듬직한 울음소리였다.

위드도 매우 만족스러웠다. 바위의 재질이 좋았더라면 더할 나위 없었겠지만, 탈것으로는 최상급!

"누렁아."

누렁이가 순박한 눈을 끔벅였다.

근육질의 거대 황소였지만 눈빛만은 선했다.

누렁이가 입을 열었다. 그러자 뜻이 전해졌다.

"누렁이가 내 이름인가?"

"그래."

황소가 마음으로 의사소통을 한다. 그리 놀랄 일도 아니었다. 조각품으로 만들면 빙룡도, 와이번도 말을 했으니까.

위드와는 정신적인 교감으로 엮여 있기 때문에 의사소통이 가능했다. 다른 사람들의 말도 알아들을 수는 있지만 무시하거나, 자신들의 의사를 표현할 수 없는 경우도 많았다.

빙룡이나 금인이처럼 지성이 뛰어난 경우가 아니라면 인간이나 엘프 등과의 의사소통은 불가능했다.

"이름이 썩 좋은 것 같지 않다. 거친 나의 행동과 어울린다고 생각하나?"

누렁이가 뒷발로 땅을 심하게 파헤쳤다.

땅이 바스라지면서 자갈들이 뒤로 튀었다.

과연 힘이 좋은 황소!

"누렁이가 얼마나 정감이 있고 좋은 이름인데. 앞으로 네 이름은 누렁이다."

"정말 마음에 들지 않는 주인이군."

누렁이는 까칠하게 나왔다.

충직한 소였지만, 초반에는 경계심을 품고 있는 모습이었다. 겁 많은 새끼 송아지들처럼 위드에 대해 살피고 있다. 위드의 차후 행동을 보고 태도를 결정하려는 느낌이 전해졌다.

"앞으로 나와 무엇을 할 생각인가. 나는 넓은 초지에서 풀을 뜯어 먹으며, 어여쁜 암소를 만나 송아지를 낳고 평화롭게 살고 싶다."

자유 방목을 꿈꾸는 누렁이의 욕망!

위드는 고개를 저었다.

"너 타고 몬스터 사냥할 건데."

"……."

누렁이의 미간이 심하게 찌푸려졌다.

사냥이나 전투에 대해서는 소의 습성상 거부감을 갖고 있는 모습이었다.

위드는 이 순진한 소에게 세상에 대해 가르쳐 줘야 할 필요성을 느꼈다.

"자유가 그렇게 쉽게 얻어지는 줄 알아? 너 돈 있어?"

"없다."

"초지라고 했는데, 넓은 초지에 네 땅이 있어?"

"없다."

"돈 없고, 땅 없고. 예쁜 암소가 널 좋아해 줄 줄 알아? 쯧쯧. 요즘 암소가 얼마나 영악하기 짝이 없는데."

"……."

"새끼 소는 어떻게 기를 거야. 니 새끼가 평생 잡초만 뜯어 먹고 살게 하고 싶어? 영양분 가득한 건초라도 먹이려면 뭐라도 있어야 될 게 아냐."

사회의 쓴맛을 소에게 알려 주는 위드!

누렁이의 기세가 꺾이고 온순해졌다.

"생활에는 돈이 필요하겠군. 몬스터를 사냥해야 한다는 이유를 이해한다."

누렁이는 금방 설득당했다. 위드가 주인이기 때문에 일단 복종심을 가지고 있는 것도 이유일 것이다.

그런데 누렁이는 자신의 몸을 돌아보더니 불만스러운 표정을 지었다. 완벽한 근육질의 몸통의 옆구리에 한 뼘 정도씩의 군살이 붙어 있었기 때문.

네발로 걸을 때마다 군살들이 출렁거렸다.

"주인, 여기는 뭔가?"

"거긴 꽃등심."

"……."

꽃등심과 아롱사태 들을 중요하게 여기는 위드!

누렁이는 노골적으로 불만인 듯이 뒷발로 땅을 파헤쳤다. 무력시위를 하는 것이다.

씨알도 안 먹힐 행동.

위드의 목소리가 낮게 깔렸다.

"누렁아, 보자 하니 너의 오만방자함이 끝이 없구나."

"흥."

"내일부터 코 꿰서 끌고 다닌다."

"……."

"밭일 시킨다. 농사지을래? 황무지 개간하고 싶어?"

"……."

"도축해서 냠냠 꿀꺽한다. 소에는 된장도 안 바르는 거 알지? 육회로 그냥……."

"어떻게 그런 심한 말을……!"

"난 사골에 소꼬리까지 안 남기는 사람이야."

협박을 하라고 하면 2박 3일도 가능한 위드였다.

누렁이가 어느새부터인가 슬그머니 고개를 숙였다.

순종!

이것으로 누렁이의 운명은 결정된 것이다.

⁂

위드는 누렁이만으로는 부족함을 느끼고 조각품을 더 만들었다.

빛을 이용한 조각품.

빛의 날개를 만든 이후로 숙련도를 더하고, 고심으로 시도한 조각이었다.

타오르는 듯한 선명한 붉은색.

화염을 형상화한 것처럼 농도가 짙었다.

거대한 새를 만들었다.

빛을 이용한 조각품이기에, 작은 형태를 만들기가 훨씬 더 어렵다. 기술적으로 완전하지 않기에 세밀함 대신 크기로 승부하는 것이다.

불사조!

붉은빛에 화염의 성질을 더한 조각품을 만들고 생명을 부여했다.

조각품은 빛의 대작이 아닌 명작이 나왔지만, 그 자체로도 나쁘지 않은 성공작이었다.

불사조의 특성은 특히 훌륭했다.

꺼지지 않는 불의 속성
체력이 완전히 다 사라지더라도 작은 불길만 있으면 되살아납니다. 되살아날 때는 최대 생명력과 마나의 50%씩을 보유합니다.

불사조다운 훌륭한 면모!

위드가 만들어 내는 조각품들은 강함도 중요하지만, 생명력의 지속성이 무엇보다 소중했다.

네크로맨서야 약간의 마나와 사체만 있으면 꾸준히 언데드들을 일으킬 수 있다. 하지만 위드는 조각품에 생명을 부여할 때마다 레벨과 예술 스탯을 소모한다.

애써 조각품을 깎아서 언데드보다 더 강한 놈들을 만들더라도, 죽으면 그걸로 끝!

조각품들은 독립된 개체로서 충성을 다한다.

그들이 전멸당하면 위드의 손실은 이루 말할 수 없다.

가늘고 길게.

생명을 부여한 조각품들은 소모품이 아니라, 단점을 보완해 주며 함께 성장해야 할 가족이었다.

"불사조가 괜찮군."

위드는 불사조를 총 5마리 만들었다.

모양이 같은 조각품들이라 다시 만들 때는 걸작들밖에 나오지 않았다.

최종적인 레벨도 400이 간신히 되었다.

"너희의 이름은 불사조 5형제다!"

"알겠습니다, 주인님."

불사조들이 날개를 접고 고개를 숙였다.

위드는 누렁이에 탄 채로 불사조들의 인사를 받았다.

황소를 탄 조각사

프로암 연합 용병 길드.

블랙소드 용병단은 최상급 용병대 자격을 획득했다.

"크흐. 여기까지 오느라 정말 힘들었군."

블랙소드의 단장 미헬이 말했다.

무려 백여든아홉 가지의 의뢰, 그 의뢰들을 모두 성공시키면서 오른 자리였다. 베르사 대륙 전체에 지점을 내고 있는 프로암 연합 용병 길드 내에서 인정을 받은 것.

블랙소드는 성과 마을까지 소유한, 명실상부한 최고의 용병단이 되었다.

수천의 용병들이 가입된 길드. 전사와 마법사 들을 보유하고, 귀족들과의 관계도 이어져 있다.

블랙소드 용병단의 상의에는 그들만의 독특한 표시인 시커먼 검이 교차로 장식되어 있는데, 그것을 본 다른 용병들은 경의를 표하곤 했다.

블랙소드 용병단의 일원인 것만으로도 일반 유저들 사이에서는 굉장한 추앙을 받을 정도였다.

　미헬은 프로암 연합 용병 길드의 기록을 열람할 권한도 획득했다.

　"미완수 의뢰들. 이것들을 우리가 해낼 수만 있다면 용병단은 더욱 강해질 것이다."

　미헬은 자신감에 차 있었다.

　스스로의 레벨도 431이나 되었을뿐더러, 용병대 내에 소속된 상위 랭커들도 상당수.

　방송 출연도 하는 유명인이고, 다른 길드들과의 관계도 원만하다. 충돌이 생길 때도 간혹 있었지만 힘으로 찍어 눌러 버리면 군소리가 안 나왔다.

　베르사 대륙에는 약하고, 위험에 빠진 이들이 많다. 블랙소드 용병단이 가진 무력을 원하는 사람들은 부지기수라서, 영향력은 갈수록 늘어났다.

　미헬은 프로암 연합 용병 길드의 기록을 읽던 도중에 눈에 띄는 부분을 발견했다.

　"전대 용병 길드장 스미스. 프로암 연합 용병 길드를 베르사에서 최고로 만든 인물. 퇴직한 후에는 어디에 있는지 아무도 모른다고?"

　　　　　　　　꾸에에엑!

　끼에에엑!

우히힛!

인간의 군대와 마물들 간의 혈투.

오데인의 성벽으로 마물들이 대진군을 하고 있었다.

다리가 짧고, 길고, 비틀거리면서 쓰러질 듯이 진군하는 마물들은 좀비를 연상시켰다.

"쏴라!"

성벽에서부터 화살의 비가 내렸다.

궁수들은 화살을 아끼지 않고 쏟아부었다.

부활의 교단 사제들이 지팡이를 흔들었다.

"레고르, 선두로 나서라!"

"달려라. 오데인을 짓밟아라."

대형 코끼리, 혹은 매머드를 닮은 것처럼 보이는 마물들이 앞으로 내달렸다.

레고르의 진로에 있던 작은 마물들이 발길질에 치여 허공으로 날아다녔지만 신경도 쓰지 않고 내달렸다.

꾸오오오오!

체구가 작은 마물들이 뿔피리를 부르고 괴성을 내질렀다. 발을 구르기도 했다.

"궁수들은 뭘 하나. 쏴라!"

"저 레고르를 막앗!"

오데인에서는 악몽 같은 마물이었다.

평원의 대회전에서 레고르에 의해 밟혀 죽은 인간 유저들이 무지하게 많았던 것이다.

슈슈슉!

오데인의 성벽에서 하늘을 덮을 정도의 화살이 쏟아졌다.

레고르라고 불린 마물들은 화살들을 두꺼운 회색 피부로 튕겨 버렸다.

쿠엣쿠엣!

퀘에에에에!

중형 마물들은 레고르의 배 밑과 엉덩이 뒤에 숨어서 계속 돌진했다.

입을 찢어져라 벌리고 괴성을 터트리며, 침을 뚝뚝 흘렸다.

오데인 성벽까지는 불과 200여 미터만을 남겨 놓고 있을 뿐이었다.

지긋지긋하게 싸워 온 마물들이니 그 정도의 거리는 단숨에 다가올 수 있다는 사실을, 오데인을 지키는 기사들은 알고 있었다.

"화살을 더 쏴라!"

"마법사 군단은 뭘 하고 있어?"

"우린 명상을 통해 마나를 보충하고 있네."

오데인 요새 마법사들의 대표이며, 번영의날개 길드의 마법사인 키암이 대답했다.

"이 와중에 명상은 무슨 명상! 성벽이 부서지면 마법을 쓸 수 있는 기회조차도 사라진다는 걸 모르나? 어서 있는 마나를 다 써서라도 놈들을 막앗!"

오데인 요새의 성벽에서 마법사들의 마법이 시전되었다.

꽈과과과과광!

땅이 뒤집히고, 천둥 벼락이 내려쳤다.

화염과 폭풍, 물, 마법 화살이 마물들을 향해 작렬하는 굉음!

지형이 뒤바뀌고 일대가 초토화될 정도의 위력이었다.

레고르를 포함한 마물들도 살아남지 못했다. 마법이 휩쓸고 간 자리에 남아 있는 것은 잡템뿐!

"크으… 주우러 갈 수도 없고."

"죽겠네. 성벽만 지키고 있으려니 소득이 없잖아."

성벽에 있는 용병들이 불만으로 구시렁거렸다.

잡템들 중에는 분명 좋은 아이템들도 많이 있으리라.

욕심이 일었지만 성벽 아래로 내려간다는 건 자살행위나 다름없었으니 참아야 했다.

마물의 진격은 이제부터 시작이다.

마법이 선두를 초토화시켰음에도 불구하고, 마물들의 대군은 줄어든 기미가 안 보였다.

갈수록 거세지는 마물의 공세에 의해, 오데인 요새는 바람 앞의 등불과도 같았다.

데이몬드가 본 스태프를 흔들었다.

"너희의 저항도 여기까지일 것이다."

수반이 따라서 웃었다.

"드디어 오늘이로군."

"음. 일부러 그동안 공세를 자제하며 힘을 모은 보람이 있었어. 오늘이야말로 오데인 요새를 뚫는다."

오데인 요새만 넘으면 아이데른 왕국을 점령하는 것은 시간 문제. 넓은 곡창지대와 무기고만 장악한다면 마물의 군대를 더 배불리 먹이고, 무장시킬 수 있다.

연합군이 결성되었다고는 하지만, 마물의 군대를 직접 상대해 본 이들이 아니라면 아직까지 심각성을 인지하지 못했다. 다른 왕국에서 출진했다는 원정군도 도착하려면 시간이 한참이나 걸린다.

높은 세율과 군대 양성!

명문 길드와 영주들은 정신을 차리지 못했다.

부활의 군대가 침공하기 전까지만 하더라도 국지적인 공성전 외에 각 왕국들은 평화로웠고, 몬스터들만이 유일한 적이었다. 오데인 요새의 성벽이 그들을 지켜 줄 것이라는 환상!

어느새 성내에 독한 전염병이 퍼졌다. 괴로움과 공포를 느낀 연합군은 와해되고 있었다.

데이몬드가 본 스태프로 성을 가리켰다.

"계속 공격해라!"

더 많은 레고르들이 오데인 요새를 향해 달렸다.

레고르의 등에는 고블린들이 타고 있었다.

미약한 무력을 가진 고블린들은 회유에 약했다. 돈과 마물의 군대를 미끼로, 중간 지휘관으로 영입을 한 것이다.

고블린들을 끌어들이면서 마물들 쪽의 전투력은 훨씬 강화되었다.

고블린들이 레고르 위에서 조악한 창을 치켜들고 춤을 추고 있었다.

부활의 군대를 이끌고 베르사 대륙을 침공하고 있는 데이몬드의 별명은 마왕의 군주.

베르사 대륙을 마물들로 물들이려는 혼돈의 존재였다.

정장에 넥타이를 매고 있는 제퍼슨은 회의실로 걸어가면서 인상을 찌푸렸다.

"오늘도 쉽지 않겠군."

"안녕하세요, 제퍼슨 씨."

"요한나 씨도 오랜만이야."

제퍼슨은 지나가는 여자들이 인사를 할 때마다 친절하게 받아 주었다. 하지만 그녀들이 지나가고 나면 먹구름이 잔뜩 낀 얼굴로 돌아왔다.

그가 근무하는 회사는 뉴욕에 위치한 세계적인 J. K. I. 금융 그룹!

미국의 대표적인 투기 자본으로, 그들의 좌우명은 하나였다.

'돈이 되는 곳에 투자한다.'

자원, 인물, 기업, 국가.

투자에 어떤 제약도 존재하지 않았다.

끝없는 탐욕으로 파생 상품에서 큰 손실을 입고 한동안은 잠잠했지만, 최근에는 다시 자본을 늘리고 있었다.

아시아 담당 전무 제퍼슨은 그들에게 자산을 맡긴 대주주들을 상대로 설명회를 주재했다.

미국과 유럽의 인프라 회사에 투자한 실적은 꽤 좋은 편이었다. 이집트의 유전에 한 투자도 슬슬 실적을 내고 있었고, 환경 기술에 대한 투자들도 가능성을 보여 주고 있었다.

문제는 아시아에 있었다.

수익률이 너무 높았기 때문에 대주주들의 신경을 거슬리게 했다.

"현재 유니콘에 참여한 우리의 지분율은 대략 7.2%. 현재의 시세대로라면 168억 달러가량 됩니다."

"투자수익률이 백 배는 넘겠군."

미국의 부통령까지 역임했던 벤자민 챈들러가 말했다.

"네. 투자수익률은 130배를 넘고 있습니다. 현재 본 회사에서 가장 높은 수익률입니다."

"왜 사전에 유니콘에 더 많은 금액을 투자하지 않았지?"

130배의 투자 수익!

그러나 챈들러는 그것으로도 모자라서 더 큰 욕심을 내고 있다. 다른 이사와 대주주들도 제퍼슨의 잘못을 질타했다.

"돈을 벌 기회를 놓치다니, 기회가 곧 돈이라는 사실을 잊은 건가?"

"유니콘이 이토록 성장할 때까지 우리 회사에서 무방비 상태로 있었다는 게 믿기지 않는군."

제퍼슨은 변명하기 급급했다.

"저희도 나름대로 대응을 하려고 했습니다만 주식 가치가 너무 갑자기 뛰었습니다."

"주가가 130배가 올랐어. 초창기에 더 많은 투자를 했어야 하지 않나!"

"기술적으로 검증되지 않은 사업이었습니다. 언론이나 미국의 학계에서도 부정적으로만 다루어서 더 이상의 투자는 어려웠지 않습니까."

"유니콘 사의 외국계 지분이 얼마나 되지?"

"19.4% 정도입니다."

J. K. I. 금융 그룹과 캘리포니아 공무원 연금 공단이나, 다른 투자 회사들까지 합친 지분은 19.4%에 육박했다.

"연합해서, 더 이상 크기 전에 유니콘 사를 인수 합병하는 건 어떻겠나?"

천문학적인 자금을 바탕으로 한 경영권 장악!

챈들러가 아니라면 엄두도 못 낼 발언이었다.

제퍼슨이 입고 있는 셔츠의 등에 땀이 흥건하게 차올랐다.

"의사를 타진해 봐야 알겠지만 매우 어려운 시도가 될 것 같습니다."

"자금은 우리가 끌어오도록 하겠네."

"돈이 있다고 해도 불가능에 가깝습니다."

〈로열 로드〉가 초대박을 터트리면서 유니콘은 믿을 수 없는 성장을 하는 중이었다.

세계적으로 유례가 없는 주가 폭등!

주식시장이 열리자마자 상한가로 치솟았다.

거래도 없었다.

주식을 가지고 있는 쪽에서는 무조건 오른다는 확신이 있으니 팔려고 하지를 않았다. 매년 배당만 받아도 평생 먹고살 돈을 벌 수 있었던 것이다. 반대로 주식을 사려는 사람은 어떤 값이라도 지불하려고 했다.

전 세계 주식거래자들은 유니콘의 주식 한 주라도 사 모으려고 했지만 거래가 안 되어서 분통을 터트렸다.

"무슨 이런 주식이 다 있어?"

챈들러는 속이 뒤집어질 것 같다고 느꼈다.

유니콘의 주식은 지금도 천장을 모르고 치솟는 중이고, 현재 주당 가격으로는 세계에서 가장 비싼 주식이 되었다.

"높은 가격을 걸더라도 거래가 이루어지질 않습니다. 그리고 만약 인수 합병을 한다는 소문이 퍼진다면 간헐적으로 이루어지는 거래마저도 위축될 것입니다."

제퍼슨은 대주주들에게 안 좋은 소식만을 알려 주고 있어서 미안했지만, 어쩔 도리가 없었다.

더구나 유니콘 사는 막대한 현금을 보유하고 있다.

실제로 몇몇 금융회사들이 연합해서 유니콘에 대한 적대적인 의도를 암암리에 보인 적이 있었다. 언론과 신용평가회사 등을 통해 흔들고, 주식을 매입하려고 했던 것.

그런 조치들에 대한 유니콘의 대응은 과감했다.

넘치는 현금을 이용하여 역으로 외국 언론사와 금융회사에 대한 지분을 대폭 늘려 버렸다. 경영권에 간섭하고 이사진을 강제로 물갈이할 수준에 이르자, 손을 떼어야 했다.

유니콘 사에서 보유한 현금에, 파생 상품 등으로 큰 손실을 입은 외국 금융회사들이 휘둘리는 꼴이었다.

외국계 투자은행의 최대 주주가 유니콘 사인 경우마저 있을 정도였다.

한 달 이용료 20만 원!

매달 천문학적인 현금을 벌어들이고 있는 유니콘 사였기에 가능한 일이다.

J. K. I. 금융 그룹의 회의는 아무 결론 없이 끝이 났다.

대주주들이 육중한 몸을 일으켰다.

"집에 가서 쉬어야겠군."

"아비게일, 오늘도 〈로열 로드〉에 접속할 작정이오?"

"물론이지. 바다 근처에 별장도 구입했다오."

"레벨이 몇입니까, 챈들러 씨."

"290이야. 같이 사냥하겠나?"

"좋지요. 좀 키워 주세요. 레벨이 200을 넘고 나니 사냥이 정말 어렵더군요."

"요령이 없으면 힘들 수밖에 없지."

대주주들도 〈로열 로드〉의 유저들이었다.

현실 세계에서 부와 권력을 쌓은 그들. 베르사 대륙에서는 새로운 모험과 삶을 살 수 있으니 마다할 까닭이 없다.

좀 더 젊고, 핸섬한 몸으로 새 인생을 산다.

"다음 회의에 뵙겠습니다."

제퍼슨이 현관에 대기하고 있는 고급 차까지 정중하게 배웅을 했다.

그도 〈로열 로드〉의 유저였다.

투자회사의 중역답게 그가 택한 직업은 상인이었다. 무역으로 큰돈을 벌어서 수도에 투자하여 작위를 획득, 귀족으로 영지를 얻기 위해 고군분투하는 중이었다.

〈로열 로드〉는 누구라도 빠져들 수밖에 없는 또 하나의 현실이었으니까.

음메에에에!

누렁이가 무겁게 울었다.

고된 쟁기질이라도 하루 종일 한 것처럼 피로한 모습!

전투에 도움이 될 거라며 이상한 스텝을 익히느라 고생을 한 덕분이었다.

위드는 검을 뽑았다.

"달려라, 누렁아!"

음모오오오오!

누렁이가 뒷발을 박차고 내달렸다.

황소의 거친 돌진. 가파른 바위산을 거칠 것 없이 달려 내려오면서 점점 빨라졌다.

위드의 망토가 바람을 타고 심하게 펄럭거렸다.

"역시 이 느낌이지."

빠르게 달릴 때 휘날리는 망토만큼 멋들어진 게 없다.

위드는 최고의 장비들로 완전무장한 상태였다.

검은 토둠에서 획득한 데몬 소드. 칼라모르 왕국의 명예로운 기사 콜드림의 애병이었다.

빛을 흡수하는 탈로크의 갑옷에 고귀한 기품의 검은 헬멧, 뱀파이어의 망토와 검은 부츠.

고대의 방패까지 착용했다.

황야를 달리는 야생마를 타더라도 더없이 멋지게 보일 모습.

"남자는 역시 옷이 날개야."

누렁이를 타고 있는 부분이 어색하기 짝이 없었지만, 그럼에도 위드는 자신의 모습에 만족했다.

"꾸미지 않아서 그렇지 조금만 신경 쓰고 다녔으면 영화배우들이 별거겠어?"

헤어스타일과 옷만 바꾸면 영화배우도 따라잡을 수 있다는 근거 없는 자신감! 고전적이며 우아한 갑옷을 입고 5미터가 넘는 황소에 타고 있는 기사!

전력 질주에서 엄청난 박력이 느껴졌다.

"달려라. 더 빨리 달려!"

"이미 최고 속도다, 주인."

"이랴. 이럇!"

위드는 입으로 박차를 가하는 것처럼 소리도 냈다. 안장도 고삐도 없는 황소를 타고 있지만 할 건 다 해야 하는 것.

바위산 아래에 있던 케르탑들이 멀리서부터 누렁이가 달려오는 것을 알아차렸다.

"소다."

"인간. 어떻게 인간이 여기를."

"엠비뉴 교단의 기사인가? 협약에 의해 그들은 건드릴 수가 없다."

"아니다. 갑옷에 그들의 문장이 없다. 죽여!"

케르탑 5마리는 태도를 결정했다.

더듬이를 방전시켜서 뇌전을 일으켜 쏟아 냈다.

꽈르르르릉!

천둥 벼락이 치는 소리와 함께 뇌전 줄기들이 쏟아졌다.

음메에에에에에에에!

누렁이가 놀람에 길게 울부짖으면서 옆으로 뛰었다. 속도를 줄이면서 방향 전환까지 한 것이다.

뇌전들이 위드와 누렁이를 아슬아슬하게 스쳐 지나갔다.

바위산과 지면을 타격한 뇌전들이 땅을 폭발시켰다. 부서진 바위 파편들이 사방으로 튀었다.

"과연 우리 소!"

위드는 칭찬을 아끼지 않았다.

말보다도 훨씬 민첩한 움직임과 월등한 체력이었다. 따로 지시를 내리지 않았는데도 본능적으로 피한 것이다.

찰나의 순간에 다가온 뇌전을 피할 줄이야! 기대 이상이다.

"다시 달려라!"

음메에에.

"무섭다. 싫다. 싸움은 체질에 맞지 않는 것 같다."

누렁이가 머리를 저었다.

순박한 소에게 전투란 어울리지 않는 것 같았다.

위드는 칭찬으로 의욕을 일으키는 대신에 더 강한 협박을 동원했다. 전투란 일말의 망설임이 없어야 하는 것!

"무서우면 저놈들을 향해 달려라. 차돌박이, 육회, 갈비탕, 왕갈비, 갈빗살, 샤브샤브, 꼬리곰탕, 우족, 소머리 국밥!"

음메에에에에에!

누렁이가 네발로 힘껏 뛰었다.

묵직한 체중을 가졌음에도, 힘과 체력이 너무 좋아서 다시금 절정의 속도를 냈다.

케르탑들과의 거리가 100미터 이내로 가까워졌다.

"라이트닝 스피어!"

다시금 발사된 뇌전 공격!

위드는 고대의 방패를 들었다.

거리가 가까워서 누렁이의 순발력이라고 하여도 완전히 피할 수가 없다. 피하더라도 속도가 느려지면 공격력이 약화되니 바라는 바가 아니었던 것이다.

뇌전의 공격들은 고대의 방패에 막혔다.

방패의 부드러운 기운이 감싸서 다른 방향으로 흘려 버렸다.

위드는 커다란 저항감을 느꼈지만 참아 내고 검을 휘둘렀다.

케르탑과의 거리는 이미 지척이었다.

"달빛 조각 검술!"

누렁이가 케르탑들 사이로 달려 나가는 순간, 데몬 소드가 케르탑들을 베고 지나갔다.

오른쪽의 케르탑을 빠르게 내려치고, 검 자루를 역으로 잡고 쳐올리며 다시 벤다.

손아귀에서 자유자재로 노니는 데몬 소드!

위드의 동작은 끝나지 않았다.

왼손으로 누렁이의 뿔을 강하게 잡고 몸을 뒤틀었다.

음메에!

다리와 엉덩이가 살짝 떠오른다. 검을 회수하는 원심력을 이용해 몸을 뒤튼다.

누렁이 위에서 한 바퀴 돌며 왼쪽 케르탑의 목을 갈랐다.

"퀘엑!"

케르탑들의 자세가 허물어졌다.

기사의 질주가 아니라고 해도 엄청난 가속도가 붙은 검격이라서 피해가 컸다. 케르탑들은 생명력이 많은 축에 드는 몬스터도 아니었다.

마르고 단단한 피부의 방어력으로 막아 내는데, 달빛 조각 검술은 상대방의 방어력을 무시해 버리는 효과가 있다.

2마리를 처치하고 케르탑 사이를 내달리고 있을 때였다.

휘청!

누렁이의 앞발이 지그재그로 꼬여서 움직인다.

속도가 많이 느려진 상황에서 스텝을 밟으면서 뭉쳐 있는 케르탑들에게 접근했다.

기사의 마상 돌격술이 가진 최대의 단점!

평원에서는 가장 강력한 무기가 되지만 몬스터들을 스쳐 지나가 버리면 다시 돌아오기가 너무도 힘들다. 원거리 공격이라도 할 줄 아는 몬스터에게는 오히려 약점이 되었다.

그런데 누렁이는 말이 아니었다.

옆걸음, 뒷걸음질에, 방향 전환까지 원활한 소!

급격하게 속도를 줄여서 방향 전환을 하며 케르탑들을 스쳐 지나간다.

위드가 검을 휘두르기 딱 좋은 간격까지 맞췄다.

충직하고, 효율이 좋으며, 맡은 일은 성실히 하는 소답게 처음 하는 일에도 실수조차 없는 모습이었다.

케르탑들이 일 검씩 맞고 죽진 않았지만 전투력을 심하게 상실했으니 나중에 확실히 숨통을 끊어 놓으면 된다.

마지막 남은 1마리의 케르탑은 누렁이의 전면에 있었다.

위드가 누렁이의 목덜미를 쓰다듬었다.

"누렁아, 받아 버려!"

"싫다. 어찌 그런 험악한 행동을 할 수가 있나."

여전히 전투에 대한 거부감을 버리지 못한 모습!

위드는 채찍과 당근을 적절히 이용할 줄 알았다. 협박과 공포 분위기만 조성한다면 충직한 소라고 해도 반발심을 줄 수 있다.

"받아 버리면 1쿠퍼 준다. 완전히 죽이면 2쿠퍼 준다."

전투에 따른 인센티브!

누렁이에게 1쿠퍼란 무지막지한 거금이었다.

'1쿠퍼로 할 수 있는 일은… 영양가 높은 건초 한 줌, 냉수 열 바가지!'

아끼고 아껴서 10쿠퍼를 모으면 손바닥만 한 땅도 살 수 있다고 했다. 땅에 잡초라도 심으면, 허기질 때 맛있게 뜯어 먹을 수 있으리라.

10골드쯤 모으면 허름한 축사도 건조할 수 있다고 하는데, 누렁이에게는 생의 희망이었다.

내 집 마련의 꿈!

음메에에에!

힘이 넘치는 누렁이의 가속!

고랑이 깊게 파일 정도로 튀어나가더니 뾰족한 뿔로 케르탑을 받아 버렸다.

케르탑이 비참하게 울부짖으며 수십 미터나 나가떨어질 정도의 충격이었다.

위드는 케르탑들을 사냥하고 짭짤한 경험치와 잡템들, 거무튀튀한 철판, 울부짖는 식물의 씨앗, 푸른 구슬 등을 획득했다.

"구슬은 어디에 쓰는지 아직은 모르겠지만, 챙겨 두면 다 팔 곳이 있겠지."

위드는 소득을 확인하고 흐뭇하게 웃었다. 대장장이 물품이나 씨앗을 제외하고도 경험치가 짭짤했기 때문이다.

"역시 사냥은 이런 맛이지."

⁂

케르탑과 적대 관계인 마물들!

부활의 군대의 마물들과 상당히 흡사하게 생긴 마물들이 통곡의 강을 따라서 분포되어 있었다. 통곡의 강에서 물을 마신 짐승들이 주로 마물로 변하는 모습이었다.

위드는 이 마물들과 케르탑을 위주로 사냥했다.

"불사조 5형제, 투입!"

불사조들도 전투에 참여시켰다.

불사조 5형제의 위용!

뿌옇게 끼어 있던 안개들이 단숨에 증발해 버렸다. 땅이 이글이글 달구어지고 불까지 붙었다.

물기가 사라지자 케르탑의 뇌전 공격이 약화되었다.

불사조들은 먼 거리도 단숨에 날아서 머리통을 쪼아 댔다.

거의 무한한 생명력을 가지고 있는 놈들이라, 여간한 공격은 그냥 몸으로 맞아 주었다. 생명력이 크게 하락하더라도 자가 회복! 금방 다시 차올랐다.

죽기 직전이라고 해도 화염 약간만 있으면 되살아나는 불사 조들의 투입은 전투를 편리하게 만들어 주었다.

"후후훗."

위드가 음침하게 웃었다.

그가 생명을 부여한 조각품들이 매우 훌륭하게 싸우는 걸 보면서 유쾌한 기분이 들었다.

불사조들이 강할수록 더 많은 아이템과 잡템을 얻을 수 있을 것이 아닌가!

"싸워라. 강해져라. 세상을 너희의 불로 뒤덮어라!"

불사조 5마리와 누렁이!

그들은 위드의 강력한 원군이 되었다.

통곡의 강을 따라서 몬스터들을 사냥하며 점점 활동 영역을 넓혀 갔다.

아직 강가를 벗어나 넓은 지역을 돌아다닐 수는 없었다. 어떤 위험이 도사리고 있을지 모르기 때문이다. 하지만 케르탑은 10마리라고 해도 불사조만으로도 사냥이 가능했다.

아주 오랜 시간을 기다려야 할 뿐.

통곡의 강에 세워진 조각품

위드는 다시 조각칼을 들었다.

통곡의 강 유역의 부정적인 조각품들을 긍정적으로 바꾸어 놓는 대사업의 착수.

강물의 원혼들이 울어 대는 소리가 이제는 귀에 익숙해졌다.

메아리치듯이 밀려드는 그 소리는, 다리에 힘이 풀리고 소름이 돋게 한다.

"새끼 오크를 보면서 지을 수 있는 다정한 표정은 대체 어떤 거야?"

첫 번째 조각 시도에 실패하고 두 번째였다.

유로키나 산맥에서 오크 카리취로 행세할 때, 오크들은 꽤나 많이 봐 왔다.

하지만 약한 새끼 오크들은 관심사가 아니었다.

마을에서 아장아장 걸어 다니는 모습을 보았다고 해도 사냥감이 아닌 이상 지나치면 금방 잊어버리기 마련이다.

오크의 새끼 시기는 잠깐이고, 매우 빠른 속도로 성장한다.

"새끼 오크를 보는 암컷들은 무슨 생각을 할까."

어머니의 입장이 되어 봐야 알 수 있는 표정이리라.

위드는 생각을 다르게 했다.

탐욕스러운 오크 암컷들. 그들이 고기를 발견했다. 군침을 다실 것이다. 그런데 지금은 배가 부르다면?

"더없이 평화로운 표정이 나와 주겠군!"

위드는 암컷 오크의 머리를 만들었다.

입가에는 찢어질 것처럼 만족스러운 미소, 눈은 초승달처럼 웃고 있었다. 표정이 그리 썩 밝지는 않았지만 그래도 오크 암컷치고는 꽤나 예쁜 편.

최소한 머리통도 없이 아이를 안았을 때처럼 비통한 느낌은 없었다.

마탈로스트 교단의 조각품 〈절망적인 새끼 오크 모녀〉를 바꿔 놓았습니다.
통곡의 강 조각품 1개를 정화하였습니다.
통곡의 강 정화도: 0%

손재주 스킬의 숙련도가 향상되었습니다.

겨우 1개.

첫발자국은 뗀 셈이지만 위드가 가야 할 길은 험난했다.

조각품 1개를 긍정적으로 만든 정도로는 통곡의 강에서 원혼들이 원통하게 우는 소리가 줄어들지 않는다.

통곡의 강 유역에 깔려 있는 조각품들을 보니 막막하기만 할 지경.

다음 조각품은 트롤들이었다.

창으로 상대를 찌르면서 사투를 벌이고 있는 트롤들.

위드는 명쾌하게 정의했다.

"창만 없애면 되겠군!"

창을 망가뜨리고 대신에 밥그릇을 들게 했다.

음식을 선물하는 트롤들.

> 마탈로스트 교단의 조각품 〈살육전을 펼치는 트롤들〉을 바꾸어 놓았습니다.
> 통곡의 강 조각품 2개를 정화하였습니다.
> 통곡의 강 정화도: 0%

> 조각술 스킬의 숙련도가 향상되었습니다.

조각술이나 손재주 스킬의 숙련도 변화는 미미했다.

"남의 조각품을 약간 수정하는 정도로는 숙련도가 오르지도 않는군."

위드의 어깨에 힘이 쭉 빠졌다.

그래도 하루 동안에 10개의 조각품을 바꾸어 놓았다. 하지만 통곡의 강의 수치는 여전히 변함이 없었다.

⚘

"떨어진 레벨부터 복구해야지."

조각품에 생명 부여를 하며 줄어든 레벨 복구를 위한 처절한 사냥! 매일 13개씩의 조각품을 수선하고, 누렁이와 불사조 5형제를 이끌고 전투를 수행했다.

통곡의 강에서 너무 멀리 떨어지면 몬스터들의 수준이 대폭 뛰었다.

지옥의 멧돼지.

블랙 와일드보어들은 레벨이 400에 약간 미치지 못할 것으로 추측되었던 것이다.

이 사실은 물론 데스 나이트를 통해 알 수 있었다.

"데스 나이트와 박빙으로 싸울 정도라. 상당히 맛있는 사냥감이로군."

케르탑들은 더 이상 눈에 차지도 않았다.

더 강한 몬스터, 경험치와 아이템 들이 있었기 때문이다.

"케르탑들은 불사조 5형제에게 맡겨야겠어. 불사조들."

"예, 주인님."

"케르탑들을 사냥해라. 아이템 녹이지 않도록 조심해."

"예, 주인님. 알겠습니다."

불사조들은 여러모로 관리하기가 편했다.

군대에 입대한 신병이 받게 되는 군기 교육!

이 교육을 얼마나 제대로 수행하느냐에 따라서 군 생활에 막대한 영향을 준다. 조각품들도 태어난 직후에 위계질서를 세워주는 편이 좋았는데, 이 정신 교육을 따로 시킬 필요가 없었다.

불사조들은 누렁이를 보면서 깨달았던 것이다.

'아, 우린 정말 더러운 주인에게 걸렸구나.'

'재수도 더럽게 없지.'

지성도 제법 뛰어난 불사조들은 고분고분해졌다.

잘 안 죽고, 질기기 짝이 없는 불사조들!

케르탑들이 전기 공격을 하면 불사조들은 날개를 활짝 펼친 채 급강하해서 피한다.

그리고 뿜어내는 화염 공격!

공격력은 약해도, 넓은 지역에 화염을 뿌려 댈 수 있다. 바위산이 녹아내릴 정도는 아니었지만 제법 뜨겁게 달궈질 수준은 됐다.

광역 공격 스킬에 죽지도 않고, 지상의 몬스터들은 도망칠 수도 없을 만큼 빠르다.

케르탑들이 떨어뜨린 잡템들을 불로 태우지 않게 주의만 시키면 사냥에 문제는 없었다.

불사조들을 통해서 케르탑을 사냥하고, 위드는 누렁이와 함께 블랙 와일드보어들을 처치했다.

평탄하지 않은 바위산을 내달리는 와일드보어들!

음메에에에!

위드는 누렁이를 타고 놈들을 사냥했다.

누렁이와의 합공으로 와일드보어들을 하나씩 처리한다.

위드의 달빛 조각 검술, 검술 스킬의 숙련도가 빠르게 늘어나고 있었다.

"이런 방식의 전투도 나쁘지 않군."

사냥의 소득이 괜찮아서 위드는 흡족해했다.

누렁이 덕분에 체력 소모도 줄어들고, 공격력도 배가된다.

검술이란 검을 휘두른다고 일률적으로 숙련도가 쌓이지는

않는다. 자신보다 강한 몬스터를 연속해서 사냥할 때 숙련도가 잘 올랐다.

현재 위드의 검술 스킬은 중급 8레벨!

검치 들과는 비할 바가 아니지만, 일반 유저들보다는 훨씬 높은 수준이었다.

통곡의 강에 있는 조각품들도 262개를 수정했다.

마탈로스트 교단의 조각품, 〈배 뒤집고 죽은 가물치〉를 바꾸어 놓았습니다.
통곡의 강 조각품 262개를 정화하였습니다.
통곡의 강 정화도: 2%

절망적인 정화도 수치!

차근차근 수치를 높이고는 있지만 언제 정상화할 수 있을지 아득한 수준.

"이런 식으로 끝낼 수 있는 방법이 아닐지도 모르겠군."

위드의 생각이 깊어졌다.

현실 시간으로 일주일간 사냥을 하며 레벨을 2개 올렸다.

나쁘지 않은 사냥터란 증거였다.

위드보다 센 몬스터들이 널려 있어서, 따로 찾아다닐 필요도 없다.

누렁이나 불사조들을 성장시키기에도 최적의 사냥터!

조각품들을 수선하는 시간까지 감안한다면 매우 빠른 성장을 하고 있었다.

조각품에 생명을 부여하느라 레벨이 자주 떨어졌다. 전투 계열의 숙련도는 그대로이기 때문에 점점 누적되고도 있었다.

"문제는 통곡의 강을 정화시키는 데 시간이 너무 오래 걸릴 거라는 점인데……."

위기 상황일 때마다 나오는 번뜩이는 판단력!

평상시라면 보다 일찍 나왔을 테지만, 그 대상이 노가다라서 훨씬 늦어졌다.

스탯만, 스킬만 확실히 올라준다면 백 일간도 같은 노가다를 반복할 수 있었다.

남들은 고등학교를 다닐 때 벽돌을 지고 20층에도 올라갔던 경험.

"공사판만큼 임금이 정확한 바닥도 없으니까!"

저녁에 집에 돌아갈 때는 빳빳한 현찰을 일당으로 받았다.

"노가다는 거짓말을 안 했어!"

인형 눈 붙이기도, 수염 붙이기도 개당으로 계산을 했다.

정해진 일만큼의 확실한 수입을 주었다.

노가다는 일이 지겹고 힘들 뿐, 보상만큼은 철저한 특징을 가졌다.

수십 가지 노가다에 단련이 된 위드였지만 이번 일만큼은 정말 막막했다.

"적어도 만 개 이상의 조각품이다. 이렇게 1개씩 해서는 답이 안 나와. 언제 끝날지도 모를 막막한 일이야."

위드는 바꾸어야 할 조각품들을 미리 잘 관찰했다.

어떤 식으로 얼마나 수정을 가해야 할지!

크기와 질량은 어느 정도나 되는지, 몸과의 밸런스는 얼마나 맞춰야 할지를 면밀하게 조사해서 기록했다.

그리고 전투를 하며 쉬는 시간마다 필요한 조각품들을 만들었다.

별도로 만든 조각품을 가져다 붙이는 분업의 방식!

방식이 개선되면서 하루에 17개씩의 조각품들을 수정할 수 있었다.

평균 4개씩의 조각품들을 더 고쳐 놓을 수 있었으며, 사냥에 집중하는 시간도 많아졌다.

그러나 정화도 수치는 여전히 느리게 바뀌었다.

"이대로도 안 되겠어."

위드는 통곡의 강 주변의 지형을 조사하던 중에 늪지대를 발견했다.

점토와 약간의 나무들이 있었다.

"이거로구나!"

점토들을 이용하면서 조각품을 만드는 시간이 대거 단축되었다.

하루에 45개 정도의 조각품을 수정하는 게 가능해졌다.

하늘이 무너져도 솟아날 구멍은 있다.

노가다의 화신처럼 작업 능률을 높여 가는 위드!

> 조각술의 대업적, 통곡의 강 유역을 조각품으로 정화하는 작업이 11% 진행되었습니다.

대업적을 이루기 위해서 위드는 고군분투했다. 그러던 와중에 불현듯 떠오르는 생각이 있었다.

'이 조각품들을 전부 바꾸어 놓는다면 정말 굉장한 업적이 되

겠지.'

조각사에게는 보상이 정말 큰일이라는 생각이 들었다.

명성이나 각 교단의 공헌도 등은 매우 얻기 어려운 것들이기 때문이다.

교단이나 왕국의 공헌도는 원하는 대로 쓰기 나름이다. 무기나 아이템을 얻을 수도 있지만, 군대나 성기사단을 출진시키는 것도 가능했다.

'꼭 조각품 수정에만 매달릴 필요가 있을까?'

위드의 수준으로 본다면, 통곡의 강 유역에 있는 조각품들은 굉장하지 않았다.

중급 조각술 스킬!

혹은 그 이하의 조각술로 완성되었으리라 추정되었고, 마무리도 세밀하지 못했다.

걸작들도 간혹 몇 개 보일 뿐 전체적으로는 평범한 조각품들에 불과했다.

"차라리 여기에 조각품을 만든다면 어떨까?"

위드는 생각이 떠오르는 즉시 행동으로 옮겼다.

오크 대가족의 식사!

점토로 만들어진, 20마리가 넘는 오크들이 밥을 먹고 있다.

오크들에게는 행복할 수밖에 없는 순간이리라.

통곡의 강에 조각품을 만들었습니다: 〈오크들의 만찬〉
통곡의 강에 조각품 1개를 만들었습니다.
통곡의 강 정화도: 18%

조각품을 만들어도 정화도를 높일 수 있었다.

부정적인 조각품의 효과를 압도할 수 있는 조각품!

"해결 방법이 나왔군!"

위드의 조각칼이 빠르게 움직였다.

조각품을 개선하는 작업도 구상해야 하니 상당히 어렵다. 그럴 바에야 주변에 있는 조각품들을 압도할 수 있는 작품을 만들면 되는 것.

"희망의 조각품을 만들어야 돼."

통곡의 강에 널려 있는 안 좋은 조각품들을 대신해서 희망적인 조각품들이 만들어졌다.

학살당하던 각 종족들이 풍요로움에 웃고 있었다. 점토로 만든 돈과 무기, 식량이 창고에 잔뜩 쌓였다.

―우우우우우우우우!

걸작 조각품의 탄생!

정화도가 3%나 올랐다. 통곡의 강에서 원혼들이 우는 소리도 이제는 확연하게 줄어들었다. 소리도 크지 않았고, 비통함도 적었다.

하지만 위드가 만든 조각품이 있는 주변이 아닌 장소에서는 아직도 비명처럼 들려오고 있었다.

"이번에는 인간들을 위로하는 조각품을 만들어야지."

통곡의 강 유역에는 귀족이나 군대에 의해 핍박받는 인간들의 조각품이 유별나게 많았다.

단두대에 매달린 아버지, 채찍질당하는 어머니! 아이들은 병사들의 손에 묶여 전쟁터로 끌려가는 것 같은 조각품도 있다.

위드는 그들을 모습만 슬쩍 바꾸어서 새로 조각했다.

귀족들과 왕족, 병사들이 어린아이에게 채찍질을 당하고 단두대에 매달렸다.

평화롭거나 우아한 조각품은 아니었다.

예술성 따위는 매우 적다.

하지만 이런 극단적인 조각품들은 억울하게 당하고만 살았던 이들에게 큰 기쁨이 될 수도 있으리라.

해학과 풍자를 다루는 조각품!

어린아이들은 환하게 웃고 있으며, 귀족들과 병사들은 죽을상이었다.

걸작 조각품이 완성되면서 정화도가 4% 올랐다.

통곡의 강에 조각품을 만들었습니다: 〈위대한 왕〉
통곡의 강에 조각품 43개를 만들었습니다.
통곡의 강 정화도: 100%

명작 2개. 걸작 17개. 그 외에 잡다한 조각품들!

위드는 수선이 편한 조각품은 약간씩 바꾸고, 나머지는 새로 만들어 버렸다.

위대한 왕은, 인간들을 이끄는 왕에 대한 조각품!

값비싼 보석으로 치장하고, 배가 볼록 나온 왕의 조각품이 명작이 되었다.

그 덕에 불과 2주일 만에 통곡의 강을 정화할 수 있었다.

─아아아아아…….

통곡의 강에서 신음이 걷혀 갔다.

비통한 울부짖음이 사라지고 고요하게 물 흐르는 소리만 들렸다. 강물은 여전히 더럽기 짝이 없었지만, 원혼들은 훨씬 편안한 표정을 지었다.

띠링!

엠비뉴 교단과의 싸움 퀘스트 완료
원혼들을 일으켜 세워 대륙을 마물로 채우려는 엠비뉴 교단의 음모가 정체를 드러내지 않은 의로운 조각사에 의하여 저지되었다. 엠비뉴 교단의 계획에는 상당한 차질이 생기게 되었지만, 그들은 또 다른 음모를 꾸밀 것이다. 마탈로스트 교단을 둘러싼 암운도 아직 걷히지 않았다.

명성이 720 올랐습니다.

조각술의 대업적을 달성하였습니다.

엠비뉴 교단의 음모를 물리치면서 베르사 대륙 모든 교단과의 친밀도가 20 올라갑니다.
베르사 대륙의 모든 교단에의 공헌도가 300 증가합니다.
조각술의 대업적으로 '세상을 바꾸는 조각사' 칭호를 획득하였습니다. 왕과 귀족들이 이름난 명사를 대하듯이 신중해질 것입니다.

레벨이 올랐습니다.

레벨이 올랐습니다.

레벨이 올랐습니다.

조각품에 생명을 부여했던 것을 완전히 만회하고도 2개의 레벨이 더 올랐다.

현재 위드의 레벨은 딱 360!

"이제 됐군."

위드는 마탈로스트 교단의 신물인 죽음의 상을 꺼냈다.

낫을 든 마수가 눈을 떴다. 그리고 말했다.

—시련은 아직 끝나지 않았다. 엠비뉴 교단의 계획은 어긋났지만, 그들은 더 강력한 새로운 의식을 꾸미게 될 것이다. 그들의 의식이 재개되지 않도록 하라.

엠비뉴 교단의 의식 방해

엠비뉴 교단은 통곡의 강에 대한 간섭을 그만두지 않을 것이다. 제단과 의식에 필요한 물품들을 빼앗아 의식이 완전히 중단될 수 있도록 하라. 죽음을 인도하는 마탈로스트 교단의 수호 기사들이 그대의 임무를 도우리라. (연계 퀘스트. 마탈로스트 교단의 포로 구출, 엠비뉴 교단 11지파의 파멸, 마탈로스트 교단의 숙원과 이어진다.)

난이도: A

보상: 마탈로스트 교단의 성물.

제한: 엠비뉴 교단에 패배할 시에는 관련된 모든 연계 퀘스트가 중단된다.

퀘스트에 실패하게 되면 포로 구출이나 엠비뉴 교단 11지파의 파멸 등의 퀘스트들도 모두 끝난다는 것이었다.

위드의 눈은 이미 보상에서 초롱초롱해져 있었다.

"베르사 대륙을 여행하는 정의로운 모험가로서, 엠비뉴 교단의 악행을 방관할 수 없습니다. 마탈로스트 교단을 위해서라도 그들의 의식이 영원히 중단되도록 하겠습니다."

> 퀘스트를 수락하였습니다.

죽음의 상에서 시커먼 연기가 뿜어져 나오더니 통곡의 강이 범람했다. 물길이 강가로 파도치듯이 밀려오고, 얼마 후, 강물에서 걸어 나오는 기사들이 있었다.

유령!

흐릿하게 존재하는 100명의 기사들이 위드의 원군이었다.

※

위드는 수호 기사들과 불사조 5형제, 누렁이를 그 자리에 대기시켜 놓고 엠비뉴 교단이 있던 장소로 살금살금 다가갔다.

엠비뉴의 사제들과 암흑 기사들은 살육의 의식을 중단하고 혼란에 빠져 있었다.

그들을 지키던 1,000여 마리의 마물들도 왠지 약화된 모습.

눈빛이 약해지고, 걸음걸이도 힘이 빠져 있었다.

'통곡의 강을 정화시킨 효과가 있군.'

위드는 암흑 기사들의 경계가 느슨해진 틈을 타서 가까이 접근했다.

엠비뉴 교단 사제의 로브에는 피처럼 붉은 해골과 관이 그려져 있었다. 까마귀가 그려진 사제들은 10명도 되지 않았다.

그들이 나누는 이야기를 들을 수 있었다.

"통곡의 강이 우리의 의식에 반응하지 않는다."

"더 많은 제물들을 바쳐라."

까마귀가 그려져 있는 사제들이 말단인 듯, 양과 사슴의 심장들을 바치며 의식을 치렀다.

통곡의 강이 범람할 정도로 격한 반응을 보이던 의식!

바위를 부식시킬 정도로 지독한 독성을 가지고 있었으며, 원혼들이 막 튀어나왔었다.

위드도 조마조마해서 의식을 지켜보았지만, 강물은 유유히 흐를 뿐이었다.

로브를 뒤집어써 얼굴이 거의 보이지 않는 사제들이 의식을 중단하고 말했다.

"영혼들의 힘이 줄어들었다."

"지상에 보냈던 마물들은?"

"그들도 점점 약화될 것이다."

"추가적으로 마물들을 만들어 내기 위해서는 의식이 계속되어야 하는데……. 마탈로스트 교단의 포로들을 데려와서 이유를 물어봐야겠다."

마탈로스트 교단의 생존자들!

아마도 그들이 포로가 되어서 엠비뉴 교단에 억류되어 있는 모양이었다.

"포로들을 데려오려면 먼저 대신관님께 보고해야 한다."

"대신관님이라면 우리들을 이끌어 주시리라. 일단은 신전으로 돌아가자.”

엠비뉴의 사제들과 암흑 기사들은 절반 정도의 병력을 남겨 두고 강의 하류로 움직였다.

위드도 아직 정찰을 해 보지 못한 장소였다.

그들의 뒤를 몰래 2시간 정도 따라가니 금과 보석으로 만들어진 화려한 요새가 나타났다.

마탈로스트 교단의 다 망해 가는 신전과는 차원이 다른 고품격 신전!

바위산들로 이루어진 천혜의 지형에 축성을 하고 신전을 건설했다.

돌로 만들어진 두꺼운 성문, 해자, 발리스터, 궁수들의 배치 등 방어 시설까지 완비되어 있었다.

“너희는 이곳을 지켜라.”

우어어어어!

엠비뉴의 사제들의 명령에, 마물들이 요새를 철통처럼 호위했다.

위드는 요새 안에는 들어가지 못하고 의식이 벌어지던 장소로 되돌아왔다.

“놈들이 되돌아오려면 아마도 하루, 혹은 이틀 정도의 여유만이 있을 뿐!”

위드가 완전히 무장한 채로 누렁이의 등에 탔다.

기품이 느껴지는 갑옷과 장비들!

망토를 펄럭이면서 수호 기사들의 앞에 섰다.

결전의 순간이었다.

위드가 검을 높이 추어올리고 사자후를 터트렸다.

"수호 기사들이여, 공격하라!"

60명의 수호 기사들이 일제히 달려 나갔다.

60명밖에 안 되는 인원으로 500이 넘는 마물과 엠비뉴 교단의 사제, 암흑 기사 들을 향해 돌진!

무모하기 짝이 없어 보였지만 사실 겉보기와는 크게 달랐다.

죽음을 인도하는 수호 기사들은 살아 있는 생명체가 아니었다. 마탈로스트 교단의 전사들로, 유령이나 다름없다. 일반적인 방법으로는 결코 죽지 않으며, 고위 사제의 신성력이나 암흑 기사들의 흑마법 등에 의해서만 타격을 받는다.

"마탈로스트 교단의 잔당이다."

"놈들을 막아라!"

30의 암흑 기사들과 500여 마리의 마물들이 앞을 막았지만, 수호 기사들은 그대로 돌파했다.

크헬?

"쳐라!"

암흑 기사들이 뒤돌아서서 수호 기사들을 쫓았다.

수호 기사들의 목적은 오로지 하나.

엠비뉴 교단 사제들의 척결!

위드가 명령한 대로 그들은 사제들을 향해 일직선으로 달려갔다.

엠비뉴의 사제들이 주문을 외웠다.

"오, 추악하고 어두운 힘이여! 무자비한 징벌을 내려라. 다크 소드!"

축복 마법!

사제들을 호위하던 암흑 기사들의 검에 신성력이 어렸다.

쿠엣!

"마탈로스트 교단의 잔당들을 쓸어버려라."

수호 기사들이 암흑 기사들에게 가로막혔다.

마물들이 겹겹이 둘러싸고 있으니 완전히 독 안에 든 신세.

척!

위드가 손을 들었다. 그러자 불사조들이 날개를 활짝 폈다.

불사조들이 전장을 날며 지상을 향해 화염을 내뿜었다. 마물들이 불에 타고, 암흑 기사들도 불에 휩싸였다.

"데스 애로우!"

"워터 블래스터!"

사제들이 불사조들에게 마법 공격을 가했다.

공중으로 치솟는 장대한 마법들!

불사조들은 격하게 몸을 틀면서 마법들을 피했다. 수호 기사들이 불사조의 몸에 탑승한 채로 웅크리고 있었다.

"지금이다!"

위드가 정확한 시기에 사자후를 터트렸다.

화염으로 이루어진 불사조의 몸에서 뛰어내리는 인영들! 수호 기사들 40명이 지상으로 낙하하고 있었다.

"가자, 누렁아!"

위드는 누렁이의 몸에 박차를 가했다.

음모ㅇㅇㅇ!

누렁이가 시원하게 울며 네발로 뛰었다.

위드는 약화된 마물들을 단숨에 베어 버리고 전진했고, 불사조들은 하늘을 장악했다.

허공에서 마물들을 향해 화염을 내뿜는다. 마물들이 모여 있는 장소마다 불길들이 뿜어지면서, 사방이 불바다가 되었다.

불바다 속에서 날뛰는 수호 기사들과 위드!

20명도 안 되는 사제들은 혼전 중에 가장 먼저 도륙당했다.

"수호 기사들은 마탈로스트 교단의 성물을 지켜라. 암흑 기사를 상대하고 마물들은 내버려두어라! 포위망을 구축해서 1마리의 적도 빠져나가게 해서는 안 된다!"

위드가 사자후를 터트리며 전장을 지휘했다.

다 이긴 싸움이었다. 사제들이 없는 이상 불사조들만 동원하더라도 승리할 수 있다는 자신감!

'내 먹이들을 넘겨줄 수 없지!'

불사조는 아직 약했다.

수호 기사들로 주위를 둘러싸게 한 후에 불사조의 광역 화염 공격으로 마물과 암흑 기사 들을 사냥했다.

활활 타오르는 불길!

위드는 불길 사이로 걸어갔다.

"화돌이, 흙꾼이!"

불과 흙의 정령들이 그를 보호하고 있었다.

무한한 친밀도를 가지고 있기 때문에, 정령술 능력이 모자라다고 해도 마나만 되면 얼마든 불러들일 수 있다.

정령을 창조한 혜택.

위드가 걸어가는 지역에서는 땅이 갈라지고, 불길이 옆으로 퍼졌다.

엠비뉴 교단의 의식이 벌어지던 장소에 도착했다.

위드는 탐욕스럽게 물건을 주워 담았다.

마탈로스트 교단의 성물, 안식의 동판을 획득하였습니다.

마탈로스트 교단의 성물, 약속의 지팡이를 획득하였습니다.

두 개의 성물!

제물로 바쳐졌던 상당히 많은 양의 식료품들!

불사조들의 화염 공격으로 잘 구워져 있었다.

와삭!

위드는 구운 사과를 먹었다.

육즙을 마시면서 아직도 싸우고 있는 장소를 돌아보았다. 암흑 기사들이, 마물들이 불에 타서 쓰러지고 있었다.

띠링!

엠비뉴 교단의 의식 방해 퀘스트 완료

마탈로스트 교단의 성물들이 의로운 이에게 넘어갔다. 엠비뉴 교단의 의식은 이제 재개되지 못할 것이다. 하지만 엠비뉴 교단의 주력은 아직 건재하다. 11지파의 수장인 페이로드가 이 굴욕을 대갚음하기 위해 수배령을 내리게 되리라. 절대로 엠비뉴 교단에 사로잡혀서는 안 된다. 그들에게 대항하려면 죽음의 인도자들이 체결한 약속의 동맹을 부활시켜야 할 것이다

명성이 220 올랐습니다.

통솔력과 카리스마 스탯이 10 올랐습니다.

신앙 스탯이 10 오릅니다.

레벨이 올랐습니다.

퀘스트 성공!

위드는 겨우 한숨을 돌렸다. 하지만 연계 퀘스트들은 여전히 계속되고 있었다.

꾀~~~꾀

"좀 더 멀리 떨어진 장소로 가 봐야겠군."

위드는 의식 중단 퀘스트를 마치고 시간을 내어 불사조들과 누렁이를 데리고 더 먼 지역으로 탐험을 나섰다.

위험한 일이 생기더라도 불사조들은 빠르게 몸을 뺄 수 있으리라는 계산!

위드도 누렁이를 타고 도망칠 수 있다.

"최악의 경우에라도 누렁이는 살려야지."

음모오오오!

고마움에, 누렁이의 순박한 눈동자에 물기가 고였다. 그렇게 안 봤는데, 자신을 살리기 위해서 주인이 스스로를 희생하겠다는 것이다.

누렁이가 감동으로 벅차 있을 때, 위드는 냉정하게 계산을 마쳤다.

누렁이가 죽으면 아쉬운 건 자신이다. 다른 조각품을 또 만들어서 생명을 부여한다면 피해가 크다.

물론 위드가 죽기 전에 데스 나이트부터 먼저 던져 줄 것이지만.

"내가 있으니 안심해라, 누렁아."

음메에에에!

위드는 누렁이, 불사조들와 함께 통곡의 강을 넘어 평야 지대로 이동했다.

몬스터 군단들!

이름도 알 수 없는 몬스터 군단들이 떼를 지어서 돌아다니고 있었다.

아마 짐승류의 일종이겠지만 지옥의 입구였기에 어떤 몬스터라도 방심할 수 없다.

위드는 몬스터들의 떼가 보이면 멀리 돌아서 움직였다.

"음냐, 여기는 어디야?"

고주망태가 되어서 잠이 들었던 스미스가 눈을 떴다.

위드의 등 뒤에 함께 누렁이를 타고 있었다.

어떤 경우에라도 누렁이를 살려야 하는 이유 중의 하나!

"탐험을 하고 있습니다."

"꺼억. 그렇구만."

스미스는 술이 깨지 않아 흐릿한 눈으로 주위를 둘러보았다.

그와 대화를 나누면서, 위드도 그가 원래는 정말로 대단한 용병이라는 느낌을 받았다. 베르사 대륙의 곳곳을 모험했던 이야기들은 상당히 뛰어난 실력의 용병이 아니고서는 불가능했던 것이다.

하지만 지금은 술에 취해서 살아가는 전직 용병일 뿐!

그래도 함정이나 지형, 몬스터들의 습성에 대한 해박한 지식은 큰 도움이 되었다.

술을 조금 주면, 조각품들을 만드는 동안 보초도 잘 섰다.

검술 실력은 줄어들었겠지만 쓸모는 상당히 많았다.

몬스터들을 잠깐만 보아도 습성을 파악하는 관찰력!

마셔도 괜찮은 물이나 풀을 구분하는 능력도 탁월하다.

어쨌든 나름대로 많은 도움이 되고 있었다.

스미스가 주변을 돌아보더니 신중하게 말했다.

"여긴 너무 위험할 것 같군."

"예?"

"몬스터들의 수준이 너무 높아. 불사조나 누렁이가 보호하더라도 조각사가 올 수 있는 장소가 아니네."

사냥을 하는 동안에는 술을 줘서 데스 나이트의 호위 아래에 재웠다. 그래서인지 스미스는 여전히 위드를 과소평가하고 있었다.

"그렇군요."

위드는 건성으로 그의 말을 들었다.

"어쨌든 돌아가죠."

탐험의 목적은 몬스터들의 확인과 지형 파악이었다. 통곡의 강에서 너무 멀리 떨어진 곳까지 가는 건 지극히 위험한 데다 의미도 없으므로 돌아가려고 했다.

그런데 그들을 향해 허연 무언가가 하늘을 날아오고 있었다.

일직선으로 하늘을 꿰뚫어 버릴 듯 날아오는 몬스터의 위용!

크롸롸롸롸롸롸롸!

몬스터가 포효하니 일대의 대지가 뒤흔들렸다.

멀리 있던 짐승류의 몬스터들도 겁에 질린 듯 땅에 못 박힌 것처럼 서 있는 것.

"보스급 몬스터구나!"

이 근방을 장악하고 있는 보스급 몬스터의 등장이었다.

하늘을 날아오는 몬스터의 크기가 점점 커지고 있었다. 상당한 거리가 남아 있었음에도 손바닥보다도 훨씬 크게 보였다.

점점 거리를 단축할수록 대책 없이 커지는 몸뚱아리!

가히 수백 미터는 될 듯한 거체였다.

차가운 한기를 온 사방에 뿌리면서 가공할 속도로 육박해 오는 몬스터.

스미스의 얼굴이 하얗게 질렸다.

"아이스 드래곤이다. 아이스 드래곤이야!"

위드의 위에서 호위하듯이 공중을 빙글빙글 돌던 불사조들마저도 위협을 느끼고 흩어질 정도였다.

"어서 도망치세!"

스미스의 재촉에도 위드는 가만히 있었다.

눈을 가늘게 뜨고, 점점 커지는 아이스 드래곤의 몸을 볼 뿐이었다.

사나운 눈매와 찢어진 주둥이, 기다란 수염.

두꺼운 상체와 빈약한 하체!

몸의 대부분을 차지하는 넓은 날개까지!

어디선가 많이 봤던 모습이다.

크롸롸롸라라라라라라라!

사지를 저릿저릿하게 울리는 드래곤 피어!

그 투지에 누렁이가 주저앉고, 불사조들이 날개를 접었다.

아이스 드래곤은 감히 자신의 영역을 침범한 인간과 불사조들을 단숨에 해치워 버리기 위하여 엄청난 위세로 날아오고 있었다.

그 아이스 드래곤의 큼지막한 눈동자가 위드와 누렁이 들을 훑고 지나갔다.

"감히 나의 영역에서……."

갑자기 끊긴 말!

아이스 드래곤의 눈가에 미미한 경련이 일었다. 그리고 휘둥그레 뜨인 눈으로 위드를 다시 살피더니 날개를 활짝 펼쳤다.

파닥파닥파닥.

아이스 드래곤이 더 빨리 가속하더니, 믿기지 않는 민첩성을 발휘해서 반원을 그리며 선회했다. 왔던 방향으로 빠르게 돌아가려는 것.

위드가 무심코 말했다.

"혹시 빙룡?"

아이스 드래곤의 몸뚱이가 큰 충격을 받은 듯 허공에서 휘청거렸다.

"너 빙룡 맞지?"

"절대 아니다."

아이스 드래곤은 머리까지 저으며 열심히 날개를 퍼덕거렸다. 필사적인 도주를 감행하려는 동작!

애타는 마음에도 불구하고 막 선회를 한 직후라서 가속이 잘 안 붙었다.

"날갯짓 한 번에 5억 대."

아이스 드래곤의 날개가 딱 정지했다.

부력에 의해 떠 있기는 했어도 어쩔 줄 몰라 하는 태도.

"와이번들 보고 싶지? 와삼이가 너 잘 있느냐고 묻더라."

"와삼이! 와삼이는 잘 지내고 있나, 주인?"

"거봐. 너 빙룡 맞잖아."

"……."

수배령

엠비뉴 교단 신전 내부에는 암흑 기사들이 질서 정연하게 자리 잡고 있었다. 그리고 화려하기 짝이 없는 장식물들.

진열된 기사의 갑옷의 재질은 미스릴과 아다만티움이었고, 사용된 적이 없는지 보석처럼 빛났다.

바닥에는 최고급 양탄자가 깔려서 푹신했고, 천장에는 에메랄드와 사파이어를 깎아서 만든 샹들리에가 있다.

"의식이 실패했어? 그리고 의식에 필요한 도구들까지 강탈을 당해?"

엠비뉴 교단 11지파의 대신관 페이로드의 질책에 사제들과 암흑 기사들은 머리를 조아렸다.

"면목이 없습니다, 페이로드 님."

대신관 페이로드는 뚱뚱한 비만 체형에, 로브를 뒤집어쓴 탓에 얼굴은 안 보였다.

하지만 대신관의 후면에 있는 황금으로 만들어진 악신 엠비뉴의 동상은 유독 두드러지게 드러났다. 12개의 손에 서로 다른 무기를 하나씩 든 채 인간, 엘프, 드워프, 드래곤 등의 종족을 죽이는 형상이었다.

섬뜩함이 풍기는 황금 동상은 불길한 안개 같은 것에 슬며시 감싸여 있었다.

"모든 역량을 동원해서 우리의 행사를 방해한 자를 죽여라. 그리고 그가 가져간 마탈로스트 교단의 물건들을 반드시 회수하라."

"대신관님의 명에 따릅니다."

사제들과 암흑 기사들이 깊숙이 허리를 숙였다.

띠링!

엠비뉴 교단의 적대자!
엠비뉴 교단은 가장 파괴적이고 비열한 악신을 신봉하는 무자비한 집단. 점령과 포교를 위해 수단과 방법을 가리지 않았던 탓에 베르사에 있는 교단들과 한 뼘의 땅, 한 모금의 물도 나누어 마실 수 없는 사이가 되었습니다. 엠비뉴 교단의 11지파가 그들의 의식을 방해한 자를 공적으로 선포하고 추격자들을 동원합니다.
추격자들의 구성: 중급 암흑 기사 10명. 사제 3명. 병사 100명.

엠비뉴 교단이 위드 님에 대한 수배령을 내렸습니다.
추격자들이 남겨진 흔적을 쫓아옵니다.

위드는 메시지 창과 함께, 엠비뉴 교단 내에서 일어난 일의 영상을 볼 수 있었다.

"추격자라… 귀찮아지겠군."

살인 등으로 악명이 심하게 높아지면 왕국에서 추격자들을 보내는 경우가 있다.

그런 추격자들은 상당히 재빠르게 흔적들을 쫓아왔다.

첫 번째 추격자들이 실패하더라도, 금세 두 번째 추격자들이 쫓아온다. 그다음 번의 추격자들은 더 방대한 인원에, 뛰어난 실력을 갖춘 이들로 선발된다.

추격자 무리로부터의 완벽한 도주는 사실상 불가능!

언젠가는 반드시 잡힌다.

이동속도가 빠르며 은신 스킬을 가지고 있는 도둑이나 암살자라고 해도 얼마나 오래 버티느냐의 차이가 있을 뿐이다.

추격의 횟수가 누적될수록 뛰어난 도둑이나 암살자 등도 포함되기 때문.

위드는 긍정적으로 생각하기로 했다.

"언젠가 이런 일이 벌어지리라 예상은 하고 있었지."

지금까지 아무 일도 안 생겼던 게 행운!

퀘스트를 해결하면서 원한 관계가 쌓일 만큼 쌓였으니 쫓긴다고 해도 놀랄 일은 아니다.

어쨌든 이곳의 퀘스트들을 완수하는 게 우선이었다. 보상이 굉장한 연계 퀘스트들이 쌓여 있었으니까.

위드의 곁에는 쓸모가 많은 빙룡과 불사조, 누렁이까지 있었다. 마탈로스트 교단의 수호 기사들은 통곡의 강 주변을 떠나지 못할뿐더러, 교단의 신전을 지켜야 하는 임무 때문에 퀘스트에 따라오지 못했다.

빙룡이 등장하자 불사조들은 날개를 늘어뜨리고 머리를 조아렸다.

바로 큰형님 대우!

누렁이도 온순한 한우답게 순종의 뜻을 드러내었다.

빙룡은 거드름을 피웠다.

"너희가 수고가 많다."

"아닙니다, 선배님. 다 선배님이 닦아 놓으신 길을 그냥 이용만 하고 있을 뿐입니다."

누렁이가 유난히 친근하게 굴었다.

"알고 있구나. 우리 때는 선배들의 말씀이라면 항상 귀를 기울여서 들었지."

"저희에게 세상을 살아가는 지혜를, 특히 못된 주인 밑에서 버텨 내려면 어떻게 해야 하는지를 알려 주시지요."

빙룡은 선배 대우에 크게 만족해서 그들에게 생활에 꼭 필요한 정보들을 말해 줬다.

"아무리 배고플 때라도 밥은 신중하게 먹어야 된다. 절대 주인 있는 근처에서 먹지 마. 밥 많이 먹는다고 구박받는다. 사냥감들에서 나온 고기도 함부로 먹어서는 안 돼. 맛있고 싱싱한 고기는 일단 내다 팔아야 되거든."

누렁이와 불사조들은 이해하고 또 공감했다는 뜻으로 머리를 끄덕였다.

"결국 주인이 주는 밥만 먹으면서 살아야 되는군요? 맛있는 고기는 언제 먹을 수 있나요?"

"몰래몰래 먹어야 돼. 야산이나 구덩이, 그런 장소에서 배를 채워야 된다. 주인은 항상 우리를 배고프게 만드는 재주가 있거든. 뭐. 배에 기름이 차면 게을러진다나? 음식은 가리지 말고 먹어 놔."

"과연 선배님이십니다."

"생활 속에서 배운 지혜지. 너희도 지나면 다 알게 될 테지만, 고생하지 말라고 미리 알려 주는 거야. 그리고 주인이랑 같이 사냥할 때 있지?"

"많이 있죠. 혼자만의 시간을 가지고도 싶은데 우리를 늘 끌고 다니니까요."

"잡템들 조심해. 잡템들이 적게 나왔을 때는 신경이 예민해진다. 그런 날에는 눈에 안 띄는 게 좋고, 사냥도 열심히 하는 척해야 되거든."

"오오, 그런 거였군요!"

"무기나 방어구 나오면 엄청 기뻐한다. 5분 전까지만 해도 있는 대로 짜증을 부리다가도 방긋방긋 웃으니까. 그럴 때는 가까이 다가가서 존재감을 각인시켜야 돼."

"왜요?"

"우리의 역할을 과시해야 되거든. 얼마나 잔소리가 많고 구박을 하는지……."

평화로운 생존을 위한 필수적인 정보들!

빙룡은 선배 노릇을 톡톡히 하고 있었다.

위드는 마탈로스트 교단의 신물인 죽음의 상을 꺼냈다. 연계 퀘스트를 하기 위함이었다.

죽음의 상이 입을 열었다.

―지옥과 가까운 장소에서, 3개의 부족과 마탈로스트 교단은 약속했다. 그들을 위협하는 어떤 적과도 함께 싸우고자 하는 약속의 동맹이었다. 약속의 동맹을 일으키기 위해서는 동맹의 증표인 지팡이가 필요하다. 지팡이를 가지고 가서 그 부족들을 설득하라. 수배령을 피해서 최선을 다해 달아나야 할 것이다.

띠링!

인도자들의 동맹 (1)

엠비뉴 교단에 반격하기 위해서는 130년 전에 맺었던 동맹이 필요하다. 하지만 현재는 동맹의 당사자들이 모두 죽은 후라서 후손을 설득하는 임무가 만만치 않을 것이다. 능숙한 타협가의 화술, 담대한 마음이 필요하리라. 실패한다면 나무에 목이 내걸릴 수도 있다. 큰 위험을 안고 떠나야 한다. 동맹 부족을 만나기 전에는 엠비뉴 교단에서 보낸 추격자들이 큰 우환거리가 될 것이다. 이 대지에 있는 다른 부족들은 엠비뉴 교단의 지배를 거스르지 못하기에 그들의 눈도 피해야 한다. 동맹인 3개의 부족을 제외하면 어떤 장소에서도 안심해서는 안 된다. 인도자들의 동맹을 부활시키고 엠비뉴 교단의 요새를 점령하라. 동맹을 이루어 내면 마탈로스트 교단의 성물인 약속의 지팡이를 사용할 수 있으리라. (연계 퀘스트. 마탈로스트 교단의 포로 구출, 엠비뉴 교단 11지파의 파멸, 마탈로스트 교단의 숙원과 이어진다.)

난이도: S

보상: 막대한 명성과 카리스마.

제한: 총 3단계 퀘스트. 모두 성공적으로 완수해야 한다. 엠비뉴 교단의 요새를 점령하면 1단계 퀘스트 완료, 퀘스트의 진행 요건들을 충족시키면 2단계 퀘스트로 이어진다. 추격자들에게 지팡이를 빼앗기면 퀘스트 실패, 마탈로스트 교단과 관련된 모든 연계 퀘스트가 중단된다.

드디어 위드에게 등장한 S급 난이도의 퀘스트!

"올 데까지 왔구나."

위드는 눈을 질끈 감았다.

3개의 부족과 동맹을 이루어 내고 엠비뉴 교단의 요새를 파괴할 것!

단순히 그걸로 끝나지도 않는다.

이조차도 기나긴 퀘스트의 1차 목표일 뿐!

보상은 당연히 어마어마하겠지만 부담감도 느껴졌다.

'내가 보통의 조각사가 아니긴 하지만…….'

조각사 한정 퀘스트에서 시작된 의뢰!

위드는 대륙을 일통한 이들에게만 부여된다는 수식어까지 있는 전설의 달빛 조각사다. 빙룡, 불사조, 누렁이 등의 부하까지 있으니 남들보다는 훨씬 유리한 입장이다.

엠비뉴 교단의 의식 방해 퀘스트만 하더라도 난이도가 꽤 높았다.

무려 A급.

난이도가 B급 이상이 되면, 크든 작든 베르사 대륙에 영향을 미친다. 의식 방해 퀘스트는 A급의 난이도에서는 다소 쉬운 축에 드는 의뢰였지만, 마탈로스트 교단의 수호 기사들을 다루기 위해서는 통솔력과 지휘 능력을 필요로 했다.

미리 준비된 조각품들과 카리스마, 신속한 전술의 결정이 없었다면 꽤나 까다로울 수도 있었던 의뢰!

다른 어려운 의뢰들이었던 진혈의 뱀파이어족이나 불사의 군단과 싸울 때는 얼마나 많은 고생을 했던가.

진혈의 뱀파이어들을 상대할 때는 첫 사냥도 실패하고 맥없이 죽었다. 리치 샤이어와의 싸움에서도 죽었고, 본 드래곤의 브레스에도 말 그대로 녹았다. 저항할 시간적인 여유도 없이!

조각 검술, 조각품에 생명 부여, 조각 변신술, 조각 파괴술, 죽음을 거부할 수 있는 힘. 가지고 있던 모든 기술들을 활용하고 맷집, 인내력, 갈고닦은 검술 등을 활용해서 버텨 왔다.

그렇게 위험한 퀘스트들을 헤쳐 나온 위드였지만, 이번에는 난이도 S급의 의뢰가 나온 것이다.

조각품 군단을 몰고 다니는 강대한 조각사의 영주!

위드의 막연한 장래의 꿈이었지만, 만들어서 생명을 부여했던 조각품들의 일부는 목숨을 잃었다.

전설의 달빛 조각사라는 직업 그리고 조각품 부하들의 효과를 여기서도 무턱대고 기대할 수는 없었다.

난이도 S급의 의뢰는, 정말 혼신을 다해서 부딪치지 않는다면 영영 해결하지 못할 미해결 의뢰로 남게 될지도 모르니까.

남들은 S급 의뢰를 구경도 못하는 현실을 감안한다면 축복이라고만 볼 수도 없었다.

위드는 눈을 감은 채로 생각에 잠겼다.

'여기서 포기한다면… 아마 명성과 신뢰도 등이 상당히 떨어지겠지.'

난이도가 높은 의뢰, 특히 연계 퀘스트들은 도중에 중단했을 때의 손실도 엄청나다. 풀기 어려운 저주를 받거나, 명성이나 공헌도 등 쌓아 온 소중한 자산을 잃을 수도 있다.

위드의 마음의 결정이 내려졌다.

'받아들이자.'

퀘스트를 포기해서 받는 피해나 실패해서 받는 피해나, 크게 다르지는 않을 것이다.

죽음을 거부할 수 있는 힘 때문에 최악의 경우에도 목숨을 두 번 잃어야 할 뿐!

최악의 상황까지도 각오한 채 부딪쳐 보기로 한 것이다.

약해지려는 마음을 다잡을 수 있었던 건 자신감 때문이었다.

약하다면 강해질 때까지 도전한다.

옷 오백 벌의 단추를 꿰고, 밤을 새워서 인형 눈을 붙일 때!

성공을 위해서 노가다의 분량을 지금보다도 더 늘리면 되는 것이다.

"긴 시간이 지났다고 해도 친구란 믿을 수 있는 존재일 것입니다. 약속의 동맹은 반드시 지켜질 것입니다."

> 퀘스트를 수락하였습니다.

꽃무늬 장식

대도시 네할레스.

로자임 왕국과는 오래된 앙숙인 브렌트 왕국의 수도.

과일을 팔던 행상인들이 유저들을 향해 말했다.

"아가씨, 로자임 왕국 출신의 위드에 대해서 들어 보았나?"

"네? 위드요?"

소환사인 세이링은 대충 하는 말인 줄 알고 흘려들으려고 했다. 가끔 정보를 줄 때도 있지만 도움이 되는 건 흔치 않았기 때문이다.

"로자임 왕국 출신이라면… 모험가나 전사 출신의 유명한 위드에 대해서는 잘 모르는데. 혹시 조각사 위드 말씀이세요?"

피라미드를 만들었다는 대조각사 위드!

세이링은 동부 쪽을 관광하고 있었다. 로자임 왕국에도 먼저 들렀으므로 위드에 대해서 알았다.

"아가씨도 알고 있군. 그 위드가 이번에 굉장한 의뢰를 수행하고 있다고 해!"

"어떤 의뢰인데요? 혹시… 다른 왕국의 국왕 폐하라도 만났나요?"

세이링과 행상인의 대화에 다른 유저들도 끼어들었다.

"무슨 일이야?"

"조각사 위드가 퀘스트를 한다는데……."

"그 유명한 조각사 위드?"

브렌트 왕국에서도, 로자임 왕국을 유명하게 만든 조각사 위드에 대해서는 대부분 알고 있었다.

"그 조각사 위드라면 이번에 모라타 백작이 되었잖아."

"무슨 퀘스트를 하는 거지?"

"쉿! 들어 보자."

세이링은 갑자기 모여든 유저들로 인하여 제법 당황했다.

위드가 이토록 인기가 있을 줄은 몰랐기 때문!

브렌트 왕국의 유저들은 로자임 왕국에 원정 가서 사냥을 하는 경우도 많았다. 피라미드의 효과는 정말 굉장한 도움이 되었다.

브렌트 왕국에서 조각사의 인기는 최고조였다.

로자임 왕국 출신의 유저들은 빛의 탑이 있는 북부의 모라타까지 먼 거리를 이동했다는 소문도 파다했다.

위드가 즐겨 먹었다는 풀죽과 보리빵은 이미 명물로 진화!

해산물 풀죽, 버섯 풀죽, 닭고기 풀죽, 쇠고기 풀죽까지, 자매품도 등장했다.

보리빵은 영양가를 높이고 고소하게 구워 내서 간식으로 인기 만점이었다.

요리에도 정통한 위드가 피라미드를 만드는 일꾼들에게 배급했다는 전설이 담겨 있는 음식들.

"여러 아류들이 있지만 위드가 직접 만들어 주었던 피죽 그리고 잡초 죽만큼의 담백하고 고소한 맛은 없지."

위드의 죽을 먹어 본 이들로 인하여 그 이야기는 거의 민간 전설 수준으로 퍼져 있었다.

행상인은 곤란하다는 듯이 고개를 저었다.

"베르사 대륙의 암흑과 공포를 지배하는 엠비뉴 교단에 대해 알고 있는가?"

"네? 무슨 교단요?"

행상인의 입에서 나온 엠비뉴 교단이라는 말!

세이링을 포함하여 브렌트 왕국 유저들은 처음 듣는 이름이었다.

"암흑과 공포를 지배하는 엠비뉴 교단. 고대의 음험한 무리가 여전히 활동하고 있다는군."

"엠비뉴 교단이라니, 처음 들어 봐요."

"입에 올리는 것조차도 부정한 이름이라서 웬만해선 꺼내지 않았지."

"조각사 위드와는 무슨 관계가 있나요?"

"위드가 엠비뉴 교단에 적대하고 있는 모양이야. 조각품의 기원을 추격하는 여행 중에 알게 된, 역사에만 남아 있는 교단을 위하여 엠비뉴 교단과 투쟁하고 있는 것 같던데. 추격자들이 몰려오는데도 베르사 대륙을 위한 동맹을 재건하려고 한다는군."

S급 난이도 퀘스트.

명성이 높은 위드가 받아들이면서, 베르사 대륙의 거의 모든 NPC들이 이야기를 하기 시작했다.

"조각사 위드에 대해서 알고 있나? 그에 대해서 좀 더 많은 것을 알고 싶어지는군."

"그 조각사가 로자임 출신이라는 게 정말 아쉽기만 해."

"모라타는 얼마나 아름다운 장소일까? 예술과 용기를 가지고 있는 조각사가 다스리는 지방이라니, 틀림없이 신비로운 모험이 있는 마을이겠지?"

❧

"원소술사라고? 자네는 내게 의뢰를 받을 수 있을 정도로 실력이 뛰어나지 못하군."

자작 보르드만은 냉소를 지으며 거절했다.

셀시아는 무안함에 로브의 옷깃을 매만졌다.

"아무래도 저는 안 되나 봐요."

헤겔과 나이드, 셀시아, 트위터는 학교 과제를 위한 퀘스트를 끝내고 난 이후에도 곧잘 뭉쳐서 다녔다.

헤겔의 경우에는 흑사자 길드에서 이런저런 지원을 받을 수 있었지만 매번 도와 달라고 하기도 눈치가 보였다. 흑사자 길드는 높은 수준의 유저들만 모여서, 헤겔과 함께 사냥을 하고 퀘스트를 해결하러 다닐 만한 동료가 없었다.

친구들과 함께 다니면서 능력도 과시하고 여자들과도 친해지는 일석이조의 기회!

헤겔이 자신 있게 나섰다.

"일단 내가 의뢰를 받고 나면 공유해 줄게."

헤겔이 동료로서 셀시아를 받아들이면 된다.

물론 공유가 가능한 퀘스트여야 한다는 전제 조건은 있었지만……

"제가 도와드리겠습니다."

보르드만은 코웃음을 쳤다.

"자네 주제에? 자네는 중간에 포기한 의뢰들이 많다지? 그래서 믿을 수 없는 존재라는 소문이 났어. 수르 왕국의 귀족들은 자네에게 어떤 의뢰도 맡기려고 하지 않을걸."

보르드만에게 당한 굴욕!

헤겔의 얼굴이 붉게 달아올랐다.

"조각사 위드처럼 재능이 넘치는 이라면 나의 고민을 해결해 줄 수 있을 텐데……. 그처럼 대단한 이는 바쁘고 해야 할 일도 많을 테니 내 의뢰까지 도와줄 수는 없겠지."

그런데 보르드만이 이렇게 한마디를 덧붙이는 것이었다.

"위드 형요?"

"조각사 위드에 대해 알고 있나? 그는 베르사 대륙의 모험가 들에게 좋은 본보기가 될 만하지. 그처럼 뛰어난 모험가는 일 찍이 없었어. 자신을 던져서 어려움을 겪고 있는 이들을 도와 주고 세상을 바로잡았지. 대륙에 불안정한 평화가 그나마 지속 되고 있는 이유가 무엇 때문이겠는가. 조각사 위드가 있기 때 문이 아니겠는가?"

헤겔은 어처구니가 없었다.

일행에게는 악담을 퍼붓던 보르드만이 위드에게는 극찬을 아끼지 않았다.

"그 위드가, 그 누구도 도전하지 못하던 엠비뉴 교단의 악행 을 저지했다는군. 엠비뉴 교단의 추격대가 결성되었지만 절대 사로잡히지 않을 거라고 믿어."

헤겔은 한마디 해 주고 싶었다.

'제발 잡혀서 죽었으면 좋겠다고!'

보르드만의 찬사가 이어졌다.

"위드는 정말로 대륙의 평화를 지키는 훌륭한 조각사라고 할 수 있지. 조각술의 근원에 다가가는 긴 여정에서 엠비뉴 교단 을 저지하고 있는 것 아닌가. 조각술에는 많은 비밀이 숨겨져 있는 모양이야."

흑사자 길드의 채팅 창도 폭주하고 있었다.

프로방스: 조각사 위드가 엄청난 퀘스트, 최고 난이도의 퀘스트에 도전하는
　　　　　중인 모양입니다. 주민들, 병사들이 모두 위드에 대해서 말하고
　　　　　있어요.
제크트: 프로방스 형, 저도 듣고 있어요.
프로방스: 지금 어딘데?
제크트: 젠 왕국의 네리아라는 작은 마을요. NPC들이 위드에 대해서 이야
　　　　기하네요.
시엔: 난 브리튼 연합 왕국인데, 여기에서도 위드에 대한 말들을 하고 있어.
파인: 대륙 서부의 시골 마을에서도 위드에 대한 이야기를 들을 수 있다.
시엔: 파인 아저씨, 정말요?

흑사자 길드의 채팅 창에 따르면 베르사 대륙 전역의 NPC들
이 위드에 대해 말한다고 한다.

프로방스: 이 난리가 일어나다니, 도대체 무슨 퀘스트야?
제크트: 끝내주는 퀘스트, 조각술과 관련된 퀘스트라는 점은 확실하겠죠.
빈델: 조각사라니…… 요즘은 정말 대단한 조각사를 많이 보게 되는군.
프로방스: 빈델 형, 어떤 의뢰일까요? 그리고 설마 혼자 하는 건 아니겠죠?
빈델: 나도 전혀 몰라. 과연 누구랑 같이하는 것일까. 쿠르소에서 만난 조각
　　　사 드워프랑 좀 더 친해질 걸 그랬군. 그랬더라면 조각술에 대해서 좀
　　　더 들을 수 있었을 텐데.

난이도 A급의 의뢰를 성공시키고 난이도 S급의 의뢰를 받아
들인 파장은 컸다. 크라마도의 던전에서 보여 주었던 활약에
이어서 이제는 베르사 대륙 전체에 이름을 날리다니.

헤겔의 아픈 속을 전혀 모르는 듯이 셀시아가 말했다.

"어쩜 좋아. 위드 오빠 진짜 대단한 퀘스트 하고 있나 봐."

트위터도 흥분된 기색이 역력했다.

"내 친구들한테도 귓속말을 보내 봤는데, 베르사 대륙에서 모르는 사람이 없대."

헤겔은 속이 심하게 쓰렸다.

이제 학교에서 위드에 대해 모르는 사람이 없게 될 테니까.

"들었어요? 위드라는 조각사가, 조각술로 엠비뉴 교단에 맞서고 있다는 사실을요."

유로키나 산맥에 있는 다크 엘프 아가씨는 사람이 가까이 다가오면 이렇게 속삭였다.

"엠비뉴 교단은 우리에게도 적!"

"모든 종족의 적이에요."

귀엽고 날씬한 다크 엘프들은 엠비뉴 교단에 대한 적개심을 감추지 않았다.

검치 들은 재빨리 머리를 굴렸다.

평소에는 무겁고 각이 진 것처럼 안 돌아가던 머리였지만 어떤 식으로 살아야 되는지, 위드에게서 훈련받았다.

'무조건 호응해 준다.'

'간도 쓸개도 다 내줄 것처럼.'

검삼백육십치가 고개를 끄덕였다.

"엠비뉴 교단은 저희가 없앨 겁니다. 위드가 나섰으니 우리에게도 적이죠."

"조각사 위드에 대해서 알고 있나요?"

"우리는 사형제지간입니다. 가족과 같다고 할 수 있죠."

"어쩌면! 너무 늠름해요."

매력적인 다크 엘프들과의 친밀도 증가!

검치 들은 위드에게 고마운 마음이 들었다. 강해지기 위한 노력도 갈수록 커지고 있었다.

검술 스킬의 마스터, 사냥을 통한 레벨 향상!

※

"누렁아, 천천히 가자."

위드는 간단한 수레를 만들어서 주정뱅이 용병 스미스를 태웠다.

퀘스트의 난이도 자체로도 부담이 큰데, 설상가상으로 추격자들까지 따라붙는다고 한다.

'무턱대고 서둘러서 될 일이 아니지.'

위드는 냉철하게 상황을 분석하고 의도적으로 여유롭게 행동했다.

난이도 S급의 의뢰를 해결하기 위해서는 마음이 급해지면 안 된다. 시야가 좁아지면 바늘구멍보다 작은 기회조차도 사라지게 된다.

추격자들이 따라붙는 것도, 따지고 본다면 의미 있는 시간이고 기회다.

"인생이란 밑바닥까지 떨어지기가 무서울 뿐, 정작 밑바닥에서는 평화로운 법."

최악의 난이도를 가진 퀘스트에서 오히려 평온함을 느끼는 위드!

정찰과 주변 지역에 대한 정보 제공은 빙룡이 맡고 있었다.

"그런데 빙룡아."

"왜 부르는가, 주인."

빙룡과 불사조 5형제가 공중에서 호위한다.

어지간한 몬스터라면 겁먹고 도망칠 수밖에 없는 광경!

빙룡의 더 거대해진 몸집에, 불사조들이 지나간 자리에는 붉은 궤적이 남았다.

"너 지금까지 어디에서 뭘 하고 있었기에 여기까지 굴러들어 왔냐?"

"그게……."

"앉아서 말해. 하늘 올려다보기 힘들다."

"알았다, 주인."

빙룡은 날개를 접고 지상에 안착했다.

얼음으로 만들어져 부족하던 몸!

조금만 더워도 얼음물을 질질 흘리던 빙룡이었다. 덩달아 능력이 약화되는 것은 두말할 나위도 없는 일.

지금 날씨가 바람도 불고 시원하기는 했지만 빙룡은 완벽한 정상 컨디션 같았다.

몸집도 훨씬 더 커지고, 발휘할 수 있는 힘도 늘었다.

땅에서 걸음마를 할 때는 무게 때문에 비틀거렸는데 지금은 날개를 활짝 펼치고 상체를 숙여서 고개를 가까이 내릴 수 있는 수준!

빙룡의 위엄 있게 잘 만들어진 주둥이가 쩍 벌어졌다. 흰 수염이 탄력 있게 흔들렸다.

"그러니까… 내가 주인을 떠난 후였다."

모라타를 떠난 빙룡은 곧바로 북북쪽으로 향했다.

차가운 장미 원정대가 세르비안의 구슬을 바쳐서 온도가 약간 서늘해지기도 했다.

빙룡에게는 긍정적인 일.

크라라라라라라라라라!

북부가 냉기로 가득했을 때처럼 최전성기의 힘은 아니었지만 일반 몬스터들은 빙룡의 적수가 되지 못했다.

빙룡이 숨을 크게 들이마셨다.

배가 볼록하게 튀어나올 정도로 깊은 호흡!

이윽고 주둥이가 찢어질 정도로 크게 벌어졌다.

쩌저저저저적!

대기를 뚫고 극한의 냉기가 지상으로 뿜어졌다.

빙룡의 아이스 브레스!

몬스터들은 집단으로 얼어붙었다.

땅과 나무들, 풀뿌리까지 얼어붙어서 수만 개로 조각나 은빛 가루처럼 뿌려졌다.

"굴복하라!"

드래곤 피어!

진짜 드래곤 피어에 비하면 조족지혈의 위력.

그러나 빙룡의 포효에 보통의 몬스터들은 고양이 앞의 쥐처럼 꼼짝도 못했다.

"크헬헬헬."

빙룡의 몸은 성장을 하면서 더욱 커지고, 머리는 갈수록 영악해졌다.

지상의 몬스터 중에서 버거운 놈들은 공중에서만 공격했다. 못 이길 것 같으면 언제라도 날아서 도망치려는 시커먼 속셈!

기세 좋게 싸움을 걸다가도 약간 위험해 보인다 싶으면 재빨리 도망쳤다.

자기보다 더 빨리 하늘을 날아다니는 고레벨 몬스터, 공중으로 마법 사용이 가능하여 위협이 될 만한 몬스터들은 애초에 건드리지도 않았다.

지상에 내려앉아서, 공중 몬스터들이 지나갈 때까지 참는 비겁함!

추운 지방에 가서는 완전히 빙룡의 세상이었다.

몬스터들을 사냥하면서 빠르게 성장했다.

위드나 인간 유저들은 시간에 한계가 있다. 아무리 많은 시간을 〈로열 로드〉에 투자하더라도, 잠도 자야 되고 식사도 해야 한다.

하지만 〈로열 로드〉 속에서 살아가는 빙룡에게는 그런 제한이 없었으므로 순전히 사냥만 하며 성장했다.

죽지만 않는다면 그 어떤 유저보다도 빨리 강해지는 게 생명이 부여된 조각품들의 특징이었다.

"근데 왜 북부가 아니라 여기에 와 있는 건데?"

위드의 말에 빙룡은 차마 솔직한 대답을 못 했다.

"너 분명히 뭔가 이상한 짓 하려고 했지?"

"……."

"맞고 말할래, 말하고 맞을래?"

빙룡의 어쩔 수 없는 고백이 이어졌다.

"실은 나도 레어를 만들어 보고 싶었다."

진짜 드래곤들이 하는 행동은 다 따라 하고 싶었던 빙룡.

레벨이 올라가고 지성이 높아지면서 진짜 드래곤과 행동이 비슷해지는 중이었다.

"지역들을 물색하던 도중에, 걸어서는 접근하기 힘든 빙산 아래의 큰 동굴을 발견했다. 그 안에 있는 정말 오래된 몬스터를 사냥했더니 여기로 오게 되었다."

"몬스터 사냥?"

"그놈이 죽을 때 공간의 균열 같은 게 생기는 바람에 이렇게 된 거지."

"그런데 왜 아직도 여기에 있어? 설마 돌아가는 법을 모르는 거야?"

"……."

빙룡이 고개를 돌렸다. 말없이 날개를 다듬는 모양새를 보면 영락없는 낙오자의 행색!

위드가 빙룡과 대화를 하면서 여유롭게 노닥거리고 있자, 주정뱅이 스미스는 애가 타는 모습이었다.

그 좋다던 술도 마시지 않는 걸 보면 지금이 위기 상황임을 확실히 인지하고 있었다.

"정신이 있는 건가?"

"예?"

"엠비뉴 교단의 추격자들이 쫓아오고 있다면서! 빨리 도망쳐야지 여기서 시간을 보내면 어떻게 하나."

추격자들이 온다면 당연히 꽁지가 빠지게 도망쳐야 하는 게 수배자의 의무!

하지만 위드의 행동은 그런 것과는 거리가 상당히 멀었다. 누렁이를 타고 달리기는 하지만 시간을 아끼려는 차원이었을 뿐, 조급한 기색은 조금도 보이지 않았던 것이다.

누렁이조차도 초지에 이르면 한가롭게 풀을 뜯어 먹었다.

도살장에 끌려갈 때에도 느릿느릿 움직이는 소의 성격!

위드는 재촉하지 않았다.

"서둘러서 될 일이 아닙니다."

"추격자들이 나타나기 전에 조금이라도 더 이동해야 되지 않겠나."

"왜 그래야 되는데요?"

위드는 오히려 반문을 했다.

사냥과 퀘스트에서는 일체의 계획을 세워 철두철미하게 움직이던 위드였지만, 지금은 허술하기 짝이 없었다.

"내가 도와줘야겠군."

화가 난 듯 스미스가 수레에서 내렸다.

전직 용병답게 남겨진 흔적들을 지우고 교란시켜서, 추격자들이 따라오는 데 더 많은 시간이 들게 했다.

"동쪽으로 가세. 지형을 살피니 동쪽에 냇물이 있을 거야. 냇물을 따라서 움직이면 발자국과 냄새를 상당히 줄일 수 있어."

여유가 넘치던 전직 용병 스미스. 그러나 퀘스트가 진행되고 본인의 마음이 다급해지자 자발적으로 나서서 길 찾기, 음식 찾기, 흔적 지우기 등 다양한 경험으로 추격자들과의 거리를 벌리는 데 도움을 주고 있었다.

⚜ ⚜

엠비뉴 교단의 신전을 나온 추격자들!

암흑 기사 10명, 사제 3명, 병사 100명으로 구성된 무리였다.

"그들이 갈 곳은 정해져 있다. 지팡이를 찾은 이상, 마탈로스트 교단이 맺은 동맹을 부활시키려 할 것이다."

추격자들은 밤낮을 가리지 않고 평야를 내달렸다.

암흑 기사들은 말을 타고 있었지만, 사제들과 병사들은 강인한 체력으로 내달렸다.

휴식 시간도 없이 움직이는 추격자 무리!

체력이 떨어지면 사제들이 회복 마법과 축복을 걸어 주었다.

위드와 추격자들은 불과 하루 거리를 떨어져 있을 뿐이었다.

⚜ ⚜

"누렁아."

음메에에에!

"배고프지? 밥 먹자."

음모오오오오오.

위드는 넓은 초지가 나올 때마다 누렁이가 풀을 뜯어 먹을 수 있도록 충분한 여유와 휴식을 가졌다.

"과식하지 말고 꼭꼭 씹어 먹어."

누렁이가 고마움에 머리를 비빌 정도의 친절함!

누가 본다면 정말 소를 사랑하는 주인이라는 착각이 들 정도의 배려!

그러나 위드의 눈은 냉혹하게 빛나고 있었다.

'살이 포동포동 오르고 있군.'

추격자들과의 거리는 이런 와중에도 빠르게 좁아졌다.

누렁이 위에서 한가하게 조각품마저 깎았으니, 추격자들은 더 빨리 다가왔다.

마탈로스트 교단의 가장 가까운 동맹 부족은 이틀 거리에 있었다.

심하게 여유를 부리면서 평소보다 더 느리게 이동한 탓에, 하루 반나절 만에 추격자들에게 따라잡혔다. 주정뱅이 용병 스미스가 안간힘을 다했지만 지연시키는 시간이 그리 길지는 못했던 것이다.

저 멀리서 피어나는 추격자들의 흙먼지를 보면서도 위드는 놀라지 않았다.

"이제야 왔군. 기다리는 것도 지루했다."

위드가 빙룡과 불사조들을 불렀다.

"얘들아."

"말하라. 주인."

"쓸어버려!"

"알겠다. 나 혼자서도 충분하다."

빙룡이 공중으로 치솟았다.

날갯짓을 할 때마다 지상과 직각으로 높이높이 솟구쳤다.

빙룡의 몸이 손바닥 크기로 작게 보일 때였다.

배가 볼록하게 튀어나오더니 순백의 브레스가 추격자들이 있는 방향으로 쏘아졌다.

브레스는 유성이 날아간 것처럼 긴 꼬리를 남기며 추격자들이 있는 장소에 작렬했다.

땅과 추격자들을 한꺼번에 얼려 버리는 위력!

암흑 기사들은 말을 버리고 다른 곳으로 몸을 날린 덕에 겨우 목숨은 건졌다. 하지만 신체의 일부가 얼어붙어 있었다.

싸울 의지조차도 잃어버리고 사시나무 떨듯이 하는 암흑 기사들!

빙룡이 그들이 있는 곳으로 날아가서 짓밟았다.

콰지지직!

대번에 추격자들을 전멸시켜 버린 빙룡!

빙룡은 다시금 숨을 크게 들이마시더니 온 사방을 돌아보며 포효했다.

마치 공룡 시대에 제왕이었던 티라노사우루스가 전투에서 승리하고 포효하던 것처럼.

크아아아아아아아아아아!

사방으로 퍼지는 그 울음소리.

연약하고 소심하고 힘없던 빙룡의 레벨이 446을 넘은 후였다. 성장한 빙룡이 힘자랑을 하는 것이다.

KMC미디어의 프로그램 〈위드〉.

뱀파이어들의 땅에서의 모험을 방송한 이후로 한동안 쉬고 있었다.

> ─ '위드'의 뜻이 뭐예요?

> ─ 요즘은 방송 안 하나요?

홈페이지 게시판에도 가뭄에 콩 나듯이 질문들이 올라왔다. 〈위드〉 자체가 시청률이 저조했던 방송이기 때문.

홈페이지 관리자 오연실은 친절하게 답변들을 달아 주었다.

> ─ '위드'의 뜻이 뭐예요?
> ㄴ '위드'의 뜻은 비밀입니다. 시청자들과 함께할 수 있는 방송이 되었으면 좋겠네요.

> ─ 요즘은 방송 안 하나요?
> ㄴ 향후 방송 일정에 대해서는 말씀드리기 어렵습니다. 방송국 내부 일정에 따라서 조정될 예정이에요.

관리자의 글을 본 시청자들은 확신했다.

'이 프로그램, 조만간 폐지되겠구나. 종방연도 안 하고 벌써 끝났을지도…….'

〈위드〉는 이처럼 시청자들로부터도 서서히 잊히고 있었다.

하지만 KMC미디어의 최고위층은 〈위드〉에 대한 기대를 버리지 않았다. 장비와 기술진, PD, 작가, 진행자 들이 소집만 기다리고 있었다.

그러던 차에 조각사 위드가 엄청난 퀘스트를 한다는 소문이 베르사 대륙 전역으로 퍼졌다.

즉시 KMC미디어의 방송 회의가 열렸다.

"베르사 대륙의 역사서들을 살펴보았습니다. 그런데 엠비뉴 교단의 실체에 대해서는 어디에도 나와 있지 않았습니다."

"교단 내부에 12개 지파가 있고, 이들을 통솔하는 총본영이 따로 있을 것으로 추측됩니다."

"유저들의 동향은 어떤가요?"

"핵폭탄이 터진 것 같습니다. 어느 마을에서나 엠비뉴 교단과 조각사 위드에 대한 이야기를 하고 있습니다."

"베르사 대륙의 주민들이 엠비뉴 교단에 대한 말을 그치지 않는 이상, 가장 큰 화제의 중심이 되었다고 해도 과언이 아닐 겁니다."

국장이 직접 주재하는 회의였다.

이현의 캡슐과 연결된 회선을 통해 들어온 영상을 보고 간단한 분석까지 마친 후였다.

"불사의 군단, 팔랑카 전투로 이어졌던 위드의 활약을 다시 볼 기회로군요."

국장부터가 위드의 강력한 팬이었다.

방송을 떠나서, 위드의 모험을 볼 수 있다는 것만으로도 흥분되는 사건!

강 부장이 손을 들어 발언권을 얻고 마이크에 얼굴을 가까이 댔다.

"존경하옵는 국장님 그리고 동료 여러분, 일이 그리 단순하지는 않습니다."

"무슨 문제가 있지요, 강 부장?"

"네, 국장님. 우선은 퀘스트 난이도를 살피지 않을 수가 없습니다. 난이도 S급의 퀘스트! 성공한 사람이 1명도 없지 않습니까? 소문의 파급 정도까지 고려해 본다면 보통 퀘스트가 아닙니다. 이목이 집중되는 효과는 있겠지만, 시청자들에게 실망을 안겨 줄 수도 있습니다."

"하지만 위드의 퀘스트예요. 그는 난이도 A급의 의뢰도 최초로 해결한 전례가 있지 않나요?"

"맞습니다. 일단은 그렇기는 합니다만……."

강 부장은 손수건을 꺼내서 이마에 흐르는 땀을 닦았다.

월급쟁이로서 국장의 말에 태클을 걸어야 하는 압박감!

절체절명의 위기에 셔츠가 흥건히 젖고 있었지만 할 말은 해야 했다.

"위드가 했던 퀘스트들을 엄밀히 따져 볼 필요가 있습니다. 불사의 군단 퀘스트 등은 난이도가 A급이었지만 오크와 다크 엘프 등의 조력군이 있었습니다."

국장이 고개를 끄덕였다.

오크 카리취가 되어서 벌였던 싸움이 인상적이라서 아직도 잊히지 않았다. 불사의 군단 방송 편은 아직도 다운로드 횟수 상위권을 차지하고 있다.

"계속해 보세요."

"네. 이런 다른 세력들을 지휘하는 큰 전투에서 위드는 조각사로서는 터무니없을 정도로 높은 통솔력과 카리스마, 급변하는 전황에서의 순간적인 판단력과, 전투 내내 작은 부분까지도 놓치지 않는 세밀함과 집중력을 가지고 있습니다."

강 부장은 위드에 대한 칭찬을 철저하게 했다.

국장이 팬이었으니 방송국 내에서 위드에 대한 비판은 금물!

"싸움만 할 줄 아는 유저들에게 동일한 조건을 주었다면, 이 종족인 오크와 다크 엘프에 묻혀 졸전을 펼치다가 패배했을 가능성이 큽니다. 레벨이 높더라도 불사의 군단을 막지 못했을 것입니다. 위드의 장점은 대단위 전투에 있습니다."

"지휘 능력이야말로 남들이 따라오기 어려운 위드만의 강점이지."

"예. 국장님 말씀 그대로입니다. 위드는 이런 조력군이 있는 퀘스트에 굉장한 강점을 가집니다. 다른 난이도 A급의 퀘스트의 예를 봐도 그렇습니다. 니플하임 제국 황실의 명예에 관련된 의뢰, 본 드래곤이 나왔던 의뢰를 해결할 때는 얼마나 고생을 했습니까?"

국장은 고개를 끄덕였다. 강 부장이 하려는 말을 이해했기 때문이다.

춥고 황량한 북부를 횡단하면서 갖은 고생을 다 하고, 와이번을 타고 천신만고 끝에 본 드래곤을 사냥했다.

"강 부장의 생각은 위드가 이번 의뢰를 실패할 가능성이… 매우 높다는 거로군요."

"네. 이번에도 조력군이 있다고는 하지만, 혼자서 해내기는 버거우리라 봅니다. 난이도 A급 정도의 의뢰라면 이제 내성도 생기고, 그가 만든 조각품들에, 스스로의 실력도 향상되어서 끝낼 수 있겠습니다만 난이도 S급의 의뢰는 무리라는 판단입니다."

난이도 A급 의뢰의 무게는 여전히 대단했다.

경쟁사인 CTS미디어 측에서 숲의 대형 골렘 퇴치와 관련된 A급 난이도 의뢰를 방송하고 순간 시청률이 7%가 되었다. 게임 방송 시청률만을 놓고 본다면 60%가 넘는 점유율이었다.

"그리고… 이번 퀘스트를 방송하다 보면 위드의 정체가 드러날 수도 있습니다."

"정체요?"

"전신 위드가 사실은 조각사 위드와 동일인이라는 사실을 감추기 상당히 어려울 것입니다."

"흠, 그런 문제가 있었군요."

"방송을 진행하다 보면 언제까지 숨길 수 있는 것도 아니겠지만, 위험성을 감수하고 방송한다면 잃는 게 참 많을 겁니다. 그래서 아직은 조금 이르다는 판단입니다."

국장과 다른 연출자들의 얼굴이 침중해졌다.

모든 걸 내걸고 싸워도 감당하기 버거운 의뢰였다. 가지고 있는 실력까지 숨길 수는 없다.

"난이도 S급의 의뢰를 방송할 기회였는데 안타깝군요."

국장의 말대로 회의의 흐름은 방송 불가로 모아지고 있었다.

따르릉!

그때 강 부장의 테이블 위에 있는 전화가 울렸다.

강 부장은 잠깐 머뭇거리다가 전화기의 버튼을 눌렀다.

"지금은 회의 중인데… 무슨 일이죠?"

그러자 비서실 직원의 음성이 스피커폰으로 들려왔다.

―죄송합니다. 지금 강 부장님을 찾는 전화가 와 있어서요.

"누구의 전화인데요?"

―이현이라는 분의 전화입니다.

"이현? 이현이라면…….."

강 부장의 얼굴에 놀람이 스쳤다. 그리고 국장과 다른 사람들을 향해 설명했다.

"이현은 위드 캐릭터를 가지고 있는 사람의 본명입니다."

"그래요? 그럼 어서 통화해 보세요."

"그럼 스피커폰으로 받겠습니다."

잠시 후, 비서실에서 회의실로 이현의 통화가 연결됐다.

―강 부장님, 안녕하세요.

"아이구, 제가 먼저 전화를 드렸어야 되는데 죄송합니다."

―아닙니다. 그보다 입금된 돈 잘 받았습니다.

팔랑카 전투의 출연료가 은행 계좌로 입금되었다.

시청률에 따라 인센티브도 주어지고, 다운로드될 때마다 수익금까지 얹혀 사실상 상당한 금액!

"당연히 보내 드려야 되는 건데요."

—후후후.

이현의 흡족한 듯한 웃음소리!

—그보다 질문을 드릴 게 있는데요, 제가 최근에 진행하고 있는 퀘스트의 방송 문제 때문에 연락을 드렸습니다. 어떻게 되고 있나요?

"그게… 정말 결정하기 어려운 부분입니다."

강 부장은 차근차근 설명했다.

난이도 S급의 의뢰에, 이목까지 집중시켰으니 방송사로서는 당연히 내보내고 싶다. 이처럼 간절하게, 매우 애타는 심정을 호소하면서 곤란한 입장도 전달했다.

"그래서 방송해야 할지 말아야 할지를 회의 중이었습니다."

강 부장의 애절한 마음을 아는지 모르는지 이현의 대답은 편안하기 짝이 없었다.

—방송을 원하면 하시죠.

"네?"

—방송을 해야 시청률이 오르지 않나요? 시청률이 올라야 광고가 붙죠.

"그야 그렇습니다만 문제점들이……."

—필요한 프로그램이 있다면 방송해야 합니다. 그것이야말로 방송국과 시청자를 위하는 길이며 기업의 홍보를 위한 마케팅의 장이 열리는 거 아니겠습니까?

방송국에서 잔뼈가 굵은 강 부장에게 방송의 필요성을 설명하는 이현이었다.

—시청자들을 생각해 보세요. 시청자들이 원하는 게 뭡니까? 재미와 궁금증 해결! 그리고 함께 즐기자는 거 아닙니까?

"……."

─방송국이 어떻게 시청자들의 요구를 간과하고 있을 수 있습니까? 이래도 되는 겁니까? 시청자들을 존중한다면 신속한 보도와 정보 전달을 가장 우선해야 하는 것 아닌가요?

방송기자협회의 회식 자리에서나 나올 법한 강연!

─게시판을 보아하니, 어떤 퀘스트인지 방송을 해 달라는 시청자들의 글들도 많이 있던데요.

물론 방송국의 시청자 게시판에는 퀘스트를 방송해 달라는 글들이 많았다. KMC미디어뿐만 아니라 CTS미디어나 타 방송국에도 시청자들의 의견이 쇄도하고 있었다.

강 부장은 우려를 담아 해명했다.

"방송국의 입장은 물론 프로그램을 편성하고 싶습니다만, 이현 님에게 어떤 불리한 일이라도 생길까 걱정이 되어서요."

─세상에 거저먹는 게 어디 있나요?

"……."

공짜로 주어지는 돈은 없다.

이현은 어릴 때부터 그 사실을 깨치고 있었다.

"그래도 의뢰의 난이도도 너무 높고요."

─최선을 다해 봐야죠.

"편집 과정에서 노력은 해 보겠지만 전신 위드라는 사실을 완전히 숨기기 어려울 수도 있습니다. 그래도 방송해도 되겠습니까?"

강 부장이나 KMC미디어는 이현과 연결된 끈을 놓고 싶지 않았다.

전신 위드라는 명성과, 모험의 주인공!

그를 위해서 방송을 보류하거나 취소하려고 했던 것이다.

—네.

이현의 대답은 단호했다. 하지만 금세 숨 막히듯 떨리는 음성으로 물었다.

—저기, 그런데… 흠.

"말씀하세요."

—이번에도 출연료는 인센티브가 있는 거겠죠? 계약 조건상으로는 인센티브가 쭉 있었는데요.

오직 이 부분만이 두려울 뿐!

약속어음이나 쿠폰, 떨어질지 오를지 모를 주식 따위는 믿지 않는다. 철저히 제날짜에 입금해 주는 KMC미디어에 대한 신뢰가 가득한 이현이었던 것이다.

'역시 이 방송사는 믿을 만해. 국민들의 신뢰로 먹고사는 훌륭한 방송사야.'

이현의 전화가 끊어지고 난 후에, 회의실의 내부 분위기는 급변했다.

"해 볼까요?"

"해 봅시다. 본인이 원하고… 또 시청자가 바라는 일 아니겠습니까?"

"현 부장, 예상 시청률은?"

"네, 국장님. 방송을 하게 되면 시청률은 상당하리라 예상합니다. 게임 방송을 거의 보지 않는 일반인까지 끌어들일 수 있어 최소 17%는 자신합니다."

"광고가 매진되겠군요?"

"물론입니다."

긍정적인 마인드의 확산!

국장이 이번에는 강 부장을 향해 물었다.

"퀘스트 난이도가 엄청난데 해낼 수 있을까요?"

"저도 모르겠습니다. 하지만 전신이라는 닉네임을 가지고 있는 위드 아닙니까? 어떤 방법이든 동원할 겁니다. 성공하든 실패하든 무언가를 만들어 내겠지요."

항상 의외의 결과를, 그것도 예상치 못한 결과를 만들어 냈던 전신 위드.

무난한 싸움을 한 적이 없다.

평소에는 〈마법의 대륙〉 시절만큼의 절대적인 위용이나 카리스마를 보여 주지 못했다. 짠돌이, 노가다 인간, 요리사, 조각사, 대장장이, 재봉사, 사기꾼의 경계를 자유롭게 오간다.

하지만 전투가 벌어졌을 때, 오크 카리취와 근원의 스켈레톤의 모습이었을 시절에는 그가 누구라는 사실을 시청자에게 충분히 각인시켰다.

방송국의 신뢰도 절대적이었다.

너무나도 큰 명성을 가지고 있었기에, 거기에 해가 될지도 몰라서 방송을 주저했을 뿐이다. 전신 위드에 대한 방송을 망설이는 방송국 관계자는 없으리라.

마침내 국장이 결단을 내렸다.

"프로그램 준비하세요. 최고의 스태프들로 구성해서 바로 작업 들어갑니다."

엠비뉴 교단의 사제들은 동료들의 죽음을 감지할 수 있었다.

교단에서부터 다시 추격자 무리가 결성되었다.

"우리의 의식을 방해한 자를 척살하라!"

암흑 기사 20, 사제 5, 병사 300으로 이루어진 추격자들!

암흑 기사들은 준마를 타고 있었고, 병사들과 사제들은 마차에 탔다.

기동력을 향상시킨 그들이 다시 위드를 추격했다.

인도자들의 동맹

위드는 마탈로스트 교단의 성물들에 대한 정보를 확인했다.
"감정!"

> ### 안식의 동판
> 망자들을 안식의 세계로 인도하는 동판. 마탈로스트 교단의 존립에 반드시 필
> 요한 다섯 가지 성물 중의 하나. 위험한 물건이기에 악인의 손에 들어가면 혼란
> 을 일으킬 가능성이 크다. 엠비뉴 교단이 탈취해 가는 과정에서 심하게 파손되
> 었고, 힘의 발휘에 제약이 생겼다. 일반적인 방법으로는 수리할 수 없고, 마탈
> 로스트 교단 대신관의 신성력이 필요하다. 사용할수록 내구력이 하락한다.
> 내구력: 12/1,000
> 제한: 마탈로스트 교단의 인정을 받은 자. 신앙 2,000.
> 옵션: 죽은 이들을 안식의 세계로 이끈다. 언데드 마법을 강제로 해제할 수 있
> 다. 언데드를 특수 강화, 신성력에 의한 피해를 줄일 수 있다. 언데드가 가
> 지고 있으면 안식의 세계로의 인도를 거부할 수 있어 대단히 높은 생명력
> 과 마나, 힘을 보유하게 된다. 마물을 만들고 지휘할 수 있다. 죽음의 선
> 고를 내릴 수 있다. 죽음의 선고가 떨어지면 하루 동안 생명력과 마나가
> 회복되지 않는다.

망자들을 안식으로 인도할 수 있는 동판!

동판만 가지고 있다면 언데드들을 다시금 시체로 되돌릴 수 있다.

네크로맨서들에게는 역린과도 같은 성물이 되리라.

죽음의 선고는 산 생명에 대해서도 엄청난 효과를 발휘할 것이다.

"그래도 영 찜찜하군."

위드는 안식의 동판을 보면서도 아쉽다는 생각이 들었다.

사용할 때마다 내구력이 떨어진다. 남아 있는 내구력 자체가 그리 높지 않으니 몇 번 쓸 수도 없다는 이야기!

성물이 파괴되었을 때는 엄청난 불행, 혹은 저주가 따라붙을 수 있다.

마탈로스트 교단에 적대시되는 것도 물론이었다.

"다음 물건은… 감정!"

동맹의 증표, 지팡이

마탈로스트 교단이 인근 부족들과 동맹을 체결한 후에 증표로 삼은 지팡이. 신의 축복이 어린 성물이지만 평상시에는 신성력을 다소 보조해 주는 능력밖에 없다. 약속의 동맹을 이끌어 내고 나면 지팡이에 내재된 인도자의 권능을 사용할 수 있게 된다. 하지만 권능의 사용에는 그만한 대가를 지불해야 하리라.

내구력: 139/200

공격력: 15

제한: 마탈로스트 교단의 인정을 받은 자. 신앙 2,000.

옵션: 신성력 +5%

안식의 동판과 지팡이!

엠비뉴 교단과의 싸움에서 승리하기 위해서 쓸 수 있는 마탈로스트 교단의 성물이었다.

성물들의 활용에 따라서 전투의 양상은 크게 달라질 것이다.

위드는 그날 밤에 마탈로스트 교단의 첫 번째 동맹 부족이 있는 베자귀 부락에 도착했다.

인간이 아닌, 몬스터에 근접한 부족원들.

머리카락은 몇 가닥이 남아 있을 뿐이고, 입은 튀어나왔다. 무기로는 창을 들고 있었다.

위드와 스미스는 부락의 입구에서 베자귀 부족의 용사들에게 포위되었다.

"마탈로스트 교단의 대리인으로서, 원군을 청하기 위해 왔습니다."

위드가 가슴을 활짝 펴고 당당하게 말했다.

자기들끼리 웅성거리던 베자귀 부족의 용사 중 상체에 문신이 가득한 근육질의 남성이 앞으로 나왔다.

"마탈로스트 교단의 대리인이라면 우리의 형제. 방문객을 환영한다. 무슨 용건으로 우리를 찾아왔는지 다시 한 번 정확히 말해 주겠는가?"

"엠비뉴 교단과 대적해서 싸울 원군을 청하러 왔습니다."

마중 나온 용사가 창을 땅에 꽂았다.

"엠비뉴 교단은 강하다. 우리도 그들의 행동이 마음에 드는 것은 아니지만, 왜 우리 부족이 그대들을 위하여 피를 흘려야 하는가."

위드는 빠르게 주변을 눈으로 훑었다.

천부적인 화술이란 존재하지 않는다. 눈치로 파악하는 게 중요했다. 어떤 좋은 말도 상황에 맞지 않으면 분위기 깨는 헛소리에 불과할 뿐!

용사들은 건장했고, 눈빛은 형형했다. 불청객이 왔다고 해서 거리낌이 있거나 움츠러든 표정이 아니다.

부락에 걸려 있는 사냥감들은 케르탑이나 블랙 와일드보어 외에도 많았다.

"베자귀 부족의 대표자를 만나고 싶습니다. 베자귀 부족을 대표하실 수 있습니까?"

"나는 대용사다. 사납고 강한 짐승들을 사냥하며, 부족에서 가장 힘이 세다. 나는 충분히 우리 부족을 대표한다."

위드는 약간 누그러진 어투로 설명했다.

"베자귀 부족의 대용사께서는 저더러 형제라고 했습니다. 당신들에게 이런 청을 드리는 까닭은, 옆에 사는 이웃과 형제란 무릇 어려움을 함께 나누는 존재이기 때문입니다. 형제가 어렵다고 해서 약속을 저버린다면, 마탈로스트 교단과 베자귀 부족은 형제가 아닐 것입니다."

용사는 힘 있게 고개를 끄덕였다.

"형제는 어떤 어려움이라도 함께 이겨 낸다. 우리 베자귀 부족은 마탈로스트 교단과 함께 싸우겠다!"

"와아아아!"

부족의 용사들이 괴성을 지르며 창을 허공에 높이 치켜들고 흔들었다.

첫 번째 동맹 부족을 끌어들이는 데 성공!

인도자들의 동맹, 통곡의 강에서 사냥하는 베자귀 부족이 합류하였습니다. 협상자의 명성이 100 오릅니다. 매력이 50 오릅니다.

대용사가 말했다.

"우리 베자귀 부족과 달리 다른 두 부족은 끌어들이기 쉽지 않을 것이다. 약속과 형제에 대한 신의를 중요시하는 점은 같지만 각 부족마다 사정은 있어. 엠비뉴 교단과 싸우기 위해서는 두 부족, 특히 사르미어 부족의 힘이 꼭 필요할 거야."

위드는 누렁이를 타고 다음 부족이 있는 장소로 이동했다.

어슬렁어슬렁.

느려터진 소걸음!

베자귀 부족은 약속했다.

"3개의 부족이 모이면 우리는 엠비뉴 교단을 공격할 것이다. 그들의 요새를 부수고 마탈로스트 교단의 생존자들을 탈출시키는 데 도움을 주겠다."

한 부족의 공격 약속을 받아 냈으니 이제 2개 부족이 남았다.

칼을 거꾸로 세워 놓은 듯한 바위산에, 베르사 대륙에서는 찾아보기 힘든 기화이초들도 상당하다.

위드는 낙타의 등처럼 굽은 능선을 타고 이동하고 있었다.

경사가 상당했지만 누렁이는 미끄러지지 않고 잘 걸었다.

불사조들이 말했다.

"주인님, 추격자들과는 5시간의 거리를 두고 있습니다. 이대로 가면 5시간 안에 따라잡히고 말 것입니다."

"적들의 규모는?"

"기사 20, 병사 300, 사제 5명입니다."

"여전히 얕보고 있군. 기사가 겨우 20이라……. 생각만큼 추격자들의 무리가 늘어나지는 않는데."

평범한 조각사로서는 할 수 없는 말!

하지만 위드는 일부러 추격자들을 끌어들여서 엠비뉴 교단의 세력을 약화시킬 마음을 먹고 있었다.

공성전에서 큰 도움까지는 안 되더라도, 적의 수를 조금이라도 미리 줄여 놓아야 한다. 난이도 S급의 의뢰라면 세 부족과의 동맹을 이루어 내더라도 굉장히 어려운 싸움이 될 것이다.

유인책에 따른 각개격파! 적 세력의 약화를 목적으로, 본능적으로 전술적인 행동을 했다.

'일단 한 놈씩 패는 거지!'

"추격자들이 쫓아오기 전에 어서 도망치세!"

주정뱅이 스미스가 안달을 하거나 말거나 위드의 머리는 더없이 냉정하게 굴러갔다.

"빙룡. 불사조."

"말하라, 주인."

"여기 올 때까지 기다릴 것도 없다. 너희가 가서 처리해라. 단, 우리 쪽에는 어떤 피해도 없어야 한다."

"알겠다, 주인! 그런 걱정은 하지 않아도 된다."

"빙룡, 네가 대장이다. 불사조들과 무사히 돌아와야 된다."

"날 믿어 줘서 고맙다, 주인."

빙룡과 불사조들이 날개를 펄럭이며 뒤쪽으로 날아갔다.

불사조들은 불의 성향 탓인지 다분히 공격적이고 저돌적이었다. 하지만 빙룡은 자신의 몸은 끔찍이 아꼈으니 그에게 대장의 지위를 맡긴 것이다.

"내 조각품이야. 구박해도 내가 구박하지, 다른 놈들에게 맞고 다니는 걸 볼 수는 없어."

그런 이유가 아니었다면 멍청하고 소심한 빙룡에게 대장 자리를 줄 리가 없었다.

잠시 후에, 서쪽의 하늘이 환하게 밝아졌다.

아이스 브레스가 쏘아졌는지 온도가 현저히 낮아지고, 뒤이어 화염으로 인한 연기가 하늘로 치솟았다.

불과 얼음 공격들.

위드는 이 와중에도 빙룡과 불사조들을 성장시키고 있었다.

추격자 무리가 빙룡과 불사조들에 의해 전멸하고 나서, 엠비뉴 교단에서는 다시금 추격자들이 결성되었다.

암흑 기사만 40명에, 사제 10, 마법사 3, 일반 병사 300.

위드는 침을 꿀꺽 삼켰다.

추격대가 점점 굉장히 빠르게 따라붙을 뿐만 아니라, 전력도 향상되었다.

흥분과 희열로 즐거움이 더해진다.

알베론과 함께 진혈의 뱀파이어들을 처치했을 때처럼, 적당한 긴장감으로 활력이 샘솟았다.

마탈로스트 교단의 두 번째 동맹 부족 레키에.

전사와 주술사 들이 있는 부족이었다.

"우리는 마탈로스트 교단과의 동맹을 잊지 않았다. 하지만 너무 긴 시간이 지났다. 마탈로스트 교단에 우리와 함께할 수 있는 자격이 남아 있는지 의문이다."

레키에 부족의 대족장은 위드를 반기지도 않았지만 싫어하지도 않았다.

"친구 사이에 자격을 어떻게 증명해야 합니까?"

"엠비뉴 교단의 세력은 두렵다. 그들과 싸울 수 있는지, 용기의 시험을 치르겠다."

대족장은 위드에게 일렀다.

야밤에, 외부의 어떠한 도움도 받지 않고 용기의 계곡을 통과하라는 시험! 레키에 부족의 아이들이 성인식을 치를 때 오르는 계곡이라고 했다.

위드는 깊이 따지지도 않고 간단히 수락했다.

"저에게 용기가 있음을 증명해 보이겠습니다."

퀘스트를 포기하지 않는 이상, 계속 나아갈 수밖에 없었다.

용기의 계곡!

위드는 어두운 밤중에 빠르게 걸었다.

나무들이 바람에 살랑거리는 소리가 무서웠고, 뭐라도 튀어나올 분위기였다.

담력 시험이라도 보는 것 같은 상황.

실제로 용기를 시험하는 장소였으니 틀린 것도 아니다.

헛된 상상은 마음을 굳게 만들고 위축시킨다. 공포에 질리게 되면 발소리도 무서워지고, 그림자에도 놀란다. 점점 무서워져서 결국 한 걸음도 떼지 못하게 된다.

용기의 계곡은 그런 장소였다.

좁은 계곡의 틈 사이를 통과하는데 불과 50센티 옆의 나무 사이에서, 혹은 수풀 사이에서 무엇이든 튀어나올 것 같다는 착각. 끊임없이 상념들이 공포감을 자극해서 주저앉게 만드는 장소!

몬스터든 귀신이든 차라리 정말로 나와 버리면 마음이 편할 테지만, 본연적인 공포감만 자극하고 있었다.

어둠 속을 걸어서, 어디에 도착하게 될지도 모르는 길.

불안, 공황에 이르게 만드는 용기의 계곡.

위드는 주문처럼 무언가를 외웠다.

"시금치 2,500원, 깻잎 1,000원, 계란 1,700원, 소시지 4,000원."

일주일의 지출 계산!

어둡고 조용하니까 가계부를 머릿속에서 정리하기에는 그만이었다.

"올리브 오일이 떨어졌지. 쿠폰을 모아 두었으니 다음에 마트에 가서 사야겠군. 건너편 마트에서 주방용품 행사를 하고 있었는데… 고무장갑은 아무래도 예쁜 분홍색으로 사야지."

쇼핑 목록 계산.

위드가 가장 꺼림칙해하는 부분도 등장했다. 이 시간이 가장 힘들고 괴로웠다.

"이번 달 지출 액수는 지난달보다 8,000원 늘어났군. 24일의 계산 때문이었어. 이놈의 물가 상승! 가스값이 올라서였지."

날짜만 생각해도 그날 사용한 금액을 떠올릴 수 있다. 지난 달, 지지난달의 가격 변동 사항까지 줄줄이 꿸 정도였다.

절감, 절감, 절감.

그래도 도무지 줄어들지 않는 가계부!

주부들의 가장 큰 고민 사항을 위드도 힘들어했다.

"가계부란 놈은 한번 커지면 절대 줄어들지 않지."

가계부와의 처절한 싸움.

수입이 많다고 해서 돈이 모이지는 않는다. 철저한 관리와 더불어 충동구매를 자제해야 했다.

"역시 그때 마트에서 비싼 소금을 사는 게 아니었는데… 검소하게 살아야 했는데."

뼈저린 후회와 반성까지.

작은 구멍들이 모여서 나중에는 큰 금액이 된다.

가계부를 생각하다 보니 어느새 용기의 계곡 출구였다.

위드의 얼굴은 핼쑥하니 공포에 질려 있었다.

띠링!

용기의 계곡을 통과하였습니다.
최단기간에 용기의 계곡을 통과했습니다. 레키에 부족 청년들의 성인식 통과 시간보다도 훨씬 빠른 통과입니다.

정신력 스탯이 생성됩니다.

칭호 '용기로운 자'를 얻었습니다.

명성이 200 올랐습니다.

용기가 80 상승하였습니다.

투지가 10 상승하였습니다.

통솔력이 5 상승하였습니다.

레키에 부족의 대족장과 전사들은 출구에서 기다리고 있다가 위드가 계곡에서 나오는 걸 발견하고 달려왔다.

코에 고리가 줄줄 달려 있는 대족장이 두 팔을 벌렸다.

"형제가 시험을 통과했다. 동맹에 따라서 엠비뉴 교단을 공략하자."

"와아아아!"

전사들이 창을 치켜들고 환호했다.

주정뱅이 스미스가 다가와서 다 안다는 것처럼 어깨를 두들졌다.

"용기의 계곡이 무척 힘들었던 모양이군."

위드는 힘없이 대답했다.

"정말 끔찍한 일이죠."

"그래도 이제 다 지났지 않은가. 소중한 경험을 한 셈 치게."

"매달 겪어야 되죠."

"대족장이 그러는데 용기의 계곡 안에 있는 레키에 부족의 망령들이 정말 무섭다던데, 그들은 어찌 생겼는가?"

위드는 고개를 저었다.

"망령은 못 봤습니다."

망령보다는 가계부가 훨씬 무섭다.

나무들 사이나, 등 뒤에서 슬쩍슬쩍 망령들이 활동했다. 눈에 잘 띄지는 않지만 무언가가 존재한다는 것을 감각적으로 느낄 정도!

그러나 가계부를 머릿속에서 정리하는 데 너무 골몰하다 보니 망령들은 보지도 않고 지나가 버린 것이다.

띠링!

인도자들의 동맹, 통곡의 강에서 사냥하는 레키에 부족이 합류하였습니다.
협상자의 명성이 200 오릅니다. 매력이 60 오릅니다.

두 번째 부족의 동맹까지 처리하고 세 번째 부족이 있는 방향으로 움직였다.

추격자들은 빠르게 쫓아와서 평원 너머에 먼저 진을 치고 기다리고 있었다.

암흑 기사와 엠비뉴 교단의 병력을 돌파하지 않고는 세 번째 부락이 있는 장소로 가기 어렵다.

"빙룡, 불사조! 없애 버려!"

"알았다, 주인."

빙룡과 불사조들이 추격자들과 전투를 벌였다. 위드는 팔짱을 끼고 구경만 할 뿐이었다.

공중 몬스터들 중심으로 조각품을 만들고 생명을 부여한 이유. 공중 몬스터들의 생존율이 높기 때문이었다.

"지상 몬스터와는 비교가 안 되지."

지상 몬스터들은 둘러싸여서 집중 공격을 받으면 금방 죽을 수도 있다. 그러나 날아다니는 몬스터는 마법사나 궁수 들이 부대를 이루고 있지 않은 한 쉽게 사냥할 수가 없다.

차후에는 공중과 지상을 모두 감당할 수 있도록 균형을 갖추어야 하리라. 그러나 아직까지는 빙룡을 중심으로 한 공중 몬스터들이 대부분이었다.

엠비뉴 교단의 추격자들은 빙룡과 불사조들에 의해 고전을 면치 못했다.

불사조들의 위력이 압권!

"파이어 블래스터!"

마법사들이 공격 마법을 발휘하면 불사조들은 열심히 날아다녔다.

"내 거야!"

"내가 먼저 봤다."

"나부터 먹을 거야."

경쟁이라도 하듯이 날아가서 화염 마법을 날름 받아먹었다.

불을 흡수하는 능력으로 생명력과 마나를 보충하는 것!

불타오르는 대지를 저공비행하면서 화염을 내뿜기도 했다.

나무들이 타오르고 불길이 퍼지면 불사조들은 거의 무한에 가까운 생명력과 공격력을 발휘할 수 있다.

불사조들을 상대하기 위해서는 신성력이나 마나에 의한 타격이나 정령술을 써야 한다. 아니면 빙계 마법을 퍼붓거나.

그러지 않고 불사조 5형제를 잡을 방법은 전무!

불사조들은 아예 땅에 내려서서 화염 날개를 휘두르거나 기사들의 정면에 불을 뿜었다.

크라라라라라라라!

무자비한 공격을 펼치는 빙룡보다도 훨씬 큰 피해를 입히는 중이었다.

빙룡은 육중한 거구로 돌아다니면서 사제들만 골라서 밟아 주었다.

엠비뉴 교단 추격자들의 전력이 삽시간에 절반 이상 붕괴되어 버렸다.

그야말로 조각품들의 위력!

불사조의 대량 양산에 대한 생각이 위드의 머릿속을 스쳐 지나갔다.

"불사조들을 30마리쯤 만들어서… 그러면 웬만해서는 죽을 일도 사라질 텐데."

불사조 30마리라면 가히 화염지옥!

불로부터 힘을 얻는 특성상 생명력이 떨어질 일도 거의 없으리라는 생각!

겨울이나 비가 오는 날씨가 아니라면, 환경에도 크게 영향을 받을 일이 없다. 불의 특성을 최대한 이용하면서도 활용성 측면에서는 빙룡과 비할 바가 아닌 것이다.

하지만 조각품들은 개성에 민감했다.

자신과 비슷하게 생긴 조각품에 대해서는 꽤나 심하게 적대한다. 심지어는 서로 싸우려는 태도도 보일 지경.

예술 스탯이 높을수록 생명이 부여된 조각품들이 강해지면서, 개성에 대한 요구나 자아도 세졌다.

위드의 통솔력과 카리스마의 한계 때문에 10마리 이상의 조각품을 한 종류로 부리는 것은 무리가 있었다.

"누렁아, 가자!"

음머어어어어어!

나머지 잔당은 위드가 누렁이와 함께 처리했다.

추격자 군단이 올 때마다 누렁이나 빙룡, 불사조들의 레벨이 2~3씩 오르고, 잡템과 무기류를 넉넉하게 수집할 수 있었다.

다음 부락에 도착하기 전에 추격자 무리가 다시 가까워졌다.

암흑 기사 60명.

사제 10명.

마법사 10명.

기병 400명.

그야말로 살벌하기 짝이 없는 대군!

대군대가 위드를 잡기 위해서 추격해 오고 있는 것이다.

"기사와 사제, 마법사, 기병까지 모두 말을 타고 굉장한 속도로 추격 중입니다."

다섯 방향으로 정찰을 보내 놓았던 불사조들이 돌아와서 보고했다.

위드는 누렁이의 목덜미를 어루만졌다.

"누렁아, 이제부터는 빨리 가자. 더 이상 게으름 부리면 저녁은 소고깃국이다."

안 그래도 누렁이는 밥을 마련할 때마다 노심초사였다. 멀쩡한 털들이 빠질 정도로 스트레스를 받고 있었다.

국을 끓일 때마다 은근히 머리나 족발을 잠깐 담가 주었으면 하는 듯한 위드의 눈빛!

음머어어어어!

누렁이가 속도를 올려서 탄력 있는 몸으로 내달렸다.

어지간한 말을 능가하는 속도. 언덕이나 경사로도 휴식 없이 달렸다.

"빙룡."

"말하라, 주인."

"브레스나 한번 쏘고 돌아와."

엠비뉴 교단의 추격자들이 있는 장소로 날아가서 사용하는 아이스 브레스!

아침에 우유 한 잔을 마시듯이, 매일 아이스 브레스를 쏘도록 지시했다.

엠비뉴 교단의 추격자들은 브레스에 의해 피해를 입고 야금야금 죽어 가고 있었다.

"불사조들."

"주인님의 말을 듣고 있습니다."

"너희는 가서 불 질러. 놈들이 숲이나 산에 오르면 확 불을 질러 버려."

자연보호 따위는 생각지도 않는 전술.

화공!

나무 많은 숲이나 불에 잘 타는 갈대밭에서는 어김없이 불사조들이 추격자들을 습격했다.

"빙룡, 이 부근에 협곡이나 큰 숲이 어디지?"

"서쪽 방향으로 조금만 가면 된다."

"그곳으로 가자."

대규모 군대가 이동하기 어려운 길을 택해서 추격대의 발길을 지연시켰다.

정정당당한 정면 승부!

명예를 걸고 싸우는 기사의 결투!

전사들의 생명을 건 싸움!

이런 것들과는 거리가 멀어도 한참 먼 위드였다.

사제들과 마법사들이 보호 마법을 펼치더라도 아이스 브레스는 수십 명 이상이 죽는 상당한 타격을 입혔다. 땅 자체가 얼어붙는 탓에 말들이 나동그라지고 기병들의 이동속도도 지연됐다.

그러나 엠비뉴 교단의 추격자들은 어느 정도의 거리에 다다르자 장애물들을 무시하고 거의 일직선으로 따라오고 있었다. 아이스 브레스의 피해가 누적되자 최대한 속도를 내서 위드를 잡을 계획 같았다.

추격자들이 일으키는 흙먼지를 위드도 볼 수 있을 정도였다.

"우리는 끝장이야. 놈들이 거의 다가왔어!"

도움을 주려고 노력하던 주정뱅이 스미스는 만사를 포기하고 절망에 잠겨 더더욱 술을 찾아 댔다.

위드는 마지막 순간이라고 생각하지 않았다. 놈들이 이 정도의 거리까지 다가오는 것에 대한 계산도 이미 서 있었기 때문.

"좀 번거롭게 만들어 줘야지."

몬스터들이 모여 있는 장소만 일부러 찾아가서 살짝 우회하며 싸움을 붙이는 야비함!

냇물을 흙탕물로 만드는 미꾸라지를 능가하는 도주!

엠비뉴 교단의 추격자들은 빙룡의 브레스에 장애물, 몬스터들과도 싸우면서 전진했다.

여간한 몬스터들은 암흑 기사들과 기병들이 토막을 내면서 이동했지만, 병력에 피해가 컸다.

추격자들은 야금야금 숫자도 줄어들고 체력도 한계에 다다라 있었다. 말들이 거품을 물고 쓰러지고, 사제와 마법사 들은 만신창이가 되었다.

그때, 위드는 노란색 풀들이 잔뜩 피어 있는 약초밭을 발견했다.

약초 중에 가장 비싼 약초!

정력에 무궁한 도움을 주는 약초.

위드는 언덕가에 누렁이를 세웠다.

"여기서 결전을 벌여야겠다."

사르미어 부족이 있는 마을까지는 불과 하루 거리였다.

추격자들에게 따라잡히지 않고 무사히 도착할 수 있을 것 같았지만, 남김없이 사냥을 할 작정이었다. 약초밭을 내버려두고 지나간다는 것은 말도 안 되는 소리였기 때문이다.

위드는 나무와 철을 이용해서 도구를 만들었다.

"누렁아, 빨리 이걸 쓰자."

"싫다. 이상하게 생겼다."

자유 방목을 희망하는 누렁이는 본능적으로 강한 거부반응을 보였다.

"최근 소고깃값이 좀 올랐던데……."

"…….."

평화로운 설득!

약초를 수확하기 위해 누렁이의 몸에 쟁기를 만들어 씌웠다.

과연 전천후 한우!

누렁이를 데리고 약초들을 수거하고 전투준비를 갖췄다.

숫돌에 검날을 세우고, 방어구도 천으로 깨끗이 닦았다. 최상급 스테이크에 와인까지 곁들였다.

누렁이에게도 정력과 체력 증강에 좋은 약초를 부드러운 풀에 섞어 함께 주었다.

음머어어어어어!

주인의 은총에 감사하는 누렁이!

완전히 전투준비를 갖추었을 때였다.

이제 삼분의 일로 줄어들어서 패잔병과 다름없는 모습으로 추격자들의 무리가 등장했다.

암흑 기사들도 불과 20여 명, 사제와 마법사는 각기 2명씩밖에 남아 있지 않았다.

"엠비뉴 교단의 적!"

"대신관님께서는 사로잡을 필요가 없다고 하셨다. 죽여라!"

말을 잃어버린 병사들은 갑옷을 덜그럭거리면서도 달리고 있었다.

기병들과 암흑 기사들의 일제 돌격.

돌격임에도 체력이 소진되어 속도가 안 나는 모습이었다.

약간만 더 괴롭혀 주면 추격자 군단이 몰살할 상황!

"빙룡, 불사조! 선제공격해라."

"알겠다, 주인."

빙룡이 아이스 브레스를 사용하기 위해 숨을 들이마셨다.

"놈이 브레스를 쏜다!"

"보호 마법을 펼쳐라!"

사제들과 마법사들이 펼쳐 낸 투명한 원이 추격자 무리를 뒤덮었다.

이윽고 빙룡의 주둥이에서 흰 줄기의 브레스가 뿜어졌다.

투명한 원을 바스러뜨리며 적진을 얼리는 브레스의 경천동지할 위력!

100명이 넘는 병사들이 통째로 얼어 버렸다.

보호 마법을 펼치지 않았다면 피해가 더 컸을 것이다.

후와아아아아악!

불사조들은 대지에 넓게 불을 질렀다.

"놈을 죽여라."

"죽여서 엠비뉴 신을 위해 심장을 바치자!"

화염 속에서 악귀처럼 덤벼드는 엠비뉴 교단의 추격자들.

누렁이를 타고 있는 위드의 눈이 한없이 차가워졌다.

텅 빈 은행에서 18도에 맞춰진 에어컨처럼 고독하고 쓸쓸하며 잔인한 눈빛.

몬스터들이 강하면 수단과 방법을 가리지 않고 더 강해져서 사냥을 한다.

비겁하거나 비열하다는 말은 위드의 사전에 없었다.

앞길을 가로막는 것들은 무슨 수를 써서라도 부숴 버린다.

항상 최대한 모든 수법을 다해서 승부를 하는데 야비하다는 말 따위는 들을 필요 없는 것.

"놈을 죽여라."

암흑 기사들이 지쳐 거품을 물고 있는 말을 타고 언덕을 거의 올라오고 있었다.

위드가 손을 앞으로 내밀었다.

"축복."

대신관의 축복을 사용하였습니다.
20분 동안 육체적인 능력이 강화됩니다.

생명력과 마나의 최대치가 30% 정도씩 상승, 각 스탯들이 20%나 늘어나는 대신관의 축복!

예전에 약할 때에는 거의 절반 가까운 스탯이 늘어났을 정도였다.

어느 장소에서나 반지의 힘으로 1회씩 대신관의 축복을 쓸 수 있다. 그 시간만큼은 위드가 조각사가 아닌 전사로 태어나는 순간이었다.

위드가 누렁이의 엉덩이를 손바닥으로 쳤다.

"가자, 누렁아!"

누렁이가 네발을 박차고 언덕 아래로 한껏 질주했다.

언덕의 경사로를 내려가면서 살 떨리게 붙는 가속력. 말처럼 빠르기만 하지는 않았다.

힘!

묵직한 체중과 속도로 돌진했다.

암흑 기사가 정면으로 창을 찔러 왔다.

매우 빠르고 정교하게 목을 노리고 있다. 과연 엠비뉴 교단의 기사답게 숙련된 모습이었다.

위드는 고개를 숙여서 스칠 정도로 아슬아슬하게 그 창을 피하고 검을 올려 베었다.

"달빛 조각 검술!"

갑주를 입고 있지 않은 말의 목을 쳐서 기사와 함께 쓰러뜨렸다.

두 걸음도 채 떼기 전에 다른 암흑 기사가 덤볐다.

"죽어랏!"

풍압이 느껴질 정도로 거세게 도끼를 휘두르는 적 기사!

기사들이 질주하며 휘두르는 무기를 정면에서 받아치면 내구력이 상하거나 검이 깨질 우려가 있다. 위드의 무기는 최상의 상태를 유지하고 있지만, 일부러 부딪칠 필요는 없다.

'허점을 만든다.'

위드는 누렁이를 반보 옆으로 움직이게 하며 검을 휘둘렀다.

도끼의 짧은 간격과 검의 길이를 이용한 전술!

절묘하게 만들어진 거리로 인해서 암흑 기사의 목을 벨 수 있었다.

황소와 일체된 공격술!

기사들끼리의 싸움에서는 승마술에 따라서 승패가 갈리기도 했다.

위드는 누렁이를 수족처럼 다루며 전투에 임했다.

푸히히힝!

암흑 기사들이 타고 있는 말들이 가쁜 숨을 내뱉으며 언덕을 오른다. 그러다가 누렁이의 험악하게 변한 눈빛을 보며 전의를 상당히 잃어버렸다.

음. 머. 머. 머어!

광분하여 미치기 직전의 누렁이!

뒷발로 차고 뿔로 들이받으면 여지없이 말들이 나가떨어진다. 누렁이의 네발에서 공격과 방어가 기본적으로 이루어졌다.

위드는 황소의 넓은 등판에 타고 있어 검을 유리하게 사용할 수 있었다.

거친 맹수처럼 적들 사이를 종횡하며 검을 휘둘렀다.

암흑 기사들이 스쳐 지나갈 때마다 창과 검이 교차한다. 검광이 번뜩이면 암흑 기사들이 여지없이 땅에 떨어진다.

하나의 숨결에 정확히 1명씩!

"가자, 누렁아!"

위드는 암흑 기사들 사이로만 누렁이를 몰았다.

갑옷을 입고 있는 기마 상태에서는 땅에 추락하기만 해도 거의 치명상을 입는다. 기사들이 가진 훌륭한 방어력에도 불구하고 갑옷의 무게에 짓눌리는 상황!

짧은 교차들이 이루어질 때마다 효율적이고 정확한 공격으로 암흑 기사들을 제압하고 있는 위드였다.

기사들과 말은 지쳐 있는 데다가 언덕을 오르느라 속도도 느렸다. 반면에 위드는 경사를 타고 내달리면서 힘과 기세가 절정에 올라 있었으니, 기사들과의 부딪침에는 비교할 수 없는 조건이다.

전략과 전술의 활용!

몬스터들에게로 유인해서 피해를 주고, 체력을 떨어뜨리려 쉬지 못하게 만들었다.

오크들과 싸울 때와 엘프들과 싸울 때의 방식이 달랐다.

오크들이 먹이로 잘 유인된다면 엘프들은 더러운 걸 싫어한다. 궁술과 마법, 정령술을 사용하기 때문에 근접전으로 이끌어야 된다.

적 종족의 습성이나 행동 양식, 전투법에 따라서 전략과 전술을 결정한다.

위드는 사소한 싸움이라고 해도 유리한 전장으로 이끌었다.

하지만 뜨거운 가슴은 대책 없이 더 많은 적들만을 원할 뿐이다.

정말 많은 적들, 버거운 적들을 보면 전투에 도취되어 끓어오르는 피가 희생양을 바란다.

맹수의 기질.

전신의 본성.

"우아아아아아아!"

위드의 입에서 사자후가 터졌다.

사자후 스킬을 사용하였습니다.
스킬의 영향 범위에 있는 모든 아군의 사기가 200% 상승합니다. 존재하는 모든 혼란 상태가 해제됩니다. 5분간 통솔력이 270% 추가 적용됩니다.

"명령이다! 빙룡, 불사조! 적들을 쓸어버려라!"

엠비뉴 교단의 추격자들.

규모가 이 정도 되면 거의 군대였다.

지휘관의 통솔력에 따라서 움직이며, 사기도 매우 중요한 요소로 작용한다.

매일 한차례씩 쏟아진 아이스 브레스에 의해 암흑 기사들의 절반이 죽었다.

기병들에 대한 통제력이 약해진 상황!

빙룡이 날뛰면서 짓밟고 물어뜯고 얼음을 얼렸다.

불사조들이 광란을 일으켰다. 불을 토해 내고, 깃털을 날려 화염의 비를 만들었다.

온통 불바다가 되며 추격자들은 사기가 하락하고 혼란에 빠졌다.

누렁이를 타고 있는 위드는 적진의 한복판을 달리고 있었다.

상대의 무기를 흘려 내고 쳐 내고, 적들 사이를 꿰뚫는 화살이 되었다.

언덕을 올라오던 기병과 암흑 기사 들을 역으로 돌파한다.

"우아아아아아아아!"

위드의 입에서 끓어오르는 함성이 토해졌다.

암흑 기사들을 지나치고 난 이후에 맞닥뜨린 엠비뉴 교단의 기병들은 그저 손쉬운 간식거리일 뿐.

음머어어어어어어어!

누렁이도 괴성을 터트렸다.

황소후!

소의 울음소리와 함께 위드는 지치고 상처 입은 암흑 기사들과 기병들을 베고 있었다.

타오르는 불길과 떨어지는 얼음 조각들 틈에서 난전이 벌어졌다.

사르미어 언덕에서의 혈투!

유로키나 산맥에 정착한 검치 들!

처음 오크들의 마을에 왔을 때는 제피의 조언을 적극적으로 따랐다.

"여자 사귀는 법요? 일단 눈빛을 마주쳐 보세요."

검치 들은 뚫어져라 오크 암컷들을 보았다.

"우헤엥. 무서워. 췍췍!"

오크 암컷들의 등골까지 오싹하게 만드는 눈빛!

베르사 대륙에 흩어져 있던 검치 들이 한자리에 모였다.

근육질에 험상궂은 외모, 유리알보다 번뜩이는 날카로운 눈빛을 하고 오크 마을에서 단체로 몰려다니는 검치 들!

오크 암컷들은 압박감을 느끼고 그들을 보면 피해 다니기만 했다.

제피의 두 번째 조언.

"그다음에는 자연스럽게 말을 걸어야죠. 특별한 멘트들을 무리해서 만들려고 할 필요는 없어요. 자연스럽게, 같이 밥 먹으러 갈래요? 이런 정도면 될걸요."

검치 들은 겁에 질려 있는 오크 암컷들에게 다가갔다.

오크 암컷들이 도망칠 수 없게 만드는 순발력으로 잽싸게 에워싼 후에!

"오크 아가씨, 우리 어디 조용한 숲에 가서 피가 뚝뚝 흐르는 사슴 고기나 씹어 볼래요?"

오크 암컷들은 〈로열 로드〉를 하러 와서 오크 종족을 택하고 꿈에 부풀어 있었다.

'아, 이제 신나게 모험을 해야지.'

막 고등학교를 졸업하고 난 이후 대학에 진학한 신입생들이 많았다.

재기 발랄하고 활기차게 초보 생활을 즐기려는데 무식하게 생긴 아저씨들이 접근하는 것이다.

"꺄아아아악!"

두꺼운 등을 보이고 도주하는 오크 암컷들!

둔한 검치 들이라도 이쯤 되면 느낄 수 있었다.

"뭔가 이상하다."

"제피의 조언이 전혀 안 먹혀드는 거 같아."

제피의 세 번째 조언.

"데이트를 할 때는 분위기를 좀 잡아야 해요. 말은 너무 많이 하지 마세요."

이 조언도 부작용만 보였다.

백번의 시도 끝에 이루어진 데이트였는데, 말도 없이 노려보기만 한다.

어색하고 답답한 분위기.

오크 암컷들은 억지로 식사를 끝내고 일어섰다.

"잘 먹었네요. 취익! 그만 가 볼게요. 췻췻."

애타게 기다렸지만 그 암컷을 다시 볼 수는 없었다.

"이건 뭔가 아니야."

"제피 이놈이 우릴 속였어."

처절한 응징!

"세상에 속일 사람이 없어서 노총각들을 속여?"

"어떻게 만든 기회인데……. 이제 소문이 퍼져서 오크 암컷들도 우리만 보면 피한단 말이다!"

제피는 도장에 꼬박꼬박 나와서 훈련을 받았다.

검둘치의 손에 이끌려서 신입 부원이 되었던 탓.

훈련량이 3배로 뛰었다.

"우리에게 맞는 연애 방법이 필요해."

검치 들은 실패를 거울삼아 스스로를 돌아보게 되었다. 연애는 스스로의 모자람에 대해 자각할 수 있는 좋은 기회였다.

메이런, 화령, 로뮤나, 이리엔, 수르카를 찾아가서 자신들이 어떤 면에서 다른 남자들보다 못한지, 매력이 없는지를 물어보기도 했다.

가장 먼저, 생각해 볼 것도 없다는 듯이 로뮤나가 말했다.

"일단은요, 몸이 너무 두꺼워요. 근육이 너무 많아서 부담스러워요."

"남자라면 이 정도 근육은 있어야지!"

검삼치가 팔뚝에 힘을 주었다.

팔뚝 두께 52센티!

여자들의 허벅지보다도 훨씬 두꺼웠고, 지렁이보다 굵은 힘줄이 꿈틀거린다.

팔뚝만 근육질이 아니었다.

다리는 여자들의 허리보다도 더 두꺼웠다.

"어때, 내 남성미가?"

"으으, 그런 근육은 남성미가 아니라 징그럽기만 하다고요."

근육으로 인한 호감 감소.

메이런은 옷차림을 지적했다.

"패션 감각이 전혀 없으세요. 평소에는 옷을 대체 어떻게 입고 다니세요?"

〈로열 로드〉에서도 패션은 중요했다.

로브를 입더라도 부츠와 색을 맞춰서 장만한다. 옷감을 염색하고, 옵션은 조금 떨어지더라도 전체적인 어울림을 중요하게 여겼다. 예쁜 옷이나 디자인 좋은 갑옷은 특별히 높은 가격에 팔린다.

〈로열 로드〉도 실제 하나의 사회와 같았기 때문에, 꾸미고 다니는 것도 매우 중요했다.

던전 탐험을 하면서도 옷이나 갑옷이 더러워지지 않을 정도로 약간씩은 주의한다.

성이나 마을에 갈 일이 있으면 갑옷을 반짝반짝 광이 나도록 닦는 것은 기사들의 기본적인 예의였다.

하지만 검치 들은 금속이 아닌 썩은 뼈로 된 검과 갑옷을 착용했다.

본 브레스트 아머, 본 소드.

본 드래곤의 뼈로 만든 상급 아이템!

위드가 직접 제작해 주었는데, 역겨운 악취가 이만저만이 아니었다.

사슬 갑옷 바지에 구멍 난 장갑과 투구. 완전히 제멋대로의 장비였다.

"평소에는 도복이랑 운동복밖에 안 입고 다니는데."

검치 들의 목소리가 작아졌다.

"운동복이라면 추리닝요? 요즘 추리닝 예쁜 것도 많잖아요."

메이런이 말하는 추리닝은 스포츠 회사에서 최신 트렌드에 맞춰 나오거나, 유명 메이커들이 출시한 제품들이었다.

하지만 검치 들이 입는 추리닝은 두껍고 땀내 나는 회색 운동복!

도복이나 운동복만 10년 넘게 입어 왔으니 패션 감각과는 완전히 동떨어졌다.

화령도 말했다.

"여자 친구는 있었어요? 애인 말고 그냥 알고 지내는 여자라도 있으시냐고요. 편하게 지내는 친구들이 많이 있으면 애인도 금방 만들 수 있을 건데요."

검치 들은 한숨만 푹 쉬었다.

운동에 전념하다 보니 여자와 친해질 일이 어디에 있었겠는가. 화령이나 이리엔, 로뮤나 등이 그나마 안면이 있어서 말이라도 가끔 하는 사이 정도다. 현실에서는 여자와는 정말 거리가 먼 생활을 했다.

그런데 검삼백치가 갑자기 고개를 번쩍 들었다.

"밥집 아줌마?"

웅성웅성.

"우유 배달해 주는 아줌마."

"옆집 아줌마랑 중학교 다니는 꼬맹이."

"사촌 동생."

알고 지내는 여자들의 총동원!

단체로 남자들끼리 어울리다 보니 여자들과는 거리가 먼 생활을 하고 있었다.

화령이 곤란한 듯이 물었다.

"텔레비전은 보세요?"

"응?"

"드라마나 영화, 아니면 연애 프로그램이나……. 라디오라도 좋아요."

문화생활을 하고는 있냐는 물음.

"텔레비전이라면 가끔 보기는 하는데……."

그나마 긍정적인 신호!

"권투나 이종 격투기, 레슬링 방송을 주로 보는 편이지."

"영화는 〈폭력의 추억〉을 마지막으로……."

"축구나 야구, 배구 방송도 보긴 하는데."

문화생활과는 너무나도 멀리 떨어진 인생을 살아온 검치 들이었다.

화령은 오히려 신기한 느낌마저 들었다.

'어떻게 이런 남자들이 다 있을까?'

이때, 수르카가 전혀 의도하지 않은 치명타를 날렸다.

"무섭게 생겼어요."

"……."

핵심적인 결격 사유!

검치 들은 중대한 착각을 하면서 살아왔다.

연애도 경험할수록 늘어난다. 순진함만으로 자기가 사랑하는 여자가 좋아해 줄 거라 믿는다면 큰 오산!

정말 사랑하는 여자를 만나고, 또 그녀와 사귀기 위해서는 시행착오도 필요하다. 그에 더해 거짓말과 자신을 꾸밀 줄 아는 자세도 필요했다.

여자들이 왜 나쁜 남자나 바람둥이들에게 빠지는가.

착한 남자는 매력이 없다. 자기가 착한 것만 생각할 뿐이다. 남자 친구로서 여자의 마음을 이해하지도 못하고, 친근하게 다가가지도 못한다.

알지도 못하는 사람을 좋아할 리가 만무!

사랑을 하고 연애를 하고 상처를 받는 과정이 있어야 하는데, 막무가내로 인연만 만나면 된다고 여기는 초보들이었다.

그래도 이리엔이 힘을 주었다.

"오라버니들도 매력이 있어요. 친해지기만 하면 그 매력을 보여 줄 수 있을 거예요."

그리고 이어서 실질적인 조언을 해 주었다.

검치 들의 장점을 최대한 살려라!

여자들은 믿음직한 남자들을 좋아할 수밖에 없다.

초보자들과 함께하면서 그들과 친해져라.

한 걸음씩 천천히, 차분히 다가가면 될 것이라는 격려까지 해 주었다.

오크 마을에서 주로 활동하는 검치 들에게 제의가 들어왔다.

"취익! 인간들, 싸움 실력이 꽤 좋다. 어린 오크들을 가르쳐 볼 생각이 있나?"

오크 마을 수련장 교관으로의 정식 채용!

사범들은 물론이고 수련생들도 도장 운영 경험이 있었다.

'초보자들을 가르치는 교관이라······.'

'딱 우리의 적성에도 맞고, 장기를 발휘할 수 있는 분야다.'

일당은 하루 2골드!

사냥으로 얻을 수 있는 돈에 비하면 새 발의 피도 안 되는 금액이었지만 승낙했다.

"하겠습니다."

"교관으로 취직하겠습니다."

검치 들은 그날부터 교관이 되어서 수련장에 온 초보들을 가르쳤다.

초보 오크들에게는 익숙하지 않은 무기인 글레이브 사용법 등을 가르치는 것이다.

"수련장에 오신 초보 오크 여러분을 환영합니다. 교관으로서 먼저 글레이브 사용법에 대한 시범을 보여 드리겠습니다."

검오치가 초보 오크 암컷들을 상대로 시연을 보여 주기로 하고 나섰다.

수련장에는 50마리도 더 되는 오크들이 앉아서 구경하고 있었다.

검오치가 나무를 강하게 발로 찼다. 그러자 나뭇가지에 매달려 있던 잎사귀들이 우수수 떨어진다.

촤촤촤촤촥!

낙엽을 꼬치 꿰듯이 꿰어 버리는 글레이브!

"자, 너무 쉽죠?"

검오치가 밝게 웃었다.

초보 오크 암컷들이 그 행동을 따라서 할 수 있을 리가 만무했다.

"아, 씨… 왜 이렇게 무거워?"

"잘 휘둘리지도 않아. 취이익."

낙엽 한 장 맞히기도 어려운데, 검오치는 반복적으로 시범을 보여 주면서 더없이 의아한 듯 연거푸 물었다.

"이게 안 돼요? 왜 안 돼요? 무지 쉬운 건데……."

촤촤촤촤촤!

인도자의 권능

사르미어 언덕에서의 혈투를 마쳤을 때 위드의 생명력은 고작 150이 남아 있을 뿐이었다.

위드는 누렁이를 타고 적진을 여러 번 돌파했다. 전투에 완전히 몰입해서, 위험한 전장으로 몸을 던졌다. 그렇게 생명의 위기에 처하자, 빙룡과 불사조들이 결사적으로 싸워 준 덕분에 간신히 살았다.

누렁이도 추격해 오는 기병들을 떨쳐 내기 위해 불길 속을 뛰어다니면서 활약했다.

조각품들!

일단 만들고, 생명을 부여할 때는 아까웠지만 본전은 확실히 뽑아 주었다.

그렇다고 해서 위드가 인정을 해 주진 않았지만.

"쓸모없는 놈들."

"……."

"다 너희가 약하고 못난 탓이잖아. 똑바로 하지 못해!"

끊임없는 부하 탓! 잔소리와 비난!

보통 때 전투에서 승리하면 한마디 했다.

"역시 나에게는 안 되는군. 나와 싸우려고 하다니, 정말 무모했다."

이기면 자기 덕, 상황이 불리하면 부하 탓!

훌륭한 명장은 부하들을 탓하지 않는다지만, 위드는 푸념과 하소연 그리고 잔소리로 조각품들을 다스리고 있었다.

음머어어어!

착한 누렁이는 순종적으로 머리를 비볐다.

한우의 정.

도살장으로 끌려가는 순간까지도 사람을 원망하지 않고 슬픈 눈빛만을 보여 준다는 한우였다.

하지만 밤마다 위드가 잠깐이나마 휴식을 취하거나 잠을 잘 때는 부하들끼리 모임을 가졌다.

빙룡과 불사조, 누렁이가 구석에 작게 쪼그려 앉았다.

영락없이 음험한 모의를 작당하는 모습!

빙룡이 혹시나 누군가 들을까 무서워하며 조심스럽게 속삭였다.

"참아라. 참다 보면 기회는 온다."

"정말 기회가 옵니까?"

"선배님, 영원히 그 기회가 안 올 것 같은데요."

빙룡이 목에 힘을 주며, 날개를 잠깐이나마 활짝 폈다.

"아니야. 나를 봐라. 얼마간이긴 했지만 자유를 얻을 수 있었잖냐."

"자유!"

누렁이의 눈가에 열망이 어렸다.

자유 방목.

얼마나 아름다운 단어이던가.

"자유는 정말 이루 말할 수 없는 기쁨이다. 넓은 대륙을 돌아 다니면서 몬스터들을 사냥하며 행복하게 지낼 수 있다."

불사조들은 묵묵히 고개를 끄덕였다.

하늘 같은 선배의 조언을 금과옥조로 받아들이고 있었다.

"비가 오는 날은 얼마나 운치가 있는지 아느냐? 호숫가를 여행도 하고, 산맥을 지나면서 구름들 사이를 통과하기도 하고. 베르사 대륙은 정말로 아름답다."

"우리도 베르사 대륙에 가 보고 싶습니다."

누렁이나 불사조들은 이곳 지옥의 끝 부근에서 탄생해 베르사 대륙에는 가 본 적이 없다. 빙룡의 말을 통해 듣기만 했을 뿐이다.

"베르사 대륙에는 부드러운 풀들이 많다. 고소하면서 담백한 풀들이 지천으로 널려 있다. 강물은 맑고 시원하다."

"오, 풀들!"

"불사조들, 너희 고구마에 대해서 아느냐?"

"고구마?"

"구워서 먹으면 사탕처럼 달콤하다. 입안에서 살살 녹지."

"사탕은 뭔가요?"

"사탕도 모르다니! 사탕은 인간들이 먹는 간식이다."

빙룽은 사냥을 해서 번 돈으로 간식깨나 사 먹어 보았다.

위드가 북부에서 사냥을 할 때, 알베론과 서윤이 그들과 함께 있었다.

알베론은 자기 몫의 식사를 뚝 떼어서 나누어 주었다. 고구마는 그렇게 맛을 보았다.

그리고 서윤이 던져 준 사탕!

"사탕은 목숨을 바칠 만한 가치가 있는 간식이다."

"그 정도인가요?"

"사탕의 위대함을… 너희 어린것들은 아직 모르고 있다. 혀를 굴리면서 살살 녹여 먹으면……."

빙룽은 입맛을 쩍쩍 다셨다.

"주인과 같이 다니던 여신처럼 예쁜 아가씨가 있었는데… 혹시 그분을 본다면 애교를 부려라. 애교에 약한 아가씨다. 잘하면 사탕을 얻어먹을 수도 있을 것이다."

"주인의 친구입니까, 애인입니까?"

누렁이가 크게 울더니, 불신의 표정을 진하게 지었다.

"저는 주인에게 친구가 있다는 사실을 믿지 못하겠습니다."

친구도 없을 것 같은 인간성!

빙룽이 고개를 저었다.

"무슨 관계인지는 나도 모르겠다. 인간들의 관계는 매우 복잡하기 때문이다. 아무튼 이야기가 잠깐 다른 곳으로 샜는데, 기회는 반드시 찾아온다. 자유를 위해서는 참아라. 자유는 희생 없이는 얻을 수 없다. 참다 보면 언젠가는……."

"언젠가는……."

누렁이가 가장 음침하게 말했다.

"사탕은 꼭 먹어 보고 싶군요."

추격자들을 모두 해치운 위드는 사르미어 부락에 도착했다.

사르미어 부족의 부락은 세 부족 가운데 가장 크고 영역도 넓었다.

사르미어의 대족장은 허리가 굽은 꼽추 노인이었다.

그는 지팡이를 높이 들었다.

"마탈로스트 교단과의 동맹? 우리 사냥꾼들은 죽음을 무서워하지 않는다. 동맹의 약속을 지킬 것이다."

예상과 달리, 사르미어 부족은 동맹에 흔쾌히 나섰다.

"대족장과 사르미어 부족에 영광이 있을 것입니다."

위드는 부족의 사냥꾼들이 하는 행동을 따라 예를 취했다.

눈을 부릅뜨고 입을 같이 벌리는 애매모호한 자세!

사냥꾼들의 어깨에는 독수리가 앉아 있는 경우가 많았다. 사냥감을 손에 쥐거나 줄로 묶어서 질질 끌고 다니는 모습을 부락에서 얼마든 쉽게 찾아볼 수 있었다.

다른 부락에 비하여 식료품의 양이 많았다.

사냥감이 많다는 소리는 그만큼 사르미어 부족이 강하다는 뜻도 되리라.

활과 창, 검, 도끼, 망치 등 여러 무기들이 사냥꾼들의 등이나 어깨에 매달려 있었다.

"하지만 우리 부락민들 중에는 아직 그 이름조차 남기지 못한 이들이 많다."

"……."

"이름을 남기는 일은 중요하다. 우리 부족은 큰 사냥에 나가면 그들의 모습을 조각해서 마을에 세워 놓는다. 자라나는 아이들이 부모의 위대함을 알 수 있도록 사냥꾼들의 조각품을 만들어 다오."

"그렇다면……."

"얼마나 많은 사냥꾼들이 마탈로스트 교단과의 동맹을 위하여 싸울지는 그 조각품의 숫자에 따라 결정될 것이다."

조각품은 사냥꾼들의 마지막 기억.

사르미어 부족은 조각품을 만들어 주어야만 싸울 수 있다는 것이었다.

❧

위드는 부락 내에 있는 사냥꾼들의 외모를 살폈다.

깃털과 가죽옷을 입고 있는 야만족들!

휴대하는 무기들도 각양각색으로, 개성적인 외모들이라서 조각품을 깎는 데 어렵지 않았다.

오랫동안 보존되어야 했으니 흙이나 나무보다는 바위를 이용해야 했지만, 자하브의 조각칼은 암석을 무 자르듯이 한다.

"늠름하게… 그리고 따뜻하게."

위드는 부락 내에 있는 진열터에 사냥꾼들의 조각품을 만들었다.

기본적인 야만족의 형태를 만들어 낸 뒤에 세밀한 표현을 해서 차이를 주는 것이다.

점점 빨라지는 양산 체계.

고급 조각술 6레벨, 고급 손재주 6레벨!

숙련도로 따지자면 마스터의 경지까지 한참이나 남아 있지만, 노가다로 인한 스킬 레벨은 조각품들의 가치와 품격에 도움을 주었다.

"역시 조각품은 외관이 중요해."

아파트도 마감재가 중요한 것처럼, 조각품을 만들기 위한 바위의 재질도 중요했다. 워낙 많은 경험이 쌓이다 보니 바위들만 봐도 적당한 부위나 생김새들이 떠오른다.

바위의 결이나 무늬 들을 최대한 살리면서도 효과적으로 만들 수 있는 조각품들! 같은 장소에서 나온 바위라고 해도 조각품을 만들기 좋은, 가치가 높은 바위가 있다.

"앞다리 살과 꽃등심의 가격이 다른 것과 비슷한 이치지."

양질의 바위를 이용해서 빠르게 조각품을 만들어 내는 위드!

대량생산은 예술가의 덕목은 분명 아니다.

그럼에도 조각품이 기쁨을 주고 필요하다면, 만드는 걸 거절하지 않는다.

사르미어 부족의 조각품. 사냥꾼 3,000명을 이십 일에 걸쳐서 만들어 냈다. 야만족들과 동일한 크기로 만들라면 절대 불가능했겠지만 축소된 형태라서 가능했다.

통곡의 강에서 많은 조각품들을 만들면서 시간을 단축했던 경험도 도움이 되었으리라.

3,000명은 사르미어 부족에서 동원이 가능한 최대한의 숫자!

마을을 지켜야 하는 최소한의 사냥꾼과 어린아이, 여자 들을 제외한 전부였다.

조각품이 완성되자 사르미어 부족의 대족장과 사냥꾼들이 등장했다.

"마탈로스트 교단과의 동맹의 증표를 가지고 있는 그대를 대리인으로 인정한다. 우리는 전쟁에 나설 것이다."

"우와아아아아!"

띠링!

마탈로스트 교단의 약속의 동맹이 결성되었습니다.
베자귀, 레키에, 사르미어 부족이 엠비뉴 교단과의 전쟁을 위하여 사냥꾼과 용사 들을 소집할 것입니다. 베르사 대륙의 어긋난 질서를 바로잡기 위한 전쟁이 개시됩니다.

명예로운 칭호. '마탈로스트 교단의 신의 대리인'을 획득하였습니다.
마탈로스트 교단의 성물들을 사용할 수 있게 되었습니다. 동맹의 증표, 지팡이의 인도자의 권능을 이끌어 낼 수 있습니다. 지팡이의 속성이 변했습니다.

명성이 450 올랐습니다.

레벨이 올랐습니다.

레벨이 올랐습니다.

동맹을 결성하면서 위드의 명성이 또 증가했다.

위드의 명성은 원래 굉장히 높은 축에 들었다.

조각품들을 만드는 예술인으로서 얻은 큰 명성!

퀘스트를 진행하면서도 명성을 얻었다.

다크 게이머 연합 길드, 방송사에서 진행하는 〈베르사 대륙 이야기〉에서도 위드보다 명성이 높은 이들은 거의 손에 꼽을 정도!

어마어마한 돈을 신전에 기부한 상인이나, 〈로열 로드〉에서 10위 랭커들 정도에 불과했다.

이번 퀘스트를 진행하면서 많은 명성을 얻게 되어서, 베르사 대륙에 돌아가면 어떤 변화가 생길지 궁금할 정도였다.

위드는 부족의 사냥꾼들 사이에서 지팡이를 꺼냈다.

새하얀 빛이 어려 있는 지팡이!

노인들이 사용하기에나 적합해 보이던 칙칙한 지팡이가 대신관의 스태프처럼 기품 있게 변해 있었다.

"감정!"

되살아난 동맹의 증표, 지팡이

마탈로스트 교단이 인근 부족들과 동맹을 체결한 후에 증표로 삼은 지팡이. 신의 축복이 부여된 물건. 베르사 대륙의 모든 피조물들은 인도자의 권능에 답할 의무를 가진다.

내구력: 2,000/2,000

공격력: 98

제한: 마탈로스트 교단의 인정을 받은 자. 신앙 2,000.

옵션: 마법 공격력 +35%. 신성력 +100%. 명성 +1,200. 외교적인 협상 능력 증가. 인도자의 권능 사용 가능.

그 어떤 생명체, 보스급 몬스터도 소환할 수 있는 권능!

위드는 베르사 대륙에 있는 보스급 몬스터들을 불러들일 수 있게 되었다.

❦

베자귀 부족!

몬스터를 닮은 대머리 용사들 2,000이 모였다.

레키에 부족!

근엄한 전사들과 주술사들이 엠비뉴 교단과의 전투에 1,500명 참전했다.

사르미어 부족!

깊은 눈빛, 오랜 기다림과 승부에 익숙한 사냥꾼들 3,000이 동원되었다.

위드는 장장 열흘에 걸쳐서 그들과 함께 엠비뉴 요새가 있는 장소로 이동했다.

"용사들이여, 싸워라!"

중간에 몬스터들과의 싸움을 통해 손발도 약간 맞춰 보았다.

레키에 부족의 주술사들이 환영을 불러내서 교란시키고, 베자귀 부족의 용사들이 목숨을 걸고 블랙 와일드보어들을 막는다. 사르미어 부족의 사냥꾼들이 그 기회를 틈타서 활을 쏘고 창을 던졌다.

사실 사르미어 부족의 장기는 함정 설치 등에 있었으나, 실제 몬스터 사냥에서는 그리 쓸 일이 많지 않았다.

주술사, 용사, 사냥꾼의 조합!

하지만 동맹 부족들의 무장은 너무도 보잘것없었다.

이가 빠지고 녹슨 검과 도끼를 쓰는 경우도 허다했고, 갑옷도 없이 두꺼운 가죽을 몸에 두르고 있는 정도다.

"괜히 야만족이 아니로군."

형편없는 방어력으로 인해 목숨의 위기를 넘긴 적도 수차례.

위드는 틈나는 대로 그들의 무기를 수리해 주거나 손봐 주고 방어구들도 맞춰 주었다. 그렇다고 해도 긴 시간이 아니었기에 완벽한 상태는 아니었다. 질 나쁜 철을 제련해서 보급용 검을 나눠 주었고, 갑옷도 금속과 가죽을 뒤섞은 정도였다.

"이런 명검이……! 검이 번쩍번쩍 빛나다니, 굉장한 일이다."

그래도 동맹 부족들은 크게 기뻐했다.

독을 다루고 활을 잘 쏘며 민첩한 특성이 있기에 사냥에는 최적화되어 있다. 지휘나 통제를 무시하고 때때로 제멋대로 몬스터와 싸우려고 하기에 골치가 아플 뿐.

친밀도를 아무리 올려놓더라도 동맹 부족들의 투쟁심이 지나쳐서 피해가 생겼다.

열흘간 이동하면서 죽은 동맹 부족원만 해도 42명이나 됐다.

위드가 사냥을 통해서 강하게 키운 탓도 있겠지만, 약한 방어력에도 불구하고 도망치지 않고 몬스터와 끝까지 싸우다가 죽은 게 대부분이었다.

그렇게 오합지졸 동맹 부족과 함께 엠비뉴 교단의 요새가 있는 곳으로 돌아왔다.

　

"역시 쉽지는 않겠군."

다시 본 엠비뉴 교단의 신전!

마물들이 삼엄하게 호위를 하고, 성벽의 높이는 10미터가 넘는다.

요새의 중앙부에는 마치 자유의여신상처럼 거대하고 웅장한 엠비뉴 신의 동상까지 세워져 있었다.

동상은 불길한 먹구름 같은 것을 통해서 엠비뉴 요새를 둘러싸고 있다. 조각사로서 감정을 해 봐야 알겠지만, 엠비뉴의 병사들과 사제들에게는 상당히 큰 힘을 부여해 주는 동상일 것이다.

느낌으로 봐서는 최소한 명작이나 대작. 크기까지 감안한다면 대작일 가능성이 높다.

조각사로서 아군에게 대작의 조각품이 작용된다면 그만큼 든든한 게 없다. 하지만 적들이 그런 조각품을 보유하고 있다면 심리적으로 큰 불안감을 안겨 준다.

"마물들은 안식의 동판을 사용하면 오히려 우리 편으로 만들 수는 있겠지만……."

위드는 고개를 저었다.

통곡의 강에서 조각품을 만들 때 싸워 봤지만 대부분의 마물들은 그다지 강하지 못했다. 엠비뉴 교단의 전력이 어느 정도인지도 모르는데 마물만 아군으로 끌어들일 수 있다고 방심할 수는 없으리라.

게다가 안식의 동판은 성물임에도 불구하고 내구력이 12밖에 남아 있지 않은 저질 상태다. 내구력이 100 이상이라면 여러 번 사용해도 파손이 덜 되지만, 이렇게 하락했을 때는 언제 부서져도 이상하지 않다.

'중고품들이 다 그렇지.'

안식의 동판은 최대한 아껴 사용해야 할 물건. 함부로 사용해서는 결정적인 때에 쓸 수 없다.

'야만족으로 성벽을 공략하기는 어려울 텐데… 무슨 방법을 써야겠군.'

동맹 부족들은 집단 전투에는 능숙하지 않을뿐더러 지휘에 잘 따르지도 않는다.

더구나 공성 병기라고는 하나도 없는 상태였으니까!

"일단 공성 무기부터 만들어야겠어."

위드는 공성 무기 제작을 개시했다.

몬스터들을 사냥하며 획득했던 뼈와 힘줄, 벌목으로 얻은 나무들!

거대한 통나무 2개를 일자로 세우고, 블랙 와일드보어의 굵고 탄력이 뛰어난 힘줄을 이용해 발석기를 만들었다.

중급 대장장이 스킬로 탄생한 공성 무기!

띠링!

위드의 발석기

다재다능한 장인이 만든 기초적인 발석기이다. 처음치고는 무난한 솜씨로 만들어지긴 했지만, 중추적인 역할을 하고 중심을 잡아 줘야 하는 나무의 재질이 약하다. 명중률이 낮아서 성벽에 집중적인 타격을 줄 수 있을지는 의문. 사용을 위해서는 굉장한 힘이 필요할 것 같다.

내구력: 130/130

최대 파괴력: 26

사정거리: 37

연사 속도: 3

명중률: 3

제한: 대규모 노동력이 필요하다.

옵션: 낮은 명중률. 사고 발생이 거의 없다.

대장장이 스킬의 숙련도가 상승하였습니다.

처음 만든 것치고는 나쁘지 않은 공성 무기.

"일단 숫자라도 채워 넣어야겠지."

위드는 발석기를 10대 제작했다.

다만 처음 만드는 것이었으니 성능만큼은 예측 불가능.

보통 몇 번의 시행착오를 거치며 개량을 하기 마련인데 모든 게 최초였던 것이다.

동맹 부족들이 다가왔다.

"굉장히 큰 무기다. 우리에게 주는 건가?"

위드는 엄지손가락을 세웠다.

"암. 너희를 위해서 만들었다. 저 요새도 무너뜨릴 수 있을 거다."

"최고다."

"이걸 가진 이상 너희는 무적이다. 반드시 승리해야 한다."

"고맙다, 형제여!"

위드가 만든 것은 돌을 쏘아 낼 수 있는 발석기와 사다리, 작살을 던져 성벽에 걸 수 있는 밧줄이 전부!

발석기는 품질도 검증되지 않았고, 시험 발사조차도 마치지 않은 물건이었다.

위드도 본인이 사용할 엄두가 나지 않는 물건들을 동맹 부족들에게 떠넘겼다.

엠비뉴 교단의 요새 근처까지 오는 동안에 무기와 갑옷은 대충 다 손봐 놓은 상태.

위드는 누렁이를 불렀다.

"이리 와."

"······."

누렁이는 뒷걸음질을 쳤다.

"빨리 와 봐."

"무슨 일로 부르는지 말하라, 주인."

"쓰다듬어 주려고 그러는 거야."

"그런데 밧줄은 왜 들고 있나?"

누렁이의 눈빛에는 불신이 어려 있었다.

"밧줄이 왜? 그냥 들고 있으면 안 되나? 일단 이리로 와. 오기만 해."

"느낌이 안 좋다. 거절하고 싶은데."

"별거 아냐. 알았으니까 오기만 해."

누렁이가 매우 조심스럽게 다가왔다.

위드는 몇 차례 가볍게 목을 쓰다듬어 주다가 전광석화처럼 밧줄을 목과 몸통에 걸었다.

음머어어어어!

비통하게 우는 누렁이!

"주인, 왜 그러는가. 내가 무슨 잘못을 했다고……."

"걱정 마. 잡는 거 아니니까. 짐이 생겼으니 네가 옮겨야 하지 않겠어?"

발석기가 만들어졌을 때부터 정해진 누렁이의 운명이었다.

빙룡과 불사조들은 측은함이 아주 약간 담긴 시선이었다.

'내가 아니라서 다행이다.'

'나만 아니면 되지.'

위드는 사냥감들을 요리해 푸짐한 식사까지 마치고 나서 엠비뉴 교단의 요새로 진격했다.

❖ ⋯⋯ ❖

둥! 둥! 둥!

엠비뉴 교단의 요새에서 비상을 알리는 북소리가 울렸다. 암흑 기사와 사제, 궁수 들도 성벽 위에 배치되면서 신속하게 전투준비를 갖췄다.

위드가 누렁이, 동맹 부족들과 함께 발석기를 밀며 접근했을 때, 요새에서는 엠비뉴 교단의 병력이 성벽에 대거 나와 있는 상태였다.

발석기가 심하게 무거워서 바퀴를 달았음에도 이동이 느렸던 것이다.

설상가상으로 요새의 첨탑에서는 검은 연기가 올라온다.

동맹 부족들이 그 연기를 손가락으로 가리켰다.

"고기 구워 먹는 것 같다."

"뭐 맛있는 거 먹으려나 보다."

연기를 본 무식한 반응!

위드의 얼굴이 굳어졌다.

'연기를 피워서 습격을 받았음을 주위에 알린다. 동맹군들을 소집하기 위한 비상 연락망이야.'

전쟁을 알리는 봉화!

봉화를 본 통곡의 강 유역에 있는 야만족들은 위드와 세 부족을 정벌하기 위해 전사들을 소집하게 될 것이다. 엠비뉴 교단의 요새에 이어서 야만족 지원군들까지 상대해야 된다.

위드는 침을 꿀꺽 삼켰다.

예상을 못 했던 부분은 아니지만 정말 만만치가 않았으니까.

"구원족이 오기 전에 공격을 해야겠군."

위드는 발석기를 옮기고 잠시 쉬고 있는 동맹 부족들에게 외쳤다.

"발석기 장전!"

베자귀 부족의 용사들이 100명씩 붙어서 발석기를 잡아끌어

포대를 아래로 내렸다. 그리고 포대에 바윗덩어리를 올린 후에 쏘았다.

투웅!

기세 좋게 쏘아진 바윗덩어리는 포물선을 그리면서 힘차게 날아갔다.

살인적인 무게를 가진 암석 공격.

하지만 발석기의 위치가 너무 멀었다.

바윗덩어리는 위력을 거의 잃어버리고 성벽의 중심이 아닌 밑부분에 부딪쳤다.

겨우 닿았다는 느낌이 맞을 정도의 불발탄!

성벽의 내구도가 49 하락했습니다.
총내구도: 9,999,951/10,000,000

"이대로는 날 새도록 때려도 안 되겠군. 아니, 쏘아 올릴 바위부터 부족해지겠어. 발석기 부대 전진!"

위드는 베자귀 부족과 함께 발석기를 밀었다. 조금 더 가까운 장소에서 발사하기 위한 행동!

오데인 요새보다도 훨씬 두꺼운 성벽을 무너뜨려야 하니 위험부담을 감수하기로 한 것이다.

누렁이가 앞에서 힘차게 발석기를 이끌었다.

한우의 괴력!

엠비뉴 교단의 요새에서도 반응이 있었다.

"쏴라!"

하늘을 자욱하게 뒤덮는 화살로 반격을 가하는 것이다.

"방패를 들고 막아라!"

위드의 명령이 없더라도 베자귀 부족은 살기 위해 방패를 들어 올렸다.

누렁이의 이마에는 미리 고대의 방패를 부착해 놓았고, 몸통에는 비단을 둘둘 감아 놨다.

못 쓰는 비단 조각을 얼기설기 엮어서 화살을 막는 역할을 하도록 만든 것.

화살의 비가 베자귀 부족과 발석기 주변으로 쏟아졌다.

투두두두두둥!

"크아아악!"

"내 발, 발에 화살을 맞았다!"

방패에 고스란히 전해지는 화살의 충격. 방패를 들고 있었는데도 힘에 밀려서 베자귀 부족의 용사들이 무릎을 꿇는다.

일부는 조악한 방패를 뚫고 들어오기도 했다.

사르미어 부족의 사냥꾼들도 화살을 쏘았지만 성벽을 넘을 수 없었다.

"우리도 발석기를 쏴라!"

위드는 백 걸음 정도를 더 다가가서 발석기를 사용하도록 지시했다.

"화살이 너무 많이 날아온다."

"융발이… 융발이 죽었다."

"엄폐물을 찾아라. 발석기 뒤에 몸을 숨기고, 베자귀 부족의 용사들은 빨리 발석기를 장전해!"

엄폐물도 없는 평원에서의 일방적인 화살 공격!

10개의 바윗덩어리를 옮기는 동안에 화살에 의해 죽은 베자귀 부족만 서른이 넘는다.

그야말로 목숨을 걸고 발석기를 사용한 결과, 바윗덩어리들이 성벽으로 쏘아졌다.

불과 1개의 불량을 제외하고는 성공적인 공격!

성벽의 내구도가 1,226 하락했습니다.

성벽의 내구도가 751 하락했습니다.

성벽의 내구도가 956 하락했습니다.

성벽의 내구도가 2,160 하락했습니다.

성벽의 내구도가 173 하락했습니다.

성벽의 내구도가 486 하락했습니다.

성벽의 내구도가 1,198 하락했습니다.

성벽의 내구도가 3,110 하락했습니다.

성벽의 내구도가 896 하락했습니다.
총내구도: 9,988,995/10,000,000

발석기의 엄청난 화력!

성벽의 아랫부분이나, 아예 첨탑을 비껴서 맞춘 경우도 있었지만 상당한 전과였다. 공성전에서 공성 무기는 필수품이라는 사실이 증명되는 순간이었다.

하지만 그러는 동안에도 엠비뉴 교단의 병력이 요새의 성벽에 계속 집결했다.

비처럼 쏟아지는 화살로 인하여 베자귀 부족만 피해를 입고 있었다.

"끄아아악!"

일부 화살은 붉은 기운에 둘러싸여 있었다.

엠비뉴 교단 사제들의 신성력이 부여된 화살! 방패로 막아도 온몸을 태워 버리는 불화살 공격이었다.

베자귀 부족의 용사들도 강성해서 어지간해서는 죽지 않지만, 수십 발의 화살이 몸에 꽂히고 신성력이 담긴 화살까지 적중당하자 힘없이 목숨을 잃었다.

위드와 베자귀 부족이 머무르고 있는 일대에 화살이 빽빽하게 꽂히는 중이었다.

옆에서 구경을 하기에는 긴박감과 박력이 넘치는 광경이지만, 정작 당하는 사람의 입장에서는 미치고 환장할 지경!

누렁이는 발석기를 다 옮긴 후에 어느새 밧줄을 끊고 안전한 후방으로 도망쳤다.

고위 사제들도 성벽에 올랐다.

"저 무도한 무리에게, 부디 진실된 힘을 보여 주소서. 홀리 버스터!"

신성 마법에 의한 공격.

성벽에서 번쩍하는 순간 날아와서 큰 타격을 입힌다.

발석기 주변에 있던 베자귀 부족이 무언가에 얻어맞은 것처럼 날아갔다.

"엠비뉴 신을 믿지 않는 자들, 너희에게 벌이 내릴 것이다."

광범위 저주 마법!

신성력에 의한 공격이기에 적중된 동맹 부족들은 고열에 신음하며 전투 불능이 되었다.

위드의 얼굴이 더없이 침중해졌다.

10골드에 팔아야 할 루비 원석을 실수로 9골드에 팔았을 때처럼 심각한 얼굴!

'퀘스트 난이도가 있기에 어느 정도의 어려움은 예상했다.'

야만족 지원군 부대에, 높고 튼튼한 성벽. 그냥 싸우더라도 지지 않을 것 같은 엠비뉴 교단의 병력까지!

무엇 하나 만만한 것이 없었다.

'공성전에서 가장 큰 어려움은… 우리가 다가가는 동안에 저들의 화력이 집중된다는 점이라고 할 수 있어.'

방어구가 부실한 베자귀 부족이나 사르미어 부족에게 저 성벽을 넘으라고 해 봤자 초대형 참사를 불러올 뿐이다.

이런 전투는 막는 입장에서는 전공을 세우기에 더없이 좋은 반면, 뚫어야 하는 쪽에서는 최악의 결과를 만들어 내기 마련.

위드는 불행히도 동맹 부족들을 데리고 요새를 점령해야 하는 쪽이었다.

"이대로는 절대 안 되겠군."

위드는 동맹 부족들을 향해 외쳤다.

"퇴각이다!"

전면 철수 선언.

발석기 10대도 놔두고 위드는 동맹 부족들과 함께 일제히 도망치려고 했지만, 화살이 계속 퍼부어지고 있었다.

"빙룡아, 브레스를 쏴라. 불사조 부대, 우리를 엄호해!"

빙룡이 숨을 크게 들이마시고 요새를 향해 아이스 브레스를 발사했다.

하늘을 가로지르는 엄청난 브레스!

그 결과에 대해서 단 한 번도 실망한 적이 없는 빙룡의 브레스였지만, 요새에 있는 사제들의 보호 마법에 의해 중화되었다. 그래서 요새에는 아무 피해도 주지 못했지만, 잠깐 동안 화살 공격이 뜸해졌다.

불사조들의 엄호 아래 위드와 동맹 부족들은 간신히 도망칠 수 있었다.

∗ ∗ ∗

무참한 패퇴.

가벼운 접전에 불과했는데도 동맹 부족 부대의 손실은 무려 104명이나 되었다.

위드가 서둘러 붕대를 감아 주고 약초를 발라 주었음에도 불구하고 사망한 수치!

신성력에 적중당한 동맹 부족원은 정신도 못 차렸다.

"음헤헤헤."

"여기가 어디지?"

"날 내버려둬라. 성인식을 치르기 위해 용기의 계곡으로 가겠다."

신성력에 의해서 정신이 오락가락하는 이들이 70여 명!

사기도 급추락했다.

"우리가 이길 수 있는 적이 아닌 것 같다."

"괜한 싸움을 벌였어. 부락으로 돌아가고 싶은데……."

"고향을 떠난 용사들은 땅에 몸을 누일 때까지 싸우리라. 비록 승리할 수 없더라도……."

동맹 부족들은 전투 의지를 상당히 잃어버리고 비관적으로 변해 있었다.

위드의 입가에 미소가 번졌다.

"이 정도는 되어야 퀘스트 난이도가 높다고 할 수 있지."

어려운 의뢰일수록 보상도 크고 의욕을 불타오르게 만든다.

험한 고생을 해야 안심이 된다. 쉽게 진전을 보았다면 오히려 끊임없는 의심을 했으리라.

"엠비뉴 요새는 과연 함락시키기 어렵겠군. 탐색전은 끝났으니 조각품을 만들어야겠어."

위드는 본격적인 전투를 준비하기로 했다.

동맹 부족들의 부대는 고향을 떠나왔기 때문에 시간이 지날

수록 사기가 떨어진다.

하지만 탐색전을 벌여 본 결과 막막함이 느껴질 정도로 거대한 적.

"일단 도움이 될 만한 조각품부터 제작해야지."

바위는 식상할 뿐 아니라 조각술 스킬에도 큰 도움이 되지 않는다.

"효과를 위해서는 재료를 아낄 때가 아니야."

블랙 와일드보어와 케르탑의 뼈.

잡템으로 얻은 뼈들을 조각품 재료로 이용하기로 했다.

"사골로 푹 고아 마셔도 좋은 뼈인데……."

음식 재료나 의약품으로도 쓸 수 있지만 조각사에게는 역시 조각 재료가 우선! 뼈의 가격은 기본적으로 높지 않은 편이라 아끼지 않고 사용했다.

"세 부족을 한꺼번에 조각해야지."

뼈들을 이용하여 기초적인 형태를 만들었다. 깨진 뼈들을 엮어서 구조물을 만들고, 진흙을 위에 덧발라 구웠다.

"야만족 특유의 흉악하고 잔인한 면모도 보여 줘야지."

문신이나 흉터 자국은 동맹 부족을 표현하는 데 필수. 염료를 이용한 도색까지 해서 세 부족의 조각품을 만들어 냈다.

세 부족과 함께 지내고 전투도 함께 치르면서, 어떤 얼굴과 외모가 용맹하고, 숭상을 받는지를 알았다.

"그래도 뭔가 부족한데……."

위드는 빛의 조각술을 이용하여 모닥불도 만들었다.

모닥불에서 고기를 구우며 모여 있는 레키에 부족의 주술사,

베자귀 부족의 용사, 사르미어 부족의 사냥꾼!

위드는 작품을 만들면서 이미 정해 놓은 이름을 말했다.

"믿음의 형제들."

동맹을 기억하고, 함께 피를 흘리기로 한 야만인 부족들!

엠비뉴 교단과의 싸움에서는 다소 미흡한 모습을 보여 주기는 했어도, 동맹을 위하여 기꺼이 나서 준 무리.

조각사에게는 적당히 미화하는 기술이 필수적이라지만, 진심에서 우러나오는 생각이었다.

위드는 크게 고개를 끄덕였다.

"맞다."

띠링!

조각술 스킬의 숙련도가 향상되었습니다.

명성이 125 올랐습니다.

통솔력이 2 상승하였습니다.

매력이 7 상승하였습니다.

명작 조각품을 만든 대가로 전 스탯이 1씩 추가로 상승합니다.

조각품까지 완성!

진짜 싸움을 위한 일차 준비가 끝난 셈이었다.

무적의 병법서

성벽을 무너뜨리기 위해 위드는 고뇌에 빠졌다.

"성벽이 있는 한 요새를 함락시키기란 요원할 수밖에 없을 거야."

대장장이로서 공성 무기를 제작할 수는 있다. 하지만 아직은 그 숙련도가 심하게 낮았다.

"쓸 만한 공성 무기를 만들기 위해서는 얼마나 만들어 봐야 되는지도 모르겠고⋯⋯."

명검을 만들 수 있을 정도의 무기 제작 숙련도가 필요하다면 고된 과정만 몇 개월! 재료의 수급도 문제이고, 동맹 부족들이 다시 부족으로 돌아가려고 할지도 모른다.

"하기야 성벽을 무너뜨린다고 해도 엠비뉴 교단의 기사들이나 사제들과 싸워서 이길 수 있다는 자신도 딱히 없는 상태이긴 하지."

위드의 마음이 오히려 편해졌다.

공성 무기 제작으로는 해답이 나올 수가 없는 상태였으니까, 그쪽으로는 완전히 포기한 것이다.

"정상적인 공성전으로는 안 돼. 답이 없을 수밖에 없어."

높고 두꺼운 성벽에, 방어 준비가 잘 갖추어진 요새는 공격할 엄두도 안 난다.

동맹 부족들은 상대보다 숫자도 적고, 집단 전투에 유리하지도 않다. 개개인이 최대로 활약할 수 있는 것은 난전이나 사냥에서일 뿐.

위드가 대장장이에 재봉 스킬을 이용해서 약간 손을 봤다고 하나, 동맹 부족들의 근본부터 빈약한 갑옷으로는 성벽을 오르기도 전에 집중 공격을 당해 대부분이 죽으리라.

"스미스의 제안을 받아들여서 다른 사람을 1명 데려올 걸 그랬나?"

그러나 위드는 고개를 저었다.

이미 뒤늦은 후회였고 돌이킬 수도 없는 상황.

페일이나 제피, 검치가 왔다고 해도 상황이 크게 바뀔 것 같지는 않았다.

직접 겪어 본 바로는 퀘스트를 성공하려면 최소한 레벨이 500대 중반은 되는 전투 직업이어야 엄두라도 내 볼 수 있을 것 같았다.

검기나 파괴력 높은 스킬로 성문을 단번에 파괴하고, 엠비뉴 교단의 사제들을 기습으로 제압할 수 있는 무력!

기사로서 절정의 통솔력을 발휘하여 동맹 부족들을 지휘할 수도 있다.

모여 있어도 오합지졸에 불과한 병력이지만, 통솔력과 카리스마로 동맹 부족들이 가진 한계를 넘어 싸우게 만든다. 동맹 부족들이 큰 피해를 입더라도 잠재력을 최대한 이끌어 내서 활용하고 빈틈을 노려야 한다.

베르사 대륙의 역사에 남을 만한 위대한 승리가 될 수 있으리라.

위드는 자신의 지휘 능력을 그렇게 높게 평가하지는 않았다.

"난 이길 수 있는 전쟁을 이겼을 뿐이야."

동맹 부족들과 함께 승산이 희박한 싸움을 하고 싶은 마음은 추호도 없다.

병력의 질과 양, 지형, 무장 상태를 모두 극복하기란 말처럼 쉬운 게 아닌 것이다.

조각사의 장점인 생명 부여에도 한계가 있다.

조각 생명체가 100마리쯤 있다면 해볼 맛이 날 것이다. 승산이 보일 것도 같았다. 하지만 그러면 위드의 레벨이 적어도 160개는 감소한다.

"퀘스트를 성공하더라도 남는 게 하나도 없을 거야."

기껏 생명을 부여한 조각품들이 공성전 도중에 무참히 죽어 나가리라.

퀘스트는 성공했는데 정작 절반 이상의 조각품들이 죽어 버리면 손해 막심!

레벨도 다시 200 이하의 초보부터 시작해야 한다. 퀘스트를 성공해도 남는 게 없다.

"이런 걸 두고 손해 보는 장사라고 하지."

위드는 기본으로 돌아가서 다시 계획을 세우기로 했다.

전투란 시작하기 이전에 많은 변수들을 따지고, 아군에게 유리한 전장을 택하여 이끌어야 된다.

위드는 일단 휴식을 취하기 위해 오랜만에 로그아웃을 했다.

⁂

"여기가 도서관인가?"

이현은 한국 대학교에 입학하고 나서 처음으로 도서관을 찾았다. 대학교 도서관에는 만화책이 없었던 것이다.

"어릴 때부터의 꿈이었는데."

만화책을 보고, 배가 고프면 라면을 끓여 먹는다.

중학교, 고등학교 시절에 바라 마지않던 행복한 상상들.

신문을 돌리면서도 매일 연재되는 만화는 꼬박꼬박 보는 독자이기도 했다.

"도서관에 만화책이 없다니 이놈의 학교는 정말 썩었군!"

이현은 거침없이 학교의 도서관 정책에 대해서 비판했다.

다른 도서관 중에는 만화책을 소장하고 있는 곳도 많다. 하지만 한국 대학교는 아직 만화책을 들여놓지 않았다.

학교에서 마련해 놓은 공부하는 학생들에게 지급되는 후한 장학금, 유학 혜택, 넓은 첨단 강의실과 연구 설비 등은 고려의 대상이 아니었다.

"만화책도 없는 후진 학교 같으니. 썩었군, 썩었어. 그 많은 등록금은 다 어디다 쓰는 거야?"

소설책이나 경제 서적, 논문, 역사서, 예술에 대한 책을 비롯하여 장서 수는 굉장히 많았다. 건물 한 동이 통째로 도서관이었으니까.

"안녕하세요, 오빠."

"형 왔어요?"

가상현실학과의 동기들이 이현을 알아보고 작은 목소리로 인사를 했다. 도서관의 스터디룸에 삼삼오오 모여서 공부를 하는 모양이었다.

"아, 그래."

이현은 가볍게 고개만 끄덕였다.

대학교를 다니면서 가장 중요하게 조심해야 할 부분이다.

'절대 나보다 어린 이와 친해지지 말 것.'

선배가 되면 후배들을 강도 보듯이 해야 한다.

왜냐하면 그들은 철면피처럼 밥을 사 달라고 쫓아다니니까!

이현의 경우에는 동기들보다 나이가 많아서 다른 학생들이 몇 번 밥을 사 달라고 한 적이 있었다.

"건강을 생각해야지. 난 집에서 도시락을 싸서 다니거든."

어렵게 넘긴 위기들.

이제 학생들의 시선도 바뀌었다.

건강을 생각하는 가정적인 오빠.

절대 우리 밥은 안 사 줘.

그럼에도 이현은 항상 조심했다. 언제 밥을 사 달라고 조를

지 모른다. 매점에서 간식이나 혹은 찻집에서 마실 거리들을 사 달라고 할 수도 있으니.

'이놈의 학교는 무슨 식당가야? 왜 이렇게 먹을 게 많아?'

건물마다 보이는 자판기마저도 피해 다닐 지경.

"공부하러 오셨어요?"

"아니. 책 읽으러 왔어."

이현은 가볍게 걸어가면서 답했다.

"형, 문학 소설은 2층이에요."

"소설 보러 온 거 아니야. 그냥 이것저것 찾아볼 게 있어서 왔지."

"뭘 찾으러 오셨는데요."

"병법이나 전략, 전술. 알고 있어?"

"7층이긴 한데……."

"응. 알려 줘서 고맙다."

이현은 엘리베이터에서 7층 버튼을 눌렀다.

7층은 동양 사상과 관련된 오래된 책이나 역사서 등의 서적들이 있어서 학생들이 잘 가지 않는 장소다.

이현이 엘리베이터로 들어가고 나서, 학생들이 수군거렸다.

"동양 사상에 관심이 많았나 봐."

"평소에 말수가 없던 형이었는데… 수준이 정말 높네."

"어딘가 깊이가 있고 장점들이 많으니까 그렇게 예쁜 언니들과 데이트도 했겠지."

이현은 학교 축제에서 서윤과 정효린과 데이트를 해서 단연 화제의 인물로 떠올랐다.

남자들에게는 질투가 아닌 무한한 존경심의 대상이, 여자들에게는 수많은 매력을 감추고 있는 신비한 사나이가 되었다.

"근데 중국어도 상당히 잘하나 봐."

"응?"

"전에 심심해서 7층에 가 본 적이 있는데, 서가에 있는 책들 상당수가 원서였거든."

"이런 젠장!"

이현은 욕설을 퍼부었다.

"아니, 무슨 한국에 외국 책을 가져다 놔? 다 번역해서 출판할 일이지!"

도무지 납득이 가지 않는 일.

서가의 절반 정도는 외국 책을 그대로 들여왔고, 나머지는 한글이었지만 한자가 매우 많았다. 한글로 풀어 쓰여 있지도 않아서 읽기가 난해하기 짝이 없었다.

"병법서를 찾아야 되는데……."

하필 이현이 찾는 책은 더욱 희귀한 편이고, 번역도 잘되어 있지 않았다.

책장을 넘기며 이해하기가 어려운 것은 물론이고, 제목을 보고도 찾지 못했다.

"대부분의 책방에서는 제목 순서대로 놔두는데, 도서관은 왜 이렇게 찾기가 힘들어?"

이현이 원하는 병법서는 차라리 문학에서 찾으면 편했다.

《손자병법》이나 《이순신의 병법》, 《오자병법》 등의 서적은 문학으로 출간이 되었으니까.

한글 설명으로 알아보기도 쉽고 삽화까지 들어 있다.

그런데 원서들이 즐비한 동양 사상 코너에서 원하는 책을 찾으려니 죽을 맛이었다.

"엠비뉴 교단과 싸워서 이길 만한 전략이나 전술을 찾아야 된다."

이현이 아까운 시간을 따로 써 가면서 도서관에 온 이유는 분명했다.

아군의 전력을 더 향상시키기란 어렵다. 현재 가지고 있는 전력을 최대한 활용해야 한다. 전술과 전략이 빛을 발하며, 불세출의 명장들이 시도할 수 있을 정도의 수준 높은 계획들이 필요하다.

"그런 전략을 찾아내야 되는데…….."

병법서는 아무리 봐도 읽는 것조차 불가능.

간신히 한글로 찾아낸 병법서에는 이런 글귀가 있었다.

나를 알고 적을 알면 백전백승이다.

이현의 캐릭터인 위드와 동맹 부족들 그리고 엠비뉴 교단의 전력을 비교하면 절망 그 자체.

"백전백승은 무슨… 퀘스트 실패를 하게 생겼는데."

이현은 툴툴대면서 다른 책들을 찾았다.

그러던 차에 서가에 꽂혀 있는 소설책이 보였다.

《삼국지》!

누가 읽다가 대충 아무 곳에나 놔두고 간 모양이었다.

"《삼국지》라… 이름만 들어 보고 읽어 본 적은 없는 책이군."

이현은 《삼국지》를 훑어보았다.

유비, 관우, 장비가 도원결의를 맺으면서 벌어지는 이야기.

장대한 《삼국지》를 세세하게 펼쳐 놓은 게 아니라 한 권짜리로 짧게 스토리만 전개해 두었다.

유비가 제갈공명을 세 번이나 찾아가서 영입한 것이 이야기의 백미. 완벽하게 불리하던 처지에서 대반전이 일어난다.

이현은 《삼국지》에서 엠비뉴 교단을 상대할 전략을 발견해냈다.

〰〰〰〰

엠비뉴 교단의 대군!

위드가 동맹 부족을 끌고 한차례 공격을 하고 난 이후부터는 경계 태세가 부쩍 강화되었다.

성벽에 배치된 인원도 상당히 늘어났고, 활을 들고 다니는 궁병들도 많아졌다.

엠비뉴 교단의 요새에서도 끊임없이 병력 증강과 군사 무기 확충이 이루어지고 있다는 증거였다.

"빙룡아."

위드는 일단 요새가 정면으로 보이지 않는 바위산 뒤에 숨은 채로 말했다.

"말하라, 주인."

"저기 얼마나 모였는지 정찰해 보고 와."

"알겠다, 주인."

빙룡은 날갯짓을 하며 하늘로 솟구쳤다.

엠비뉴 교단의 요새 근처에도 가지 않고 멀리서 그들을 살피고 보고했다.

"성벽 위에 있는 인간들만 5,000이 조금 넘는다."

"제법 많군. 갑옷을 입고 있는 놈들은?"

"1,000 정도 된다."

암흑 기사만 1,000명!

나머지는 일반병이거나 사제, 마법사라고 봐야 했다.

성벽 위에 없는 이들까지 감안한다면 전체적인 규모는 최소 2배 이상!

위드는 공성전을 대비해서 미리부터 추격대를 유도해서 섬멸했다.

이른바 각개격파의 전략!

약한 적들부터 유인해서 섬멸한 것이다.

그럼에도 불구하고 엠비뉴 교단의 요새에는 엄청난 숫자의 군대가 남아 있었다.

더구나 엠비뉴 교단의 위세는 대단하여, 이 부근 부족들을 장악하고 있다고 봐도 과언이 아니다. 전투가 벌어지면 다른 부족들에서 지원군이 계속 도착할 것이다.

"최소한 적들의 총합이 2만은 넘는다는 건데……. 이대로라면 절대 불가능하겠어."

"주인, 설마 저 요새를 다시 공격할 것인가?"

"맞아."

빙룡은 아무래도 중간에 끼었기 때문에 위드가 어떤 퀘스트를 진행하는지 모르고 있었다.

은퇴한 늙은 용병 스미스는 아예 사르미어 부족의 부락에 남아서 오지도 않았다. 엠비뉴 교단과 싸우는 것은 자살행위라면서 참여를 거부한 것이다.

"주인의 계획을 듣고 싶다. 저 요새는 정말 위험해 보인다."

성장한 빙룡!

지성이 높아져서 위드의 계획을 사전에 알아보려는 갸륵한 생각까지 했다.

위드는 기꺼이 대답해 주었다.

"인도자의 권능이란 게 있어. 베르사 대륙의 굉장한 보스급 몬스터도 불러올 수 있는 거지. 본 드래곤 알지? 그 녀석보다 강한 녀석으로 데려올 거야."

"지금의 적도 감당할 수 없는데 몬스터를 더 불러온다고?"

"응. 여기로 불러올 거야. 그리고 같이 싸우는 거야."

"근데 그렇게 데려온 몬스터가 우리를 공격하면?"

"안 공격당하도록 잘해야지."

빙룡은 답변에 만족한 듯이 고개를 끄덕였다.

"주인은 천재다."

"내가 머리가 좀 좋은 편이긴 하지."

위드는 약속의 지팡이를 꺼냈다. 인도자의 권능을 사용하기 위해서였다.

보통의 마법과는 달리, 신성 축복은 주문을 외워야 한다.

"거룩한 마탈로스트가 세상에 내려 준 축복의 힘을 당신의 종이 사용하려고 합니다. 부디 허락해 주소서."

띠링!

인도자의 권능을 사용하였습니다.

그 순간, 위드의 눈에 베르사 대륙 전체가 비추어졌다.

몬스터들!

각 지역을 살펴서 몬스터를 찍으면 어떤 종류든 소환이 가능하다.

물론 감당하지도 못할 몬스터를 데려온다면 인도자의 권능이라고 하더라도 오히려 역효과가 날 수도 있다.

"우히힛."

"크헤헤헤헬. 인간들이 무섭다."

야밤에 뛰어다니는 고블린들이 지나다니고 있었다.

'어쨌든 강한 몬스터를 데려와야 돼. 아니면 도움이 될 만한 NPC나.'

위드는 협곡과 산, 강을 쭉 훑었다.

베르사 대륙에는 보스급 몬스터들과 정벌되지 않은 몬스터들이 여전히 많다.

중앙 대륙에서는 토벌대가 자주 구성되고 있었지만 동부, 서부, 남부, 북부에는 어중간한 토벌대들 따위는 가볍게 짓밟아 주는 보스급 몬스터들도 부지기수였다.

발견되지 않은 던전에 숨어 있는 몬스터들.

그런 보스급 몬스터들은 레벨이나 특성조차 공개되어 있지 않은 경우가 많다.

'퀘스트 성공을 위해서는, 정말 강한 몬스터밖에 답이 없지.'

입이 떡 벌어질 정도로 터무니없는 몬스터들!

명문 길드에서도 500명 이상이 모여야 싸움이라도 걸어 볼 수 있는 그런 몬스터를 불러올 작정이었다.

기준은 최하 뱀파이어 로드 토리도나 본 드래곤급!

위드는 신중하게 6시간에 걸쳐서 적합한 몬스터들을 찾아보았다.

베르사 대륙의 역사서에 수록되어 있는 끔찍한 혈겁을 일으켰던 군주!

위드가 해결했던 퀘스트와도 관련이 깊은 인물이었다.

'전투의 시작으로 이 정도는 데려와 줘야지.'

그다음으로는 명문 길드가 전력을 기울여서 공격을 가했지만 오히려 전멸하고 나서 화제가 되었던 몬스터!

마지막 1마리는 입에 올리는 것조차 금기시되어 있었다.

힘과 권위의 상징!

웬만한 왕국 따위는 하룻밤 사이에 휩쓸어 버리는 파괴적인 존재.

"역시 섭외라면 이 정도는 되어야지."

인도자의 권능을 사용한 위드는 크게 만족감을 표시했다.

화려한 캐스팅!

난이도 S급 의뢰를 하면서는 어차피 이판사판이었다.

정상적인 방법으로, 어중간하게 해결해서 될 의뢰가 아니었으니까.

"죽어도 기껏 두 번이야. 시원하게 가 보자!"

위드는 마음의 평온을 느꼈다. 일단 지르기 전의 갈등이 심할 뿐, 지르고 난 뒤에는 후회가 없는 법이다.

"그럼 약간의 여유 시간을 이용해서 조각품이나 하나 만들어 볼까?"

몬스터들이 소환되기 전에 바위산을 이용해 조각을 해 볼 작정이었다. 빠듯한 시간 탓에 대작까지는 바라지도 않지만 쓸만한 조각품이 더 있다면 나름대로 도움이 될 테니까.

위드는 조각칼을 꺼내 들고 바위산으로 향했다.

방송국에서는 실시간으로 이현의 영상을 받아서 꼼꼼히 보고 있었다.

캡슐 내의 진행 속도에 시차가 있기 때문에 자연히 약간씩 지연되는 부분이 생긴다.

그만큼 작업해야 하는 분량도 많아 철야는 기본!

하지만 불필요한 부분들, 예컨대 요리할 때나 이동할 때를 빠르게 넘기는 방식으로 이현의 모험을 거의 실시간으로 보고 있었다.

강 부장이 목덜미를 잡았다.

"커허헉!"

현기증이 날 만큼 어처구니가 없다. 이현이 인도자의 권능을 사용하여 소환한 몬스터들을 보았기 때문이다.

패닉!

강 부장만이 아니라, 방송을 준비하던 50여 명의 스태프가 전부 넋이 나갔다.

"미친 거 아니에요?"

"완전히 돌았잖아!"

"으아아아악! 무슨 이런 몬스터들이… 심지어 처음 나오는 놈조차도 어처구니가 없어요!"

강 부장이나 방송국 직원들의 생각은, 적당히 세고 다루기 좋은 NPC나 몬스터의 소환이었다.

인연이 있는 로자임 왕국의 왕실 기사라면 괜찮다. 드레이크를 타는 기사라면 전장에서 상당히 도움이 될 테니까.

왕실 마법사의 소환도 나쁘지 않다. 로자임 왕국에 있는 공헌도와 맞바꾸어서 협조를 구하면 된다.

아니면 중앙 대륙의 강국에도 공헌도가 있으니 그쪽에서 소환해도 된다.

칼라모르 왕국의 기사 콜드림!

뱀파이어 왕국 토둠의 퀘스트를 알고 있는 방송국 사람들이 보기에는, 안면도 약간 있고 최근 무적의 연전연승을 거두고 있는 콜드림을 소환하는 건 상당히 좋은 묘수였다.

루 교단의 성기사나 사제도 효과적인 선택!

엠비뉴 교단과는 상극이라서, 소환만 한다면 그들은 두말없이 힘을 보태 줄 것이다.

사제들의 신성력을 바탕으로 동맹 부족들과 협동해 전체적인 전력을 올려서 전면전을 벌이는 게 일반적인 사람의 선택이 되리라.

물론 그럼에도 불구하고 동맹 부족들이 훨씬 불리할 것이다. 드레이크를 탄 기사나 사제 등 몇 명으로는 전황을 완전히 바꾸기 어렵기 때문이다.

제대로 된 공성 병기조차도 없이 엠비뉴 교단의 요새를 공격해야 하는 입장에서야 극악한 피해를 감당해야 될 것이다.

승산은 절대 높을 수가 없는 처지였지만, 그래도 미약한 기대라도 품을 수 있다.

그러나 이 모든 것도 어디까지나 평범한 몬스터나 NPC를 정상적으로 소환했을 경우다.

위드는 정말 떠올리기조차 끔찍스러운 몬스터들만 줄줄이 소환해 버렸다.

"아니, 1마리만 데려와도 난리가 날 만한 몬스터를……."

"저놈들 중 1마리만 나와도 시청률 15%는 아무 문제도 없을걸요."

"1마리? 시청률을 떠나서, 베르사 대륙에 난리가 날 만한 놈들이잖아."

스태프들은 얼이 빠져서 떠들었다.

하지만 방송국 내부에는 서서히 희미한 열기가 피어나는 중이었다.

베르사 대륙의 퀘스트를 해 본 적이 있는 사람이라면, 난이도 C급의 의뢰가 얼마나 어려운지 안다.

레벨이 높고, 동료들이 도와준다면 난이도 B급의 의뢰도 할 수는 있다. 정말 뛰어난 유저나 길드라면 A급에도 도전해 볼 수 있다.

그래도 난이도 A급의 퀘스트를 혼자서 진행할 수 있는 사람은 위드밖에 없다.

이런 호의적인 시선에도 불구하고 이번 퀘스트는 절대적으로 무리라고 여기고 맥이 빠져 있었다.

하지만 지금 방송국의 분위기는 바뀌어 가는 중이었다.

어떤 변화의 조짐이 무르익어 가고 있다는 사실을 누구나 느낄 수 있었다.

강 부장이 수화기를 들었다.

국장에게 보고하기 위해서였는데, 전화가 연결되니 국장이 먼저 말했다.

―강 부장? 나도 그 영상 보고 있었어요.

"그러셨습니까, 국장님."

―대단하더군요. 역시 위드예요. 그 듬직한 배포만큼은 부러워. 젊기 때문일까? 특별한 무언가가 그에게는 있어요.

"네. 저도 그렇게 생각합니다."

강 부장은 전화기를 들고 고개까지 숙여 가며 통화를 했다.

"네네. …그렇게 하겠습니다. …네, 물론이죠. …국장님 말씀대로 하겠습니다."

달칵!

강 부장은 수화기를 내려놓고 긴 한숨을 쉬었다.

"휴우."

월급쟁이에게는 언제나 긴장되는 순간.

하지만 활기차게 의자에서 일어났다.

"편성국의 윤 감독 데려와."

"예, 부장님."

힘찬 강 부장의 말에 방송국 직원들의 시선이 쏠렸다. 그리고 옆 사무실에 있던 윤 감독이 문을 열고 나타났다.

"강 부장님, 무슨 일인데요?"

"지금 이 순간부터 정규 편성 다 취소해!"

"네? 그러면 시청자들의 원성이 엄청날 텐데요."

"지금 방송하는 프로그램이 뭔데?"

"〈츄리와 몬스터들〉이에요. 베르사 대륙의 아기자기한 몬스터들을 소개해 주는 방송인데, 어린이와 여성 들에게 인기가 많죠."

"평균 시청률은?"

"3.3%요."

〈로열 로드〉의 인기는 끝을 모르고 높아지고 있다. 게임 방송을 전혀 보지 않던 시청자들이 몰리면서 전반적인 시청률도 상당히 높아진 상태다.

3.3%라면 KMC미디어에서도 나쁘지 않은 시청률이었다.

"중단해! 국장님으로부터 전권을 위임받았다. 편성국에도 곧 전자 공문이 도착할 거야!"

강 부장이 다급하게 설명했다.

퀘스트의 종료 전에 방송을 본격 개시해야 한다는 사명감!

이현이 소환한 몬스터들을 보니 대박이었다. 시청률은 확실하게 따 놓은 당상이라고 할 수 있다.

엠비뉴 교단과의 싸움 역시 흥미진진하리라.

전투가 끝나고 결과가 유출되기라도 하면 김이 빠진다.

방송국에서 철저히 보안을 유지하더라도 이 정도 규모의 퀘스트라면 어떤 결과가 나올지 모른다.

결과에 따라 베르사 대륙에 영향을 주게 될 텐데, 주민들의 입에서 나온 말이나 상황의 변동에 따라서 퀘스트의 결말을 짐작하게 될 수도 있다.

방송국의 입장에서는 진수성찬이 차려지고, 반찬에 갈비찜에 간장 게장까지 있는 셈이다. 뭘 먹어야 할지 고민하는 와중에 굶어 죽을 상황!

밥상 차려 놨더니 밥숟가락으로 떠먹여 달라고 우기다가 망할 판이었다.

그런 사태가 벌어지기 전에 방송을 즉각 개시하라는 국장의 명령이 있었던 것이다.

"연출부 신 감독! 위드의 연계 퀘스트, 첫 번째 시작점이 어디였지?"

"드워프 왕국 쿠르소에서 데스핸드와 대결한 겁니다."

"그 퀘스트부터 신속하게 방송해. 편집 방향은, 전신 위드라는 사실이 드러나지 않을 정도로만 감추고……. 그런데 감출 수 있을까?"

"전투가 본격적으로 시작되기 전까지는 가능할 겁니다. 전투가 흘러가는 방향에 따라서는 어려울 수도 있고요."

"아무튼 방송이다. 지금 편성국으로 테이프 넘겨주고, 준비되는 대로 바로 방송 개시해."

KMC미디어 홈페이지의 메인 화면이 바뀌었다.

전쟁을 알리는 듯한 표시!

언데드들이 몰려오고, 철근으로 이를 쑤실 것 같은 인상의 오크 카리취가 고함을 지르고 있다.

인기 절정인 불사의 군단이 나오는 동영상의 일부가 메인 화면에 떴다.

방송 시간표에도 변화가 있었다.

12:30 〈츄리와 몬스터들〉
14:00 〈사베인의 보물 탐색대〉
15:00 〈이스턴 대모험〉
15:50 〈여행자들의 이정표〉
17:00 〈베르사 대륙 이야기〉
19:00 〈도전! 몬스터 사냥, 당신도 할 수 있다〉
20:20 〈돈과 인생의 길, 상인 대해부!〉
21:30 〈꿈의 무대가 바꾸어 놓은 사람들〉
22:00 〈캡틴 우르간의 바닷길〉
23:30 〈대륙의 고향〉

정규 방송들이 차지하던 시간표가 사라지고, 새로운 시간표가 등록되었다.

12:45~24:00 〈위드〉

단순명료하기 짝이 없는 시간표.

프로그램 〈위드〉의 더없이 화려한 부활이었다.

텔레비전에서는 〈츄리와 몬스터들〉의 종료를 예고하는 자막
이 올라왔다.

> 시청자분들께 안내 말씀 드립니다.
> 잠시 후, 위드의 모험이 방송됩니다.
> 긴급 편성으로, 미처 알려 드리지 못한 점을 사과드립니다.
> 대조각사 위드, 그의 연계 퀘스트와 엠비뉴 교단과의 전쟁까지 연속 방송됩
> 니다.
> 베르사 대륙에서 현재 진행되고 있는 이 퀘스트의 난이도는 S급이며, 연계
> 퀘스트들이 더 남아 있습니다.
> 방송 종료 시간은 미정이며, 현재 연출부의 전 직원이 최선을 다하고 있지만
> 긴급 편성으로 인하여 미흡한 점들이 있을 수 있습니다.
> 시청자분들의 많은 양해 부탁드립니다.

다소 긴 공지였지만 시청자들을 열광시키기에는 충분했다.

> ─조각사 위드? 피라미드와 빛의 탑을 만들었다는 그 사람의 모험이잖아?
> ─얼마 전에 베르사 대륙을 떠들썩하게 만들었던 엠비뉴 교단과의 싸움이
> KMC미디어에서 방송된다고 합니다. 무려 난이도 S급의 연계 퀘스트라
> 는군요.
> ─저도 친구들에게 알리겠습니다.

〈로열 로드〉의 각종 팬 사이트와 게시판을 통해서 소식들이
전해졌다. 사람들은 텔레비전을 켜고, 채널을 KMC미디어로
고정했다.

3.3%, 3.8%, 4.2%, 5.1%, 7%, 7.6%……

순간 시청률의 폭발적인 상승!

시청자 게시판도 조회 수와 글 작성 수가 평소의 10배 이상
으로 늘었다.

원활한 방송 준비와, 〈츄리와 몬스터들〉의 애청자를 배려하여 내용이 바로 전환되지는 않았다.

애청자들조차도 빨리 끝내고 방송하라고 아우성!

방송 화면의 일부에 10분이라는 카운트가 생겼다. 매초 줄어드는 카운트!

경쟁 방송사들은 줄어드는 시청률에 피가 마르는 기분일 것이었다.

시청자들의 어마어마한 관심을 받으며, 〈위드〉의 방송이 개시되었다.

제갈공명의 계략

위드는 다시 동맹 부족들과 함께 엠비뉴 교단의 요새로 진격했다. 신속한 기동력을 위하여 발석기도 만들지 않았다.

"우으으."

"저 요새 너무 세다. 우리가 이길 수 없을 것이다."

동맹 부족들 사이에 넓게 퍼진 비관주의!

동맹 부족원의 숫자가 140명 정도나 줄어 있다.

웬만한 일로는 희망을 잃지 않는 단순한 동맹 부족들이지만, 첫 번째 전투에서 거의 아무 피해도 못 주고 일방적으로 당하기만 하고 패퇴했으니 어쩔 수 없는 결과였다.

위드는 그런 동맹 부족들을 격려하여 의욕을 북돋아 주거나 하지 않았다.

"어차피 이들을 이끌고 요새를 점령하기란 현실적으로 어려우니까."

빙룡과 불사조들, 누렁이는 일부러 데려오지도 않았다. 충분한 휴식을 취하도록 해서 전력을 극대화하기 위함이었다.

사르미어 부족이 들고 있는 창끝이 아래로 향했다. 사기의 저하로 인해 어깨가 축 처져 있었다.

그럼에도 위드와 동맹 부족들이 요새로 다가가자 반응이 있었다. 성벽으로 병력이 더욱 많이 충원되고, 첨탑에서 습격을 알리는 연기가 피어오르는 것.

위드가 눈을 빛냈다.

'엠비뉴 교단 휘하의 야만족들을 부르는 것이다.'

탐색전 이후 한차례 빙룡과 불사조들을 데리고 가볍게 조사를 해 봤다.

"이 일대에서 엠비뉴 교단의 지배를 받는 야만족들은 많이 약해."

통곡의 강 일대에 있는 다른 부족들은 마탈로스트 교단과 동맹을 맺은 레키에, 사르미어, 베자귀 부족보다 훨씬 약하다.

"10명을 죽이고 5명이 죽으면, 대략 27명 정도의 병력 이득이 발생할 거야."

말도 안 되는 터무니없는 계산법!

봉화에서 연기가 솟아오르고 시간이 지나자 일대의 야만 부족들이 몰려들었다.

죽창과 도끼, 조악한 화살로 무장한 야만족들이었다.

위드는 요새가 아닌, 새로이 등장한 야만 부족을 가리키며 지시했다.

"엠비뉴 교단의 하수인. 놈들을 죽여라."

위드는 동맹 부족들이 수행할 수 있도록 간단한 명령들을 내렸다.

"베자귀 부족 돌격!"

애초에 동맹 부족들이나 다른 야만족들이나, 진형이나 전술적인 움직임은 훈련을 받지 않아서 못 보여 준다.

"우와아아!"

"다 죽이자!"

근육질의 베자귀 부족 용사들이 달렸다.

일당백의 용사들!

"사르미어 부족이여, 너희의 시간이다."

위드는 사르미어 부족에게 활동 명령을 내렸다.

사르미어 부족은 특성대로 각자 흩어져 적을 찾아 사냥했다.

독화살을 쏘고, 기형의 뾰족하고 길쭉한 창으로 암습하는 최고의 사냥꾼들!

레키에 부족은 야만족의 정신을 현혹시키는 역할을 맡았다.

집단 현혹이나 저주들이 야만족들에게 퍼부어졌다.

"어지러워. 땅이 흔들린다."

주변이 멀쩡한데도 전장 한복판에서 비틀거리는 야만족들.

"도끼. 도끼가 무거워졌다."

돌도끼가 2~3배는 무거워진 것처럼 들어 올리지 못하기도 했다.

레키에 부족의 이러한 도움은 베자귀 부족이나 사르미어 부족의 활약을 최대로 이끌어 주었다.

야만족을 상대로는 꽤 뛰어난 전공을 보여 주는 동맹 부족!

"모두 죽여라."

"한 놈도 남기지 말자."

6,000여 동맹 부족이 1만에 달하는 인근 야만족들을 일방적으로 몰아붙였다.

시체들이 쌓이고, 동맹 부족들은 전투 경험을 쌓으며 점점 강해진다.

사실 동맹 부족들의 성장을 약간은 의도하기는 했지만, 큰 부분을 차지하진 않았다.

"이제 와서 성장시키기에는 너무 늦었지."

동맹 부족의 숫자도 6,000이 넘다 보니 지금 와서 뭘 어떻게 하기란 무리!

아군의 전력을 극대화시킬 수 없다면 더 위험한 돌파구를 찾아낸다.

"정상적인 공성전은 피한다. 일부러 불리한 싸움을 할 필요는 없으니까. 적들이 더욱 늘어나더라도… 아예 최악의 전투를 하더라도 우리에게 유리한 환경에서 싸운다."

위드는 전장의 규칙을 바꾸어 놓고, 혼돈으로 뒤집어 놓을 작정이었다.

문신, 흉터, 곰 가죽, 표범 가죽을 입고 있는 근육질 야만족들이 생존을 위해서 싸운다.

따라랑.

위드는 하프를 꺼내서 가볍게 튕겼다.

맑은 하프 소리가 전장에 흘렀다.

앗. 무언가가 저 어둠 속에서 반짝이고 있다네

오. 오. 오. 오!

이것은 바로 구릿빛 잡템

녹이 슬어 있다면 반짝반짝 닦아 내자

상점에는 몰래 팔면 된다네

눈에 불을 켜고 찾아보자

1개도 빠뜨려서는 안 된다네

잡템을 모아서 돈을 벌자

보리빵을 백 년치 살 수 있을 만큼 쌓아 놔야지

앗. 앗. 앗.

아이템!

유니크급 아이템!

신난다! 춤추자! 오늘은 정말 대박이야!

위드의 즉흥 하프 연주가 절정에 달해 갈 때였다.

동맹 부족과 야만족들의 전투도 정점을 지나고 있었다.

레키에, 베자귀, 사르미어의 동맹 부족이 야만족들을 완전히 압도했다. 빙룡이나 불사조가 없었지만, 〈믿음의 형제들〉상으로 인해 상승한 전력도 적지 않은 도움이 되었으리라.

그르르릉!

동맹 부족들이 야만족들을 신나게 사냥하고 있을 때, 엠비뉴 교단의 요새에서 변화가 일어났다.

성문이 굉음을 내면서 차츰 열리고 있었다.

성문 사이의 틈으로는 암흑 기사들과 기병들이 전투준비를 갖추는 모습이 보였다.

그들의 갑옷과 검은 신성력으로 인한 축복과 가호로 번쩍번쩍 빛났다.

아무도 찾지 않는 장소에서 사냥을 해야지
쓸쓸한 사냥꾼의 길
잡템의 풍년을 위해서라면 고독해져야 하네
이해해 주는 이를 바라지 않아
바라는 건 그저 돈일 뿐

하프를 연주하는 위드의 손이 더더욱 현란하고 빠르게 움직였다.

암흑 기사들과 기병들이 출격하기 직전이기 때문만은 아니었다.

꼬르르륵!

수천만 원을 호가하는 명품 시계보다 정확한 배꼽시계가 알려 주는 시간.

"드디어 놈이 올 때가 되었군."

위드는 하프를 연주하면서 전장을 주시했다.

역사 전쟁 소설이나 영화에서 멋들어지게 군대를 지휘하는 군사들처럼! 부채나 악기를 다루며 낭만적으로 지휘하던 모습을 그대로 따라 하는 것이었다.

영화와 소설이 사람을 어떻게 피폐하게 만드는지 보여 주는 적나라한 현실.

띵가띵가!

성문이 완전히 열릴 때쯤 위드의 입에서 전력을 다한 사자후가 시전되었다.

지금까지 부르던 저질 음정에 저질 가사의 노래와는 다르게 포효하는 듯한 음성!

"동맹 부족, 전력을 다해 도망쳐라!"

동맹 부족들은 야만족들의 시체들을 벌판에 남겨 둔 채로 신호에 따라서 썰물처럼 물러났다.

성문이 열리면서 암흑 기사들과 기병들이 튀어나오려는 찰나였다!

전장에 엄청난 마나가 몰려들었다.

소용돌이와 돌풍이 치며, 흑마법에 사용되는 음차원의 마나가 밀려든다.

끼야아아아악!

유령들이 내지르는 괴기한 비명.

일대가 어두워지고 먹구름으로 뒤덮였다.

쿠르릉, 콰과과과과광!

뇌성벽력이 작렬했다.

엠비뉴 교단의 요새 앞, 동맹 부족과 야만족들이 싸우던 땅의 지면이 갈라지고 있었다.

위드가 두 팔을 넓게 펼쳤다.

"드디어 오는가!"

인도자의 권능으로 소환한 첫 번째 몬스터를 진심으로 환영했다.

"어서 오너라!"

대지의 균열에서 천천히 일어나는, 로브를 입고 있는 해골.

불사의 군단의 수장.

금단의 영역에 발을 들이밀었던 최악의 네크로맨서, 바르칸 데모프의 현신이었다.

❦

바르칸은 용서나 자비를 모른다.

엠비뉴 교단이 지배와 포교를 위해서 수단과 방법을 가리지 않는다면, 바르칸은 전혀 다른 존재다.

어둠의 힘에 종속되어, 살아 있는 어떤 존재도 용납하지 않는다.

생명체에 대한 맹렬한 증오!

그가 등장한 것만으로도 싸늘한 한기가 흐른다.

최고위 몬스터의 하나답게, 등장만으로도 전장의 분위기가 낮게 가라앉았다.

큰 폭풍이 밀려오기 전처럼 압도되는 분위기.

위드는 바르칸의 모습을 자세히 살폈다.

썩은 뼈다귀를 가지고 있는 오래된 리치.

겉모습으로는 제자였던 리치 샤이어와 크게 다르지 않았다.

키가 조금 더 크고 턱뼈가 두꺼운 것 같았지만, 샤이어를 직접 상대해 본 위드 정도만이 구분할 수 있는 미세한 차이에 불과하다.

"이거야말로 진짜 부자 리치라고 할 수 있지."

리치 바르칸이 보여 주는 고품격 복장.

몸에는 으스스한 흑색의 오라를 두르고 있었다.

굉장히 좋은 재질의, 하지만 백 년도 넘게 사용한 것 같은 허름한 로브는 약간의 수선만 거친다면 금세 멀쩡해지리라.

"원래 명품들이란 다 그런 거니까."

머리에는 어딘가의 보석으로 된 왕관을 착용하고 있다. 왕관에 박힌 오리 알만 한 보석들이 번쩍번쩍 빛을 낸다.

들고 있는 스태프에는 독수리의 머리뼈가 붙어 있다. 왕관과 뼈의 조합이 바르칸에게는 완벽하게 어울렸다.

한눈에 봐도 유니크급 아이템들.

리치 샤이어도 엄청난 아이템을 착용하고 있었는데, 스승은 한 술 더 떴다.

"역시 마법사 출신들이 돈이 많아. 그런데……."

위드의 눈길을 특별히 잡아끄는 무기가 있었다.

바르칸의 가슴을 꿰뚫고 있는 검!

흑색의 오라가 그곳만은 뒤덮고 있지 못하였다.

위드는 추측했다.

"베르사 대륙의 전쟁 와중에 꽂혔던 검 같군."

검 자루에 있는 문양으로 볼 때는 루의 신전의 성물로 짐작되었다. 바르칸의 엄청난 흑마력을 성검이 제약하고 있는 모습이었다.

완전한 바르칸의 부활이 이루어지지 않은 상태!

"불량품 데려온 거 아니야?"

위드가 다소 걱정을 하고 있을 때에도 동맹 부족들은 바르칸의 카리스마에 압도당해 꽁무니를 빼고 달아나는 중이었다.

위드는 바위산에 몸을 숨긴 채로 전장을 주시했다.

동맹 부족은 이제 완전히 철수했다.

바르칸의 시선이 주변의 야만족들로 향했다.

"버러지들. 너희 따위가 피가 흐르고 살아서 숨을 쉬다니, 믿을 수 없구나."

바르칸은 너희는 누구냐고 묻지도 않았다.

지극히 거만하기 짝이 없는 태도로 주변에 있는 야만족들을 향해 한 손을 뻗었다.

"선더 스톰!"

콰과과과광!

먹구름이 밀려오더니 수십 줄기의 벼락들이 야만족들의 몸에 떨어졌다.

살아 있던 야만족들의 몸이 그대로 터져 나간다.

마법 저항력이 거의 없는 야만족들이 몰살을 당하고 있었다.

"너희가 살아서 움직이던 땅으로 돌아오라. 이곳은 어두운 곳. 검고 부패한 땅. 영영 사라지지 않을 암흑의 율법을, 모든 이들에게 새길 수 있도록 하라. 언데드 라이즈!"

바르칸의 전율적인 네크로맨서 마법은 이제부터였다.

야만족들의 시체 더미에서 둠 나이트와 데스 나이트 들이 달그락대며 일어났다.

레벨 300이 넘는 둠 나이트를 100마리도 넘게 소환한 리치 바르칸!

"이 땅은 내 암흑의 율법이 지배한다. 영원한 불사의 힘이 장악하리라. 다크 룰!"

바르칸이 들고 있던 해골 지팡이를 땅에 꽂았다. 그 장소를 중심으로 대지가 검붉게 물들었다. 그러자 남아 있던 시체들도 차차 일어났다.

뇌성벽력이 칠 때마다 시야가 환하게 밝아지며 보이는 충격적인 광경.

좀비나 구울의 군단이 있었다.

듀라한이나 스켈레톤 병사들도 부지기수!

"언데드들이 일어난다. 도망쳐라!"

얼마 남지 않은 야만족이 뿔뿔이 흩어져서 도주하려 했지만, 바르칸은 이를 용납하지 않았다.

바르칸이 뼈밖에 없는 손가락으로 야만족들을 가리켰다.

그러자 언데드 군단이 야만족들을 도륙하기 시작했다.

죽은 야만족들은 저절로 스켈레톤이나 듀라한이 되어서 일어났다.

다크 룰 마법이 보여 주는 전율적인 힘.

바르칸이 직접 저술한 네크로맨서 마법서를 가지고 있는 위드는 그 마법을 알아보았다.

"바르칸의 3대 마법 중 하나로군."

최상급 네크로맨서가 되어야만 쓸 수 있는 마법.

지역 전체를 마법력으로 장악하여, 무제한으로 언데드를 일으키는 고유의 마법이었다.

둠 나이트와 데스 나이트, 구울 등의 활약으로 인해 야만족들이 남김없이 사냥당하고 언데드 1만이 일어나는 데에는 10여 분도 걸리지 않았다.

가슴을 뚫고 있는 성검에 대한 우려가 무색해질 정도의 언데드 군단 탄생.

"바르칸의 오라. 저건 데스 오라일 거야."

이 역시 최상급의 네크로맨서만이 쓸 수 있는 마법.

언데드 군단을 강화하고, 힘과 지성, 방어력, 저항력, 마법력을 향상시키는 마법이었다.

흑색의 오라를 몸에 휘감고 있는 언데드들은 스켈레톤 나이트나 아처라고 해도 훨씬 강해진다. 고위 몬스터들이 즐비한 불사의 군단과 비할 바는 아니겠지만, 이 역시 엄청난 전력.

흑색의 오라가 진정으로 무서운 점은 따로 있었다.

휘하의 언데드들이 강해지는 효과도 그렇지만, 그들이 싸우면서 획득하는 생명력을 리치들이 흡수하게 된다.

덤으로 신성력에 의한 공격도 약화시켜 주며, 리치에게는 끝없는 마나와 생명력의 근원이 되는 마법이었다.

야만족들을 전멸시킨 바르칸의 시선이 이제 엠비뉴 교단의 요새로 향했다.

로브를 입은 해골 마법사 리치의 카리스마 넘치는 시선!

위드는 속으로 적잖이 염려가 되었다.

'겁을 먹고 도망치는 건 아니겠지.'

불사의 군단의 수장이라고 하여도 진면목은 확인해 봐야 아는 것.

싸워야 할 의미가 없기 때문에 싸우지 않겠다면 어찌할 도리가 없다.

'그래도 명색이 불사의 군단인데… 인사나 하고 떠나진 않겠지. 않을 거야. 암.'

바르칸 데모프는 기대에 기꺼이 부응해 주었다.

이번에는 손가락뼈를 들어 요새를 가리킨 것이다.

"쿠아."

"꾸에에에에엘!"

언데드들이 요새를 향해서 밀려들었다.

스켈레톤과 듀라한, 데스 나이트, 스펙터, 둠 나이트 들의 거칠 것 없는 진격!

엉키고 짓밟으면서 앞서 나가기 위하여 난리를 피운다.

언데드들에게 바르칸은 아버지와도 같은 존재. 바르칸의 명령이 떨어지자마자 언데드들은 요새를 향해 진군했다.

둠 나이트들이 고함을 쳤다.

"지고한 군주 바르칸 님의 명령이다! 저 요새를 주춧돌 하나 남기지 말고 파괴하라!"

바르칸의 네크로맨시 대군이 엠비뉴 교단을 향하여 선전포고를 했다.

꽈과과광!

스켈레톤 메이지들이 양팔을 모아서 휘둘렀다.

녹색, 청색, 흰색 마법 줄기들이 요새의 성벽을 강타!

스켈레톤 메이지의 마법은 위드가 만든 발석기 위력의 절반도 되지 않았다. 하지만 수백 마리 스켈레톤 메이지들의 마법은 성벽을 흔들어 놓기에 충분했다.

부서진 바위 조각들이 아래로 떨어지고 있었다.

엠비뉴 교단의 요새에서도 마침내 반응이 있었다.

엠비뉴 교단은 지극히 오만하고, 모든 종족과 몬스터의 세상을 지배하려 한다. 사제들과 암흑 기사들은 자신들을 향한 도전을 용납하지 않았다.

"감히 언데드 따위가 엠비뉴의 땅을 더럽히다니. 쏴라!"

암흑 기사의 명령에 의해 교단의 병사들이 활시위를 메겼다.

성벽에서 화살이 발사되어 자욱하게 하늘을 뒤덮는다.

흑색의 오라로 뒤덮인 언데드 군단을 강타!

진군하던 언데드들이 땅바닥에 고꾸라지고, 화살에 몸이 꿰뚫렸다.

하지만 살아 있는 병사들이 아니라서 평범한 화살 공격에는 그리 크게 피해를 입지 않았다.

"쿠어!"

스켈레톤 병사들이 데스 나이트의 몸에 꽂힌 화살을 뽑아 주었다.

무척 다정한 광경이었다.

스켈레톤들은 금속으로 된 화살촉을 누런 이빨로 깨물었다.

와자작!

어금니가 깨지는 충격에도 끄떡하지 않는 스켈레톤들.

은으로 도금된 화살이라고 하여도, 정통으로 해골에 맞지 않는 한 그들의 생명을 끊어 놓지 못한다.

"요새를 점령하라."

"저 요새를 점령하면 부하들을 더욱 많이 늘릴 수 있다."

"바르칸 님의 명령에 따라!"

데스 나이트들은 갑옷과 투구에 화살이 꽂힌 채 앞으로 나아 갔다.

둠 나이트들은 대검을 휘둘러 화살들을 공중에서 잘라 냈다.

"계속 쏴라!"

요새의 성벽에서 무수히 많은 점들이 되어 날아오는 화살들.

"홀리 버스터."

"디바인 스트라이크!"

마법사와 사제 들의 공격 마법이 발현되었다.

신성력에 의한 공격.

언데드들에게는 천적과도 같은 신성 마법이었다.

한 번에 수십 마리씩의 언데드들이 소멸하거나 힘을 잃고 땅 바닥에 쓰러졌다.

그러나 언데드들은 피해를 입으면서도 꾸역꾸역 앞으로 나 아가서 어느새 성벽 근처에 다다랐다.

사제들은 다급해졌다.

"노래를 하라. 성가를 부르자!"

우리에게 자유를 누리게 하고, 힘을 주신 엠비뉴 신이시여

사제들이 부르는 성가!

암흑 기사와 병사들, 사제들의 힘을 돋아 주는 노래였다.

스켈레톤들이 몸이 엉킨 채로 성벽을 기어 올라갔다.

"크겔겔."

"올라가라. 올라가."

구울들은 몸으로 성벽을 들이받았다.

야만족들이 전멸하고 난 이후에 1만이 넘는 언데드 군단이 만들어졌다.

성벽의 밑부분을 새까맣게 뒤덮고, 공성전을 벌인다.

성벽에서는 궁수들이 아래를 향해서 직접 사격을 가하고, 신성 마법들이 쏟아졌다.

위드는 흐뭇하게 웃었다.

"역시 바르칸이야."

단 한 기의 네크로맨서가 보여 주는 무서운 위용.

"이 정도는 되어야 불사의 군단을 이끌 자격이 있다고 할 수 있지."

바위산 뒤에 숨어서 하는 싸움 구경만큼 짜릿한 게 없다.

음머어어어어어!

누렁이가 혀를 내밀고 고개를 쳐들며 기쁨의 울음을 내지르고 있었다.

순진한 한우가 어느덧 위드의 음흉함을 닮아 가는 중이었다.

"성벽. 성벽을 점거하라."

"일어나서 싸워라. 바르칸 님의 명령이다."

성벽을 오르다가 떨어진 스켈레톤은 뼈다귀가 깨져도 금방 다시 붙었다.

구울이, 몸에 화살 수백 개가 꽂히고 쓰러졌다가도 다시 일어났다.

"크어어어."

몸에 박힌 화살을 뽑아서 짓밟고 성벽을 두들긴다.

엠비뉴 교단의 사제들도 열심히 신성력을 사용했다.

"엠비뉴 신이여, 당신의 자비로움을 모르는 이들을 벌하여 주소서."

신성력으로 인한 불길이 성벽의 아래에 일어났다.

성화로 인한 푸른 화염!

듀라한과 스켈레톤, 구울 들을 휩쓸어서, 수십 마리의 언데드들이 불에 녹았다.

다시 되살아날 수 없는 완전한 소멸.

프레야 교단 사제들의 신성력도 대단했지만, 엠비뉴 교단 사제들의 공격력은 상급의 마법사라고 봐도 무방할 정도였다.

궁수들이 화살을 쏘고, 암흑 기사들이 검을 휘두른다.

언데드들이 새까맣게 달라붙어 있었지만, 성벽으로 인하여 훨씬 유리한 지형에서 사제들의 도움을 받으며 전투를 벌이는 엠비뉴 교단은 쉽게 밀리지 않았다.

엠비뉴 교단 휘하에 있는 마물들도 지시를 받고 분전을 하고 있었다.

하지만 언데드들의 숫자는 거의 줄어들지 않았다.

암흑 기사나 보병대에 밀려서 성벽 아래로 떨어져도, 언데드들은 금방 다시 일어난다. 신성 마법에 의해 소멸되지 않고서는 죽지 않는다.

오히려 엠비뉴 교단에서도 전투 중에 죽는 병사들이, 사제들이 미처 정화 마법을 펼치지 못하면 다크 룰 마법에 의해 언데드가 되어 버린다.

부상을 입은 채로 싸우다가 갑자기 언데드가 되어 버리는 동료들!

바르칸도 놀지 않고 적극적으로 개입했다.

"포이즌 커프스!"

성벽을 기어오르는 언데드들의 몸에서 시퍼런 독기가 흘러나왔다.

주변 일대를 오염시키고 부패하게 만드는 사악한 네크로맨서 마법!

언데드들을 막기 위해 성벽에 배치되어 있던 엠비뉴의 병사들이 땅에 쓰러졌다.

"매스 커스. 매스 위크니스."

이번에는 집단 저주!

신성 마법을 펼치는 사제들을 불행하게 만들고, 암흑 기사와 궁수 들을 약화시킨다.

바르칸은 철저한 네크로맨서였다.

직접 발휘하는 공격 마법보다는 언데드들을 지휘하고, 집단 저주 등에 특화된 일종의 전문직.

위드는 감동을 받았다.

"과연 세상은 전문직들이 이끌어 나가는 법이지."

고스톱보다도 훨씬 재미있다는 싸움 구경!

바르칸과 엠비뉴 교단이 붙는 장면을 바위산 뒤에서 실감 나게 지켜보았다.

언데드들이 악착같이 성벽을 기어오르려는 모습에서는 전율이 느껴지고, 엠비뉴 교단의 강대함에는 놀랄 정도였다.

오데인 요새의 공성전에 참여한 적도 있지만 유저들이 보여주는 것과는 많이 다르다.

언데드와 병사들의 싸움에는 집요함과 치열함이 있었다.

"이런 대부대를 내가 거느릴 수만 있다면……."

위드는 아쉬움에 입맛만 다셨다.

엠비뉴 요새를 점령하기 위한 다른 계획 따위는 필요하지도 않았으리라.

언데드 대군을 이끌 수 있는 네크로맨서는 고레벨이 될수록 일인군대라고 칭해도 무방하니까!

유저들 중에는 그런 꿈을 가지고 네크로맨서로 전직한 마법사들도 많았다.

네크로맨서들이 베르사 대륙의 주류가 되기에는 많은 시간이 걸리겠지만, 골렘 1마리를 데리고 사냥터를 휘젓고 다니는 초보 네크로맨서들은 어렵지 않게 발견할 수 있었다.

위드는 냉정한 눈으로 전장을 살폈다.

"이 정도로도 엠비뉴 교단이 쉽게 무너지진 않겠어."

바르칸이 일으킨 언데드들이 정말 강하기는 했다.

1만 구에 달하는 언데드들을 단숨에 일으켰던 것은 과연 명불허전. 불사의 군단 주인이라고 부르기에 부족함이 없다.

바르칸의 높은 마력으로 인한 언데드 생성 능력은 감동스러울 지경이었다.

하지만 기본적으로 언데드들은 살아 있을 때의 생명력에 크게 영향을 받는다. 수준 낮은 야만족으로 만들어 낼 수 있는 언데드에는 제약이 있다.

저질의 시체들을 바탕으로 대단위 언데드 군단을 만들어 낸 점만은 기가 막힐 정도였지만, 지형상의 불리함까지 딛고 엠비뉴 교단의 요새를 점령할 정도는 아니었다.

"하지만 싸움은 이제부터지."

위드의 배가 다시금 꼬르륵거리고 있었다.

배꼽시계가 알려 주는 정확한 시간.

> 포만감이 30% 이하로 떨어졌습니다.
> 체력의 최대치와 생명력의 최대치가 감소합니다. 쉽게 지치고 힘이 빠지게 됩니다.

위드는 미리 말려 놓은 멧돼지 육포를 질경질경 씹었다.

"둘째가 올 시간이로군."

그 순간, 엠비뉴 요새 위의 공간이 크게 일렁거렸다.

리치 바르칸이 소환되었을 때처럼 어마어마한 마나의 유동이 벌어진다.

전투가 벌어지는 것을 보며, 먹이를 위해 몰려들었던 까마귀들이 일제히 하늘로 날았다.

불길함을 몰고 다니는 까마귀들조차도 위협적으로 느낄 수밖에 없었던 대상.

요새의 상부에 소환을 위한 게이트가 열리고 그 안에서 등장한 초거대 몬스터!

9개의 머리를 가진 킹 히드라였다.

⚜ ⟩⟩⟩⟩⟩ ⚜

페일은 동료들과 함께 선술집으로 들어갔다.

'유로키나의 검은 피부'.

다크 엘프들이 운영하는 선술집이었다.

오크들이 들어오면 100%가 넘는 바가지를 뒤집어써야 하지만, 인간들에게는 30%의 추가 요금만 받았다.

유로키나 산맥에 여행을 온 모험가들이나 용병, 전사 들에게는 식사와 휴식을 위하여 인기가 많은 선술집이었다.

"벌써 시작했나 봐요."

수르카가 조바심을 내었다.

"그러게. 더 빨리 올 걸 그랬나 봐."

로뮤나가 일행 전체가 앉을 수 있는 빈자리를 찾았다.

선술집에 온 이유는 음식을 먹기 위함도 있었지만 방송을 보기 위해서였다.

선술집에 설치된 마법 유리를 통해서 텔레비전을 시청할 수 있다.

유로키나의 검은 피부 선술집에는 텔레비전을 보러 온 여행자들과 다크 엘프, 오크 들로 비어 있는 테이블이 많지 않았다.

난이도 S급 연계 퀘스트.

엠비뉴 교단과의 전쟁!

베르사 대륙 내에서도 소문이 퍼졌다.

실제로 지금 이 순간 대도시, 왕국의 수도, 성이나 큰 마을들의 선술집은 밀려드는 손님들로 인하여 장사진을 치고 있었다. 가게 안이 가득 찬 것은 물론이고 밖에 임시 테이블까지 설치해야 할 정도였다.

베르사 대륙에 있는 선술집으로 사람들이 몰려들면서, 성이나 마을 앞에 있는 초보 사냥터가 한적해질 지경이었다.

"헤헤헤헤."

방송 유리를 보며 실없이 웃고 있는 페일!

연인인 메이런이 진행할 때마다 빼놓지 않고 방송을 봤다.

블라우스를 입고 지적으로 보이는 그녀가 상큼하게 웃을 때마다 페일의 입가가 찢어질 듯 벌어진다.

이리엔이 한숨을 쉬었다.

"일단 주문부터 해야 되겠는데… 이렇게 북적거려서야 주문이나 제대로 할 수 있을까요?"

그러자 제피가 가볍게 손을 들었다.

"미소가 상냥한, 흑진주보다 반짝이는 눈동자를 가진 다크 엘프 아가씨!"

다크 엘프 점원이 금방 제피가 앉아 있는 테이블로 시선을 주었다.

"여기 맥주 큰 잔으로 인원수대로 주시고, 수르카에게는 오렌지 주스 부탁합니다. 안주는 어두운 숲 꼬치구이 정식이 괜찮겠군요. 물론 빨리해 주시겠죠?"

찡긋.

음료 주문을 하면서도 본능적으로 눈웃음을 짓는 제피!

여성들에게는 어떤 경우에라도 친밀도를 끌어 올릴 수 있는 재능의 소유자였다.

잘생긴 외모에 자신감 넘치는 행동, 소소한 부분까지 관심을 보여 주었으니 쉽게 호감을 얻는다. 물론 그에 대한 부작용도 심하게 있었다.

화령이 고개를 저으며 싱긋 웃었다.

"제피 님."

"예?"

"아직 덜 맞았네요."

"커헉!"

검치 들에 의해 동네북이 되어 버린 제피!

여자들에게 관심을 보일 때마다 검치 들이 지켜보고 있지는 않은지 몸을 떨어야 했다.

그렇게 선술집에서 주문까지 마친 그들은 마법 유리에 집중했다.

퀘스트를 하면서 동료가 된 다인도 그들과 함께였다.

<hr>

KMC미디어는 이번 특별 방송에 사운을 걸었다.

정규 방송까지 취소하고 생방송으로 진행하는 〈위드〉.

실패하면 방송사의 이미지 실추는 물론이고 유무형의 타격도 엄청났기 때문에, 최고의 인력들이 투입되었다.

특수효과 팀, 음향 팀, 자막 팀, 카메라 감독들이 총동원되어 방송 지원에 나섰다.

작가들도 대거 동원되었지만, 시간 관계상 만들어진 대본이 없었다. 즉흥적으로 방송을 이끌어 가야 하기에 신혜민과 오주완이라는 검증된 진행자를 내세우고, 특별 게스트로는 이진건을 초대했다.

이진건은 〈로열 로드〉의 서열 400위 안에 드는 유명한 랭커였다.

모험가로서 해결한 의뢰들도 상당수!

방송을 위해서 급하게 섭외한 초대 손님이었다.

데스핸드와의 조각품 승부와 빛의 날개 조각, 드워프 켄델레브의 물의 조각품 복원 등이 방송되었다.

조각사의 새로운 모습들에 시청자들의 반응도 뜨거웠다.

—아름답습니다.
—조각사의 재발견인가요? 이런 프로그램 자주 만들어 주세요.
—외면받았던 직업들에 대해 다시 관심을 가질 수 있는 계기가 되었으면 합니다.

〈로열 로드〉에는 대다수가 선택하는 주력 직업군들을 제외하고도 많은 직업들이 존재한다.

종족에 따라 나뉘는 직업들과 숨겨진 직업들!

—본격적인 내용은 언제 방송되나요?
—엠비뉴 교단은 나오는 건가요, 마는 건가요? 이래 놓고 나머지 부분은 내일 방송하느니 하는 건 아니겠죠?

시청자 게시판에 토론과 추측이 무성했다.

최초의 난이도 S급 퀘스트였기에 어마어마한 관심을 받고 있으리라.

조각사 위드에 대해서 질문을 하는 사람들도 상당수.

여전히 조각사 위드에 대해 모르는 사람이 많았다. 빛의 탑이나 모라타는 알지만, 정작 조각품을 만든 사람의 이름은 듣고 나서도 무심코 금방 잊어버리는 것이다.

창작자로서의 안타까운 숙명과도 같은 것!

신혜민은 입가에 살짝 미소를 지었다.

전신 위드라고 하면, 게임 방송을 조금이라도 본 사람은 누구나 다 안다.

〈마법의 대륙〉의 절대자에 이어서 〈로열 로드〉에서도 강렬한 존재감을 과시하고 있는 카리스마 넘치는 존재.

인지도나 명성만으로 놓고 본다면 헤르메스 길드를 이끄는 바드레이에 근접한 수준이었다.

'그분이 전신 위드라고 밝혀진다면 어떤 반응이 나올까?'

걱정은 조금도 되지 않았다.

시청자들의 반응은 보나 마나 방송국 홈페이지에 과부하가 걸릴 정도로 폭발적일 테니까!

신혜민은 진행자로서 이 비밀을 아직 자신만이 간직하고 있음이 미안할 정도였다.

방송국 내에서도 연출과 관련된 인원만이 위드의 진정한 정체를 알고 있다. 진행자 중의 한 사람인 오주완이나 특별 게스트인 이진건조차도 모르고 있었던 것이다.

쿠르소의 방송까지 내보낸 후 신혜민이 말했다.

"이번 퀘스트는 조각사에 대해 새로운 사실을 많이 알게 해 주는 계기가 될 것 같은데요. 오주완 씨는 어떻게 여기세요?"

"놀랍지요. 북부 모라타 지방의 영주 그리고 멋진 조각품들을 만든 위드. 사실 조각사를 대표하는 인물이라고 할 수 있지 않습니까? 그런 위드가 이번에는 전쟁 퀘스트를 하고 있다니 빨리 보고 싶어서 애가 탈 지경이네요."

"시청자분들도 같은 생각이시겠죠? 그런데 엠비뉴 교단, 정체불명의 가공할 세력과의 전쟁을 조각사 위드가 이길 수 있을까요?"

오주완이 재빨리 대답했다.

"글쎄요. 저로서는 어떻게 하려는지 예상하기도 어렵군요. 현재로써는 매우 어려워 보이는 게 사실인데, 어떤 수단과 방법을 동원할지 궁금합니다."

"일말의 희망을 버려서는 안 되겠죠?"

"퀘스트를 받아들였다면 최선을 다하리라 생각합니다. 퀘스트 와중에 어떤 힘이나 권한을 얻었을 수도 있고, 설혹 실패하더라도 도전만으로도 큰 의미가 있다고 할 수 있겠지요."

신혜민이 이번에는 이진건이 앉아 있는 왼쪽으로 시선을 돌렸다.

"이진건 씨는 이번 퀘스트에 대해서 어떻게 생각하세요?"

이진건은 웃으며 단정 지었다.

"당연히 실패할 겁니다."

"네?"

"제가 생각하는 엠비뉴 교단이 맞다면 무조건 실패입니다. 절대 성공할 리가 없습니다."

"……."

"말 그대로 도전에 의미를 두어야 되겠지만, 그조차도 그저 단순히 운이 좋아서 어려운 퀘스트를 입수한 것일 수도 있죠. 엠비뉴 교단? 정체가 알려지지 않았던 엄청난 세력인데요."

이진건은 가차 없이 위드를 깎아내리며 코웃음을 쳤다.

"훗! 더구나 퀘스트 당사자가 조각사라니. 조각술 분야에서는 나름 실력을 인정받는지 몰라도, 모험에 대해서는 경험도 일천하고 능력도 모자랄 것입니다. 실패가 당연합니다."

모험가로서 그리고 베르사 대륙에 이름이 널리 퍼져 있는 랭커로서의 자부심이 걸린 말이었다. 이진건은 자신이 아닌 사람이 퀘스트를 성공한다는 걸 상상도 하지 못할 정도로 편협한 구석이 있었던 것이다.

"어머. 정말 그렇게 생각하시나요?"

신혜민은 화사하게 웃었다.

평상시라면, 방송의 김을 뺀다고 해서 어디 쉬는 시간에 불러서 잔소리라도 실컷 했으리라.

도입부에 어느 정도 비판적으로 이야기를 하는 편이 시청자들을 실망시키지도 않고, 만약에 성공했을 때 극적인 효과도 일으킬 수 있다. 하지만 이진건은 완벽하게 방송의 김을 빼고 있었던 것이다.

시청자들이 그 말을 듣고 완벽하게 실패할 거라고 결론을 내린다면 방송을 볼 의미도 사라질 테니까!

위드가 사용한 인도자의 권능 등에 대해서는 게스트라서 알려 주지 않았다고 해도 그렇다.

이렇게 중요한 방송에서 섭외에 실패하다니, 큰 사고가 아닐 수 없었다.

하지만 신혜민은 오히려 웃음을 머금었다.

잠시 후면 콧대를 납작하게 눌러 줄 수 있을 테니까!

신혜민은 그가 지난번 방송에서 궁수와 레인저를 비하했던 사실을 잊지 못했다.

"궁수요? 겁 많은 사람들에게는 괜찮은 직업이죠. 몬스터가 다가오기 전에 해치울 수 있으니까요. 모험가처럼, 어떤 위험이 있는지도 모르는 장소에 뛰어드는 것과는 수준이 달라요."

궁수와 레인저를 대표해서 응징하리라!
신혜민은 다짐하고 있었다.
사심으로 가득한 방송이었지만, 그녀조차도 위드의 전쟁 퀘스트가 어떻게 되어 가는지는 매우 궁금했다.
〈위드〉의 실시간 영상은 연출부에서 받아서 최대한 편집을 하고 있다. 따라서 프로그램을 진행하고 있는 그녀는 볼 수 없었기 때문에, 어서 보고 싶을 뿐이었다.

블랙 드래곤

콰아아아아아아!

성벽을 밟고 선 초대형 킹 히드라의 머리 9개가 제각각 먹이를 노렸다.

쏜살처럼 날아간 머리들이 사제와 병사 들을 집어삼킨다.

콰르르릉!

돌로 지어진 탑을 부숴 버리고 궁수들을 으적으적 깨물어 먹었다.

신선한 풀을 보면 열불이 터질 정도로 느릿느릿 먹는 누렁이의 되새김질과는 차원이 달랐다.

공포와 현기증마저 느껴지는 모습.

명문 길드 3개가 동시에 연합해서 탐험했던 늪지에, 전설적인 몬스터 킹 히드라가 있었다.

당시 킹 히드라는 불과 몇 분 사이에 명문 길드원들을 모조리 먹어 치우고 또 다른 장소로 이동했다. 더 많은 먹이를 먹기 위해서였다.

끊임없는 식욕을 불사르는 존재, 킹 히드라!

"쏴, 쏴라!"

궁수들의 표적이 언데드에서 히드라로 바뀌었다.

성벽을 밟고 동료들을 먹어 치우는 히드라의 몸통을 향해서 화살을 날린다.

히드라의 9개나 되는 머리들이 그 화살들을 보았다.

대부분의 화살은 두꺼운 가죽을 뚫을 수 없었고, 설혹 미세한 상처를 남기더라도 금방 초록색 피가 멎고 아물어 버렸다. 트롤을 능가하는 재생력을 가진 히드라의 특성 때문이었다.

"공격이 통하지 않는다."

"살려 줘!"

"암흑 기사들이여, 사제들을 보호하라."

히드라의 머리들은 수십 미터씩을 움직이며 먹잇감들을 찾았다.

성탑보다도 큰 주둥이에, 불과 독가스를 내뿜는 공격까지!

요새의 성벽 위는 터지는 비명들로 아우성 그 자체였다.

"암흑 기사들이여, 돌아오라!"

전투의 일선에서 언데드들을 상대하던 암흑 기사들이 히드라와 싸우기 위해서 모여야 했다.

그러나 미처 체계적인 대응을 하기도 전에 히드라가 밟고 있는 성벽의 귀퉁이가 우르르 무너졌다.

육중한 히드라의 무게를 이기지 못하고 갑작스럽게 벌어진 일이었다.

요새의 성벽 일각이 한꺼번에 붕괴해 버리고 말았다.

"우히히힛."

"성벽이 무너졌다. 올라가자."

지상에서부터 무너진 성벽을 타고 좀비, 구울, 스켈레톤을 앞세운 언데드 군단이 줄지어 밀려왔다.

엠비뉴의 병사들 중 바위에 깔려서 죽은 이들도 많았다.

"싸우라!"

"엠비뉴의 병사들이여, 저들에게 신성한 땅을 내주지 마라!"

요새 내부로부터 엠비뉴의 병사들이 대규모로 몰려와서 언데드를 향해 돌진했다.

암흑 기사와 사제 들까지 포함된 엠비뉴 교단의 잔여 병력!

전투에 동원되지 않았던 엠비뉴 교단의 숨겨진 전력이 새로 등장했다.

바르칸은 그들이 언데드들을 몰아내도록 그냥 내버려두지 않았다.

"코어 익스플로전!"

사악하기 짝이 없는 네크로맨서 마법에 의하여 죽은 시체들이 대폭발을 일으켰다.

뼈와 살점이 튀면서, 엠비뉴의 병사들이 몰려 있던 진형에 무지막지한 피해를 입혔다.

수백 명 이상이 목숨을 잃었고, 훨씬 많은 숫자가 큰 부상으로 전투 불능 상태에 빠졌다. 방패와 갑옷이 없었다면 정말 씻기 어려운 피해를 입었을 것이다.

평범한 네크로맨서 마법조차도 바르칸이 펼치면 전율적인

대량 살상 마법이 된다.

들썩들썩.

무너진 성벽에서 잔해들이 움직였다.

다크 룰 마법에 의하여 언데드가 되어 살아난 데스 나이트들이 조금 전까지 동료였던 이들을 살육하기 위하여 마구 검을 휘둘렀다.

"신성한 힘이여, 우리를 보호하소서. 강철 같은 의지와 육체를 당신의 종에게 주소서. 아이언 아머."

사제들의 보호 마법이 병사들을 뒤덮었다. 또한 모습을 드러내지 않았던 대신관 페이로드가 드디어 나타났다.

페이로드도 외관상으로는 바르칸에 그리 꿀리지 않을 정도의 고급 아이템으로 도배하고 있었다.

손가락마다 주렁주렁 달고 있는 보석 반지와 팔찌, 목걸이, 귀걸이!

비싸기 짝이 없는 액세서리 아이템들이 햇빛에 번쩍거린다.

금빛 수실로 장식이 된 대사제복이 그의 비만형 몸을 덮고 있었다.

페이로드가 외쳤다.

"엠비뉴 교단의 종들이여, 고통은 사라지고 환희에 불타오르리라. 디바인 블레스!"

페이로드도 주로 병사들을 축복시키는 성향이 강했다.

리치 샤이어나 본 드래곤의 경우 자체적인 위력이 정말 폭발적이었다면, 대신관 페이로드는 그러한 공격력은 보여 주지 않는다. 하지만 엠비뉴 교단 군대의 입장에서는 그보다 단단한

벽이 없을 정도였다.

요새의 성벽은 일부가 무너졌지만, 엠비뉴 교단의 병사들이 대신 그 자리를 채웠다.

"오. 오. 오!"

"우리의 땅을 빼앗기지 않으리."

"적들에게 소멸을. 엠비뉴 신께서는 저들에게 영원한 고통을 주시리라."

페이로드와 사제들의 축복 마법에 뒤덮여 있는 병사들은 웬만한 고통이나 공격 따위는 거뜬히 이겨 낸다.

방패와 갑옷을 완벽하게 착용하고 있는 보병들!

위압감이 느껴질 정도로 단단한 힘을 보여 주었다.

망치와 도끼를 휘두르면서 언데드 군단을 밀어내고 있는 것이다.

전투에 이골이 나 있는 듀라한이라고 해도, 서넛의 보병들이 함께 방어하고 반격을 가하니 쉽게 뚫지 못했다.

하지만 성벽이 무너질 때에 이미 꽤 많은 언데드의 군대가 요새 안으로 진입한 후였다.

둠 나이트와 데스 나이트 들이 사제들을 골라서 살육하고 다닌다.

"엠비뉴 교단 제11지파의 기사, 소우드 베른이다."

"크. 크. 크. 크. 바르칸 님의 부하, 데스 나이트 테이럼이다."

암흑 기사와 데스 나이트가 일대일의 결투를 벌이는 장면도 어렵지 않게 볼 수 있다.

암흑 기사가 제압을 당하여 신성한 검에 목을 베이는 경우도 있었다.

하지만 데스 나이트가 이겼을 때는 죽은 암흑 기사가 금세 같은 데스 나이트나 둠 나이트가 되어서 되살아났다.

"덩치 큰 괴물."

"가자. 싸우자."

일부 언데드들은 킹 히드라에게 덤벼들었다.

바르칸에 의하여 공포심을 제거당한 언데드들은 킹 히드라 조차도 사냥하려고 했다.

하지만 킹 히드라가 어쭙잖은 언데드 수십 마리에게 사냥당할 리가 만무!

9개의 머리가 번갈아 움직일 때마다 언데드들이 하늘로 날았고, 수십 명의 병사와 사제 들이 잡혀먹혔다.

엠비뉴 요새의 전투는 대난전으로 이어지고 있었다.

킹 히드라가 움직일 때마다 병사들과 언데드들이 아래에 깔렸다.

콰아아아아아아아!

킹 히드라의 거침없는 포효가 천둥처럼 온천지를 울리고 있었다.

❦

바위산 너머에서 야만족들과 함께 대기하고 있던 위드는 하늘을 보았다.

흘러가는 구름의 방향이 바뀌었다.

물론 위드의 행동이 전설적인 천재 지략가들이 했던 것처럼 천기를 살피기 위한 건 아니었다.

　　"해가 중천에 떴군. 밥 먹을 시간이다. 밥 먹자, 얘들아!"

　　위드는 야만족들과 함께 일단 식사부터 했다.

　　배꼽시계에 든든한 약을 줘야 할 시간.

　　"많이 먹어 두지 않으면 몸이 못 견디지."

　　위드는 블랙 와일드보어 등의 고기를 아끼지 않고 구웠다.

　　최고급 멧돼지 통구이!

　　큰 전투를 앞에 두고 먹을 수 있는 별미 중의 별미였다.

　　멧돼지를 빙글빙글 돌리면서 소금과 후추를 듬뿍 뿌린다.

　　꿀꺽!

　　야만족들의 넘어가는 군침 소리가 크게 들릴 정도였다.

　　잘 익은 통구이는 고소하고 입에서 살살 녹는다.

　　최고의 맛을 자랑하는 멧돼지 통구이를 먹으면서 최고의 구경이라 할 수 있는 싸움 구경을 한다!

　　"꽤 오래 걸리겠군."

　　킹 히드라와 엠비뉴 교단, 바르칸의 싸움은 이제 막 본격화되고 있었다.

　　언데드 군단이 점점 숫자를 불려 나가고, 킹 히드라는 요새를 제집처럼 부수면서 설친다. 엠비뉴 교단의 잔여 병력도 모두 나오면서, 전투의 향방은 어디로 흘러갈지 가늠하기 어려울 지경이었다.

　　성벽이 무너질 때는 엠비뉴 교단이 잠깐 밀리는 것 같았지만 추가 병력으로 막아 냈다. 엘리트 암흑 기사들의 참전으로 인해 끄떡없는 세력을 과시했다.

마물들의 조력도 받으면서 싸우고 있으니, 엠비뉴 교단은 건재하다고 봐야 한다.

"요새도 완전히 파괴된 게 아니니까 말이야."

엄폐물에 숨어서 화살을 쏘는 궁병들!

좁은 통로와 구조물 들을 이용한 사제들의 신성 마법에 의해 언데드들이 소멸하기도 한다.

질서만 회복한다면 단숨에 언데드 군단을 몰아칠 것도 같은 엠비뉴 교단!

킹 히드라는 독가스 등을 뿜기 시작하면서 최악으로 날뛰고 있다.

바르칸은 네크로맨서의 특성으로 안전한 후방에서 언데드 군대를 일으킨다.

보는 사람의 눈이 핑핑 돌아갈 정도로 지독한 명장면들이 끊이지 않았다.

높게 치솟은 탑이 굉음과 함께 옆으로 점점 기울어져서 완전히 무너진다. 첨탑에 비스듬히 올라 있던 스톤 가고일이 날개를 펼치며 다른 곳으로 향한다.

바르칸이 어느새 스톤 가고일이나 하피 같은 공중 몬스터도 소환한 모양이었다.

성에 화재가 나서 매캐한 연기를 하늘로 뿜어내고 있었으며, 성벽에서 추락하는 병사들도 많았다.

난전 중의 난전!

식사를 마친 위드는 두 팔을 넓게 펼쳤다.

"드디어 마지막 손님이 올 시간이로군."

가장 귀한 손님을 적극적으로 환영하는 자세.

인도자의 권능에 의해서 마지막 손님이 소환될 시간이었다.

세 무리가 날뛰고 있는 엠비뉴 요새의 공간이 크게 일그러지더니 시커먼 덩어리 같은 것이 튀어나왔다.

고귀함과 품격의 결정체!

미스릴보다도 단단한 비늘을 가지고 있으며 완벽한 조형미로 인하여 아름다움까지도 갖춘 존재.

베르사 대륙에서 모르는 사람이 없는 종족.

체내에 가지고 있는 드래곤 하트는 복용만 하면 마나의 최대치를 5,000 이상 늘려 주며, 마법사가 먹으면 마법 수준을 한 단계 올려 준다는 소문이 있다.

위대한 권위의 상징인 블랙 드래곤.

엄청난 마나의 유동에 킹 히드라도, 바르칸도, 대신관 페이로드도 하늘을 올려다보았다.

이들 전부를 절망에 빠뜨릴 수 있는 존재.

작은 날개와, 대조적으로 60미터에 달하는 몸집을 가진 몬스터의 등장.

블랙 드래곤과는 모습이 매우 많이 다를 뿐 아니라 훨씬 초라했다.

일단 수염도 없고, 대형 뱀처럼 생긴 머리통에서는 위엄도 느껴지지 않는다.

진짜 드래곤의 몸의 크기는 300미터가 넘는다. 하지만 지금 나타난 시커먼 덩어리는 머리에서 꼬리까지의 길이가 70미터도 안 되었다.

몸통은 얇고 길었다.

드래곤이라기보다는 날개 달린 뱀의 일종이었다.

수련을 많이 하고 좋은 음식을 오랫동안 많이 먹은 결과 드래곤으로 탈피하려고 하는 녀석.

블랙 이무기!

위드는 나름 힘과 권위의 상징인 드래곤을 소환하였다.

단지 짝퉁이었을 뿐!

물론 이무기라고 해서 절대 얕잡아 볼 게 아니었다. 킹 스네이크 정도의 몬스터가, 수백 년에서 천 년 이상의 수행을 거쳐야 된다.

보스급에서도 거물인 녀석.

짝퉁도 급이 다르다.

"보통 짝퉁이 아니라, 드래곤 짝퉁이니까!"

블랙 이무기가 입을 쩍 벌렸다.

쿠아오오오오오!

드래곤 피어!

엠비뉴 병사들이 양손으로 귀를 감싸며 비틀거렸다.

언데드들도 괴로운 듯이 신음 소리를 흘렸다.

스펙터와 고스트 같은 유령체들은 강제로 소환 해제되기까지 했다.

블랙 이무기는 이렇게 화려하기 짝이 없는 등장을 알렸다.

진짜 정통 드래곤이 아니라 이무기임에도 사용하는 드래곤 피어의 위력.

성 전체를 영향권으로 두었으며 몬스터들에게 막대한 타격을 입힐 정도였으니, 위드의 사자후 따위는 상대가 안 되었다.

바르칸과 페이로드는 이무기를 보면서 투지를 불태웠다.

"죽여서 본 드래곤으로 만들면 적당한 크기의 놈이로군."

"저놈을 엠비뉴 신에게 제물로 바치겠다."

블랙 이무기는 그러한 도전을 좌시하지 않았다.

—어리석은 인간들, 보기도 싫은 언데드들, 추악한 히드라! 여기 내가 싫어하는 족속들이 모두 모였구나.

블랙 이무기는 거침없이 세 무리를 함께 조롱했다. 자존심만큼은 진짜 드래곤과 비슷했던 것이다.

이무기가 끼어들면서 엠비뉴 요새의 싸움은 새로운 국면으로 접어들었다.

하늘을 지배하는 이무기가 마법을 사용한다. 복잡한 주문도, 수식도 필요하지 않은 존재.

이무기의 몸집만 한 벼락과 대형 곤충들이 소환되어 아래로 떨어졌다.

요새가 박살 나면서 언데드들이 소멸되고, 엠비뉴의 병사들도 무참히 죽어 나간다.

짝퉁 드래곤이었지만 괜히 이무기가 아니었다.

KMC미디어의 연출부!

실시간으로 전송되는 영상을 분석하고 편집하기 위해서 인원이 총동원되었다.

국장과 부장, 그 외에 이사들을 포함한 임원들은 영상을 구경하기에 여념이 없었다.

"오!"

"과연!"

"어떻게 저럴 수가……."

"킹 히드라가 저렇게 생겼구나."

전신 위드의 전쟁! 베르사 대륙 역사상 가장 거대한 규모의 전쟁이었다.

누구도 꿈꾸지 못할 존재들이 한곳에 모여서 보여 주는 압도적인 스케일!

방송사 임직원들도 당연히 〈로열 로드〉 이용자였다.

'음, 해골들이 무섭군.'

'몬스터 군단이 정말 센 편이야. 내가 지휘관이라면 저 병사들을 데리고 절대 성벽을 내려가지 않겠어.'

요새 아래는 언데드 군단으로 바글바글했다.

병사들과 함께 내려가는 건 아무리 봐도 자살행위로밖에 보이지 않았지만, 엠비뉴의 군대는 겁이 없었다.

일단의 기사들과 병사들이 언데드들을 처단한다면서 성벽에서 뛰어내린다.

잠깐 동안 절정의 무력을 자랑하던 이들도, 스켈레톤들과 구울들이 사방에서 들이치면 금방 한계를 드러낸다.

바다 한복판에서 조각배 하나가 가라앉듯이 사라지고 나면, 언데드로 탄생했다.

언데드 군단을 늘리는 원인이기도 했다.

하지만 엠비뉴의 군대는 정말 가공하다는 말밖에 나오지 않을 지경이라서, 막대한 피해를 입고 있음에도 불구하고 꾸역꾸역 밀려 나와서 킹 히드라와 맞서고 있다.

'대단하네.'

'아, 저 장소에 내가 있었다면…….'

'나도 싸우고 싶다. 레벨도 320을 넘겼는데…….'

임원들은 몸이 달아 있었다.

영상을 보고 있자니 현장에서의 생생한 긴장과 흥분이 고스란히 전해져서 죽을 지경이다.

방송을 만드는 입장에서, 이렇게 애가 탄 적이 얼마 만이었던가.

'이런 퀘스트를 나도 한번 받아 볼 수 있다면 소원이 없을 것 같아!'

'저곳에서 한낱 스켈레톤으로라도 싸울 수 있다면 얼마나 좋을까.'

임원들은 자리에 서 있었다. 나이가 들면서 사그라졌던 혈기가 들끓는다. 배가 고픈 것도 잊고, 다리가 아픈 것도 몰랐다.

❀

위드는 부채를 꺼냈다.

혹시나 쓸모가 생길지도 몰라서 잡화점에서 사 두었던 30쿠퍼짜리 부채였다.

싸구려 중의 싸구려로, 기능이라고는 거의 없다.

베르사 대륙의 시간으로 하루가 넘는 동안에 엠비뉴 요새의 싸움은 점점 처절해지고 또 격렬해지고 있었다.

> **깃털이 듬성듬성 빠진 부채**
> 어린아이들이 장난감으로도 가지고 놀지 않을 부채. 소량의 바람을 일으킬 수 있지만, 더위를 식히기에는 무용지물. 누군가에게 선물했다가는 분노와 짜증을 일으킬 것 같다.
> 내구력: 3/5
> 공격력: 0~1

위드는 부채를 살랑살랑 흔들었다.

누렁이가 옆으로 다가와서 머리를 불쑥 들이밀어 보았지만 시원하지가 않아서 다시 풀이나 뜯어 먹었다.

위드의 입가에 진한 미소가 어렸다.

"역시 나의 계략대로 이루어졌어."

위드는 부채를 손바닥에 탁 쳤다.

그 탓에 그나마 얼마 남지 않았던 깃털이 2개나 뽑혔다.

남아 있는 깃털은 간신히 11개!

"제갈공명도 탄복할 계략이지."

엠비뉴 교단은 전체적인 세력과 지형적인 요소를 강점으로 가졌다.

바르칸은 중급이나 하급 언데드를 일으키면서 끝없는 전쟁을 일으킬 수 있다.

킹 히드라는 거의 불멸의 회복력으로 전장의 한복판을 휘젓는다.

블랙 이무기는 징벌자나 다름이 없다. 짝퉁 드래곤임에도 엠비뉴 교단과 언데드 무리를 사정없이 파괴한다.

엠비뉴 교단, 바르칸, 킹 히드라, 블랙 이무기!

"이것이야말로 진정한 천하사분지계!"

제갈공명이 이루었다는 천하삼분지계의 업그레이드판.

물론 전적으로 위드의 생각일 뿐이었다.

불사조들이 빙룡에게 물었다.

"선배님, 천하사분지계가 뭡니까?"

"나도 몰라. 누렁아, 너는 알고 있니?"

"저도 몰라요. 음머어어어."

조각품들끼리 서로 물어보아도 답이 안 나오는 사태!

그래도 빙룡이 큰형이라고 머리를 굴려서 대답했다.

"저기 네 무리가 싸우도록 한 게 천하사분지계라는 것 같은데. 네 무리가 나누어져서 서로를 공격하면서 싸우고 있지 않느냐. 예를 들어, 입김도 안 불고 얼린 셈이지."

불사조들은 감탄했다.

"진정 엄청난 계략이군요."

"주인에게 이런 좋은 잔머리까지 있을 줄이야."

불사조들도 크게 본다면 새로 분류된다. 조류의 한계를 벗어나지 못하기에 쉽게 위드의 계략에 놀라워했다.

빙룡이 으스대며 말했다.

"주인 무시하지 마라. 가끔은 깜짝 놀랄 정도로 머리를 잘 쓰는 사람이다."

"예, 선배님."

무심하게 풀을 뜯어 먹느라 대화에 잘 끼지 않았던 누렁이가 물었다.

"지금 이게, 그냥 세 놈 더 소환해서 네 놈이 싸우게 만든 거랑 뭐가 다른 거죠?"

"……."

빙룡은 마땅히 대답할 말이 떠오르지 않았다.

보는 시각을 조금만 바꾸어도 충분히 그렇게 여길 수 있었으니까.

제갈공명이 천재적인 지략과 전술적인 승리를 바탕으로 위, 촉, 오의 삼국을 이루었다면 위드는 달랐다.

숱한 고생을 해 보면서 얻었던 경험과, 한계까지 싸우면서 몸으로 익힌 몬스터들의 전투 능력을 바탕으로 했다.

다크 게이머 연합이나 〈로열 로드〉의 정보 게시판 등을 통해서 습득한 여러 정보들로 소환할 몬스터들을 정했다.

그리하여 상극의 네 무리가 싸우게 만든다.

조각품들이 나누는 대화를 모르는 위드는 부채를 여유롭게 부쳤다.

"이 천하사분지계의 진정한 무서움은 여기에 있지 않지!"

제갈공명의 계략은 현대에 와서도 탄복해 마지않을 정도다.

불리하던 형세에서, 삼국을 기반으로 한 위나라의 견제!

"하지만 결국 제갈공명도 천하 통일은 이루어 내지 못했어."

엄청난 놈들을 불러와서 싸움을 일으키더라도 퀘스트를 실패해 버리면 소용이 없다.

"이 천하사분지계는 기다림에 미학이 있다고 볼 수 있지. 저네 무리가 한껏 싸우다가 지쳤을 때, 저들의 군대가 약해졌을 때 우리가 공격한다. 최후의 승리자가 되는 것이다."

위드의 말을 듣던 빙룡과 불사조들은 완벽하게 공감했다.

"정말 뛰어난 계략."

"과연 주인이다."

"엠비뉴 교단을 밑바닥까지 내몰고, 덤으로 다른 놈들까지 몽땅 같이 잡겠다는 최고의 판단이 아닌가."

마트에서도 1+1 정도의 행사로 고객을 유인한다. 그러나 기본 마진이 있기 때문에 사은품에도 제한은 있다.

그들도 먹고는 살아야 하니까!

하지만 위드의 계략이 가진 장점은 최대 1+3까지 얻을 수 있다는 부분에 있었다.

이것이야말로 날도둑놈 심보의 절정이라고 할 수 있었다.

누렁이는 여전히 삐딱한 시선을 거두지 않았다.

"남들 실컷 싸우게 해 놓고, 지치면 다 잡겠다는 작전 아닌가요. 음머어어어어."

천재적인 전략이라고 해도, 위대한 도전이라고 해도 결국은 단순하기 짝이 없는 것!

성공과 실패는 종이 한 장 차이라고 볼 수 있다.

위드는 외줄타기 같은 긴장감을 늦추지 않았다.

'이 지긋지긋한 고생문. 난이도 S급 퀘스트라서 쉽지 않을 거라 짐작했다.'

엠비뉴 교단의 전력을 매우 높게 평가해 주었다.

퀘스트를 성공할 때마다 보통 고생을 한 게 아니었으니, 아예 숨겨진 전력까지도 넉넉하게 염두에 두어야 했다.

요새에서 꾸역꾸역 나오는 잔여 병력은 여전히 꺼림칙한 존재였다!

야만족들을 데리고 그냥 싸웠더라면 절대 승산을 장담할 수 없었다.

바르칸이 이겨도 곤란한 건 마찬가지다.

퀘스트를 성공하기 위해서는 요새를 점령해야 한다.

엠비뉴 교단이 아닌, 언데드 군단을 상대로 요새를 점령하는 것도 똑같이 어렵기는 마찬가지.

"슬슬 시기가 다가오는군."

위드가 눈빛을 날카롭게 했다.

기다리고만 있으면 퀘스트를 성공하더라도 공적치가 적어 얻는 소득이 거의 없다.

S급 퀘스트의 막대한 보상을 위해서라도 구경만 할 수는 없는 입장.

네 무리는 사력을 다해서 싸우면서 많이들 지쳤다.

바르칸은 무한한 체력을 가진 리치였지만, 엠비뉴 사제들의 집중 견제를 받고 있었다.

언데드를 잡는 건 사제라는 말처럼, 성가와 신성 마법 들이 바르칸을 향해 날아갔다.

대신관 페이로드까지 합공을 가하면서, 휘하의 언데드들과 함께 요새에 온 바르칸은 고전을 면치 못했다.

킹 히드라는 움직임이 둔화되었고, 블랙 이무기의 마나도 예전 같지 않다.

격렬한 싸움의 흔적으로 요새는 불바다가 되었다.

전투는 정점을 향해 치닫는 중이었다.

위드가 검을 뽑았다.

"이제 갈 시간이다."

방만하게 늘어져서 쉬고 있던 야만족들이 형형하게 눈을 빛내며 일어났다.

휴식을 취하고 잘 먹었으니 전투 의지가 솟구친다. 회복력이 제법 빠른 편이었다. 물론 싸움은 신경 쓰지 말라고 지시하고, 엠비뉴 요새의 모습을 보여 주지 않았던 덕도 있으리라.

블랙 이무기와 킹 히드라, 언데드 군단을 보면 금방 움츠러들 테니까.

"사냥의 시간이다. 전군 전진!"

위드는 야만족과 누렁이, 빙룡, 불사조들과 함께 요새로 진격했다.

⚜

콰아아아아.

블랙 이무기가 날아다니며 하늘에서 큰 암석들을 소환해서 떨어뜨리고 있다.

"지상으로 다가왔다. 지금이다. 쏴라."

"공격 마법을 드래곤에게 집중시켜라!"

사제들의 신성 마법이나 궁수들의 화살이 하늘로 향했다.

스켈레톤 아처와 스켈레톤 메이지들도 상공으로 화염구와 녹색 독 기운들을 발사했다.

진짜 드래곤이라면 쳐다보는 것만으로도 중화되고 무력화되어 버릴 미미한 공격들!

하지만 블랙 이무기는 날개를 움직여서 마법 공격들을 피해야 했다. 일부 마법들은 그대로 몸에 부딪쳤다.

몸통을 튕기면서 움직일 때마다 수많은 마법 공격들이 뒤를 따라다닌다.

이무기의 몸에 올라타서 칼을 휘두르는 둠 나이트와 엘리트 암흑 기사들도 있었다.

처음 등장 때보다 약화된 게, 싸우는 모습에서도 느껴질 정도였다.

비늘의 방어력만으로도 거뜬히 튕겨 내던 화살들이었는데 일부러 피한다.

언데드와 엠비뉴 교단 양측의 합공을 받아서, 한없이 매끄럽고 보석처럼 빛나던 비늘들에 자잘한 흠집이 새겨져 있었다.

그래도 이무기는 이무기!

초반에 화끈한 공격을 퍼부으면서 킹 히드라의 머리를 7개 넘게 날려 버리고, 엠비뉴 교단의 요새 절반을 박살 냈다.

독을 토해 내서 언데드 군단도 절반가량을 녹여 버렸다.

심각한 마나 고갈 현상 때문에 약해져 있지만, 이무기의 전투 능력이야말로 경악스러울 지경이었다.

─맛있는 드래곤이다. 먹어 버리자!

이미 병사들을 1,000명도 넘게 잡아먹은 킹 히드라의 머리통들이 입을 벌린 채로 이무기를 향해서 날아갔다.

―감히 미물 주제에!

블랙 이무기는 공중에서 선회하여 킹 히드라의 목덜미를 물어뜯었다.

킹 히드라의 머리통이 순식간에 뜯겨 나간다. 하지만 기쁨도 잠시였다.

킹 히드라의 새로운 머리통이 금방 생성되었다.

트롤을 능가하는 재생력!

바르칸과 번갈아서 공격을 주고받던 대신관 페이로드가 사제들을 향해 명령했다.

"희생의 주문을 외워라."

"숭고한 엠비뉴 신이시여, 저희의 육신을 바치나니 세상을 향해 휘두를 칼을 내려 주소서."

희생의 검!

100명의 사제들이 생명력을 잃고 쓰러졌다.

그 직후 이무기 위에 황금빛 거대한 검이 생성되었다. 그리고 지체 없이 아래로 뚝 떨어졌다.

이무기는 다급하게 날갯짓을 하며 옆으로 돌았지만, 얇은 날갯죽지가 잘리고 말았다.

―크아아아아아아! 비겁한 놈들!

괴로움에 찬 이무기의 비명!

블랙 이무기가 빙글빙글 선회하며 요새로 추락했다.

밑에 있던 수백 명의 병사와 마물, 언데드 들이 깔려서 박살 났다.

"드래곤을 사냥하라."

"놈을 잡아라!"

그리고 병사들과 언데드들이 새까맣게 뒤덮었다.

블랙 이무기는 한쪽 날개를 잃고도 뒤뚱거리면서 분전했다.

요사스러운 눈빛이 번뜩이면, 인간 병사들은 몸이 굳어 버리고 소름이 돋아서 싸우지 못한다. 하지만 언데드들에게는 통하지 않았다.

둠 나이트들이 비늘에 대고 마구 칼질을 하고, 회복 마법을 펼칠 사이도 없이 화살과 마법들이 날아온다.

날파리 떼처럼 덤비는 암흑 기사와 둠 나이트 들은 블랙 이무기에게 야금야금 피해를 가중시켰다.

위드와 빙룡, 불사조들과 야만족들은 바위산을 내려왔다.

"언데드부터 쳐라!"

위드는 외곽 지역의 언데드들부터 목표물로 삼았다.

"바르칸으로부터 멀리 떨어져 있는 언데드들을 사냥해."

야만족들이 구울과 좀비 들에게 화살을 쐈다.

레키에 부족 주술사들의 힘이 담겨서, 화살에 적중당한 언데드들은 얼어붙거나 불에 탔다.

"재생하지 못하도록 철저히 부숴 버려라!"

위드는 언데드들을 조금씩 완전히 없애 버렸다.

빙룡과 불사조들이 짓밟고 지나간 자리에서 베자귀 부족의 용사들과 함께 싸운다.

조각 검술을 바탕으로 급소들을 베어 버리고, 되살아나지 못하도록 자잘하게 부쉈다.

그리고 잡템까지 습득했다.

언데드의 사망을 알리는 가장 확실한 표시!

빙룡이 먼저 밟고 물어뜯으면, 불사조들이 화염을 방출하면서 언데드들을 녹였다.

신성 마법 다음으로 언데드들을 상대하기 좋은 화염!

불사조들의 불은 정화의 능력까지 약간 가지고 있었기에 일반 스켈레톤과 구울, 좀비 들은 밥이었다.

음머어어어어!

누렁이도 빙룡의 근처에서 열심히 싸웠다.

새끼 소를 낳으면 먹일 건초라도 사기 위하여, 빗물을 피할 우사라도 짓기 위하여 돈을 벌려는 갸륵한 심정!

다만 불사조들의 근처에는 다가가지 않았다.

근육질의 건장한 몸에 달려 있는 약간씩의 지방질들!

꽃등심, 아롱사태, 갈비살 등이 구워지는 것을 꺼렸기 때문이다.

위드는 요새의 외곽에 있는 약화된 언데드들을 쉽게 쓸어버릴 수 있었다.

주력이 되는 고위 언데드들은 요새 안으로 들어가 있으니 그리 어려운 일이 아니었다.

"양쪽 모두 규모가 정말 많이 줄어 버렸군."

언데드들은 초반에 1만 구가 넘었고, 엠비뉴 교단의 병력은 2만 이상이었다.

하지만 남아 있는 양측의 전력은 2,000씩 정도로 약화되어 있었다.

블랙 이무기가 녹여 버리고, 킹 히드라가 먹어 치운 병사들!

게다가 거대한 군대끼리 싸우면서 엄청난 손실이 발생했다.

얼마나 치열한 전쟁이었는지를 실감할 수 있었다.

퀘스트를 완료했을 때의 공적치는 그만큼 줄어들겠지만, 감수할 수밖에 없는 부분!

무너진 성벽을 넘으면 언데드와 엠비뉴 병사들이 아수라장을 이루며 싸우고 있다. 킹 히드라와 블랙 이무기, 바르칸, 페이로드가 격전을 벌이는 장소다.

"요새로 들어가서 잔당을 소탕하자!"

약화된 적들.

그럼에도 어느 한 무리라도 위드와 야만족으로 승리를 장담할 수는 없다.

바르칸은 여전히 강성할 테고, 킹 히드라는 난폭하다. 엠비뉴 교단과는 적대적인 사이이고 블랙 이무기도 눈으로 보기 전에는 믿기 어려울 정도로 잘 싸웠다.

고래 싸움에 깨지는 새우 등 신세가 되지 말란 법도 없는 것이다.

위드가 기세 좋게 외쳤지만 야만족들은 머뭇거리기만 했다.

"저 안은 위험하다."

"들어가지 않는 편이 좋다."

영 꺼림칙한지, 야만족들은 뒤로 물러섰다.

하지만.

"저 요새를 점령해야 한다. 여기서 물러선다면 영원히 엠비뉴 교단의 하수인이 되어 살아야 하리라. 인도자의 동맹이여,

용감하게 싸우자!"

위드의 사자후에 의한 외침으로 야만족들은 다시 싸울 마음을 갖췄다.

그런데 빙룡과 불사조, 누렁이도 꽁무니를 빼고 있었다.

"주인."

"이 자리에 굳이 우리까지 나설 필요는 없을 것 같다."

조각 생명체들의 항명!

위드가 폭력을 동원하더라도 매에는 이골이 나 있었다. 맞을 만큼 맞더라도 위험한 요새로 들어가고 싶진 않았다.

누렁이는 벌써 잡템을 한 보따리 이상 먹은 상태!

평화로움을 사랑하는 소답게 더는 싸우고 싶지 않아 한다.

위드가 고개를 끄덕였다.

"너희의 입장도 이해한다. 내가 배려심이 모자랐다. 정말 미안하다."

솔직한 반성과 사과!

위드에게서 벌어져서는 안 될 일이었다.

무조건 다그치고 우기고 보는 그가, 부하들을 향해 머리를 조아렸다.

"용서해 다오. 그리고 나를 잊어 다오."

"주인?"

"이게 내 마지막 모습이 될 테니까. 동맹 부족들과 함께 장렬히 싸우다가 최후를 맞이한 걸로… 그렇게 알고 나를 이제 잊어라."

"주인!"

"나를 잊고 안전한 곳에 가서 편안하게 잘 쉬고 잘 살아라. 특히 누렁아, 너에게는 잘해 주지 못해서 마지막까지 가슴에 무언가가 얹힌 것처럼 후회만 남는구나."

음머어어어어!

"좋은 풀 많이 뜯어 먹고, 새끼 소 많이 낳고. 돈이 없어도 절대 대출은 받지 마라."

음머어어어!

유언과도 같은 말에, 감수성이 뛰어난 누렁이가 굵은 눈물을 흘렸다.

"해 준 것도 없이 고생만 시켜서 미안하다. 작별의 시간이 너무 길면 기분만 이상해지니 이만 가겠다. 잘 살아라."

그리고 돌아서서 걸음을 옮기는 위드.

그러나 그 속도는 결코 빠르지 않았다.

조각 생명체들이 충분히 따라올 수 있도록 여유를 주는 것. 일부러 어깨는 왜소하게 좁히고 고개는 땅으로 푹 숙였다.

"주인, 같이 가자."

빙룡이 요새를 향해서 날고, 불사조들이 뒤를 따랐다.

누렁이는 뒷발로 땅을 긁으며 돌격 자세를 취했다.

조각 생명체들까지 전투준비 완료!

위드의 이상형

뱀파이어 왕국 토둠!

유린은 뱀파이어들을 그려 주면서 그림 그리기 스킬을 향상시켰다.

"어때요?"

"아주 좋군. 예쁜 아가씨, 우리 조용한 데 가서 와인이라도 한잔할까? 내 성으로 가서 짙은 커튼을 쳐 놓고 햇빛이 들어오지 않도록 하지. 그리고 관 속에서 아침까지 둘만의 시간을……."

"됐네요!"

뱀파이어들의 유혹은 매몰차게 거절했다.

뱀파이어들을 따라간다면 목덜미에 날카로운 송곳니가 콱 꽂힐 수 있었기 때문이다.

'이제 여기도 대충 다 둘러본 것 같네.'

유린은 토둠 여행을 마치기로 했다.

토둠에는 대가들이 그린 그림들이 많았다. 화가라면 꼭 한번 보고 싶어 하는 거장의 작품들이 여기저기 걸려 있다. 덕분에 그림 그리기 스킬을 상당히 올렸지만, 더 넓은 대륙을 여행하고 싶었던 것이다.

"다른 곳으로 움직일까?"

유린은 자리에서 일어났다.

챙이 넓은 모자를 눌러쓴 그녀가 물감 통과 스케치북을 챙겼다. 등 뒤에는 커다란 붓이 한 자루 매달려 있었다.

레벨 16.

좋은 무기는 물론 무장을 하는 것조차도 불가능한 레벨이었다. 이 붓은 순전히 뱀파이어들의 보물 창고에서 꺼내 온 장식용인 것이다.

넓적해서 색칠하기도 좋고 약한 몬스터들은 기절시키는 효과도 있다.

재질은 무려 미스릴!

붓털도 잘 빠지지 않을 정도로 내구성이 뛰어나서, 쓸모가 많았다.

"그럼 가 볼까?"

유린이 땅바닥에 그림을 대충 슥슥 그렸다.

그녀가 그린 배경은 페일 등이 술을 마시면서 위드의 전투 영상을 보고 있다는 선술집이었다.

페일과 동료들의 모습들을 그리고, 탁자와 몰려 있는 사람들, 선술집의 배치 등을 그린다.

가 본 적 없는 지형으로 움직일 때는 상당히 정확하게 표현을 해야만 했다. 조금이라도 지형이 달라지면 완전히 엉뚱한, 전혀 다른 장소로 이동할 수도 있다.

하지만 사람이 있는 근처로 이동할 때는 그 사람의 묘사를 정확히 해야 했다.

동료들과 장소까지 대략적으로 그리면 그림 이동술을 펼칠 수 있다.

선술집의 풍경을 그린 유린은, 일행의 테이블의 빈자리에 자신이 앉아 있는 장면을 그렸다.

그리고 그 후에는 선술집 안에 있었다.

"캬아. 킹 히드라가 나왔다!"

"최고다! 진짜 조각사 맞아? 저 두둑한 배포가 보통이 아니잖아, 정말."

선술집은 음식과 맥주를 주문하는 소리로 귀가 울릴 만큼 시끄럽고, 떠들썩한 응원의 열기까지 피어 있었다.

유린이 갑자기 나타났지만 관심을 두는 이들도 없다.

"어서 와."

"언니도 잘 있었어요?"

유린을 가장 먼저 환영해 주는 건 역시 화령.

그녀를 필두로 해서 오랜만에 보는 이리엔, 로뮤나, 수르카 등이 인사를 건넸다.

"지금까지 토둠에 있었다니……. 진작 나오지 그랬어."

"그려 보고 싶은 게 많아서요. 그림 퀘스트를 하느라 바빴거든요. 이제 나왔으니 맛있는 거 많이 사 주셔야 돼요, 언니."

"응. 뭐든 사 줄게."

화령과 유린은 죽이 척척 맞았다.

위드의 동영상을 보면서도 부지런히 수다를 떤다.

이리엔과 로뮤나도 수다라면 한몫하는 편이라서, 여자들의 대화는 끝이 없었다.

"장비가 바뀌셨네요?"

"응. 저번 건 너무 노출이 심했잖아. 이번에는 우아한 복장을 골랐어. 어때, 괜찮니?"

"아주 예뻐요. 귀걸이는 어디서 산 거예요?"

"잡템이야. 고블린용품인데, 잘 어울려?"

"정말 잘 어울려요."

다인도 유린에게 먼저 인사했다.

"난 일행의 샤먼으로… 다인이야. 잘 부탁해."

"저도 잘 부탁해요. 언니."

다인도 낯가림이 심한 편이었지만, 이들이 워낙 좋은 사람들이라서 금세 서먹함을 풀고 지내고 있었다.

그렇게 인사를 나누고 수다를 떨면서 모험 동영상을 보고 있을 때였다.

갑자기 화령의 입에서 튀어나온 질문.

"유린아, 네 오빠는 어떤 여자를 좋아해?"

"네?"

"그러니까… 취향이나 성격, 외모 등, 어떤 여자를 좋아하는 거야?"

"이상형을 묻는 거예요?"

"응. 동생이니 오빠에 대해서는 잘 알지 않니?"

전투 동영상으로 인해서 선술집은 시끌벅적했지만, 유린이 있는 테이블만큼은 대화에 더 집중이 되었다.

여자에 대해서는 지나치리만큼 관심을 보이지 않던 위드의 이상형.

"저도 잘 몰라요."

"왜? 오빠가 여자 친구 사귀어 본 적이 없니?"

화령의 눈은 유난히 반짝거렸다.

"제가 알기로는 없어요."

"그랬구나. 그래도 좋아하는 이상형은 있을 거잖아."

"대충 알기는 하지만 어떻게 설명해야 될지 모르겠어요."

"예를 들어 나 같은 여자는 어때?"

화령이 환하게 웃으면서 물었다.

세계적으로 유명한 잡지에서 가장 연애하고 싶은 여자 순위 1위, 결혼하고 싶은 여자 1위를 차지한 그녀!

자신감과 당당함, 매력이 넘치는 화령이었다.

유린은 미안한 듯이 작게 고개를 저었다.

"언니는… 아마 오빠 이상형은 아닐 거예요."

화령은 금세 시무룩해져서 물었다.

"내 어떤 면이 모자라니?"

일행은 경악했다.

감히 어떻게 화령을, 그녀를 사랑하지 않을 수가 있단 말인가. 대체 어떤 중대한 이유 때문에!

과거의 아픈 사연일까? 혹은 화령이 정상급의 연예인이기 때문에 스캔들에 휘말리는 것이 걱정되어서?

"언니, 일 년에 옷 몇 벌 사요?"

"쉰 벌 정도. 협찬받는 옷도 많아."

"우리 오빠는 옷 사는 돈을 제일 아까워해요."

명품 향수를 뿌리고 명품 구두, 명품 옷 등을 입고 있는 화령은 절대 위드의 이상형이 될 수 없었던 것!

"그럼 나는?"

이리엔이 맑게 웃으면서 물었다.

유린과는 귓속말 등을 통해서 친해져 있었기에 반쯤은 장난삼아 물은 것이었다.

페일과 제피는 묵묵히 고개를 끄덕였다.

이리엔이라면 남자들이 싫어할 수 없으리라. 헌신적이고 착하고 검소하고 여성스러운 성격에, 외모 또한 예뻤다.

"언니도 이상형은 아닐걸요."

"왜?"

"착한 성격 때문에 나중에 사기라도 당할 것 같다고 싫어할 거예요."

"……!"

로뮤나도 물었다.

"나는 어떠니?"

"언니는 똑 부러지고 야무진 성격이니까……. 근데 전공 때문에……."

"내 전공이 어때서?"

"음대생이잖아요. 우리 오빠는 음악 하면 돈 많이 든다고 싫어하거든요."

예체능 계열에 대한 뿌리 깊은 편견!

화령이 시무룩하게 말했다.

"도대체 이상형의 여자가 있기는 한 거야?"

"우리 오빠는 사실 이상형은 생각도 안 할걸요. 취향 같은 것도 잘 모르고, 그냥 마음만 맞으면 될 거예요."

"좋아하는 마음이라."

유린은 다인을 보면서 말을 이었다.

"제 생각에 사실은 다인 언니가 오빠의 이상형에 가장 가까울 것 같아요."

"왜?"

다인이 즐겁게 웃었다.

언젠가 천공의 섬 라비아스의 동굴에서 사냥할 때 위드가 그녀에게 말한 적이 있었다.

"네가 내 이상형이야."

무수히 많은 밀담들을 나누던 그때에, 이상형이란 말도 들었던 것이다.

"정말 말해도 될지는 모르겠지만……."

"괜찮아. 말해 봐."

"언니, 긴 생머리 어떻게 관리해요? 미용실에 자주 가세요?"

"아냐. 원래 머릿결이 좋은 편이라서 몇 년째 그냥 쭉 기르고 있어."

"반지나 귀걸이, 액세서리 싫어하죠?"

"응. 금속류의 거추장스러운 거 착용 안 해."

"역시! 옷도 수수하게 입는 걸 좋아하는 편이죠?"

"마트에서 주로 사 입어. 이월 상품들로만!"

외모상으로 완벽한 위드의 이상형!

다인도 대답을 하던 와중에 그 사실을 깨닫고 안색이 창백하게 변했다. 도대체 왜 위드가 그녀에게 참 예쁘다고, 이상형이라고 말했는지 그 이유를 알 수 있기 때문이다.

꽃~~~꽃

위드는 야만족들과 함께 전광석화처럼 성벽을 점거했다.

언데드들이 이미 요새 안쪽까지 밀고 가서 성벽은 비어 있는 상태!

위드는 하이 엘프 예리카의 활을 꺼냈다.

"바람의 정령!"

바람의 정령이 지원해 주는 화살은 눈 깜짝할 사이에 날아서 암흑 기사의 머리를 꿰뚫었다.

사르미어 부족이 외쳤다.

"우리도 화살을 쏴라!"

"화살통이 전부 빌 때까지 사격해! 우리 사냥꾼들이 활약할 때가 왔다!"

사르미어 부족의 사냥꾼들이 활을 꺼내서 쐈다.

두 발, 세 발의 화살을 한꺼번에 쏘는데도 백발백중!

높은 곳에서 아래로 쏘아 대는 화살들로, 공성전의 이점을 역으로 이용하는 것이었다.

위드는 암흑 기사들만 집요하게 노렸다.

밑에 바글바글 몰려 있는 암흑 기사들을 향한 화살 공격.

뷔페에서도 맛있는 음식에 먼저 손이 가기 마련이다.

"고기 뷔페에서는 무조건 삼겹살이나 불고기지!"

빨리 익는 고기들로 배를 채워야 된다.

위드는 월급을 받으면 여동생과 함께 고기 뷔페에도 갔었다. 구역질이 치밀 정도로 잔인하게 고기를 먹고 일어선다.

배가 불러서 걸음을 떼기 힘들 때의 포만감. 그때의 기억만큼 아름답고 평화로웠던 게 없다.

위드의 청소년 시기의 보석 같은 추억들.

"몬스터들이 널려 있구나!"

충분히 뷔페를 떠올릴 수 있는 상황이었다.

지친 적들을 공략하면서 올리는 경험치와 공적치!

일반 병사들은 화살값도 안 나오니 가급적 피했다. 굳이 위드가 맞히지 않더라도 사르미어 부족의 화살들이 비처럼 쏟아지고 있었다.

"적들이 나타났다."

"화살을 막아야 하는데……."

엠비뉴 교단의 군대는 위드와 사르미어 부족에게 반격을 가하고 싶었지만 언데드 군단이 막고 있어 엄두도 낼 수 없었다.

성벽 위라는 천혜의 지형에, 언데드 군단의 머리 위를 넘어서 화살을 날린다. 언데드의 본의 아닌 보호를 받고 싸우는 셈.

이처럼 예측하지 못한 화살 공격으로 인해 엠비뉴 병사들의 피해가 속출했다.

죽은 병사들은 순식간에 언데드로 되살아난다.

기하급수적으로 증가하는 언데드들.

팽팽하던 전투의 균형이 일시에 깨지면서 언데드 군단이 밀어붙이는 모습이었다.

베자귀 부족의 용사들이 칼로 방패를 두들겼다.

"우리도 싸우고 싶다."

위드는 묵직하게 고개를 끄덕였다.

지금의 상황은 화살만으로는 해결할 수 없었기 때문. 엠비뉴의 군대가 많이 약화되었을 때 끝장을 봐야 했다.

"사르미어 부족 일백을 주겠다. 그들과 함께 우선 내성으로 향해라!"

"내성?"

"성벽을 우회해서 안쪽 성으로 들어가라. 아마도 그곳에 엠비뉴 교단의 마법사와 사제 들이 있을 것이다. 그들을 죽여라!"

위드는 조각술을 하면서 단련된 관찰력으로 인해서 요새의 구조를 대충이나마 파악했다.

엠비뉴 교단이 아직까지도 견고하게 버틸 수 있는 근본적인 힘은 사제들 때문이다. 신성 마법과 회복 마법에 의하여 병사들이 힘을 내서 싸운다.

그들이 쉬고 있을 장소를 급습해야 했다.

그러면 더 이상 병사들의 회복이 이루어지지 않을 테고, 이 무기와 언데드들의 독기도 막지 못하여서 무너질 것이다.

아마도 암흑 기사들이 사제들을 보호하고 있을 테지만, 베자귀 부족이라면 믿을 만했다.

"마법사와 사제 들이 어디 있는지 알지 못하는데."

"사르미어 부족의 추격술이 도움이 될 것이다. 누렁이 너도 따라가."

세 부족의 특성까지도 감안해서 내리는 명령.

"누렁아, 네가 선두에서 길을 열도록 해."

음머어어어!

데스 나이트 반 호크를 소환하여서 지휘를 맡기고 싶었지만, 바르칸 데모프가 근처에 있는 이상 그를 부를 수는 없다.

원래 주인이 있는 장소에서 훔친 물건을 사용하기는 껄끄러운 진리.

게다가 반 호크가 바르칸에게 돌아가 버리겠노라고 나서기라도 한다면 굉장한 손실이 아닐 수 없다.

"우리에게 맡겨 줘서 고맙다."

"내성으로 간다."

베자귀 부족은 사르미어 부족의 사냥꾼들, 누렁이와 함께 성벽을 달려서 내성으로 진입했다.

누렁이의 시선!

성 내부에 걸려 있는 오래된 그림과 장식, 가구 들이 불에 타고 있었다. 경비병들과 광신도 무리가 불을 끄기 위해서 물을 뿌리는 중이었다.

음머어어어.

누렁이의 순박하던 눈동자에 분노와 짜증, 불쾌함이 어렸다.

누구는 비를 피할 축사도 없이 가난한데, 이렇게 크고 웅장한 성을 지어 놓고 살다니!

호전적인 눈빛으로 변한 누렁이가 바닥을 파헤쳤다.

미친 소가 된 누렁이는 전투마들의 속도를 훨씬 능가했다. 실제로 꽤 높은 레벨에 비해서 가진 능력이라고는 질주와 지치지 않는 지구력밖에 없다고 할 수 있었던 것이다.

파바바바바박!

예술품들이 걸려 있고, 불길이 휘감고 있는 복도를 내달리는 누렁이.

"미친 소다!"

"우리 신전에 소 따위가 들어오다니! 어서 도축을 해 버려!"

"제물로 바쳐야겠다."

누렁이는 창을 들어 견제하는 광신도들과 경비병들을 머리로 받아 버렸다.

체중을 실어서 공격하는 황소의 전투 방법.

음머어어어!

누렁이가 울부짖으면서 길을 열었다.

미친 소 상태에서는 눈에 보이는 게 없었으므로 보이는 족족 머리로 받아 버리며 돌격한다.

소 머리 올려치기, 옆발 차기, 돌려 차기, 뒷발 차기까지 하는 엄청난 황소의 공격력!

온순하던 누렁이를 상상하지 못할 만큼 잘 싸웠다.

위드에게서 떨어지자 내숭이 완전히 사라진 것이다.

베자귀 부족과 사르미어 부족 일부는 그 틈을 타서 광신도들을 쉽게 제압했다.

엠비뉴의 병사들은 죽어도 다크 룰 마법에 의하여 언데드로 되살아난다. 언데드까지 처리해야 했기 때문에 전진하는 시간은 만만치 않게 걸렸다.

바르칸이나 페이로드, 킹 히드라, 블랙 이무기 등이 요새의 중앙 공터에서 격전을 벌이고 있어서 폭음으로 내성의 벽이 흔들리는 일도 잦았다.

정리가 끝난 장소에는 사르미어 부족의 사냥꾼들이 함정을 설치했다.

엠비뉴의 병사들은 내성의 통로를 통해서 이동하거나 뒤쫓아 오다가 큰 피해를 입어야 했다. 사르미어 부족의 함정 설치 기술이 내성에서 유용하게 쓰이고 있었다.

사제 대기실은 사르미어 부족이 발견했다.

"적들의 침입이다."

사제들과 암흑 기사, 병사들이 항전했지만, 베자귀 부족은 큰 피해를 입으면서도 깨끗하게 제압했다.

암흑 기사들은 숫자가 줄 만큼 줄어 있었고, 무엇보다 사제들의 신성력이 다했다.

지쳐 있는 기사들은 방패를 들 힘도 없어서 원거리의 화살 공격에 속수무책.

사르미어 부족의 화살 공격과 베자귀 부족의 용맹한 돌진으로 끝을 낼 수 있었다.

엠비뉴 교단의 사제들 200여 명이 살육당하면서, 더 이상 여유 병력이 남지 않게 된 것이다.

⚜ ⚜

위드는 야만족들과 함께 엠비뉴 교단의 병력을 향해 화살을 쏘면서 톡톡히 성과를 올렸다.

늘어난 언데드 군단은 성의 중심부로 달려가고 있었다.

스켈레톤과 데스 나이트 들의 질주.

"바르칸과 함께 싸울 셈이로군."

성의 중심부에서는 바르칸, 킹 히드라, 이무기, 페이로드 등이 대혈투를 벌이고 있다.

언데드들은 바르칸의 명령에 따라서 킹 히드라와 이무기, 페이로드 등을 향해서 덤볐다.

어느 한쪽이 수세를 보일 때도 있었지만 쉽게 승부가 나지는 않았다.

킹 히드라와 이무기, 바르칸은 상처를 입어도 매우 빨리 회복해 버린다. 생명력과 방어력도 높다.

대신관 페이로드의 경우에는 신성 보호막 때문에 웬만한 공격들은 그대로 중화해 버린다.

바르칸과 이무기의 마법도 중화하고, 언데드들은 근처에도 가지 못한다.

킹 히드라는 머리를 뻗어서 사방을 공격하느라 집중이 이루어지지 않았다.

"이대로라면 끝도 없겠어."

위드는 결단을 해야 할 시점이 되었다고 생각했다.

천하사분지계의 단점은, 한쪽이 약해지더라도 다른 쪽으로 공격이 집중되어서 결판을 내기 어렵다는 점이다.

"시간이 없다. 더 오래 끈다면 누가 먼저 무너질지 몰라. 페이로드도 버티지 못하겠지만, 바르칸이 승리하거나 이무기가 남았을 때는 정말 처치 곤란하지."

바르칸의 언데드 군단이나 비행하며 마법을 펼치는 이무기, 높은 생명력을 가진 킹 히드라와 싸우기란 매우 까다롭다.

이무기의 날개가 꺾인 지금이 기회였다.

위드는 안식의 동판을 꺼냈다.

"죽. 음. 의. 선. 고!"

녹슬고 깨져서 금이 간 동판에서 암흑의 기운이 몰려나오더니 요새 내부로 향했다.

내구력이 떨어져 있으니 여러 번 사용할 수는 없다.

위드는 킹 히드라, 대신관 페이로드, 리치 바르칸, 블랙 이무기를 향해 골고루 선고를 내렸다.

그들의 이마에 검붉은 낙인이 찍혔다.

> 킹 히드라에게 죽음의 선고를 내렸습니다.
> 하루 동안 생명력 회복과 신체 재생 능력이 봉인됩니다.

> 대신관 페이로드에게 죽음의 선고를 내렸습니다.
> 하루 동안 생명력과 마나 회복, 체력 회복이 되지 않습니다.

> 리치 바르칸 데모프의 생명력 흡수, 마나 흡수 능력이 하루 동안 봉인됩니다.

> 이무기 프레이키스의 생명력 회복과 마나 회복이 하루 동안 이루어지지 않습니다.

> 안식의 동판 내구도가 4 남았습니다.

생명체들에게는 치명적인 제약을 가하는 죽음의 선고!

그 대가로 안식의 동판의 내구도는 깨지기 직전의 상황이 되었다.

위드는 안식의 동판을 다시 사용했다.

"훼손된 망자들이여, 너희의 진정한 주인을 따르라!"

엠비뉴 교단의 하수인이 되어서 언데드와 킹 히드라 등과 싸우던 마물들!

마물들이 반란을 일으켜서 페이로드의 말을 듣지 않았다. 안식의 동판으로 인하여 위드의 명령을 따라 페이로드의 주변을 지키는 엠비뉴 교단의 병사들을 공격했다.

> 안식의 동판 내구도가 3 남았습니다.

검붉은 낙인이 찍힌 이무기나 킹 히드라, 리치 바르칸 등은 막대한 손실을 입어야 했다.

리치 바르칸은 생명력과 마나 흡수가 끊어져서 무한에 가까운 마법 공격을 퍼붓지 못하게 되었다.

가장 큰 타격을 입게 된 것은 아무래도 킹 히드라였다.

킹 히드라는 9개의 머리를 움직여서 목표물을 잡아먹고 독을 뿜어낸다. 하지만 거대한 몸통은 거의 움직이지 않아서, 많은 공격을 허용하고 있었다. 엠비뉴의 병사나 언데드 들이 휘두르는 창과 칼이 찌르고 베어도 금세 아물었는데, 더 이상 회복되지 않았다.

크아아아아아아!

킹 히드라의 비명이 요새를 쩌렁쩌렁하게 울린다.

마물들까지 전향하면서, 요새 안은 피아를 구분할 수 없는 대혼전의 상황으로 접어들었다.

✺━━✺

"성공이군."

위드는 안식의 동판을 사용할 때만 해도 조마조마한 마음을 감출 길이 없었다.

깨지기 직전의 동판이 불량품은 아닐지.

세상에는 겉만 멀쩡하고 속은 믿지 못할 짝퉁이나 불량품이 1~2개가 아닌 것이다.

사용도 해 보기 전에 파손되어 버리면 어떻게 하냐는 걱정!

"역시 저렴하게 이용해 보는 맛이 있군."

안식의 동판을 사용하고 나서야 안심이 되었다.

그러나 방심은 금물!

요새의 탑들을 무너뜨리면서 거대한 생명체가 덤벼들었다.

킹 히드라.

이 모든 사건의 원흉이라고 할 수 있는 위드를 발견하고 공격해 오는 것이다.

―너를 죽이겠다.

언데드들을 주렁주렁 매단 채 굉장한 기세로 덤벼 오는 킹 히드라.

위드는 혀를 찼다.

그새 견적이 상당히 하락해 있었다.

"가죽은 제값을 받기 힘들겠군."

킹 히드라의 머리는 5개밖에 남지 않았고, 몸통도 상처투성이였다. 재생 능력이 떨어지고 난 이후로 이무기에게 물어뜯기고 바르칸의 저주에 휩싸여서 정상적인 상태가 아니다.

빈사 직전의 초대형 몬스터.

이에 비해서 위드는 불사조와 빙룡이 건재했고, 야만족들도 5,700명이 넘게 남아 있다.

위드가 손을 들었다.

"화살 공격!"

사르미어 부족이 킹 히드라를 향해 화살을 쏘았다. 나선형으로 끝이 뾰족하게 갈려 있는 화살들이 빙글빙글 돌며 관통력을 높였다.

캬아아아아!

수천 발의 화살 공격을 맞은 킹 히드라가 울부짖었다.

결국 위드는 선언했다.

"너는 중고 가격도 포기했다."

킹 히드라의 가죽은 두껍고 무겁다. 그러면서도 귀한 편이라 가죽 갑옷을 만들 때 잘 쓰이는 소재는 아니다.

사제나 정령술사, 소환술사, 마법사 들이 묵직한 킹 히드라의 가죽을 입고 싸울 수가 없는 것이다.

방어력도 미스릴을 섞은 철판 갑옷보다는 떨어져서 거래가 쉬운 품목은 아니었다.

"기껏해야 겨울용 양말이나 만들면 적합할 소재. 모두 공격해라!"

위드는 잔인한 명령을 내렸다.

빙룡이 대뜸 날아들어서 킹 히드라의 목덜미를 물어뜯었다.

수백 미터나 되는 거구!

빙설의 폭풍이 모이고 뭉쳐서 만들어진 천연 얼음덩어리를 통째로 조각해서 탄생한 빙룡이 묵직한 무게로 킹 히드라의 돌격을 저지했다.

사르미어 부족의 화살과, 임무를 완수하고 돌아온 베자귀 부족의 칼질, 레키에 부족의 주술 공격이 킹 히드라를 두들겼다.

─야만족들! 너희 따위가 감히!

그럼에도 킹 히드라는 용맹하게 날뛰었다.

빙룡에게 묶여 있는 동안에도 꼬리를 휘두르며 머리들을 쏘아 내서 야만족들을 집어삼킨다. 빙룡의 몸을 머리통으로 칭칭 감고 누르기까지 했다.

괜히 초고레벨 보스 몬스터가 아닌 것이다.

레벨 500대가 훨씬 넘는 그는, 이무기와의 싸움에 바르칸의 저주, 엠비뉴 교단의 공격에도 버텼었다.

위드는 잠시 기다렸다.

'저렇게 버텨 봐야 얼마 못 가서 죽겠지.'

일단은 하이 엘프의 활을 꺼내서 쏘기만 했다.

킹 히드라는 중간 과정일 뿐, 아직도 싸워야 할 대상이 많은데 전력을 쏟아붓기 애매했던 것이다.

죽음을 거부할 수 있는 힘에 의해 살아나는 것도 한 번뿐이니 안전한 방법을 택하려고 했다.

지쳐 있는 킹 히드라가 알아서 죽기만을 기다릴 뿐!

베자귀 부족이 100명 넘게 잡아먹혔다.

—너희 따위가 나를 죽일 수는 없다!

킹 히드라가 사납게 포효했다.

5개의 머리들이 하늘을 향해 입을 벌리고 고함을 지른다.

몸통에는 수천 발의 화살이 빼곡하게 꽂혀서 고슴도치나 다름없고 상처들이 벌어져 있는데도 죽지를 않는 것이다.

"역시… 그런 것이었나?"

위드는 굴하지 않는 몬스터의 위용에 혀를 찼다.

킹 히드라의 전설.

베르사 대륙의 기록서에 따르면, 킹 히드라는 9개의 머리를 다 자르기 전에는 절대 죽지 않는다고 한다.

지금은 5개의 머리가 남아 있으니 그 머리들을 다 잘라야 한다는 것.

"그렇지만 킹 히드라의 생명력에도 한계는 있지."

죽음의 선고로 인해, 잘려 나간 머리통이 복원되지 않는다. 9개의 머리통을 단숨에 자르기는 정말 어렵겠지만, 지금은 불가능한 게 아니다.

위드는 빛의 날개를 펼치고 킹 히드라의 전면으로 날았다.

캬오!

킹 히드라가 머리를 뻗었다.

커다란 입과 무쇠도 씹어 먹을 것 같은 굵은 이빨이 보인다. 강한 산성의 침이 뚝뚝 떨어져서 바위를 녹인다. 목구멍을 통해서 넘어간다면 영락없이 죽은 목숨.

"주인, 피해라!"

빙룡이 의사를 전달했다. 킹 히드라와 몸싸움을 벌이는 중이라서 위드를 구해 줄 수 없었던 것이다.

"주인님, 위험합니다!"

"어서 피하십시오!"

"우리가 돕겠습니다!"

"돌아와라, 주인!"

불사조들과 누렁이의 의지들도 속속 전해진다.

한결같이 위드를 걱정하고 있었다.

지금까지 조각품들이 아는 위드란, 갈구고 괴롭히고 정작 전투가 벌어지면 떡고물만 쏙쏙 빼먹는 정도!

엠비뉴 교단의 추격대와의 싸움에서는 다른 모습을 보여 주기도 했지만, 정면 승부를 벌인 탓에 목숨의 위기를 넘기기도 했다.

생명력과 마나의 한계상 어쩔 수 없는 일이었지만, 그 때문에 빙룡을 제외한 조각 생명체들은 위드를 보호해야 할 대상으로 여겼다.

'이건 내 싸움이야.'

위드는 날개를 접고 공중에서 뚝 떨어졌다. 킹 히드라의 머리통을 피한 그는 빙룡의 곁으로 다시 날아갔다.

캬오오오오!

킹 히드라의 머리통들이 살모사처럼 움직이면서 위드를 노린다. 분노한 4개나 되는 머리통들이 위드를 향해서 쏘아지는 것이다.

빙룡이 날개를 펼치면서 저지하려고 했지만 2개나 되는 머리들이 위드를 위협했다.

위드는 공중에서 날면서 아찔하게 그 머리통들을 피했다.

불과 1미터나 2미터의 여유도 없다.

거리가 가까운 탓에 미리 짐작하고 피하지 않는다면 불가능한 몸동작.

"빙룡아, 해야 될 일이 있다."

빙룡은 킹 히드라의 목덜미를 문 채로 의지를 전달했다.

"이 급한 마당에 무슨 일이냐, 주인."

"머리통들을 놔줘."

"그러면 주인을 노릴 것이다."

"괜찮아. 어서 놔줘."

빙룡은 위드를 믿었다.

북부에서 함께 전투를 하고 본 드래곤을 사냥한 것도 위드가 없었다면 불가능했으리라.

킹 히드라는 머리통들이 자유로워지자마자 강한 적개심을 가지고 위드를 공격했다. 바로 앞에 있는 빙룡보다는 원흉인 위드가 주적이었다.

키야오!

킹 히드라의 위협적이고 현란한 공격들.

위드는 가까이 밀착해서 그 아찔한 공격들을 피해 냈다.

빙룡과 킹 히드라의 몸통의 아랫부분을 지나고 겨드랑이를 통과하면서 회피했다.

그렇게 다 피하고 나니 킹 히드라의 길쭉한 5개의 목들이 고성능 세탁기로 돌린 빨래처럼 엉켜 있었다.

위드는 빨래방에서 아르바이트했던 경험을 떠올렸다.

10만 원이 넘는 좋은 옷들을 잔인하게 자동 세탁하던 무지한 사람들! 피죤만 넣으면 뭐든 다 해결되는 줄 아는 커다란 착각!

"빨래는 역시 손빨래가 최고지."

위드는 목덜미에 앉아서 검을 치켜들었다.

"축복!"

착용하고 있는 프레야의 대신관의 반지에 빛이 어리더니 온몸을 덮었다.

대신관의 축복을 사용하였습니다.
20분 동안 육체적인 능력이 강화됩니다.

유지 시간은 짧지만, 결정적인 한때를 위한 축복.

하급 악마 아이스 데몬을 베었다는 명검이 히드라의 목덜미로 떨어졌다.

"소드 카이저!"

최강의 공격 기술.

위드의 검이 실타래를 자르듯이 엉켜 있는 킹 히드라의 목을 갈랐다.

물론 굵은 가죽은 한 방에 베이지는 않았다.

"소드 카이저!"

일점공격술에, 장작을 패듯이 검을 내리친다.

"열 번 베어 안 잘리는 모가지 없다!"

위드는 생명력과 마나를 아끼지 않고 쓰면서 킹 히드라의 목을 쳤다.

빙룡의 거체에 묶여 있는 킹 히드라의 목들이 푸른 피를 뿜어내면서 하나씩 잘려 나갔다. 그리고 다시 살아나지 못했다.

킹 히드라의 목 9개가 모두 떨어지고 난 후였다.

레벨이 올랐습니다.

레벨이 올랐습니다.

노프렌 늪지를 장악하고 있던 흉포한 몬스터 킹 히드라가 영원한 안식에 들어갔습니다.

위대한 업적으로 인하여 명성이 350 올랐습니다.

힘이 3 상승하였습니다.

체력이 10 상승하였습니다.

상처투성이인 킹 히드라를 마무리만 했는데도 2개의 레벨이 올랐다.

위드는 물론 해야 할 일도 잊지 않았다.

전리품들을 챙기는 것.

> 대형 사파이어 크리스털 원석을 획득하였습니다.

> 형체를 알아보기 어려운 깃털 모자를 획득하였습니다.

> 소피아의 거창을 획득하였습니다.

> 오래된 금화 3,140개를 얻었습니다.

보통 금화들은 1골드와 같은 비율로 교환된다. 하지만 오래된 금화는 골동품적인 가치까지 있었다.

"나쁘지 않은 수익이군."

다른 아이템들도 확인해 보아야 하지만 아직은 전투가 끝난 게 아니다.

"누렁아, 이리 와!"

위드는 누렁이를 부른 후에 조각칼을 꺼냈다.

샤샤샥.

킹 히드라의 가죽을 조심해서 들어내는 손놀림!

흠집이 많은 가죽이라고 해도 따로 쓸모가 있을지 몰라서 챙겨 두는 것이다.

위드는 심지어 킹 히드라의 머리통도 챙겼다.

킹 히드라의 잘린 머리 #1을 획득하였습니다.

머리 5개!

보통 몬스터의 사체는 쓸 수 있는 부분만 남기고 사라지기 마련인데 그대로 남아 있어서 일단 줍고 본 것이다.

킹 히드라의 가죽과 거대한 머리통들은 누렁이가 끌도록 만들었다.

"역시 몬스터가 크니 얻을 것도 많군."

어부가 고래를 낚았을 때의 기쁨이 이럴 것이다.

다 늙은 노인이 고래를 낚은 이야기.

거친 풍랑을 만나고, 상어들의 습격 등으로 인해서 바다에서 고래의 살점들을 잃어버리고 육지로 돌아왔다는 명작 소설도 있다.

얼마나 아쉬움이 컸으면 세계인의 심금을 울렸겠는가!

전장의 사령관

위드와 야만족 무리, 빙룡과 불사조는 휴식을 취했다.

원래의 계획대로라면 공적치나 전리품을 위해서라도 사냥감을 더 많이 노렸으리라.

하지만 사르미어 부족이나 베자귀 부족의 체력이 떨어지고, 레키에 부족은 정신력 고갈로 실신까지 했기에 부득이한 휴식이었다.

위드는 붕대를 들고 베자귀 부족 사이를 뛰어다니며 치료에 나섰다.

"붕대 감기!"

상처 부위를 꽁꽁 감싸 주는 정성의 손길.

헌신적인 성자라서가 아니라, 전쟁터에 더 끌고 데려가기 위함이었다.

하지만 준비해 두었던 약초들은 금세 동이 났다.

베자귀 부족의 용사들은 덩치가 산만 한 데다 큰 부상이 많아서 어쩔 수가 없었다.

"누렁아, 약초가 모자라다. 침 좀 뱉어 봐!"

약초 대신 황소의 걸쭉한 침.

그렇게 부대를 추스르고 나서 다시금 전진했다.

바르칸과 이무기, 페이로드의 싸움은 종반을 향해 치닫고 있었다.

키야오오오오오!

"너를 죽여서 언데드로 만들겠다."

"엠비뉴의 성스러운 땅을 더럽힌 너희를 단 하나도 용서하지 않으리라."

상대를 향한 강렬한 적개심으로 처절한 전투를 벌이고 있는 그들.

바르칸의 로브는 찢어져서 백골이 고스란히 드러나 있다.

대륙을 피와 시체로 뒤덮었던 고위 몬스터!

하지만 성검이 가슴에 꽂혀서 힘이 제약받고, 죽음의 선고로 인하여 생명력과 마나 흡수도 불가능하게 되었다. 초라한 신세가 되었다고 할 수 있었다.

"사악한 언데드여, 네가 잠들어야 할 장소로 돌아가라. 턴 언데드!"

언데드 정화 마법!

엠비뉴 교단의 사제들이 펼치는 턴 언데드 마법이 바르칸에게 집중되었다.

"아직… 이곳에서 할 일이 남아 있다. 살아 있는 생명들이 너무 많다."

바르칸은 언데드들을 거느린 군주였다.

언데드들을 지휘하면서 엠비뉴 교단을 척결하려고 했지만 마지막까지 완강하게 버티고 있어서 쉽지 않았다. 더구나 이무기가 마법을 퍼부어 대고 있으니 언데드 군단의 피해도 크다.

바르칸의 육체에 마침내 문제가 생겼다.

가슴에 박혀 있던 성검에서 밝은 빛이 분출되었다.

쩌저저적!

두개골에는 큼지막한 균열이 발생하고, 몸에 두르고 다니던 데스 오라는 얇고 흐릿해졌다.

"이 검의 저주가……."

성검이 바르칸의 마나를 역으로 흡수하는 것이었다.

바르칸의 몸이 태양처럼 밝은 빛에 휩싸였다.

"이… 더 버틸 수가 없구나. 이 검의 저주를 해제하는 날에는 기필코 복수를 하리라."

증오 어린 말들을 남겨 놓고, 더 이상 리치 바르칸도 성검도 남아 있지 않았다.

완벽한 소멸이 아닌 역소환!

리치 바르칸의 육체를 구성할 마나가 남아 있지 않아서 생명력을 봉인해 놓은 라이프 포스 베슬이 있는 장소로 돌아간 것이다.

리치 바르칸이 사라지고 나자 언데드들이 눈에 띄게 약화되었다.

꾸에엘?

적을 상대하는 것을 잊고 당황하는 좀비들.

일부 스켈레톤들은 다시 뼈 무더기로 돌아가기도 했다.

둠 나이트들의 데스 오라도 약해져서 엠비뉴 사제들의 정화 마법에 픽픽 쓰러졌다.

날뛰는 유령체들과 무수한 언데드 군단의 방황.

"바르칸이 벌써 떠나다니 아쉽군."

위드는 입맛을 다셨다.

불사의 군단 수장 바르칸은 과연 명불허전이었다. 베르사 대륙의 역사서에 오를 정도의 언데드는 이쯤은 되어야 한다는 것처럼 굉장한 면모를 보여 주었다.

바르칸을 사냥하기 위해서는 그가 만드는 언데드 군단을 감당해야 하니, 웬만한 길드로서는 정말 엄두도 내지 못할 적!

"언데드들을 다루는 능력만큼은 리치 샤이어보다 훨씬 뛰어나군."

하급 언데드들도 대량으로 양산하여서 싸우게 하고, 그들의 능력을 보조해 준다.

죽음의 선고와, 가슴에 꽂힌 성검의 제약만 아니었다면 단신으로 엠비뉴 요새를 점령했으리라.

바르칸을 사냥할 수 있는 기회가 흔할 리가 없다. 휘하의 야만족들을 전부 희생시키는 한이 있더라도 승부를 보았을 텐데, 가 버려서 아쉬울 뿐이었다.

바르칸이 그렇게 떠났지만 이무기의 상황도 썩 좋지 못했다.

상처투성이에, 날개가 잘려 날지도 못하는 데다 언데드와 암흑 기사 들이 칼질을 가하고 있다. 활동이 줄어든 이무기의 등 위에서 언데드와 암흑 기사의 전투가 벌어질 정도였다.

엠비뉴 교단 역시 상황은 이보다 나쁘기 힘들 정도였다.

남아 있는 사제가 수십도 되지 않았고, 암흑 기사들은 100명도 안 되어서 간신히 언데드 군단을 막고 있을 뿐!

대신관 페이로드가 신성력을 발산해서 언데드 군단을 밀어내는 덕에 그나마 버티는 수준이었다.

언데드 군단을 남기고 떠난 바르칸.

힘을 비축하며 생명력을 남기고 숨을 죽이고 있는 교활한 이무기.

침입자들을 몰아내려는 엠비뉴 교단.

이곳에 위드가 야만족과 조각 생명체들을 끌고 들어왔다.

―원흉!

"천한 인간 주제에 바르칸 데모프 님을 소환하였더냐?"

"네가 이 모든 몬스터를 데리고 온 주범이로구나."

언데드의 대표는 둠 나이트 가운데 일인이었다.

위드는 이 세 무리로부터 맹렬한 비난을 받았다. 하지만 어깨를 활짝 펴고 꿋꿋하게 말했다.

"원래 인기인은 악플을 받는 법이지."

근거 없는 떳떳함!

위드가 이무기를 향해서 말했다.

"네가 더 강했으면 보기 싫은 적들 다 죽일 수 있었잖아. 그렇지?"

―…….

이번에는 둠 나이트였다.

"누가 가슴에 칼 꽂힌 채로 등장하래? 약하니까 바르칸도 역소환이나 당한 거잖아."

그리고 페이로드.

"너랑은 원래 적이었어. 누굴 원망하고 누구한테 억울해하는 거야?"

아전인수!

끝없는 자기 합리화.

"역사는 승자만을 기억하는 법이지. 패자들의 비겁한 변명 따위는 신경 쓰지도 않아. 안 그러냐, 빙룡아."

"주인의 말이 맞다."

비열함에 있어서는 위드나 마찬가지인 빙룡!

"강한 자가 이기는 게 아니라, 이기는 자가 강한 것이다."

"과연 주인이다."

"똑똑하다."

주워들은 격언들을 인용하면서 빙룡과 불사조들의 호응을 이끌어 냈다.

죽음의 선고 유지 시간은 아직도 10시간이 넘게 남았다.

하지만 시간을 끌어서 좋을 것은 없는 법!

바르칸이 남겨 놓은 언데드 군단도 수천이나 되고, 엠비뉴 교단의 사제와 페이로드, 이무기까지 있으니 전투는 끝난 게 아니다.

"쓸어버려!"

위드가 전투의 개시를 알리자마자 빙룡이 주둥이를 크게 벌렸다.

참아 왔던 숨을 한꺼번에 토해 내면서 쏘는 아이스 브레스!

순백의 브레스가 이무기와 언데드들이 몰려 있는 장소를 향해 쏘아졌다.

땅을 딛고 있는 채로 그 자리에서 얼어붙어 버린 언데드들.

이무기는 남은 한쪽의 날개로 몸을 감싸면서 막아 냈지만 언데드들은 버티지 못하고 얼음덩어리가 되었다.

브레스의 사정권에 들지 않은 언데드들이 돌격을 해 왔다.

"막아라!"

베자귀 부족의 용사들이 도끼와 망치를 휘두르며 방어에 나섰다. 스켈레톤의 뼈를 부숴 버리고, 좀비들을 도륙했다.

바르칸의 역소환 이후로 다크 룰 마법도 해제되어서, 언데드 군단은 더 이상 늘어나지 않았다.

"콜 데스 나이트 반 호크!"

으스스한 연기와 함께 마침내 등장한 데스 나이트.

"여기는… 싸워 볼 만한 적들이 많군."

"그럼 싸워라!"

데스 나이트는 둠 나이트 다섯과 호각을 이루면서 전투를 벌였다.

킹 히드라의 머리들이 잘렸을 때부터 KMC미디어는 축제 분위기였다.

"만세!"

"해냈다!"

실시간으로 전송되는 영상을 보면서, 강 부장은 자신의 일처럼 기뻐했다.

방송의 내용은 통곡의 강에서 조각품을 만들고, 수호 기사들을 데리고 엠비뉴 교단의 의식 방해를 하는 부분을 지났다. 빙룡의 등장에 이르러서 분당 시청률은 이미 27.3%를 넘어서 기록적인 수준이었다.

〈로열 로드〉의 게시판에는 조각사에 대해서 물어보는 질문들이 넘쳐 났다.

빙룡의 출연으로 인하여 전신 위드와의 관련성을 물어보는 질문들도 수백 개!

"남은 잔당만 싹 쓸어버리면 되겠구나."

대신관 페이로드만 하더라도 초고위 몬스터였으니 방심할 수 없는 처지!

언데드 군단이나 이무기도 남아 있으니 전투는 끝난 게 아니었다.

위드가 가장 경계하는 건 엠비뉴의 사제들이었다.

"페이로드는 회복이 이루어지지 않지만, 저 사제들이 힘을 되찾으면 위험해!"

죽음의 선고는 대신관 페이로드에게만 영향을 미친다. 암흑 기사와 사제 들은 시간만 지나면 몸 상태를 정상으로 돌릴 수 있는 것이다.

"저들을 제압해야 돼."

엠비뉴 교단을 공격하기 위해서는 밀려드는 언데드부터 정리해야 했다.

"베자귀 부족, 선두에! 사르미어 부족, 중군에 포진하라! 레키에 부족은 후방에서 대기한다!"

위드의 사자후에 따라서 야만족들이 척척 돌격 진형을 갖췄다. 세 부족의 조합을 이끌어 내서 전투에 쓰려고 하는 것이다.

동맹 부족들은 요새를 위한 공성전에는 바람직하지 않은, 피해가 너무 큰 조합이었다.

사제나 성직자도 없으니 근본적으로 소모품으로밖에 여겨지지 않던 동맹 부족들.

그러나 지금처럼 이무기와 킹 히드라가 날뛰면서 부숴 놓은 잔해들이 많은 지형에서는 최적의 효율을 갖춘 조합이 되었다.

"화살과 주술로 타격을 입힌다. 공격!"

사르미어 부족의 화살과 레키에 부족의 주술 공격이 언데드 무리에 작렬.

진형이 흐트러졌을 때에 베자귀 부족이 한 걸음씩 전진했다. 언데드들이 겁 없이 덤벼들었지만 철벽처럼 굳건하게 버텼다.

위드의 날카로운 눈매가 전장 전체를 주시했다.

"고지부터 점령한다. 사르미어 부족은 우측 능선을 일제사격하라!"

화살의 집중 공격이 지난 후에 베자귀 부족이 지역 점령.

지형을 유리하게 선점하고 방어선을 구축하면서 언데드들을 사냥했다.

"세르피크가 이끄는 부대, 20보 뒤로 후퇴!"

위드는 언데드들을 더 압박하는 대신에 야만족 무리를 전체적으로 톱니바퀴처럼 만들었다.

"베자귀 부족 뒤로 빠지고 사르미어 부족 전면에. 일제사격! 사르미어 부족 오른쪽으로 돌고, 레키에 부족이 주술로 공격하라. 주술 공격이 완료되는 즉시 베자귀 부족 일제 돌격!"

진격과 퇴각을 유기적으로 지시하면서 전군을 살아 있는 생명체처럼 만든다.

부대 전체가 회전하면서 지형에 적응해 신속하게 고지들을 점령하고 이동한다.

높은 체력과 기동성을 바탕으로 한 톱니바퀴 전술.

지휘관을 잃어버린 언데드 군단은 화살과 주술 공격, 베자귀 부족의 도끼 공격에 처참하게 궤멸되었다.

희생을 최대한 줄이는 일반적인 전술처럼 보였지만, 결과로 드러나는 끔찍한 파괴력이 숨어 있었다.

감정이 제거된 언데드들이 아니었다면 공황 상태에 빠져 추가적으로 큰 피해를 입었으리라.

"이길 수 있다."

"우리는 승리한다!"

위드가 이끄는 야만족 부대의 사기는 절정을 달렸다.

"빙룡과 불사조들은 왼쪽을 타격하라!"

빙룡과 불사조들은 언데드들이 뭉쳐 있는 곳에서 활약을 하면서 적들을 흩트려 놓았다. 별동대 역할을 해 줌으로써 언데드들의 신경이 분산되게 하는 것이다.

바르칸이 떠나고 난 이후로 조직적인 지휘 기능이 붕괴된 언데드들을 도저히 어찌할 수 없을 정도로 몰아간다.

위드가 지휘하는 야만족 부대는 이 순간 최강의 부대처럼 보일 정도였다.

"부대 분할!"

야만족들은 지능은 낮지만 전투적인 학습 효과는 상당했다. 일반 병사들보다도 빠르게 자신들이 해야 할 일을 찾고, 임무를 수행한다.

위드는 3개의 톱니바퀴로 나누어서 언데드들을 상대했다.

3개의 톱니바퀴들이 서로 엇갈리면서 틈을 만들고, 언데드들이 끼어들면 분쇄해 버린다.

"끼요오오오오!"

"둠 나이트들이여, 전진하라!"

둠 나이트들을 선두로 언데드들이 밀고 들어왔다.

화살 집중, 주술 공격을 버티고 전진하면 어느새 목표로 삼았던 베자귀 부대는 훨씬 뒤로 퇴각해 있다.

톱니바퀴의 중앙에 끼어든 언데드 군단은 전방과 좌우에서 집중적인 공격을 당하면서 전력이 고갈되었다.

베자귀 부족의 용사들은 정면 승부를 피하면서 체력을 아꼈다. 언데드 군단에 균열이 보이면 그 용맹을 떨칠 기회가 주어진다.

화력의 집중과 방어의 분산, 거리와 지형을 최대로 이용하는 전술!

언데드 무리가 삽시간에 녹아났다.

"길이 열렸다! 가자!"

위드는 누렁이와 함께 언데드들 사이를 달렸다.

목표는 대신관 페이로드!

빙룡과 불사조가 공중에서 호위하고, 톱니바퀴 진형에서 이탈한 400명의 베자귀 부족이 함께 돌격대를 맡았다.

언데드 무리는 소규모로 나뉘어서 더 이상 위협이 되지 못했던 것.

언데드들과 싸우는 동안에 사제들이 상당히 회복했을 테니 조급할 수밖에 없었다.

'암흑 기사들은 얼마 남지 않았었어.'

사제들의 특기인 축복이나 치료 등의 도움을 활용하기에는 암흑 기사들의 숫자가 너무 적다.

베자귀 부족에게 맡겨 놓고 사제들을 친다는 계산!

암흑 기사들이 보였다.

"사르미어 부족 화살 공격! 레키에 부족도 지원하라!"

위드의 사자후가 터져 나왔다.

사르미어 부족이 쏜 화살이, 암흑 기사들이 막고 있는 장소로 비처럼 떨어진다.

레키에 부족의 부적술과 화염 주술 들도 엠비뉴의 사제들을 향해서 사용되었다.

베자귀 부족은 방어벽을 친 암흑 기사들을 향해 돌진!

축복을 잔뜩 받고 좋은 무기와 방어구를 착용하고 있는 암흑 기사들은 무척이나 강했다. 하지만 베자귀 부족 역시 짧은 도끼를 휘두르며 응전했다.

위드는 누렁이를 탄 채로 암흑 기사들을 스쳐서 그대로 내달렸다.

베자귀 부족에 약간의 피해가 있더라도 그냥 통과할 작정이었다.

대신관 페이로드가 있는 장소를 향해서!

비만형에 배불뚝이인 페이로드가 신성 마법을 외웠다.

"세상 모든 것에 군림하는 엠비뉴 신이여, 저희의 육신을 바치나니 이 땅을 더럽힌 자들에게 지엄한 벌을 내리소서."

페이로드의 최후의 희생 주문.

> 엠비뉴 교단의 대신관 페이로드가 스스로의 몸을 바쳤습니다.
> 엠비뉴 신의 동상이 균열을 일으킵니다.

위드가 고개를 들어 보니 요새의 중심부에 있던 엠비뉴 신의 동상이 무너지고 있었다.

12개의 팔을 가진 신의 동상이 수천수만 개의 파편들로 분해되어서 쏟아진다.

위드와 누렁이는 물론이고 언데드와 베자귀 부족, 사르미어 부족이 전부 공격 범위 안에 들어갔다.

피할 곳도 없이 떨어지는 동상의 파편들.

금속 조각들은 불길한 기운까지 내뿜고 있었다.

수백 미터에 이르던 동상의 크기와 무게를 감안한다면 초대형 재난이었다.

"안 돼!"

위드가 고함을 질렀다.

어떻게 아낀 동맹 부족인데 이렇게 손상시킨단 말인가!

위드야 죽더라도 죽음을 거부할 수 있는 힘에 의해 되살아날 수 있겠지만 동맹 부족은 불과 수백 명도 남지 못하리라.

철근만 한 파편들이 무섭게 낙하하고 있었다.

하늘이 무너지는 것처럼, 피할 공간을 찾아보기 어렵다.

전천후 한우 누렁이도 죽게 되리라.

퀘스트 성공 직전에 끔찍한 피해를 입게 되는 것.

"조각 검술."

위드가 빛의 날개를 펼치고 하늘로 날아올랐다. 그가 들고 있는 데몬 소드에서 환한 빛이 일어났다.

성공 여부에 대한 믿음은 전혀 없지만, 떨어지는 파편들을 검으로 쳐 낼 작정이었다. 어떻게든 누렁이라도 살리기 위하여, 죽는 순간까지 노력해 보려고 했다.

그때 뜨거운 무언가가 다가왔다.

"주인님, 저희가 막아 보겠습니다."

불사조 5형제가 날아와서 추락하는 동상의 파편을 넓은 날개로 감쌌다.

치이이이익!

수 미터에 이르는 파편들이 불사조들의 머리와 몸통, 날개에 작렬했다.

엠비뉴의 부정적인 신성력이 가득 담긴 동상의 파편은 초고열의 불사조들에게도 엄청난 타격!

불사조가 막는 넓은 범위에 무수히 많은 파편들이 추락하고 있었다.

불사조 5가 생명력에 3,859의 피해를 입었습니다.
다른 불사조들의 영향으로 759의 생명력을 복구합니다.

불사조 5가 생명력에 10,112의 피해를 입었습니다.
다른 불사조들의 영향으로 1,029의 생명력을 복구합니다.

불사조 5가 생명력에 7,326의 피해를 입었습니다.
다른 불사조들의 영향으로 817의 생명력을 복구합니다.

불사조 5가…….

"주인님, 끝까지 지켜 드리지 못해서 죄송……."

신성력에 의한 극심한 타격으로 불사조 5의 생명력이 완전히 사라졌습니다.

불사조 1마리가 소멸되었다.

생명력이 높고 금세 회복되는 불의 속성을 가진 불사조였지만, 물리력과 신성력을 동반한 파편에 의하여 무력하게 소멸.

불사조 4가 생명력에 2,905의 피해를 입었습니다.
다른 불사조들의 영향으로 315의 생명력을 복구합니다.

불사조 4가…….

불사조 4도 파편에 의하여 죽었다.

불사조 3과 2도 무수히 많은 파편들을 견디지 못하고 사라져

갔다.

위드의 눈앞에서 파편들을 막다가 사라진 불사조 4마리.

이제는 더 이상 불사조 5형제로 불리지 못하게 되었다.

"내 불사조들아!"

위드가 비통하게 울부짖으며 지상으로 떨어졌다.

불사조는 1마리만이 겨우 살았고, 미처 막지 못한 파편들이 동맹 부족들을 덮쳐서 절반이 넘게 희생되었다.

빙룡이 날개로 둘러싸서 막지 않았더라면 피해는 더욱 컸으리라.

빙룡도 생명력이 삼분의 이 정도로 줄어 있었다.

그 대신 엠비뉴 교단의 암흑 기사와 사제들, 병사들도 파편에 의해 전멸했다.

크라라라라라라라라!

—내 너희를 징벌할 것이다.

이무기가 한쪽 남은 날개를 떨쳤다.

거센 풍압이 흙먼지를 일으킨다. 야만족들이 버티지 못하고 땅을 뒹굴었다.

남아 있는 적들이 얼마 안 되었다.

바르칸도 페이로드도 킹 히드라도 없으니 이제는 자기 세상이 되리라는 욕심!

—어쭙잖은 너희가 나를 감히 나를 소환해? 너희를 모두 죽이고 진정한 드래곤으로 거듭나리라.

블랙 이무기가 거세게 포효했다.

드래곤 피어의 위용이, 격한 전투가 벌어졌던 엠비뉴 요새를 휩쓸고 지나간다. 위드와 누렁이, 빙룡 그리고 동족들이 입은 피해로 전투 의지를 잃어버린 야만족들에게 영향을 주었다.

"으으으, 이대로는 싸울 수 없어."

"드래곤을 공격하면 안 돼. 불길한 일이 벌어지고 말 거야."

"애초에 싸움을 시작한 게 무리한 일이었다."

야만족들이 공황에 빠졌다.

> 드래곤 피어에 의해 신체 능력이 제약을 받습니다.
> 5%의 마비 증상이 일어납니다. 부족한 지혜로 스킬 사용이 77% 제약을 받습니다.

위드의 투지에도 불구하고 드래곤 피어에 이 정도의 피해를 입었으니, 미개한 야만족들은 말할 필요도 없다.

'사자후로 야만족을 추스른다고 해도 사르미어 부족이 아니라면 크게 도움은 안 될 거야.'

험악한 전투를 거치고도 살아남은 이무기는 경험 많은 백전노장이었다. 한쪽 날개를 활짝 펼치는 것만으로도 이쪽 탑에서 저 멀리 있는 탑으로 건너뛴다.

베자귀 부족은 따라잡지도 못할 테고, 다리가 휘청거려서 제 풀에 넘어지리라.

마법의 조종이라고 할 수 있는 드래곤에게는 주술 공격도 매우 높은 경지가 아니라면 무용지물.

짝퉁 드래곤이기는 하지만 위드가 상대해 본 몬스터 중에서는 단연 최강이었다.

바르칸도 물론 강하지만, 개체의 위력으로만 놓고 본다면 블랙 이무기만 한 놈이 없다.

'그나마 동맹 부족들을 데리고 싸울 기회도 얼마 없다.'

위드는 서둘러 사자후를 시전하려고 했다.

드래곤 피어에 눌려 있던 몸을 강제로 해제하면서 사자후를 시전하려는 순간!

화르르르륵!

불사조들이 소멸되었던 곳에서 새하얀 불길이 일어났다.

화염의 정화.

살아남은 불사조 1이 그 자리로 날아들었다.

꺼지지 않는 불의 속성을 가지고 있는 불사조들. 엠비뉴 교단의 신성력에 의하여 생명력은 사라졌지만 마지막에 불의 정화를 남겨 놓았다.

불사조 1은 부리를 벌려서 그 꺼지지 않는 불의 정화들을 받아먹었다. 점점 날씬하고 우아해지는 육체와 찬란하게 타오르는 깃털들. 황금빛 태양이 뜬 것처럼 눈부시게 아름다워진 불사조 1의 재탄생!

불사조 1이 성장하였습니다.
동족의 생명의 원천을 흡수하며 생명력이 2.8배, 마나가 2.2배 늘어납니다.

레벨이 67개 올랐습니다.

꺼지지 않는 불의 속성이 변화하여, 불을 지배할 수 있는 권능으로 바뀝니다.

산악처럼 넓은 어깨에 큰 머리를 가지고 있던 불사조가 학처럼 날렵하게 변했다.

불사조가 선홍색 꼬리 깃털을 날리면서 지상에 착지했다.

그렇지 않아도 엠비뉴 요새는 방화로 인해 불바다였다.

마구 타오르는 성채를 향해 불사조가 가볍게 눈짓했다.

그러자 저절로 사그라지는 불길들!

일대의 불을 지배할 수 있는 권능이 발현된 것이다.

―내 너희에게 진정한 폭력과 공포 그리고 드래곤을 건드린 참혹한 대가가 무엇인지를 뼛속까지 새겨 주…….

블랙 이무기가 말끝을 살짝 흐렸다.

새롭게 탄생한 불사조의 위용이 보통이 아니었던 것이다.

빙룡에 불사조.

얼음과 불의 상반된 두 괴수가 눈알을 부라리고 있다.

몸이 멀쩡한 상태였다면 겁내지 않겠지만 지금은 중증 환자라고 해도 무방할 수준!

블랙 이무기는 자연스럽게 말을 이었다.

―새겨 주고 싶은 마음도 없는 건 아니지만 함께 사는 베르사 대륙에서는 약자에 대한 배려와 관심과 평화가 지켜져야 한다. 무의미한 싸움은 이쯤에서 끝내도록 하고, 급한 일이 있으니 이만 돌아가 보겠다.

블랙 이무기가 몸을 돌렸다.

어딘가 서두르는 게 역력한 기색!

걸음을 채 두 발자국도 떼기 전에 위드가 말했다.

"야, 인마."

블랙 이무기는 무시한 채로 걸음을 옮겼다.

"야, 너 이리 와 봐."

블랙 이무기는 고개도 돌리지 않은 채로 뜻을 전달했다.

―먼저 왜 오라고 하는 건지 말하라.

"어디 가냐."

―집에 간다.

"너 말 함부로 놓는다? 이리 돌아와."

―…제가 바쁜 일이 있어서…….

블랙 이무기는 정말 돌아가고 싶지 않았다. 하지만 빙룡과 불사조가 다가오자 원래의 위치로 몸을 돌렸다.

―솔직하게 말해서, 갑자기 소환되어서 정말 열심히 싸웠잖습니까? 그래서 나쁜 놈들도 많이 죽였고 도움도 드렸으니 이제 돌아가려고 합니다.

맡은 일을 마쳤으니 칼퇴근을 하겠다는 블랙 이무기의 합리적인 논리. 양심이 있는 사람이라면 몸을 사리지 않고 도움을 준 몬스터에게 함부로 대하지는 못하리라.

지능이 뛰어난 블랙 이무기였기에 효과적이고 설득력 있게 상황을 전달했지만 위드는 명쾌하게 잘랐다.

"여기 올 때는 쉬워도, 떠날 때는 내 허락 받고 가야 돼."

―그런 법이 어디…….

"법은 멀고 칼은 가까운 거지. 이 바닥이 원래 다 그런 거야. 너 드래곤 하트 있지?"

―저 어려서 아직 그런 거 없는데요.

미성년 짝퉁 드래곤!

"있을지도 모르잖아. 가끔 심장 부근이 따뜻하다거나 혹은 힘이 나온다거나 그런 적 없어?"

—어휴, 말도 마세요! 저혈압이라서 아침마다 일어나기 힘들고요, 가끔 호흡도 곤란해지는데…….

"죽어도 여한이 없겠네."

위드는 미리 정해진 대로 결론을 내렸다. 보스급 몬스터를 잡을 기회가 흔치 않은데 그냥 보내 줄 리가 만무한 것이다.

'빙룡도 많이 회복되었을 테고.'

대화로 시간을 끌었던 자체가 빙룡에게 휴식을 주기 위한 것이었던 셈.

블랙 이무기가 섬뜩하게 눈알을 빛냈다. 포악한 몬스터의 본성을 억누르고, 이 정도면 정말 많이 참았다.

—크악! 모조리 죽여 버리겠다!

이무기가 꼬리를 세워서 빙룡을 후려쳤다.

날카로운 기습이었지만 대비가 되어 있었다.

"조각 검술!"

위드가 검을 들고 덤비고, 빙룡과 불사조도 합공을 취했다. 야만족들도 공황 상태에서 벗어나서 화살과 주술로 지원해 주니, 없는 것보단 훨씬 나았다.

사르미어 부족의 쐐기형 화살촉은 이무기의 피부에 따끔한 맛을 보여 주었다. 이무기는 뒹굴고 뛰어오르면서 엠비뉴 요새의 벽을 무너뜨리고 첨탑들을 부쉈다.

광란의 전투가 벌어진 지 30분 정도가 지나서 빙룡이 이무기의 목덜미를 물어뜯고, 불사조는 부리로 몸통을 쪼았다.

이무기의 장대한 생명력이 바닥을 기고 있을 무렵이었다.

"소드 카이저!"

위드가 이무기의 정수리에 검을 찔러 넣었다.

전투를 통해 알아낸 치명적인 급소였다.

드래곤의 피부를 연상시킬 정도로 단단한 이무기의 비늘조차도 효과적이지 못한 유일한 장소.

캬오오오오.

블랙 이무기의 눈동자에서 급격히 빛이 사라졌다.

레벨이 올랐습니다.

레벨이 올랐습니다.

레벨이 올랐습니다.

이무기 프레이키스가 긴 수명이 다해 영원한 안식에 들어갔습니다.

더없이 높은 업적으로 인하여 명성이 760 올랐습니다.
전투에 참여한 모든 이들의 스탯이 3씩 오릅니다.

폭군의 귀환

　바바리안을 연상시키는 근육질의 야만족들이 무기를 들고 함성을 질렀다.

　"이겼다!"

　"우리가 힘을 합친 결과다."

　"전투를 승리로 이끈 위대한 지휘관 위드여! 만세!"

새로운 칭호, '이무기를 사냥한 지휘관'을 획득하였습니다.
병사들을 지휘할 때의 영향력이 35% 늘어납니다. 최대 충성도를 향상시키고, 부대를 훈련시킬 때의 효과가 최대 20% 높아집니다. 전투에서 지휘하는 군대의 힘과 기동력이 3% 증가합니다. 이무기보다 낮은 레벨의 몬스터를 사냥할 때, 병사들은 절대 움츠러들지 않을 것입니다.

　엄청난 공적에도 불구하고 위드는 그 공을 혼자 차지하지 않았다.

　"빙룡아."

　"주인, 말하라."

"수고가 많았다. 다 네 덕분이다."

"알아줘서 고맙다, 주인."

빙룡은 힘든 전투로 몸체에 구석구석 균열이 가고 초췌해진 모습으로 대답했다.

"불사조야."

"예, 주인님."

"형제들을 잃어서 안타깝다. 그 덕에 나도 살 수 있었지만 차라리 내가 죽었으면 좋았을 것을, 가슴이 미어지는 것 같구나. 그래도 네가 다른 형제들의 몫까지 해 주니 안심이 된다. 정말 고생이 많았다."

"앞으로도 충성을 다하겠습니다."

"누렁아."

"말해라, 주인."

"드러나지 않는 곳에서 항상 노력하는 네 모습, 지켜보고 있다. 누렁이, 참 충직하고 유능한 녀석 같으니."

위드는 누렁이의 머리를 쓰다듬어 주었다.

돈이 드는 게 아니니 말로 때우며 공을 나눠 준다.

'자고로 신상필벌은 엄격해야 하는 것이지.'

칭찬은 아낄 필요가 없는 법.

물론 이무기에게서 나온 아이템은 독식했다.

조르디아의 직인을 획득하였습니다.

다이아몬드 8개를 획득하였습니다.

이무기가 가지고 있는 아이템은 많지 않았다. 하지만 다이아몬드는 감정 가격에 따라서 최소 1,000골드에서 수만 골드에도 이른다.

"이 정도 다이아몬드라면 대충 1만 골드씩은 받을 수 있겠어."

조르디아의 직인은 지금은 사라진 왕국에 있는 영주의 도장.

소유하고 있으면 명성을 150 올려 준다.

그 외의 골동품적인 가치가 있을지, 혹은 누군가 필요로 하는 퀘스트 아이템일지는 알 수 없다.

"필요로 하는 사람이 있으면 언젠가 경매 사이트에 올라오겠지. 명성은 필요 없으니 돈이 필요해지면 그냥 팔아 버려도 괜찮겠고."

이스렌의 마법 무구는, 유능한 명장이며 인챈터였던 제롬 이스렌의 물품이다.

"감정!"

마법 지팡이였는데, 위드의 감정 스킬로도 확인이 불가능.

마법사가 직접 감정해야만 가치를 알 수 있는 경우도 간혹 있었다.

"비싼 물건일 거야."

일단은 기대감을 갖고 챙겨 두었다.

킹 히드라를 잡고 나온 소피아의 거창도 좋은 무기였다.

바바리안이나 거인족이 사용하기 적합한 거창으로, 인간들이 쓰는 창보다 훨씬 강력하다. 그러나 레벨 제한이 470이라서 과연 쓸 수 있는 사람이 있을지는 의문이었다.

"경매 사이트에 올려놓으면 누군가는 사겠지."

위드는 전리품들을 챙기고 나서 조각칼을 꺼냈다. 획득할 수 있는 물품은 아직 더 남아 있었다.

서걱서걱!

이무기의 가죽과 고기 등을 더 챙겼다. 재봉사, 요리사의 기술이 동원되면 더 많은 가죽과 고기를 얻을 수 있다. 수작업으로 사체에서 가죽과 고기를 떼어 내는 것이다.

이무기의 가죽을 획득하였습니다.

이무기의 고기를 획득하였습니다.

이무기의 가죽

생산 스킬 재봉과 관련된 아이템. 궁극의 재봉 재료. 옷이나 장비를 만들기에는 너무 귀한 물건이다. 마나의 힘이 깃들어 있으며 독에 대한 저항력을 갖게 해 주고 암흑 계열의 힘을 증폭시켜 준다. 보통의 재봉술과 재봉 도구로는 다룰 수 없다. 명장의 반열에 오른 재봉사에게 더없이 귀한 경험과 명품을 만들 기회가 주어질 것이다. 전투의 흔적이 가죽에 고스란히 남아 가치가 다소 훼손되었다. 물품으로 제작하려면 별도의 수선이 필요하다. 최상급 재봉 아이템.

내구력: 30/30

옵션: 암흑 계열의 힘을 증폭시킨다. 마나의 최대치를 20,000 증가시켜 준다. 독에 대한 저항력을 가져서 쉽게 중독되지 않게 해 준다. 매우 가벼운 소재.

이무기의 고기

음식류. 요리 재료로도 쓰인다. 갓 잡은 이무기의 신선한 살점. 회로 먹어도 전혀 비릴 것 같지 않다. 최상의 영양분을 간직하고 있으며, 스태미나에 큰 도움을 주는 음식. 요리사라면 어떤 음식이든 만들어서 도전하고 싶을 것이다. 지상 최고의 음식을 만들고 싶을 때, 가장 사랑스러운 연인을 위한 요리를 할 때 적극 추천하는 고기. 요리 재료로서 극히 귀하여 가격을 따지기 어렵다. 맛을 본 사람에게는 더없는 영광이 되리라. 단점으로 비린내가 조금 있다. 최상품의 고기.

내구력: 7/7

옵션: 일반적인 방법으로 1킬로그램을 먹었을 때의 효과. 체력 20 상승. 생명력의 최대치 120 증가. 힘 7 상승. 명성 150 증가. 미식가의 호칭을 얻는 데 상당한 도움이 된다. 요리사가 만드는 음식과 기술에 따라 효과에 큰 차이가 생긴다. 단, 1킬로그램 이상을 먹더라도 추가적인 상승은 없다.

최고의 보양식 재료.

이무기의 고기는 어마어마한 분량이라서 따로 보관을 잘해 두어야 했다.

"드래곤 하트가 없어서 아쉽지만, 그래도 고기가 제법 도움이 되는군."

경황이 없어서 살피지 못했지만 킹 히드라의 고기도 스탯을 약간 증가시켜 주는 효과가 있었다.

요리에 따라서 각종 스탯을 1이나 2씩 올려 주는 효과!

많이 먹으면 입과 몸에 적응되어서 추가적인 효력은 발생하지 않는다. 몸에 영향을 주는 건 단 한 번이라서, 최고의 요리사가 재료를 다루어야 한다.

위드는 이무기의 머리통도 일단 따로 챙겨 놓았다. 그리고 동맹의 증표인 지팡이를 요새의 가장 높은 곳에 꽂았다.

그 순간.

띠링!

퀘스트의 보상으로 명성이 3,200 늘어납니다.

카리스마가 115 증가합니다.

통솔력이 25 증가합니다.

야만족들이 위드를 바라보는 태도부터 변화가 생겼다.

존중과 경의, 흠모가 진하게 묻어 나오는 눈빛.

위드는 마탈로스트 교단의 죽음의 상을 꺼냈다.

조각상이 수다를 떨기 시작했다.

―헌신적인 인간이여. 그대의 조력으로 인하여 마탈로스트
교단을 핍박하던 대신관 페이로드와 엠비뉴 교단을 몰아낼 수
있었다. 마탈로스트 교단의 명맥은 완전히 끊이지 않았다. 엠
비뉴 요새의 지하 감옥에 감금된 그들을 구하라. 그들이 가진
경험과 지식은 차후 마탈로스트 교단을 복원하는 데에 큰 도움

이 될 것이다. 이 어려운 임무를 완수하기 위하여 예전 마탈로스트 교단의 신전으로 가라. 숨겨진 방에, 원하는 장소로 이동할 수 있는 대형 포탈이 설치되어 있다. 원하는 곳으로 연결될 것이다.

마탈로스트 교단의 포로 구출

통곡의 강을 완전히 제대로 되살리기 위해서는 반드시 마탈로스트 교단의 사제들이 필요하다. 엠비뉴 교단에 납치된 그들을 구출하라. 요새의 지하 감옥은 무척 위험한 몬스터들과, 엠비뉴 교단의 실험체들이 갇혀 있는 곳이다. 포로들을 구출하여 안전한 곳까지 데리고 나와야 한다.

난이도: B

보상: 마탈로스트 교단의 공헌도. 통곡의 강을 정화함으로써 대량의 경험치 획득.

제한: 포로들이 모두 사망하면 실패로 간주된다.

"포로들을 안전한 곳으로 이끌겠습니다."

퀘스트를 수락하였습니다.

위드가 막 엠비뉴 요새를 점령했을 때쯤에는 KMC미디어의 기술진이 모두 동원되었다.

"CG 효과 있는 대로 다 넣어 줘."

"음향 팀, 최고의 배경음악 깔아 줘야 돼."

"카메라 팀은 지금 영상 설정이 왜 이 모양이야? 좀 더 박진감 있고 치열한 난전! 킹 히드라나 바르칸이 활약하는 모습을 잡아 주란 말이야. 시청자들이 뭘 원하는지 몰라?"

욕을 퍼부어 대고 또 먹으면서도 정신없이 돌아가는 분위기.

시청률이 37%를 넘고 있었다.

위드가 킹 히드라를 퇴치했을 때는 시청자들의 관심이 최절정에 달했다.

> ─모라타의 영주라는 소문이 사실인가요?
> ─조각사라는데… 조각사가 저런 전투 능력을 발휘할 수는 없습니다.
> ─조각사가 맞을 거예요. 조각술도 펼쳤잖아요.
> ─피라미드를 만들었던 그 위드가 확실합니다. 제가 증명할 수 있어요. 잡템이 떨어졌을 때 가늘게 치켜뜨면서 견적을 살피던 그 눈매! 위드가 맞는다는 증거입니다.

빙룡의 등장과 데스 나이트 반 호크의 출현.

위드가 짧은 순간 보여 준 발군의 전투 감각으로 인하여 전신이라는 이름도 나왔다.

하지만 방송사는 정확한 사실을 공개하지 않았다.

9시간이 넘는 방송 진행에도 신혜민은 여전히 활달했다.

"드디어 킹 히드라의 목이 떨어졌습니다! 9개의 목이 떨어져야 완전한 죽음을 맞이하는 몬스터! 명문 길드들이 덤벼도 감당하지 못했던 몬스터가 이렇게 죽게 되었네요."

이진건은 직접 보면서도 인정하기 어려운 듯 이현을 깎아내리는 소리를 늘어놓았다.

"저 아이스 드래곤 덕분일 겁니다. 본 드래곤과의 전투에서도 나왔던 신비의 아이스 드래곤. 그리고 등장하기 전부터 매우 많이 지쳐 있었기 때문에 사냥할 수 있었겠죠. 혼자 싸운 것도 아니잖습니까. 수천 명이나 되는 야만족들이 지원해 주었습니다."

"뭐, 그렇게 볼 수도 있겠네요. 하지만 킹 히드라가 이렇게 죽을 줄은 시청자 여러분도 짐작하지 못하셨을 겁니다. 오주완 씨, 이 전투에 대해서 어떻게 생각하시나요?"

오주완은 고개를 절레절레 저었다.

"터무니없는 전투입니다. 이 퀘스트의 난이도는 지독하게 높아요. 엠비뉴 교단이 이토록 강할 줄이야. 하지만 여기에 킹 히드라와 바르칸 데모프, 이무기를 소환해서 난전을 벌여 버리다니, 보통 사람은 생각이나 했을까요? 아니, 머릿속으로 떠올리더라도 감히 실천으로 옮기지는 못했으리라 봅니다."

신혜민이 방글방글 웃으면서 반문했다.

"역시 그렇겠죠?"

"예. 베르사 대륙 최상급의 몬스터들이 한자리에 모여서 격전을 벌이는데……. 아마 시청자 여러분도 이런 장면은 처음일 거라 생각합니다."

오주완의 말대로였다.

바르칸과 킹 히드라, 페이로드, 이무기가 보여 주는 화려하고 가공한 전투들은 시청자들을 압도하고 기가 질리도록 했다.

꿈과 환상도 함께 심어 주었다.

베르사 대륙에 저렇게 강한 존재도 있다.

퀘스트와 사냥을 반복하다 보면, 자신도 저런 영웅이 될 거라는 열망이 피어오르게 만든다.

"저런 두둑한 배포가 어디에서 나오는지 모르겠습니다! 그에게 두려움이란 없는 걸까요? 저도 저 주인공을 한번 만나 보고 싶군요."

오주완은 위드에게 깊은 관심을 드러냈다.

모든 능력을 동원하여서 싸우고 있는 위드!

이진건이 강하게 고개를 저었다.

"운이 좋았습니다. 그리고 여기까지일 걸요. 킹 히드라는 가장 약한 축에 드는 몬스터였고, 나머지는 절대 무리입니다."

하지만 잠시 뒤에는 바르칸이 역소환되었다.

이진건이 재빨리 말했다.

"죽음의 선고가 참 무섭군요. 바르칸처럼 마나 소모가 많은 리치에게는 결정적이라고 할 수 있었죠."

페이로드가 파멸의 주문을 외울 때는 박수까지 쳤다.

"드디어… 과연 S급 난이도 퀘스트는 아직 깨기 불가능한 것입니다. 저 불사조들도 죽는군요. 역시 엠비뉴 교단의 대사제는 굉장합니다."

하지만 전화위복으로 불사조가 새로운 모습으로 변모하며 재탄생하는 순간.

"어, 어라?"

블랙 이무기가 항전하였지만 빙룡과 불사조 그리고 위드가 제압해 버렸다.

위드가 퀘스트를 완료해 버린 것이다.

"……."

이진건은 막막하게 할 말도 떠오르지 않았다.

오주완도 예상치 못한 충격을 받은 듯이 멍한 기색이었다.

신혜민도 이번만큼은 조용했다.

물론 그녀에게는 원래 믿음이 있었다.

'위드 님이라면 해내실 거야.'

상식으로 설명할 수 있는 부분이 아니라 막연한 신뢰.

그럼에도 정말로 퀘스트를 성공해 버리니 믿기지가 않았던 것이다.

스튜디오에도 정적이 흐를 정도였다.

카메라맨이나 스태프들도, 결과를 미리 전해 듣기는 했지만 영상을 직접 보며 느끼는 충격과 비할 바는 아니었다.

지금 그들의 머릿속에 떠오르는 이름.

'전신 위드'.

시청자 게시판은 물론이고, 〈로열 로드〉와 관련된 토론 사이트들에서는 무수히 많은 추측과 논쟁이 벌어지고 있었다.

엠비뉴 교단과 싸우고 있는 사람을 전신 위드로 보느냐 혹은 보지 않느냐의 다툼이었다.

사자후와 데스 나이트, 빙룡.

오크와 다크 엘프를 다루면서 보여 주었던 불사의 군단과의 전쟁.

이 모든 진실들에도 불구하고 논쟁은 치열하기 짝이 없었다.

—위드가 맞습니다. 위드가 전에 치른 전투에서도 데리고 나왔던 몬스터들 이잖아요.
—괴성을 지르며 부하들을 통솔하는 건 위드가 사용했던 스킬입니다.

하지만 반론도 만만치 않다.

―단순하게 본다면, 몬스터나 스킬 몇 개가 같다고 해서 전신 위드라고 부를 수도 있을 것입니다. 이름까지 같으니 착각하기에 딱 좋지 않습니까?

―이성적으로, 논리적으로 설명해 드리지요. 참고로 저는 해외에서 경제학 박사를 마쳤고, 현직 펀드매니저입니다. 전신 위드에 대해서는 알려진 게 상당히 많습니다. 그는 프레야 교단의 성기사 출신으로, 네크로맨서로 전직했죠. 그가 본 드래곤과 싸울 때 사용한 스킬들을 본다면 증명이 끝난 사실입니다. 그런데 이제 와 직업이 조각사라니 말이 됩니까? 네크로맨서라면 당연히 네크로맨서 스킬을 활용해서 싸웠겠죠. 바르칸 소환이 아니라, 직접 언데드들을 일으켜서 요새를 공격했을 겁니다.

―윗분, 정말 중요한 부분을 지적해 주셨습니다. 과연 경제학 박사님답습니다. 저는 조각사 위드에 대해서 말해 보겠습니다. 조각사 위드는 로자임 왕국 출신으로, 시작한 지 1년 6개월도 지나지 않은 유저로 추정됩니다. 그가 로자임 왕국에서 소소한 조각품들을 만들면서 인기를 끌 때 본 사람도 많습니다. 제 친구도 그에게 조각품을 샀다더군요. 두 사람의 흡사한 면들은 발견되지 않은 공용 스킬이거나 특정한 조건에서 길들일 수 있는 몬스터, 혹은 친밀도로 부릴 수 있는 몬스터일 가능성이 큽니다.

이어지는 반론들.

―조각사 위드가 보여 주는 전투적인 감각은요?

―모라타의 영주 등으로 대단히 뛰어난 유저이기 때문에 오해받을 수 있겠지만, 아닙니다. 현재의 뛰어난 전투력은 퀘스트 등으로 인하여 특별히 얻은 건지도 모릅니다.

―그러면 이해가 되는군요.

―전신 위드가 〈마법의 대륙〉 계정을 판매하고 1년이나 지나서 조각사 위드가 출연했습니다. 시간상으로 놓고 볼 때도 아니라고 판단됩니다.

전신 위드는 워낙에 유명인이었기 때문에 잘못된 소문도 신빙성을 갖고 광범위하게 퍼졌다.

지금 와서 조각사라고 하니 도무지 믿기지 않는 것도 어쩔 수 없는 노릇!

　게시판마다 엄청난 논쟁과 물음들이 이어지고 있었다.

　막상 전신 위드의 정체가 밝혀질 수 있다는 사실이 시청자들에게는 쉽게 납득되지 않았다. 일반인에게는 전혀 생소한 이름이 되겠지만, 어느새 〈로열 로드〉에서도 최고의 인지도를 가지고 있으면서 더없이 신비로운 존재가 전신 위드였던 것이다.

　최악의 싸움터만을 찾아다니고, 불가능한 퀘스트를 남겨 놓지 않는다는 전신 위드.

　조각사 위드가 여러 비슷한 부분들을 보여 주었다고 해서 갑자기 받아들이기는 쉽지 않았다.

　의심과 당혹스러움이 증폭된 상태!

　조각사 위드가 전신 위드인지 아닌지가 초미의 관심사가 되고 있었다.

　여신 베르사.

　가상현실 〈로열 로드〉의 대륙 이름. 덧붙여 모든 것을 관리하는 중추가 되는 시스템이고, 절대 자아다.

　하늘이 내렸다는 천재 과학자 유병준이 창조해 낸 시스템.

　〈로열 로드〉는 어떤 오류도 없는 완벽한 가상현실이었다.

　새로운 세계 창조라는 전설이, 기적이 이루어졌는데도 유병준은 기뻐하지 않았다.

　"이제 겨우 첫발을 떼었을 뿐이야. 그렇지 않으냐, 베르사."

―네, 박사님의 말씀이 맞습니다.

여신 베르사의 상징물인 초대형 크리스털이 희미한 빛을 내며 대답했다.

다른 과학자들은 3등급 이하의 접속 관리 권한만 있을 뿐, 여신 베르사의 진정한 기능이나 영향력에 대해서는 알지 못한다.

"클클, 여기까지 무려 40년이나 걸렸다. 나의 모든 꿈을 쏟아부은 프로젝트가……."

유병준의 눈이 빛났다.

어릴 때 유병준은 시골에서 공부를 굉장히 잘하는 아이였다.

"오늘은 3차방정식의 활용에 대해 배워 보겠습니다. 혹시 아는 학생?"

"저요."

"근의 공식을 아는 학생?"

"저요."

"피타고라스의정리……."

"저요."

중학교, 고등학교, 대학교의 수학과 과학은 그에게 너무 쉬웠다.

"다음 진도는 언제 나가나요, 선생님?"

같은 반 학생들에게는 가장 밉상인 친구!

집단 따돌림을 당하기도 했지만 유병준은 개의치 않았다.

"멍청한 놈들. 뭉치지 않으면 혼자서는 아무것도 하지 못하는 놈들이."

국내의 학교에 다닐 때부터 유병준은 이미 학계의 유명인이 되어 있었다.

어떤 수학 공식이든 물리법칙이든, 보는 순간 답을 유추해 내었다. 더 진보한 새로운 이론을 만들어서 자신만 아는 법칙들로 정했다.

고등학교부터 각종 경시대회를 휩쓸었고, 국제수학대회에서도 초유의 성적으로 우승했다.

대학교에서는 물리학, 화학, 생명공학, 수학… 논문들을 낼 때마다 과학 잡지의 표지가 그의 몫이 되었다.

세기의 천재.

악마적인 두뇌라면서, 세계의 유수한 연구소에서 천문학적인 연봉을 제시하면서 그를 스카우트하려고 했다.

승승장구하는 줄로만 알았던 인생이었다.

그러던 순간에 최초의 좌절이 찾아왔다.

그에게 처음으로 사랑하는 여인이 생겼다.

데이트를 할 때면 언제나 그녀에게 미안한 마음만 들었다.

"매번 맛있는 거 못 사 줘서 미안해. 상금 받으면 레스토랑이라도 가자."

"괜찮아, 오빠."

해맑게 웃어 주던 그녀.

유병준이 수령한 상금은 결코 적은 금액이 아니었다. 하지만 연구에 필요한 기자재들을 사려면 항상 빠듯할 수밖에 없었다.

남들보다 앞서서 생각하고, 한시바삐 연구를 하려다 보니 돈
이 새어 나갈 수밖에 없는 것이다.

다른 사람의 밑에서 일하고 싶지 않았고, 기초과학 부문에
관심이 많았던 유병준에게는 불가피하게 감수해야 할 부분이
었다.

"다음 주에 보자. 아니, 다다음 주."

"바빠?"

"응. 내일 실험할 재료들이 들어와서."

"내일이 무슨 날인지 몰라? 내 생일이잖아. 오빠는 실험이
그렇게 중요해?"

"당연히 실험이 중요하지. 다다음 주에 생일 파티 해 줄게.
그때까지만 참자."

실험이나 논문이 있을 때는 여자 친구를 멀리했다.

가끔 여자 친구를 만날 때에도, 잠깐의 시간을 쪼개서 나온
거라 덥수룩한 머리에 꾀죄죄한 차림새 그대로였다.

"많이 기다렸지?"

약속 시간에 언제나 늦던 유병준.

착하고 사려 깊던 여자 친구는 결국 그를 떠났다.

"나를 정말 아껴 주고… 사랑해 주는 남자를 만나고 싶어."

여자 친구는 유병준이 없을 때마다 대신 그녀를 위로해 주던
남자에게 가 버렸다.

유병준은 이때까지만 해도 크게 낙담하지 않았다.

"연애? 연구 다 하고 천천히 해도 돼."

야심 가득한 젊은 과학자에게 연애란 사치스럽다는 생각도

들었다.

"수상 몇 개만, 논문 실적만 나오면 여자들 정도는……."

유병준은 목표로 했던 일들을 이루어 냈다.

하지만 그녀는 다시 돌아오지 않았다.

다른 여자들을 만날 수 있었지만, 그녀처럼 순수하지 않았고 마음 깊이 사랑하지도 못했다.

유병준은 평생 한 번밖에 찾아오지 않는 사랑을 그렇게 놓쳐 버렸다.

사랑은 놓치고 나서야 그 진가를 알게 되는 법.

뒤늦게 그녀를 찾아봤지만, 아이까지 낳고 결혼해서 행복하게 살고 있었다.

"사랑? 그런 거야 아무것도 아니야. 성공을 하자. 이 세상에서 제대로 성공해 보자."

유병준은 물리연구소에 들어가서 우수한 연구 실적들을 발표했다.

그러면서 쌓여 가는 돈과 영광.

연구소에서 믿는 이에게 치명적인 배반도 당하고, 연구 실적들을 도둑맞기도 했다. 나이를 먹으면서 갈수록 부조리한 세상만을 보게 되었다.

과학에 돈과 권력이 모여들면서 만들어지는 더러운 이면!

"거짓말과 권모술수, 정치. 일개 과학자로서는 할 수 있는 게 없군."

연구소의 소장 자리에 올랐어도, 정치인들에게 허리를 숙이면서 지내야 했다. 상업적으로 가치 있는 기술을 개발하여 기업에 이전해 주면, 달콤한 과실은 대부분 기업의 몫이었다.

유병준의 연구소는 전도유망한 기술들을 속속 개발하고 있었지만 그것으로 무력감과 허탈감을 지우지는 못했다.

"상? 어릴 때부터 많이 탔다. 명예라는 건 부질없는 거야."

지독한 외로움에 시달리던 그는, 진정한 성공을 해 보고 싶었다.

사랑까지 포기하면서 연구에 힘을 쏟았다.

"세상을 바꾸어 놓을 수 있는 기술, 진짜 혁신적인 기술을 개발해 보는 거야. 어떤 제약도 한계도 없는 기술을."

유병준은 연구소의 소장 자리를 내놓고 야인으로 돌아갔다.

처음에는 3년, 4년 정도라면 충분히 할 수 있으리라 여겼다.

하지만 새로운 과제들이 계속 나타나면서 혼자 연구하는 기간이 길어졌다.

무수히 많은 날들을 하얗게 지새우고도 포기할 수 없어서 계속 연구에 매진했다.

무려 40년간의 연구 끝에 만든 새로운 세상.

〈로열 로드〉는 그렇게 탄생했다.

파죽지세로 세계의 돈을 끌어 모으고 있는 가상현실. 전무후무한 기업으로 유니콘은 성장을 거듭하고 있다.

어디 그뿐인가.

10여 년 전부터 유병준이 가지고 있던 막대한 금력을 바탕으로 국내 정치인들의 배경이 되어 주고 있다.

물론 유니콘은 정치적인 도움이 필요한 기업이 아니다.

정치인들은 얼굴도 알지 못하는 이로부터 돈을 받으면서, 빚을 쌓아 가고 있다.

여러 정치 단체들이, 사실은 유병준의 대리인에 의하여 관리되었다.

군인에 대한 후원, 군수 업체에 대한 지분 장악도 여신 베르사의 중요한 기능 중의 하나.

지금 여신 베르사는 영역을 확장해서 유니콘의 광대한 수입을 세계 각지에 투자하고, 집행한다.

어떤 투기 자본도, 정치 세력도 함부로 건드리지 못할 만큼 성장했다.

여신 베르사가 운용하는 거대한 지하 자금과 은밀한 정치권력을 합친다면 그야말로 못 할 게 없을 것이다.

"클클클."

유병준은 모든 게 계획대로 진행되고 있음에 만족스러운 웃음을 지었다.

40년도 전에 꾸었던 꿈이 이루어지려고 한다.

"이 부조리한 세상에… 나의 법을 세운다."

가상현실을 기반으로 새로운 세계를 창조한다.

사람들은 그 세계에 열광하고 매료될 것이다.

삭막한 도시에서 벗어나 휴양과 모험, 도전을 즐길 수 있을 테니까.

"클클. 그리고 가장 뛰어난 놈이 나타나겠지."

유병준이 창조한 세상에서 범접하지 못할 위엄을 가진 황제가 등장하리라.

"그에게는 내가 마련해 놓은 모든 것들을 물려받을 자격이 있을 거야."

그때를 위하여 준비한 것들.

유병준은 베르사를 향해 물었다.

"전투용 안드로이드 개발은?"

─123,020개가 완성되었습니다.

소형, 중형 안드로이드.

비행기보다 빠르며 무기 장착에 있어서 자유롭다.

현대전의 필수품인 안드로이드는 미국과 러시아, 아직 이 두 강국에만 있는 것으로 알려져 있다.

"금융 쪽은?"

─26개의 상업은행을 인수했습니다. 그리고 유사시 106개의 국제은행들을 마비시킬 수 있습니다.

고객 정보 데이터 삭제는 물론이고, 결제 시스템까지 붕괴시킬 수 있는 준비가 되어 있다.

대공황까지도 일으킬 수 있는 부분.

하지만 유병준이 마련한 것은 여기에 그치지 않았다.

그가 가장 신경을 써서 개발해 놓은 부분은 생명공학이었다.

"인간은 나약하고 부족함이 많은 존재다. 큰 잠재력을 가지고 있지만 다 쓰지도 못하지."

생명공학 기술을 이용한 개조!

시력과 청력, 심폐기능, 운동신경을 발달시킨다.

수명도 훨씬 늘어나고, 어떤 병에든 즉각 대응하여 항체를 만들 수 있게 된다.

뇌에서 사용하지 않는 부분들을 활성화시켜서, 지적인 능력도 몇 배나 강화될 것으로 예상되었다.

더구나 장점은 이것으로 그치지 않는다.

남자라면 가장 중요하다고 할 수 있는 정력!

"클클. 하룻밤에 열 여자라도 녹일 수 있을 것이야."

유병준은 초인을 만들어 놓을 생각이었다.

막강한 정치권력과 마르지 않는 돈 그리고 여신 베르사의 관리 권한을 준다.

악인이 후계자가 된다면, 그릇된 판단으로 수많은 사람들을 고통과 도탄에 빠뜨릴 수도 있다.

"내가 관여할 바는 아니지. 나의 후계자가 그러한 판단을 내렸다면 오히려 세상이 이를 따라야 할 뿐."

유병준은 스스로의 수명이 그리 오래 남지 않았음을 알았다.

자기 자신도 유전자조작이나 장기이식 등을 통해서 수명을 늘릴 수는 있을 테지만 개의치 않았다.

후계자 탄생을 위한 준비 과정에 스스로의 육체마저도 희생시킬 작정이었던 것이다.

현실 세계에서는 절대 권력자가 그리고 베르사 대륙에서는 말 그대로 신이 된다.

그가 창조한 세상에서 잉태되는 황제!

유병준의 독선적인 야망을 충족시키기에 부족함이 없는 것이었다.

"아이고, 삭신이야."

위드는 온몸이 쑤셨다. 열까지 났다.

> 과도한 체력의 소모가 있었습니다.
> 체력을 회복할 때까지 휴식을 권유합니다. 체력 회복이 지속적으로 이루어
> 지지 않는다면 감기나 다른 합병증이 올 수 있습니다. 저주에 취약해지며,
> 지적 능력이 감소합니다.

인도자의 권능을 활용하면서부터 전투는 그야말로 난장판이
되었다.

하지만 전투가 힘들었다고는 해도 이렇게 앓아누워야 할 정
도는 아니었다.

지금까지 위드가 거쳐 온 전투 중에서 호락호락 쉬운 전투는
없었으니까.

"싸움보다는 뒷정리가 더 힘들었어."

무너진 요새의 잔해를 누렁이와 빙룡과 함께 치워야 했다.

"불사조, 넌 오지도 마라."

말 잘 듣는 강아지처럼 충직한 불사조는 아예 부려 먹지도
못했다. 불사조가 접근하면 고열로 인해 잡템들의 내구력이 떨
어져서 파괴되어 버리기 때문이었다.

빙룡은 킹 히드라와 이무기의 가죽과 고기까지 등에 지고 잔
해들을 치워야 했다.

"주인, 왜 내게만 이렇게 일을 많이 시키는가. 나보다 늦게

태어난 녀석들도 있는데…….”

빙룡은 거대한 체구로 인하여 힘이 약했다. 가속도가 붙으면 빠르지만 평소에는 그리 민첩하지도 않았다.

그래도 차마 일을 거부하지는 못하고, 그저 누렁이와 불사조에게 미루고 싶어 했다.

간단히, 고참 대우를 해 달라는 요구!

“고기의 양이 많잖아. 그러니까 네가 들어야 돼.”

“터무니없는 이유다. 누렁이도 힘은 좋지 않은가.”

위드는 당연하다는 듯이 답했다.

“냉동 보관해야지.”

고기의 유통기한을 늘리기 위한 방법.

낮은 온도에서는 이무기나 킹 히드라의 고기가 상하지 않는다. 빙룡의 등에 올려놓았으니 극저온으로 꽁꽁 얼어붙을 것은 분명한 사실.

다시 녹이기 전까지 오랫동안 보관이 가능하리라.

“어서어서 움직여. 백 번 일하고 허리 한 번 펴는 거야.”

위드의 재촉에 누렁이와 빙룡은 불만 가득한 얼굴로 잔해들을 치웠다.

엠비뉴 교단의 금은보화나 장식품들이 잔해 밑에 깔려 있었다. 무기와 방어구 들은 산산조각이 나 버렸지만, 그 파편들을 입수하는 것도 큰돈이 되었다.

누렁이가 꼬리를 하늘로 꼿꼿하게 세웠다.

“꼬리 펴지 마! 지금은 쉬운 거야. 예전에 내가 일할 때는 화장실도 기어서 갔어! 너희, 이렇게 땅 파면 돈이 나오는 기회가 어디 흔한 줄 알아?"

빙룡이나 누렁이는 가난한 위드에게서 태어난 것을 원망해야 할 뿐!

앉으면 눕고 싶고, 누우면 자고 싶다.

그런 철칙에 따라서 꼬리까지도 접고 일해야 하는 서러운 신세였다.

누렁이는 머릿속 깊이 새겼다.

"돈이란 정말 벌기 어려운 것이구나. 절대 함부로 쓰지 말아야겠다."

위드는 조각 생명체들과 함께 잔해 속에서 많은 양의 보석과 금속 조각들을 찾아냈다.

배낭에 다 넣지 못하여, 재봉 스킬을 이용해서 새로 대형 배낭을 5개나 만들어야 할 정도였다.

이무기의 가죽을 약간 잘라서 만든 배낭은 가볍고 튼튼하며, 무게를 절반으로 감소시켜 주는 옵션까지 있었다.

"암흑 기사들이 죽어 버린 게 아깝군. 그놈들도 잡았으면 경험치와 아이템이 상당했을 텐데……."

끝없는 욕심들!

"바르칸 이놈은 죽어 주지도 않을 거면서 괜히 열심히 싸워서……."

구시렁구시렁.

"킹 히드라 이놈은 뭐하러 요새를 다 부숴 놔서……."

위드는 힘든 일을 할 때마다 자신만의 비법이 있었다.

남을 원망하면서 일을 하면 능률도 오르고 피로도 덜하다.

고된 노가다를 하면서 성취감은 필요하지 않았다.

그저 멍하니 욕할 뿐.

"주인 잘못 만나서……."

"못된 주인."

빙룡과 누렁이도 그렇게 원망을 하면서 일을 했다.

불사조만이 높은 첨탑에서 고고하게 깃털을 고르고 있었다.

조각 생명체들을 고생시키는 건 틀림없이 위드였는데, 빙룡과 누렁이의 가장 미워하는 대상이 되었다.

"우리는 일하는데 노는 놈."

"제일 나쁜 불사조!"

엠비뉴 교단의 잔해를 모두 치우고 나니 빙룡이나 누렁이나 과도한 체력 소모로 한동안은 앓아누워야 했다.

백약이 무효였지만 위드는 억지로 몸을 일으켰다.

"물건값이 떨어지기 전에… 빨리 처분부터 해야 돼."

보물들을 들고 있으니 불안하다.

가능한 한 빨리 현금으로 바꾸는 게 우선이었다.

위드는 마탈로스트 교단의 신전을 찾았다. 막 무너지기 직전의 허름한 신전 벽면이 희미하게 빛이 났다.

"저곳이 숨겨진 방이로군."

벽을 밀고 들어가니 보이는, 발동되지 않은 대형 포탈.

마치 하얀빛의 거울을 보는 것 같았다.

다른 곳으로 텔레포트할 수 있는 포탈을 만들기 위해서는 엄청난 금액의 돈과 보석, 마법사들의 지원이 필요하다.

"그래도 완성되기만 하면 도시들 사이의 이동이 꽤나 간편해지지."

베르사 대륙의 성과 거대도시에는 텔레포트 게이트가 만들어져 있다. 다만 하루에 이동시킬 수 있는 무게나 크기에 제약이 있어서 상업에 사용할 수는 없었다.

마나석과 전담 마법사까지 배치해야 되니, 유지하는 데에도 많은 돈을 들여 써야 하는 셈.

그에 비해서 대형 포탈은 두 공간을 하나로 이어 놓는다.

물론 무게나 인원수 등의 제약은 어느 정도 받지만, 텔레포트 게이트에 비해서 여유가 있는 편이다. 최초의 설치만 이루어지면 유지 비용도 거의 들지 않는다.

"포탈을 이을 장소는 이미 정해 놨지."

위드는 곧바로 모라타 성의 중심부로 포탈을 열기로 했다. 다른 장소는 떠올릴 필요도 없이 선택을 한 것이다.

"모라타 성으로 포탈을 연결하라."

그 순간, 푸른빛의 포탈이 발동되었다.

위드는 성큼 포탈 안으로 걸음을 옮겼다. 누렁이도 어슬렁거리면서 뒤를 따랐다.

꽃

"누구 식료품 파실 분! 종류 가리지 않고 몽땅 삽니다."

"멀리 벨나인 왕국에서 특산품이 도착했어요. 말린 과일 껍질 맛보실 분! 달콤합니다."

"귀금속 도매상 골드리치 상점에 오세요. 전문 귀금속에서부터 희귀 광석까지 골고루 취급합니다."

모라타 성의 광장에는 상인들이 노점을 펼치고 있었다.

사냥과 퀘스트를 위해 북부로 발길을 옮기는 유저들이 수도 없이 많다. 그들을 위한 도시가 되어 커진 모라타는, 북부 전체의 수도 역할을 하는 중이다.

위드가 연결한 포탈은 광장의 중심부에 열렸다.

하늘에서부터 일직선으로 떨어진 푸른빛이 점점 범위를 확산시키더니, 넓은 포탈이 만들어진다.

"어라, 저게 뭐지?"

"저거, 나 본 적 있어. 이동 포탈인 것 같은데."

"이동 포탈이 광장에 생긴다고?"

상인들이 놀라서 잠시 상행위를 멈췄다.

구경꾼들은 삽시간에 몰려들었다.

"퀘스트일까?"

"몬스터가 나올지도 몰라."

무슨 사고를 기대하면서 무기에 손을 올리는 전사나 주문을 영창하는 마법사도 있었다.

모라타의 광장은 개발되지 않았을 때부터 넓은 편이었고, 구획정리가 이루어지면서는 광대하게 확장을 했다.

상인들이 수백 명은 장사를 하고 있었고, 잡템을 팔던 유저나 퀘스트를 위하여 동료를 구하고 있는 사람들까지 모였다.

광장의 빼곡한 인파가 보는 가운데 이동 포탈이 완성되는 셈이었다!

위드는 다른 장소는 염두에 두지도 않았다.

'꼭 이곳이어야만 해.'

부동산 투기의 핵심.

사람들이 빈번하게 몰려 있는 장소에 투자해야 한다.

전철역 인근, 대형 마트, 백화점 주변이야말로 가장 장사가 잘되는 장소.

이동 포탈의 통행료를 징수하고 이용자를 늘리고 덤으로 상업도 발달시키려면 광장에 만드는 게 필수였던 것이다.

백화점이나 마트에서 왜 반드시 엘리베이터보다는 에스컬레이터 이용을 적극 권장하겠는가.

그것은 다 이유가 있는 법!

푸른빛의 이동 포탈이 완성되자마자 위드가 등장했다.

"위드다."

"대조각사 위드! 모라타의 영주가 돌아왔다."

방송이 종료된 지 얼마 안 되었기에 위드를 알아보는 사람들이 많았다.

위드가 엄청난 인기 속에서 등장했다.

"후……."

위드는 따가운 햇볕을 손으로 가리는 척하면서 주변을 훑어보았다.

적어도 수천에 이르는 사람들이 그를 보고 있다. 성벽 위, 상가 건물에서도 창가로 와서 위드를 구경하고 있었다.

"역시 나의 명성으로 인해서 이렇게 사람들이 모이게 된 것이로군."

적지 않게 만족하고 있는 찰나!

잡템을 팔고 있던 젊은 상인들의 말이 들렸다.

"수일아, 저 형이 위드야?"

"쉬잇! 말조심해. 들릴지도 몰라."

"그렇게 잔인하고 성질머리 더럽다던 〈마법의 대륙〉의 위드가 정말 저 사람이야?"

"……."

〈마법의 대륙〉 시절의 위드!

그는 실로 무자비한 폭군이나 다를 바가 없었다.

위드의 악명

위드가 이동 포탈을 타고 모라타의 광장에 도착했을 때는 수많은 인파가 모여 있었다.

광장에서 물건을 사거나 팔고, 동료들을 구하기 위해 모여 있는 사람들.

베르사 대륙의 북부가 모험 지역으로 조명받으면서 모라타는 더 크게 번성하고 있었다.

"이쪽 좀 봐 주세요!"

"위드 님, 위드 님! 저희와 같이 사냥해요."

"〈마법의 대륙〉의 위드가 정말 본인인가요?"

가까이 접근하려고 하는 사람도 많았고, 진짜 위드가 맞느냐면서 통곡의 강 퀘스트에 대해 질문을 던지는 사람들로 아우성이었다.

성벽에도 사람들이 올라가서 위드를 향해 손을 흔들고 환호를 한다.

전쟁에서 승리하고 돌아온 영웅을 반기듯이, 그렇게 위드의 귀환을 반기고 있었다.

로자임 왕국에서 싸구려 조각품을 팔았던 그 시절이 아닌 것이다.

위드는 팔짱을 끼고 사선으로 턱을 치켜든 자세로 거드름을 피웠다.

"훗, 사람들이 많이 늘었군."

태연한 척, 전혀 놀라지 않은 척, 이 정도의 사람들은 당연한 척 대해야 한다.

위드는 느닷없이 사자후를 터트렸다.

"갔노라. 싸웠노라. 벌었노라!"

"우와아아아아아아!"

모라타 광장이 떠나갈 것 같은 함성이 일시에 터져 나왔다.

"엄청 벌고 왔대!"

"이무기! 이무기를 사냥한 아이템을 저희에게 보여 주세요!"

"위드! 위드! 위드!"

사이비 교주를 능가하는 인기였고, 주체할 수 없는 환희의 절정이었다.

평범한 사람들이 베르사 대륙에서 꾸고 있는 희망과 꿈!

남들이 잡아 보지 못한 몬스터를 사냥하고, 경험한 적 없는 퀘스트를 수행하고 위드가 돌아왔기 때문이다.

모라타의 병사와 프레야 교단의 기사들이 출동하여 수습에 나서고 나서야 간신히 소란이 진정되었다.

프레야 교단의 기사들이 위드를 향해 정중하게 고개를 숙여 보였다.

"사악한 엠비뉴 교단을 물리쳐 주신 것에 대하여 감사의 말씀을 드립니다. 프레야 교단의 은인이며 역사에 남을 모험가를 뵙게 되어서 영광입니다."

위드는 의연하게 대답했다.

"아무것도 아닙니다. 조금의 고생도 하지 않았는데요. 엠비뉴 교단과의 싸움은 지나치게 시시했습니다. 찌는 듯한 한여름에 은행에 들어가서 낮잠 자기보다 쉬웠습니다."

은행에서 낮잠을 자고 대형 서점에서는 만화책을 본다.

위드가 청소년기를 유익하게 보낼 수 있었던 훌륭한 문화시설들이었다.

동네에 은행은 몇 개씩이나 있었으니 아무 때나 가서 편히 이용할 수 있는 휴식 공간인 것이다. 손님들을 위한 최신 잡지까지 분류별로 갖추어 놓기도 했다.

은행원들이 가끔 뒷담화를 하기도 했지만, 그것 정도는 가뿐히 무시한다!

나이 드신 경비 아저씨와 친해져서 커피 한 잔과 함께 요즘 젊은 것들에 대한 깊이 있는 담론까지 나누었던 위드다.

"기사들이 예를 취하고 있어."

"정말 정중하게 대하잖아."

군중이 수군거렸다.

성기사들이 위드를 대하는 모습을 보며 배가 아플 정도로 질투가 나고 부러웠다.

광장에서 장사를 하던 상인들이나 전사들 누구도 갑자기 포탈이 생성되더니 위드가 튀어나올 줄은 정녕 예상하지 못한 일이었다.

"프레야의 기사들이 저렇게 친절한 태도를 취하는 건 처음 보는 것 같아."

"상대가 위드라서 그런 거겠지?"

"당연한 이야기지."

프레야의 기사들까지 광장에 배치되면서, 무작정 다가오려고 하는 사람들은 없었다.

"흠."

위드는 소란이 조금 진정된 사이에 광장을 훑어보았다.

봉지에 가득 담은 콩나물들처럼, 광장은 인파로 빼곡했다.

'유저들이 정말 많이 늘었군.'

광장에서 노점을 열고 앉아 있는 상인들을 보면서 떠오르는 세금 생각!

'세금을 올려야 될까 말아야 될까. 소득세를 1%만 더 올려도 엄청난 돈이……'

위드는 총력을 쏟아서 계산에 돌입했다.

수학은 못했지만 현찰에 대한 더하기 빼기는 단 한 번의 실수도 없었다.

'아니야, 아니야. 아직은 너무 일러. 벌써 세금 징수에 혈안이 되어 있다는 느낌을 주면 나중에 세금 폭탄을 때릴 수가 없게 되는데.'

얼굴빛이 파리하게 변했다가, 죽을상이 되기도 한다.

세금을 올리면서도, 안 올린 것처럼 느껴지게 하는 묘안이 필요했다.

위드가 깊이 고뇌하는 모습에 유저들도 점점 조용해졌다. 표정만 보아서는 정말 큰 우환거리라도 안고 있는 모습이었다. 때로 얼굴을 찡그릴 때면 가슴이 덜컥 내려앉기도 했다.

이곳에는 위드를 만나 본 사람도 있고, 이야기로만 들었던 사람들도 많다.

"조각품을 팔면서 푼돈에 연연했던 게 다 가식이었던 거야?"

"위장술이 보통이 아니야. 킹 히드라를 사냥할 정도의 고레벨 유저면서 저렇게 정체를 숨기고 다녔다니 말이야."

"전신 위드. 표정을 보니 기분이 나빠져서 우리를 다 쓸어버리는 거 아니야?"

"〈마법의 대륙〉에서는 조금의 소란이나 번거로움도 반기지 않던 고독한 전사였다고 하던데……."

흥분이 가라앉으니 사람들은 오싹한 기분마저 들었다. 〈마법의 대륙〉에서의 위드가 너무나도 악명 높은 인물이었기 때문이다.

광장 구석에서는 상인들이 눈치 없이 떠들고 있었다.

상인들이 이야기하고 있는 내용은 〈마법의 대륙〉에서의 위드의 악행들!

"수일아, 정말 그렇게 사람들을 잘 죽였어?"

"응. 위드의 못된 짓들은 말도 못 할 지경이었지. 나도 다섯 번이나 죽었거든."

"무슨 일로 죽었는데? 그럼 위드와는 원수 관계겠네?"

위드도 젊은 상인들이 나누는 대화를 들을 수 있었다. 〈마법의 대륙〉 시절 자신의 이야기였으니 깊은 관심이 갔다.

군중이 생각하고 있는 인식에 따라서 세금도 변동시킬 수 있으니 중요한 이야기였다.

"별다른 특별한 이유는 없었어. 상점에서 물건을 오래 사서 기다리게 한다면서 한 번, 개울가에서 마주쳤다고 한 번, 그가 사냥하고 있는 던전에 들어섰다고 한 번. 나머지 두 번은 그의 악행을 참다못해 단체로 연합군이 조성되어서 거기 참가했다가 죽었지."

"고작 그런 이유로 사람들을 죽여?"

"그냥 죽인 것도 아니야. 말 그대로 대학살이었지. 투항하는 사람이나 부상자도 남겨 두지 않았으니까."

〈마법의 대륙〉에서 위드의 악명은 몬스터에만 국한된 게 아니었다.

유저들에게도 무자비한 살육자였다.

극에 이른 레벨과 신기의 스킬 운용, 유니크 아이템 등을 가진 최강자.

도전자들이 재기할 수 없을 정도로 짓밟아 버리고, 눈에 거슬리는 이들은 일단 죽여 버린다.

'인간과 몬스터에 차이를 두지 않았지.'

위드는 〈마법의 대륙〉 시절을 간단히 회상했다.

따로 적수를 기억하기 어려울 정도로 정말 닥치는 대로 죽였다. 몬스터를 죽이는데 인간이라고 해서 살려 둘 까닭을 전혀 찾지 못했던 것.

고레벨 유저라면서 거들먹거리는 이들은 일부러 부딪쳐서

시비라도 걸어 죽였다.

거대 길드의 세력? 안중에도 없었다.

'단합이 아무리 잘되더라도 서너 번 죽여 주면 해결됐지.'

길드 하나를 본보기 삼아서 철저히 부숴 버린다.

그 후에 비난이 거세어지고 여론이 극도로 악화되었다.

그러면 다시 박살을 낸다.

하나도 남김없이, 모조리 베어 버렸다.

그런 일이 수차례 반복되면 다른 길드들도 알아서 움츠러들기 마련.

연합군이 몇 차례 조직된 적이 있지만 던전으로 유인하고, 각개격파해서 섬멸했다.

위드는 영악하게 싸웠다.

혼자의 힘으로 집단을 상대하는 건 사실 굉장히 어려운 일이었다.

지형지물을 이용하고, 아이템을 아끼지 않고 활용하며, 적들을 야금야금 죽이는 사신!

상인이 물었다.

"그런데도 위드란 이름이 그렇게 나쁘게만 남아 있지는 않았던 것 같은데. 〈마법의 대륙〉 유저들 중에서는 위드를 욕하는 사람이 많지 않잖아."

설명하던 상인도 선선히 고개를 끄덕였다.

"〈마법의 대륙〉이 점점 인기를 잃어 가고 있을 때였으니까. 새로움이 필요하기도 했고. 그때까지 영구 미해결 퀘스트들이 그에 의해 깨지고, 미궁들이 돌파당하고, 불가해의 던전들이 가진 비밀들이 풀어 헤쳐지고, 극도로 강한 몬스터들이 사냥당하는 걸 보면서 대리 만족을 느끼지 않았던 사람이 누가 있었을까?"

사람들이 위드를 미워하지만은 않았다.

〈로열 로드〉에서도 위드는 무모하기 짝이 없는 사냥과 퀘스트들을 했다. 실제로는 높은 명성 탓에 거절을 해도 어쩔 수 없이 의뢰들을 받게 된 것이지만.

온갖 죽을 고생을 다해 가면서 아슬아슬하게 깨곤 했지만, 다른 이들은 중간 과정 없이 미화된 결말만을 본다.

세력 확대에 열을 올리는 길드나, 반복되는 사냥이 지겨운 유저들에게 위드는 신선한 한 줄기 빛과도 같았다.

위드와는 완전히 적대적이던 길드나 유저들조차도 그 점만큼은 인정하지 않을 수 없었다.

"콧대 높던 길드들조차도 위드와 시비가 걸리지 않을까 두려워서 완전히 피해 다녔지."

"그 정도였어?"

"모두가 경원시하면서도, 죽으면서도 친해지고 싶은 사람이었어. 적어도 이름이라도 각인시켜 주고 싶었던."

"굉장한 분위기를 풍겼었나 보네."

"사냥터에서 사냥을 하고 있는데 근처에 위드가 나타났다는 소식을 들었을 때의 미칠 듯한 소름 끼치는 느낌은, 경험해 본 적이 없는 사람이라면 모를 거야."

한창 동료들과 함께 화기애애한 대화를 나누며 사냥에 열을 올리고 있다. 그때 인근에 위드가 등장한다.

침묵과 전율이 흐르는 분위기.

퀘스트나 몬스터가 문제가 아니라, 위드가 무엇을 하는지 궁금해서 파티를 이탈해서 그곳에 가고 싶을 정도였다.

실제로 위드의 행동에 관심을 갖고 쫓아다니다가 죽은 이들도 일일이 세기 힘들 정도였다.

"〈마법의 대륙〉을 하다 보면 절망적이던, 도저히 가능해 보이지 않던 퀘스트들에 도전하고, 아무도 들어가지 않는 곳을 조금도 겁내지 않고 위드가 들어갔다는 소식들을 듣게 되곤 했었지."

"실패할 때도 있었을 텐데?"

"물론. 꽤 많이 실패하기도 했을 거야. 하지만 결국에는 성공했지. 위드가 지나간 던전들에는 몬스터의 잔해만 남아 있었고. 최고의 순간들이 벌어졌겠지."

〈마법의 대륙〉에서 위드가 수립한 기록은 두고두고 퍼질 정도였다.

"그게 위드였구나."

"들으면 들을수록 놀랍고 굉장하네. 역시 직접 경험한 사람에게 들어야 이야기는 재미가 있어."

"〈마법의 대륙〉에서의 절대자 위드. 그 사람이 저기 있는 모라타의 영주란 말이지."

군중의 존경 어린 눈빛!

위드가 팔짱을 끼고 고개를 들었다.

푸른빛을 내는 이동 포탈이 고요히 빛을 뿜어내는 가운데 잡고 있는 긴장감.

극심한 번뇌와 갈등, 유혹과 싸워서 이겨 내고야 말았다.

"아직은 아니야. 세금이란 슬금슬금 올려야 하지. 사람들이 느끼지도 못할 정도로……."

사람들이 많아졌다고 갑자기 세율을 올리면 큰 저항에 부딪치고 만다.

"명분도 필요해. 세금을 꼭 올려야 했구나, 올릴 수밖에 없었 겠구나, 이해할 수 있는 명분! 그게 없다면 세금을 올리더라도 납득하지 못할 거야."

탐욕을 극복한 위드는 배낭을 땅에 내려놓고 자리에 앉았다.

위드가 개인적으로 사치를 하는 금액은 전혀 없었다. 남들처럼 고급 식당을 가거나, 여성 유저들에게 밥 한 끼 사 준 적도 없다. 조각 도구들이나 대장장이용품도 사냥을 통해서 획득하거나 수렵을 통해 자급자족해서 쓴다.

훗날의 이득을 위하여 모라타에 투자하는 자금이 막대하였으니 돈이 많이 필요했다.

음머어어어!

울음소리와 함께 포탈을 통해서 순한 인상의 소가 등장했다.

짐을 나르는 용도로도 사용되는 누렁이.

누렁이의 등에도 배낭이 한가득이다.

통곡의 강 부근에서 사냥하면서 획득한 잡템들.

미리 준비했던 배낭들이 가득 차서, 재봉 스킬을 이용해 새로 큼지막하게 만든 배낭들도 그득그득했다.

"여기 어디쯤 있었을 텐데……."

위드는 배낭을 뒤적여서 검을 뽑았다.

시퍼렇게 날이 갈려 있는 검!

"날이면 날마다 오는 잡템이 아닙니다! 잡템 팔고, 옷이나 갑옷, 무기류도 소량 판매합니다!"

잡템 판매 개시!

******

무겁게 가라앉았던 광장의 분위기가 풀어지는 것은 한순간이었다.

"에이, 뭐야. 물건 팔잖아."

"괜히 놀랐네."

위드가 쌓은 악명이 너무도 컸고, 모라타의 병사들과 기사들까지 튀어나오다 보니 분위기가 경직되어 있었다. 검까지 뽑으니 가슴이 덜컥 내려앉을 정도로 놀랄 수밖에 없다.

위드에 대한 관심은 그대로였지만 심각함이 사라지고 소란스러우면서도 자유분방한 광장 특유의 분위기가 돌아왔다.

"저기요."

근처에서 장사를 하던 상인이 용감하게 말을 걸었다.

위드는 이동 포탈의 앞에, 광장의 정중앙에 누렁이와 함께 자리를 잡고 있었다.

"예."

"진짜 전신 위드가 맞으세요?"

"후후, 상상에 맡기겠습니다."

위드는 부인하지 않았다. 하지만 물어봤던 상인은 고개를 끄덕였다.

"아닌가 보구나."

"아니라고 하지?"

"응. 아니래."

"……."

상인들의 제멋대로 판단이었다.

반면에 위드가 〈마법의 대륙〉 전쟁의 신인 바로 그라고 믿는 사람들도 꽤 많았다.

위드의 모험을 방송국 등을 통해서 직접 본 사람들의 생각이 다르고, 스스로의 레벨이나 직업에 따라서도 다르게 생각했다.

하지만 아직까지는 어느 쪽이든 확신하지 못하고 갈팡질팡하는 사람들이 대다수였다.

상인들은 위드와 누렁이가 가지고 있는 배낭을 보면서 욕심을 냈다.

"그런데 잡템이 꽤 많으시네요."

"사냥을 부지런히 했으니까요."

위드는 잡템들을 늘어놓으며 무심하게 대답했다.

아직은 손님이 오지 않고, 장사를 준비하고 있는 단계였다.

상인이 늘어놓은 잡템들을 탐욕스러운 시선으로 보며 제안했다.

"혹시 그 잡템 저한테 전부 파실래요? 가격은 괜찮게 쳐 드릴게요."

위드는 고개를 저었다.

"제가 직접 팔겠습니다."

"상인인 제가 처분하는 게 나을 텐데요. 장사란 그리 쉬운 게 아닙니다."

상인이 충고를 해 주었지만, 위드가 이를 귀담아들을 필요는 없었다.

그에게 장사란 10대 초반부터 이골이 난 일이었다. 시장에서 나물을 팔던 할머니를 따라다니면서부터 배웠으니까!

"케르탑의 더듬이! 블랙 와일드보어의 송곳니! 아무에게나 팔지 않습니다. 잡템이라고 해도 싸지는 않으니까, 그냥 보고만 가세요."

위드는 몰려 있는 유저들에게 호객 행위를 개시했다.

유저들은 와서 잡템들의 정보를 확인하고 입을 쩍 벌렸다.

"더듬이? 송곳니? 무슨 잡템들이기에 가치가 이렇게 높은 거야?"

잡화점에 판매했을 때에 얻는 가치가 환상적이었던 것이다.

위드가 통곡의 강 주변에서 사냥을 하며 모은 독점적인 잡템들이었다. 아직 이동 포탈로 통곡의 강에 넘어간 사람이 없으니, 지금으로써는 최초의 상품, 특산품이라고 해도 과언이 아니다.

이동 포탈로 등장한 위드를 보며 군중은 묻고 싶은 게 무척이나 많았다.

퀘스트와 전신 위드에 대해서!

하지만 잡템들을 늘어놓기 시작하자 호기심 많은 군중보다는 물건을 구매하고 싶은 사람들이 먼저 몰려들었다.

상인들과 마법사들은 더듬이를 감정해 보고 크게 놀랐다.

뇌전을 증폭시킬 수 있는 마법 스태프의 재료. 인챈터에게 가져다주면 황금보다도 비싼 값을 받을 수 있는 더듬이였다.

"제가 사겠습니다! 더듬이는 개당 530골드까지 구매할 수 있습니다. 전량 구매요!"

마법사는 정보를 확인하자마자 소리쳤다. 그가 지불할 수 있는 최대치였다.

"저는 533골드로 구입합니다."

"539골드!"

"540골드에 삽니다."

"555골드로 제가 가진 돈만큼 매입합니다."

잡템의 가치는 일반적으로 정해져 있다.

상인들의 경우에는 회계 스킬을 이용하여 유저들로부터 구입한 물품을 상점에 더 비싸게 판매한다. 친밀도나 공헌도, 마을 발전을 위해 내놓은 기부금 등에 따라 더 높은 가격을 받을 수도 있었다.

마법사들은 직접 가공하여 대장장이에게 넘겨줄 수도 있다.

"570골드에 삽니다!"

배가 유독 볼록하게 나온 넉살 좋아 보이는 상인이 외쳤다.

"580골드!"

"600골드에 전량 구매할게요."

희귀 잡템을 최초로 상점에 팔면 소득이 크다.

회계 스킬의 증가와 명성을 얻기 위한 구매!

위드는 상인들에게도 바가지를 씌웠다.

위드가 가지고 있던 더듬이는 620골드에 전량 낙찰, 송곳니는 320골드였다. 상점에 판매할 수 있는 가격에 비해 높은 편이라서 만족스러웠다.

상인들도 돈은 좀 들였지만 특산품을 팔지 않고도 명성과 함께 스킬을 올릴 수 있으니 이득이었다.

위드는 다른 배낭을 꺼냈다.

"자, 여기 엠비뉴 교단의 머리띠입니다. 인도자의 동맹 퀘스트를 하면서 획득한 전리품들! 기념품으로 가지고 싶은 분들은 줄을 서세요. 15골드씩에 판매합니다."

엠비뉴 교단의 마크가 새겨져 있는 머리띠. 방어력 3 외에 옵션은 거의 붙어 있지 않았다.

하지만 비싼 잡템들을 팔다가 꺼내 놓은, 상대적으로 저렴한 물건들이었다.

"저거 좋아 보인다."

"제가 살게요."

"저도 1개 주세요."

위드는 군중에게 기념품 팔듯이 팔아먹었다.

'역시 열기가 확 올라 있을 때에 팔아 치워야지.'

할인이나 특별 사은 판매라는 명목으로 5개를 사면 하나씩 끼워 주었다.

머리띠도 순식간에 품절!

"그럼 다음 물건으로……."

위드가 계속해서 내놓은 물품들은 중요도가 훨씬 떨어지는 잡템들!

언데드의 사냥으로 얻은 전리품들. 뼈와 해진 의복류, 녹슨 장검 등의 무기들이었다. 녹슨 무기들은 한계 내구력 자체가 낮아지고, 언데드들이 사용하면 급속도로 약화된다.

위드의 근처에서 장사를 하던 상인들은 할인점 마감 특판처럼 불티나게 팔리는 모습에 부러워할 수밖에 없었다.

"잠시만 기다려 주세요, 손님."

위드는 말끔하게 검 갈기 스킬과 방어구 닦기 스킬을 이용하여 겉은 번드르르하게 해 줬다.

"간직하면 행운이 찾아오는 기념품입니다! 날이면 날마다 오는 기회가 아니에요. 오늘 이후로 물건이 동나면 더 이상 팔지 않아요."

장비로 쓰기에는 어림도 없는 물건들을 팔아 치우는 자리. 스켈레톤의 다리뼈가 무려 1골드에 팔린다.

누렁이는 빈 배낭들을 등에 지고 슬그머니 자리를 떴다. 그러더니 기다리고 있는 사람과의 접선을 위해 모라타 광장에서 으슥한 골목길로 들어갔다.

로브로 얼굴을 가린 음험한 사내가 골목길 안에 있었다.

"네가 누렁이구나. 말은 많이 들었다."

음머어어어어!

"물건은 여기. 수익 배분은 정확히 6대4라고 위드 님에게 전해 다오."

누렁이는 말을 알아듣고 머리를 끄덕였다. 그리고 빈 배낭에 가득 잡템을 실었다.

골목길 안에서 기다리고 있던 남자. 그의 정체는 바로 마판이었다.

"잡템들을 비싸게 팔아 치울 기회를 놓칠 수 없지."

보통의 잡템들까지 기념품으로 위장하여 더 많이 팔아먹기 위한 전략.

위드는 뼈에 조각칼로 이름까지 새겨 주었다.

행복하세요. - 위드

즐거운 사냥 되시길 바랍니다. - 위드

언데드 군주 바르칸 데모프, 그와의 격전을 회상하며. - 위드

솔직히 말해서 바르칸과는 싸우지도 않았다.

방대한 언데드 무리 중에서 떨어져 나온 일부를 야만족들을 데리고 제압했을 뿐!

꽃﹏﹏꽃

〈로열 로드〉의 게시판에는 전신 위드가 화제에 올랐다.

〈마법의 대륙〉에서 그가 해결한 퀘스트들을 나열하면서 존경을 표시하는 몇 명이 있었다.

하지만 악행에 대한 더 많은 사람들의 제보도 등장했다.

―장비 얼마 주고 샀냐고 물어봤는데 죽이더군요!
―상점에서 새치기했다고 죽였습니다.
―그래도 위의 두 분은 이유라도 있었잖아요. 저는 위드가 사냥하려던 던전에 먼저 있었다고 죽였습니다.
―하품했다고 죽였어요.

―그냥 남자라고 죽였습니다.
―저는 열두 번이나 죽었습니다. 마을, 광장, 사냥터 가릴 것 없이 만날 때 마다요. 나중에 억울해서 물어보니 이름이 마음에 안 들었다던데요.
―이름이 뭐였는데요?
―… 위드바보똥개요.
―…죽일 만하네.

위드의 악행들이 어마어마하게 쏟아져 나온다.

게시판의 비중이 위드에게 향해 있었다. 평소에 관심을 갖던 다른 사안들이 묻힐 정도였다.

―저는 위드에게 서른 번 넘게 죽었습니다. 독하게 덤볐거든요.
―서른 번? 그 정도로 나서시는 겁니까? 저는 쉰 번도 넘게 죽었어요. 위드 를 끝까지 괴롭히던 밤토리를 기억하는 사람들도 많을걸요.
―밤토리 님, 위드에게는 한칼거리도 안 되었을걸요.
―후훗. 윗분들, 싸우지 마세요. 여러분이 아무리 자주 죽었다고 해도 저만 하겠습니까? 저로 말씀드리자면 〈마법의 대륙〉에서 상위 50위 안에 드는 랭커였습니다. 희귀 아이템 아페잔의 서클릿도 들고 있었어요. 저를 죽인 위드가 그 아페잔의 서클릿을 가져가서 착용했습니다.
―부럽군요.
―위드에게 아이템을 빼앗기시다니… 혹시 위드가 그 아이템 오랫동안 썼 을까요?
―흑룡을 사냥할 때도 착용하고 있던 아이템입니다. 크하하!

어긋난 자긍심!

위드가 워낙에 유명한 유저이다 보니 관련되었던 유저들도 고레벨이 많았다.

〈로열 로드〉에서 행적을 잘 드러내지 않던 유저들도 게시 글 을 올린다.

명예의 전당에 올라간 유저들도 과거 〈마법의 대륙〉 시절의 경험담을 올리면서 위드에 대한 전설들이 속속 추가되었다.

도둑 출신으로, 위드를 끝까지 몰래 따라가면서 던전 탐험을 했던 유저의 기록은 일품이었다.

> 가장 빠른 속도의 돌파! 몬스터들의 무리에 둘러싸여서 겁 없이 헤치고 가던 장면들은 몸이 오싹할 정도였습니다. 전투 능력도 능력이지만 그처럼 일절 군더더기 없는 효율성은 일찍이 본 적이 없습니다.
> 상처를 입고 함정에 빠져도 끝없이 전진하는 위드였지요.

> ㄴ 무슨 던전이었나요?
> ㄴ 보스급 몬스터는 뭐가 나왔죠?
> ㄴ 그건 저도 잘 모르겠습니다. 제가 중간에 위드에게 발각당해서 죽었기 때문입니다.

위드는 외롭게 사냥터를 전전하면서 자잘한 시비들에 휘말리지 않았다.

눈에 거슬리면 죽일 뿐이다.

길드들도 덤비면 죽이고, 귀찮으면 죽인다.

무자비한 악명을 널리 쌓게 된 계기였다.

꿍

CTS미디어는 막대한 자금력을 바탕으로 베르사 대륙에 정보 조직을 깔았다.

"뉴스에서 뒤처지면 안 돼. 연예인들에 대한 방송보다도 뉴스가 훨씬 중요해."

〈로열 로드〉를 하는 유저들이 기하급수적으로 늘어나고 있었다.

대한민국뿐만 아니라 전 세계적으로 〈로열 로드〉를 즐기지 않는 사람이 미개인 취급을 받을 정도다.

아프리카와 중동, 남미에서의 열풍도 대단했다.

아랍권의 왕족이나 브라질의 마약상조차도 〈로열 로드〉에 푹 빠져 있다고 하니 말 다한 셈!

해외 유저들이 일시에 쏟아져 들어오면서 상당한 혼란이 벌어질 것 같았지만, 그들은 조용히 새로운 세상을 즐겼다.

레벨 업이나 아이템 수집과 같은 극단적인 성장에 매달리는 사람들은 일부에 불과했다.

대륙의 중부와 서부, 북부 지역에 정착했다.

몬스터나 이종족으로 새로운 세계를 즐기는 데에도 거부감이 없는 유저들이 많았다.

CTS미디어에서 주력으로 밀고 있는 〈베르사 대륙의 영웅들〉은 세계 각국으로 통역이 되어 방송될 정도였다.

〈로열 로드〉가 성장하면서 관련 방송사들의 매출도 급신장하고 있었다.

"뉴스만큼 이목을 집중시키는 것도 없어. 간판 프로그램은 뉴스가 될 수밖에 없어!"

CTS미디어는 경쟁사들보다 먼저 그리고 훨씬 좋은 조건에 해외 방송사들과 계약을 체결했다.

모회사가 세계적인 다국적기업이라는 점을 이용해 그 인맥을 적극 동원하였기 때문이다.

판권 계약으로 막대한 자금이 유입되고, 매출액에 따라서 일정한 로열티도 받기로 했다.

해외 유저들이 구입하는 캡슐과 이용 요금뿐만이 아니라 방송 산업이 확대되면서, 〈로열 로드〉가 대한민국의 커다란 수입원이 되고 있었다.

상업적인 마케팅에 대한 부분은 CTS가 단연 앞서 있었기 때문에 그들은 그렇게 번 돈을 〈로열 로드〉에 재투자했다.

유니콘의 주식 지분을 늘려서 이사회에서 영향력을 발휘한다는 것은 감히 엄두도 내지 못할 정도였다. CTS뿐만 아니라 모그룹 전체라고 해도 유니콘에 비하면 매출액이나 현금 수입이 상대가 안 될 정도였다.

세계 경제계에서 유니콘의 위상은 갈수록 높아지고 있었는데, 초창기부터 주식을 가지고 있던 사람들만 돈벼락을 맞은 뒤였다.

CTS미디어는 〈로열 로드〉의 정보 습득을 위해 기자들을 파견하고 유저들에게 투자했다.

성주들을 비롯하여 핵심 유저들을 큰돈으로 회유하려고 나선 것이었다.

"우리 방송사에서만 독점 취재를 할 수 있게 해 주면 좋겠습니다."

대부분의 유저들은 돈 앞에 쉽게 흔들렸다.

"정말 이 정도로… 이렇게 돈을 받아도 되는 건가요?"

"물론입니다. 그리고 다스리는 영토 내에서 벌어지는 일들에 대한 정보들을 제공해 주시고, 가능한 한 다른 방송사 요원들의 활동도 막아 주셨으면 합니다."

지역을 다스리는 길드들에는 어려운 부탁이 아니었다.

정체를 숨기고 활동하는 다른 방송사 기자들의 이동까지 전면 봉쇄하는 것은 무리다.

하지만 공개적으로 다른 방송사에서 취재 활동을 하는 정도는 얼마든지 막아 줄 수 있는 일이었다.

길드들이 욕을 먹는 것도 하루 이틀 이야기도 아니라서 그쯤은 어려운 부탁도 아니다.

"알겠습니다. 앞으로 잘 부탁합니다."

CTS미디어는 베르사 대륙의 많은 중소 영주들과 협약을 맺었다.

그런데 실질적으로 세력이 큰 길드들과의 협상은 쉽게 진행되지 않았다.

한 지방의 패자들은 여러 수입원을 가지고 있었다.

세금은 물론이고 군소 길드로부터의 상납 금액, 사냥터 이용료, 무기와 방어구 판매 등으로 많은 이윤 창출이 이루어졌던 것이다.

명문 길드들은 이미 상업적으로 물들어서, 작지 않은 규모의 기업을 운영하는 수준이었다.

"계약 금액이 적군요."

"저희는 이 정도의 금액에는 움직이지 않습니다."

방송사 부장들의 연락도 무시할 정도로 성장했다.

가상현실이라지만 베르사 대륙의 큰 영주들은 그만한 권력과 힘을 쥐고 있었기 때문이다.

방송사조차도 그러한 영주들을 함부로 거스르지 못했다.

그들의 비위를 거스른다면 취재가 잘 이루어질 수 없었기에, 약자의 입장에 처했다.

대형 길드들의 악행도 함부로 보도를 못 할 정도였다.

"중부 대륙은 그럭저럭 모두 연락을 취했고… 남부와 서부는 어느 정도나 진행되었지?"

"오늘내일 중으로 연락처가 파악된 유저들에 대해서는 섭외가 끝납니다."

"그들의 반응은 어떤가?"

"중앙 대륙에서의 거래 내용이 소문난 덕분인지 결정이 빠릅니다. 거대 길드들이 많아서 섭외가 금방 될 것 같습니다."

"나쁘지 않은 소식이군."

베르사 대륙의 서부는 다른 지역들과는 여러 가지 측면에서 많은 차이가 있었다.

중부에는 강력한 중앙집권 체제 국가들이 자리를 잡고 있었다. 비옥한 토지와 광산, 인구를 자랑하는 강국들이다.

동부에는 잠재력이 뛰어난 신흥 국가들이 자리를 잡았고, 남부는 마법이 발달했다.

북부는 막 개척과 모험이 활발하게 이루어지는 시점이었다.

베르사 대륙의 면적이 워낙 넓기에 중앙 대륙에서도 세세한 곳까지는 사람의 발길이 닿지 않았다.

서부는 민족주의적인 성향이 강해서 출신 민족에 따라서 주로 가입하는 길드들이 결정된다.

다른 지역에서는 특정 도시나 마을에서 시작했더라도 사냥터를 옮기는 것만으로도 영향권을 벗어날 수 있었지만 초원과 사막지대가 많은 서부에서는 그렇지 못했다.

강한 전사들은 혈연으로 맺어진 유목 민족들이 많아서 강한 결속력을 자랑한다.

중앙 대륙에서 떠돌이를 자처하지 않는다면 대부분은 출신 민족에 따라서 길드가 결정되었다.

중앙 대륙과의 힘에서의 비교는 열세였지만, 길드 개개의 영토 크기와 인원수는 적지 않은 편이다.

"그건 다행이군. 북부로는 누가 연락을 취하지?"

CTS미디어의 회의실에서 전무가 직접 회의를 주재하고 있었다.

"북부라면 대표적으로 위드의 모라타가 있습니다. 과거 우리와는 거래 관계도 있었지요."

"누가 연락을 했었지? 담당자가 누구야?"

"회장 비서실의 윤나희 씨입니다."

"회장 비서실에서 직접 연락을 취했다니, 왜?"

"〈마법의 대륙〉 계정 구입이 회장님께서 직접 결정하신 사안이지 않습니까. 〈8인의 영웅들〉의 섭외도 그녀가 맡아서 진행했습니다."

"그때가 참 아쉽군. 그대로 계속 방송했다면 대박이었을 텐데……."

〈8인의 영웅들〉은 그럭저럭 괜찮은 시청률을 거두었다.

하지만 초반의 반응이 좋지 않았다고 해서 위드를 출연 중단

시키고 말았다.

그 후에 위드는 진혈의 뱀파이어와 불사의 군단, 본 드래곤과의 전투 등에서 승리했다.

경쟁사인 KMC미디어에서 방송을 한 일로 인해서 담당 PD가 사표를 쓰는 사건이 벌어지기도 했다.

CTS미디어의 회장 눈치를 볼 수밖에 없었기 때문이다.

"위드에게는 일단 나희 씨가 연락하도록 하지."

"그렇게 조치하겠습니다."

마법 검의 대장장이

위드로 인하여 유명해진 드워프 장인들의 도시 쿠르소에는 많은 유저들이 방문하고 있었다.

복원된 켄델레브의 물의 조각품을 보며 감탄도 하고, 멋진 무기와 방어구를 구경하기도 한다.

"하, 돈이 조금만 더 있어도 사고 싶은데……. 드워프 아저씨, 깎아 주시면 안 되나요?"

"한 푼도 안 돼."

흥정하는 드워프와 유저들을 쉽게 만나 볼 수 있었다.

쿠르소에서 드워프들이 파는 물건들은 장신구라고 해도 굉장히 비싸서 쉽게 구입을 마음먹을 수가 없다. 상인들에게는 보석이나 금보다도 유용한 교역품이다. 어느 마을에 가서도 팔 수 있고, 또 주인만 잘 만난다면 가격을 높여서 받기 좋았기 때문이다.

번잡해진 것을 좋아하는 드워프들도 있었지만, 일부는 대장간에서 나오지도 않고 작품을 만드는 데 몰두했다.

"흐음."

파비오는 완성된 검을 숫돌에 갈았다.

슥삭슥삭.

검을 날카롭게 갈았습니다.
검 갈기 스킬 발동! 공격력이 41% 증가합니다.

검 갈기 스킬!

위드만이 쓸 수 있는 스킬이 아니라, 중급 대장장이라면 터득할 수 있는 기술이다. 물론 재봉을 배운 적도 없던 파비오는 다림질이나 손빨래 등의 기술은 알지 못하였다.

"꽤나 날카롭게 갈아졌군."

파비오는 검을 이리저리 돌려 보며 흠집을 찾으려고 했다. 수염 난 드워프의 얼굴이 그대로 비칠 정도로 매끈한 검신!

대장장이로서 베르사 대륙에서 가장 유명한 유저가 파비오였다. 그의 특기는 갑옷이나 방패 제작으로 알려져 있는데, 실제로는 검을 만드는 걸 숨기고 있었다.

가끔 그가 만들어 놓은 검이 세상에 흘러 나갈 때마다 한바탕 난리가 났다. 검을 만든 대장장이를 찾는다면서 추적까지 벌어질 정도였다.

보통의 대장장이와는 차원이 다른 수준의 무기류!

어느 정도 고레벨에 오르면 사냥을 통해서 획득하는 게 보통이었지만, 파비오가 정성을 다해서 만든 검들은 수많은 유저들이 쟁탈전을 벌일 정도였다.

명검 한 자루가 있으면 사냥 속도가 달라진다.

〈로열 로드〉에서 무기나 방어구에 대한 집착은 무시무시할 정도였던 것이다.

파비오는 검을 만들어서 가끔 치기로 세상에 내보내기는 하였지만, 자신의 행적이라는 것을 철저히 숨겼다. 은거하고 있는 대장장이 정도로 착각할 수 있도록 숨어서 활동했다.

"검 갈기 스킬은 참 좋단 말이야."

파비오는 만족스러운 듯이 완성된 검을 내려놓았다.

일시적이지만 공격력을 증가시켜 준다.

고급 대장장이 스킬 8레벨, 고급 검 갈기 스킬 6레벨을 익히면서 검의 공격력을 최대 85%까지도 끌어올릴 수 있었다.

다만 그렇게 되면 부작용도 크다.

"예기를 지나치게 키우면 검의 내구도가 잘 떨어지고 쉬이 상하게 되지."

무난하게 사용하더라도 40% 정도의 공격력은 문제없다.

"완성된 검이란 참으로 아름다워."

현실에서 평범한 월급쟁이였던 그는 〈로열 로드〉가 생기자 곧바로 매료되었다.

여러 직업들이 있었지만 그를 움직였던 것은 대장장이.

초창기에 〈로열 로드〉는 혼란 그 자체였다고 할 수 있다. 대부분의 유저들이 토끼와 싸우는 법조차 잘 몰랐다. 오크 1마리가 등장하면 마을 입구까지 도망치고, 수십 명이 죽어 나가는 일도 예사로 벌어졌다.

평범한 장검 한 자루가 엄청난 부러움과 질시를 받던 시절이었다.

파비오는 대장장이를 택하기로 했다.

"좋은 결정이었어."

전투의 일선으로 뛰어들지는 못하지만 선택을 후회하지는 않았다.

남보다 빠른 결정과 집중을 통해서 대장장이 스킬을 향상시켰다.

드워프 마을에서 가장 뛰어난 대장장이가 되면서부터는 일감이 끊이지 않았다. 도시에까지 이름이 나니 그에게 일을 맡기려고 멀리에서부터 손님들이 찾아온다.

대장장이는 항상 수요보다는 공급이 모자란 직업이다.

최상급의 대장장이라면 말할 나위도 없는 것.

엄청난 수고료를 받으면서 돈을 모았고, 광물들을 구입해서 방어구를 만드는 데 투입했다.

화로 앞에서 망치를 두들기며 시뻘겋게 달군 철을 제련하는 직업.

고독한 일이지만 작품들을 만들면서 버텼다.

최고의 재료들을 바탕으로, 높은 수준들의 유저들과 계약을 맺고 그들에게 방어구들을 공급한다.

텔레비전에 출연하면서 그의 지지자들도 엄청나게 늘었다.

초보 대장장이들에게는 우상과도 같은 존재.

알려지지는 않았지만, 파비오는 길드 '아이언로드'의 실제 지배자이기도 했다. 길드를 관장하면서 장비들을 만들어 주었다.

적보다는 친구가 많고, 유무형의 영향력까지 쥐고 있었다.

드워프 종족의 유저라면 그의 한마디를 거부할 이가 많지 않은 것이다.

"대장장이의 보람은 그래도 좋은 무기를 만드는 데 있지."

쨍그랑!

파비오는 만들어진 검을 옆에 대충 던져 놓았다.

주변에는 검이 산더미처럼 쌓여 있었다.

"이번에도 생각처럼 좋은 검은 만들어지지 않았군. 무엇이든 자를 수 있는 최강의 검. 베르사 대륙에 우뚝 설 수 있는 검을 만들어야 돼."

대장장이의 비기!

파비오는 대장장이의 길을 걸으면서 특수한 기술들을 터득했다.

> **고급 광물질 제련 3 (25%)**
> 각종 재료가 되는 광석을 불순물 없이 완전히 정제하여 사용하는 기술. 대장장이로서의 바탕을 키워 주는 기술이라고 할 수 있다. 불과 바람, 금속의 의지를 깨달아야 한다.

광물질 제련은 대장장이의 비기로서 가장 먼저 습득했던 스킬이었다.

파비오가 철혈의 대장장이로 전직하면서 배운 기술이었다.

"크흐흐흐흐, 지금 다시 생각해 봐도 그 전직 과정은 치가 떨렸지."

대장장이로 전직하기 위해서 대장간에서 죽어라 고생을 했던 것.

그저 남들처럼 대장장이 길드에 가서 무기나 방어구 몇 개 만들어 보면 전직할 수 있었는데도 그러지 않았다.

눈으로 보고, 직접 손으로 두들겨 보고 전직하고 싶은 마음에 〈로열 로드〉의 초창기에 대장간에서 1달이 넘는 아까운 시간 동안 잡일을 했다.

그 지긋지긋한 과정을 거쳐서 얻게 되었던 전직 퀘스트!

"대장장이의 애환과 눈물 퀘스트는 평생 잊지 못할 거야."

다리 짧은 드워프로서 부지런히 몇 개의 마을을 뛰어다니면서 의뢰를 성공하여 전직했다. 그리고 대장간에 정식으로 취직하여 퀘스트들을 받았다.

대장장이 퀘스트는 길드가 아니라 대장간에서도 얻고 수행할 수 있었다.

하나가 아니라 여러 종류의 장비들을 만들어 보았다.

닥치는 대로 퀘스트를 수행하면서 명성을 쌓고, 돈을 벌었다. 그러면서 퀘스트를 통해서 장비 개량 스킬을 습득했다.

고급 장비 개량 1 (16%)
대장장이의 손에서 장비의 잠재력을 이끌어 낼 수 있다. 수많은 실패작을 통해 장비들을 바꾸어 놓을 수 있으리라.

파비오를 유명하게 만든 기술!

이 스킬을 배웠을 때가 그가 중급 대장장이가 되었을 무렵이었다.

실력의 서 푼은 감추라는 말이 있다.

베르사 대륙에서는 패권 다툼이 끊임없이 일어나는지라 실력을 함부로 공개하면 시비에 휘말리거나 목숨을 잃기 쉬웠다.

파비오는 장비 개량을 통해서 방어구들을 강화시켜 주면서 검도 강화시켜 줄 수 있다는 사실은 일부러 숨겼다.

검까지 강화했다면 당시로써는 돈을 쓸어 담을 수 있었을 것이다. 방어구 개량만을 통해서도 그 전에 1달에 벌던 금액을 하루에도 벌었던 것이다.

대장장이가 상인을 제외하면 꽤 돈을 잘 버는 직업에 속한다고 해도, 엄청난 수입이었다.

하지만 대장장이에게 그만한 능력이 있다면 더 많은 사람들이 대장장이를 택하게 될 것이다.

"경쟁자들이 늘어나고, 나를 한시도 편하게 놔두지 않겠지."

파비오는 적당한 수준에서 방어구들만 개량해 주었다.

그가 원하는 것은 돈이 아니라 대장장이 스킬의 끝, 그리고 최고의 무기와 방어구를 만드는 것이기 때문이었다.

장비 개량 스킬을 통해서 돈을 번 이후로는 광석들을 무제한으로 사용할 수 있었다.

토르 왕국의 미스릴 광산, 철광산, 은 광산을 통째로 구입하기까지 했다.

대장장이 스킬이 고급에 올랐다.

그리고 퀘스트와, 인연이 닿아서 획득한 대장장이의 비기.

초급 에고 소드 제작 8 (49%)
장비에 영혼을 불어 넣을 수 있다. 단, 많은 양의 마나와 특수한 영혼이 필요하다. 무덤가에서 만들면 효과가 좋다.

에고 소드.

파비오는 시험작으로 가지고 있던 검들에 영혼을 부여해 보았다.

띠링!

소유하고 있는 모든 마나가 사용됩니다.
검에 자아가 부여되었습니다. 검의 속성이 변합니다. 공격력 17% 감소. 내구력 65% 감소. 마법적인 특성이 생겼습니다. 에고 소드 제작 스킬과 대장장이의 마법력에 따라서 공격력과 내구력 감소 수치가 줄어들며, 마법적인 특성이 더 많이 부여됩니다.

수련의 검
기초적인 장검이다. 균형이 잘 잡혀 있으며, 양질의 철을 담금질하여 만들었다.
(제작 무기. 대장장이 스킬이 고급에 오른 이에게만 보이는 무기의 특성. 대장장이 파비오가 만든 작품. 에고 소드. 고블린의 영혼이 봉인되어 있다. 영혼은 깨어나지 못한 상태.)
내구력: 25/25
공격력: 31~46
제한: 레벨 180. 검사, 기사, 워리어 계열 한정.
옵션: 번개 속성 대미지 2. 행운 15.

에고 소드라고 하여 굉장한 기대를 했다.

뭔가 거창한, 대단한 물건이 나올 것을 예상했던 탓!

"대실패작이로군."

파비오는 미간을 찌푸렸다.

에고 소드는 스스로 자아를 갖추고 사냥을 통해 점점 성장하는 무기다. 예를 들어 공격력이 40이던 검이, 사냥을 하면서 70

이나 80이 된다. 스스로 생각해서 일정한 방어 마법도 펼칠 수 있다.

무기의 한계를 뛰어넘는 스킬!

하지만 심각한 단점이 존재했다.

그냥 만드는 검보다 공격력과 내구력이 너무 많이 감소한다.

"마법적인 특성도 별게 아니야."

파비오는 순수한 대장장이라서 대부분의 스탯을 힘과 민첩, 체력, 집중력에 투자했다. 강하고 정밀하게 망치질을 하는 게 중요하기 때문이었다.

지식과 지혜가 낮아서인지 마나의 양도 보잘것없었고, 마법은 배우지도 않았다. 그 때문인지 완성된 에고 소드는 기초적인 수준의 마법밖에는 펼칠 수 없었다.

보유하고 있는 마나양도 소량이었다.

가장 중요한 자아 역시, 스스로 말을 하거나 지난 전투를 기억하지는 못했다. 에고 소드 제작 스킬이 낮고 마법적인 성취가 부족하기 때문이었다.

"그래도 혹시 모르니……."

파비오는 시험 삼아서 딸을 시켜 만들어진 에고 소드를 몰래 팔아 치웠다.

에고 소드의 성장을 지켜보기 위해서였다.

하지만 초보나 중급 유저들이 대충 사용하다가 내팽개치는 신세가 되어 버리고 말았다.

에고 소드라고 해도 겉보기로는 1개나 2개의 방어형 옵션이 붙은 매직 아이템 정도밖에 안 되었던 것이다.

1명은 이상한 일이라면서 게시판에 글을 올리기도 했다.

신기한 일이 벌어졌습니다.
제가 길에서 주운 이 무기는 번개의 힘을 가지고 있었거든요. 최소 공격력 31에서 46, 번개 대미지 2가 붙은 물건이었는데요. 2주일 동안 사냥을 하고 나서 수리를 위해서 감정을 해 봤는데 공격력이 1씩 올랐습니다. 그리고 번개 대미지도 3으로 늘었어요.
이제 다른 검으로 옮겨 탈까 하는데… 어떻게 생각하세요?

그에 대한 댓글들.

ㄴ 단기 기억상실.
ㄴ 술 적당히 드세요.
ㄴ 그 검, 저 좀 보여 주실 수 있을까요? 그냥 달라는 건 아니고, 꼭 돌려 드립니다.
ㄴ 없이 사는 초보인데 300골드에 파세요.

"에고 소드 제작은 최소한 중급이나 고급이 아니라면 빛을 보기 어렵겠군."

드워프는 천성적으로 대장 기술을 타고난 종족이지만 마법적인 능력이 열악해서 어울리지 않는 스킬이라는 생각도 들었다.

엘프 대장장이나 혹은 인간 대장장이라면 조금 더 나은 에고 소드를 만들 수 있으리라.

파비오는 매우 아깝지만 에고 소드 제작은 포기하고 있었다.

초급 마법 검 제작 1 (3%)
마법 검을 만들 수 있다. 완성된 마법 검은 재료의 특성에 따라서 특수한 능력을 발휘한다. 마법을 각인하여 사용할 수 있다.

파비오가 현재 가장 중점을 두고 기대하고 있는 스킬!

"최고의 마법을 각인한 검을 만드는 거야."

불가능한 일은 아니었다.

마법력을 가진 재료는 던전의 깊숙한 장소나 고대의 몬스터들을 잡으면 소량 얻을 수 있다. 그 재료들을 가지고 궁극의 마법 검을 만들기 위해서 매진하는 것이다.

"진정한 마법 검이란 마법사가 아니라 대장장이가 만드는 것이지."

마법사가 검에 마나를 모두 투입해서 몇 번 사용할 수 있는 마법을 부여할 수는 있다. 하지만 대장장이는 그런 마법이 각인되어 있는 검을 창조한다.

파비오가 무수히 많은 대장장이 퀘스트들을 섭렵하고 나서 발견한 의뢰를 깨고 얻은 비기였다.

마법 검의 대장장이

악룡 케이베른을 증오하던 드워프 대장장이의 비술. 일반적인 검으로는 악룡의 피부에 생채기를 낼 수도 없고, 마법으로 드래곤과 싸우려는 것도 무모한 짓. 드워프 대장장이는 검을 찔러 넣은 후에 마법으로 폭발시키는 것만이 악룡을 사냥할 수 있는 유일한 방법이라고 생각했다. 마법 검을 제조하는 비법을 획득하기 위하여 드워프 대장장이가 사라진 던전을 탐험하라.

난이도: 대장장이 직업 퀘스트.

제한: 드워프 대장장이 한정.

비밀리에 길드를 이끌고 가서 깬 직업 의뢰였다.

마검은 일반적인 검보다 공격력이 강하고, 또 피를 흡수할 때마다 살기를 더하며 성장한다. 에고 소드 같은 부작용도 덜

해서, 무기용 검을 위해서라면 어쩌면 더 나은 방법이 될지도 모른다.

땅땅땅!

파비오는 묵묵히 강철을 두들겼다.

"절대의 무기. 완전에 가까운 방어구. 이것들이야말로 대장장이를 베르사 대륙의 중심에 우뚝 세울 수 있으리라."

지금 이 순간에도 베르사 대륙의 다른 대장장이들이 구슬땀을 흘리고 있을 테니 쉴 수가 없다.

파비오는 드넓은 베르사 대륙에서 자신을 억제하고 숨기고 있는 진정한 거인의 한 사람이었다.

붉은용병 길드.

베르사 대륙에 국가를 가리지 않고 세력을 떨치고 있는 길드였다.

레벨 280이 넘는 용병들만 가입이 허가되었다.

각국에 용병 길드의 지점을 두고 운영하고 있으며, 풍족한 네미르 호숫가 유역의 영지 전체를 장악하고 있다.

보유한 성이 5개, 마을이 28개에 이르는 광대한 지역의 패자였다.

네미르 호숫가에 가장 가까운 하륜 성에서 붉은용병 길드의 회합이 이루어졌다.

"전쟁의 신 위드라."

"길드장, 토벌해야 되지 않겠습니까?"

붉은용병 길드의 수장인 마렌은 고개를 끄덕였다.

"위드라면 토벌해 줄 이유가 충분하지."

전신 위드와 싸워서 승리했다는 영광!

베르사 대륙 전체의 패권을 도모하는 붉은용병 길드로서는 탐이 나는 일이었다.

하지만 고개를 저으면서 반대하는 용병들도 있었다.

"〈마법의 대륙〉에서부터 용병들의 우상과도 같은 존재입니다. 용병들을 대표하는 우리가 그를 토벌하기에는 무리가 있습니다."

"명분이 필요합니다. 아무런 이유도 없이 그를 공격한다면 남의 것을 빼앗는 도적단과 다를 게 뭡니까?"

"명분이 뭐가 중요합니까. 명예를 생각해야지요! 전신 위드와 싸워 이겼다는 명예를 얻을 기회입니다."

"명예가 될지 혹은 오명이 될지는 지켜봐야 알 일이죠."

상급 용병 20명은 각자의 입장에서 조금도 양보하지 않고 말다툼을 벌였다.

용병 길드의 수장인 마렌도 처음에는 위드를 토벌하는 데 욕심이 났지만, 반대 발언들을 들으면서 약간은 머뭇거릴 수밖에 없었다.

영광이 있기는 할 것이다.

전신 위드를 죽인 유저라는 타이틀은 매우 매력적이니까.

반면 위드에 대해 호감을 가지고 있는 유저들의 반감도 함께 얻게 되리라.

〈마법의 대륙〉 출신의 유저들도 위드를 싫어하지는 않는다. 그리고 〈로열 로드〉에서 그의 인기는, 일반 유저들 사이에서 최절정을 달린다.

명성만큼으로는 공인된 최강자인 헤르메스 길드의 바드레이와 같은 반열에 오를 정도다.

불가능한 퀘스트들을 공략하면서 유저들로부터 우상시되고 있는 위드를 친다는 게 반드시 길드에 이득이 될지는 알 수 없었던 것이다.

상급 용병 중의 1명인 나프겔이 말했다.

"길드 전체가 나서서 전신 위드를 짓밟아 주는 게 도대체 어떤 명예를 얻을 기회라는 겁니까? 여러분 중에서 일대일로 싸워 위드를 이길 자신이 있는 사람이 있습니까?"

"……."

그러자 좌중 전체가 조용해졌다.

마렌조차도 섣불리 말할 수는 없는 문제였다.

위드는 스스로의 레벨이나 스킬을 공개한 적이 없다.

"그가 일반적인 조각사라고 봐서는 곤란할 것입니다. 누가 팔랑카 전투에서 위드처럼 싸울 수 있습니까?"

"……."

아무리 봐도 승산이 희박한 전투에서 검을 들고 그토록 활개를 칠 수 있는 건, 정신적인 부분의 강인함이었다. 일반 유저들이 위드에게 열광하는 건, 모든 걸 던지고 도전할 수 있는 그 용기 때문일 것이다.

"전투 능력만을 놓고 볼 때, 여기서 그와의 승부를 자신할 수 있는 사람은 많지 않을 겁니다. 그리고 진짜 직업이 조각사가 아닐 수도 있습니다.”

“나프겔, 그 말은……?”

“그의 직업이 조각사라고 방심할 수는 없다는 말입니다. 네크로맨서 마법을 사용하고 육체적인 전투 능력을 보여 주는 등, 도무지 종잡을 수가 없으니까요.”

마렌도 〈로열 로드〉 전체에서 50위권 안에 드는 랭커였지만 상대의 능력을 전혀 몰랐다.

본 드래곤과 싸울 때 보여 주었던 전투 능력을 감안하고, 그가 완수한 퀘스트들을 돌이켜 보면 솔직히 매우 부담스러웠다.

‘우리는 길드를 이끌고 가서 싸우지. 그렇게 혼자서 퀘스트를 할 자신은… 솔직히 없다. 그리고 레벨을 떠나 전투적인 감각도 나보다 최소한 몇 배나 위야.’

위드에 대한 정보는 많이 알려지지 않았다.

변수가 많은 일대일 전투에서 패배하기라도 한다면 피해가 막심하리라.

마렌 정도의 랭커가 죽으면 하락하는 레벨과 숙련도를 다시 올리기는 무척이나 어렵다. 랭커들끼리의 숨 막힐 듯한 경쟁 관계에서 도태될 수도 있는 것이다.

게다가 위드와의 싸움은 분명 방송사도 나설 테고, 동영상도 올라오게 될 것이다.

그 전장에서 패배한다면 명예도 함께 잃어버릴 수 있다는 부담감도 가져야 했다.

마렌의 머릿속에서 그려지는 이미지!

'우리 길드원들이 짚단처럼 우르르 베이고, 아이스 드래곤이나 불사조, 와이번… 그리고 만의 하나 네크로맨서 마법들까지 사용한다면 매우 골치가 아파.'

네크로맨서 마법의 위력은 공인된 바가 있다.

직접 키워 보니 체력도 약하고 성장시키기 까다로운 직업이라고 불평들이 거세었지만, 위드가 방송을 통해서 보여 준 전율적인 모습들 때문에 전직하는 사람들이 많은 직업이다.

'네크로맨서의 마법에… 전쟁의 신이라고 불리기에 모자람이 없는 전투 능력.'

위드가 잔혹한 웃음을 머금고 마렌의 목을 공개적으로 베어 버리는 장면.

"으음."

마렌은 함부로 나설 수가 없었다.

"진다고는 생각되지 않지만, 그래도 만약의 경우를 걱정하지 않을 수 없으니 어려운 문제로군."

"게다가 북부까지 원정대를 보내면 호시탐탐 우릴 노리고 있는 다른 길드들에 좋은 기회를 선사하는 꼴이 될 수도 있을 겁니다."

붉은용병 길드는 세력이 큰 만큼 적들도 많다. 주력부대를 무한정 밖으로 내돌릴 수 없는 처지였다.

"위드를 잡으려다가 우리 길드가 공격을 받을 수도 있단 말인가요?"

"충분히요. 북부까지 전투부대를 보내는 동안 영토는 취약해질 수밖에 없죠. 다른 길드들의 입장에서는, 위드를 잡았다는 명예보다는 실익이 큰 우리의 영토를 노리는 게 합리적인 판단 아니겠습니까?"

경쟁하고 있는 용병 길드들도 많은데, 그들이 연합하여 공격을 하지 말라는 법도 없다.

붉은용병 길드로서는 여러모로 고민되는 일이었다.

위드는 잡템들을 모두 다 처분하고 나서 몇 가지만을 남겨 놓았다.

소피아의 거창이나 대형 크리스털 원석, 조르디아의 직인, 다이아몬드, 이스렌의 마법 무구는 따로 주인들을 찾을 작정이었다.

"대형 크리스털 원석은 조각술로 가공한 다음 대형 장식장을 만들어서 귀족들에게 팔아먹으면 괜찮겠고… 빛의 조각술을 펼칠 때에 써먹어도 나쁘지 않겠지. 나머지 물건들은 경매나 다크 게이머 연합을 통해서 넘겨야겠군."

대형 크리스털로 만든 화장대와 식탁!

북부에서는 처분하기 어려운 물품이 되겠지만 중앙 대륙의 왕국에서는 매우 비싼 가격에 팔 수 있는 고급 물품이었다.

위드는 잡다한 물품들을 판매하고 나서 누렁이와 함께 모라타의 거리로 걸음을 옮겼다.

주민들이 알아보고 먼저 인사를 했다.

"영주님 오셨습니까."

"영주님, 이번에도 대단한 의뢰를 성공하셨다고 하던데… 나중에 꼭 이야기를 들려주세요. 아들 녀석이 커서 꼭 영주님처럼 되고 싶다고 합니다."

"모라타 백작님, 린틀 왕국의 상인입니다. 유명한 분을 뵙게 되어서 영광입니다."

통곡의 강에서 쌓은 어마어마한 명성 때문에 중앙 대륙의 NPC에게도 뜨거운 반응이었다.

"저희 집 마당에 사과가 탐스럽게 열렸습니다. 가장 맛있는 사과를 영주님을 위해서 아껴 놨으니 꼭 드셔 보세요."

사과를 바구니째로 건네주는 아낙네!

시장에 가지고 나가서 판매하려던 과일 바구니인데 영주를 보자 덥석 줘 버린 것이다.

위드는 과일 바구니를 받아서 빨갛게 잘 익은 사과를 와삭 깨물어 먹었다.

"누렁아, 너도 한 알 먹어라."

누렁이에게는 벌레 먹은 사과를 던져 주었다.

황소는 혀를 내밀어서 핥다가 입을 크게 벌리고 와작와작 깨물어 먹었다.

위드는 근엄하게 교훈을 내렸다.

"누렁아, 사람이란 말이지, 어려운 일이 있으면 서로 돕는 거야. 이런 게 다 평소에 쌓은 인덕 때문이 아니겠냐?"

누렁이는 전혀 믿지 않았지만 그저 고개를 끄덕이면서 바구니에 든 사과를 받아먹느라 여념이 없었다.

모라타는 지난번에 왔을 때와도 많이 달라져 있었다.

영주 성으로 향하는 길목에 튼튼하게 세워진 다리에는 신비로운 무늬들이 조각되어 있다. 조각사나 예술가, 화가 들이 모라타에 와서 도시를 풍요롭게 만들고 있었다.

"상가 짓습니다!"

"화가 데려가 주세요."

"조각사 참여합니다. 천장을 맡을게요!"

건축 퀘스트가 발생하면 예술가들이 너도나도 동참하여 아름다운 건물을 짓는다.

맑은 강과 호수가 있는 모라타에는 갈수록 볼거리들이 늘어났다.

모라타의 첨탑에는 광장에서 볼 수 있도록 커다란 장식품까지 걸려 있었다.

모험가 스펜슨의, 앙키아의 머리 장식!

귀부인 앙키아의 머리 장식

도시 장식품. 고고학적인 가치가 뛰어난 금장식품이다.

내구력 80/80

옵션: 마을 전체의 상업 발전 속도 2% 증가. 모험 계열 경험치 1.5% 증가.

스펜슨은 〈로열 로드〉에서도 굉장히 뛰어난 모험가였는데, 그가 북부에 와서 발굴한 머리 장식을 모라타에 진열해 놓은 것이다.

모험가들은 특수한 종류의 발굴품들을 마을에 배치하거나 공개할 수 있다. 매우 비싼 가격으로 팔기도 하지만, 마을에 기증하면 명성이 대대적으로 증가한다.

마을 사람들과의 친밀도가 순식간에 높아지는 효과도 있고, 물건도 매우 저렴하게 살 수 있다.

웬만한 상인들보다도 훨씬 좋은 가격에 구입해 들이는 물건, 게다가 술집에서 종업원에게 인기 또한 최고!

주민들이 일부러 찾아와서 퀘스트를 의뢰하기도 한다.

스펜슨은 향후 모라타가 북부의 중심 도시로 성장할 것을 전망하고 발굴품을 놔둔 것이다.

오랜만에 돌아온 모라타에서는 생생한 모험의 활기가 느껴졌다.

"예쁘다."

"여기 오길 잘했지?"

"응. 분위기 좋다."

경치 좋은 다리나 건물 주변에는 바퀴벌레 커플들이 많이 보이는 것도 변화였다.

초보자들이 모라타에서 시작하게 되면서부터 커플들이 많이 생겼다.

토끼나 여우를 함께 사냥하면서 다져진 사랑!

초보자들은 모라타에서 막대한 물품들을 소비하고 판매하면서 경제 발전의 주축이 되었다.

베르사 대륙의 동부인 로자임 왕국이 그랬듯이 초보자들의 유입만큼 마을을 활기 넘치게 해 주는 요인은 없다. 초보자용 복장에 목검, 보리빵 10개를 아껴 먹으면서 마을 내에서 퀘스트를 하는 모습을 흔하게 볼 수 있었다.

활력으로 가득한 즐거운 도시 모라타!

위드가 자리를 비운 동안 성장이 눈부신 정도였다.

초보자들이 생겨나면서 가게들도 빠르게 늘어났다. 싸구려 잡동사니 가게들이 아니라, 꽤나 번듯한 고급 상점들이었다.

상인이나, 집을 건설하고 싶어 하던 사람들도 처음에는 예술에는 인색했다.

"그런 게 무슨 도움이 된다고……."

"그냥 빨리빨리 지어 주기나 하쇼. 창고나 좀 넓게 지어 줘."

그런데 예술적으로 뛰어난 디자인을 가진 건축물들은 훨씬 장사가 잘된다.

같은 잡화점이라고 하여도 아름다운 건축물에 있는 가게에 사람이 몰리게 되자, 모라타에는 조각과 그림에 투자하는 게 사치가 아니게 되었다.

조각사와 화가, 건축가 들이 모여들어서 도시를 더없이 화려하게 가꾸었다.

"오늘 연주할 곡은 〈고블린 던전에서의 하룻밤〉이라는 곡입니다."

거리의 모퉁이마다 연주를 위한 작은 무대도 꾸며져 있다.

계단 5개 정도의 협소한 공간에서 바드들이 노래를 부르고 악기를 연주한다. 예술가들의 도시 로디움에서나 볼 수 있었던 광경이다.

모라타에서는 예술가와 바드와 건축가 들이 존중을 받고 있었다.

위드가 피땀 흘려 모은 돈을 마을 장로가 예술에 마구잡이로 투입한 결과였다.

다른 도시나 성에서는 문화 발전 비용이 0%, 혹은 기껏해야 1%에 불과했지만 모라타는 10배가 넘는 자금을 투입하고 있는 것이다.

초보 바드들도 많고, 베르사 대륙에 이름깨나 날리는 바드들의 방문으로 인해 생동감 있는 음악이 모라타의 매력적인 요소가 되었다.

술집과 대장간, 무기 상점, 방어구 상점도 초보자들부터 유저들로 인해서 인산인해였다.

축제를 하는 것처럼 거리에 유저들이 많았다.

"그동안 얼마나 변했는지 궁금하군. 지역 정보 창!"

띠링!

모라타 지역

니플하임 제국에 소속되어 있던 지방. 베르사 대륙의 북부에서 가장 융성하고, 지속적으로 발달하고 있는 지역이다. 상인들의 무역이 활발하게 이루어지면서 상점에 손님이 많다. 막 기지개를 켠 예술이 관광객들을 끌어모으고 있다. 문화로 인하여 더 많은 인구가 유입되고, 일자리들을 만들어지고 있다. 새로 유입되는 인구는 모든 일에 적극성을 보인다.

상수도 시설이 깨끗하게 정비되었고, 주택들이 신규로 건설되었다. 하지만 폭발적으로 증가하고 있는 주민들의 요구를 채워 주기에는 역부족. 신규 주민들은 치안에 더 큰 투자를 하기 바란다. 더 넓은 지역까지 마을의 영역을 넓히고 몬스터들에 대한 토벌 횟수를 늘리고 싶어 한다.

재봉 산업의 기술들이 과거로부터 면면히 이어져 내려오고 있다. 신입 재봉사들이 많이 등장해서 미래에 대한 전망이 밝다. 철을 다루는 기술은 아직 기초적이며, 무기나 방어구를 제작하는 대장장이들도 많이 미숙하다.

지역 신앙으로 프레야를 믿고 있다. 주민들의 신앙은 굳건하여 쉽게 변하지 않을 것이다. 프레야 교단의 영향을 받아 적당한 향락과 풍요로움을 좋아하며, 근면한 특징을 보인다.

오래전에 벌어졌던 축제를 희미하게 기억하는 주민들이 있다. 다수의 조각품이 주민의 삶을 행복하게 해 준다. 그림 작품들은 다소 미흡하다. 예술가들에 대한 끝없는 신뢰와 지원이 마을의 품위를 높여 주었다. 주민들은 다른 마을들보다 많은 예술품에 대해 긍지를 갖고 있으며, 관련 길드들에 대한 투자를 계속하기를 바란다.

군사력: 47　　　　경제력: 821　　　　문화: 1,130
기술력: 310　　　종교 영향력: 89　　　지역 정치: 22
도시 발전도: 106　　위생: 41　　　　치안: 69%
인근 지역에 대한 영향력: 41%
구舊니플하임 제국의 영향력: 3.6%(영향력은 군사, 경제, 문화, 기술, 종교,
　　　　　　　　　　　　　인구, 의뢰 등의 분야와 관련이 깊음)
특산품: 가죽과 천. 예술품.
영토 전체 인구: 168,101
1달 세금 수입: 178,045골드.
마을 운영비 지출 내역: 군사력 5%, 경제 발전 32%, 문화 투자 비용 14%,
　　　　　　　　　의뢰 및 몬스터 토벌 9%, 마을 보수 31%, 프레야
　　　　　　　　　교단에 헌금 9%.

　인구의 증가, 상업의 발달, 용병과 모험가 들의 유입으로 인한 폭발적인 세금의 증가!

　"홋."

　위드는 무표정한 얼굴을 했다.

　입꼬리가 올라가려고 하고, 웃음을 참느라 얼굴 근육에 경련이 일어나려고 했다. 너무 기뻐서 땅바닥을 떼굴떼굴 구르고 싶었지만 이럴 때일수록 더욱 영주로서 지켜 줘야 하는 체통이 있다.

　"별거 아니군. 쯧쯧… 이렇게 낙후된 시골이라니 말이야."

　눈썹을 찡그린 채 볼을 실룩거리는 썩은 표정으로 즐거워하

는 위드!

프레야 교단에의 헌금이 매달 15%에서 9%로 줄어든 게 특히 좋았다.

"수입 액수가 늘어나면서 자동적으로 조절된 것 같군."

헌금이 더 많아졌지만, 수입이 늘어나니 비율은 줄어들었다.

예산이 늘어나면서 문화 투자 비용과 군사력, 경제 발전, 마을 보수 등이 꾸준히 이루어진다. 초보자들까지 폭발적인 증가세에 있으니 어엿한 중견 도시라고도 할 수 있다.

"물론 사람들의 숫자에 비해서 아직 세금을 많이 거두고 있지는 못하지만……."

위드가 있는 길거리에도 100명 중 86명 정도는 초보자였다.

낮은 세금과 모험, 사냥터에 대한 텃세도 없고, 빛의 탑 등의 조각품, 모라타가 주는 긍정적인 느낌으로 초보 유저들이 급증하고 있다.

"이 초보자들의 레벨이 오르면 오를수록 세금은 폭발적으로 증가할 거야!"

미래에 대한 장밋빛 희망.

영주들이 품을 수 있는 긍정적인 생각이었다.

모라타에도 당연히 단점은 많았다.

프레야 교단을 제외하고 다른 교단들이 없다.

성직자를 선택하고 싶은 유저들에게는 선택의 폭이 좁은 게 매우 아쉬운 부분이었다.

기술의 발달이 덜 되었고, 대장장이들이 많지 않아서 무기와 방어구의 품질이 낮다. 매일 만들어지는 수량도 제한적이라서,

아침이면 무기점과 방어구점의 물품들이 동날 정도였다.

상점용 초급 무기들도 웃돈을 주고 거래해야 될 정도라서 초보자들의 불만이 대단했다.

그 틈새시장을 노린 마판이 무기 수입을 주로 하면서 큰돈을 버는 중이었다.

위드는 큰 걱정을 하지 않았다.

"부족한 만큼 나중에 대장장이도 많이 늘어나겠지."

무게의 조율이나 갑옷의 정비, 강화 등을 하려면 대장장이의 존재는 필수!

모라타에서 대장장이는 성직자만큼이나 존경받고 있으니 점점 많아지리라.

여러 부족한 부분에도 불구하고, 모험을 좋아하는 초보자들은 서로를 도우면서 성장하고 있었다.

위드는 마을의 영역 밖으로도 발걸음을 옮겨 보았다.

곡창지대에서는 밀과 보리 등이 무럭무럭 자라고 있다. 프레야 교단의 사제들이 풍요의 축복을 내린 밀들은, 허리가 휘도록 알갱이들을 달았다.

근처의 산 등으로 곡괭이를 들고 채광에 나서는 인부들도 상당수였다.

"한 푼이라도 벌어야지."

"돈이 있어야 살지, 원."

"무기값이 이렇게 비싸서야 사냥도 마음대로 못 하겠잖아."

"무기값은 그나마 나은 거야. 방어구값은 정말 말도 못 할 수준이라니까."

"휴, 괜히 방어력에 민감한 워리어를 택했나 봐. 그냥 프레야 교단의 사제나 하는 건데."

초보자들도 곡괭이를 들고 광산으로 향하고 있었다.

곡괭이질은 굳이 광부가 아니라도 누구나 할 수 있다. 건장한 체격의 워리어나 검사, 기사 후보생이라면 말할 것도 없다.

돈을 벌기 위하여 어깨를 축 늘어뜨린 채 탄광으로 향하는 초보자들.

"매우 바람직한 광경이야."

위드의 입꼬리가 드디어 올라갔다.

완벽하게 재현된 썩은 미소!

착취가 원활하게 이루어지고 있다는 건 모라타의 경제가 건전하다는 증거나 다를 바 없다.

모라타의 영주

윤나희는 무척 기대하고 있었다.

"그분을 직접 만날 수 있는 기회구나."

이현과의 대면!

세 번이나 전화 통화로 계약을 할 수는 없으니 이번에는 약속을 잡은 후에 그녀가 직접 계약서를 들고 가려고 했다.

그녀는 회장 비서실에서 근무할 정도의 재원이었음에도 이현만큼 강한 인상을 남겨 주는 사람은 본 적이 없다.

이현을 떠올리는 것만으로도 가슴이 떨렸다.

"30억은 거리의 푼돈처럼 생각하는 사람이야."

첫 번째 전화 통화에서 그는 30억 9천만 원이라는 거금에 계정이 낙찰되었다고 알려 주었는데도 퉁명스럽게 전화를 끊었다.

이것이야말로 윤나희가 선망해 오던 강한 남성상의 표본이 아니던가!

그때 받았던 신선한 충격이 아직도 잊히지 않았다.

〈8인의 영웅들〉 섭외도 그녀가 전담하면서 길지 않은 대화를 나누었다.

당시만 하더라도 이현의 레벨은 219밖에 안 됐다.

윤나희도 〈로열 로드〉의 유저였는데, 오히려 그녀가 더 높은 수준이었다.

하지만 우습게 보았던 것도 잠깐이었다.

진혈의 뱀파이어 퀘스트, 불사의 군단과의 전쟁 퀘스트, 본 드래곤 사냥, 엠비뉴 요새 함락에 이르기까지!

윤나희는 그의 모습을 다른 방송사 영상을 통해서만 접했다.

오크 카리취로서 뭇 오크들과 다크 엘프들을 지휘하던 그 늠름함이란 어찌나 멋지던지!

윤나희는 오크 카리취의 사진을 크게 인쇄해서 벽에 붙여 놓을 정도의 광팬이기도 했다.

"으음, 갑자기 전화를 해도 될까?"

불쑥 아무렇지도 않게 전화를 했던 윤나희였다.

회장 비서실이라는 자리와, 그녀 정도의 여성이라면 누구든 반겼기 때문이다.

하지만 막상 이현에게 전화를 하려니 떨려서 쉽게 통화를 할 수 없었다.

윤나희는 마음을 가다듬고 이현의 전화번호를 눌렀다.

벨이 두 번도 울리기 전에 상대방이 전화를 받았다.

달칵!

"안녕하세요. 윤나희입니다. 저를 기억하시죠?"

다정하면서도 녹아들 것처럼 달콤한 목소리로 말을 걸었다.

만약에 상대가 이현이 아니면 어떻게 할지를 잠깐 고민했지만, 다행히 전화를 받은 사람은 맞았다.

　―누군데요?

　이현의 퉁명스러운 목소리가 전화기를 통해서 들렸다.

　이미 긴장하고 있던 윤나희로서는 당황하지 않을 수 없었다.

　"그게, 저 윤나희인데요."

　세 번째의 통화이니 이름쯤은 기억을 해 줄 거라는 인식이 있었다.

　―그런데요?

　"⋯⋯."

　―바쁜데 자꾸 전화하지 마세요.

　띠이이이이이.

　그리고 전화를 끊어 버린 이현이었다.

⁂

　위드가 과거에 빛의 탑을 조각했던 언덕은 대낮에도 방문객들로 인산인해를 이루고 있었다. 빛의 탑을 보면서 저녁까지 기다리려는 관광객들이었다.

　언덕에는 위드가 만들어 놓은 여러 조각품들이 있고, 초보 조각사들도 실력을 발휘해서 빈자리에 예술품들을 만들어 놓았다.

　훌륭한 조각 공원이라고 할 만하다.

　베르사 대륙에 이미 빛의 공원으로 꽤 유명해진 언덕이었다.

더구나 언덕에서 보이는 모라타 마을과 영주 성의 풍경!

예쁜 건축물들과 프레야 여신상 등이 훤히 내려다보였다.

위드는 누렁이와 함께 그 자리에 올랐다.

"모라타 영주다."

"영주? 그러면 빛의 탑을 조각한 조각사잖아."

"전신 위드다."

위드가 언덕에 올라가면서 그를 알아본 관광객들이 속속 소리쳤다.

위드는 그들을 지나쳐서 조각품 언덕에 자리를 잡고 조각칼을 꺼냈다.

'퀘스트에 필요한 무언가를 만들어야 돼.'

인도자의 동맹 퀘스트를 하면서도 한계를 느꼈다.

조각사이기 때문에 남들보다 스탯은 높지만 전투 능력은 다소 떨어진다. 조각 검술이나 다른 스킬들로 만회하더라도 앞으로 수행해야 할 퀘스트에 비하면 안심이 안 될 상황.

'인도자의 권능도 더 이상 사용할 수 없고, 바르칸이든 킹 히드라든, 그런 적이 또 나타난다면 무조건 진다.'

위드가 가지고 있는 밑천을 전부 동원하여 싸웠던 전투다.

지팡이에 있던 인도자의 권능도 다 소모해 버렸고, 안식의 동판의 내구력도 떨어져서 죽음의 선고를 남발할 수도 없다. 2단계, 3단계 퀘스트도 해야 되는데 가지고 있는 밑천이 고갈된 셈이었다.

기껏 죽을 고생을 하며 S급 난이도 퀘스트의 1단계 목표를 완수했는데 2단계, 3단계에서 실패한다면 이보다 더 억울한 일은 없는 것이다.

❧ ✦✦✦✦ ☙

사각사각.

조각칼을 움직일 때마다 바위들이 잘려 나간다.

위드가 만들려고 생각해 놓은 조각품들이 많이 있었다.

프레야 교단은 다른 종교를 배척하지 않는다. 그래서 상성이 좋은 루의 신상부터 만들 작정이었다.

루의 교단은 밝음을 숭상하고, 어둠을 틈타 습격하는 몬스터들과는 천적 관계였다.

치안을 향상시키기 위해서라도 루의 신상이 있으면 나쁘지 않으리라.

'거대 조각상. 내구력이 좋아야 하니 기초 재료는 바위로 만들어야 돼.'

위드는 빠르게 조각품의 토대가 되는 바위를 잘랐다.

빛의 탑과 비슷한 크기로 만들어지는 조각품!

루의 조각상은 베르사 대륙 각지에 세워져 있었다. 프레야 여신상처럼 막연한 생김새가 아니라서 조각을 하는 데 긴 시간을 필요로 하지 않는다.

"정말 중요한 건 지금 이 순간부터지."

위드는 깊은 한숨을 쉬었다.

재료가 아까워서 식은땀이 바싹바싹 마를 정도였지만 조각품에는 투자가 필요했다.

고급 조각술 6레벨.

조각품을 조금만 더 만들면 곧 7레벨이 될 수 있었던 것이다.

"정말 아깝지만……."

위드는 엠비뉴 요새에서 입수했던 금속 파편들을 분류했다. 강도가 높은 대장장이용 재료들은 제외하고, 깨진 금 조각들을 녹였다.

"아이고, 아까운 것……."

누런 빛깔을 내며 완성된 금물.

대장장이 스킬이 향상될 때마다 얇게 금을 바를 수 있다.

전문용어로는 도금!

"이 정도로는 절반도 못 바를 텐데……."

위드가 가진 금 조각들을 다 녹여도 거대 조각상에 전부 칠하기에는 역부족이었다.

"불순물들을 좀 섞어 볼까?"

위드는 고개를 저었다.

금의 순도가 낮아지면 조각품에도 타격을 줄 테니까.

"금은 무조건 24k야."

위드는 고대 금화와, 사냥을 통해서 획득했던 금괴들도 넣어서 녹였다.

"아이고, 이 아까운 것."

막대로 휘저을 때마다 금물이 형용할 수 없는 광채를 내면서 저어진다.

멀건 된장국만 젓던 위드에게는 호강 아닌 호강이었다.

관광객들은 경악을 금치 못했다.

"지금 조각사 위드가 대형 조각상을 만드는 거야?"

"금을 통째로 뒤집어씌우려나 봐."

루의 신상을 과연 어떤 모습으로 만들어 낼지에 대한 궁금증.

그것이 무엇이든, 완성되기 직전에 기대 심리가 가장 증폭되기 마련이다.

피라미드, 빛의 탑, 프레야 여신상 등의 조각품을 만든 위드였으므로 관광객들은 갈수록 늘어 갔다.

"모라타에서 얼마나 많은 세금을 거두었으면 조각품에 저런 투자를 할 수가 있는 거지?"

"역시 영주들이 엄청나게 돈이 많은 거겠지."

"다 사기꾼에 도둑놈들이라니까. 북부에 유저들이 몰리면서 돈을 얼마나 많이 벌었겠어?"

갑부로 보고 부러워하는 이들까지 등장했다. 하지만 위드의 명성은 거대했다.

초보자들이 영주의 편이 되어 주었다.

"우리 영주님을 비난하지 마세요!"

"우리 영주님이 얼마나 낮은 세율을 유지하시는데요."

"사비를 털어서 조각품들을 만들고, 폐허나 다름없던 모라타에 건물들을 올려 주신 분이랍니다. 이렇게 훌륭하신 영주님에게……."

"시장에서 여러분에게 물건을 파실 때 한 푼이라도 더 받으려고 하는 이유도 모르죠? 흑흑."

착해 보이는 여성 초보자는 위드에 대한 비난에 눈물까지 보이면서 변호를 했다.

"그 한 푼을 더 받아서 모라타에 투자를 하려는 거예요. 다 우리를 위해서라고요!"

살아 있는 성인, 주민들과 유저들을 아끼는 훌륭한 영주라면서 감싸 주는 유저들!

위드는 관광객들의 논란에는 관심도 갖지 못할 정도로 긴장하고 있었다.

"한 방울이라도 흘리면 안 된다."

황금 도금 작업에 모든 정성을 쏟았다.

어릴 때부터 집에서 도배와 장판을 하면서 이력이 나 있었다. 배달을 하고 남은 신문지를 겹겹이 붙여 한겨울을 나기도 했다.

"도배는 민첩하게! 절대 중복되어서는 안 돼. 우둘투둘 튀어 나오거나 비뚤어진 부분이 있어서는 곤란하지."

도배를 했던 경험을 되살려서 도금을 한다.

물론 두 가지 작업의 차이는 상당히 컸다. 도금은 금을 얇게 펴서 발라야 했으니 훨씬 어려운 난이도.

하지만 부족한 부분은 스킬들의 보조를 받아서 메웠다.

조악한 그림 실력이었지만 미리 그림 그리기 스킬을 올려놓은 덕분에 붓질에도 약간의 효과가 있었다.

이윽고 머리 부분이 다 칠해졌다.

그러자 루의 신상의 머리가 햇빛을 받아 금빛 광채를 낸다.

눈에는 푸른 보석을 박았다.

금방이라도 찰랑거릴 것 같은 금색 머리에, 먼 곳을 응시하는 푸른 눈동자.

오연한 태양신의 조각상이 머리부터 점점 아래로 내려가며 만들어지고 있었다.

"오오."

"너무 멋지다."

조각상이 완성되는 광경은 관광객들을 통해서 인터넷으로도 실시간으로 방송되었다.

위드가 만들어 낸 루의 황금 신상.

대형 활과 화살까지 들고 있는 장엄한 모습으로 완성되었다.

보통 조각사라면 신상만 만들기도 벅찼겠지만, 이제 위드는 대형 조각품에 이력이 생겼다.

큰 조각품을 만들 때에도 미리 여분을 남겨 놓아서 장비까지 함께 조각한 것이다.

띠링!

루 교단의 신상을 완성하였습니다!

두터운 신앙심을 가지고 있는 조각술계의 거목, 조각사 위드가 탄생시킨 또 하나의 대표작. 베르사 대륙의 신들 중 하나로, 태양을 상징하는 루의 신상이 완성되었다. 순수한 금으로 씌워진 이 작품은 루 교단에서 소중히 여기게 될 것이다.

예술적 가치: 거장 조각사 위드의 작품. 9,112

옵션: 루의 신상을 본 이들은 밝은 곳에서 생명력과 마나 회복 속도가 하루 동안 23% 증가한다. 루의 성직자들은 하루 동안 신성력이 12% 증가한다. 신성 마법의 실패 확률도 감소한다. 루의 성기사들은 믿음의 힘으로 사기가 하락하지 않으며, 용기가 최대치로 증가한다. 힘 12 상승. 체력의 최대치 20% 증가. 생명력 최대치 25% 증가. 사냥 시 하루 동안 아이템 획득 확률 7% 증가. 다른 조각품과 중복해서 적용되지 않는다.

지금까지 완성한 종교적인 조각품의 숫자: 1

조각술 스킬의 숙련도가 향상되었습니다.

고급 손재주 스킬의 레벨이 7이 되었습니다.
도구나 손을 이용하는 능력이 추가로 8% 증가하며, 다양한 분야에 걸쳐서
영향을 주게 됩니다.

명성이 499 올랐습니다.

예술 스탯이 35 상승하였습니다.

힘이 3 상승하였습니다.

신앙이 15 상승하였습니다.

종교적인 조각품을 만들었습니다.
루 교단에 대한 친밀도가 높아지고, 그들로부터 은총을 받게 될 것입니다.
루의 사제들이 모라타에 방문할 확률이 높아집니다.

종교적인 조각품을 만든 대가로 전 스탯이 2씩 추가로 상승합니다.

종교적인 조각품을 만드는 데 성공!

위드의 조각술 스킬 숙련도는 7레벨까지 17% 정도만이 남아
있었다.

"대작 1개나 2개 정도면 충분하겠군."

조각술은 갈수록 성장이 느려졌지만 충분히 욕심이 날 만한 상황이었다.

하지만 프레야 여신상과 루의 신상을 조각해 놓았으니 상성이 나쁜 다른 신의 조각품들은 만들지 못한다.

"바위를 이용한 대형 조각품은 이 정도면 됐어."

밤의 신상이나 도둑의 신상, 바바리안의 신상 등은 시간도 많이 걸리고 모라타에는 어울리지 않으리라.

괜히 도둑들을 위한 신상을 조각해 놓았다가 치안이 하락하고 도둑들이 늘어나기라도 하면 큰일이 아닐 수 없는 것이다.

바바리안의 신상도 그들의 종족이 있는 장소가 아니라면 그 건장한 체격으로 인해서 주민들이 무서워했으니 무리.

"상관없겠지. 조각할 물품들은 많이 있으니까."

위드는 조각칼을 거꾸로 잡았다.

루의 신상을 보기 위하여 관광객들이 많이 몰리고 있으니, 이제는 더 늦기 전에 요리를 해야 할 시간이었다.

※

"위드가 모라타의 영주라니!"

모라타에서 사냥과 모험을 즐기던 유저들.

사냥 파티들 가운데 상당수가 위드에 대해서 큰 관심을 갖고 있었다.

더 강한 몬스터와 퀘스트를 위해서 중앙 대륙에서 북부로 온 그들이었다.

관광객들이나 막 시작한 초보들은 전신 위드에 대해서 크게 개의치 않았다. 위드가 유명한 사람이라는 건 알지만 그다지 관심이 생기지는 않는다.

하지만 전사들에게 위드란 존경의 대상이거나 뛰어넘고 싶은 경쟁자다.

"위드를 보러 가죠."

"혹시 위드가 어디에 있는지 아세요?"

소식은 일찍 접했지만, 북부에서도 꽤 먼 곳의 사냥터까지 원정을 나갔기 때문에 귀환이 늦었다.

사냥터에서 방금 돌아온 전투 파티는 마을에서 위드의 행적을 수소문했다.

위드에 대해서 알고 있는 상인이 있었다.

"영주 위드요?"

"네. 그 위드요."

"아하, 구경하러 오셨구나. 저쪽 바위산에서 조각품을 만들어요."

"조각품요?"

"네. 무척 오래 걸리고 지루한 작업이니까 웬만하면 모레쯤 가 보세요."

상인의 말에 전사 혼은 고개를 갸웃했다.

"조각품을 만든다고?"

성기사 빌레오가 살짝 긴장되는 목소리로 답했다.

"직업이 조각사란 말도 있더군."

"모라타의 영주가 조각사라는 얘기는 나도 들었어. 하지만 조각사라니 말이 안 되잖아. 적어도 우리가 봤던 위드는 그런 성격은 아니었는데."

〈마법의 대륙〉에서 위드에게 꽤 많이 죽었던 그들이다.

물론 〈마법의 대륙〉에서 그들의 레벨은 중수를 조금 넘는 정도라서, 길드와 함께 싸울 때 정도나 낄 수 있었다.

더없이 효과적으로 적들을 학살하던 위드의 모습!

혼이 믿기지 않는다는 듯이 말했다.

"조각사라니… 소문과는 달리 전신 위드가 아닌 거 아니야?"

워리어 갈릭이 먼저 발걸음을 떼었다.

"보면 알 수 있겠지. 여기서 우리가 이렇게 얘기해 봐야 헛수고 아니겠나?"

혼, 빌레오, 갈릭을 비롯한 7명의 사냥 파티는 바위산으로 향했다.

모라타에서도 수위에 꼽히는 유저들이 모인 파티!

성직자의 레벨도 300이 넘었는데, 사제복이 휘날리도록 뛰었다.

모라타에 머무른 지도 상당히 오래되어서 조각품들이 있는 바위산의 위치는 잘 알았다.

빛의 탑이 있어서 그들도 모라타에 오면 반드시 들르는 장소였다.

"우리가 거점으로 머무르고 있던 마을의 영주가 전신 위드라니 정말 상상외로군."

"그보다도 그가 만든 조각품들을 보면서 사냥을 했다니, 고마워해야 되는 건가."

머릿속이 둔기로 후려 맞은 것처럼 복잡했다.

바위산으로 향하는 길에는 많은 관광객들과 초보 유저들이 있었다.

얼굴 가득 웃음꽃을 피우면서 바위산으로 걸음을 옮기는 초보 유저들!

"와, 진짜 최고야."

"모라타에서 시작하기를 너무너무 잘했다니까. 이런 조각품들을 보면서 사냥할 수 있는 건 우리밖에 없을걸."

초보 유저들의 마음을 십분 이해할 수 있었다.

혼이 시작한 마을은 황량한 광산촌.

남들보다 빨리 성장하기 위해서 일부러 인적이 뜸한 광산촌을 택했다.

나중에 대도시로 가기는 했지만, 그곳에서도 예술품들을 보았던 기억은 별로 없다.

로자임 왕국에 피라미드의 조각품이 만들어졌다는 소문을 듣고는 약간 부러워하기도 했다.

부족한 게 많은 초보들에게 조각품들의 감동이 있다면 얼마나 크게 도움이 되겠는가.

"빛의 탑만 해도 엄청났는데 말이지."

혼이 포함된 파티는 바위산으로 오르는 행렬의 뒤를 따랐다.

바위산으로는 많은 사람들이 오가고 있었고, 하필 해가 저물려고 할 무렵이었다.

한밤의 빛의 탑은 명물 중의 명물이라고 할 수 있으니 모라타에 있는 유저들이라면 반드시 찾는다.

마법사들은 줄을 서지 않고 플라이 마법을 활용하여 날아가며 부러움을 샀다.

갈릭이 제안했다.

"이렇게 갈 게 아니라 우리도 날아가지."

"그렇게 할까?"

마법사 이스턴이 플라이 마법을 외워서 파티원들을 공중으로 띄웠다.

그러자 몰려드는 유저들.

"마법사님, 저도 플라이 마법 좀 어떻게 안 될까요?"

"저희도 띄워 주세요! 마법사님, 부탁드립니다."

"마법사님."

이스턴은 플라이 마법만으로도 인기인이 되었다. 유명 스타들에 못지않을 정도였다.

이스턴의 근처에 수많은 유저들이 모인 것을 공중에서 확인한 혼이 고개를 끄덕였다.

"우리끼리 먼저 가세."

깔끔하게 이스턴을 포기한 것이다.

"마법사이니 알아서 따라오겠지."

파티원들은 플라이 마법을 통해서 공중으로 산을 올랐다.

바위산에는 빛의 탑 외에도 또 다른 대형 조각품이 완성되어 있었다.

파티원 중 1명인 루의 성직자 하인스는 감격을 금치 못했다.

"이곳에 루의 신상이……."

조각품의 효과!

신앙이나 신성 마법에 미치는 효과 때문에 하인스에게는 모라타에서 사냥을 할 때의 효율이 훨씬 높아지게 될 것이다.

프레야 교단의 성직자들은 이미 이 효과를 누리고 있다.

여신상의 주변에서 축복이나 치료 마법을 펼치면 효과도 다른 때보다 훨씬 커졌다.

프레야의 여신관 모임.

남성 사제 연합.

풍요의 길드.

모라타 여기저기에 모임이나 관련 길드들이 다수 생길 정도였다.

"루의 성직자들이 모라타로 많이 오겠구나."

성직자들이나 성기사들이 많아지면 정식으로 신전이 세워질 날도 머지않으리라.

"위드는 어디에 있는 거지?"

혼이 빛의 탑 부근을 눈으로 훑어보았다.

어둑어둑한 밤인 데다 관광객들이나 모라타의 유저들이 너무 많아서 분간을 하기가 어려웠다.

빌레오가 어느 한 지점을 손가락으로 가리켰다.

"저곳에 있는 거 아닌가?"

사람들이 줄을 서서 무언가를 사 먹는 장소에만 유별나게 횃불들이 밝혀져 있었다.

"일단 가 보지."

혼과 빌레오 등은 하늘을 날아서 그 장소에 착지했다.

눈에 잘 띄는 곳에 음식 메뉴들을 보여 주는 현수막이 커다렇게 걸려 있었다.

"저것 좀 보게."

"응?"

드래곤탕	120골드
킹히드라자장면	100골드
스켈레톤뼈다귀해장국	13골드
드래곤구이(1인분 150그램)	380골드
킹히드라구이(1인분 100그램)	80골드

(원산지: 통곡의 강 유역. 신선한 고기만 취급함.)

"헉!"

요금도 요금이지만, 내용물들이 일행을 충격에 빠뜨렸다.

"자, 자! 쌉니다, 싸요! 여러분, 이런 고기 드셔 본 적이 없을 겁니다. 드래곤 미트! 드래곤의 고기로 만든 얼큰한 탕입니다."

호객 행위를 하는 주방장의 말소리가 들렸다.

"너무 비싼데."

"그래도 언제 이런 고기를 먹어 보겠어?"

"맞아. 드래곤 탕이라니 죽인다. 그렇지?"

손님들은 줄을 서서 요리들을 받아 가고 있었다.

테이블도 없이 그릇을 가져오면 떠 주는 열악한 구조였다.

"설마 여기에 위드가 있을까?"

혼은 고개를 절레절레 저었지만 불행히도 그 추측은 사실이었다.

빌레오가 줄을 서서 기다리던 손님들에게 물어보고 나서 진실을 말해 주었던 것이다.

"주방장이 위드라고 하네."

"전신… 위드라고?"

"그건 모르겠고, 모라타의 영주 위드는 맞아."

"확실한가?"

"위드에 대해서 아는 사람이 많더군."

모라타의 주민들은 프레야 여신상이라는 초거대 조각품을 만들면서 노역에 동원되었다.

좋은 말로 하면 퀘스트에 동참한 것이었지만, 그 때문에 위드의 얼굴을 잘 알았다.

"조각품을 만들고 있다더니 웬 음식인가?"

"루의 신상을 완성하면서 관광객들이 정말 많이 모였다네. 모라타의 주민들이나 유저들도 위드를 보기 위해서 이곳에 왔고. 바위산에 유저들이 엄청나게 몰리지 않았던가?"

혼은 고개를 끄덕였다.

그가 보기에도 이 정도의 인파는 왕국의 수도 같은 대도시 외에는 없었다.

북부의 모라타에서 이런 인파라면 정말 굉장한 일이다.

"그래서 모인 사람들에게 대접하는 의미로 오늘부터 요리를 판다는군."

"요리라니… 이렇게 비싼 요리를 누가 사 먹을 수 있는데?"

"위드는 싸게 판매하려고 했지만 유저들이 이 정도 가격은 받아야 한다고 말한 것 같네. 놀라지 말게. 드래곤의 고기를 1

킬로그램 먹으면 무려 체력이 20, 생명력 최대치가 120, 힘이 7이나 늘어난다고 하지 않는가."

혼이 믿을 수 없다는 듯이 눈을 부릅떴다.

"그게 정말이란 말인가. 요리로 그런 일이 가능해?"

"벌써 효과를 본 사람이 많이 있다는군."

"킹 히드라나 드래곤의 고기라면 몇 골드를 받더라도 비싼 건 아니지."

혼과 갈릭 등은 납득할 수 있는 일이라고 여겼다. 오히려 귀한 요리를 먹어 볼 수 있는 기회였다.

스탯들을 올려 두면 두고두고 혜택을 받을 수 있을 테니까.

"우리도 일단 줄을 서 볼까?"

"그러지. 언제 드래곤 고기를 먹어 보겠나. 스탯도 올려 준다는데, 이런 기회에 먹지 않으면 두고두고 후회할 거야."

혼과 갈릭, 빌레오 등이 줄을 섰다.

스탯 욕심은 직업 여하를 막론하고 극심했다.

마법사들에게는 지혜와 지식이 가장 중요하지만, 근력과 민첩성을 향상할 수 있는 기회가 주어져도 망설이지 않는다.

몸보신에는 직업 구분이나 남녀노소가 없는 것!

그렇게 음식을 사 먹기 위해 모여드는 손님들이 점점 늘고 있었다.

☙ ⁕⁕⁕ ❧

말 그대로 드래곤이 헤엄치고 지나간 것 같은 탕!

킹 히드라의 엄청난 고기들을 바탕으로 만들어진 장에, 면발
은 밀가루를 쓴 자장면!

스켈레톤 뼈다귀 해장국에는 살점도 거의 붙어 있지 않다.

하지만 그럼에도 힘이나 민첩, 체력 같은 스탯을 1개나 2개
씩은 올려 주었다.

최고급 요리 재료인 이무기나 히드라의 고기가 가진 효과를
요리 스킬이 보완해 주기 때문이었다.

위드는 폭리를 취하면서 엄청난 양의 요리들을 만들었다.

군대 취사병이 와서 보고는 감동받을 정도의 양이었다.

"역시 장사는 처음이 힘들어. 잘되기 시작하면 밀려드는 손
님 때문에 정신이 없지."

사업의 가장 큰 곤란함은 세금!

하지만 모라타에서는 정상적으로 세금을 납부하더라도 결국
은 위드의 호주머니로 돌아오게 되어 있었다.

위드는 모라타의 주민들을 고용해서 주방 일을 돕도록 했다.

손님이 몰려드는 대박 집은 요리를 만드는 게 아니라 돈을
만든다.

잘되기만 한다면 음식 장사만큼 많은 이윤이 나는 업종도 흔
치 않다.

더구나 지금처럼 바가지를 듬뿍 씌울 수만 있다면!

요리 스킬의 숙련도가 상승하였습니다.

요리 스킬도 중급 6레벨에서 지금은 두 단계나 올라서 8레벨
이었다.

통곡의 강에서 열심히 술을 담그면서 숙련도를 쌓았다.

이미 7레벨을 앞둔 상황이었지만 킹 히드라나 이무기의 고기 자체가 워낙에 귀하고 좋은 음식이라서 요리 스킬의 숙련도도 쑥쑥 올랐다.

심지어 이무기의 고기는 사재기 현상까지 벌어지고 있었다.

고기의 양이 미리 정해져 있었기 때문에 서로 사 가려고 난리다.

"위드 님, 여기 7인분만 주세요."

"제가 12인분 삽니다."

빙룡이 얼린 고기를 누렁이를 통해서 수입!

고기를 녹이자마자 불티나게 팔린다.

모닥불을 피워서 직접 구워 먹는 이들 때문에 바위산에는 고기 굽는 연기가 사방에서 피어올랐다.

"이무기 사골 국물도 팝니다."

무려 열두 번 우려내서 기름도 더 이상 나오지 않는 사골 국물 전격 판매!

고기를 팔 때는 빼놓을 수 없는 음료도 준비되어 있었다.

"왕이슬 30골드, 백년주 80골드. 수량이 제한되어 있으므로 빨리 구입해 주세요."

뱀파이어 토리도에게 잡혀서 석상이 되었던, 꽃을 키우는 소녀 프리나가 술을 판매했다.

위드는 이참에 담가 놓은 술도 몽땅 팔아 치우고 있었다.

개별 판매보다는 식당 판매가 더 높은 가격을 받을 수 있기 때문이다.

폐허가 된 엠비뉴 요새에 모험가들이 도착했다.

"으음, 여기가 그 격전지로군."

"뭔가 나올 것만 같은 으스스한 분위기예요."

혼과 빌레오, 갈릭 등이 통곡의 강 유역으로 이동한 것은 저녁 무렵이었다.

어제 그들은 히드라 고기, 이무기 고기 들을 더 이상 스탯이 오르지 않을 정도로 잔돈까지 탈탈 털어서 먹었다.

"많이 드시는군요. 특별히 고기 한 근에 20실버씩 깎아 드리겠습니다. 아주 귀한 고기니까 맛있게 드세요."

위드의 말을 들었을 때는 물론 눈물겹도록 고마웠다.

치사하다는 생각이 들지 않았던 것도 아니지만 칼자루를 쥐고 있는 것은 저쪽!

음식을 먹고 나서는 이동 포탈을 이용하려고 했다. 하지만 모라타의 병사들과 성기사들이 막고 있었다.

"사용하실 수 없습니다."

혼은 진중하게 물었다.

"저희가 어떤 의뢰를 수행해야 합니까. 혹시 퀘스트가 있습니까?"

이동 포탈의 사용을 허락받기 위한 질문에 병사들은 고개를 저었다.

"사용 요금을 내야 합니다."

"요금요?"

"일인당 350골드입니다."

고기를 먹느라 가진 돈을 다 써 버린 혼과 일행은 난처한 상황에 빠지고 말았다.

혼이 일행을 보며 물었다.

"어쩌지?"

"뭘 어떻게 해. 돈을 만들어 봐야지."

마법사 이스턴이 주섬주섬 돈주머니를 뒤적였다.

평소 마법 물품 제작을 통해 쏠쏠한 돈벌이를 했던 그였지만 고기를 먹으면서 술까지 마신 덕에 주머니가 텅 비어 있었다.

"하는 수 없지. 이번 기회에 안 쓰는 물건이나 처분하세."

"그럴까?"

"그래, 이번에 배낭 정리나 하도록 하지."

일행은 모라타에서 예전에 사용했던 검과 갑옷, 따로 챙겨 두었던 광석 등을 팔았다.

기념 삼아 간직하고 있던 물품들을 팔아서 사냥을 위한 자금을 마련하는 것이다.

이동 포탈 요금이 다소 비싼 것은 사실이지만, 더 좋은 사냥터를 위해서라면 충분히 지불할 만한 금액이었다.

그렇게 마탈로스트 교단의 신전으로 이동하여 엠비뉴 요새까지 찾아왔다.

무너진 성벽과 탑, 금방이라도 일어날 것 같은 해골 무더기.

강가에 안개까지 끼어서 으스스한 밤이었지만 혼 일행처럼 이동 포탈을 통해서 온 유저들이 80명 넘게 있었다.

새롭고 위험한 탐험을 개시한다는 흥분으로 가득한 여행자들은 통곡의 강 근처에 와서 방송에서 보았던 격전지 엠비뉴 요새를 둘러보았다.

"사냥에 필요한 물품들 팝니다. 각종 잡템들 고가에 매입합니다."

엠비뉴 요새 입구에는 어느새 상인 마판이 와서 노점을 펼쳐 놓았다.

고레벨 유저들만을 대상으로 한 장사였기에 마진이 상당하리라.

"전사 데려가실 분. 몸을 사리지 않고 싸우겠습니다."

"비테세입니다. 저 아시는 분만 데려가 주세요."

혼자 온 유저들은 이곳에서 파티들을 구하고 있었다.

혼 일행은 파티원을 구할 필요가 없었기 때문에 그들끼리 사냥을 하려고 했다.

그때 평원 쪽에서 위드가 걸어왔다. 검은 망토를 펄럭이면서 엠비뉴 요새를 향해서 일직선으로 발걸음을 옮긴다.

위드가 도착해서 폐허 속 요새를 구경하고 있는 이들에게 입을 열었다.

"여러분, 혹시… 퀘스트 필요하지 않으신가요?"

"……?"

"제가 받고 있는 퀘스트 공유해 드립니다. 난이도 B급의 의뢰입니다."

위드가 해결하기에는 애매한 난이도였다.

지하라서 조각 생명체들을 잔뜩 끌고 갈 수도 없고, 또 내부에 미로가 있어서 시간이 제법 많이 잡아먹힐 것이기 때문.

"무슨 퀘스트인가요?"

금발의 여자 정령사 1명이 호기심을 갖고 물었다.

전신 위드.

아직 의견이 분분하지만, 상당수가 전쟁의 신이라고 믿고 있는 인물의 퀘스트였다.

"마탈로스트 교단의 포로 구출 퀘스트입니다. 제가 하고 있는 연계 퀘스트의 일부죠."

"정말요?"

위드가 연계 퀘스트를 공유해 주더라도 중간에 끼어든 이들은 처음부터 진행한 게 아니라서 후속 퀘스트를 받지는 못한다. 하나의 퀘스트가 종료되면 그걸로 끝이었다.

하지만 그럼에도 구미가 당길 수밖에 없는 제안이었다.

여기에 온 이들은 대부분 부활의 군대와도 관련이 있는 마탈로스트 교단에 대한 소문을 들은 적이 있었다.

"데이몬드, 부활의 군대와 관련이 있는 장소였지?"

"맞아. 그랬던 것 같아."

위드가 엠비뉴 교단의 음모를 저지하면서, 부활의 사제들은 죽은 원혼들을 바탕으로 마물들을 일으킬 수 없게 되었다. 엠비뉴 교단과의 싸움뿐만이 아니라 위드의 모험가로서의 명예가 더욱 높아지는 계기가 되었다.

그 탓에 현재 부활의 군대는 세력이 더 커지지 못하고 오데인 요새에서 지루한 공방전을 계속 유지하고 있었다.

"퀘스트의 위치는 어디인데요?"

"바로 이곳. 지하 감옥입니다."

"정말요?"

정령술사를 비롯하여, 엠비뉴 요새에 있던 유저들은 서둘러 위드에게 다가왔다.

매우 좋은 퀘스트였기에 기꺼이 공유를 받으려고 하는 것!

"공유 부탁드려요, 위드 님."

"고맙습니다. 어렵게 받으신 퀘스트를 나누어 주셔서요."

감사의 인사를 하는 그들을 향해 위드가 웃으며 말했다.

"단, 소정의 참가비를 받습니다. 800골드입니다."

"……."

난이도 B급에 마탈로스트 교단과 관련된 의뢰!

연계 퀘스트는 이어지지 않더라도 경험치나 명성을 포함한 다른 퀘스트의 보상들은 받을 수 있다.

끊임없는 삥 뜯기와 바가지요금으로 돈을 벌고 있는 위드!

1쿠퍼의 감동

위드는 탐험대가 마탈로스트 교단의 퀘스트를 처리하는 동안에도 조각품을 만들었다. 엠비뉴 요새의 지하가 거대 던전으로 변했기 때문에 하루아침에 해결될 일이 아니었던 것이다.

"조각품의 세계는 끝이 없군."

수천 년에 걸쳐서 발전과 변혁이 이루어져 온 조각술.

미술과 함께 예술의 기초라고 할 수 있다.

위드가 가볍게 만드는 조각품은 사슴, 토끼, 양, 늑대, 여우들이었다.

"지긋지긋할 정도로 많이 만들었던 놈들이야."

로자임 왕국에서 단돈 몇 쿠퍼에 기념품을 만들어 팔던 시절이 아련하게 떠오른다.

쿠퍼를 산더미처럼 쌓아 놓고 즐기고 싶은 꿈을 꾸었던 초보 시기. 당시에는 기초적인 수준의 조각술로 특징들만을 귀엽게 따서 조각했다.

"기념품은 단순하고 앙증맞을수록 잘 팔렸어."

무게가 부담되지 않도록 가벼운 것은 필수.

하지만 지금 위드가 만드는 사슴이나 여우는 달랐다.

"이제 진짜 늑대와 사슴을 만들어 봐야지."

위드는 사슴을 실제보다도 3배나 큰 크기로 형태를 다듬었다. 그것도 화강암이나 감람석 같은 귀한 석재료들을 사용해서였다.

사슴의 맹하고 순진무구한 영롱한 눈빛에 둥그런 코, 날씬한 몸과 다리들을 진짜처럼 무려 이틀에 걸쳐서 조각했다.

띠링!

꽃사슴상을 완성하였습니다.

조각사의 열정이 배어 있는 작품. 평범한 짐승을 조각했지만, 조각사의 숙달된 기교와 정성으로 만들어졌다. 창조적인 발상이나 새로운 시도가 엿보이지 않아서 다소 아쉽다. 하지만 대륙에 무수히 많은 사슴상 중 단연 발군이라고 할 만하다. 멀리서 보면 진짜 사슴으로 착각하고 늑대가 달려오기 충분할 정도로 세밀하게 표현된 작품.

예술적 가치: 거장 조각사 위드의 작품. 72

옵션: 꽃사슴상을 본 이들은 하루 동안 행운이 27% 증가한다. 인근 지역에서 사슴의 번식률을 350% 증가시킨다. 늑대들의 번식률도 230% 증가시킨다. 사슴 가죽과 고기의 질이 향상된다. 사슴들의 지능이 향상되어 몬스터에게 쉽게 사냥당하지 않는다. 대규모 사슴 떼의 출몰 가능성이 증가한다.

조각술 스킬의 숙련도가 향상되었습니다.

명성이 6 올랐습니다.

예술 스탯이 2 상승하였습니다.

사슴 조각상은 조각한 적도 많았고 흔했기 때문에 예술적 가치는 별로였다.

그럼에도 옵션들은 위드가 노렸던 그대로였다.

"막 초보 시절에는 사슴만큼 사냥하기 쉬운 짐승도 없지."

사람에 대한 공포가 없기에 가까이 접근해도 가만히 있고, 고기와 가죽까지 얻을 수 있는 유익한 짐승이다.

흑곰이나 여우를 조각할 때는 나름 조금 더 신경을 썼다.

흑곰은 매우 사납게 앞발로 나무를 후려치는 장면을 표현하고, 여우는 꼬리가 9개나 되는 구미호!

모라타 인근을 배회하는 흑곰의 번식력이 증가했다.

여우들도 더 영악해지고, 많아졌다.

초보자들이 사냥할 몬스터들이 풍성하게 늘어나고 있었다.

"가죽이나 고기 등은 다시 돌아와서 모라타의 살림을 늘려 주겠지."

재봉 기술이 뛰어난 모라타의 특성상 동물 가죽들은 비싸게 팔리리라.

돈에 쪼들리는 초보자들에게는 매우 긍정적인 현상!

"나눌수록 커지는 기쁨이라고 할까."

모라타에 소속된 유저들이 부유해질수록 착취할 것도 많아진다.

위드는 그런 의미로 동물의 조각상들을 세웠다.

조각사라는 직업을 최대한 활용하여, 도시에 어마어마한 변화를 주고 있었다.

음머어어어!

누렁이 덕분에 모라타에서 키우는 소들도 빠르게 증가했다.

뱀파이어들이 지배할 당시만 하더라도 소들은 있지도 않았다. 목축업은커녕, 마을 장로가 고구마를 캐서 먹을 정도로 식량 사정이 열악하였던 것이다.

그 후 상인들이 몇 마리씩 데려온 소들이 양치기와 농부, 조련사 등의 직업을 택한 유저들에 의해서 키워지고 있었다.

축사들이 지어지고, 신선한 풀들을 먹으며 자라나던 소들에게 변화가 생겼다.

밤이면 축사에서 소들이 교배를 한다.

더구나 축사에 누렁이가 들어갔다 나오면 암소들은 100% 임신이었다!

튼튼한 우량 새끼 소들이 태어난다.

북부를 유랑하던 소들이 떼를 지어서 모라타로 몰려오기도 했다.

누렁이야말로 진정한 황소의 제왕!

들소나 물소 등도 늘어나서 사냥감들도 많아졌다.

하지만 위드가 정말 신경을 써서 만들려고 하는 조각품은 동물들이 아니었다.

"특별한 조각품들을 만들어야지."

청동이나 구리, 잡철들을 이용한 초거대 조각품!

중급 대장장이 스킬이면 잡템이나 헐값에 팔리는 무기들을 화로에 넣어서 쉽게 원재료를 추출할 수 있다.

위드는 귓속말을 보냈다.

> —마판 님.
> —예.
> —조달할 물건이 있습니다.
> —뭡니까. 말씀만 하세요.
> —무기나 방어구, 혹은 금속류 잡템들 무제한으로 매입해 주세요. 1골드 이하짜리로요.
> —어렵지 않은 일이군요. 그런데 수량은 정말 모을 수 있는 대로 모으면 되는 겁니까?
> —예.
> —저기… 수수료는요?

마판이 민감한 문제를 꺼내 들었다.

친한 사이라고 해도 공짜로 장사를 할 수는 없는 법!

그러나 위드에게서 돈을 뜯어내기란 쉽지 않은 일임을 마판은 잘 알고 있었다.

> —수수료는, 돈을 벌 수 있는 정보로 드리겠습니다.

때로 상인에게는 좋은 정보가 금보다도 나을 때가 있다.

어린 꼬마에게도 사기를 쳐서 돈을 뜯어내는 위드가 말하는 정보라면 틀림없을 것.

> —알겠습니다. 믿고 추진하죠.

마판은 소유하고 있는 상점들을 이용하여 금속류 잡템들을 매입했다.

잡템들을 편하게, 적절한 가격에 팔 수 있으니 초보자들에게는 환영할 만한 일이었다.

"근데 상인이 왜 싸구려 무기와 방어구를 이렇게 많이 구입하지?"

"모라타 영주의 의뢰래. 모라타 영주가 초보자들을 위해서 행한 조치야."

"역시. 세금도 낮고 사냥터에 대한 텃세도 없는 모라타구나. 중앙 대륙에 비하면 정말 천국이라고 할 만하네."

영주에 대한 호의적인 반응들이 속출했다.

마판은 그렇게 모은 잡템들을 인공 호수에 있는 프레야 여신상 주변에 쌓았다.

산더미처럼 쌓인 잡템들.

현실의 폐차장이나 고철상을 방불케 할 정도로 대단한 규모였다.

위드는 모라타의 대장장이들을 동원해서 거대 화로를 제작했다.

영주로서의 권력을 남용!

유저들이 주문한 무기나 방어구 제작 의뢰가 상당히 늦춰지겠지만 조각품을 만들기 위해서라는 소문에 원성은 없었다. 조각품이 만들어지면 어떻게 도움이 되는지 알기 때문이다.

자신들의 직업과 관련이 있는 조각품을 만들어 달라는 요청도 상당수였다.

그러나 위드는 어떤 조각품을 만들지 이미 정해 놓았다.

"굉장히 많은 양의 쇳물이 필요하겠군."

대장장이들을 동원하여서 여러 광석들의 원료들을 추출해낸다.

위드는 그렇게 뽑아낸 원료들 중에 황동을 사용하기로 했다.

황동은 색이 예쁘고 가격이 싸서 널리 애용되는 초보자용 무기 재료!

사실 레벨이 20만 되어도 황동 무기들은 잡화점에 팔거나 버려 버리는 게 일반적이었다. 내구력도 안 좋고 공격력도 부실하며, 전투 중에 깨지는 일도 허다했기 때문이다.

"그래도 조각술 재료로는 감지덕지지."

조각품에는 딱히 내구력이 중요한 부분은 아니다.

일단 거대 조각품인 만큼 두께가 엄청나기 때문에 내구력이나 파손에 대한 걱정은 거의 없었다.

황동처럼 색깔이 아름다울수록 오히려 좋다고 할 수 있다.

"흙꾼아."

"절대적인 카리스마, 위드 님 만세! 부름을 받고 왔습니다, 주인님."

대지의 흙이 모여서 정령의 모습을 갖추더니 넙죽 바닥에 엎드렸다.

위드를 창조주로서 지극히 신뢰하고 따르는 땅의 정령!

"네가 도와줄 일이 있다."

"뭐든 시켜만 주십시오. 이 한 몸 부서지는 한이 있더라도 따르겠습니다."

정신교육이 철저하게 되어 있는 흙꾼이였다.

위드는 흙꾼이를 향해 명령했다.

"진흙 모아 와."

"……."

"많이 모아 와야 된다."

땅의 정령을 소환해서 시키는 임무가 겨우 진흙 모으기였다.

"예, 주인님."

흙꾼이는 순식간에 엄청난 양의 진흙을 구해 왔다. 자잘한 알갱이들의 고운 흙에 호수의 맑은 물을 섞은 진흙.

늪이라고 표현해도 좋을 정도였다.

위드가 두 팔을 걷고 나섰다.

"그럼 작업하자."

"어떤 식으로 작업해야 됩니까?"

"밑에서부터 쌓아야지. 기초공사를 제대로 해야 돼."

진흙이라면 가장 자신이 있는 재료였다.

어렸을 때 비만 오면 흙을 이용해서 집이나 댐을 만들고 놀았다.

어린아이들의 유희라고 할 수 있는 흙장난!

'돈도 안 들고, 비만 오면 얼마든 할 수 있었지.'

장마철에 쏟아지는 비를 맞으면서 묵묵히 진흙 놀이를 하던 소년이 성장해서 위드가 되었다.

그 경력은 공사장에서도 증명된 바가 있었다.

시멘트와 모래, 물을 섞을 때의 탁월한 비율 조절!

욕실의 균열에 매끈하게 발라 주는 실리콘.

흙장난을 통해서 얻은 경험들인 것이다.

"역시 인간은 어릴 때 모든 잠재력이 개발되는 거라니까."

위드는 경험을 살려 진흙으로 초거대 금형을 제작했다.

무려 아파트 12층 정도의 높이!

흙꾼이를 통해서 흙을 쌓아 올리고, 삽자루로 다지고 조각칼로 문질러서 제작한 형태였다.

　문제는 아무리 가격이 싼 황동이라고 해도 이 속을 통째로 다 채우려면 들어가는 돈이 엄청나리라는 것.

　"흙꾼아."

　"예, 주인님!"

　"찜질방 좋아해?"

　"찜질방이 뭡니까?"

　"황토 찜질방이라고, 그런 거 있어. 원래 땅의 정령이니 열기에 죽지도 않을 테고……. 뭐든 첫 경험이 중요한 법이지. 친구들 데리고 들어가."

　위드는 흙꾼이를 협박해서 초대형 금형의 속을 채우도록 지시했다.

　그러고 나서 황동의 원료를 부었다.

　땅땅땅!

　진흙을 깨자 등장하는 초거대 황동 조각품!

　흙꾼이들의 희생을 바탕으로 만들어진 조각품이었다.

　날렵하고 거대한 도마뱀의 형상.

　퇴화된 것처럼 작은 발을 가지고 있는 블랙 이무기!

　아직 완성품이 아니라 세밀하게 형태를 더 다듬어야 했다.

　"머리를 조각하기는 편하겠군."

　위드는 전리품으로 획득한 이무기의 머리를 보면서 섬세하게 머리를 조각했다.

　"감정!"

사실 이무기의 머리는 어디에 쓰는 물건인지 아직 알 수 없었다.

"이런 고레벨 몬스터들이 잡힌 적이 거의 없으니까."

레벨 400대의 보스급 몬스터도, 길드가 통째로 몰려가도 승산을 장담하기 어렵다.

설혹 승리하더라도 막대한 손실을 입은 후!

킹 히드라조차도 사냥된 적이 없었으니 블랙 이무기를 죽인 건 위드가 최초였다.

위드는 이무기의 머리와 날개, 몸통, 발가락까지 세심하게 조각을 마쳤다.

직접 싸움을 했던 상대였기에, 잔인하고 야비한 면모까지 적나라하게 표현했다.

이무기는 날개를 활짝 펼친 채 기다란 목을 비틀어 들고 있었다.

살기가 느껴지는 눈동자와 주둥이로, 아래에 있는 이들을 노려보는 조각품!

띠링!

만든 조각품의 이름을 정해 주십시오.

"음."

위드는 잠시 조각품을 살펴보았다.

블랙 이무기와의 전투가 고스란히 떠오를 정도로, 느낌이 살아 있는 조각품이다.

"많이 강한 이무기."

〈많이 강한 이무기〉가 맞습니까?

"맞아."

띠링!

지고한 몬스터 조각품, 대작 〈많이 강한 이무기〉를 완성하였습니다!

불후의 조각사가 만든 대작! 금속을 이용하여 탄생시킨 조각품. 더 폭넓은 방식의 조각품을 만들기 위하여 대장장이 스킬을 배우는 조각사들에게는 훌륭한 본보기가 될 만한 작품이다. 통곡의 강에서 사냥당한 블랙 이무기 프레이키스를 조각했다. 생전 프레이키스의 모습을 완벽하게 복원한 작품. 베르사 대륙에 큰 패악을 끼쳤던 이무기는 이제 조각품으로 남았다. 조각품으로 블랙 이무기 프레이키스의 강대함을 추억할 수 있으리라.

예술적 가치: 진실 어린 작품의 길을 걷고 있는 조각사의 작품. 10,921

옵션: 〈많이 강한 이무기〉를 본 이들은 생명력과 마나 회복 속도가 하루 동안 31% 증가한다. 모든 스탯 15 증가. 지혜, 지식 스탯 54 상승. 뱀류 몬스터들의 출현을 급증시킨다. 몬스터들의 침략 행위를 절반으로 줄여 준다. 던전 내에서 도둑과 암살자의 발소리를 37% 줄여 주며, 은신 스킬의 효과를 높여 준다. 다른 조각품과 중복으로 적용되지 않는다.

지금까지 완성한 대작의 숫자: 6

조각술 스킬의 숙련도가 향상되었습니다.

손재주 스킬의 숙련도가 향상되었습니다.

조각품에 대한 이해의 스킬 레벨이 1 상승하였습니다.

명성이 912 올랐습니다.

예술 스탯이 17 상승하였습니다.

지구력이 3 상승하였습니다.

인내가 19 상승하였습니다.

지혜가 7 상승하였습니다.

대작 조각품을 만든 대가로 전 스탯이 3씩 추가로 상승합니다.

"스킬 확인 조각술!"

조각술 고급 6 (99%)
조각을 할 수 있다. 아름다운 조각품은 고가에 팔리기도 한다. 영예로운 조각품
들을 만들며, 대륙에 이름을 떨칠 수 있다. 여자의 환심을 사기에 좋다.

조각술 스킬의 레벨이 한 단계 오르기까지는 겨우 1%의 숙
련도만이 남았다.

"걸작이나 명작 하나 정도면 되겠군."

조각술 스킬이 잘 오르지 않는다고 해도 그 정도라면 충분하다는 계산.

그렇게도 올리기 어렵던 조각술 스킬이 7레벨이 되면, 마스터까지는 단 3단계만 남겨 두는 셈이다.

위드는 흔하고 값도 싼 구리를 이용하여 킹 히드라의 조각품도 만들었다.

웅장한 크기로 제작된 걸작 킹 히드라.

프레야 여신상 옆에 만들어져서 미묘하게 느껴진다.

아리따운 여신의 애완동물, 위험한 일이 생기면 그녀를 구해 줄 것 같은 수호 생명체, 아니면 여신의 생명을 위협하는 비열한 킹 히드라!

오른쪽에는 블랙 이무기의 조각품이 만들어지고, 왼쪽에는 머리가 9개인 킹 히드라가 제작되었다.

모라타의 명물들이 더욱 늘어나면서 위드의 조각술 스킬 레벨도 올랐다.

고급 조각술 스킬의 레벨이 7로 상승했습니다.
조각술이 놀랍도록 섬세하고 세밀해집니다. 예술에 대한 안목이 넓어지면서 지식과 지혜 스탯이 52 증가합니다. 매력이 39 늘어납니다.

결코 배신하지 않는 조각술 스킬이었다.

마스터에 가까워지면서 스킬이 한 단계씩 오를 때마다 늘어나는 효과가 상당했다.

눈에 띄는 변화 외에도, 빛의 조각술을 사용할 때 색감이 더

다채로워지는 등 다양한 방면에 영향을 끼쳤다.

"남아 있는 강철들도 모두 써 버려야겠군."

어차피 이미 녹인 재료들이라서, 위드는 이참에 거대한 방어구들을 제작하기로 했다. 킹 히드라와 블랙 이무기의 몸통에 걸칠 수 있는 갑옷들이었다.

"대장장이 스킬을 위해서도 새로운 시도를 해 봐야지."

잡철들을 녹여서 만든 원료로 간단한 장검 따위를 만들어 봐야 숙련도도 거의 오르지 않는다. 그럴 바에야 차라리 거대 몬스터들이 사용할 수 있는 방어구들을 제작했다.

"나중에 돈이 필요하면 다시 녹여서 팔기도 편하고 말이야."

대장장이들 중에 돈이 궁한 이들은 실제로 많이 이용하는 방법이었다.

검이나 방어구를 만들었다가 다시 녹여 버린다. 고생과 수고를 헛되게 만드는 일 같지만, 살 사람을 찾지 못하거나 귀한 원료로 실망스러운 물품을 만들었을 때 처리하는 방법.

어마어마한 크기의 갑옷

재주가 뛰어난 대장장이가 만든 작품. 예술적인 심미안을 가지고 있는 이가 만든 물건이다. 엄청난 방어력이 있지만 너무 크고 무거워 쓸모는 많지 않을 것 같다. 은과 미스릴이 섞여서 약간의 마법 저항력이 있다.

내구력: 2,060/2,060

방어력: 269

제한: 힘 1,980. 대형 몬스터 전용. 몸통 둘레 170미터 이상.

옵션: 민첩 −210. 거의 파손되지 않는다. 소형 무기에 대한 절대적 방어력. 마법 저항 +3%.

> 대장장이 스킬의 레벨이 중급 4레벨로 상승했습니다.
> 만들어진 아이템들의 공격력과 방어력이 일정 수치만큼 증가합니다. 공성
> 무기의 사정거리와 정밀도가 개선됩니다.

> 망치질을 하면서 힘이 2 올랐습니다.

> 특별한 방어구를 제작하여 명성이 13 올랐습니다.

드디어 대장장이 스킬이 중급 4레벨이 되었다.

위드는 킹 히드라의 갑옷에 이어서, 이무기용 갑옷은 얇게 만들었다.

"두께가 1센티를 넘지 않도록 해야지."

이 정도라고 해도 두껍고 무거운 편이었지만 원료를 아끼기 위해서였다.

마판을 통해 구입해서 산처럼 쌓아 놓았던 재료들이 거의 소진되어 버리고 난 후였던 것이다.

매일 여신상 앞에 와서 조각품 만드는 것을 구경하던 초보자들이나 성직자, 성기사를 포함한 유저들은 줄어드는 잡템에 기가 질릴 정도였다.

"그 많던 잡템을 다 썼어."

"정말 괴물은 괴물이다. 모라타의 영주가 노가다의 화신이라더니 거짓말이 아니야."

모라타에서 시작하는 초보자들은 성벽 너머의 여신상과 2개의 초대형 몬스터 상들을 보며 마음을 다잡았다.

잡템들을 이용하여 만들었다는 조각품들은, 초보자들에게 노가다의 귀감이 되고 있었다.

이제 위드가 모라타에 만들려고 계획해 놓았던 조각품들은 다 완성되었다.

밀린 빨래를 해치운 것처럼 개운한 기분.

그런데 아직까지도 엠비뉴 요새의 지하 감옥에 간 탐험대의 임무 완수 보고는 전해지지 않았다. 매우 복잡한 미궁이고 함정들도 많이 설치되어 있어, 희생자들이 많이 나오고 있다는 것이었다.

"그럼 미루어 두었던 의뢰나 해결해야겠군."

1쿠퍼짜리, 딸의 조각품 의뢰.

이 의뢰를 위하여 다크 게이머 연합에 무려 4,000골드나 내고 리튼 왕국의 만돌과 그의 아내의 조사까지 완료했다.

"의뢰비가 1쿠퍼라고 해도 대충 해서는 안 될 일이야."

위드는 최상의 재료로 그들의 아이를 조각해 줄 작정이었다.

재료는 이무기와 히드라의 가죽!

"어차피 흠집 때문에 갑옷이나 로브로 만들 수는 없을 거야."

온전한 부분의 가죽들을 이용해서 귀여운 여자아이의 인형을 만든다.

대장장이 스킬만 조각술에 활용하는 게 아니었다. 재봉을 이용하여 실제와 같은 인형들을 만들어 낸다.

조각술에는 한계가 없다. 무궁무진한 상상력이 조각술의 원천이 된다.

"조각사로서의 자존심을 걸고, 최소한 대작의 조각품을 만들어 내야지."

솔직히 따로 기대하는 바가 있기도 했다.

"의뢰비 1쿠퍼. 후후후후!"

만돌은 미스릴 부츠까지 신고 있던 부르주아 유저다. 원래 집에 돈이 많거나, 아니면 레벨이 굉장히 높다는 뜻이리라.

"어쩌면 둘 다일 수도 있겠지. 미스릴 부츠는 돈을 주고 사더라도 레벨이 되지 않으면 착용할 수 없는 아이템이니까."

아내와 가족을 끔찍이 사랑하는 유형이기도 하다. 1쿠퍼만 달란다고 정말 그 돈만 줄 리는 만무한 것!

착한 일을 하며 겸손하게 행동하면 복이 온다.

위드는 만돌의 미스릴 부츠에 흑심을 품고 있었던 것이다.

서윤의 집 방문

양념반프라이드반의 일상.

꼬꼬댁.

닭 벼슬도 근엄하게 자라고 토종닭으로서의 커다란 풍채도 갖추었다.

그는 정원을 산책하며 별미로 지렁이들을 잡아먹었다.

"서윤아, 식사 왔다."

서윤이 먹는 음식도 같이 나누어 먹으면서 생명의 위협도 없이 평안하게 사는 삶이 행복하기 짝이 없다.

잘 가꿔진 분재들 사이에 앉아서 꾸벅꾸벅 조는 행복감!

배부르고 등 따뜻하니 더 이상 바랄 게 없는 일상이었다.

서윤이 애정 어린 손길로 쓰다듬어 주면 몸을 비비기까지 한다. 닭으로서는 더없이 행복하게 살고 있었다.

하지만 서윤은 항상 미안했다.

'함께 있어 주지 못해서 미안해.'

그녀가 캡슐 안에 있거나 학교에 갔을 때 양념반프라이드반
은 혼자였기 때문이다.

<u>꼬꼬꼬꼬.</u>

머리를 앞뒤로 흔들며 병원의 정원을 산책하는 양념반프라
이드반.

서윤은 생각했다.

'친구를… 데려다줄게.'

※━━◆◆━━※

중간고사, 축제, 체육대회도 끝나고 이제 여름방학도 이 주
일 남짓만이 남았다.

이현은 끊임없는 불만으로 구시렁거렸다.

"무슨 대학교가 이래. 군 복무 기간도 줄어드는 마당에 대학
교도 3년, 아니면 2년으로 안 되나?"

비싼 등록금을 앞으로도 3년 6개월이나 더 내야 한다니 앞날
이 캄캄했다.

포로수용소나 감옥에서 형기가 줄어드는 죄수의 심정이 이
와 같으리라.

"대학교를 졸업한다고 해서 졸업 연금이 나오는 것도 아니
고, 외국계 회사에 100% 취직을 시켜 주는 것도 아니고, 의료
보험을 평생 무상으로 제공해 주는 것도 아니고……."

대학의 허구성에 대한 끝없는 성찰이 이루어지고 있었다.

대학교 앞에 있는 번화가에 술집과 캡슐방, 식당 들을 보면

서 교육계와 국가의 장래까지 걱정되었다.

"학교 앞에는 전부 논밭이나 갯벌이 있어야 돼. 배고프면 나이 든 어르신들의 모내기를 거들어 드리고 새참 얻어먹고, 가을에는 추수 일손도 도와줄 수 있잖아. 갯벌은… 항상 유익한 식량 창고지. 배를 얻어 타고 가서 그물도 걷어 줄 수 있고 말이야."

갯벌에서는 삽 한 자루면 식사가 해결되리라.

신선한 굴이나 낙지 등을 잡아서 초장에 찍어 먹으면 된다.

밀물과 썰물을 이용하여 그물을 쳐서 물고기도 잡을 수 있으니 일석이조!

"따로 구내식당을 만들 필요도 없는 건데……."

전원 교육의 표상이라고 할 수 있으리라.

독서를 하며 낚시를 즐기는 대학생들, 그리고 매운탕을 끓이면서 싹트는 우정.

대학가 앞에는 술집과 미용실, 옷 가게, 네일 아트점 대신에 낚시 할인 마트만 있으면 될 것이다.

이현은 평소처럼 점심시간에 잔디 광장에 가서 자리에 놓여 있는 도시락을 먹었다. 그 옆에는 서윤이 앉아서 함께 도시락을 먹고 있었다.

이현이 젓가락으로 반찬을 집어서 입에 넣었다.

"음, 맛있군."

김밥에서 시작된 도시락은 초밥류까지 섭렵하고, 오늘은 떡갈비였다.

"뜨끈뜨끈해. 아직 식지도 않았군."

이현은 보온을 위해 열선이 깔려 있는 도시락에 대해서는 알지도 못했다. 갈비를 원 없이 먹어 본다는 게 행복할 뿐이었다.

"이런 게 떡갈비의 맛이구나."

중학교, 고등학교 시절에는 점심값을 내지 않아서 구내식당을 이용할 수 없었다.

물론 그렇다고 해서 밥을 안 먹을 수는 없으니 몰래 눈치를 보면서 식판을 들고 갔다. 목구멍으로 편하게 넘어가지 않는 눈칫밥을 먹으면서 학창 시절을 보냈다.

같은 반 친구들이 부모님이 정성껏 싸 주신 도시락을 뜯어 먹고 있을 때에 얼마나 부러웠던가.

"⋯⋯."

이현이 맛있게 먹는 모습을 보면서 서윤은 입술을 살짝 깨물었다. 짧게 웃음이 나올 것만 같았던 것이다.

사람을 행복하게 만들어 줄 수 있는 그녀의 웃는 얼굴이었지만, 볼 수 있는 기회란 정말로 흔치 않다. 그래도 처음 프레야 여신상을 만들었을 때처럼 차갑고 냉정하던 서윤의 인상은 거의 사라진 후였다.

서윤은 보리차까지 가져와서 잔에 따라서 이현에게 주었다.

"음, 고마워."

이현은 보리차를 한 모금 마시고 나서 내키지 않는다는 듯이 말했다.

"나물 같은 것만 주워 먹지 말고 너도 떡갈비 1개 먹을래?"

뭔가를 받았을 때는 공짜가 있을 리 없다.

괜히 떡갈비를 나눠 먹고 싶어서 보리차를 따라 주는 등 선심을 쓰는 척하려는 간악한 계산속!

'최근 들어서 조금 착해진 것 같은데⋯⋯.'

도시락을 몰래 놔두는 사람이 서윤, 그녀라는 것을 모르는 이현은 엄청난 권력을 쥔 사람처럼 행동했다.

서윤은 고개를 도리도리 저었다. 먹는 모습만 봐도 배가 불렀던 것이다.

이현이 다시 물었다.

"그럼 떡갈비 2개?"

"⋯⋯."

"3, 3개 줄까?"

보리차 한 잔으로 대체 얼마나 우려내려는 것인지, 일그러진 표정!

한때 서윤과 같이 도시락을 나누어 먹으면서 그녀가 김밥을 닥치는 대로 먹었던 시절이 있다.

그때의 기억이 새록새록 떠올랐다.

이현은 한숨을 쉬었다.

'나는 소인배가 아니야. 가끔은 베풀어 주기도 해야지.'

어릴 때 숟가락만 들고 친구들에게 가서 얻어먹은 적이 있다. 그 서글픈 심정을 떠올리면서 서윤의 입장을 적극 이해해 줄 수 있었다.

"그냥 편한 대로 먹어. 난 고기는 많이 먹어 본 적이 없으⋯ 아니, 잘 안 먹으니까. 네가 먹고 싶은 만큼 먹어."

이현은 떡갈비 1개를 집어서 서윤의 밥통 위에 올려 주었다.

서윤이 조심스럽게 입을 벌리고 그 떡갈비를 먹었다.

정신을 앗아 가 버릴 것만 같은 예쁜 광경이다.

잠시 그 광경을 바라보던 이현도 떡갈비를 먹었다.

와구와구.

떡갈비처럼 맛있는 반찬을 많이 줄 수는 없다.

"이거 왜 이렇게 맛있지? 무슨 고기가 입에서 녹네, 녹아."

편하게 먹으라고 한 뒤에 양손으로 쥐고 갈비를 마구 뜯고 있는 모습!

이현은 도시락을 밥알 1개 남겨 놓지 않고 깨끗하게 비웠다.

물론 마지막에는 서윤이 먹을 몫으로 떡갈비 1개를 남겨 놓기까지 했다.

스스로도 만족할 만큼 깔끔한 뒷정리였다.

'떡갈비를 3개나 먹었으면 불만은 없겠지.'

그리고 평소처럼 도시락과 함께 놓인 쪽지를 꺼냈다.

"오늘도 맛있게 먹어 주어서 고맙다는 얘기를 하려는 걸까? 누군지 몰라도 참 다정한 아가씨야."

그러나 이현이 꺼낸 쪽지에는 보통 때와는 다른 문구가 적혀 있었다.

부탁이 있어요.

오늘 수업 끝나고 시간 있으세요?

베일에 싸여 있던, 점심을 해 주는 우렁 각시의 소원이었다.

그녀가 요리한 밥을 얼마나 맛있게 먹었던가. 점심시간만 되면 입안에 군침이 돌았다.

오늘은 고맙게도 떡갈비까지 얻어먹은 참이었다.

서윤이 맑은 눈으로 이현의 반응을 주시하고 있었다.

"나도 누군지 궁금했던 차에 잘됐군."

고마운 마음에 이현은 답장을 썼다.

경영대 3층 B07 강의실에서 4시에 수업이 끝납니다.

오실 수 있으면 오세요.

수업 시간이 끝나 갈 무렵 이현은 조금씩 경계심이 생겼다.

"과연 어떤 여자일까?"

요리 솜씨로 봐서는 훌륭했다.

"고급 재료들을 너무 아끼지도 않고 사용하고 도시락도 브랜드만 쓰는 점이 결점이지만, 나쁜 여자는 아닐 것 같아."

이현에게는 이미 환상 속의 우렁 각시가 만들어졌던 것이다.

"후후."

최상준이나 박순조, 이유정을 비롯한 다른 아이들도 이현에게 도시락을 싸 주는 우렁 각시에 대한 이야기를 들었다.

오늘 마침 그녀가 나타난다고 하니 궁금증을 해결할 절호의 기회였다.

최상준이 어림도 없다는 듯이 고개를 흔들었다.

"에이, 형! 딱 보면 몰라요? 그렇게 도시락이나 가져다주는 여자애가 괜찮을 리가 없잖아요. 요즘 세상에 정상인은 아니에요. 유정아, 안 그래?"

"솔직히… 1달 넘게 도시락을 자리에 놔두면서도 아직까지 모습을 안 드러낸 건 이상하긴 해요. 너무 크게 기대하진 마요, 오빠."

"형, 유정이 말 들었죠? 우렁 각시 같은 이야기는 동화책에나 나오는 거라니까요. 어디 노처녀 교수나, 사회봉사 단체에서 나온 걸 수도 있죠."

이현은 그래도 입가의 미소를 지우지 않았다.

밥을 해 준다는 건 그에게 큰 의미를 가지고 있었다.

"다른 사람이 먹을 음식에 정성을 쏟는 애가… 근본적으로 나쁜 애일 리가 없어."

이현의 대인 관계도 그다지 정상적인 편은 아니다.

받은 만큼은 베푼다.

도시락을 싸 주었으니 좋은 애라는 단순 명쾌한 결론!

"그럼 수고 많으셨습니다. 과제 준비는 빈틈없이 해 오세요."

교수가 강의실을 나가고, 학생들은 주섬주섬 가방을 정리한다. 하지만 이현과 그의 주변에는 여전히 학생들이 모여 앉아 있었다.

"과연 어떤 사람이 올까?"

"나이 많은 노처녀라고 봐. 체육학과 학생일지도 몰라."

이현만 보면 절도 있게 인사를 하는 체육, 무도 계열 학생들을 일컬어 하는 말이었다.

출입구 근처에서 밖으로 나가려던 학생들이 무언가에 얼어붙은 듯이 제자리에 섰다.

"헉! 서윤 선배님이다."

"어라, 선배님이 이다음 강의를 들었었나?"

한국 대학교의 공인된 여신!

서윤이 강의실 안으로 들어오고 있었던 것이다.

더없이 화사한 초록빛 드레스를 입은 채로, 한 손에는 도시락을 들고 있었다.

"그러면 설마……."

학생들의 안면 근육이 일그러졌다.

오늘 이현에게 도시락을 싸 주던 사람이 오기로 한 사실을 알고 있었기 때문이다.

"여신님이 만드신 도시락을 저 형이 매일 무참히 입에 넣었던 거야?"

"이런 비극이!"

충격과 도탄에 빠진 남학생들!

이현도 뭔가 크게 속은 기분이었다.

서윤과 이래저래 자주 만나면서 초기의 어색함이나 경계심은 많이 줄어들었다. MT와 축제를 거치고, 점심도 같이 먹으면서 나름대로 친해졌다고 할 수도 있다.

가끔 서윤이 뒤통수를 치기는 했지만, 이제 웃으면서 넘길 수 있을 정도다.

하지만 서윤이 도시락의 주인이었다니, 긴장하지 않을 수 없었다.

'무슨 꿍꿍이로…….'

일단 의심부터 하는 이현이었다.

도시락을 먹으면서 무방비 상태로 경계를 하지 않는 잘못을 저질렀다.

'그래! 그래서는 안 되는 거였어. 무이자로 열흘간 대출을 해 준다는 사금융회사에 속는 것과 다름없는 미련한 행위였어.'

방심했던 실책에 대한 격렬한 반성!

서윤이 다가와서 쪽지를 내밀었다.

　부탁 들어줄 거죠?

이현의 몸이 사시나무 떨리듯이 떨렸다.

'이 순간을 노리고 있었구나! 그것도 1달도 넘게……'

돼지도 잘 먹인 후에 도축을 한다.

도시락을 많이 먹여 놓고, 그것을 약점 잡아서 무리한 부탁 을 하려는 속셈!

하지만 이현은 빚을 지고 살고 싶지는 않았다. 빚이란 이자 를 치며 늘어나서 결국은 헤어날 수 없는 수렁이 되어 버린다.

"적절하고, 가능한 범위 내에서의 부탁이라면… 들어줄게."

그녀는 다행이라는 듯이 미리 준비해 놓았던 쪽지를 꺼냈다.

　양념반프라이드반에게 친구가 필요해요.

"양념반프라이드반?"

이현은 머리를 갸웃했다.

그 독특한 이름은 집에 키우는 닭들이 대대로 이어 가는 이름이 아니던가.

금방 MT 때 가져갔던 닭을 이야기한다는 걸 깨달았다.

"닭이 필요해?"

서윤은 고개를 끄덕였다.

이현은 숨 막힐 듯한 긴장감을 숨기지 않고 다시 물었다.

"달걀을 낳을 수 있는 암탉으로?"

서윤은 그저 친구를 데려다주려고 했을 뿐이었다. 암수 구분에 대해서는 사전에 생각한 적이 없다.

하지만 양반이가 수컷이니 기왕이면 암컷을 데려오는 편이 나으리라.

서윤이 다시 고개를 끄덕였다.

그러자 이현의 눈빛이 파르르 떨렸다. 더없이 괴로운 표정을 억지로 참고 있는 것이다.

'씨암탉이 더 비싼데… 특히 지금 키우고 있는 놈은 저번에 산에서 주운 도라지도 반 뿌리나 먹어 치운 놈인데.'

그래도 도시락 가격을 계산해 보면, 닭 1마리는 그다지 비싼 게 아니라고 할 수 있다.

이현은 긍정적으로 답했다.

"알았어. 뭐… 내일 가져올게."

그런데 서윤이 고개를 젓는 것이었다.

직접 보고 데려오고 싶어요.

미리 준비한 쪽지의 내용에 이현은 잠깐 생각해 보다가 수락했다.

"좋아. 직접 골라도 돼."

서로 간에 믿음이 부족하다고 착각하고 있었다.

'도시락을 많이 싸 왔으니 가장 좋은 닭으로 골라 가고 싶은 모양이로군. 제일 영양가 높고 비싼 닭으로 말이야.'

닭들은 잘 키워서 우량하기 짝이 없었다. 씨암탉들은 금방 달걀을 낳고도 날개를 퍼덕거리면서 날아다닐 정도였다.

시장에 내다 팔더라도 시세에 별 차이 없이 다 고만고만한 게 닭의 가격이라, 집에 오는 것을 허락해 주었다.

❀❀❀❀❀

이현은 서윤과 함께 집까지 걸었다.

거리에서 그녀를 본 남자들은 멍하니 서서 몇 번이나 눈을 비비며 다시 쳐다보았다.

남자들도 여자들도 그들로부터 눈을 떼지 못했다.

너무도 아름다운 서윤을 보면서, 믿을 수 없어 하는 모습이었다.

서윤에게 일단 시선을 빼앗긴 그들은, 도저히 호기심을 이기지 못하고 옆에 함께 걷고 있는 남자를 살폈다.

'도대체 어떤 행운아가 저런 여자와 함께 다니는 거야?'

이현은 지극히 평범했고, 적당히 목이 늘어난 티셔츠와 물빠진 청바지를 입고 있었다.

'왜 저런 놈과… 무슨 약점이라도 잡힌 걸까?'

'부자야! 틀림없이 집이 부자야. 어린 나이에 수천억대 자산가이거나, 상속받은 재산이 엄청날 거야.'

'사랑의 힘은 위대하군.'

시샘과 질시의 눈빛들이 쏟아졌지만 이현은 그럴 때마다 꿋꿋했다.

"세상은 외모가 전부가 아니야. 마음이 중요하지."

서윤의 정체를 그는 알고 있었다. 그녀는 악독하고 잔인하며, 비열하기까지 하다.

인간성으로는 최악!

얼굴이 호흡곤란을 일으킬 정도로 예쁘다고 해서 거기에 넘어가면 절대로 안 되는 것.

"여자란 요리를 좀 잘한다고, 돈이 많다고, 날씬하고 몸매 좋고 예쁘다고, 옷 좀 잘 입고, 머리가 똑똑하다고 해서 좋은 게 아니니까."

한국 대학교에 입학할 정도면 머리도 수재라고 봐야 된다.

수업을 함께 들으면서도 서윤은 교재에 있는 연습 문제 정도는 너무도 간단히 풀어 버렸다. 강의 진도가 나가지 않은 부분들도 금방 이해하고 해결해 버린다.

"어디로 보나 내가 아깝지."

이현은 뻔뻔하게 얼굴을 들고 걸었다.

서윤은 의외로 잘 걸어서 따라왔다. 하이힐을 신지 않은 이유도 있었지만 걸음걸이도 빠른 편이었다.

단지 이현의 집에 간다는 설렘에 그녀의 얼굴은 딱 보기 좋을 정도로 상기되어 있었다. 남자의 집을 방문하는 게 처음이기도 했고, 어떤 닭을 친구로 데려가야 할지에 대해 행복한 기대감이 생겼기 때문이다.

"여기야."

이현은 한적한 주택가로 와서 자신의 집 문을 차근차근 열었다. 무려 7개나 되는 대문 잠금장치를!

비밀번호에, 카드 키까지 별도로 있어야 했다.

서윤이 문가로 다가오자, 이현은 몸으로 입구를 막았다.

"미리 말해 두지만 집에 들어가서 함부로 이것저것 만지면 안 돼. 어디에 뭐가 있는지 다 알거든!"

의심하고 도둑 취급까지 하는 이현!

일단 외부인을 들이는 경우가 흔치 않았기 때문이다.

최지훈이 이혜연과 만나면서 가끔 방문한 적은 있지만, 가전제품의 수리가 끝나고 난 후에는 잘 데려오지 않았다.

이현은 바싹 경계하고 있었다.

서윤이 고개를 끄덕였다.

"일단 들어와."

서윤은 대문 안으로 걸음을 옮겼다.

왈왈왈!

송아지만 한 큰 개가 잽싸게 뛰어와서 배를 깔고 귀엽게 짖는다. 커다란 체구에 걸맞지 않는 앙증맞은 울음소리였다.

이혜연이 직접 이름을 붙여 주었던 몸보신의 애교!

이현은 다급하게 설명했다.

"키우고 있는 개야. 엄청 위험한 녀석이라서 가까이하지 않는 편이 안전해."

서윤이 고운 손을 내밀자 몸보신은 꼬리까지 맹렬하게 흔들었다.

개의 후각은 인간보다 만 배 이상이나 된다.

서윤의 몸에서 은은하게 풍기는 떡갈비의 향기 그리고 예전에 떠난 양념반프라이드반의 냄새를 맡고 친근하게 지내려고 하는 것이다.

개들이 개장수를 보고 본능적으로 경계하는 것처럼, 서윤을 보더니 그 선한 느낌에 달려들어 환영의 몸부림을 치고 있었다. 서윤의 주변에서 팔짝팔짝 뛰고 꼬리를 흔들면서 적극적으로 환영의 인사를 표시했다.

이현이 고함을 질렀다.

"워, 워! 이러지 마라, 보신아. 또 사람 물려고 그러지? 지난주에도 1명 물어서 입원시켰잖아. 안 돼. 저리 가!"

왈왈.

몸보신은 꼬리만 흔들다가 자신의 집으로 얌전히 돌아갔다.

사람을 문 적 있다는 억울한 누명을 뒤집어쓰고도 순하기 짝이 없는 몸보신.

'닭은 시장에서 몇천 원이지만 개는 20만 원은 받을 수 있는데! 어림도 없어!'

몸보신은 유별나게 살이 포동포동하게 잘 오르고 운동도 되어 있어서 육질이 좋다.

개장수가 와서 35만 원에 팔라고 했는데도 안 팔았는데 서윤에게 주기란 너무도 아깝다.

"……."

서윤이 잰걸음으로 철망이 쳐져 있는 울타리로 다가갔다.

철망 안에는 토끼들이 뛰어놀고 있었다.

서윤은 연필로 쪽지에 빠르게 글을 썼다.

　만져 봐도 돼요?

　저, 토끼 이렇게 가까이 보는 건 처음이에요.

"만져 봐. 참, 토끼가 새끼를 낳은 지 얼마 안 되니 주의해."

　새끼요? 어디에요?

"우리 안에 있어."

서윤은 햄버거를 처음 먹어 보는 어린아이처럼 토끼들을 신기한 듯이 보았다.

이현은 위생에 대해서는 결벽증이라고 해도 좋을 정도라서, 토끼 울타리 안은 매우 깨끗하게 정돈되어 있었다.

토끼들이 먹을 풀들이 푸짐하게 쌓여 있고, 그늘로 가려진 구석에서는 몸통이 손가락 두세 마디 정도밖에 되지 않는 새끼 토끼들이 꼬물거린다.

새끼인데도 길쭉한 귀에, 바닥에서 깡충거리려고 뒷다리들을 움직이는 모습!

"아아아."

서윤의 입가에서 노래하듯이 흘러나오는 감탄사!

예쁘고 맑은 속삭임 같았다.

토끼장에 달라붙어서 눈을 반짝이며 구경하고 있는 그녀.

새끼들이 겁을 먹을까 봐 만지지는 못하고, 너무나도 아쉬워하는 표정이었다.

"만져도 돼."

"……."

하지만 서윤은 선뜻 손을 대지 못했다.

"괜찮아. 아직 눈도 안 뜬 새끼야."

서윤이 걱정하는 건 그런 이유는 아니었지만, 이현은 울타리로 손을 넣어서 새끼를 꺼냈다.

"자."

서윤의 손바닥에 내려 주니, 새끼 토끼는 미약하게 뒷발을 차며 꼬물거렸다.

서윤은 소중한 듯이 새끼 토끼를 보듬고 쓰다듬었다. 그러나 금방 토끼우리에 넣어 놓았다.

새끼 토끼가 불안해할지도 몰랐기 때문이다.

그 후에도 서윤은 토끼우리를 떠나지 않고 하염없이 쪼그려 앉아 있었다.

'설마 달라고 하는 건 아닐 테지!'

이현의 경각심은 갈수록 더해졌다. 여동생이 아직 학교에서 돌아오지 않았다.

'집에 여자와 단둘이라니… 무조건 조심해야지!'

남자와 여자.

주객이 전도된 상황이었다.

이현이 단호하게 말했다.

"어서 닭 보러 가자!"

최대한 토끼들로부터 떼어 놓기 위한 속셈이 역력했다.

서윤은 아직 눈도 못 뜬 새끼 토끼들을 계속 보고 싶었다.

어미 토끼와 함께 웅크리고 있는 귀여운 모습에 반하고 만 것이다.

당근을 볼 가득 물고 있는 어미 토끼의 천연덕스러운 모습.

하지만 토끼들이 편안하게 쉴 수 있도록, 서윤은 아쉬움을 가득 남긴 채 닭이 있는 뒤뜰로 향했다.

꼬꼬댁.

꼬끼오!

나무를 타고 새처럼 날아다니는 토종닭들.

땅에는 병아리들이 아장아장 걸어 다니고 있었다.

이현과 함께 처음 보는 서윤이 오자 재빨리 구석이나 나무 위로 피했다.

적극 경계하는 모습이었다.

구석에 숨어서 머리만 내밀고 인간들의 동향을 살피면서 나오려고 하지 않는다.

하지만 서윤은 양념반프라이드반을 통해 닭의 습성에 익숙했다.

준비해 온 떡갈비를 잘게 찢어 바닥에 뿌렸다.

꼬꼬꼬꼬꼬꼬꼬꼬!

나무와 수풀 사이에서 맹수처럼 튀어나와서 쪼아 먹는 닭들. 병아리들도 질세라 작은 부리로 갈비를 찢어 먹고 있었다.

서윤은 닭과 병아리 들을 어루만졌다.

낯선 사람임에도 불구하고 떡갈비로 금방 친해져서 그녀의 곁을 떠날 줄을 모른다.

'나를 좋아해 주고 있어.'

서윤은 어쩔 줄 모르면서 행복이 가득한 눈빛으로 닭들을 만졌다.

이현은 비참했다.

'내가 먹던 도시락의 떡갈비와 똑같은 것을…….'

닭과 같은 음식을 먹게 된 신세!

그래도 표정이 거의 없던 서윤이 닭들과 있으면서 굉장히 즐거워 보이는 기색에 덩달아서 기분이 좋아졌다.

말없이 가만히 눈치만 보고 다가오지 못하던 그녀가, 닭들과 있으면서 눈가에 눈물이 맺힐 정도로 감동하고 있는 것이다.

이현의 콧날까지 괜히 시큰해졌다.

'여동생에게 처음으로 치킨을 튀겨 줄 때보다도 기분이 이상하군.'

서윤이 아주 나쁜 사람이 아니라는 건 알고 있다. 하지만 그걸 인정하기가 스스로도 쉬운 건 아니었다.

'그녀가 나쁘든 혹은 좋든… 나와 가까이할 수는 없어.'

현실적으로 너무 다른 환경에서 살고 있었다.

그녀가 입고 있는 옷 한 벌의 가격이 대충 어느 정도인지 이현은 충분히 예상할 수 있었다.

'텔레비전에 나오는 브랜드 옷들도 10만 원이 넘는데… 저렇게 좋은 원단에 따임이라는 브랜드, 디자인이면 15만 원은 되겠지!'

가정 형편에서 너무 큰 차이가 난다. 서윤 정도라면 자신과는 비교도 안 되는 훌륭한 남자가 좋아하리라.

'자격을 갖춘 그런 남자가 나타나겠지.'

정효린이나 다른 여자들도 마찬가지였다.

이현은 큰 결심을 내렸다.

"1마리 골라. 뭐, 괜찮은 녀석이 있으면… 2마리 골라도 돼."

행복한 듯 닭들을 만지던 서윤이 기쁜 눈으로 돌아보았다.

정말이냐고 묻는 눈빛!

이현은 멀리 다른 곳을 응시하며 말했다.

"그까짓 닭 정도로……. 2마리든 3마리든 아무것도 아니야."

웬일로 통 큰 배포를 보여 주는 이현이었다.

닭 1마리로 도시락값을 대체하기에는 여전히 빚진 기분이 들었기 때문이다.

서윤은 3마리를 골랐다.

그녀가 닭을 고를 때마다 이현의 얼굴은 핏기를 찾기 어려울 정도로 창백해졌다.

'저 녀석은 씨암탉인데… 그리고 백숙 녀석에, 나중에 큰 닭의 기질이 보이는 토실토실한 병아리까지!'

씨암탉은 물론 귀한 존재였다.

훗날 여동생이 시집가서 남편을 데려오면 잡아 주려고 했다.

하지만 그때까지 닭들은 계속 번식을 할 테고, 다른 씨암탉도 2마리나 남아 있으니 괜찮으리라.

그럼에도 서윤이 씨암탉을 고르는 순간 가슴 한 귀퉁이가 떨어져 나가는 슬픔과 아픔이 느껴졌다.

이현은 서글프게 말했다.

"포장…해 줄게."

서윤이 데려가기 편하게 끈으로 닭들의 다리와 목을 묶어서 서로 연결시켰다.

닭 썰매처럼 모양새가 괴상하기 짝이 없었지만 서윤은 끈을 받아 쥐었다.

그녀가 쪽지에 글씨를 썼다.

정말 고마워요.

무리한 부탁이었는데도 들어줘서 정말 감사합니다.

"아니야. 이 정도야 뭐. 필요하면 1마리 더……."

이현은 급히 말을 바꾸었다.

"다음에 병아리로 1마리 더 가져가도 돼."

정말요?

"……."

준다고 하니 덥석 받으려고 하는 서윤!

이현은 쪽지로 대화를 나누면서 좀 이상하다는 생각을 했다.

'왜 말을 안 하지?'

그를 놀리기 위하여 일부러 말을 할 줄 안다는 사실을 숨긴 줄 알았는데 아니었다.

MT에서도 축제에서도, 말하는 걸 들은 적이 없다.

점심을 함께 먹으면서도 말을 하지 않던 모습.

사실 도시락에 쪽지를 남겨 두고, 그 후로 쪽지를 통해서 이야기를 나누는 것도 굉장한 진전이라고 할 수 있었다.

'〈로열 로드〉에서는 딱 한마디였지만 무척이나 듣기 좋은 음성이었는데, 사실은 목소리가 너무 칼칼하거나… 뭐, 그런 거겠지?'

이현이 서윤을 배웅해 주기 위하여 마당을 다시 나가려고 할 때에 보신이가 끙끙대면서 다가왔다.

서윤도 몸보신이 귀여운지 쉽게 걸음을 떼지 못하는 모습이었다.

이현이 떨리는 음성으로 말했다.

"호, 혹시 이 개 마음에 들어?"

"……?"

"보신이도… 데려갈래?"

이현의 충격적인 변화!

복날을 위하여 애지중지 길러 온 몸보신까지 서윤에게 주겠다는 것이다.

정말로 데려가서 키워도 돼요?

"이 개가 너를 좋아하는 것 같으니까. 데려가서 키워도 돼."

서윤은 무엇보다도 자신을 좋아하는 것 같다는 말에 더없이 기뻐하는 기색이었다. 그녀는 놀라움과 감동에 눈물을 뚝뚝 흘리기까지 했다.

이현이 낮게 가라앉은 음성으로 말했다.

"이 녀석 많이 먹으니까 밥은 자주 주는 게 좋아. 밥그릇은 작은 걸로 주면 엎어 버리니까 큰 걸로 마련해 주고, 비 오는 날에는 마당에서 뛰어놀게 해 줘. 밤에는 묶어 놓지 마. 쥐나 족제비 등을 사냥하거든. 낮잠은 2시간 정도 자는데, 데리고 놀고 싶으면 이름을 불러 줘. 그러면 알아서 깨. 무나 당근을 좋아하니까 가끔 주도록 하고……."

애인을 떠나보내는 것처럼 구구절절한 설명.

'심장이 생으로 뽑히는 것 같구나.'

이현은 극심한 괴로움을 느끼면서도 결정을 돌이키지는 않았다.

선물을 줄 때는 아까운 기색을 보여 줘서는 안 된다.

줄 때 제대로 주는 것이 뇌물!

'S급 난이도의 두 번째, 세 번째 퀘스트. 솔직히 나로서는 깨기가 거의 불가능할 거야.'

조각술 스킬을 올리기 위한 노가다를 하고는 있다. 하지만 퀘스트의 성공을 장담할 수는 없다.

'야만족들과의 동맹이나 인도자의 권능, 죽음의 선고. 그리고 운도 많이 따라 주어서 1단계 퀘스트는 완수할 수 있었지.'

퀘스트에서 매번 그런 행운이 따라 주기를 바랄 수는 없다.

'2단계, 3단계는 더 어려울 거야.'

앞으로는 맨땅에 부딪쳐야 되는 절박하고 고독한 처지!

'함께할 수 있다면…….'

서윤이 같이 퀘스트에 참여해 준다면 훨씬 든든하다고 할 수 있었다.

　정말 고마워요.

　이현의 집 앞에는 언제부터인지 모르게 고급 외제 차들이 즐비하게 주차되어 있었다.

　서윤의 경호원들이 와서 대기하고 있는 것이다.

　검은색 정장을 입은 경호원들이 차의 뒷문을 열어 주었다.

　닭들과 몸보신은 뒷자리에 탑승했다.

　경호원과 기사까지 딸린 억대의 자동차에 탑승하는 호강을 누리는 닭과 개!

　이현은 입가에 쓰라린 속내를 감추는 가식적인 미소를 지으며 배웅했다.

　"잘 가. 다음에 또 놀러 와."

　그러자 차에 타려던 서윤이 멈칫하더니 잠시 망설이다가 쪽지에 무언가를 적는 것이었다.

　정말로 또 놀러 와도 될까요?

　"……."

　이현은 할 말을 잃어버리는 상황이란 바로 이런 때임을 깨달았다.

　이만큼 챙겨 주었는데도 여전히 아쉬움이 남아 있다는 뜻이 아닌가!

'설마 또 오기야 하겠어. 보통 하는 말처럼 그저 예의상 해 보는 소리겠지.'

이현은 고개를 끄덕였다.

"시간 나면 아무 때나 편하게 놀러 와."

고맙습니다.

다음에 봐요.

서윤이 승용차에 타고, 경호원들과 함께 떠났다.

차들이 떠나고 난 후에 대문 앞에서 가만히 서 있던 이현은 한숨을 쉬었다.

고등학교를 중퇴하고 여러 일들을 하며 악덕 사장들을 만났을 때 느꼈던 감정이 다시금 떠오른다.

"진짜, 있는 것들이 더하다니까."

소중한 교훈도 얻었다.

"역시 여자들과 만나면 안 돼."

데이트 비용.

여자를 만나면 이래저래 돈이 든다.

서윤에게 밥을 사 주거나 커피를 마시거나, 놀이 공원에 함께 간 것도 아니다.

하지만 닭값과 개값!

"여자는 돈을 모으는 데 적이야. 적."

이현은 이를 갈았다.

그녀에 대한 악감정이 다시 생겨나고 있었다.

서윤의 병실은 동물 농장을 연상시켰다.

따뜻한 밥에 고기를 먹고 나서 늘어진 몸보신과, 살판이 난 듯 홰를 치며 날아다니는 닭들.

노란 병아리도 삐악거리면서 병실을 싸돌아다니고 있다.

"……."

서윤은 의자에 앉아서 책을 읽었다.

《개가 좋아하는 먹이》
《개 팔자가 상팔자》
《개가 짖을 때는 이유가 있다》

애완용 개를 키우기 위한 지침서들이었다.

서윤의 병실에는 전용 운동장이 딸려 있을 뿐만 아니라 4개나 되는 방과 서재, 간단한 음료들을 마실 수 있는 홈 바까지 꾸며져 있다.

몸보신과 닭들에게는 천국이나 다를 바가 없었다.

멍멍!

몸보신은 창밖을 내다보며 짖기도 했다.

넓지는 않았지만 마당이 있는 집에서 살았으니, 신선한 바깥 공기가 필요했던 것이리라.

서윤은 외출 준비를 했다.

'《개 팔자가 상팔자》란 책을 보면 꼬박꼬박 산책을 시켜 주어

야 한다고 했어.'

서윤이 몸보신의 목에 개 줄을 채웠다.

몸보신은 혀를 내밀어서 손을 핥으며 얌전하게 있었다.

복날의 개의 운명을 극적으로 변화시켜 준 새 주인에 대한 충성을 다짐하고 있었던 것!

간호사들은 믿기 어렵다는 듯이 서윤을 보았다.

"예전보다… 많이 밝아진 것 같아요."

"그러게요. 얼굴색이 화사해진 느낌이죠? 전에도 정말 예뻤는데 지금은 여자라도 반할 지경이에요."

간호사들은 수많은 노력에도 마음의 문을 닫아 잠그고 있던 서윤이 이렇게 갑자기 나아질 줄은 몰랐다.

차은희도 그 점에 대해서는 이현의 자질을 인정해야 했다.

"정말 착한 남자야."

〈로열 로드〉에서 사냥을 함께하는 동료들은 그에 대한 칭찬을 아끼지 않았다.

"아마 그 따뜻한 마음씨가 서윤이의 얼어붙은 가슴을 녹인 거겠지?"

정일훈에게도 이현에 대해서 많은 말을 들었다.

요즘 세상에 가족을 위해서 그렇게 헌신하는 사내가 몇 명이나 되겠는가!

〈로열 로드〉에 빠져서 산다는 점을 단점으로만 볼 수는 없는 이유였다.

"서윤이가 억지로 가던 학교를 즐거워해. 정말 많이 나아졌구나."

닭과 강아지를 기르는 건 매우 긍정적인 신호였다.

애완동물을 기르면서 사랑을 쏟는다면 마음을 완전히 열 날도 머지않았으리라 짐작되었다.

이제 서윤은 곧잘 쪽지로 의사 표현도 하는 단계까지 이르렀던 것.

결정적인 계기가 생겨서 말문이 트이기만 하면 된다.

"드디어 회장님께 보고를 할 시간이 된 걸까?"

차은희는 서윤의 아버지에게 연락을 해야 했다.

그는 항상 경호원들을 통해서 딸에 대한 보고를 받고 있었다. 머지않아 서윤의 마음이 치유되고, 말을 할 수도 있을 거라는 소식을 듣는다면 틀림없이 기뻐하리라.

아이의 조각품

"위드 님은 정말 천재야!"

마판은 스무 대나 되는 대형 마차를 끌고 통곡의 강 유역을 지나고 있었다.

야만족 마을에서 교역을 하기 위해서 짐마차를 움직이고 있는 것이다.

"캬오오오."

"싱싱한 인간. 먹잇감이다."

다수의 몬스터들이 마차를 따라왔지만, 빙룡과 불사조에 의해 전멸했다.

마판은 마차들을 몰고 무사히 베자귀 부락에 도착했다.

남녀노소, 베자귀 부족이 모였다.

"빨리빨리 사라 해! 싸고 저렴한 물건 왔다 해. 늦으면 살 거 없다. 싸게 팔 때 많이 사라 해."

마판이 가져온 물품은 모라타에서 만든 무기와 방어구, 피혁

제품 그리고 식료품들!

어린 여자 베자귀 부족이 마음에 드는지 구리로 된 귀걸이를 잡았다.

"이거 얼마예요?"

마판은 심각한 표정을 지었다.

"그거 무지 비싼 거다."

"알아요. 비쌀 거 같아요. 제가 가진 거는 가죽밖에 없는데요. 아니면 송곳니나……."

블랙 와일드보어의 송곳니와 가죽.

모라타에서 수백 골드는 족히 받을 수 있는 물건들이었다.

마판은 말도 안 된다는 듯이 고개를 흔들었다.

"그런 건 여기서 사냥하면 얼마든지 구할 수 있는 거잖아."

악덕 상인의 표본을 보여 주는 마판!

머리카락이 몇 개 있지도 않은 베자귀 부족 소녀가 울상을 지었다.

"히잉, 꼭 사고 싶은데……."

"그럼 가죽 세 장에 팔아 줄게."

"고맙습니다, 상인 오빠!"

마판은 미개한 야만족과의 교역을 통해서 가죽과 재료 아이템들을 사 모았다.

최초의 교역자로서 엄청난 폭리를 취하는 것이다.

위드에게서 배운, 미개한 야만족들을 등쳐 먹는 방법!

여기서 구한 가죽들은 굉장히 귀한 재료들이다. 통곡의 강 주변 사냥감들의 가죽이라서, 모라타에 가져가기만 해도 특산품 대우를 받는다.

게다가 모라타의 우수한 기술로 가공을 하면 멋진 로브와 방어구가 탄생하는 것이다.

～～～～～

위드는 1쿠퍼의 의뢰에 쓸 조각품을 만들기 위해 영주 성의 개인 방에서 바느질을 했다.

이무기의 가죽을 하얗게 탈색시켜서 어린아이의 몸통을 만들었다.

"사람의 피부가 흰색은 아닌데……."

둔한 색감 때문에 살색을 만드는 자체부터 스트레스!

위드는 진정한 재봉사라고 보기에는 무리가 있었다.

가죽이나 천을 다루는 솜씨는 상당히 뛰어나다. 하지만 염색에 대해서는 거의 신경을 쓰지 않았던 탓이다.

"활용도만 좋으면 되었지. 색감은 그리 필요 없으니까!"

옷들은 디자인도 중요한 요소지만, 일단 방어력이나 다른 옵션만 좋으면 금방 팔려 나간다. 염색이야 옷을 구입하고 나서 다른 염색사에게 해도 되는 것이다.

그 때문에 어린아이의 피부를 만드는 작업부터 난관이었다.

"너무 어리게 만들 필요도 없어."

갓난아이.

백일도 안 된 어린아이는 오히려 그 슬픔만을 떠올리게 만들기 쉽다.

"어느 정도 시간이 흘렀을 테니 두 살이나 세 살 정도로 하자."

말썽을 막 부리기 시작할 나이였다.

"얼굴만 봐도 꿀밤을 쥐어박아 주고 싶고, 왜 낳아서 고생을 하나 후회되고… 그러면서도 가장 예쁜 시기지."

마음을 정리하고, 아이와의 마지막 이별을 위하여 만드는 조각품이니 명랑한 표정이 좋으리라.

예술적 가치가 아니라 마음을 움직일 수 있는 조각품. 세세한 표현보다는 포근한 느낌이면 된다. 따뜻함을 보여 줄 수 있는 조각품이 필요했다.

"내게 그런 실력은 없지만……."

위드는 잊고 싶은 기억이나 슬픔도 결국은 시간이 추억으로 만들어 준다는 걸 경험으로 배웠다.

경이로운 조각품으로 아픔과 그리움을 모두 감싸 안아 주기를 기대하는 건 위드에게 너무 무리한 일이었다.

진정 뛰어난 조각사라고 해도, 아름다움을 표현할 수는 있어도 슬픔을 중화시켜 줄 수는 없는 것이다.

"내가 할 수 있는 건 그 계기를 만들어 주는 정도겠지."

위드는 흑요석을 세공하여 만든 눈을 인형에 붙였다.

여동생이 어릴 때는 공장에서 만들던 인형 때문에 장난감들은 남부럽지 않게 많았다.

남자아이라면 비행기나 배, 자동차, 로봇 등 여러 다양한 장난감들을 원했겠지만 여동생이라서 아기자기한 취향을 가졌다.

동물들의 인형을 보면 한없이 좋아했다.

"유별나게 곰 인형을 좋아했지."

아이들이 인형을 좋아하는 건 동심을 자극하는 무언가가 있기 때문이리라.

"아이의 조각품만이 아니라 더 많은 인형을 만들어야겠어."

위드는 아이 혼자 있는 것은 쓸쓸하다고 생각했다. 최소한 대작 조각품을 만들 작정이었지만, 그것으로는 많이 허전하다.

영원한 작별의 인사를 나누어야 하는데 아이의 인형만 덩그러니 있으면 부모의 가슴은 찢어지도록 슬프리라.

"아이 인형이 있는 장소를 가득 채울 수 있는 조각품. 아이들이 좋아하는 거라면 무엇이든지 만들어야겠군."

여자아이가 좋아할 만한 물건은 전부 만든다.

촛불로 예쁘게 꾸미고, 눈사람 등도 어떻게든 만들 수 있었다.

"빙룡의 피부 가루 좀 벗겨 내면 돼!"

조각사란 의외로 많은 일을 할 수 있는 직업이었다.

이무기의 가죽

생산 스킬 재봉과 관련된 아이템. 궁극의 재봉 재료. 옷이나 장비를 만들기에는 너무 귀한 물건이다. 마나의 힘이 깃들어 있으며 독에 대한 저항력을 갖게 해 주고 암흑 계열의 힘을 증폭시켜 준다. 이무기 가죽은 보통의 재봉술과 재봉 도구로 다룰 수 없다. 명장의 반열에 오른 재봉사에게는 더없이 귀한 경험과 명품을 만들 기회가 될 것이다. 전투의 흔적이 가죽에 고스란히 남아 가치가 다소 훼손되었다. 물품으로 제작하려면 별도의 수선이 필요하다. 최상급 재봉 아이템.

내구력: 30/30

옵션: 암흑 계열의 힘을 증폭시켜 준다. 마나의 최대치를 20,000 증가시켜 준다. 독에 대한 저항력을 가져 쉽게 중독되지 않는다. 매우 가벼운 소재.

최상급 재봉 아이템을 단지 인형을 만드는 데 사용한다.

구멍도 나 있고 흠집도 많았지만, 여행자를 위한 튜닉이나 마법사의 로브로 만들어도 수만 골드는 받을 수 있는 재료들이 거침없이 절단되어 인형으로 재탄생했다.

띠링!

토끼 봉제 인형을 만들었습니다.

손으로 아름다움을 빚어내는 조각사의 새로운 도전! 희귀한 가죽을 재료로 해서 토끼 인형을 만들었다. 조각술계의 새로운 혁명, 위드는 도전을 멈추지 않을 것이다.

예술적 가치: 거장 조각사 위드의 작품. 309

옵션: 토끼 봉제 인형을 가지고 있으면 점프력이 5% 증가한다. 봉제 인형을 보여 주는 것만으로도 아이들과의 친밀도가 상승한다. 거대토끼족과의 우호를 높일 수 있다.

조각술 스킬의 숙련도가 향상되었습니다.

재봉 스킬의 숙련도가 향상되었습니다.

명성이 12 올랐습니다.

예술 스탯이 3 상승하였습니다.

행운이 1 상승하였습니다.

거대토끼족은 아직 발견된 적이 없다.

설원에 산다는 설족들처럼, 구전을 통해 내려오는 이야기 속에만 존재하는 종족!

봉제 인형으로 조각품을 만들어서 조각술 스킬의 숙련도가 0.9%나 올랐다.

"조각술 스킬 레벨이 7에 오르고 나서는 걸작을 만들어도 이 정도의 숙련도는 얻지 못할 줄 알았는데……."

대형 조각품이나 바위 조각품에 치우쳐 있던 게 실수인 것 같았다.

조각술은 끊임없이 새로운 변화와 시도를 거듭해야 발전할 수 있다. 만들고 싶은 주제와 작품들이 쌓이고 쌓여서 쉴 수가 없게 만드는 게 조각술의 세계!

위드도 인간인 이상 만드는 조각품들이 어느 정도는 정해져 있었다. 익숙한 조각품들을 주로 만들려고 하고, 점점 새로운 시도를 하지 않게 된다.

서윤의 조각품만 만들다가 대형 조각품으로 옮겨 갔는데, 타성에 젖어서 만드는 조각품으로는 한계가 있는 것이다.

위드는 다정하고 친근한 표정의 동물 인형들 30개 정도를 완성해서 가지런히 놓았다.

사자, 코끼리, 곰, 치타, 코뿔소 등의 맹수 인형들이 귀여운 자세를 취하고 있었다.

"인형이라면 역시 사악하고 눈알이 번들거려야 제맛인데……."

위드의 취향에는 심각하게 맞지 않았지만, 어쨌든 아이들을 위한 것들이다.

가죽으로 만든 인형 중에서 걸작이 5개나 나왔다.

재봉 스킬이 연관되어 만든 인형이라서, 천과 가죽을 붙여서 만든 완성도는 상당했다.

위드의 손재주는 엄청난 내구력을 자랑한다.

진짜 코끼리가 와서 짓밟아도 뽀송뽀송한 내구도, 심지어는 화염 마법으로 태워도 멀쩡할 인형들의 탄생이었다.

멋모르고 가지고 놀던 아이들이 불에 타면서도 멀쩡한 인형을 보고 침을 흘리면서 경악하게 될지도 모를 수준!

"인형은 튼튼하지 말아야 한다는 편견을 버려야 돼!"

위드는 더 많은 동물 인형들을 만들면서 인형 제작에 대한 기본을 익혔다.

틀을 깨는 상상력도 본격 발휘되었다.

다람쥐 가족 인형들이 맷돌을 돌려 큰 도토리를 부수는 모습. 도토리묵을 만들어서 먹으려는 것이었다.

토끼들은 당근 수프를 만들어서 헤엄치고 다니고 있다.

"작품명은 다람쥐와 토끼 요리사들이 어울리겠군."

걸작이었다.

나중에 요리 스킬을 발휘해서 진짜 도토리묵과 당근 수프까지 채워 넣으면 완벽하리라.

원숭이 인형들은 집단으로 바나나 껍질을 까고 노래를 부르고 춤을 춘다. 모닥불을 피우고, 원숭이 연인을 유혹하는 아찔하고 관능적인 춤.

장난기 많은 원숭이들이 바닥에 바나나 껍질을 깔아 놓아서 넘어지고 미끄러지는 익살스러운 광경도 연출했다.

"작품명은 발랑 까진 원숭이 축제."

이번에는 명작이 나왔다.

나무를 깎아 만든, 악기를 다루는 원숭이들이 깜찍했다.

"그다음으로는……."

동물, 동물, 동물들.

남자아이가 대상이었다면 자동차나 배, 비행기 등의 조각품을 만들 수 있을 것이다. 하지만 여자아이를 위한 조각품이어야 했다.

"여자아이들은 동물 인형을 좋아하니까!"

덮어 놓고 무식할 정도로 많은 동물 인형들을 만든다.

노가다에는 면역이 되어 있어서, 수백 개를 만들어 내고도 지칠 줄을 몰랐다.

"완벽하게 하나의 방을 인형으로 가득 채울 수 있도록… 그 아이가 절대 불행하지 않았다고, 행복했다는 걸 느낄 수 있게 해야지."

지금 만드는 인형들은 곁가지에 불과할 뿐.

최고의 작품을 위해서는 특별한 인형을 만들어야 한다.

위드가 만들었던 그 어떤 작품보다도 더 대단한 대작. 진정한 초대작을 만들어야 했다.

모라타에 근접해 있는 트리반 마을.

니플하임 제국 시절에는 자작이 거느리던 영지라고 기록되어 있었다.

생사와 계피가 많이 나오며, 넓은 곡창지대까지 소유한 축복받은 영토였다.

하지만 혹독한 북부의 추위가 지나가고 난 이후에 남은 것은 황무지와 폐허뿐이었다.

몬스터들도 많아서, 수시로 마을을 노략질했다.

들개들 따위가 습격을 하고 나면 마을에 식량이 거의 남아나지도 못했다.

스티렌 길드가 이곳에 정착했다.

"땅을 파라! 돌멩이들을 빼내고 씨앗을 심어야 하니 서둘러야 해."

스티렌의 지휘 아래에 30여 명의 길드원들이 곡괭이질을 하고 있었다. 땅을 개간하고 씨앗을 뿌리기 위해서였다.

"젠장. 노르망 왕국에서는 그래도 스티렌 길드 하면 초보자들도 알아주었는데 이게 무슨 꼴이야."

"일을 해 줄 주민이 없으니 어쩔 수 없잖아. 지금은 모라타에서 전부 수입하고 있으니 말이야."

스티렌 길드가 트리반 마을에 정착한 것은 베르사 대륙의 시간으로 5개월 전쯤!

북부의 개척 붐이 막 불었을 무렵에 스티렌 길드는 일찍 터전을 옮겼다.

현재는 북부의 마을과 영지들이 중앙 대륙에서 대규모로 건너온 유저들과 길드들에 의해서 다스려지고 있었다.

스티렌 길드는 정착할 마을을 정할 때 조건을 그다지 고려하지 않았다.

"부동산은 입지야. 기름진 땅? 넓은 들판? 혹은 산을 끼고 있는 지형? 다 필요 없어. 모라타에만 가까우면 돼."

당시는 모라타가 북부의 유망한 마을로 떠오르고 있을 무렵이었다.

스티렌이 보아도 전망이 밝았다.

"북부 대륙의 중심지라는 이점. 상인들의 교역이 활발하게 이루어지고 유저들도 모여들고 있어. 앞으로 북부는 모라타가 중심이 될 거야."

스티렌의 전망대로였다.

모라타는 영주의 과감한 투자와 사람들의 유입에 힘입어서 무서운 속도로 발전을 거듭했다.

스티렌 길드에서 필요한 물품들을 구입하기 위하여 모라타 마을로 갈 때마다 천지가 개벽하는 변화들을 볼 수 있었다.

빛의 탑과 약간의 조각품만 있던, 폐허나 다를 바가 없던 모라타 마을에 마차가 달릴 수 있을 정도로 번듯한 길이 뚫리고 건물들이 새로 지어졌다. 화려함은 없지만 분수대가 있는 넓은 중앙 광장도 생겼다.

광장에서는 전사들과 마법사, 기사, 모험가 들이 퀘스트와 사냥을 함께할 파티원을 구한다.

분수대 주변에 빼곡하게 몸을 붙이고 앉아 장사를 하는 상인들을 보면서 스티렌은 눈물이 나올 정도로 부러웠다.

"우리 트리반 마을도… 나중에는 이렇게 되고 말 거야."

모라타 영주의 직업은 조각사였으니 희망은 있었다.

"조각품이 초창기에 사람들을 끌어모으는 효과는 있겠지. 하지만 우리 스티렌 길드가 사냥터 정보 등을 공개하면 모두 이쪽으로 오게 될걸."

스티렌 길드는 던전을 발굴하고 몬스터들의 정보들을 공개했다.

많은 유저들이 와서 사냥하고 정착하라는 의미였다.

"와, 여기가 트리반 마을이야? 제대로 찾아왔네."

"사냥하자!"

전사 파티들이 우르르 방문했다.

모라타와 그리 먼 거리도 아니었기 때문에 말을 타고 빠르게 올 수 있었다.

하지만 밤이면 그들은 다시 모라타로 돌아갔다.

"빛의 탑 구경하러 가자."

"출출하네. 모라타에 가서 밥이나 먹지."

주변 도시의 한계였다.

그들은 던전과 사냥터에서 돈을 벌어서, 소비는 모라타에 돌아가서 하는 것이다.

"잡템도 모라타에서 팔자."

"응. 모라타에는 상인들이 많아서 제값을 받을 수 있어."

잡템마저도 트리반 마을에서 팔지 않는다.

스티렌의 마을 운영은 적자였지만 좌절하거나 포기하지 않았다.

"마을을 개발하는 일인데… 초창기에 이 정도 어려움쯤이야 예상했던 수준에 불과하지."

10만 골드를 추가로 털어서 투자했다.

불편함을 느끼지 않도록 마을의 집들을 새로 짓고 광장도 만들었다. 하지만 유저들은 여전히 오지 않아서, 유령 마을이나 다를 바가 없었다.

"알려지지 않았기 때문일 거야. 직접 모라타로 가서 홍보라도 해 보자."

스티렌은 길드원 듀마와 함께 모라타 마을로 갔다.

"트리반 마을에서 사실 분 구합니다. 스티렌 길드가 평화롭게 지배하는 마을입니다. 각종 편의를 지원해 드리며, 소정의 정착금도 지원합니다."

그들과 비슷한 처지인 듯, 눈물의 호객 행위를 하는 다른 길드들도 발견할 수 있었다.

"호움 마을로 오실 모험가 분들 환영합니다. 아직은 미흡한 점이 많지만 우리 페로이 길드가⋯⋯."

"케아트 마을로 여러분을 초대합니다!"

트리반 마을이 조금 나아졌을 때, 모라타는 건물과 사람들이 더 많아져 있었다.

프레야 여신상이 완공되고, 인공 호수가 생겨났다.

영주가 직접 술집을 확장하고, 전투 계열 길드까지 세웠다.

초보자들의 유입까지 가능해지면서 하루가 다르게 커지는 모라타 지역이다.

영주 성과 마을, 돌로 된 성벽을 넘어서 비어 있던 공터들에 상점들과 집들이 만들어질 정도로 확장 속도가 엄청났다.

모라타에 처음 방문한 이들을 압도하는 판자촌!

"으으, 정말 굉장하군."

스티렌은 그래도 낙천적이었다.

모라타가 발전하고 있다는 것은 북부로 향하는 사람들의 관심도 많아지고 있다는 뜻!

모라타가 좋아진다면 트리반 마을에도 점점 이주민이 많아질 것이다.

"도시의 발전이란 그런 거니까. 일단 한 곳을 집중 개발해서 발전시키면, 그 근처의 지역들도 혜택을 받는 거야."

도시 정비와 행정학 등을 배운 적이 있는 스티렌은 긍정적으로 생각하기로 했다.

모라타는 영주 성이 있는 마을뿐만 아니라 주변 지역까지 포함하는 굉장히 넓은 땅이다.

"영주가 직접 지역을 다스리지도 않고 장로에게 위임했으니 그 구멍이 어딘가 생기겠지."

스티렌은 인맥을 통해 성과 마을을 다스리는 다른 길드들의 사정에도 어느 정도 밝았다.

마을의 대표자는 웬만한 일이 아니고서는 자리를 비우지 않는다. 장로나 다른 귀족에게 위임하면 쓸모없는 곳에 지출이 심하기 때문이다.

모라타는 중앙 대륙에서는 상상하지도 못할 정도로 문화 예술 분야에 대한 지출액이 컸다.

"좋았어. 모라타에도 구멍이 있다. 문화 예술에 투자하고 있으면 낭비가 심해서 금방 무너지고 말 거야."

스티렌은 길드의 천문학적인 자금을 끌어모아 대장간들을 늘리고 관련 기술들을 발전시키는 데 무려 78만 골드를 투자했다. 대장장이들의 도시로 마을을 개발하고 있는 것이다.

전투 계열 길드, 마법 계열 길드도 만들면서 유저들을 끌어오기 위하여 힘썼다.

"트리반 마을처럼 북부에서 기술 발전도가 높은 장소는 없어. 얼마 뒤면 여기도 모라타 이상으로 커지고 사람들이 많아지게 되겠지."

스티렌은 길드원들과 함께 그날이 오기만을 기다렸다.

설렘으로 인하여 밤잠도 이루지 못할 정도였다.

그러는 동안 모라타에서는 문화가 발전하면서 사람들이 즐거워하기 시작했다. 사냥과 관광, 모험, 퀘스트에 지친 사람들이 노래와 조각품, 그림, 예술을 편안하게 만끽한다.

문화는 많은 돈이 들지도 않았다.

토끼들을 재롱 부리게 만드는 사육사나 광대, 잡템들을 진열해 놓고 자랑하는 유저도 있다.

모라타의 유저들이 기뻐했다.

띠링!

> 트리반 마을 주민 중 35명이 모라타로 이주하고 있습니다.
> 주민들의 불만이 거셉니다.

주민들은 스티렌에게 와서 따졌다.

"왜 우리 마을은 모라타처럼 번화하지 못했지요, 영주님?"

"마을에 아이들이 갖고 놀 것이 없습니다."

"고된 일을 마치고 나서도 삶의 의욕이 없습니다. 여기는 너무 삭막한 마을 같아요."

문화의 뒤처짐으로 인한 주민들의 불만족 심화 현상이었다.

모라타의 주민들은 갈수록 늘어나는데, 총인구가 3,000명도 되지 않는 트리반 마을의 사람 수는 갈수록 줄어든다.

병사들의 충성도도 떨어지고, 작업의 능률도 오르지 않는다.

주민들이 줄어들면 생산성이 하락해서 겨우 개간한 논밭을 그냥 놀리고, 광산에서 자원도 캐지 못한다.

주민들의 감소에 따라서 퀘스트들도 자연히 사라지는 경우들이 생겼다.

기껏 고생해서 퀘스트를 해결하고 왔더니, 보상을 해 줘야 할 상점 주인이 사라지고 말았다.

황당한 상황에 빠진 유저들이 주민들을 향해 물었더니 대답이 걸작이었다.

"무기점 아저씨? 이번에 모라타로 이주했지요. 새로 자리를 잡기가 쉽진 않겠지만, 거기는 사람들이 참 살고 싶어 하는 마을이라고 해요. 저요? 저도 곧 모라타로 갈 거예요. 맡긴 일을 완수하고 싶으면 모라타로 가 보세요."

띠링!

트리반 마을 주민 중 23명이 모라타로 이주하고 있습니다.
주민들은 종교 시설을 원합니다.

"프레야 여신님을 보고 싶습니다. 다행히 옆 마을에 여신상이 있으니 그곳에서 여생을 마치겠습니다."

"신앙의 축복을 받고 있는 모라타의 친구들은 얼마나 행복할까요? 모라타로 가는 길은 여신과 함께하는 일이 될 거예요!"

주민들의 이탈이 계속됐다.

북부에서 방랑하는 유민들에게 돈과 식량을 주어서 트리반 마을에 정착시켰더니 이사를 가 버리는 것이다. 그래서 마을의 인구는 3,000의 언저리를 오고 갈 뿐, 늘어나지를 못했다.

지금까지 영주들이 고민하는 부분은 경제력과 기술력, 군사력에 대해서였다. 문화에 대해서는 천시하고, 거들떠보지도 않았다.

바드들이 많이 방문하면 소란스럽고 귀찮다면서 푸대접을 하기도 했다.

문화가 오르면 어디에 쓰겠는가!

관련 시설들에 대한 유지비나 건설 비용을 다른 곳에 투자하는 게 훨씬 이득이라고 여기고 있었다.

대륙의 다른 곳들은 그 생각에 바뀜이 없었지만, 스티렌이야말로 문화의 위력을 절실히 느끼는 중이었다.

설상가상으로 가장 걱정하던 안 좋은 소식까지 전해졌다.

"길드장님, 모라타의 영주 위드가 돌아왔다고 합니다."

길드원의 보고에 스티렌은 머리가 지끈지끈 아파 왔다.

"어디 가서 죽지도 않고 돌아왔단 말이냐?"

"예. 지금 루의 신상을 만들고 있다는데요."

"허어… 또 조각품을 만들다니!"

스티렌은 고개를 저었다.

도시 발전에 있어서는 아무리 생각해도 조각사와 경쟁하는 것만큼 무모한 일이 없다.

그런데 천금을 준다고 해도 다른 대안이 없었다.

베르사 대륙에는 위드처럼 뛰어난 조각사도 없을뿐더러, 조각품을 만들 때마다 일대 파장이 일어나니 이웃 영주로서는 죽을 맛이었다.

"그런데 새로운 소식도 들어왔습니다."

"무슨 소식?"

"모라타 영주의 정체가 전신 위드라고 합니다."

"뭐라고?"

전신 위드!

등골이 오싹할 정도로 두려운 이름이었다.

스티렌 역시 〈마법의 대륙〉에서 잔뼈가 굵은 유저였다. 거기서 이미 위드의 악랄한 카리스마를 직접 겪어 보았다.

죽이고, 빼앗고, 인정사정 봐주지 않는다.

오를 수 없는 산을 보는 것처럼 막막함까지 안겨 주던 전신 위드.

"정말 전신 위드란 말이냐?"

"확신할 수는 없지만 그럴 가능성이 충분하다고 합니다."

"본인의 입으로 밝혔어?"

"맞다고 하던데요."

"……."

"몇몇 방송들의 뉴스 채널에서도 전신 위드가 모라타의 영주일 가능성이 거의 100%라고 말하고 있습니다."

스티렌은 한동안 침묵했다.

전신 위드의 성정은 지극히 잔혹하고, 도전자를 용납하지 않는다. 모라타 부근에 영지가 있다는 것만으로도 초토화를 시키고도 남을 인물이다.

중앙 대륙에서 거친 늑대들을 피해 왔더니 하필이면 호랑이 굴 옆인 것이다.

스티렌에게 〈마법의 대륙〉에서의 악몽이 다시 떠오르려고 했다.

그러자 길드원이 다소 위안이 되는 말을 했다.

"소문이 항상 맞는 건 아닙니다. 그리고 반대되는 의견도 많습니다."

"뭔데?"

"우선 전신 위드와 제법 관련이 있기는 할 거랍니다. 아이스 드래곤이나 프레야 교단과의 관계 등 여러 정황들을 보아서요. 하지만 본인인지 아닌지 확실하지는 않습니다."

"그러면……."

"설혹 전신 위드가 맞다고 해도, 할 수 있는 일은 많지 않지요. 혼자서 감히 우리 길드에 도전할 수 있겠습니까?"

스티렌에게는 기다려 온 반가운 말이었다.

"맞아. 전신 위드라고 해도 겁날 게 없다. 게다가 진짜 직업이 조각사라면, 어떻게 보면 전화위복이고 다행이라고 할 수 있겠지?"

"우리에게도 기회는 있는 거죠."

스티렌은 모라타에 대하여 원대한 야망을 품고 있었다.

트리반 마을을 성장시켜서 병사들을 징집하고, 길드원과 함께 무력으로 모라타를 점령한다!

스티렌 길드는 함께 북부에 정착한 고레벨 유저들만 600명이 넘었다. 중앙 대륙에서 용병들까지 구한다면 2,000명 정도의 군대를 편성할 수 있다.

모라타의 모든 것을 가지려는 계획을 세우고 있었던 것이다.

"위드라고 해도… 이번만은 뜻대로 되지 않을 것이다. 〈마법의 대륙〉에서의 기록이 여기서 끊어지게 될 거야. 그리고 만약 전신 위드가 아니라면 더 볼 것도 없겠지."

"맞습니다, 길드장님!"

"그럼 계획을 실행시키기 위해서 어서 모라타에 가서 주민들이나 좀 꼬여 와."

"……."

위드는 재봉 스킬과 조각술 스킬을 발전시키면서 인형 만들기에 전념했다.

"인형도 하나의 전문 분야라고 할 수 있으니까."

최초로 만든 작품이 일정한 수준 이상에 오르면 숙련도나 명성을 크게 얻을 수 있다. 하지만 여러 개를 만들다 보면 전문적인 익숙함이 쌓여서 스킬 레벨이나 숙련도의 영향이 커지기도 했다.

검사가 마법을 쓰는 게 어설프고, 대장장이들이 수십 가지 무기를 다 만들지 못하는 것처럼 말이다.

물론 조각사는 그 모든 부분을 아우를 수 있는 잡종 캐릭터의 최고 극점에 있는 직업이기는 했다.

"어린아이의 인형이라."

위드는 수십 개의 실패를 맛보았다.

완벽한 대작, 신이 빚어낸 것 같은 작품은 만들 수 없다. 그런 환상을 가지기에는 스스로의 미천한 실력을 잘 알고 있기 때문.

하지만 본인이 봤을 때 모자란 면이 있어서는 안 되었다.

"어린 여자아이. 사랑스럽고, 맑고, 평화로운 아이의 인형."

위드는 머리를 쥐어뜯었다.

산처럼 쌓였던 킹 히드라와 이무기의 가죽이 줄어들어 간다.

청동이나 철을 재료로 했다면 다시 녹여서 쓸 수도 있지만, 가죽 재료들은 재활용하지 못하고 폐기 처분해야 하는 경우가 대부분이었다.

"티 없이 밝은 어린아이를 만들기도 어렵지만, 밝음에는 어둠이 따라오기 마련이지."

아이를 낳지 못한 부모 입장에서는 심장이 조각조각 끊어지는 아픔이리라.

그렇다고 해서 울며 절규하는 아이를 만든다면 슬픔이 한없이 더해지리라.

"대작. 대작을 만들어야 하는데……."

위드는 혼란에 빠졌다.

어떤 작품을 만들어야 할지부터 고민이 심한 상황이었다.

"서윤의 어린 모습을 추측해서 만들까?"

현실적인 도피처!

화령이나 이리엔의 어린 모습을 조각해도 괜찮을 것 같다.

하지만 위드는 금방 잘못을 뉘우치며 고개를 저었다.

"그 만돌이라는 유저가 나를 믿고 맡긴 일이야. 대충 때우는 걸로 해서는 안 돼."

이렇게 답을 찾기 힘든 고민을 할 바에는 차라리 퀘스트가 훨씬 쉬울 것 같았다.

인형들을 만들면서 쌓인 숙련도도 7레벨 36%나 되었다.

스킬 레벨과 표현력은 경험이 쌓이면서 늘어나더라도, 주제를 올바르게 정하지 못하면 안 되는 것이다.

"무리한 욕심이 아니라… 내가 할 수 있는 최선의 여자아이를 조각하고 싶다."

위드의 고민이 갈수록 깊어졌다.

퀘스트를 공유받고 엠비뉴의 지하 감옥으로 떠난 원정대로부터 연락도 없으니 더욱 인형만 꿰맸다.

무수한 실패만 반복하면서 무언가를 만들려 하고 있었다.

인형, 인형, 인형, 인형!

"으아아악!"

이현은 이불을 박차고 일어났다.

밤잠을 이루지 못할 정도로 큰 고민이었다.

"인형 때문에 괴로워할 일은 다시는 없을 거라 생각했는데."

머릿속을 떠나지 않는 어린 소녀의 인형들.

"그냥 동상으로 만들까? 금이나 은을 이용해서라도 만들어 주면⋯⋯."

도피처들이 떠올랐지만 그렇게 피하고 싶지 않았다.

그간 쌓였던 조각품에 대한 신뢰를 산산이 배신해 버리는 행위였다.

"의뢰받은 조각품도 만들지 못하고 넘어갈 수는 없어."

어렵다고 해서 포기하는 건 그의 방식이 아니다.

어떻게 해서든 방법을 찾아야만 하는 것!

이현은 머리를 식히기 위해서 시장으로 향했다. 새벽 시장은 채소와 고기 등을 사고파는 사람들로 인해서 생기가 넘쳤다.

하지만 그런 생기 속에서도 어린 여자아이의 조각품은 떠오르지 않았다.

"산부인과나 유아원에 가 볼까?"

어린아이들을 볼 수 있는 장소지만, 아이의 생김새를 모르고 있지는 않았다.

"수시로 기저귀를 갈아 줘야 되고, 배고파하고, 잠드는 악마들이지."

어떤 여자아이의 인형을 만들어도 마음에 들지 않았다.

집으로 돌아오는 길에 이현은 사진관 앞을 지나갔다.

어린아이들의 돌 사진이나 결혼한 부부들의 사진 등이 전시되어 있었다.

이현은 오랫동안 그 사진들을 구경하면서 깨달음을 얻었다.

"조각사로서 대상을 느끼고 볼 수 있는 건 그저 작품뿐일 거야. 부모의 입장이라면 많이 다르겠지."

평범한 사진 한 장에 담겨 있는 아기에게도 인생이 있을 테고, 또한 부모에게는 정말로 소중한 작품이 되리라.

이현은 부모의 입장에서, 여자아이에게 작별을 한다고 생각해 보았다.

갓난아이의 인형을 두고 작별하는 부모의 미어지는 가슴을 어떻게 하란 말인가!

"어린아이의 인형을 만든다는 전제 자체가 잘못되었어!"

이현이 별안간 소리쳤다.

부모의 입장에서 생각해 본다면 이미 가장 분명한 해답을 가지고 있었던 것이다.

여자아이의 일생

위드는 킹 히드라와 이무기의 가죽들을 진열해 놓았다.

동물 인형들을 만들고, 실패작인 어린아이의 인형을 제작하고 나서도 상당히 많은 양이 남았다.

가죽 중에서도 가장 좋은 것들로만 남겨 놓았다.

예술품이란 항상 처음 만드는 게 가장 좋지도 않고, 마지막의 것이 완성도가 높은 것도 아니다. 하지만 감정이 움직이지 않는 조각품은 상대방에게 어떤 감동도 주지 못한다.

정말 만들어야 할 조각품이 생길지도 몰라서 아껴 놓은 최상급의 재료들!

"인형을 40개는 만들 수 있겠군. 아쉬운 대로 이거면 충분하겠어."

위드는 가죽을 잘라서 갓난아기의 조각품부터 시작했다.

막 태어난 여자아이.

피부는 쪼글쪼글하고, 정말 갓 태어난 것처럼 울상을 짓고 있다.

크기는 한 손으로 안을 수 있을 만큼 작았다.

"태어난 지 몇 시간 만의 생명. 어머니의 배 속에서 나와서 세상을 처음 접한 아기야."

위드는 만돌과 그의 아내에 대한 정보들을 이미 입수한 후였기에 부모들의 생김새를 조금은 고려해서 인형을 만들었다.

그렇다고 해서 갓난아기에게 특별한 특징까지는 나타나지 않았지만.

"좋아. 일단 첫 번째는 되었고."

위드는 아기의 인형을 내려놓고, 다시 가죽을 들었다.

이제는 두 번째의 인형을 만들어야 한다.

인형을 만드는 위드의 손길은 매우 조심스러웠다.

"갓난아기야. 첫해에는 걸음마를 시작하고, 변화도 심할 때지. 부모의 입장에서는 언제나 걱정이 될 수밖에 없는 시기일 거야."

만돌 부부가 낳았을 여자아이의 미래를 상상하면서 매우 긴장되게 인형을 만든다.

"옷도 필요해."

갓난아기의 인형은 깨끗한 천을 이용해 덮어 놓았다면, 이제는 재봉으로 아기 옷까지 만들어서 입혔다.

돌잔치를 하면서 까르륵 웃고 있는 여자아이의 인형 완성!

"이제는 엄마와 아빠도 알고… 그렇게 자라나는 시기지."

다음에 만드는 인형은 약간 더 성장해 있었다.

키도 커지고, 손가락과 발가락도 길어진다.

머리카락도 붙여서 귀여운 댕기 머리를 했다.

"말도 배우고, 슬슬 말썽꾸러기가 될 나이."

네 번째로 만드는 인형에는 유치원복을 입혔다.

깜찍한 옷과 가방까지 메고 있는 어린 학생의 인형.

다섯 번째 인형은 쑥쑥 자라서 초등학교에 입학할 시기였다.

지금까지는 앳되고 귀엽기만 한 꼬마 어린이였다면, 여섯 번째부터는 조금이나마 여성스러운 매력도 갖췄다.

"동네 남자아이들이 치마깨나 들춰 보고 싶을, 미소가 예쁜 그런 아이로 성장하겠지."

말썽 부리고, 골목대장처럼 뛰어놀던 여자아이가 매력적으로 자란다. 장난기 어린 눈매는 여전하지만 키도 크고 눈빛도 맑았다.

그 뒤로도 완성된 인형마다 키도 커지고 머리카락도 자랐다.

남자들이 선호하는 긴 생머리부터 발랄한 커트 머리까지, 헤어스타일도 여러 번 변했다.

"이것도 제법 심한 노가다로군."

조각 재료 상점에서 머리카락을 사 와서 심어야 했지만 그래도 무언가를 만든다는 보람에 힘든 줄을 몰랐다.

열네 번째의 인형부터는 어느덧 고등학교를 졸업하고 성인이 되었다.

굉장히 활발하고 수다스러울 것 같은 여자애로 자랐다.

불쑥 남자 친구를 소개시켜 주러 집에 데리고 올 것처럼 발그레한 볼이나 애교 섞인 표정들.

머리띠나 목걸이 같은 액세서리들도 세공을 통해서 어여쁘게 제작해 주었다.

고등학교 시절에는 책가방과 교복 정도면 되었지만 이제는 여대생인 것이다.

여자의 생명과도 같은 구두와 가방도 만들어 주어야 했다.

"그래도 사치는 안 돼!"

가지고 다니는 물품들은 저렴한 토끼 가죽 정도로만 타협을 봤다.

그럼에도 세련된 여대생의 느낌이 났다. 표정과 옷과 전체적인 느낌과 향기와 어우러지는 액세서리들.

부모가 자식을 아끼듯이 정성껏 세공해서, 여학생은 실제 인물처럼 사랑스러웠다.

조각품을 만드는 시간이 굉장히 길어졌지만, 위드는 혼신을 다해서 집중하느라 느끼지 못할 정도였다.

열일곱 번째의 인형부터는 시간의 흘러감을 누구도 잡을 수 없는 것처럼, 작고 보살펴 주어야 했던 갓난아이가 직장에 취직했다.

열여덟 번째 인형은 어려운 사람들을 돕기 위한 자원봉사도 나갔다.

열아홉 번째의 인형에서는 남자 친구를 데려왔고, 스물한 번째의 인형에서는 드디어 결혼식도 치렀다.

듬직하고 배려 깊은 남편의 인형까지 함께 만들어서, 한 쌍의 원앙처럼 잘 어울리는 커플이었다. 하객들도 사슴이나 토끼 가죽 등으로 만들어 그들의 미래를 축하해 주었다.

스물세 번째의 인형에서는 아기도 낳았다.

단란한 가정을 이루어서 살아간다.

남편과 함께 설거지도 하고, 빨래와 청소, 직장도 다니면서 행복하게 살아간다.

인형들이 완성될 때마다 여자는 나이를 먹고, 곱던 얼굴에 주름살이 생기면서 세월의 흔적이 역력해졌다.

아이를 키우고, 남편과 함께 사는 인형들.

"너무나 빨라. 사람의 삶이란 콩나물 머리처럼 쑥쑥 자라고 다시 되돌리지 못한다고 하지만, 그래도 너무도 아쉬워."

보석처럼 빛나던 어리고 앳된 시간을 지나서 인형이 먹어 가는 시간에도 가속도가 붙는다.

서른여섯 번째가 넘어서부터는 인형이 혼자 있는 시간이 많아졌다. 자식들이 자라서 취직을 하고 결혼도 했기 때문이다.

할머니가 되어서 낮잠을 자고, 책을 읽고, 손자 손녀에게 줄 목도리를 만든다.

그렇게 많던 이무기의 가죽과 히드라의 가죽들이 바닥을 드러냈다.

마흔한 번째의 인형은 행복하게 조용히 눈을 감았다. 가족들과 함께 있는 장소에서였다.

위드는 인형을 다 만들고 나서 진한 허탈함에 가만히 앉아 있었다.

가죽도 다 떨어지고, 이제 더 이상 할 수 있는 게 없다.

> 만든 조각품의 이름을 정해 주십시오.

위드가 조각칼을 움직이지도 않고 그대로 서 있기만 하자 떠오르는 메시지 창.

인형의 일생을 다룬 조각품이 끝난 것이다.

위드는 힘없이 고개를 저었다.

"이름을 정하지 않겠다."

지금만큼은 조각품에 어떤 이름도 붙이고 싶지 않았다.

> 이름을 정하지 않으면 조각사의 이름이 알려지지 않을 수 있고, 미완성의 작품으로 남게 될 수도 있습니다. 그래도 좋습니까?

"상관없어. 내가 만들 자격이 안 되는 작품이었어."

띠링!

이름이 정해지지 않은 신화적인 조각품

신이 시기할 재능과 노력을 갖춘 조각사가 세상에 던지는 선물! 인간의 탄생에서 죽음까지, 전 과정을 조각품에 담았다. 조각사의 완벽한 실력은 꼼꼼한 바느질에서도 느낄 수 있다. 단 한 올의 틀어짐이나 털 빠짐도 없이 완전무결한 바느질. 어떤 조각사가 이토록 신비로운 작품을 만들었는지는 알려지지 않았다.

예술적 가치: 조각술의 축복이다. 대륙의 조각술을 한 단계 발전시킬 수 있는 계기가 되리라. 24,610

옵션: 이름이 알려지지 않은 신화적인 작품을 본 이들은 생명력과 마나 회복 속도가 하루 동안 32% 증가한다. 생명력과 마나의 최대치가 30% 증가하고, 축복 마법의 효과가 강화된다. 모든 스탯 20 증가. 민첩과 용기 7% 추가 증가. 이동속도 30% 증가(먼 거리로 갈수록 움직이는 속도가 빨라져 시간을 단축할 수 있다). 조각상이 위치한 도시나 지역의 출생률이 100% 증가한다. 주민들의 폭력적인 성향이 감소한다. 치안에는 매우 큰 도움이 되지만, 전사와 군인의 자연적인 증가가 줄어든다. 생명력이 영구적으로 500 증가한다. 인간 종족의 지혜와 지식이 최대 15까지 영구 증가. 다른 조각품과 중복으로 적용되지 않는다. 미완의 신화적인 작품.

조각술 스킬의 숙련도가 대폭 향상되었습니다.

손재주 스킬의 숙련도가 대폭 향상되었습니다.

조각품에 대한 이해의 스킬 레벨이 1 상승하였습니다.

작품을 만든 예술가가 알려지지 않음으로 인해서 명성이 2 올랐습니다.

예술 스탯이 89 상승하였습니다.

인내가 41 상승하였습니다.

매력이 26 상승하였습니다.

지혜가 10 상승하였습니다.

미완의 신화적인 작품을 만든 대가로 전 스탯이 5씩 추가로 상승합니다.

조각술의 축복. 탄생과 죽음에 대한 작품을 만들어서 일주일 동안 전투와 연관된 스탯이 8% 늘어납니다.
마나의 최대치와 회복력이 65% 늘어납니다.

위드의 머릿속이 멍해질 정도의 보상이었다.

조각사가 검사나 다른 직업보다 못하다는 편견을 이제는 완전히 버려야 될 것 같았다.

"스킬 확인 조각술!"

조각술 고급 7 (65%)
조각을 할 수 있다. 아름다운 조각품은 고가에 팔리기도 한다. 영예로운 조각품들을 만들며 대륙에 이름을 떨칠 수 있다. 여자의 환심을 사기에 좋다. 베르사 대륙의 예술계를 이끌 수 있는 수준이다. 독보적인 이 조각사의 실력을 따라올 수 있는 후인이 없는 점이 안타깝다.

조각술 스킬 숙련도가 무려 29%나 늘었다.

정성을 다한 덕분에 위드도 이해가 안 갈 정도의 작품을 창조하고 만 것이다.

"고작 인형들을 만들었을 뿐인데……."

위드는 깊이 있는 깨달음을 얻었다.

아이들이나 여성들이 인형을 예뻐하는 데에는 이유가 있었던 것이다.

가치 있는 명품들을 찾아내는 본능!

간신히 1쿠퍼의 의뢰를 위한 인형들을 만들었지만 아직 미흡함이 있었다.

완성된 인형들의 개수가 상당히 많다.

작업실로 사용하는 영주 성의 너저분한 공간에 일단 만들어 놨는데, 만돌이나 그의 아내가 편하게 볼 수 있도록 다른 장소로 옮겨야 한다.

모라타 성의 빈방을 이용할 수도 있겠지만, 그러고 싶은 마음은 들지 않았다.

"아이를 위한 공간이 별도로 있어야 돼."

위드는 작게 속삭였다.

"귓속말, 채팅 제한 해제."

띠링!

> 귓속말 제한이 해제되었습니다.

> 길드 채팅 제한이 해제되었습니다.

모라타로 돌아오면서 닫아 두었던 귓속말과 채팅 제한을 해제했다.

제한을 해 놓은 상태에서는 길드 채팅이 보이지 않고, 상대방이 귓속말을 걸었을 때는 허가를 해 주어야만 보인다.

워낙 많은 사람들이 위드를 찾고 있었기 때문에 해 놓은 조치였다.

> 사비나: 어서 때려!
> 에드윈: 좀 덜 팼어요.
> 핀: 귀찮게 상당히 버티네.
> 에드윈: 그래도 거의 잡은 것 같아요.

황야의여행자 길드는 특별한 사냥터에 있는 것 같았다.

위드는 길드 채팅 창에 떠 있는 내용을 대충 무시했다. 채팅 제한이 해제되었다고 해도 여전히 잠수를 타고 있는 사람들이 많았던 것이다.

> —파보 아저씨.

일단, 북부 원정대에서 만났던 건축가 파보에게 귓속말을 보냈다. 무척 오랜만이지만 이용 가능한 유저들은 절대 잊지 않는다.

'건축가로서 상당한 수준이었지.'

모라타에서 프레야 여신상을 구경하기 좋은 여신의 계단까지 만들면서 활약하고 있는 건축가가 파보였다.

> —위드! 자네 아닌가.

파보도 위드를 잊지 않았다. 모라타의 영주이니 당연히 잊을 수가 없는 것.

> —어디 계십니까?
> —모라타에 있니. 자네가 돌아와서 조각상을 만들고 있다는 소문은 들었네. 광장에서 상점 하나를 개업해 주느라 가 보지도 못하고, 미안하네.
> —일은 슬슬 끝나셨나요?
> —문만 달아 주면 돼. 빨리하면 1시간 내로 끝날 것 같아.
> —가스톤 아저씨는요?
> —같이 일하고 있지. 지금 천장화랑 벽화를 그리는데, 마무리 단계야.
> —잘됐군요. 제가 부탁드릴 의뢰가 있는데요, 집을 지어 주셨으면 합니다.
> —모라타의 영주가 집이 필요한가?

파보는 잘 이해가 되지 않는 기색이었다.

영주 성을 가지고 있는 위드에게 집이 필요할 까닭이 없기 때문이다. 물건의 보관이나 침실에서의 휴식 등, 영주 성을 이용할 수 있지 않은가.

—사실은… 조각품을 놔둘 공간이 필요합니다.
—그래? 그러면 넓은 창고로 되겠는가?
—창고보다는, 방에 진열할 수 있도록 집을 지어 주셨으면 합니다.
—어려운 일이 아니지. 조각품들은 어디에 있는가?
—영주 성에 있습니다. 경비병들에게 조각품들이 있는 장소로 들어올 수 있도록 출입을 허가하라고 지시하겠습니다.
—알겠네. 오늘 저녁쯤 가도록 하지. 의뢰 비용은 작품을 보고 나서 결정하고.
—고맙습니다.

위드가 파보와의 대화를 마쳤을 즈음에는 혼이라는 유저로부터의 귓속말도 전해졌다.

—지하 감옥 원정대의 혼입니다. 던전의 탐험이 거의 끝났습니다.
—마탈로스트 교단의 포로들을 발견했습니까?
—예. 일단 1명을 찾았고, 다른 포로들도 이 부근에 있다고 합니다.
—수고가 많으셨습니다. 저도 곧 가겠습니다.

위드도 퀘스트를 위해 지하 감옥으로 가야 할 때였다.

◈

모라타와 이동 포탈이 연결되어 있는 통곡의 강 유역!
S급 난이도의 두 번째 퀘스트와, 마탈로스트 교단의 포로 구출 퀘스트들을 진행해야 할 장소다.
위드가 누렁이와 같이 다시 통곡의 강으로 돌아왔을 때는 근처에 집단으로 모여 있는 사람들을 볼 수 있었다.

"저 사람이 위드……."

"전쟁의 신이라고 불리는 그 사람이야?"

"쉬잇! 조용히 말해. 들을지도 모르니 조심해!"

모라타에 있는 친구들로부터 위드가 조각품을 그만 만들고 통곡의 강으로 떠난다는 소식을 듣고 그를 구경하기 위하여 미리 기다리고 있던 사람들이었다.

북부에 있는 상당수의 고레벨 유저들은 통행료를 내고 통곡의 강 주변에서 사냥을 하고 있었다.

모라타와의 이동 거리나 몬스터의 수준을 감안한다면 이보다 좋은 사냥터는 없다고 할 수 있다.

간혹 하나의 파티가 용감하게 북부의 깊숙한 장소로 들어가는 경우도 있지만, 조금만 잘못하면 파티원 전체가 전멸하는 일이 허다하다.

언제라도 주변으로부터 도움을 받을 수 있는 통곡의 강이야말로 괜찮은 사냥터였던 것이다.

위드는 차갑고 냉정한 눈빛으로 유저들을 돌아보았다.

'사람이 상당히 많군.'

모라타에서는 음식과 잡템이나 팔던 어수룩한 영주였지만, 사냥터에서도 그럴 수는 없다. 벌써부터 도전적인 눈빛으로 위드를 노려보는 인물들이 꽤 있었던 것이다.

이 고레벨 유저들이 한꺼번에 덤벼든다면 위드라고 할지라도 죽음을 면치 못한다.

네크로맨서의 마법서나 탈로크의 갑옷, 고대의 방패, 콜드림의 데몬 소드 등 유니크 최상급 아이템들을 가지고 있기에 더욱 민감했다.

'여기는 모라타가 아니야.'

모라타에서는 병사나 기사 들 때문에 위드에게 도전한다는 것은 꿈도 못 꾼다. 만약 누가 영주에게 검을 뽑아 든다면, 병사들로 진압을 해 버리거나 프레야 교단의 기사들이 철저히 부숴 버린다.

하지만 사냥터에서는 어떤 일이든 벌어질 수 있다.

살인자들을 만나서 아이템을 떨어뜨릴 수도 있는 것.

위드는 얕보이지 않기 위해서 사람들을 보며 태연한 척했다.

"쓰레기들이 널려 있군."

"……"

군중은 침묵했다.

그들이 상상했던 전신 위드.

〈마법의 대륙〉에서의 최강자에 걸맞은 오만함이었다.

"사냥도 하지 않고 나를 보기 위해서 여기서 기다린 건가? 몬스터들이 널려 있는데… 쯧쯧."

위드는 혀를 차면서 대놓고 무시했다.

모라타에서 위드로부터 음식이나 조각품 들을 구입했던 사람들조차도 전혀 달라진 태도에 당혹을 감추지 못했다.

그러면서 드는 생각!

'이 모습이 진정한 위드일지도…….'

'초보자들이나 개인에게는 자상하게 대해 주는 건가? 집단으로 모여 있는 우리는 오히려 비난을 하고……. 외유내강의 그런 사람일지도 모른다.'

고레벨 유저들이 200명도 넘게 모여 있는데 대놓고 무시하는 배포.

원래 레벨이 300대만 넘어도 자존심은 하늘을 찌른다.

여기저기 쌓아 놓은 인맥이나 사냥 시에 발휘하는 무력은 부러움의 대상이 된다.

베르사 대륙이 넓기에 유저들의 숫자도 어마어마하지만, 상위권으로 갈수록 그 숫자는 줄어든다. 레벨 300대라면 어디 가서도 무시당할 수준은 아니었다. 명문 길드에도 들어갈 수 있고, 중소 길드에서는 목소리 좀 낼 수 있는 그런 위치다.

고레벨 유저들의 자존심이나 긍지는 산처럼 높았지만, 감히 여기서 위드를 향해 반발하는 사람은 없었다.

혼자였다면 덤빌지도 모르겠지만, 다른 사람들이 가만히 있으니 나설 수 있는 분위기가 아니었다.

위드가 태연한 몇 마디의 말로 좌중을 장악해 버린 것이다.

"한심하군."

"……."

사람들은 한마디의 대꾸도 하지 못했다.

어느새 위드가 이렇게 말하는 게 자연스럽게 되었다.

모라타에서는 친절하지만 모여 있는 고레벨 유저들을 향해서는 지극히 오만한 성정을 드러낸다.

언젠가부터 꿈꾸어 왔던 절대 강자의 위용이었던 것이다.

하지만 몇몇 사람들은 계속된 무시에 반감도 가졌다. 싸움터를 전전하면서 강해진 그들은 독불장군처럼 행동하는 위드에게 투쟁심이 생겼다.

죽더라도 영광이라고, 도전하고 싶은 마음이 들었다.

억눌려 있던 군중 사이에 미묘한 변화의 분위기가 흐른다.

그때 위드가 사자후를 터트렸다.

"빙룡! 불사조! 내가 왔는데 왜 와서 인사를 하지 않느냐!"

천둥 벽력처럼 퍼지는 소리.

위드의 부름에, 저 멀리에서부터 빙룡과 불사조가 날개를 넓게 펼치고 날아온다.

몸집만으로는 드래곤에 버금가는 크기, 처음 보는 사람에게는 소름이 끼칠 정도로 무서운 생명체였다.

빙룡과 불사조는 하늘을 향해 한차례 울부짖고는 바위산을 찾아 내려앉았다.

후와아아아앙!

끼야아아!

산의 바위에 균열이 가고 모래들이 떨어진다.

"주인, 불러서 왔다."

"주인님, 왔습니다."

빙룡의 외모는 잘생겼다. 드래곤답게 무게감이 있고, 세련된 눈매에 날렵한 주둥이!

불사조는 새 특유의 무관심하면서 냉정한, 그러면서도 모든 걸 불살라 버릴 것 같은 폭발력이 잠재되어 있다.

그런 빙룡과 불사조가 위드를 향해 머리를 조아린다.

"우우."

"엄청나다."

군중은 난폭할 것 같은 2마리의 신수를 길들여 부려 먹는 위드에게서 자신들과는 다른 어떤 벽을 느꼈다.

불평불만에 소심하고 겁 많은 빙룡과, 은근히 멍청해서 사고를 치는 불사조! 짜증과 괴롭힘으로 이들을 부려 먹는 위드와의 관계에 대해서 알지 못하는 사람들에게는 그저 굉장해 보일 뿐이다.

빙룡과 불사조가 고개를 조아리는 장면을 보고서도 위드에게 도전을 할 수 있는 사람은 없으리라.

"멍청한 놈들. 너희만 보면 화가 나는구나."

위드가 눈살을 찌푸렸다.

빙룡과 불사조는 아무 반발도 없이 수긍하는 모습이었다.

'또 무슨 더러운 성질머리를 부리려고 하는 것일까.'

'그냥 무시하자. 뭔가 우리가 잘못한 게 있겠지.'

위드가 말한다.

"무능하고 쓸모없는 놈들."

빙룡과 불사조는 괜한 죄책감과 미안함에 눈동자를 뒤룩 굴리며 눈치를 살폈다.

잔소리를 할 때마다 무언가 결정적인 이유가 있었다. 말대꾸를 하며 대들면 짜증과 잔소리가 훨씬 오래 가니, 이유를 묻거나 따지지 않는다. 이번에도 그러려니 하고 알아서 기고 있었다.

위드는 귀찮다는 듯이 빙룡과 불사조를 향해 고개를 저었다.

"꼴도 보기 싫으니 썩 꺼져!"

빙룡과 불사조는 해방이라는 생각에 날개를 활짝 펼치고 날아갔다.

위드의 마음이 바뀌기 전에 빨리 멀리 떨어져야 한다.

둘은 바위산이 흔들리고 광폭한 바람이 불 정도로 재빠른 도주를 감행했다.

군중의 기세가 더욱 가라앉았다.

위드를 향해 경쟁심이나 투지보다는 부러움과 존경의 눈빛을 보여 주고 있었다.

베르사 대륙에서도 쉽게 적수를 찾기 힘든 빙룡과 불사조를 이렇게 무시하니, 자신들을 향한 무시도 어느덧 당연하게 여기게 되는 것.

위드는 엠비뉴 요새가 있는 방향으로 발걸음을 옮겼다.

마탈로스트 교단의 포로 구출 퀘스트.

엠비뉴 요새의 지하에는 엄청난 규모의 미로와 함께 몬스터들이 떼로 모여 있었다.

'이런 던전을 뚫기 위해서는 혼자보다는 2명이 낫지.'

중독이나 저주 마법에 대한 우려 때문에 동료가 1명이나 2명 정도는 있는 편이 효과적이었다.

파보는 삽자루를 들고 가스톤과 함께 흑색 거성을 향해 걸어갔다.

"영주님의 의뢰를 하기 위하여 오셨습니까?"

창을 들고 영주 성을 지키던 경비가 물었다.

건축 허가 때문에 파보는 영주 성에 자주 오는 편이고 친밀도도 쌓아 놓았기 때문에 경비가 알아본 것이다.

"예, 그렇습니다."

"영주님께서는 작품을 보관할 수 있는 집을 지어 달라고 하였습니다. 제가 조각품들이 있는 장소로 안내하겠습니다."

"감사합니다."

경비를 따라서 파보와 가스톤은 걸음을 옮기기 시작했다. 보통 때는 들어가지 못하는 영주의 개인 공간이기 때문.

벽에는 흔한 전시품 하나 걸려 있지 않았고, 금은보화 등은 구경도 할 수 없었다.

"특별한 건 없군."

가스톤이 실망스럽다는 듯이 말했다.

화가인 그는 훌륭한 예술 작품을 감상하면 예술 스탯이나 안목이 오른다. 예술 계열의 직업들에게는 많은 작품들을 감상하려고 하는 것이야말로 자연스러운 욕망이었다.

"이 방입니다."

경비병이 닫혀 있는 영주의 방들 중 하나를 열었다.

그 순간!

방 안에서 찬란한 빛이 쏟아졌다.

신화적인 조각품을 발견하였습니다.
〈탄생과 죽음〉! 드워프들이 재주를 시기하고, 왕들이 전쟁을 벌여서라도 손에 넣고 싶어 할 작품을 최초로 발견하였습니다. 작품을 만든 조각사는 자기 이름을 알리지 않았습니다.

세상을 떠들썩하게 만들 발견으로 명성이 1,290 올랐습니다.

'신화적인 조각품의 발견자' 칭호를 획득하였습니다.
조각품을 발견한 이야기를 선술집에서 한다면 무제한으로 술과 음식을 공짜로 마실 수 있게 됩니다. 아름다움을 사랑하는 귀족들과 왕족들이 당신의 방문을 환영하고, 이야기를 간절하게 듣고 싶어 할 것입니다.

 문을 열자마자 올리기 그렇게 힘들던 명성이 1,000이 넘게 증가했다.

 파보와 가스톤이 정신을 차리기도 전이었다.

이름이 알려지지 않은 신화적인 조각품을 보았습니다.
예술의 꽃, 경이로운 예술품이라고 할 만한 작품. 이름을 알리지 않은 조각사가 자신의 솜씨를 발휘하여 탄생과 죽음이라는 주제로 조각품을 만들었다. 그의 조각품을 보고 이해하는 자에게는 인생의 축복이 함께할 것이다.
생명력과 마나, 체력의 회복 속도가 32% 늘어납니다. 생명력과 마나 최대치 30% 증가. 전 스탯 20 상승. 민첩과 용기가 추가로 늘어납니다. 이동속도가 30% 빨라집니다. 먼 거리를 이동할 때의 효과는 더욱 큽니다. 살아 있는 기쁨을 만끽하게 됨으로써 생명력이 영구적으로 500 증가합니다.
지혜가 낮아서 작품을 이해하기 어렵습니다. 지혜와 지식이 영구적으로 2 늘어납니다. 작품을 이해하기 위해서는 자주 관람하고, 세밀하게 살펴볼 필요가 있습니다.

 건축가란 직업은 의외로 지혜가 높아야 했다. 건물을 짓기 위해서는 간단한 마법도 사용할 줄 알아야 했기 때문이다.

 하지만 그의 지혜와 지식으로도 작품을 이해하기에는 부족했다.

 파보의 경우에는 이 정도로 그쳤지만, 가스톤은 벼락이라도 맞은 것처럼 충격을 받았다.

예술 스탯의 엄청난 증가.

마법사의 경우, 스승의 가르침을 받는 제자는 훨씬 빨리 성장할 수 있다.

하지만 예술가들은 오로지 작품으로 스스로를 증명한다!

빛 속에 진열되어 있는 인형들은 가죽 인형이라고는 믿기지 않을 정도로 실제처럼 보였다.

입고 있는 복장, 특히 단추들까지도 정확하게 만들어져서 조금의 어긋남도 없다.

"이 조각품들이 위드의 진정한 실력이라니……."

인형들을 만든 조각사에 대해서는 알려지지 않았지만, 모라타의 영주 위드가 아니고 누가 만들 수 있단 말인가.

위드가 영주 성에 있는 작품들을 위한 집을 지어 달라고 했으니 확실했다.

파보가 주저하는 기색으로 위드를 향해 귓속말을 보냈다.

─…자네, 지금 바쁜가?

위드의 대답은 금방 돌아왔다.

─괜찮습니다. 말씀하세요.
─궁금한 게 하나 있네.
─뭡니까?
─왜 이 조각품을 만들고 나서 이름을 공개하지 않았나? 덕분에 발견자의 명성을 얻을 수 있었네만……

파보와 가스톤에게는 고마우면서도 매우 이해가 안 되는 부분이었다. 이런 조각품을 만들었다면 응당 자랑을 하고 알려야 될 게 아닌가.

가스톤이 신화적인 작품을 그렸다면 사방에 떠벌리고 다녔을 것이다.

—창피해서요.
—아니, 뭐가 창피한데?
—너무 부족하고 미흡한 실력이라, 이름을 밝히기가 민망해서…….
—허억.

이런 신화적인 조각품을 만들어 내고서 이름조차 붙이기 창피하다니!

위드의 겸손함에는 숨이 턱턱 막힐 정도였다.

다인과의 조우

파보는 건축가로서 위대한 야망을 품었다.

주택 건설, 상업 건물 등의 건설에는 이골이 나 있다.

모라타의 주택 취향은 꽤나 다양한 편이었다.

다른 부유한 왕국에서는 자기 집을 가지려면 고레벨 유저이 거나 돈이 많아야 했다. 남들에게 꿀리지 않을 정도의 별장이 나 고급 주택을 지어야 했기 때문이다.

하지만 모라타에는 대표적인 주택 양식이 있다.

판잣집!

간편하게 지을 수 있고, 건설 비용이나 유지 비용도 거의 들 지 않는다.

비바람을 겨우 막을 정도로 부실한 판잣집이었지만 너무도 많았기 때문에 새삼스럽게 혼자 창피할 이유도 없다.

초보자들도 목재를 구해 오면 직접 지을 수 있으니 레벨이 20이나 30 정도만 되어도 집부터 마련했다.

내 집 마련의 소중한 꿈을 쉽게 이룰 수 있는 것이다.

집을 마련한 초보자들은 잘 사용하지 않는 장비나 물품 들을 집에 놔두고, 친구들을 불러서 파티도 벌인다.

고향이고, 집까지 있으니 초보자들이 성장한 후에도 모라타를 떠날 수 없는 중대한 이유였다.

원래 판잣집은 많이 건설하면 치안과 위생을 심각하게 하락시키기 때문에 건설 허가를 잘 내주지 않는 편이다.

다른 도시에서는 땅값도 비싸서 집을 지으려면 막대한 돈이 들었다.

하지만 모라타의 땅값은 저렴한 편이고, 치안과 위생도 좋은 축에 들었다. 영주가 비싼 수로를 만들고 자경단을 조직하였으며, 프레야 교단의 영향으로 빈민 구제가 원활하게 이루어져서 도둑들이 거의 생기지 않았기 때문이다.

"이곳만큼 판잣집이 최적화된 마을도 없어."

파보는 판잣집을 상당히 많이 지었다.

그가 지은 판잣집은 튼튼하고, 내부 공간도 잘 나오게 해서 인기가 높았다.

막 지은 판잣집에는 나름대로 정취도 있다.

시간이 오래 흐르면 노후화가 진행되어서 썩거나 부서져 빗물이 새지만, 새것 같은 판잣집은 그럭저럭 살 만했다.

중앙 대륙에서 건너온 모험가나 상인, 돈 많은 유저들은 고급 주택을 원했다.

"모라타가 내려다보이는 장소에 집을 지어 주시오. 창고를 넓게 지어야 되고, 자재들도 비싼 걸 써 주시오."

고급 주택이나 상업 건물의 수요도 많은 편이라서 파보는 열심히 일을 했다.

그가 직접 지은 수천여 채의 판잣집과 백여 채의 고급 별장들, 모라타의 다리와 상업 건물들이 명물로 자리를 잡았다.

"설계와 건설 스킬, 이 두 가지가 요즘 잘 늘지 않는다."

판잣집의 숙련도는 미미했다.

상업 건물이나 별장을 완공했을 때 얻는 명성의 획득이나 숙련도의 성장도 갈수록 줄어들고 있었다.

"진짜 굉장한 작품을 하나 만들어야겠어."

파보는 모라타에 대한 애정이 지극히 높았다.

건축가로서 많은 건물들을 짓고 이를 상인들과 주민들이 이용하고 있으니 자신의 도시처럼 정이 갔다.

"제대로 된 건물을 지어 보자."

때마침 위드의 의뢰야말로 건축가로서의 도전에 불을 지른 격이었다.

탄생과 죽음을 다룬 조각품.

그리고 수많은 인형들을 위한 건축 작품을 만들어야 했다.

"중급 설계!"

띠링!

설계를 시작합니다.

파보의 앞에 설계도가 반투명한 3차원 영상으로 떠올랐다.

마나를 이용하여, 실제로 집을 만드는 것처럼 벽과 기둥을 세워 보고 내부도 장식할 수 있다.

초급 설계 스킬에서는 전체적인 크기도 제약이 있고, 재료들도 다양하지 못하다.

건축과 설계 스킬은 서로 떼려야 뗄 수가 없는 것이었다.

건축에 활용한 자재와 새로운 양식들이 설계 스킬에 즉각 영향을 주면서 성장시킬 수 있었다.

설계를 통해서는 가구의 배치나 집의 구조 등을 완성한다.

설계도를 만들고 나면 인부들에게 지시를 내릴 수도 있었다.

파보의 설계 스킬은 중급 3레벨.

성을 건축할 정도는 아니지만, 어지간히 넓은 건물과 정원쯤이라면 충분히 만들 수 있다.

"호화 별장 3개도 함께 만들었던 실력이지."

파보는 설계 도면을 거대한 구조물로 만들었다.

위드는 인형들을, 어떤 한 아이를 위해서 만들었다고 했다.

"그 숭고한 뜻을… 실망시키지 않도록 해야겠지."

위드가 허락한 예산은 1,980골드!

빠듯하게 집 한 채 정도 지을 수 있는 돈이다.

하지만 아끼지 않고 재료들을 투입하여 공사를 벌일 작정이었다.

"대륙에서 좋은 나무와 꽃 들을 가져와서 정원을 꾸미자. 정원은 2,000평 정도로 하고, 건축면적은 최소 1만 평은 되어야겠지."

초고급 랜드마크 건물을 목표로, 일찍이 만들어 본 적이 없는 규모와 설계를 했다.

상인 다음으로 돈이 많다는 건축가로서의 자산을 털어서 모라타를 상징할 만한 건물을 세워 볼 작정인 것이다.

"예술가로서의 위드에게 조각품을 전시할 만한 공간이 하나도 없었다는 게 말이 안 되지."

위드의 조각품들을 진열하여, 주민들과 여행자들이 볼 수 있게 한다.

파보는 공사를 개시했다.

일거리가 워낙 대규모이기에 바로 작업에 착수한 것이다.

꽃

페일은 일행과 함께 던전에서 사냥을 하던 중이었다. 그때 위드로부터 귓속말이 왔다.

> ─지하 감옥에서 사냥을 해야 됩니다. 조금 위험할지도 모르겠는데, 사람 1명 정도만 보내 주세요.

엠비뉴 요새의 지하 감옥은 매우 복잡했다.

사냥하고 있는 파티들도 있고, 몬스터들도 부지기수로 널려 있다. 독을 사용하는 몬스터도 있다고 했으므로 무턱대고 싸우기는 곤란했다.

> ─알겠습니다.

페일은 귓속말을 마치고 나서 일행을 향해 말했다.

"위드 님이 사람 1명을 보내 달라는군요."

"제가 갈까요?"

화령이 기다렸다는 듯이 대뜸 나섰다.

그녀로서는 오랜만에 위드와 함께할 수 있는 기회를 놓칠 리가 없다.

"화령 님이라면 위드 님도 반기실 겁니다. 하지만 독을 해제할 수 있는 사람이 필요하다는데요. 이리엔, 너도 갈래?"

"내가 가면 여기는 어쩌려고?"

"우리가 어떻게든 해 볼게. 다인 님도 있으니 괜찮을 거야."

페일의 파티는 모라타에서 꽤 많은 의뢰들을 수행했다.

'고대 흉갑의 제조 비법'이 담긴 책자도 얻으면서 사냥과 퀘스트를 병행하고 있었다.

지금 하고 있는 퀘스트는, 난이도는 C급이라도 공격력이 매우 강한 몬스터들이 기습을 해 오는 위험한 던전에서의 사냥이었다.

"화령 님이 가시는데 나까지 가면 남은 사람들이 위험하지 않겠어?"

"글쎄. 제피 님이 얼마나 버티느냐에 달려 있긴 하지만 확실히 좀 위험하기는 하겠지?"

워리어나 기사가 없는 파티이다 보니 던전 탐험을 할 때마다 조마조마한 게 사실이었다.

제피가 방어를 전담하기는 해도, 덤벼 오는 몬스터들의 숫자가 많을 때는 곤란을 겪었다.

화령이 혼란의 춤이나 매혹의 춤으로 몬스터를 교란시켰는데, 그녀와 이리엔이 같이 없으면 탐험에 큰 지장이 생기리라.

"제가 갈게요."

다인이 몽둥이를 들고 나섰다.

샤먼은 잡캐의 상징이라고 할 수 있는 직업!

타격력도 가지고 있었으므로 몬스터가 정상이 아닐 때는 흠씬 두들겨 주는 게 그녀의 특기였다.

다인은 몽둥이를 휘두르며 가끔 중얼거리곤 했다.

"역시 매질은 손맛이야. 이 쥐어 패는 맛이 없으면 사냥을 하는 즐거움이 없다니까."

모라타에 있는 샤먼으로서 최고의 인기를 구가하던 그녀는 페일의 일행에 속해서 도움을 주던 중이었다.

제피가 고개를 끄덕였다.

"다인 님이라면 믿을 수 있죠. 해독, 치료도 가능하시니까요. 화령 님과 다인 님이 같이 가셔서 도움을 주면 되겠네요."

지하 감옥으로 갈 사람이 정해지고 나서는 유린이 위드가 설명하는 대로 그림을 그렸다.

어두컴컴한 감옥의 입구, 위드의 옆에 유린과 다인, 화령이 함께 서 있는 그림.

그림 이동술의 장점으로 여러 명을 동시에 옮길 수가 있는 것이었다.

물론 한 장의 그림에 사람들을 모두 그려야 하기 때문에 터무니없을 정도로 많은 인원의 이동은 불가능했다. 마나의 제약으로 인해서 너무 깊은 지하로의 이동도 하지 못했다.

"그림 이동술!"

유린과 화령, 다인이 그림으로 빨려 들듯이 사라졌다.

지하 감옥의 입구.

위드가 기다리고 있는 장소에 물결치듯이 갑자기 나타난 유린과 화령, 다인.

음머어어어!

누렁이가 반갑다는 듯이 순한 얼굴로 인사를 한다.

수컷인 데다가, 예술 생명체의 특성상 아름다운 사람을 좋아했다.

"어머, 잘생기고 늠름한 수소네."

화령이 누렁이의 목덜미를 부드럽게 어루만져 주었다.

누렁이가 순박한 표정으로 주둥이를 벌리고 기뻐하는 찰나였다.

"오빠, 이 녀석 몇 근이나 나가?"

"최우량 한우야. 꽃등심 같은 특부위들은 조금씩 더 추가해 났어."

"맛있겠다. 푹 고아서 사골 국물에다 밥 말아 먹으면 그만일 텐데."

위드의 앞이라고 장난을 치는 유린!

누렁이의 안색이 거무죽죽하게 죽었다.

그러는 사이에 위드와 다인이 서로를 보았다. 다인은 모라타에서 받았던 저주의 여파로 인하여 얼굴이 알아보기 힘들게 변해 있는 상태였다.

저주를 풀 수도 있었지만 위드가 어떤 모습으로 지내는지를 보기 위해서 내버려두었다.

다인이 먼저 허리를 가볍게 숙이며 인사를 건넸다.

"안녕하세요. 말씀은 많이 들었어요."

오랜만에 만나 복잡한 심경을 숨기면서 건네는 인사였다.

위드는 짤막하게 자신을 소개했다.

"저는 조각사 위드입니다. 페일 님이 소개하신 샤먼 분이로군요."

"다인이에요."

위드의 눈가에 이채가 스쳤다.

페일의 일행에 다인이라는 샤먼이 있다는 이야기를 들었을 때부터 이상한 우연의 일치라고 여겼다.

"다인이라… 그리고 샤먼이라고요."

"왜요?"

위드는 무언가를 털어 버리듯이 고개를 저었다.

"아닙니다. 그냥 옛날 기억이 조금 떠올라서요."

"어떤 기억인데요?"

"그냥… 저 혼자 가지고 있는 추억입니다. 지금은 긴말을 나눌 수 있는 시기가 아니군요."

위드는 라비아스에서의 쓸쓸한 기억을 떠올린 탓에 냉정하게 말했다.

그가 지하 감옥 입구에 도착했다는 소식을 듣고, 구경을 위하여 많은 사람들이 모여들고 있었다. 마탈로스트 교단의 신전에서부터 따라온 사람들도 있다.

용병 스미스를 데리고 목적지까지 빨리 도착하는 편이 나으리라.

"이야기는 다음에 나누고, 지하 감옥부터 들어가도록 하죠."

위드는 검을 뽑아 들고 전진했다.

검 갈기나 방어구 닦기의 스킬들은 미리부터 사용해 놓았으니 거칠 게 없었다.

다인이 몽둥이를 휘두르면서 주문을 외웠다.

힘 강화, 민첩성 증가, 이동속도, 공격 속도, 피부까지 단단하게 만들어 주는 주문의 효과가 위드에게 씌워졌다.

보통의 샤먼이라고는 믿기지 않을 정도의 효과.

위드의 힘이 230이 넘게 늘어나고, 이동속도 등도 매우 빨라졌다.

무거운 짐을 덜어 놓은 것처럼 온몸에 힘이 넘쳐흐른다.

체력과 민첩성이 올라서 바람처럼 달릴 수 있고, 절벽과 절벽 사이를 뛰어넘을 수 있을 것만 같은 기분이었다.

치타처럼 달릴 수도 있을 것 같은 느낌!

'굉장한 샤먼이군.'

위드는 속으로만 생각했다.

모라타에서 첫손에 꼽히는 샤먼이라더니, 스킬의 숙련도가 보통이 아니었다.

꽃무늬 장식

"엄청난 지하 던전이로군. 이렇게 깊을 줄은 몰랐어."

전사 혼이 주위를 둘러보았다.

엠비뉴의 지하 감옥은 방대한 규모를 자랑했다. 복잡한 미로와 여러 실험물들.

몬스터들의 수준도 높은 축에 들었고, 함정도 부지기수였다.

파티에 있는 도둑 유저가 함정들은 다 해체하였지만, 마탈로스트 교단의 사제들이 묶여 있는 장소까지 길을 헤매면서 25일이 넘게 걸렸다.

마탈로스트 교단의 포로 구출 퀘스트를 함께 받은 유저들은 40명이 넘었고, 레벨들도 꽤 높은 편이었다. 탐험가와 정령술사 등의 도움이 있었기에 이 방대한 던전을 샅샅이 뒤져서 이곳까지 올 수 있었다.

성기사 빌레오가 말했다.

"엠비뉴의 요새 아래에 있는 지하 감옥이라… 정말 보통 던전이 아니었어. 위드는 언제쯤 올까?"

마법사 이스턴이 한가롭게 모닥불을 피우며 대꾸했다.

"모라타에서 출발했다고 들었으니 한 닷새 정도는 걸리지 않겠어?"

갈릭은 납득하기 어렵다는 표정이었다.

"그렇게 빨리?"

본인들이 고생한 것에 비해서는 너무 빠른 도착이라는 뜻.

"우리가 길을 알려 주었잖아. 함정들도 다 해체해 놓았으니까 나흘이나 닷새 정도면 무난히 올 수 있겠지. 더 늦어질 수도 있겠지만 말이야."

혼은 파티의 리더로서 결정을 했다.

"그러면 우리도 시간을 낭비할 수 없으니 이 부근에서 사냥이나 하면서 기다리고 있도록 하자."

"그럴까?"

"주위를 둘러봐. 다른 사람들도 다 사냥을 하고 있잖아."

지하 감옥에는 몬스터들이 상당히 많았다.

빛이 안 드는 장소라서 흉측한 괴물들이나 엠비뉴의 저주를 받은 생명체들이 살고 있다.

수준도 상당히 높은 편.

레벨 350대의 몬스터들이 주로 나왔다.

"서두르면 닷새 내로 올 수 있겠지."

⚜ ⸺•⸺ ⚜

위드는 지하 감옥의 입구를 지키는 암흑 기사들을 향해 접근했다.

전설적인 조각품을 만들어서 감상하고 샤먼의 스킬까지 적용되어서, 나는 듯이 빠르게 움직였다.

"상대할 적은 암흑 기사 열다섯입니다."

엠비뉴 교단의 수문장들.

데메테르 교단의 파문 사제도 암흑 기사들을 돕고 있는데, 지하 감옥으로 들어가기 위해서는 반드시 이들부터 처리해야 한다.

짧은 기간이었지만 통곡의 강 유역에서 사냥하던 파티가 일정 수 이상 모이면 수문장들과 싸우는 게 일반적이었다.

최소한 20명 정도는 모여야 안심하고 싸울 수 있는 암흑 기사들!

위드는 화령과 다인, 유린을 데리고 싸우려고 했다.

'사람이 너무 많으면 번거롭기나 하지.'

혼자 사냥을 할 때도 많았으니 이 정도의 동료가 있다면 충분하고도 남는다.

인원수가 늘어나면 잡템까지도 분배해야 하는데 그때의 고통이란 이루 말할 수 없는 것!

"뭐야, 저 사람들끼리 사냥을 하려고 가는 거야? 미친 거 아니야?"

"방송에서 봤잖아. 굉장히 강한 거 말이야."

"도와주는 야만족이 많았으니까 퀘스트에 성공했던 거지."

"우리가 같이 싸워야 지하 감옥에 들어갈 수 있을 텐데……."

"일단 두고 보자. 필요하면 도와 달라고 하겠지."

전쟁의 신 위드.

그의 동료가 될 수 있다는 흥분을 감추지 않고 구경꾼들은 멀리서 지켜보았다.

물론 부른다면 당장 뛰쳐나가서 도와주고, 힘을 과시할 수 있으리라.

위드와 같이 파티를 맺는 것도 대단한 영예였기 때문이다.

화령이 걱정스러운 듯이 말했다.

"기사들의 레벨이 어느 정도나 돼요?"

"330대 초반가량. 엘리트 암흑 기사들은 380 정도 됩니다."

엘리트 암흑 기사는 이곳에 없었지만 위드는 일단 설명했다.

"기사들이 굳은 심지를 가지고 있으면 매혹의 춤에 잘 안 걸려들 텐데요."

화령의 매력이라면 누렁이도 꼬리를 흔들 정도였다.

댄서로서 필수적인 매력 스킬 외에도 옷과 액세서리의 조합, 화려하고 자극적인 춤으로 교태를 흘리면 넘어가지 않는 남자들이 없는 것이다.

"제가 생명력이 적어서요. 암흑 기사 정도 수준의 몬스터한테 맞으면 금방 죽어 버릴 텐데 괜찮을까요?"

"제가 먼저 진열을 흩트려 놓을 테니 그 후에 춤을 추세요."

"위드 님만 믿을게요."

암흑 기사들이 위드를 알아보고 반응했다.

"우리 교단의 적."

"신앙의 근거지를 무너뜨리고, 대신관님을 죽음에 이르게 만든 역적이다."

"간교한 세 치 혀로 미개한 야만족들을 꾀어내어 신성한 뜻을 떠받드는 우리에게 도전했던 그 악독한 녀석이 왔다."

암흑 기사들은 격렬한 비난과 함께 돌진했다.

기사들의 돌격!

기사들은 일대일의 승부를 고집하는 경우도 가끔 있었다. 명예와 긍지가 있기 때문에, 기사들에게 일대일로 싸우자는 제안을 하기도 한다.

하지만 위드에게는 그러한 규칙이 통하지 않았다. 엠비뉴 교단과는 양립할 수 없는 적대적인 관계가 형성되었기 때문이다.

철컥철컥철컥.

갑옷의 관절들이 부딪치는 소리를 내며 덤벼 오는 암흑 기사들의 돌격은 무시무시했다.

기사들의 돌격은 일찍이 킹 히드라의 두꺼운 몸뚱이에도 상처를 입힐 정도였다. 막대한 갑옷의 하중이 실려 있기에, 방패를 들고 막더라도 체력과 생명력이 뚝뚝 떨어진다. 충격으로 인해 몸이 마비되는 경우도 허다했다.

그러나 위드에게도 방어 스킬은 있었다.

눈 질끈 감기!

시야를 제한함으로써 인내력과 맷집을 키우는 워리어들의 기술.

그것뿐만이 아니라, 거의 사용하지 않지만 달빛 조각 검술도 공격과 방어가 일체화된 스킬이었다.

오로지 공격 스킬로 사용할 때는 적의 방어를 무시하고 큰 피해를 입힐 수 있다. 재료 그 자체를 조각하는 조각사의 특성과, 빛을 다룰 줄 아는 기술 덕분이었다.

빛을 이용하여 적의 눈을 부시게 하거나 몸 전체에 둘러서 방어적인 용도로 사용하는 것도 가능했다.

마법 공격에 비해서 물리적인 타격을 잘 막지 못하며 마나의 소비가 빠르다는 단점도 있기는 했지만, 위드가 시험 삼아 써 본 결과는 가공할 정도였다.

위드가 몸 전체에 빛을 두르고 날개를 펼친 상태로 몬스터들이 군집한 사이를 꿰뚫는다.

롤러코스터를 타는 것처럼 빠르게 다가오는 몬스터들을 향한 정확한 검술!

빛을 쏘아 내서 맞힐 수도 있지만 그러면 마나의 소비가 너무나도 극심해진다.

직접 검을 휘둘러서 베어 버리는데도 몬스터들을 초토화시키는 데에 잠깐의 시간이 걸렸을 뿐이다.

케르탑 7마리!

정상적으로 싸워서는 한참이 걸렸을 전투였는데 불과 30~40초 만에 싱겁게 종료될 정도였다.

물론 체력과 마나를 거의 다 소모해서, 전투가 끝나고 나서는 한참을 쉬어야 했다.

생명을 부여한 빛의 날개를 이용하여 몬스터들을 우회하거나 뒤에서 역습을 가할 수도 있었다. 활용 가능한 전투법은 무궁무진했다.

하지만 위드는 그런 최선을 다하는 전투를 벌일 일이 거의 없었다.

엠비뉴 요새를 함락시킬 때가 가장 큰 전투 기회였지만, 소환된 바르칸이나 킹 히드라, 이무기 등이 기대 이상으로 잘 싸워 주었기 때문이다.

킹 히드라의 목을 한꺼번에 자를 때에나 잠깐 본래의 모습을 드러내려고 했지만 지쳐서 싱겁게 끝을 내 버렸다.

"사냥이 식상해. 시시해."

위드 스스로의 성장에 따라 웬만한 전투는 지루할 정도였다.

최선을 다하는 전투는 인내나 맷집까지 올릴 수는 없다. 최고의 사냥 효율을 위해서는 부득이하게 희생시켜야 할 부분도 있는 셈이었다.

지하 감옥에 몬스터는 널려 있다고 한다.

전투가 계속 이어질 게 예상될수록 마나를 소모하는 스킬에 의존해서는 안 되는 법.

"흙꾼아, 내 주변의 땅을 진흙으로 만들어라."

대지의 정령이 눈 깜짝할 사이에 소환되었다.

위드가 직접 만들어서 신선하고, 소환에 따른 마나 소모도 적고, 말도 잘 듣는 정령이었다.

마나의 회복 속도가 매우 빨라진 지금은 정령들 정도는 얼마든지 쓸 수 있었다.

"베르사 대륙 최고의 미남인 위드 님의 명령을 받아서 왔습니다. 지금 바로 대지를 진흙으로 만들겠습니다."

다른 정령들은 거만하고, 소환 의식에도 상당히 시간을 끌었다. 정령술사와의 친밀도가 높은 편이어도 말을 잘 듣는 경우가 드물다.

하지만 흙꾼이는 부르는 즉시 튀어나온다.

기사들이 돌격하는 대지가 금방 발목까지 잠기는 진흙탕으로 변했다. 갑옷을 입은 기사들이 나뒹굴고, 늪처럼 변한 장소에서 허우적거렸다.

"뭐야, 저 정령은?"

"대지의 정령인가? 금방 나타났어!"

흙꾼이를 본 사람들의 놀라워하는 반응이었다.

"절대적 카리스마 위드 님 만세! 명령을 수행했습니다. 더 시키실 일이 없습니까? 뭐든 저를 부려 주세요."

위드가 적선하듯이 말했다.

"너도 같이 싸우자."

"고맙습니다, 주인님. 이 은혜는 잊지 않겠습니다. 땅속 깊이 간직하겠습니다."

흙꾼이는 흙더미를 일으켜서 암흑 기사들을 덮쳤다.

흙이라서 공격력이라고는 별로 없지만 속에 바위들이 교묘하게 숨겨져 있어서 암흑 기사들이 상대하지 않을 수가 없다.

흙꾼이는 정령치고는 마나의 소모도 적은 편이었다.

지금의 위드에게는 마나가 넘쳐 나는 샘과 같았으니 아낄 필요도 없다.

"흙꾼아, 내 마나를 얼마든 써도 좋다."

"영광입니다, 주인님."

콰과과광!

흙 줄기가 화산처럼 하늘로 비산한다.

암흑 기사들이 허벅지까지 땅에 잠겨서 괴롭힘을 당하고 있는 늪 속으로 위드가 뛰어들었다.

그가 내딛는 장소마다 단단한 땅이 되어서 걷는 데 불편함은 없었다.

"엠비뉴 교단의 원수!"

"잘 왔다. 너를 베어 주마."

암흑 기사들은 흙더미로 인해 정신이 없는 와중에도 위드를 향해서 검을 휘둘렀다.

거구인 기사들이었지만 다리가 흙 속에 잠겨 있는 탓에 키가 얼추 비슷했다.

암흑 기사들이 경황없이 휘두르는 흙 묻은 검.

위드가 휘두르는 검이 아름다운 소리를 내며 암흑 기사들의 검을 연속해서 타고 흐른다.

타라라라랑!

암흑 기사들이 몰려 있던 장소에, 눈보라가 갈라지듯이 길이 뚫렸다.

"본 커터!"

"샤프니스 블레이드!"

"일루전 소드!"

암흑 기사들의 검이 빛나면서 스킬들이 시전되었다.

상대의 뼈를 깎아 내는 공격력 강화 스킬!

예리함으로 힘을 집중시켜서 관통하는 스킬!

암흑 기사들은 검을 분리해서 5개나 만드는 스킬까지 사용했다.

위드를 둘러싸고 암흑 기사들의 공격이 날아들었다.

위드는 격하게 몸을 틀었다.

맨몸에 적중당하면 치명상을 입히는 본 커터를 피하고, 일직선으로 찔러 오는 검은 몸을 뒤로 뒤집어서 피한다.

간신히 피하고 났더니 5개의 분리된 검의 공격.

위드의 눈이 번뜩였다.

'이런 스킬에는 반드시 허점이 있다.'

힘과 공격력을 분산시킨다는 결정적 단점!

"소드 댄스."

위드는 민첩하게 발을 움직이면서 검을 휘둘러서 5개의 공격을 모두 쳐 내었다.

"크윽!"

암흑 기사는 공격이 깨진 것만으로도 큰 수치를 느끼는 듯했다. 높은 자존심을 접고 합동 공격을 했음에도 불구하고 위드를 잡지 못했기 때문이다.

"본 커터!"

"계속 공격해라!"

위드는 암흑 기사들 사이에서 진흙탕의 미꾸라지처럼 활개를 쳤다.

그들 사이에 뛰어들고 난 이후에는 스킬들을 활용하지 못하도록 적들을 이용하여 살이 닿듯이 근접 거리에서 움직였다.

'근접전이야말로 최고의 싸움이라고 할 수 있지.'

검사들이야 초창기부터 스킬들을 사용한다.

검기를 거침없이 날리고, 파공참 같은 원거리 공격 스킬도 사용했다. 화려한 효과에, 그만한 위력을 보인다.

고레벨로 오를수록 공격력만큼은 끝내주는 직업이었다.

사냥에서 각광받는 데에는 다 이유가 있는 것이다.

반면에 위드는 대부분의 전투를 조각 검술 하나 믿고 몸으로 때웠다. 최소한의 마나 소모로 스킬과 맷집을 향상시킬 수 있는 근접전으로 성장을 해 왔다.

기사들이 빠르고 날카롭다고는 해도 경험이 쌓여서 웬만큼은 피할 수 있었다.

'더구나… 사형들이나 스승님의 검보다는 훨씬 느리다.'

발동작만 보아도 공격이 얼추 어느 쪽으로 향할지 짐작하게 된다.

위드는 암흑 기사들의 위치와 공격 방향을 머릿속에 넣고 그들 사이에서 움직였다.

'빠르고 부드러우면 다수와 싸우더라도 무너지지 않는다.'

검을 흘리고 쳐 내면서 파고든다.

위드의, 중급 7레벨에 오른 검술 스킬은 전투의 기본이 되었다. 암흑 기사들보다 검술 스킬이 높았기에, 정확한 타격점을 두들기면 상대방의 공격 스킬들이 해제되어 버리는 경우가 많았다.

"트리플!"

위드는 지극히 최소한의 스킬만을 사용하면서 암흑 기사들을 스치듯 베고 지나갔다.

전매특허라고 할 수 있는 조각 검술은 구경꾼들의 시선을 피하기 위해서 숨겼다.

실력의 상당 부분은 발휘하지 않는 편이 만일의 사태에 대비해서 도움이 되기 때문이었다.

조각 검술은 보통의 몬스터보다 매우 강한 몬스터를 상대할 때에 효과적이고, 특히 기사나 워리어 들을 베어 버릴 때 최적이다.

"으윽!"

"빠져나갔다."

암흑 기사들은 둔중한 신음을 질렀지만 쓰러지지는 않았다.

기사들이 상대하기 까다로운 이유로, 풀 플레이트 아머를 입고 있어 굉장한 방어력과 생명력을 가지고 있기 때문이다.

하지만 피해는 작은 상처로 끝나지 않았다.

위드의 검이 악마를 베었다던 데몬 소드인 탓이다.

데몬 소드의 빙결의 저주.
몸의 일부가 얼어붙어서 힘과 민첩성이 크게 하락합니다. 얼음 속성의 대미지가 초당 35씩 생명력을 저하시킵니다.

데몬 소드의 깨진 암석의 저주.
착용하고 있는 방어구에 균열이 발생해서 내구도가 연속해서 하락합니다. 방어력이 저하됩니다.

데몬 소드의 몽마의 저주.
악령들이 달라붙어 착시 현상을 일으키며, 정신력이 약해진 이의 육체를 급속도로 붕괴시킵니다.

위드의 난입으로 인해 암흑 기사들은 혼란에 빠지고 말았다.

순간적으로 만들어진 빈틈을 이용해 화령이 기사들 사이를 헤집고 다녔다.

"매혹의 춤!"

클럽이나 나이트의 무대에서나 볼 수 있는 관능적인 부비부비 댄스!

화령의 몸이 스치고 지나가면 암흑 기사들은 얼어붙은 듯이 자리에 멈췄다. 흐릿한 눈동자로 침을 흘리고 정신을 놓아 버리기도 했다.

화령도 못 보던 사이에 엄청나게 성장해서, 그녀가 춤을 추면 나비가 날아다니고 꽃들이 흩뿌려졌다.

"댄서는 항상 우아해야 돼!"

꽃 뿌리기 스킬까지 덤으로 사용하고 있는 그녀!

화령이 춤추면서 지나가는 자리마다 유혹적인 향기가 났다.

10명도 넘는 암흑 기사가 매료되어 싸울 의욕을 잃어버리는 건 잠깐이었다.

"크아아악!"

위드는 방어력이 약한 사제부터 가볍게 사냥했다.

사제들은 레벨이 높더라도 생명력이 적어서 죽이는 게 금방이었다.

사제를 처리했을 무렵에는 화령의 활약으로 인해서 위드를 공격하는 암흑 기사들이 셋으로 줄어 있었다.

"너무 쉽군."

위드와 화령은 손발이 척척 맞았다.

위드는 암흑 기사들 3명의 공격을 간단히 흘리면서 적극적으로 반격을 가했다.

치명적인 일격이 터졌습니다.

그럴 때마다 정확한 타격들!

위드는 악마를 베었던 콜드림의 데몬 소드를 효과적으로 이용했다.

데몬 소드는 호랑이에게 날개를 달아 준 꼴이었다.

힘과 공격력을 바탕으로 해서 치명적인 일격을 맞히는 것도 중요하지만 자잘한 상처들을 많이 낸다. 7개나 중첩되는 데몬 소드의 저주를 통해서 암흑 기사들을 심하게 약화시켜 놓은 다음에 숨통을 끊어 놓았다.

위드는 입고 있는 갑옷이 무겁기만 한 짐으로 느껴질 만큼 환상적으로 움직이고 있었다.

구경꾼들의 입이 쩍 벌어졌다.

"이게 뭐야?"

"사람이 어떻게 저런 식으로 움직일 수 있지? 암흑 기사들의 공격이 보이는 거야?"

"저건 보인다고 해서 할 수 있는 게 아냐. 휘둘리는 검을 중간에 쳐서 방향을 바꾸어 놓고 있잖아."

눈을 비비고 다시 봐도 믿을 수 없는 장면들이 속출했다.

초보 워리어나 기사 들은 대부분의 공격을 맷집과 스킬, 방어구를 믿고 맞으면서 싸운다. 어느 정도 실력이 쌓였더라도 방패를 이용해서 막거나 무기를 앞세워서 막아 내는 정도다.

위드는 손가락 한 마디 정도의 간격으로 적의 공격을 피해 내고, 급소들을 찌르고 빠졌다.

그나마 이 정도도 위드가 실력을 많이 억제하고 있는 거라는 사실을 알았다면 사람들은 스스로에 대한 극심한 회의와 좌절감에 빠졌을지도 모를 일이었다.

"베르사 대륙의 유명한 검사들이 싸우는 동영상도 이 정도는 아니었어."

"그래도, 공포심이란 게 아예 없는 건가? 저런 상황에서 어떻게 앞으로 뛰어들 수가 있지?"

"난 와이번을 타고 싸울 때 알아봤잖아. 저런 전투가 위드에게는 너무나 당연한 거라니까!"

구경꾼들이 생각해 오던 그 이상의 전투가 눈앞에서 펼쳐지고 있었다.

위드의 자연스러운 동작 하나에 매료될 수밖에 없었다.

높은 레벨이나 스킬에 의존해서 싸웠다면 이렇게 놀라지 않았겠지만, 몸놀림 자체가 예술이었다.

전투를 즐기고, 모든 움직임들을 지배하고 있는 듯한 싸움의 장면들.

유저들은 현재 위드가 하는 행동들이 얼마나 대단한 것인지를 잘 알았다.

"스탯이나 스킬, 모든 게 최적화되어 있어."

"자신이 가진 전부를 전투에 동원하고 있잖아."

고레벨 유저들의 평범한 수준은 캐릭터의 기술을 잘 활용하는 정도였다. 여러 공격 기술들을 상황에 맞게 파악하고, 싸워서 승리한다.

그에 비해서 위드는 전투를 위하여 태어난 인간처럼 정확한 판단력과 움직임을 보인다.

같은 캐릭터라고 해도 어떤 식으로 싸우느냐에 따라서 전투에서의 활약이 달라질 수밖에 없다. 격투 게임에서 같은 능력의 캐릭터를 가지고 싸워도 하늘과 땅만큼의 차이가 나는 것처럼 말이다.

정상적인 인간이라면 암흑 기사들이 검을 휘두르는 중심부로 뛰어들지도 않을 것이고, 그 검을 맞혀서 흘리려고도 하지 않을 것이다.

아니, 그 전에 무리하게 암흑 기사들과 싸우지 않고 안전하게 동료들을 더 모으는 편을 택하리라.

위드의 전투를 보면 거침없이 돌격해서 구경하는 사람들의 피를 뜨겁게 만드는 무언가가 있었다. 보는 사람들로 하여금 열광하게 만들고, 전투에 몰입되게 했다.

"암흑 기사가 10명이 넘어. 근데 정말 4명이서 사냥을 하고 있네. 레벨이 300대 후반의 파티라면 가능할 수도 있겠지만……."

"저 화가를 좀 봐! 레벨 30 제한이 있는 튜닉을 입고 있잖아."

"진짜 레벨이 50도 안 되는 거야?"

"직업이 화가잖아. 싸움에도 안 끼어. 낙서만 하고 있어."

유린은 격식 있게 장엄한 갑옷을 입고 위압감까지 갖춘 암흑 기사들을, 못난 원시인처럼 그리고 있었다.

덥수룩한 수염에 튀어나온 코털, 갑옷 대신 입고 있는 건 쫄쫄이 타이츠.

"샤먼이 장비하고 있는 무기도 좋은 건 아닌데?"

"모라타에서는 굉장히 유명한 샤먼이야. 예전에 한번 같이 파티를 한 적도 있지만… 레벨은 250도 안 돼."

"그런데도 암흑 기사들을 사냥한단 말이야? 위드가 있다고는 해도 말도 안 돼."

"샤먼도 대단하고, 댄서가 저렇게 전투에 적극적으로 개입하는 건 처음 봐. 나도 저렇게 매력적인 댄서와 함께 춤을 출 수 있었으면……."

구경꾼들의 찬사가 이어지고 있을 때, 위드의 표정은 심드렁했다.

'지루하군.'

암흑 기사들의 능력은 대단한 편이었다. 기사였고, 방심할 수 없도록 둔중하고 묵직한 공격을 퍼붓는다.

예전에 레벨이 300이었을 때라면 객관적으로 자기보다 강한 몬스터라고 신이 나서 사냥을 했으리라.

하지만 위드의 레벨은 370이나 되었으니 그럭저럭 편하게 잡을 만했다.

다른 이들에게는 딱 적당한 적수들이, 불리한 상황에서 발버둥을 치며 성장해 왔던 위드에게는 졸릴 뿐이었다.

'너무 약해.'

암흑 기사들 여럿을 한꺼번에 사냥하고 나서도 이 정도는 시시하다는 생각이 들 지경이었다.

위드는 지하 감옥으로 들어가고 나서도 가볍게 몬스터들을 도륙했다. 화령이 잠을 재워 주니 허무할 정도로 간단히 몬스터들을 사냥할 수 있었다.

구경꾼들이 많아서, 맷집을 키우기 위해서 암흑 기사들에게 일부러 맞아 주지도 못하기 때문이기도 했다.

지금은 조각품을 만들고 난 후라 생명력과 마나의 회복 속도도 엄청난 수준이라서, 여간해서는 싸우고 또 싸워도 지치지를 않는다.

위드의 앞에 엠비뉴 교단의 몽크들이 등장했다.

주먹이나 발을 주 무기로 하는 제법 빠르고 고강한 무리.

위드는 조각 검술에 다른 스킬을 덧씌웠다. 조각 검술은 순수하게 검술 자체에 적용되는 기술이기 때문에 가능한 공격이었다.

"15연환참격."

퍼버버버버버버버버벅!

거침없이 달려들어서 검으로 사정없이 후려 팬다.

일절 자비도 없고, 아량도 베풀지 않았다.

"해머 피스트!"

몽크들이 간신히 주먹을 뻗으면 그냥 서서 맞아 주었다.

위드의 장비도 상당한 것들이라서 몽크들의 주먹에 몇 대 맞는 정도는 거뜬했다.

"지금 때렸냐?"

위드의 눈가가 씰룩였다.

어설프게 맞아서는 인내나 맷집도 오르지 않는다.

스탯이 오르지도 않는데 굳이 참으면서 맞아야 할 필요가 없는 상황!

"15연환참격!"

빠바바바바바바바박!

잔인하게 몽크들을 후려 팼다.

이리 패고 저리 패고 쫓아가서 패고, 죽기 직전에 스킬을 시전한 게 아까워서 한 대라도 더 팬다.

검이 난무하면서 몽크들을 사정없이 후려갈겼다.

구경꾼들에게는 엠비뉴 교단의 몽크들이 불쌍하게 느껴질 정도였다.

마나의 회복 속도가 너무 빨라, 스킬을 써도 금방 다시 찼다.

"위드! 이곳까지 오다니……! 너의 더러운 악명은 많이 들었다. 엠비뉴 교단의 복수를 내가 해 주겠다."

엘리트 암흑 검사가 망토를 펄럭이며 다가왔다.

위드가 아닌 다른 사람이었다면 흥분과 긴장되는 분위기가 조성되었을지도 모른다.

"엘리트 암흑 검사, 너도 잘 나왔다. 소드 카이저!"

엘리트 암흑 검사의 공격을 피하고 그대로 맞받아쳐서 발동시키는 최고의 공격 스킬!

"크윽!"

엘리트 암흑 검사가 보잘것없이 벽면으로 내팽개쳐졌다.

거대한 충격으로 엘리트 암흑 검사가 공황 상태에 빠졌습니다.

위드는 검을 들어서 후려갈겼다.

"그러게 뭐 하러 나타나. 얼른 죽어라. 죽어! 죽어!"

엘리트 암흑 검사는 어깨 보호대를 내놓고 허무하게 목숨을 잃었다.

"장비!"

위드가 혀를 내밀어 아랫입술을 핥았다.

탐욕으로 입술이 마르고 목에 갈증이 일어나는 상황이었다.

"이렇게 된 이상은 검술 스킬이나 공격 스킬 숙련도 그리고 경험치나 모아 봐야겠군!"

퍼버버벅!

뻑! 쾅! 우당탕!

"꽤액!"

촥촥촥촥촥촥!

방어력을 위한 스탯을 올릴 생각을 하지 않고 사냥에만 전념하니 남는 것이라고는 몬스터들의 끔찍한 잔해뿐이었다.

뒤를 따라오던 구경꾼들이 점점 거리를 두고 멀어졌다.

"우으……."

"이래서 위드가 지나간 장소에는 몬스터들의 씨가 말랐다고 하는 거였구나."

"저런 더러운 성격이었다니. 한 놈도 안 살려 주고 패고 패고 계속 패잖아."

"방금 봤어? 이미 죽은 몬스터가 땅에 쓰러지기 전에 세 대나 더 때렸어."

"몬스터를 저런 식으로 때려잡는 사냥법은 처음 봐."

"악명이 헛소문이 아니었던 거야."

구경꾼들은 부산을 떨면서 물러났다.

이렇게 더러운 성질머리를 가지고 사냥을 하는 인간에 대한 두려움!

멀찌감치 물러나긴 했어도 위드가 말하는 소리가 아직 그들에게까지 들렸다.

다섯 무리 정도의 암흑 기사와 엠비뉴 교단의 수행자들을 처리하고 나서 나누는 대화였다.

"전투를 더 빨리하죠."

"어떻게요?"

"화돌이들, 나와."

넘치는 마나로 인하여 상급 불의 정령들이 여덟이나 소환되었다.

이글거리며 붉게 타오르는 몸을 가진 정령들은 위드를 향해 넙죽 엎드리고, 불꽃 쇼를 일으키면서 애교를 부렸다.

정령에 대한 지배력이 극에 달한 모습이다.

"부르셨습니까, 이 하늘 아래 가장 뛰어나신 우리의 창조자이시여!"

"너희 불장난 좀 하자. 이쪽 통로 끝에서부터 차례대로 불을 질러라."

"알겠습니다, 주인님."

위드는 복잡한 지하 감옥의 막힌 길들에 대해 원정대로부터 들어서 알고 있었다. 통로 안에는 함정도 있고, 몬스터들도 득실득실했다.

"반드시 확인해 보고, 사람이 없는 장소만 골라서 불을 지르도록 해."

위드는 주의를 주었다.

파티들이 사냥을 하는 장소에 불을 질렀다가 혹시 그들이 죽기라도 하면 살인자가 될 수 있기 때문이다.

"목숨을 바쳐서 명령을 수행하겠습니다. 저희를 잊지 않고 임무를 맡겨 주셔서 지극한 영광입니다."

지하 감옥의 막혀 있는 통로들에는 암흑 기사와 몬스터들이 쌓여 있었다.

쿠에.

끅끅끅.

몬스터들이 있는 통로의 건조하던 공기가 점점 후끈하게 달아올랐다.

끄에에에에!

침을 흘리면서 괴로워하는 몬스터들!

막혀 있는 통로에서부터 폭발적으로 불길이 일어나기 시작하자 그들은 고함을 지르면서 밖으로 뛰쳐나왔다.

"수확이다. 15연환참격!"

위드는 화염에 휩싸인 몬스터들이 나오는 족족 때려잡았다.

숙련된 농부의 낫질처럼 몬스터들의 목과 머리, 급소 등을 정확하게 노린다.

"역시 사냥은 이 맛이지."

위드의 앞에서 몬스터들이 우후죽순 죽어 나갔다.

몬스터들이 회색빛으로 변하면서 잡템과 장비들이 떨어지면 그 와중에도 비싼 것들을 분류해서 따로 챙기고 누렁이의 등에 올렸다.

바쁘기 짝이 없는 손놀림이었다.

"크아! 진짜 말도 안 돼."

"이런 식으로 사냥을 하는 게 가능하긴 한 거야?"

구경꾼들은 이런 사냥은 처음 봤다.

보통의 사냥 파티라면 통로나 광장의 한구석에 자리를 잡고 사냥을 하기 마련이었다. 잡담도 나누고, 음식도 만들어 먹고, 휴식도 취하면서 말이다.

몬스터들이 나타나는 속도가 느리면, 이동을 하면서 더 많은 사냥을 한다.

이럴 때 파티의 리더는 도둑이나 모험가, 암살자 등이 맡았다. 몬스터들의 흔적을 살피고 쫓아가야 했기 때문이다.

파티원들의 상태를 고려하면서 몬스터들을 잘 찾아내는 게 리더의 능력이었다.

즉, 지형을 알고 몬스터들의 특징을 파악하면서 사냥의 효율을 높이는 게 일반적이다.

하지만 위드는 달랐다.

사냥의 범위가 좁은 통로나 한자리에 고정된 게 아니었다.

이 거대한 지하 감옥, 던전의 특성을 감안해서 주변 일대를 사냥의 범위에 넣어 버렸다.

"경험치가 진짜 끝내주게 오르겠다."

"잡템 좀 봐. 사냥하는 속도가 빠르니 아이템들도 무진장 떨어지고 있어."

구경꾼들에게는 한없이 부러울 수밖에 없는 상황!

위드의 마나 회복 속도가 빨라졌기 때문에 보여 줄 수 있는 사냥법이었다.

아무리 체력과 마나를 잘 보전하면서 싸우는 위드의 방식이라고 해도 엄연히 한계는 있었던 것이다.

감당하기 벅차고 까다로운 몬스터는 화령이 매혹의 춤으로 재워 놓고 정리하였으니 편하기도 했다.

다인은 샤먼으로서 훌륭한 실력을 갖춘 덕분에 전투에 매우 효과적인 도움을 주었다.

암흑 기사들의 공격을 더 정확하게 끊을 수 있도록, 민첩성도 늘어나고 힘도 세졌다.

다인 덕분에도 전투가 편해지고 한결 쉬워졌다.

중⋯⋯우

지하 감옥에서 사냥하던 파티 하나가 휴식을 취하고 있었다.

"휴우."

워리어가 이마에 흐르는 땀을 씻어 내었다.

"여기의 몬스터들은 수준이 엄청나군."

성직자도 구겨진 사제복을 펼 생각도 하지 않은 채 대충 자리에 주저앉았다.

"모라타로 돌아가면 친구들에게 자랑을 해야겠어. 여기 지하 감옥에서 사냥을 하고 있다고 말이야."

"동료들을 데려오면 더 좋은 사냥을 할 수 있을 텐데……."

"풋. 그런 말 하지 마. 우리처럼 짭짤하게 경험치를 올리면서 사냥하고 있는 사람들도 많지 않을 테니 말이야."

"2시간 동안 일곱 번이나 싸웠어. 굉장한 전과지."

"올해 내에 가장 속도감이 있는 전투로군. 몬스터들이 많이 나와서, 사냥을 위해서는 정말 좋은 장소야."

"이번에는 파티원이 7명밖에 안 되어서 조금 역부족인 감이 있긴 해. 다음에는 공격력이 강한 마법사와 검사를 1명씩 더 추가해서 제대로 사냥을 해 보자."

환담을 나누면서 휴식을 취하고 있을 무렵이었다.

포악한 엠비뉴의 이단 사냥꾼 11명이 통로에서 접근해 오고 있었다.

파티원들이 무기를 들고 자리에서 일어났다.

"쉴 틈을 주지 않는군."

"어떻게 할까. 아직은 거리가 조금 있는데 도망칠까?"

걱정스럽게 의견들을 나누고 있을 때였다.

이단 사냥꾼들이 있는 장소로 커다란 생명체와 사람들이 접근했다.

시커먼 탈로크의 갑옷과 투구, 장갑 등을 착용하고 있는 남자 1명이 재빨리 달려왔다. 뒤를 이어서 늙은 용병 1명과 3명의 여자들이 크고 건장한 검은 소를 타고 움직이고 있었다.

"매혹의 춤!"

소에서 내린 댄서가 춤을 추면서 이단 사냥꾼들을 흩트려 놓았다.

샤먼은 마법을 사용했다.

"흔들리는 눈, 공포를 증폭시켜 가장 보고 싶지 않은 것을 보게 하라."

이단 사냥꾼들의 정신력은 취약하기 이를 데 없다. 게다가 남자였기 때문에 화령의 춤에 쉽게 시선을 빼앗긴다. 그 틈을 파고들어 다인의 숙련도 높은 마법이 발동되었다.

다인은 누렁이의 등에서 내리지도 않았다.

"엠비뉴 신이시여, 저를 버리시나이까?"

"내가 이단이다. 나를 심판하라!"

이단 사냥꾼들이 절규하고 있을 때, 위드가 검을 휘둘렀다.

"15연환참격!"

후퇴도 중단도 없는 검술.

전진하면서 힘을 더하는 검술로, 이단 사냥꾼들의 약점 부분들만 정확하게 베어 버렸다.

다인의 강화 마법으로 인해서 힘과 민첩성, 전반적인 전투 능력이 증폭되어 있었다.

"15연환참격!"

집단 사냥을 위해서 효과적인 스킬을 거침없이 사용하면서 이단 사냥꾼들을 몰아붙인다.

이단 사냥꾼들이 전열을 가다듬고 무기들을 휘둘렀지만 속 수무책.

위드의 검이 베고 지나갈 때마다 저주에 걸려 몸이 불에 타 거나 벌레들이 들끓고 머리카락들이 실뱀으로 변했다.

전투가 끝나니 누렁이에서 내린 유린이 간단히 잡템들을 주 웠다.

"달려!"

이단 사냥꾼들을 순식간에 처치한 그들은 다음 목적지를 향 하여 뛰어갔다.

등장과 사냥, 이동이 전광석화처럼 이루어진 파티!

멀리서부터 후끈한 열기와 함께 몬스터들이 쿵쾅대며 달려 오고 있었다.

그 몬스터들의 무리로 향하더니 순식간에 싸우고 또 다른 장 소로 움직였다.

원래 그 자리에서 사냥을 하던 사람들이 멍하니 중얼거렸다.

"도대체 이게 무슨 일이지?"

"이단 사냥꾼들을 이렇게 빨리 잡다니……. 검사의 발놀림을 봤어? 스킬이라고 해도, 어떻게 그런 각도로 적에게 뛰어들 수 가 있지? 너무도 쉽게 적의 배후로 돌아가서 칼질을 했잖아. 몇 대 얻어맞기는 했지만."

"꼭 귀찮아서 일부러 맞아 주는 거 같기도 하던데?"

그들이 떠나고 5분도 지나지 않아서였다.

위드와 누렁이 등이 등장했던 방향의 통로에서 우르르 사람들이 몰려왔다.

통곡의 강 부근에서부터 따라오고 있는 구경꾼들이었다.

"저기요."

"예?"

"방금 위드와 동료들이 지나가지 않았어요?"

"위드요?"

"전신 위드요. 이쪽 방향으로 안 지나갔어요?"

중요한 걸 놓친 듯이 발을 동동 구르면서 다그치듯 말하는 젊은 전사!

"그런 사람 모르는데… 아, 검은 소를 타고 온 파티가 이단 사냥꾼을 잡고 지나가긴 했는데요."

"이단 사냥꾼!"

함께 왔던 다른 구경꾼들도 물었다.

"몇 명이나 되었는데요?"

"11명요."

"11명이나! 잡는 데는 몇 분이나 걸렸어요?"

"글쎄요. 시간을 뭐라고 말해야 될지……. 정말 잠깐 사이에 벌어진 일이라서요."

"그래도 꼭 말해 주세요."

"대략 2분에서 3분 정도?"

"그렇게 빨리!"

구경꾼들은 환호하면서 위드와 누렁이 들이 사라진 쪽으로 달려갔다.

"뭐야, 방금?"

"설마… 위드가 그 위드였어? 전신 위드! 그가 지하 감옥에서 사냥을 하고 있는 거야!"

⚜⚜⚜⚜⚜

다인은 숨 가쁘게 위드를 따라다니면서 느낄 수 있었다.

'정말… 많이 성장했구나.'

라비아스에서 만났던 조각사.

동료도 없이 혼자 사냥하는 모습이 딱해 보여서 함께하자고 청했다.

조각사라는 직업의 한계에도 불구하고 몬스터와 혼신을 다해서 싸우던 모습에서 강한 의지를 느낄 수 있었다.

몬스터에게 일부러 얻어맞으면서까지 인내력을 올리던 그 조각사가 지금은 대장장이, 재봉 스킬까지 활용했다.

라비아스에서도 그녀를 위해 음식을 해 주곤 했다. 못 보던 사이에 요리 스킬도 중급까지 올라 있었다.

누렁이라는 이름의 수소도 끌고 다녔다.

"이 미련한 소."

음머어어어어!

"유린아, 남은 물감 있으면 누런색으로 칠해 버려."

음머어어어어어어!

거듭된 전투 후에 잠시 쉬는 동안, 누렁이라는 이름을 붙인 조각 생명체와 티격태격하는 모습도 유쾌했다.

유린과 화령도 맞장구를 치며 놀았다.

"오빠, 어차피 먹을 건데 뭐 하러 색칠해."

"제주도의 흑돼지가 영양가도 높고 맛있다던데, 그냥 검은 상태로 놔둬요."

음머어어!

애처롭고 구슬프게 우는 누렁이.

하지만 항상 박대만 받는 것은 아니었다.

식사 시간이 되면 위드는 언제 구해 온 건지 몰라도 꽤 영양가 높은 건초를 주었다. 유린은 그녀가 가지고 있던 약초들을 먹여 주었고, 물을 떠서 얼굴과 몸을 씻겨 주는 친절한 화령이었다.

지하 감옥에서의 사냥 이틀째!

다른 사람은 잠이 든 새벽 시간에 위드는 일찍 일어나서 접속해 있었다.

접속을 해제하고, 던전의 깊은 곳으로 이동을 하면서 구경꾼들도 더 이상 따라오지 못했다.

사람들이 없는 틈을 타서 빛의 조각품을 다루는 연습을 하고 있는 위드!

다인도 일찌감치 접속을 해서, 단둘뿐이었다.

위드는 묵묵히 빛의 조각품에만 몰두했다.

묵직한 공기가 둘 사이에 흘렀다.

'지금이 대화를 나눌 수 있는 기회야.'

다인이 먼저 어렵게 입을 열었다.

"저기요."

"예?"

위드의 무뚝뚝하고 경계심 많은 반응.

라비아스에서 처음 만났을 때도 그랬다.

던전에서 우연히 만난 것뿐인데도 혹시 잡템을 훔치는 건 아닌지 의심부터 했다.

"지금 만드는 조각품은 뭐예요?"

위드가 손을 움직일 때마다 오색찬란한 빛들이 어울리고 있었다.

하나의 빛만 이용하는 게 아니라 다양한 색채들이 엉키고 뒤섞이면서 무수한 변화를 일으켜 낸다.

팔을 튕기면 늘어나고, 손목을 꺾으면 현란하게 빛들이 비산한다.

"아무것도 아닙니다. 연습용일 뿐이죠."

위드가 만들어 내는 건 마네킹처럼 점점 사람의 형상을 갖추고 있었다.

다인은 옆에 가만히 앉아서 빛의 조각술을 사용하는 걸 구경하기만 했다.

빛을 가닥가닥 이용하여서 형상을 만들려니 보통 어려운 게 아니다.

셀 수 없을 만큼 많은 색채들이 있었기에 그것들이 어울리게 하는 것도 까다로운 일.

다인은 대화 중단에 따른 무거운 침묵을 이기지 못하고 다시 말을 걸었다.

"혹시 좋아하는 여자 있어요?"

물어 놓고 나서 내심 뜨끔했다.

모라타에 화령의 얼굴을 바탕으로 프레야 여신상을 만들어 놓은 걸 본 이후로 내내 궁금했던 걸 물은 것이다.

다인은 여전히 자신을 좋아한다고 말해 주기를 바랐다.

위드는 고개를 저었다.

"없습니다."

다인은 애써 실망스러운 기분을 억누르고 답했다.

"네, 그렇군요. 괜한 걸 물어서 실례했어요."

"아닙니다. 괜찮습니다."

위드는 다시 조각품에 전념했다.

집중력이 강하고, 쉬는 시간에도 조각품을 만들었다지만 보통 때와는 달리 유별나게 이상한 태도였다.

다른 사람이 있는 장소에서 대화를 거는데도 무시한 적은 없었던 것이다.

하지만 다인은 위드가 했던 말들로 인해 심란해서 알아차리지 못했다.

'우리는 이미 한 번 이별을 겪었으니까. 그가 나를 좋아하지 않더라도 괜찮아.'

다인은 콩닥거리는 가슴을 억누르고 다시 말을 걸었다.

"그럼… 예전에 좋아했던 여자는 있어요?"

때로는 돌발적이고, 구울 등을 치료해 줄 정도로 엉뚱한 면이 많은 그녀였지만 굉장히 용기를 낸 질문이었다.

위드의 손가락이 잠시 멈췄다.

작은 떨림과 긴장감.

하지만 금방 억누르고 대답했다.

"좋아했던 여자는 없습니다."

"세상에!"

다인은 애써서 웃음을 지었다.

"그럼 한 번도 누구한테 좋아한다는 말도 해 본 적이 없는 거예요, 단 한 번도?"

"예. 좋아했던 여자가 없으니까요."

다인은 입술을 깨물었다.

이렇게 비정하게 뒤통수를 치는 남자가 있을 줄이야.

"그랬군요. 저는 할 일이 생겨서 이만 나가 봐야겠어요."

위드는 그녀를 쳐다보지도 않고 대꾸했다.

"그렇게 하세요."

"그럼…….."

다인이 로그아웃했다.

"휴우."

위드는 빛의 조각술을 거두었다.

눈을 현혹하던 빛들이 사라지고, 던전 안이 어두워졌다.

위드가 물을 끓이고 요리를 준비하기 위하여 피워 놓았던 모닥불만 타닥거리는 소리를 내면서 타오를 뿐이다.

"누렁아."

음머어어어!

맨바닥에 앉아 있던 누렁이가 머리를 들고 대답했다.

"방금 그녀가 누구인지 아니?"

음머어!

누렁이는 짧은 꼬리를 바닥에 탁탁 치면서 귀를 기울였다. 모른 척하고 있으면 엄청난 잔소리를 들을지도 몰랐으니까.

위드가 담담하게 이야기했다.

"내 첫사랑이란다."

남자에게는 평생 잊지 못하는 첫사랑. 시간이 흘러도 첫사랑과의 추억은 잊을 수가 없다.

"다인이라고… 직업은 샤먼이었지. 라비아스에서 처음 만났는데…….."

처음 그녀의 외모만 봤을 때는 알아보지 못했다.

저주로 인하여 외모가 많이 바뀌어 버리고 난 후였던 것.

하지만 상대방의 말을 잘 들어 주고, 무엇이든 마음을 터놓고 이야기할 정도로 대화가 즐겁던 그녀였다. 인사와, 몇 마디의 말만으로도 그녀의 느낌이 났다.

샤먼으로서 독보적이라고 할 수 있는 스킬 숙련도나, 여러 보조 마법들을 걸어 주는 순서도 그대로였다.

보조 마법을 걸어 주는 샤먼은 버릇처럼 편한 순서대로 걸었을 뿐이리라. 하지만 받아들이는 위드의 입장에서는 그 보조 마법이 발휘되는 순간 그녀가 누구인지 명확하게 알아차릴 수 있었다.

"다인. 그녀였어. 어떻게 내가 좋아했던 그녀를 잊어버릴 수가 있을까?"

그녀들이 있을 때는 내색하지 않았던 위드의 속마음이었다.

"오랜만에 만나서 반가웠지. 살아 있다는 것만으로도……. 수술을 마치고 새로운 삶을 살게 되었으니 과거는 잊고 싶은 걸까? 왜 그녀가 내게 알은척을 하지 않는지 모르겠지만 어떤 사정이나 이유가 있겠지."

누렁이는 맑고 큰 눈으로 위드를 쳐다보았다.

순박한 눈동자에, 어깨가 축 늘어진 채 슬퍼하는 한 남자의 영상이 들어왔다.

고독한 방랑자

검치 들은 오크 마을과 로자임 왕국의 수련장 교관으로 나뉘어서 취직했다. 낮은 월급이라서 따로 일하려는 사람들이 없었기에 그들은 간단히 자리를 구할 수 있었다.

검치 들은 취직 이후로 수련장의 운영을 전적으로 맡았다.

"검을 배우고 싶은 자들이여, 수련장으로 오라!"

하지만 대다수의 유저들은 심드렁한 반응이었다.

"수련장? 거기는 허수아비를 치는 곳인데."

"뭐 하러 일부러 검술을 배우는 귀찮은 일을 해. 그냥 나가서 싸우다 보면 알아서 익혀지는데."

초보자들에게도 비웃음을 받는 검치 들!

그래도 초보 유저들의 상당수가 호기심을 가지고 수련장에 찾아왔다.

막 시작했을 때는 4주간 도시와 마을을 벗어나지 못하기 때문에 수련장에도 들러 본 것이다.

"검은 이렇게 쥐고… 강하게 휘두르기보다는 정확하게 휘둘러야 됩니다. 무작정 검만 앞세우지 말고, 몬스터의 행동을 보고 그 빈틈을 공격해야 하는 것입니다."

검치 들은 도장에서의 경험이 많았기에 초보자들을 편안하게 가르쳤다.

"수련장에 가면 싸우는 법을 가르쳐 준대."

"배울 필요 있어?"

"배우면 확실히 낫더라. 배운 사람이랑 안 배운 사람이랑은 사냥에서 완전히 달라."

광장에서 파티원을 모집하는 구호들도 바뀔 정도였다.

"검사 모집합니다. 수련장에서 하루라도 배우고 오신 분만 받습니다."

대부분의 초보 유저들의 전투 능력은 아무래도 떨어지는 게 사실이었다. 현실에서 격렬한 육체적인 활동, 싸움을 해 봤을 리가 없고, 재빠른 몬스터들에 당황하기 쉬웠기 때문이다.

검치 들에게 검을 쓰는 법을 배우고 나면 확실히 사냥이 쉬워진다.

몬스터마다 상대하는 대응 방법을 가르쳐 주었으니, 다른 왕국에서도 유저들이 찾아와서 줄을 서서 기다릴 정도였다.

검치 들이 강의를 할 때마다 사람들이 구름처럼 몰렸다.

500명, 1,000명의 초보 유저들이 좌정을 해서 그들의 시범을 보고 하는 말을 들었다.

"검이 날카롭죠? 무서워하지 않아도 됩니다. 제대로 배운 검은 자신과 동료를 지켜 주기 때문입니다."

검오백일치의 강의는 부드러웠다.

도장에서도 거의 막내뻘이라서 나름 애교도 있고, 형들을 모실 줄도 알았다. 어른들에게는 조카처럼 친근하고, 어린 학생들에게는 형이나 오빠처럼 다정했다.

"멋있다."

"생긴 건 조금 험악해도 좋은 사람인 것 같아."

남자가 멋져 보일 때는 자기 일에 충실할 때!

도장에서 땀에 젖어 검술에 매진하는 사범들과 수련생들은 충분히 매력적이었다.

다만 여자들이 그것을 볼 기회가 없었을 뿐이다.

오크 마을의 교관으로 활동하는 검사십구치는 검을 휘두르며 시범을 보였다. 초보자들이 따라 할 수 있도록 느리게 움직여 주어야 했다.

"취이익. 잘 안 돼요, 교관님."

암컷 오크들은 특유의 출렁이는 뱃살과 엉덩이로 인해서 동작이 쉽지 않았다.

그때마다 수련생 교관들이 투입되었다.

"이쪽을 이렇게……."

허리를 가볍게 잡거나, 손목을 잡고 검의 궤적을 따라서 그려 준다.

자연스럽게 발생하는 접촉!

교관으로 활동하는 검치 수련생들의 입가에 만족스러운 미소가 맺혔다.

"교관님, 참 든든해요."

"시간 되면 저희와 같이 사냥을 나가 주실 수 있어요? 취췻."

암컷 오크들의 요청에도 흔쾌히 승낙했다.

"물론이죠."

교관들은 그녀들과 사냥을 하면서 싸우는 방법을 가르쳐 주었다.

"리에취예요. 췍. 다음에 또 뵐 수 있을까요?"

"저는 검사십구치입니다."

검치 들이 그토록 바라던 친구 등록도 원활하게 이루어졌다.

"쉬는 시간에 도장에 구경 가도 돼요?"

"우리, 놀이 공원에서 데이트해요."

적극적인 여성 유저들로 인해서 풋풋한 만남을 이어 가는 수련생들도 탄생했다.

용감하게 데이트를 마친 수련생들이 무용담을 늘어놓았다.

"그녀와 놀이 공원을 갔는데… 후후. 사형들, 사제들, 놀라지 마세요! 제가 먼저 손을 잡았습니다."

"사십구치! 너 미쳤냐? 그러다 따귀라도 맞으면 어떻게 하려고……."

"제가 일부러 그랬겠습니까? 분수 구경을 하면서 어쩌다 손이 닿았는데요, 가만히 있기에 잡았습니다."

"가만히 있었다고?"

"뭐랄까, 손을 잡아도 된다는 묘한 감정의 교류 같은 게 있었다고 할까요."

"그런 게 있어? 그냥 잡고 뺨 맞는 게 아니라?"

"경험자만이 알 수 있는 느낌이란 거죠."

연애 선배들의 가르침들을 받으며 연애의 꿈을 불태우는 사범과 수련생 들.

여성 유저들만 그들에게 검술을 배우는 것은 아니었다. 여성들만큼이나 많은 남자들이 단체로 그들에게 검을 쓰는 법을 익혔다.

남녀노소를 가리지 않고 수련장에 몰려든다.

검술 스킬이 고급에 이르고 나서부터 교관으로서의 능력에 변화가 생겼기 때문이다.

검술 시범을 보이면서 가르침을 주면, 초보자들은 그 검술을 따라 한다. 그것만으로도 초보들은 검술 스킬의 숙련도가 상당히 빨리 늘어나게 되는 것이다.

제자를 자처하는 초보 유저들이 구름처럼 모여들었다.

"저를 가르쳐 주십시오, 교관님!"

"사냥을 하고 싶습니다. 저희를 올바른 길로 이끌어 주세요."

"오늘 강의 시간은 언제인가요?"

검술 스킬을 올려 준다는 말에 사람들이 엄청나게 모였다.

4주가 지나서 마을 밖으로 나가 사냥을 하던 사람들도 수련장으로 돌아왔다.

레벨 200이 넘는 중수 유저들도 상당히 많은 편이었다.

허수아비나 세워져 있던 수련장이, 검치 들에 의해 실전 무술을 위한 배움의 장으로 바뀐 것이다.

수련생들은 사람이 많아져서 귀찮기도 했지만, 배우려는 열의만 있으면 제자로 받아들였다.

완전 초보들은 가진 돈이 없어도 제자로 거두었다.

"정식 제자로의 입관비는 보리빵 9개다."

"커헉!"

"배고픔을 모르면 진정한 투사가 될 수 없다. 굶주림이야말로 인간의 근본적인 강함을 일깨워 주는 것이다."

남녀노소.

검치 들의 제자가 베르사 대륙에 퍼지고 있었다.

건장한 어깨와 형형한 눈빛 그리고 그들끼리의 암묵적인 대화가 로자임 왕국과 유로키나 산맥에서는 통했다.

왼쪽 가슴에 검을 새겨 넣은 차림을 한 무리가 광장에서 동료들을 찾았다.

"반갑소."

"오랜만이군. 수련장에서 한번 봤던 거 같긴 하오만, 사냥 가시겠소?"

"좋소. 그런데 나이가?"

"열아홉."

"동갑이로군. 항렬은 어찌 되시는지?"

"스승님이 검삼백팔십오치 님이시오만."

"저는 검사백십칠치 님에게 가르침을 받았습니다, 사형."

검치 들은 로자임 왕국과 유로키나 산맥에서 검의 스승이라고 불리고 있었다.

검치 들은 베르사 대륙 최강의 몬스터들을 사냥하는 야망도 잊지 않았다.

"우리도 체면이 있지. 1달 내로 본 드래곤이나 이무기 같은 놈 한번 잡아 봐야 되지 않겠냐?"

교관을 하면서도 틈틈이 사냥을 하고, 검술 스킬을 올리는 데에도 매진한다.

검술 스킬은 자신보다 강한 몬스터와 싸우면서 극복하면 다소 빨리 올릴 수 있었다.

검치 들은 쉽게 사냥할 수 있는 약한 몬스터들은 거들떠보지도 않았다.

대부분의 명성을 순수하게 사냥으로 올렸다.

터무니없이 날카로운 절벽도 검치 둘만 모이면 평지가 된다.

"사형, 심심한데 여기나 올라가 볼까요?"

"재밌겠군."

검치 들은 유로키나 산맥의 절벽을 오르면서 정신력을 고취시켰다. 일부러 어려운 험지들을 다녀 보는 소중한 경험을 얻을 수 있는 기회였다.

검사치와 검오치는 한 걸음 내딛기도 어려운 절벽가의 능선을 따라 걸었다.

"오치야."

"예, 사형."

"여기서 떨어지면 죽을까?"

산 중턱에 구름이 걸려 있을 정도로 아찔한 높이였다.

검오치는 절벽가에서 아래를 내려다보더니 고개를 저었다.

"살 겁니다. 중간에 나 있는 나무들의 가지를 붙잡고, 반탄력으로 몸을 튕길 수 있겠어요. 그다음에 소검을 바위에 꽂고 쭉 미끄러지면 되겠죠."

"흠. 역시 이 정도로는 안 죽겠지?"

"그럼요."

"심심한데 여기나 뛰어내려 볼까?"

다른 이들이 들으면 경악할 만한 말들을 서슴지 않고 했다.

만의 하나 죽는다면 페널티로 스킬 숙련도 감소에 레벨 하락, 입고 있는 장비까지 잃어버릴 수 있음에도 거리낌이 없는 것이다.

검오치도 아무렇지도 않게 받았다.

"재밌겠는데요?"

"내가 먼저 뛴다."

검사치는 짧은 거리였지만 전력 질주를 하더니 절벽에서 뛰어내렸다.

바람처럼 자유롭게 살면서 도전을 맛보는 그들이었다.

※

위드는 지하 감옥에 들어가고 나서 사흘 만에 마탈로스트 교단의 포로들이 감금되어 있는 장소에 도착했다.

순전히 돌파하는 데에만 집중했다면 훨씬 더 기간을 단축할 수 있었을 것이다.

하지만 인근 지역 몬스터들의 씨를 말리면서 전진을 했으니 시간이 더디어졌다.

위드 혼자만의 공격력이라면 그 많은 몬스터들을 물리치는 데 좀 더 시간이 걸렸겠지만 누렁이의 전투 참여도 큰 도움이 되었다.

순박한 누렁이라서 평원에서는 주로 위드가 탑승하여 말처럼 이용할 때가 많았다.

말처럼 질주하면서 전투를 하면 그것만으로도 경험치와, 달리기에 대한 숙련도가 올랐다.

달릴 공간이 그리 넓지 않은 던전에서는 잡템을 실어 놓는 용도로 주로 활용된다.

그러나 이번에, 누렁이는 스스로 활용 가치를 찾았다.

화령이 매혹의 춤으로 재워 놓은 암흑 기사들에게 다가가서 힘껏 뒷발로 걸어찬다.

황소 뒷발차기!

무지막지한 힘으로 힘껏 걸어차이면 암흑 기사들이 무참히 나뒹굴었다.

소드 카이저의 공격 못지않았다.

막대한 타격을 받은 암흑 기사들은 다인과 화령이 몽둥이와 소검으로 찔러도 단숨에 죽어 버릴 정도였다.

그녀들이 암흑 기사나 이단 사냥꾼, 수행자 등 몬스터들을 누렁이와 함께 처리하게 되면서 사냥 효율이 더욱 좋아졌다.

음머어어어!

몬스터들이 뒷발에 차일 때마다 싸움소처럼 승리를 만끽하는 누렁이였다.

"잘했어, 누렁아."

다인이 머리를 쓰다듬어 주니 짧은 꼬리를 치며 좋아했다.

위드가 다인에 대해서 약간은 슬픈 하소연을 늘어놓았지만, 그것쯤은 전혀 신경 쓰지 않고 다인과도 친하게 지냈다.

괜히 소귀에 경 읽기라는 속담이 있는 게 아닌 것이다.

위드는 전투의 속도가 더 빨라진 것을 짤막하게 평가했다.

"겨우 풀값 정도나 하는군."

칭찬에는 한없이 인색한 위드!

누렁이가 성실하게 배낭도 싣고 다니고 전투에도 참여하니 조금은 긍정적인 말도 나왔다.

"요즘은 한우 시세가 어떻게 하지? 고기값을 비싸게 쳐주는 사람이 나타나기 전에는 안 파는 게 좋겠어."

지하 감옥의 돌파!

매우 큰 미로였지만 위드는 중간에 헤매지도 않았다.

다른 사람이 이미 탐험을 한 던전이라서 흙꾼이를 통해 전체적인 길을 알아내고 정확하게 달려온 것이다.

마탈로스트 교단의 사제들은 시커멓게 때가 낀 사제복을 입고 초췌해져 있었다.

"그대는 누구시오?"

"엠비뉴 교단을 물리치고, 여러분을 데리러 왔습니다."

위드는 마탈로스트 교단의 신물을 보여 주었다. 그제야 믿는 사제들이었다.

"왜 이제야 우리를 구해 주러 온 것이오?"

"헐, 늙은 우리는 영영 여기에 갇혀서 죽는 줄만 알았소."

오히려 빨리 구해 주지 않았다고 성화였다.

퀘스트를 성실하게 이행하지 않으면 이런 불만들이 뜬다.

위드도 변명할 이야기들은 많았다.

'조각품 만들고, 잡템 팔아먹고, 퀘스트 팔아먹고 나서 최대한 빨리 왔어. 나로서는 최선을 다한 거야.'

어떤 상황에서도 스스로에게 당당할 수 있는 자부심!

다른 유저들이었다면 인내심이 부족하고 염치도 모른다면서 늙은 사제들에게 화를 냈을지도 모른다. 하지만 위드는 그러지 않았다.

"죄송합니다. 엠비뉴의 잔당이 숨어 있을지도 몰라서 안전하게 모시느라 그랬습니다. 일단 저희와 함께 나가시지요."

늙은 사제들도 고객이었으니 친절한 미소를 잃지 않았다.

"어쨌든 구하러 와 줘서 고맙소."

사제들이 자리에서 일어났다.

그들의 발목에 묶여 있는 쇠뭉치 같은 형구들은 위드가 도둑이 아니더라도 간단히 풀어낼 수 있었다.

대장장이 스킬을 이용하여 아예 해체를 해 버린 것이다.

좋은 철의 원료를 얻을 기회였으니 놓칠 리가 없었다.

"우리도 풀어 주세요!"

마탈로스트 교단의 사제들이 감금되어 있는 장소에는 다른 포로들도 많이 묶여 있었다.

드워프, 엘프, 바바리안, 북부에 소규모로 흩어져 있는 사냥꾼 종족들.

35명이나 되는 인원들이 있었다.

위드는 그들도 모두 풀어 주었다.

그때쯤 마탈로스트 교단의 포로 구출 퀘스트를 받고 근처에서 사냥을 하던 사람들이 모여들었다.

"뭐야, 벌써 왔어?"

"어떻게 이렇게 빨리 왔지?"

기가 막혀 하는 퀘스트 참여자들.

위드라고는 해도 설마 이렇게나 빨리 도착할 줄은 몰랐던 것이다.

이제 지하 감옥 밖으로 나가야 할 때였다.

감옥을 벗어나는 길은 그리 어렵지 않았다.

지하 감옥에 따라 들어왔던 구경꾼들이 요소요소에서 사냥을 하고 있었고, 퀘스트에 참여하고 있는 유저들이 몬스터들을 청소해서 빠르게 벗어날 수 있었다.

"우리를 구해 주어서 고맙소."

"해야 할 일을 했을 뿐입니다."

"더 늦기 전에 우리가 해야 할 일이 있으니 잠시만 기다려 주겠소?"

"예. 의로운 일이라면 언제든지 기다리겠습니다."

위드와 퀘스트 참여자들이 지켜보는 가운데 마탈로스트 교단의 사제들은 신전으로 가서 청소를 하고 불을 밝혔다. 그리고 통곡의 강의 원혼들을 위로하는 의식을 치렀다.

쏴아아아아!

그러자 정체되고 탁하던 통곡의 강의 물결이 하류를 향해서 도도하게 흘렀다.

띠링!

제법 상당한 보상이었다.

죽음으로 인도하는 마탈로스트 교단이 다시 활동하게 되었
으니 그로 인한 보상들.

위드는 포로들을 구하기 위해 지하 감옥을 탐험하지 않았다.
대부분의 귀찮은 임무들은 다른 유저들에게 나누어 주었다. 그
런데도 레벨이 1개 올랐다.

다른 유저들, 유린이나 다인은 10개에서 20개씩의 레벨이 늘
었다. 막대한 경험치를 보상으로 얻은 덕분이었다.

"야호!"

"최고다, 이 퀘스트!"

참여했던 성직자에게는 어떤 보물과도 교환하기 힘든 큰 보상이 따르는 퀘스트였다.

위드는 남들의 레벨 업에 배 아파 하지 않았다.

레벨이 오르면 물론 더 강해진다. 하지만 그보다는 스탯이나 스킬의 숙련도가 중요했다. 레벨만 빨리 올린다면 결국, 높아진 레벨에 비해서 능력이 뒤떨어지게 된다. 그로 인해서 성장이 더디어지게 되니 멀리 돌아가는 편이 오히려 빠른 셈.

퀘스트 완료로 인한 변화로, 황토빛으로 탁하고 오염되어 있던 통곡의 강이 점점 맑아졌다.

통곡의 강이 점점 제 역할을 하게 됨으로써 베르사 대륙에 불안의 씨앗이 줄어듭니다.
죽음으로 인해 생명력이 저하되고 불행해질 확률이 13% 감소합니다.
네크로맨서들은 언데드들을 일으킬 때 조금 더 많은 마나를 필요로 하게 될 것입니다.

늙은 용병 스미스가 무겁게 입을 떼었다.

"일이 이렇게 된 것이었군. 마탈로스트 교단. 베르사 대륙을 해롭게만 만드는 그런 교단인 줄 알았는데……."

띠링!

노인 스미스의 두 번째 궁금증 퀘스트 완료
주정뱅이 노인 스미스는 사보이도 백작의 정체와 마탈로스트 교단에 대하여 정확하게 알게 되었다. 호기심 많은 늙은 용병인 그는 과거의 찝찝하던 기억 중의 하나를 떨쳐 낼 수 있으리라.

A급 난이도 퀘스트의 해결.

스미스를 데리고 통곡의 강 정화와 엠비뉴 교단의 추격자들과의 싸움 등을 진행했다.

사보이도 백작에 대한 궁금증 해결만이 아니라, 전체적인 연계 퀘스트의 일부라고 봐야 했다.

늙은 용병 스미스가 말했다.

"그럼 아무 때나 내가 있던 술집으로 오게. 내게 많은 술을 주었던 자네였으니 한잔 정도 사 줄 수 있겠지. 내가 아는 게 제법 되니, 궁금한 게 있으면 언제든지 물어보게나."

가난한 용병 스미스의 터무니없이 빈약한 보상이었다.

지금까지 그가 퍼마셨던 와인이나 브랜디의 양이 얼마나 되었던가.

그러나 위드는 따지지 않았다.

주체할 수 없을 정도로 높은 명성 때문에 무리한 퀘스트들을 많이 받았다.

보상이 클 때도 있지만 반대로 적을 때도 있는 것.

넉넉한 마음으로 이해하려고 했다.

'오늘은 악몽을 꾸겠군.'

대신에 일기장에 스미스에 대한 욕을 구구절절이 써 놓으리라 다짐했다.

"어르신과 함께할 수 있어서 많은 경험들을 얻었습니다. 베르사 대륙을 더 이상 함께 여행할 수 없어서 유감입니다."

용병 스미스는 듬성듬성 빠진 이를 드러내며 웃었다.

"늙은 나는 이제 술집으로 돌아가야 될 때지. 모험은 젊을 때에 한 것으로 충분하다네. 더 이상은 궁금증이 있더라도 직접 몸을 움직이지는 못할 것 같아. 그래, 이제 내겐 용병패도 필요가 없겠지. 자네에게 주겠네."

> 프로암 연합 용병 길드의 S급 용병패를 획득하였습니다.

위드는 주는 선물이나 뇌물을 거절하는 성격이 아니었다.

"감정!"

> **프로암 연합 길드 용병패**
> 청동으로 만든 용병패.
> 내구도: 30/30
> 등급: S
> 옵션: 용병 길드의 모든 의뢰를 원하는 대로 수행할 수 있다. 의뢰 비용을
> 200% 더 받을 수 있다.

용병들에게는 소중한 보물이라고 할 수 있는 용병패.

용병이 아니더라도 퀘스트를 받기 위해서 용병 길드를 많이 이용하는 편이었다.

'팔아먹어도 괜찮겠군.'

용병패의 희소성까지 감안한다면 엄청난 가격을 받을 수 있을 것이다.

마탈로스트 교단의 포로 구출 퀘스트를 함께 진행했던 유저

들이 웅성거리고 있는 것만으로도 충분히 짐작할 수 있는 일이었다.

늙은 용병 스미스는 선물을 하나 더 주었다.

"이것도 받게."

위드는 이번에도 날름 받아 들었다.

직인이 있는 부분이 옥으로 되어 있고, 금으로 세공된 황금빛 드래곤을 손잡이처럼 잡고 쓸 수가 있는 고풍스러운 도장이었다.

꽤 오래된 물건으로, 빛깔이 요즘 물건 같지는 않았다.

옥으로 도장을 찍는 부분도 일부가 부서져 있었다.

"감정!"

알 수 없는 도장

매우 귀한 물건. 굉장히 뛰어난 조각사가 만들었다. 늙은 용병 스미스가 밀린 술 값에도 불구하고 팔지 않았던 물건이다. 오랜 시간과 전란 등을 거치면서 약간 파손이 있다.

내구도: 3/20

옵션: 특별한 행운이 부여된다.

위드가 고개를 들었다. 범상치 않은 물건이라는 생각이 든 것이다.

"이게 뭡니까?"

"용병 시절에 사보이도 백작의 저택에서 주운 물건이지. 이 도장을 얻은 이후로 행운이 찾아오는 것 같아서 귀하게 간직하고 있었는데… 자네가 쓰게."

"감사히 받겠습니다."

위드는 주머니에 도장을 넣었다.

띠링!

사전에 예상했던 대로였다.

'이걸로 니플하임 제국의 대리인 퀘스트가 이어지겠군.'

물건의 유래를 정확히 알아보려면 조금 더 심도 깊은 감정이 필요했다.

'먼저 처리해야 할 일이 있지.'

위드는 주위를 둘러보았다.

통곡의 강이 변화된 것을 보면서 신기해하는 유저들이 많았다. 베르사 대륙에 역사적인 변화를 일으키게 될 테니 귓속말을 바쁘게 보내는 모습들도 어렵지 않게 볼 수 있었다.

"레벨이 4개나 올랐어. 명성도 많이 올랐어."

"정말? 젠장. 나도 퀘스트나 받아서 할걸. 지하 감옥에서의 사냥이 짭짤하다면서?"

마탈로스트 교단의 포로 구출 퀘스트를 받아서 했던 유저들이 기뻐하는 모습도 볼 수 있었다.

위드는 그들을 향해 말했다.

"여러분."

"……?"

"마탈로스트 교단의 포로를 구출한 걸로 퀘스트가 끝난 게 아닙니다."

"연계 퀘스트였어요?"

"그럼 또 퀘스트를 공유해 주실 거예요?"

위드는 인심 좋은 시골 아저씨처럼 얼굴 가득 미소를 띠며 고개를 끄덕였다.

"물론이지요. 함께 시작한 퀘스트인데 끝까지 같이 가야 되지 않겠습니까?"

마탈로스트 교단의 연계 퀘스트!

마탈로스트 교단의 사제들이 위드를 향해 걸어오고 있었다.

"한시름 놓긴 했지만 아직도 해야 될 일이 너무 많이 남아 있군. 교단을 바로잡기 위해서 새로운 신도들도 뽑아야 하고……."

"아직도 이 근처에 엠비뉴 교단을 따르는 자들이 남아 있을 거라는 불안감이 들어."

엠비뉴 교단 11지파의 파멸, 마탈로스트 교단의 숙원으로 이어지는 의뢰들이 아직도 남아 있었다.

'엠비뉴의 잔당. 꽤 세력이 큰 무리가 남아 있을 테니 그들을 완전히 물리쳐 줘야 할 테지. 그리고 마탈로스트 교단의 숙원으로는 많은 신도들을 받아들여서 다른 교단 못지않은 성세를 이루고 싶을 테고 말이야.'

눈치로 봐서 대충 어떤 의뢰들이 남았는지 알 수 있었다.

모라타에도 나쁜 일은 아니다.

마탈로스트 교단은 상당한 신성력을 가진 전투적인 집단!

지하 감옥을 탈출할 때 보여 준 치유, 축복, 신성 공격 마법이라면 신도가 되려는 사람들은 꽤 많을 것이다.

초보자들에게도 통곡의 강으로 향하는 이동 포탈을 이용하게 해 준다면, 마탈로스트 교단의 부흥이야말로 모라타를 위해서도 좋은 셈!

연계 퀘스트라고는 해도, 엠비뉴 요새를 무너뜨리고 마탈로스트 교단의 포로까지 구출하면서 단물은 다 빠진 의뢰였다. 위드는 직접 퀘스트를 수행하는 대신에 이 자리에 있는 다른 이들에게 의뢰들을 공유해 줄 작정이었던 것이다.

"와아!"

"모라타의 영주이신 전신 위드 님이 연계 퀘스트를 공유해 주신다."

"모라타의 영주 만세!"

통곡의 강을 보면서 부러움을 감추지 못하던 사람들이 급히 모여들었다.

"저에게 공유해 주세요!"

"저요! 저부터요!"

어미 새가 잡아 온 지렁이를 입을 쩌억 벌리고 받아먹기를 바라는 아기 새들의 모습!

위드가 말했다.

"단, 소정의 참가비가 998골드……."

"……."

"……."

잔잔한 침묵이 흘렀다.

위드의 말이 널리 퍼질 뿐이었다.

"날이면 날마다 오는 기회가 아니에요. 친구나 동료를 2명 이상 데려온 사람에게는 30골드 깎아 줍니다. 7명 이상이 신청하면 단체 할인도 해 드립니다."

바가지는 틀림없는 바가지였다.

한여름 휴가철에 바닷가에서 폭리를 취하는 것처럼, 도저히 거절할 수 없는 바가지!

화령만 예쁜 미소를 지으면서 기뻐하고 있었다.

"어쩜 좋아! 위드 님은 어렵게 받은 퀘스트도 남한테 막 공유해 주고, 너무 착하셔서 탈이라니까."

TO BE CONTINUED